U0929602

西安文理学院中国古代文学省级重点学科经费资助

经学子学与文学论

JINGXUE ZIXUE YU WENXUELUN

李小成◎著

中国社会科学出版社

图书在版编目(CIP)数据

经学子学与文学论/李小成著．—北京：中国社会科学出版社，2015.3

ISBN 978-7-5161-5525-7

Ⅰ.①经… Ⅱ.①李… Ⅲ.①经学—研究②先秦哲学—研究③中国文学—古典文学—文学理论—研究 Ⅳ.①Z126②B220.5③I206.2

中国版本图书馆 CIP 数据核字(2015)第 026892 号

出 版 人 赵剑英
责任编辑 郭晓鸿
特约编辑 王 彬
责任校对 李 莉
责任印制 戴 宽

出 版 中国社会科学出版社
社 址 北京鼓楼西大街甲 158 号（邮编 100720）
网 址 http://www.csspw.cn
中文域名:中国社科网 010-64070619
发 行 部 010-84083685
门 市 部 010-84029450
经 销 新华书店及其他书店

印 刷 北京君升印刷有限公司
装 订 廊坊市广阳区广增装订厂
版 次 2015 年 3 月第 1 版
印 次 2015 年 3 月第 1 次印刷

开 本 710×1000 1/16
印 张 22.75
插 页 2
字 数 421 千字
定 价 66.00 元

目　录

文学编

序

赵逵夫

李小成同志硕士毕业之后在新疆大学从事中国古代文学教学与研究工作，2002 年考入西北师范大学攻读中国古代文学博士学位，其间与我一起讨论从先秦至汉唐的一些学术问题，我觉得他在学术上能够下功夫。毕业将近十年中，也时有电话联系，谈一些学术问题。今年他将近些年关于经学、子学和古代文学的研究加以总结汇为一集，寄来请我作序，我看了一下。

全书涉及范围较广，但精神贯一，总体的指导思想是实事求是，故倚重于文献而展开经学、子学与文学三方面的讨论。中国古代文学，尤其是先秦一段，很难同经学、子学完全划清界限，如在经学、子学方面缺乏一定的学术积累，也很难在文学研究方面有所创获。所以我以为他在经学、子学方面用力是正确的。

本书“经学编”中五篇易学方面的文章，有理论的探究，也有对文本的考释。马融为郑玄的老师，东汉经学大家，注《孝经》、《论语》、《诗》、《尚书》、《老子》、《离骚》、《淮南子》等，名重一时，在古文经学中有着不可磨灭的地位，今天我们讲的训诂之学的汉学，也与马融有着不解之缘，但由于注经著作多散佚不存，人们对他关注不多。马融是扶风茂陵（今陕西兴平东北）人，所以小成同志以“马融经学论著整理研究”为研究课题。本书经学编中所论问题，甚至子学编、文学编中的一些问题，也都与此有关。《关朗易学考论》对易学史上存在争议的关朗易学作了考释。在从两汉到唐宋时期的易学发展中，尤其是在河图洛书方面，关朗是一个比较重要的学者。但由于资料的匮乏，人们对其人其书缺乏了解和认识。首先应立足于原始资料，稽考其人之存否，后辨正其易著《关氏易传》之真伪，再来研判《洞极真经》的著作权问题。研读关朗易学亦应考究其易学传承脉络。在事实考证的基础上，确立关朗在易学发展史上的地位。这也对文中子王通的研究有着至为重要的作用。

《投壶考》考察了大小戴《礼记》所载投壶礼之差异，以及后代文献中所记投壶礼与《礼记》所记之差异。这种礼在历史的发展过程中，作为一种文化积淀，被后人所秉承传续，但其中也有增损变迁，礼的成分减少，游戏娱乐的成分在逐渐增加，应用范围也在扩大，投壶的规则及用具也有变化。作为上古重要的礼乐活动的投壶，上至天子下至士大夫燕饮中都会用到。君子为什么要设行投壶之礼？主要是恶其燕饮中的亵慢之举，避免酒祸，设投壶之礼以全其欢。文章还从出土的实物投壶，证明各个历史时期的投壶活动的普遍性、娱乐性。比如在河南南阳市汉画馆中，有汉代投壶画像石。画面的正中立一壶，参与投壶者为宾主各一人，他们一手抱一把箭，另一只手执一支箭，作出向一个高圈足壶投箭的姿势，壶中已投入两支箭，壶左置一个三足酒樽，中置一勺，投者跪坐于壶两侧，两人之后还分别坐有观看者。从南阳画像石投壶画面中不难看出，投壶者和观众随意而坐，有走动者，亦有笑者。说明汉代投壶作为一种游戏更为广泛，礼的成分减少了，玩乐的成分增多了。

《〈汉书〉征引经书考述》属于文本文献的考释，重点考释《汉书》所引经书文字与今本之异同，亦可看出汉代流行经书与后代版本的差异。如《纪》对经书的征引，文中写道：

> 《汉书》卷六武帝纪第六〇：《诗》云："九变复贯，知言之选。"
>
> 颜师古《汉书注》曰："应劭曰：逸诗也。"这里为《汉书》引逸诗，体裁为四古。原文为："四牡翼翼。以征不服。亲省边陲。用事所极。九变复贯。知言之选。"（清代郝懿行《郝氏遗书》中有《诗经拾遗》一卷，辑录较为完备。今人则有逯钦立辑校的《先秦汉魏晋南北朝诗》卷六《先秦诗》为逸诗，收录亦为详备。张西堂、张启成有专文考辨，见《西北大学学报》1958 年第 1 期、《贵州文史丛刊》1984 年第 1、3 期）。

作者主要通过班固《汉书》所引的文本与宋代朱熹《诗集传》的比较，以现出东汉流传的《诗经》文本，其与南宋流行文本的差异有一定的文献学价值。

"子学编"中讨论的几个问题，与现实关系比较密切。他读博士期间，我同他多次讨论过《文中子》一书。我以为王通之所以在当时很受重视，因为他的思想为大一统的社会的建立提供了一个思想基础。社会摆脱了数百年的战乱，应重视教化，故其书以仁义为教化之本；因为经过南北很多民族的交融和思想的融会，社会习俗的相互影响，新的大一统不同于西周和西汉、东汉、魏晋，所以提出“时易世变”、“通变之谓道”、“通其变天下无弊法”等思想；又因为新的大一统也包含有各宗教思想的同安共处问题，所以又提出“三教于是乎可一矣”的主张。当时我建议他以《文中子》作为学位论文题目。本书中也有三篇是关于《文中子》的，也都有自己的看法。《庄子的开放性心态及其相关影响》主要论述了庄子的开放性心态、哲学思想与美学观念，以及这种思想对文学的影响。研究庄子虽然是要做扎实的整理，但更应具时代性，本文就是从时代性出发，努力使自己的学术研究充满强烈的时代感和旺盛的理论活力。心态是一种精神流动体，似乎是抽象的、不可捉摸的，而它正是一个人内心最重要的。我们只能从《庄子》文本中去分析，以求了解庄子总体的生命状态和心灵轨迹。文中说：“我们在解读《庄子》的过程中，从庄子的心灵哲学人手，把他放在战国时期那个自由开放的社会氛围中考察其心态，紧紧围绕《庄子》书中的言论，尽量客观地论述庄子心态的开放性，以求解开庄子无穷魅力的深层根源（哲学）。这种开放性心灵与开放的社会相一致，他对理想境界的追求，扩大了人们的思维空间。王尔德自从接触庄子之后，其文章风格和观点均发生了很大变化，简直判若两人，他之所以能导致西方批评观的大转折，确实得益于庄子。”作者认为，面对今天物欲横流的社会，人们为欲望的不能满足而焦虑、迷茫，庄子豁达超然的处世态度，对于培养我们健康的心理素质有着积极的意义。我认为作者的这个看法是有益于社会的。

“文学编”中，《〈诗经〉中的天文星象》和《杜诗中的天文星象》这两篇值得注意。我国是世界上天文学发展最早的国家之一。远在三千年前，我们的祖先就面对浩瀚无边的天空、闪烁的星辰，联想翩翩，涌现出牛郎与织女等神话传说。《诗经》中写到天文星象的地方有很多。顾炎武在《日知录》卷三十中说：“三代以上，人人皆知天文。‘七月流火’，农夫之辞也。‘三星在天’，妇人之语也。‘月离于毕’，戍卒之作也。‘龙尾伏辰’，儿童之谣也。后世文人学士，有问之而茫然不知者。”确实如此，在农耕时期古人认为属常识性的知识，是诗文描写的对象，但在今天离我们却那么遥远，似为绝学了。这两篇文章以此为切入点论诗，不乏新意。

总的来说，全书立足于文献，实事求是，不发空论，是作者进行细致研究所得，是作者就有关问题同学界朋友的对话。当然，有的地方也还可以进一步论述，但不至于令读者茫然不知所云。作者的态度是认真的。我想，关心有关问题的朋友，也一定会关注这本书。

2014 年 3 月 31 日

于西北师范大学滋兰斋

经学编

近取诸身，以我观物

——论《易经》中的身体哲学

中国古人对宇宙的终极性思考是始于对人自身，他们把人自身的身体看作是宇宙真正的起点和本源，所谓“修身、齐家、治国、平天下”，这是典型的“根身”哲学。中国古人关于“身体”的理解不是纯粹物理对象的躯体，而是除此之外还兼有“亲自”、“亲身”和“亲自体验”等丰富内涵。人本是灵与肉的结合体，长期以来西方哲学关注的是人的心灵，心灵才是思辨哲学关注的。中国的儒家哲学中虽然讲修身养性，然而重在心性，身体却被忽视了，其实它还是以“心性之学”为中心的。“尼采宣称：一切从身体开始。梅洛·庞蒂提出：世界的问题，可以始于身体的问题。”[①] 这也是受到了胡塞尔“回到事物本身”的现象学纲领的感召，于是哲学家们展开了一场哲学上的“寻根”运动。那么，中国哲学之根在哪里？我想除了《周易》而无他。

《易经》素称“群经之首”，其辞古奥艰深，其象难以蠡测。作为儒道共尊的经典，它是一部融卜筮、宗教及哲学为一体的典籍。“易道广大，无所不包。”《易经》提供了一整套认识世界、把握事物普遍规律的思想方法，成为影响中国文化数千年的思想核心，渗透到政治、经济、宗教、科学、文化、军事等各个领域。对《易经》的认识随时代的发展而不断变化，时至今日，它的哲学思想依然放射耀眼光芒。《易经》是中国哲学的源头，它独特的身体思维方式，对后世儒家影响深远，儒家常常从身体出发，思考人的道德修养问题。《易经》哲学是由身体而生发的，它也是一种从“根身”生命、生存的体验来思考天地自然的思维方式。《易传·系辞下》云：“天地絪缊，万物化醇。男女构精，万物化生。”[②] 这就

① 张再林：《作为身体的中国古代哲学》，中国社会科学出版社2008年版，第1页。

② 见（清）阮元校刻的《十三经注疏》本（中华书局1980年影印版），后引自《易经》者皆出其本。

把男女构精这一世俗的生命孕育现象与天地万物的生成规律联系在一起。这表明，《易经》对天地自然的思考始于对身体经验的观察与体悟，并以此为出发点去审视世界万物，它包含着极为丰富的哲学理念。

一 《易经》中的衍生哲学

《易经》由人的自身出发解释宇宙和人事。《系辞下》说："古者包牺氏之王天下也，仰则观象于天，俯则观法于地，观鸟兽之文与地之宜，近取诸身，远取诸物，于是始作八卦，以通神明之德，以类万物之情。"八卦的产生就说明了这个问题，八卦本身就是源于身体经验的哲学。我们说《易经》是衍生的哲学，所谓衍生，就是指演变而产生的，从母体物质得到的新物质。六十四卦是在八卦的基础上衍生、发展起来的。朱熹在《周易本义》中载邵雍的《伏羲八卦次序》和《伏羲六十四卦次序》两张横图，以说明八卦和六十四卦的衍生过程。《系辞上》说："《易》有太极，是生两仪，两仪生四象，四象生八卦。"邵雍说八卦的形成是"一分为二，二分为四，四分为八也"。先有太极，宇宙混沌初开，分出天地，然后有万物。将太极一分为二，为阴为阳。阳分为太阳和少阴，阴分少阳和太阴，这就产生了四象。四象再一分为二，太阳生《乾》、《兑》，少阴生《离》、《震》，少阳生《巽》、《坎》，太阴生《艮》、《坤》，这样八卦就衍生出来了。所生八卦次序是按乾一、兑二、离三、震四、巽五、坎六、艮七、坤八排列的，这是伏羲八卦的次序，故称《伏羲八卦图》。此图是衍生六十四卦的基础。在《伏羲八卦图》的基础上，又衍生出《伏羲六十四卦次序图》。邵雍认为，六十四卦是由八卦"八分为十六，十六分为三十二，三十二分为六十四"而成。由八卦生十六卦，十六卦生三十二卦，三十二卦生六十四卦。从太极到六十四卦是一个衍生的过程，这种衍生就是个相互斗争的结果。太极分而为阴和阳，《易传》说，六十四卦是由"八卦相荡"、"八卦相错"而成。"荡"和"错"其义相近，乃推荡交错之义。阴和阳相互斗争，在斗争中达到统一，统一就形成了一个卦，六十四卦就是这样形成的。它们的推荡过程有以下两种形式：一是，同卦相重，即乾（☰）与乾（☰）重、坤（☷）与坤（☷）重……这样就形成了八个六画卦：乾䷀、坤䷁、兑䷹、离䷝、震䷲、巽䷸、坎䷜、艮䷳。这八个六画卦称作"八纯卦"，其卦名还是原卦名。二是，一个经卦与另一个经卦相重。以☰（乾）卦为例，与☷（坤）重而成䷋（否），与☱（兑）重而成䷉（履），与☲（离）重而成䷌（同人），与☳（震）重而成䷘（无妄），与☴（巽）重而成䷫（姤），与☵（坎）重而成䷅（讼），与☶（艮）重而成☴（遁），其余依此类推。这样，由一个经卦经过与自身或其他经卦重合，就衍生出八个六画卦，八八六十四卦。八个经卦太简单了，不能穷尽世间万物，而重为六十四卦，就能解释宇宙间的一切事物了，故《易》能“弥纶天地之道”，能解释自然与社会中千变万化的形态。

人类生命形成以后，就一代一代地繁衍、发展，生生不息。在繁衍过程中，一些种类灭绝了，但新的种类又会产生。一种生态平衡被打破后，又会出现新的生态平衡。《系辞上》曰：“生生之谓易。”孔颖达《周易正义》解释说：“生生，不绝之辞，阴阳变转，后生次于前生，是万物恒生谓之易也。前后之生，变化改易，生必有死。”生态是生物通过同化和异化与环境之间不断进行物质交换和能量转化，从而不断进行新陈代谢，交替更新的作用。由于生物的生存、活动依赖于非生物客观条件，所以生物系统与环境系统在一定条件的空间下共同组成了生态系统，也叫自然生态。生态系统永远处于运动之中，这就是《系辞上传》所讲的“生生之谓易”，《易纬·乾凿度》所讲的“所谓易也，变易也”（《周易正义序引》）。变易也是一种衍生，是繁衍变化，生态系统随时随地都在不停地运动变化，故《系辞下》曰：“易穷则变，变则通，通则久。”这里讲的正是生态系统协调运动的过程。在生态系统中，每一部分都互相联系与制约，从而取得生态平衡，一旦生态平衡被打破，就变成“穷”。生态系统其他部分，可起协调补偿作用，就是“穷则变”，生态的自我协调或人为协调，可达到“穷则”，即物质的循环与能量转化再次达到恰当的平衡状态。生态平衡恰当，可以有一段时间的相对稳定，这就是“通则久”。只有不断地衍生变化，才能保持得长久。

这种衍生从另一方面说，万物是天地互相感应发生变化生成的。《咸卦·象传》曰：“天地感而万物化生。”天地互相感应发生变化则产生了万物。万物不是神创，而是天地感应自然生成的。天地就是自然界，就是乾坤。《乾卦·象传》讲：“大哉！乾元，万物资始。”《坤卦·象传》讲：“至哉，坤元，万物资生。”《系辞上》中则进一步指出：“乾道成男，坤道成女。乾知大始，坤作成物。”乾象天，天最明显的代表是太阳。坤象地，在太阳的照射下，万物生于大地。《益卦·象传》曰：“天施地生。”唐孔颖达《周易正义》曰：“天施气于地，地受气而化生。”① 也就是天地交感而万物化生的过程。乾主万物之始，坤主万物之成。用男、女表示阳和阴。《序卦》进一步阐述：“有天地然后万物生焉。盈天地之间

① 见清代阮元校刻的《十三经注疏》本，中华书局据原世界书局本影印1980年版，第53页。

者惟万物”，“有天地然后有万物，有万物然后有男女”。这是一种朴素的唯物论衍生观。

《易经》从身体出发观察宇宙万物的思想，其影响波及老子的哲学思想，尤其是老子的宇宙观。老子认为，道是宇宙的根源，世间万物都是由道衍生出来的。《老子》第四十二章说：“道生一，一生二，二生三，三生万物。万物负阴而抱阳，冲气以为和。”这类似于《易传》的“易有太极，是生两仪，两仪生四象，四象生八卦”。《易传》中对于人类的演化过程作了进一步说明：“有天地，然后有万物；有万物，然后有男女；有男女，然后有父子；有父子，然后有君臣。”从宇宙产生顺序上说先有天地，然后才可能有地球生物，在古生物的基础上人类是一步步进化过来的，在脱离了禽兽之后，只有男女的区别，这就是“只知有其母”的母系时代；之后就有了父子的区别，这就是父系时代，这时人类就前进了一大步；最后则出现了人类社会的初级形式、高级形式，等等。而老子说得比较概括：“天下万物生于有，有生于无。”老子认为宇宙大厦是由“道”衍生出来的，而“道”则包含“无名”、“有名”两类本体物质。老子说：“无名”是“天地之始”，宇宙万物都是从它开始的，所以又叫“众父”，就是万物之父的意思。“有名”则是万物之母，宇宙万物都是由它所生。《易传》也认为“道”是由两种物质组成的，它说：“一阴一阳之谓道”，意思是一个阴一个阳就是“道”。它把“无名”称为阳，把“有名”称为阴。“无名”、“有名”的关系是：“无名”衍生“有名”，就是老子说的“道生一”。“一”是“有名”的别称。那么“道”是怎么衍生的呢？老子说：“道者，反之动。”就是说“道”总是向相反的方向衍化发展的。它开始由“无名”、“有名”结合成“一”，然后逐步衍生出宇宙万物，因此宇宙万物都是从小到大，由生到壮；由壮到老以至死，这也是道的另一种反向衍化，万物皆然，靡有孑遗。

《易经》从身体出发观察宇宙万物的思想，也影响到后来的五行相生的思想，“木生火，火生土，土生金，金生水，水生木”。五行相生，也就是五种基本形态的发展规律，即：新生形态（木）→上升形态（火）→中转形态（土）→下降形态（金）→衰亡形态（水）→更高级的新生形态（木）→……以五种基本形态的发展学说来看，任何事物总是以木→火→土→金→水→木→……这样周而复始、反复不断的形式运动发展着的。其实，事物的这种运动发展是一种波浪式前进或螺旋式上升的过程。五行相生，生者为母，被生者为子，因而五行相生可以说是一种母子关系。母是子的产生者，母对子是相生的。反过来子对母是相克的。

《易经》所体现出的是从身体出发观察宇宙万物的思想，就像黄俊杰在《东亚儒学史的新视野》中所说的是一种“联系性思维方式”：“传统思想家认为自然秩序与人文秩序存有紧密的联系性，《易经·系辞传》说：‘圣人观乎天文以察时变，观乎人文以化成天下’，认为自然秩序的变动，及其所潜藏的诸多原理与原则，与人文现象的内在结构之间具有同质性，因此具有参考性。《道德经》第二十三章：‘飘风不终朝，骤雨不终日。孰为此？天地。天地尚不能久，而况于人乎？’古代道家认为自然世界的诸多变化如飘风、骤雨等现象，对于人文现象的思考具有高度的启发性。这种类比思维都隐含一种人文与自然之间存有联系性的假设。心理分析大师荣格（Carl G. Jung，1875—1961）曾经以共时性原理（Principle of synchronicity）一词来形容中国古代思想世界中所见的人文与自然之间存有渗透性。由于这种‘联系性思维方式’，所以中国人常常在自然现象中读入人文意义。”[①]《易经》开创的这种由人身而自然，以此衍生出诸多的思想就是联系性思维的结果。

二 《易经》中的阴阳哲学

阴阳是中国古代哲学中的一对重要的范畴，是古人用以认识世界和解释世界的世界观和方法论，阴阳是对宇宙间相互关联的事物或现象双方属性的概括。古人认识论的基本向度：一是“远取诸物”，二是“近取诸身”。这意味着身体的经验是中国古人认识得以发生的前提之一。所谓“近取诸身”，就是指从身体经验类推世界经验。这是一种从“根身”的生命、生存体验来思考天地自然的思维方式。《易传》云：“天地絪缊，万物化醇。男女构精，万物化生。”这就把男女构精这一世俗的生命孕育现象与天地万物的生成规律联系在一起了。这表明，《易经》对天地自然的思考始于对身体经验的观察与体悟。方英敏在《贵身：身体的本体认定——先秦身体哲学的一个核心命题》中说：“对先秦人来说，无论建构社会规范还是探索自然世界，都表现出对主体的身体经验的极大依赖性。而作为两大经典文本，《周礼》和《周易》正是先秦中华民族主体性自觉的思想表征，是主体之人自觉地依据对切己的身体经验的自我理解，来探索社会（人道）和自然（天道）而凝结成的两大知识性成果。”[②]《易经》的创立者在远古社会，远观近察，远取诸物，近取诸身，他们看到宇宙中的太阳与月亮，人类中的

① 黄俊杰：《东亚儒学史的新视野》，台湾大学出版中心 2002 年版，第 321—322 页。

② 方英敏：《贵身：身体的本体认定——先秦身体哲学的一个核心命题》，《江西社会科学》2010 年第 3 期。

男与女只有两类，从男与女生理器官的不同，进一步升华，把它提升为男女之道，阴阳之道，扩而大之为宇宙之道。乾坤两卦就是男女之卦。《系辞》："乾道成男，坤道成女。"咸卦是阴阳交感之卦。

《易经》的思想是由人身出发渐次扩展的，由男女而天下万物的。《系辞》云："乾，阳物也，坤，阴物也。"《易·杂卦》："《乾》刚《坤》柔。"《说卦》："乾，健也。坤，顺也。""龙蛇之蛰，以存身也。精义入神，以致用也；利用安身，以崇德也。""君子藏器于身，待时而动，何不利之有?""善不积不足以成名，恶不积不足以灭身。"易卦之取象，以人体为象，进而以父母子女为象。《易·说卦》："乾为首，坤为腹，震为足，巽为股，坎为耳，离为目，艮为手，兑为口。乾，天也，故称乎父。坤，地也，故称乎母。震一索而得男，故谓之长男。巽一索而得女，故谓之长女。坎再索而得男。故谓之中男。离再索而得女，故谓之中女。艮三索而得男，故谓之少男。兑三索而得女，故谓之少女。"我们知道伏羲画八卦始于人类最早的畜牧时代，伏羲以八卦来表述自己的哲学思想，他是"近取诸物"的，由人自身和身边的动物为喻的。《说卦》："乾为马，坤为牛，震为龙，巽为鸡，坎为豕，离为雉，艮为狗，兑为羊。"高怀民在其《先秦易学史》中说：伏羲氏是中国历史上第一位天子，他教老百姓畜牧谋生的方法，"伏羲氏将他对牛、羊、马等动物的观察，扩大到所有动物，再扩大到观察草木虫鱼及大自然一切现象。他观察的兴趣越来越浓厚，越观察越不能自休，似乎在观察中发现了什么东西。他发现眼前世界中万物的千差万殊，只是外形，而在物性上，实有共通之处；如果用现在的话说，他便是一个有哲学思想的人，他沉醉到他的思想中了。……伏羲氏从天上观察到地下，从万物观察到自身。终于，他虽然仍不能解答那些'为什么?'但却为他的观察得到一个结论，便是：一切万物都在变动不息，宇宙间没有一物不在变动，这个'动'是万物共具的通性。……他想把他的思想表达出来，但他无法表达，因为那时候尚没有文字，最后，他只好举手在地上画一个符号，来记下他思想中的那个大作用、大动能，他画的符号便是'一'。……到后来，人们渐渐发现这个符号的重要性后，便称呼它为'太极'。太之义为'至大'，极之义为'穷尽'，太极的意思是说'一'所代表的大作用、大动能，涵摄宇宙万物，动生宇宙万物，为至大的、至根本的动源，而称赞伏羲氏这一笔为'一画开天'。"①

① 高怀民：《先秦易学史》，广西师范大学出版社 2007 年版，第 41—42 页。

在《易经》中阴阳是对立的，又是合二为一的。乾坤为天地，为父母，乾为阳物，坤为阴物，《说卦》云："乾，天也，故称乎父。坤，地也，故称乎母。"父母也，男女也，男与女，似相对立。但是天地之气一上下相交，就产生了自然万物；男女结合，人类就得以繁衍。就像《易传》中所说的："天地细缊，万物化醇。男女构精，万物化生。"在《易经》卦爻辞中，两两对立的现象普遍存在。如：

天地：《明夷》卦上六爻辞"不明，晦，初登于天，后入于地"。
东西：《既济》卦九五爻辞"东邻杀牛，不如西邻之禴祭"。
大小：《小过》卦辞"亨，利贞。可小事，不可大事"。
往来：《泰卦》卦辞"小往大来，吉，亨"。
吉凶：《讼》卦辞"有孚，窒惕，中吉，终凶"。
进退：《观》六三爻辞"观我生，进退"。
君子·小人：《剥》卦上九爻辞"君子得舆，小人剥庐"。
大人·小人：《否》卦六二爻辞"包承，小人吉，大人否"。

不仅如此，六十四卦中卦与卦都是两两对立的。如《乾》与《坤》、《泰》与《否》、《晋》与《明夷》、《同人》与《大有》、《临》与《观》，从乾坤到既济未济一共三十六对。

乾与坤的对立统一。乾与坤的对立统一即天与地的对立统一，从卦象上来看，则为阴与阳的对立统一。从含义上来看，乾是刚健进取，坤为柔弱顺从，二者也是对立统一的。

泰与否的对立统一。"泰"是通泰即开通的意思，"否"是闭塞的意思，二者是对立统一的。

谦与豫的对立统一。即谦逊和骄傲的对立统一。

损与益的对立统一。即减少和增加的对立统一。

王章陵在《周易思辨哲学》中说："《周易》作者构思卦爻相互的关系，就是描述其阴阳对立。但是阳与阴既相反，又相成。而阳与阴两事物，它之所以具有相反相成的关系，那是由实际事物的观察而得到的理则，这个理则，在形式逻辑上是不可能容许的。……不过《周易》的作者，不是从静的角度观察宇宙事物，而是从动的、变的角度观察宇宙事物。《系辞传》说：'《易》之为书也不可远，为道也屡迁，变动不居，周流六虚，上下无常，刚柔相易，不可为典要，唯变所适。'这是说，《易经》这一部书，是一部经世致用的学问，人生不可须臾疏远的。它以阴阳运行，互相推移变化，故其道常常变迁，变动不拘于一爻一卦，爻卦之间，更互变动，周流于六个爻位之间，因此，不可固执一种典常的意蕴，而且是与变相适的道理。”[①] “阴阳的对立统一是易道变化之根本”，这一观点是研究《易》的基本认识，也是必须得到重视的一个理论。实际上，在《易传》中论及先天八卦图时说：“天地定位，山泽通气，雷风相薄，水火不相射，八卦相错。”就形象而生动地说明了阴阳的“对立”与“统一”是易道变化的基本框架，无论所谓义理还是象数派对《易经》的研究，都非常重视对这一段文字的参悟，因为它并不仅仅表示八卦的性质或者方位，而是渗透着古代哲人对天地宇宙及其存在之理的深沉思考和高超智慧。

三　《易传》中的修身哲学

何谓修身？王阳明在《大学问》中说：“何谓身？心之形体，运用之谓也。何谓心？身之灵明，主宰之谓也。何谓修身？为善而去恶之谓也。吾身自能为善而去恶乎？必其灵明主宰者欲为善而去恶，然后其形体运用者始能为善而去恶也。故欲修其身者，必在于先正其心也。”[②] 可见王阳明认为“身心一体”。《易经》中从前至后都有关于修身的叙述，《乾卦·文言》曰：“九二曰‘见龙在田，利见大人’，何谓也？子曰：‘龙德而正中者也。庸言之信，庸行之谨，闲邪存其诚，善世而不伐，德博而化。《易》曰：见龙在田，利见大人。君德也。’九三曰‘君子终日乾乾，夕惕若，厉无咎’，何谓也？子曰：‘君子进德修业。忠信所以进德也。修辞立其诚，所以居业也。知至至之，可与几也。知终终之，可与存义也。是故居上位而不骄，在下位而不忧，故乾乾因其时而惕，虽危无咎矣。’九四曰‘或跃在渊，无咎’，何谓也？子曰：‘上下无常，非为邪也。进退无恒，非离群也。君子进德修业，欲及时也，故无咎。’”后人在阐发易学思想的时候，和儒家思想无形中走到了一起。东晋玄学家韩康伯深受儒家思想的影响，他不仅重视教化，而且高扬“必反修诸内”（《序卦注》）的道德修养。他在注释《易传》时说：“刻损以修身，故先难也；身修而无患，故后易也……求诸己也。……以一为德也。……止于修身，故可以远害而已。”[③] 他认为《易经》中的“修身”是内修，这种修养是“求诸己”的实践，修身的目的在于避免祸害、远离忧患。从本质上说，这种修养应本着自然无为的原则来施行，这是他在哲学上继承了何晏、王

---

① 王章陵：《周易思辨哲学》上册，齐鲁书社 2007 年版，第 49 页。

② 《王阳明全集》，上海古籍出版社 1992 年版，第 971 页。

③ 楼宇烈：《王弼集校释》，中华书局 1980 年版，第 567—568 页。

弼的思想，以此来解释《易经》的。

《易经》重视道德修养，注重自身的完善，强调自强、自立、自省、自谦，《易经》中关于德行修养的语句俯拾即是，《象传》是真正系统阐述君子修身之道的著作。李镜池认为："《象传》对于卦的解释，有两个观点：一是卦所以构成的物象，我们叫它做'卦象'；一是从卦象引申出来的义理，我们叫它做'卦德'。卦象，是卦本来的意义，卦德，是人看了这个卦而觉悟出来的人生哲学。""大象分为先后两部分：前部：卦象的关系；标出卦名。或卦象和卦德的结合，不标卦名。后部：卦义——从卦象或卦名词义引申出政治、修养的道理。后一部分，内容不外发挥儒家的政治哲学和人生哲学，但它的引申发挥，也有一定的法则的。"[①]《象传》云："乾：天行健；君子以自强不息。坤：地势坤；君子以厚德载物。蒙：山下出泉，蒙；君子以果行育德。小畜：风行天上，小畜；君子以懿文德。同人：天与火，同人；君子以类族辨物。大有：火在天上，大有；君子以遏恶扬善，顺天休命。谦：地中有山，谦；君子以裒多益寡，称物平施。"当然，《象传》只及君子，不及小人，有人以为是儒家思想的反映。

儒家讲"修身、齐家、治国、平天下"，可见个人修养的重要性，《易经》中无不贯穿着这种思想。唐明邦在《〈易传〉论修身齐家之道》中认为："《易传》从整体说来，是一部古代经邦济世的宝贵经典，蕴含着治国安邦的基本准则，不言而喻，也包含有不少关于修身齐家的至理名言，值得十分珍视。……《易传》从治国、平天下的远大目标出发，反复论及个人道德修养、人格培养问题。历代忧国忧民的仁人志士无不从中汲取有益教训，身体力行，以陶铸自己的独立人格、高尚情操。《易传》中不少修身的哲理格言，至今流传民间，成为中华民族美德。"[②] 唐明邦认为《易传》所包含的修身大体有八大方面："自强不息"，《乾》象辞曰："天行健，君子以自强不息。"天体的运行刚强劲健，永不止息。君子观象而效法之，当发愤自强，奋斗不息。"厚德载物"，《坤》象辞曰："地势坤，君子以厚德载物。"大地的气势博大而敦厚，君子效法之，当厚养美德，包容万物，以敦厚宽容的涵养处世待人。"体仁、和义"，《说卦》曰："立人之道，曰仁与义。""仁"者，爱人，待人慈爱；"义"者，公平正直。个人修养中要培育仁爱精神和正义感。"忠信、立诚"，

① 分别见于《周易探源》，中华书局1978年版，第231、372页。

② 见《周易通雅——唐明邦易学论文选》一书的第二章：易学思想与和谐社会，武汉大学出版社2010年版。

《文言》曰："君子进德修业。忠信所以进德也；修辞立其诚，所以居业也。"为人处世忠诚守信用，是个人修养的重要标志。"迁善改过"，《益》象辞曰："风雷，益。君子以见善则迁，有过则改。"君子应从风雷激荡的卦象，懂得人各有所长，如风与雷，取人之长补己之短，有过则改。"谨言慎行"，《系辞上》曰："君子居其室，出其言善，则千里之外应之，况其迩者乎！居其室，出其言不善，则千里之外违之，况其迩者乎！…言行，君子之枢机。枢机之发，荣辱之主也。言行，君子之所以动天地也，可不慎乎！"有修养的人，一言一行，要十分谨慎。遇事慎重发表意见，三思而后行。"立不易方"，《恒》象辞："雷风，恒。君子以立不易方。"风在雨前，雷在风雨后，观雷风之象以修身，做人要坚持原则立场，保持独立人格。"致命遂志"，《困》象辞曰："泽无水，困，君子以致命遂志。"泽枯涸，困境也，此卦教人们舍生取义。古今多少仁人志士，杀身成仁，血写春秋，"我以我血荐轩辕"，为民族、为国家"致命遂志"。个人修养关乎江山社稷，可以说是基础工程，故《易传》所讲甚多。个人品德纯正，家道则正，以此治国，则国宁昌平，社会安定太平。也就是我们今天所致力建设的和谐社会。

《易经》包含的身体哲学，是从身体出发对天地万物的关照，是一种由我出发的视界对事物的透视、理解和评价，和西方对个性身体的反观不同。准确地说，《易经》是透过身体来思维，以此把宇宙与人身、社会与人身联系起来。

2012 年 6 月

马融《周易注》辑佚整理校正

马融，东汉经学家，博通经籍，尤长古文经学，一生注书甚多，世称“通儒”。注有《论语》、《周易》、《三礼》、《尚书》、《列女传》、《老子》、《淮南子》、《离骚》等书，然其书多已佚。关于马氏《易》注，在后代的志书中多有著录。《隋书·经籍志》云：“《周易》九卷，后汉大司农郑玄注。梁又有汉南郡太守马融注《周易》一卷，亡。”[①]《旧唐书·经籍志》云：《周易》“十卷马融章句”[②]。《新唐书·艺文志》云：“马融《章句》十卷。”[③]《清史稿·艺文志》云：“汉马融《周易传》一卷。”[④]除正史中志书的著录之外，清代还有些书辑录了马融的《周易注》，《汉魏二十一家易注》孙堂辑，清嘉庆四年平湖孙氏映雪草堂刻本，《玉函山房辑佚书》马国翰辑，光绪九年长沙琅嬛馆刊本。

本文的整理辑校，以广陵书社影印的清代马国翰辑《玉函山房辑佚书》为底本，而广陵书社是1999年据光绪十年楚南湘远堂刊本整理、影印。在马国翰底本的基础上，再参校李鼎祚《周易集解》、李道平《周易集解纂疏》和四部丛刊初编经部《经典释文》。黄氏《汉学堂经解》中的《马融易》亦是较好本子，故亦相互比照，查缺补漏。对于残文中马氏注文，以“○”符号表明出处。辑佚本注解未注明是卦辞还是爻辞的，均加上了整理者的按语，以“李按”明之。

《周易马氏传》上

《周易》上经

乾

---

① （唐）魏徵等：《隋书》，中华书局1973年版，第903页。

② （后晋）刘昫：《旧唐书》，中华书局1975年版，第1967页。

③ （北宋）欧阳修、宋祁：《新唐书》，中华书局1975年版，第1424页。

④ 赵尔巽：《清史稿》，中华书局1977年版，第4225页。

初九，潜龙勿用。

卦辞文王，爻辞周公。〇《正义序》，《汉上丛说》，《赵氏辑闻》，《董氏会通》，《瑞桂堂暇录》，《群书考索·前集三》。

物莫大于龙，故借龙以喻天之阳气也，初九建子之月，阳气始动于黄泉，既未萌芽，犹是潜伏，故曰潜龙也。〇李鼎祚《集解》，李道平《周易集解纂疏》卷一亦引此语。

圣人起而万物睹。

作，起也。〇陆德明《释文》：圣人作。马融作“起”。裴骃《史记集解》引云：作，起也。

坤

西南得朋，东北丧朋。李按：此为坤卦卦辞。

孟秋之月，阴气始著，而坤之位同类相得，故西南得朋。孟春之月，阳气始著，阴始从阳，失其党类，故东北丧朋。〇《集解》。丧，失也。《释文》。

由辩之不早辩也。辩，别也。〇《释文》。

屯

初九，盘桓。

盘桓，旋也。〇《释文》，胡三省注《资治通鉴》音注卷八十八。

屯如邅如。邅，张连反。《释文》。乘马班如，匪寇婚媾。《释文》：媾，马本作冓。邅如，难行不进之貌。《释文》。班如，班旋不进也，言二欲乘马往适于五，正道未通，故班旋而不进也。重婚曰冓。孔颖达《正义》。李按：此六二爻爻辞。

以往，吝。李按：今本《易经》六三爻爻辞是“往吝”，无“以”字。吝，恨也。〇《释文》。

蒙

上九，击蒙。〇《释文》：系蒙，马郑作击。

需

需，有孚，光亨，贞吉。李按：此需卦卦辞。〇《释文》云：马郑总为一句。

上六，入于血，有不速之客三人来。速，召也。〇《释文》。

讼

有孚窒惕，中吉。中，丁仲反。〇《释文》。

窒，读为踬，犹止也。〇《释文》。李按：此讼卦卦辞。《黄氏逸书考》为“有孚咥惕，中吉。咥，读为踬，犹止也”。

其邑人三百户，无眚。李按：此九二爻爻辞。

眚，灾也。○《释文》。

渝，安贞吉。渝，以朱反。○《释文》。李按：此九四爻爻辞。

渝，变也。○《释文》。

上九，或锡之鞶带，终朝三褫之。

鞶，大也，旦至食时为终朝。○《释文》。鞶带，大带衣也。○《口诀义》。

师

师，众也。（李按：此彖辞中语）二千五百人为师。○《释文》。

以此毒天下。李按：此彖辞中语。

毒，治也。○《释文》。

否臧。（李按：此初六爻爻辞中语）否，方有反。《释文》引马、郑、王肃。

比

比之匪人。李按：此为六三爻爻辞。

匪，非也。○《释文》。

王用三驱。李按：此九五爻爻辞。

三驱者，一曰乾豆，二曰宾客，三曰充君之庖。○《释文》。

小畜

九三，舆说辐。

辐，足下缚也。《释文》。乾为车。○《集解》。

六四，有孚，血去、惕出。血，当作恤，忧也。○《释文》。

九五，有孚挛如。挛，连也。○《释文》。

履

不咥人，亨。李按：此为卦辞也。

咥，吃。○《释文》。兑为虎。○郑刚中《周易窥余》。

履帝位而不疚。李按：此为彖辞也。

疚，病也。○《释文》。

虩虩终吉。○《释文》：愬愬，马本作虩虩，音许逆反。李按："虩虩终吉"，此为九四爻爻辞也。今本为"虩，终吉"。

虩虩，恐惧也。○《释文》。

泰

泰，大也。○《释文》。

谦

天道毁盈而益谦。○《释文》：亏盈，马本作毁盈。李按："天道亏盈而益谦"，象辞也。

六四，无不利，㧑谦。㧑，犹离也。○《释文》。

豫

豫，乐。○《释文》。

殷荐之上帝。李按：此为象辞也。

殷，盛也。○《释文》。

六二，扴于石。《释文》：介于，马作扴。

扴，触小石声。○《释文》。

九四，犹豫。○《释文》：由豫，马作犹。犹豫，疑也。○《释文》。

朋盍臧。○《释文》：簪，马作臧。（李按：朱熹《周易本义》本作"簪"，侧林反，后人从之）

上六，冥豫。

冥，昧，耽于乐也。○《释文》。

蛊

先甲三日，后甲三日。李按：此为卦辞也。

甲在东方，艮在东北，故云先甲，巽在东南，故云后甲，所以十日之中唯称甲者。甲为十日之首，蛊为造事之端，故举初而明事始也，言所以三日者，不令而诛为之暴。故令先后各三日，欲使百姓遍习行而不犯也。○《集解》。

有子考。《释文》：周依马、王肃以考绝句。李按：此为初六爻爻辞。

六四，裕父之蛊。裕，宽也。○《释文》。

观

盥而不荐，有孚颙若。

盥者，进爵灌地，以降神也。此是祭祀盛时，及神降荐牲，其礼简略，不足观也。国之大事，唯祀与戎，王道可观，在于祭祀，祭祀之盛，莫过初盥降神，故孔子曰：禘自既盥而往者，吾不欲观之矣。此言及荐简略，则不足观也。以下观上，见其至盛之礼，万民信敬，故曰有孚颙若。孚，信；颙，敬也。○《集解》。

初六，童观。童，犹独也。○《释文》。

噬嗑

初九，屦校灭趾，无咎。校，音教。○《释文》。

六二，噬肤灭鼻，无咎。柔脆肥美曰肤。○《释文》，《汉上丛说》，《易窥余》。

六三，噬腊肉。晞于阳而炀于火曰腊肉。○《释文》。

九四，噬干胏。有骨谓之胏。○《释文》。

聪不明也。李按：此为上九爻象辞。耳无所闻。○《释文》。

贲

六四，贲如皤如，白马翰如。翰，高也。○《释文》引马、荀。

六五，贲于丘园，束帛戋戋。戋戋，委积貌。○《释文》。

剥

初六，剥床以足蔑，贞凶。剥，落也。蔑，无也。○《释文》。

六二，剥床以辨。辨，音辩，具之辩，足上也。○《释文》引徐音，马、郑同。

复

初九，不远复，无祇悔。祇，之是反。祇，辞也。○《释文》。

六三，频复，厉。频，忧频也。○《释文》。

无妄

妄，犹望，为无所希望也。○《释文》马、郑、王肃皆云。

天命不右。○《释文》：不佑。马作右。李按：此为彖辞。

谓天不右行。○《释文》，《集解》虞翻引。

先王以茂对时育万物。李按：此为象辞。

茂，勉也。对，配也。○《释文》。

不菑畲。李按：此为六二爻爻辞。

菑，田一岁也；畲，田三岁也。○《释文》。

大畜

九二，舆说輹。

说，解也。○《释文》。

曰闲与卫。闲，习。○《释文》。

上九，何天之衢，亨。四达谓之衢。○《释文》。

颐

虎视眈眈。李按：此为六四爻爻辞。

眈眈，虎下视貌。○《释文》。兑为虎。○朱震《汉上易传》卷三。

上九，由颐，厉吉。厉，危。○《释文》。

大过

初六，藉用白茅。在下曰藉。○《释文》。

九五，枯杨生华，老妇得其士夫。李按：马国翰本为“六五”，误也。应为九五。因大过卦是下巽上兑。

初为女妻，上为老妇。○《集解》虞翻曰：旧说以初为女妻，上为老妇，误矣。马君亦然。

坎

上六，系用徽纆。

徽纆，索也。○《集解》，杨士勋《春秋谷梁传疏》。

离

初九，履错然。错，七路反。○《释文》。

则大耋之嗟，凶。七十曰耋。○《释文》。李按：此为九三爻爻辞。

《周易马氏传》中

《周易》下经

咸

初六，咸其拇。

拇，足大指也。○《释文》引马、郑、薛。

憧憧往来。憧憧，行貌也。○《释文》。

九五，咸其脢。

脢，背肉也。○《正义》，《汉上易传》。

上六，咸其辅颊舌。

辅，上颔也。○《正义》，《释文》。

恒

上六，振恒，凶。振，动也。○《释文》。

遯

九四，好遯，君子吉，小人否。

好遯，君子吉。言虽身在外乃心在王室，此之谓也。小人则不然，身外心必怨也。○《太平御览》卷五百一逸民部。

大壮

壮，伤也。○《释文》。

九三，小人用壮，君子用罔，贞厉。羝羊触藩，羸其角。

罔，无也。○《释文》引云马、王肃。藩，篱落也。羸，大索也。○《释文》。

晋

康侯。李按：此为《晋卦》卦辞中语。

康，安也。〇《释文》。

受兹介福。〇李按：此为《晋卦》象辞。

介，音戎，大也。《释文》引云马同。

失得勿恤。〇《释文》：失得，孟、马、郑、虞、王肃本作“矢”。李按：此为《晋卦》六五爻象辞。

离为矢。〇《释文》引马、王云。

明夷

六二，明夷，夷于左般。〇《释文》：左股。马、王肃作“般”。

般，旋也。日随天左旋也。〇《释文》。

六五，箕子之明夷，利贞。

箕子，纣之诸父，明于天道、《洪范》之九畴，德可以王，故以当五，知纣之恶，无可奈何，同姓恩深，不忍弃去，被发佯狂，以明为暗。故曰“箕子之明夷”。卒以全身，为武王师，名传无穷。故曰“利贞矣”。〇《集解》，《义海撮要》节引。

家人

利女贞。

家人，以女为奥主。长女中女各得其正，故特曰“利女贞”矣。〇《集解》。

李按：马国翰辑本作“长中二女二四各均其正”，李鼎祚《集解》本作“长女中女各得其正”，今从《集解》本。

《象》曰：风自火出，家人。

木生火，火以木为家，故曰家人。火生于木，得风而盛，犹夫妇之道，相须而成。〇《集解》，《义海撮要》。

初九，闲有家。

闲，阑也，防也。〇《释文》。

九三，家人嗃嗃，悔厉吉；妇子嘻嘻，终吝。

嗃嗃，悦乐自得貌。嘻嘻，笑声。〇《释文》。

九五，王假有家。

假，大也。〇《释文》。

睽

音圭，《释文》引马、郑、王肃、徐吕忱。

其人天且劓。李按：此为六三爻爻辞。

剠鑿其额曰天。〇《释文》，《汉上易传》。

蹇

六四，往蹇来连。连，亦难也。○《释文》。

解

雷雨作而百果草木皆甲宅。

《释文》："坼"，马、陆作"宅"。宅，根也。○《释文》。

上六，公用射隼于高墉之上。

墉，城也。○《释文》。

损

或益之，十朋之龟。

案：《尔雅》云：十朋之龟者，一曰神鬼，二曰灵龟，三曰摄龟，四曰宝龟，五曰文龟，六曰筮龟，七曰山龟，八曰泽龟，九曰水龟，十曰火龟，○《正义》。李按：损卦一段，为马国翰辑佚本所无者。

夬

其行次且。李按：此为九四爻象辞。

次，却行不前也，且，语助也。○《释文》。

九五，苋陆夬夬。

苋陆，一名商陆。○宋本《正义》，《释文》引马、郑云商陆也。一名章陆。邱光庭《兼明书》卷二。

姤

初六，系于金柅。

柅者，在车之下，所以止轮，令不动者也。○《正义》，《学易记》五。

九五，以杞包瓜。

包，百交反，瓜音，工花反。○《释文》引马、郑。

杞，大木也。○《正义》，《释文》。

萃

若号。李按：此为初六爻爻辞。

户羔反，《释文》引马、郑、王肃、王廪。

孚乃利用禴。李按：此为六二爻爻辞。

禴，羊略反。○《释文》。殷春祭名。《释文》引云马、王肃同。

上六，赍咨涕洟。

咨，悲声，怨声。○《释文》。

升

高也。○《释文》。

九三，升虚邑。虚，丘也。○《释文》。

六四，王用亨于岐山。

亨，许两反。○《释文》引马、郑、陆、王肃。

亨，祭也。○《释文》。

困

九四，来徐徐。徐徐，安行貌。○《释文》。

井

六四，井甃，无咎。

甃，为瓦。裹下达上也。○《释文》。

上六，井收勿幕。

收，汲也。○《释文》。

革

改也。○《释文》。

水火相息。李按：此为《彖辞》。

息，灭也。○《释文》，《黄氏日抄》卷六。

初九，巩用黄牛之革。

巩，九男反，固，也。○《释文》引马同。

九五，大人虎变，未占有孚。

“大人虎变”，虎变，威德折冲万里，望风而信，以喻舜舞干羽而有苗自服，周公修文德，越裳献稚，故曰“未占有孚”矣。○《集解》，《义海撮要》五。

鼎

覆公粥。李按：此为《系辞》。○《释文》：悚，马作“粥”。

饘也，饘音，之然反。○《释文》。

悚，谓糜也。○《谷梁传疏》。

六五，鼎黄耳金铉，利贞。

铉，扛鼎而举之也。○《释文》。

震

震来虩虩，笑言哑哑。李按：此为《卦辞》。

虩虩，恐惧貌。哑哑，笑声。○《释文》。

六三，震苏苏。

苏苏，尸禄素餐貌。○《释文》。

上六，震索索，视矍矍。

索索，内不安貌。矍矍，中未得之貌。○《释文》。

艮

六二，艮其腓，不承其随。

承，举也。○《释文》，朱震《汉上传》卷五。

九三，艮其限，列其夤。

限，要也。夤，夹脊肉也。○《释文》。

厉熏心。

熏灼其心。○《汉上易传》，《集解》虞翻引。

渐

六二，鸿渐于磐，饮食衎衎。

山中石磐纡，故称磐也。○《正义》。衎衎，绕衎。○《释文》。

九三，鸿渐于陆。

山上高平曰陆。○《释文》。

或得其桷。李按：此为六四爻《象辞》。

桷，榱也。○《释文》引马、陆。

归妹

九四，归妹愆期。

愆，过也。○《释文》。

士刲羊。李按：此为上六爻爻辞中语。

刲，刺也。○《释文》。

丰

王假之。李按：此为本卦卦辞。

假，古雅反。假，大也。○《释文》。

六二，丰其蔀。

蔀，小也。○《释文》。

日中见昧。李按：此为九三爻爻辞。"昧"，今本做"沫"。《释文》：沫，郑作昧，马同。

昧，星之小者。○《释文》引子夏传云：昧，星之小者。马同。

阒其无人。李按：此为上六爻爻辞中语。

阒，无人貌。《释文》引马、郑。

自戕也。李按：此为上六爻象辞中语。

《释文》：自藏。众家作戕，慈羊反。戕，残也。《释文》引马、王肃。

旅

初六，旅琐琐。

琐琐，疲惫貌。○《释文》。

其义焚也。李按：此为上九爻《象辞》中语。

义，宜也。○《释文》。

兑

介疾有喜。李按：此为九四爻爻辞中语。

介，大也。○《释文》。

涣

用拯，马壮，吉。李按：此为初六爻爻辞。

拯，举也。○《释文》。

既济

六二，妇丧其茀。

茀，方拂反。首饰也。○《释文》引云马同。

《周易马氏传》卷下

《系辞》上传

在天成象。

象者，日月星。○《礼记·乐记正义》引马融、王肃。

在地成形。

植物、动物也。○《礼记·乐记正义》。

刚柔相摩，八卦相荡。

摩，切也。荡，除也。○《释文》。

天下之理得，而成位乎其中矣。

《释文》："而成位乎其中"，马、王肃作"而易成位乎其中"。

三极之道也。

三极，三统也。○《释文》。

而玩其占。

玩，贪也。○《释文》。

悔吝者，言乎其小疵也。

疵，瑕也。○《释文》。

震无咎者存乎悔。

震，惊也。○《释文》。

犯违天地之化而不过。

○《释文》："范围"，马、王肃、张作"犯违"。

故君子之道鲜矣。

鲜，少也。〇《释文》引马、郑、王肃。

爻法之谓坤。〇《释文》：爻法，故孝反，马、韩如字。

爻，放也。《释文》引马、韩。

言天下之至啧而不可恶也。

恶，乌路反。〇《释文》引马、郑。

《易》曰："负且乘，致寇至。"负也者，小人之事也。乘也者，君子之器也。小人而乘君子之器，盗思夺之矣。上慢下暴，盗思伐之矣。慢藏诲盗，冶容诲嫋。《易》曰："负且乘，致寇至。"盗之招也。

〇《正义》云：马季常、荀爽、姚信等又分白茅章，后取"负且乘"更为别章。

大衍之数五十，其用四十有九。

《易》曰：太极谓北辰也，太极生两仪，两仪生日月，日月生四时，四时生五行，五行生十二月，十二月生二十四气。北辰居位不动，其余四十九转运而用也。〇《正义》。萧吉《五行大义》卷一〇、章如愚《山堂考索》前集卷九引作"易有太极，北辰是也"，十二月并作十有二月。

归奇于扐。

扐，指间也。〇《释文》。

可与祐神矣。

祐，配也。〇《释文》。

是故《易》有太极。

太极，北辰也。〇《释文》。

河出图。

伏羲得河图而作《易》。〇《正义》序引孔安国、马融、姚信等。

系辞下传

夫乾，确然。示人易矣，夫坤，隤然。示人闲矣。

确，刚貌。隤，柔貌。〇《释文》引马、韩。

作结绳而为网罟，以佃以渔。

罟，犹网也。《释文》引马、姚。取兽曰佃，取鱼曰渔。〇《释文》。

耒耨之利。

耨，钼也。〇《释文》。

重门击柝。

柝，两木相击以行夜。○《释文》。

覆公粥。《释文》："餗"。马作"粥"。

《易》之兴也，其于中古乎？

文王为中古。○《集解》虞翻引。

《损》，德之循也。○《释文》：之"修"，马作"循"。

《易》之为书也不可远。远，袁万反。○《释文》引马、王肃、韩。

而揆其方。

方，道。○《释文》。

噫！亦要存亡吉凶。

噫，于力反。辞也。○《释文》引王肃云：马同。

则居可知矣。

居，如字，处也。○《释文》。

观其彖辞，则思过半矣。

彖辞，卦辞也。○《释文》。

《易》之兴也，其当殷之末世，周之兴也？当文王与纣之事邪？

卦辞，文王，爻辞，周公。○《正义》引马融、陆绩等。

说卦传

昔者，圣人之作易也。

伏羲得河图而作易。○《正义序》，《玉海》三十五。

参天两地而倚数。

天数五，地数五，五位相得而各有合，以为五位相合，以阴从阳，天得三合，谓一三与五也，地得两合，谓二与四也。○《正义》引先儒马融、王肃。

倚，依也。○《释文》。

雷风相薄。

薄，入也。○《释文》引马、郑、韩。

震一索而得男。

索，数也。○《释文》。

其于人也未宣发。宣为寡发。○《集解》虞翻引。

为果蓏。

果，桃李之属。蓏，瓜瓠之属。○《释文》。

为黔喙之属。

黔喙，肉食之兽，谓豺狼之属。黔，黑也。阳玄在前也。○《集解》。

《黄氏逸书考》在《马融易传》最后附有《补遗》[①]，因其字数不多，亦附校正之后。

羸孚豕蹢躅。

为大索。○熊过《周易象旨决录》。

先庚三日，后庚三日。

八卦兑西为金，巽互兑而五在兑上，故有言庚，十干戊己土余八日，为万物终始。甲者，始之始，庚者，终之始。○熊过《周易象旨决录》。

后世圣人易之以书契。

文籍初自五帝三皇，未有文字。○《书正义一》。案：《正义》不云是系辞，注止云：班固、马融、郑玄、王肃诸儒皆云，姑附录之。

清代唐晏在《两汉三国学案》卷二《周易》中，对马融注《周易》作了介绍，并收录了马氏部分注释。其书云：

> 《隋书·经籍志》："梁有汉南郡太守马融注《周易》，亡。《唐志》有融《易章句》十卷。《马氏辑录》三卷。"嗟乎，东汉儒林至于季长，诚足为玷矣！夫融以儒者联姻帝室，遂染骄贵之习，然其初志盖已卑下。自云："非老、庄之所谓。"彼乌知老子固云"吾所大患，惟吾有身"，庄生则宁作沟中之叚乎！然则融之引老、庄，亦强颜而自饰耳。士夫当饥寒之来，而失困亨之旨者众矣，宁止一融。武王云："少间弗忍，终身之羞。"孔子云："志士不忘在沟壑。"此旨融乌能知之！考融之平生，殆分学行而二之故。西汉经术，自张禹后，又见马融，皆通经而大悖乎孔门之旨者也。存之以示戒可也。
>
> 《马氏易注》：
>
> 物莫大于龙，故借龙以喻天之阳气也。初九，建子之月，阳气始动于黄泉，既未萌芽，犹是潜伏，故曰潜龙也。
>
> 孟秋之月，阴气始著，而坤之位同类相得，故西南得朋。孟春之月，阳气始著，阴始从阳，失其党类，故东北丧朋。丧，失也。
>
> 邅如，难行不进之貌。班如，班旋不进也，言二欲乘马往适于

① 《续修四库全书》（子部，儒家类）第1206册，上海古籍出版社2002年版，第328页。

五，正道未通，故班旋而不进也。重婚曰冓。

甲在东方，艮在东北，故曰先甲，巽在东南，故云后甲，所以十日之中唯称甲者。甲为十日之首，蛊为造事之端，故举初而明事始也。言所以三日者，不令而诛为之暴。故令先后各三日，欲使百姓遍习行而不犯也。

盥者进爵，进爵灌地，以降神也。此是祭祀盛时，及神降荐牲，其礼简略，不足观也。国之大事，唯祀与戎。王道可观，在于祭祀。祭祀之盛，莫过初盥降神。故孔子曰：禘自既盥而往者，吾不欲观之矣。此言及荐简略，则不足观也。以下观上，见其至盛之礼，万民敬信，故曰有孚颙若。孚，信。颙，敬也。

"好遯，君子吉。"言虽身在外，乃心在王室，此之谓也。小人则不然，身外心必怨也。

箕子，纣之诸父，明于天道、《洪范》之九畴，德可以王，故以当五，知纣之恶，无可奈何，同姓恩深，不忍弃去，被发佯狂，以明为暗。故曰"箕子之明夷"。卒以全身，为武王师，名传无穷。故曰"利贞矣"。

按：马氏此注以箕子为武王师，名传无穷，殆全乎为马氏之见而已。夫所谓"贞"者，乃坚固不拔之谓。箕子封于朝鲜，卒不臣周，此之谓"贞"。马氏乃以为武王师，为箕子之荣，此正其往应邓氏之故智耳。

"大人虎变"，虎变，威德折冲万里，望风而信，以喻舜舞干羽而有苗自服，周公修文德，越裳献白雉，故曰"未占有孚"矣。

太极，谓北辰也。太极生两仪，两仪生日月，日月生四时，四时生五行，五行生十二月，十二月生二十四气。北辰居位不动，其余四十九转运而用也。

天数五，地数五，五位相得而各有合，以为五位相合，以阴从阳，天得三合，谓一三与五也，地得两合，谓二与四也。倚，依也。[①]

据《中国古佚书辑本目录解题》所记[②]，马融《周易》注本在清代有七种。《释文序录》载马融《易传》十卷，注云："《七录》云九卷。"《隋志》云："梁有马融注《周易》一卷，亡。"两《唐志》复载《章句》

① （清）唐宴：《两汉三国学案》，中华书局1986年版，第54—56页。

② 孙启智、陈建华：《中国古佚书辑本目录解题》，上海古籍出版社2009年版，第5页。

十卷。马国翰谓盖隋代散亡而唐复得之。今按陆德明引《七录》明云九卷，则梁时犹存全书，《隋志》称梁袛一卷，疑误。《释文序录》及两《唐志》作十卷者，盖并序目一卷言之欤？诸家辑本皆据《释文》、《周易正义》、《周易全解》等书采摭，大抵孙堂辑本所辑较备。黄奭全袭孙辑，仅别从《周易象旨决录》等采得三节为补遗。马国翰、张惠言二辑较之孙堂辑本尚有遗漏，如《大畜》“曰闲舆卫”、《睽》“后说之壶”、《损》“十朋之龟”诸节皆马所缺，《遁》九四、《师》“以此毒天下”、《履》“履帝位而不疚”诸节皆张所缺。臧镛合辑马融、王肃二家注，所采马注与孙、黄二辑相当，唯缺《大畜》“曰闲舆卫”一节及黄氏补遗中二节，而所采《系辞》“象者”云云一节则为孙、黄所无，其余无大异。胡薇元所辑最略。朱彝尊仅采《释文》所引。

2010年10月

论马融古文易学及在易学史上的地位

在中国易学发展史上，马融的古文易注，对后代《易经》的传承起到了非常重要的作用，其重要地位与贡献不可忽视。古文《易》源自费氏，马融承而续之，但在对《易经》的注释中，以“其才高博洽”，打破壁垒之见，兼采今古文之说，对东汉学风的转变起到了关键性的作用。在两汉的今古文经学时代，大师辈出，易学的传授自有渊源。《汉书·儒林传》云：“汉兴，言《易》自淄川田生。”此为今文易学，朝廷为之立了博士官，盛极一时。而古文出自孔子宅中所壁藏的，河间献王之所得，北平侯张苍之所献。起初人们所知不多，只是在民间流传，未得官方许可。至刘向、刘歆父子校理皇家秘阁图书，古文经学才逐渐走上学术舞台。到了东汉，出现了杜子春、郑兴、郑众、贾逵、卫宏、许慎等一大批古文大家，马融步其后尘，并能综合各家，择善而从，在前人注经的基础上又作出了新的发展，使古文经学独领风骚，而他本人又是能综合古今的，故而成为东汉后期的古文大家，其弟子郑玄发扬光大，融通今古文而自成一家，从而使盛极一时的官方今文经学走向了灭亡。

一

关于马融注《周易》，世人皆知其书已佚。据四川大学古籍所编辑的《经学辑佚文献汇编》记载，马融的易学佚文，清人有六种辑本：《马氏周易注》（汉）马融撰，（清）朱彝尊辑；《马融周易传》一卷（汉）马融撰，（清）孙堂辑；《周易马氏》（汉）马融撰，（清）张惠言辑；《马融易传》一卷（汉）马融撰，（清）黄奭辑；《周易马氏传》三卷（汉）马融撰，（清）马国翰辑；《周易马融传》（汉）马融撰，（清）胡薇元辑。

前人对马融易学论著早有著录。《旧唐书·经籍志》：“《周易》十卷，马融章句。”《新唐书·艺文志》载《周易》：“马融《章句》十卷。马、郑、二王《集解》十卷。”初唐孔颖达在《周易正义》中说：“传《易》者，西都则有孟、京、田，东都则有荀、刘、马、郑，大体更相祖述，非有绝伦。唯魏世王辅嗣之注，独冠古今。”孔颖达认为两汉儒学者对《周易》的疏解差别不大，只是文字的解释，各家都见不出特色，故而价值不大，对马融也没有作过高的评价。孔颖达唯独对魏晋时期的王弼评价甚高，因为王弼不同于前代人的文字、音韵、训诂的方式来释经，代之以义理阐释《周易》，使人耳目一新。清代朱彝尊在著录马融经学论著时，尤其对《周易注》的特色有所关注，但辑录对象单一，仅采《释文》所引之一种。《经义考》卷八云：“马氏（融）周易注（或作传），《七录》一卷，《释文序录》、新旧《唐书》作章句十卷。《后汉书》：马融字季长，扶风茂陵人。桓帝时为南郡太守，著《三传异同说》，注《孝经》、《论语》、《诗》、《易》、《三礼》、《尚书》。荀悦曰：孝桓帝时，故南郡太守马融著《易解》，颇生异说。朱震曰：费氏之易，至马融始作传，融传郑康成，始以彖、象连经文。按：《马氏易传》见于《释文》，与今《易》异者，圣人作而万物睹，作圣人起。婚冓云重昏也。击蒙作系蒙，血去作恤去。履，愬愬作虩虩，天道亏盈，作毁盈。介于石，介作砎，云触小石声。由豫作犹豫，云疑也。盍簪作臧天命。不祐作右。百果，草木。甲拆作甲宅，云根也。萃，亨，无亨字。德之修也，修作循。”[①] 马国翰在《玉函山房辑佚书》中辑佚材料最多，马氏云：“《周易马氏传》三卷，后汉马融撰，融字季长，茂陵人，官至南郡太守，事迹见《后汉书》本传。[②] 据《中国古佚书辑本目录解题》所记，马融《周易》注本在清代有七种。《马氏周易注》，朱彝尊辑，见《经义考·易七》。《马融周易传》一卷，孙堂辑，见《汉魏二十一家易注》，《汉魏二十一家易注》侯康、陈澧批点，现藏北京大学图书馆。《周易马氏》，张惠言辑，见《易义别录》卷九（清抄本，藏复旦大学图书馆），《张皋文笺易诠全集·易义别录》卷九，《皇清经解·易义别录》（刻本卷一千二百四十二、石印本卷一百五十一）。《马融易传》一卷，黄奭辑，见《汉学堂丛书·经解易类》，《黄氏逸书考·汉学堂经解》。《周易马氏传》三卷，马国翰辑，见《玉函山房辑佚书·经编易类》。《周易马融传》，胡薇元辑，见《玉津阁丛书甲集·汉易十三家》卷下。《马王易义》一卷，马融、王肃撰，臧镛辑，见《问经堂丛书》。”这些不同版本所辑马融注经文字出

① （清）朱彝尊：《经义考》，中华书局 1998 年版（据《四部备要》影印），第 55 页。

② （清）马国翰：《玉函山房辑佚书》，广陵书社 2005 年版，第 114 页。

人不大，因为他们辑佚的对象无非是以陆德明《经典释文》、孔颖达《周易正义》和李鼎祚《周易集解》等唐人的三种书为主的，在这几种辑本中，相比较而言，孙堂的辑本内容较多。

二

在对《周易》的传承和研究方面，马融的贡献与地位是不可忽视的。关于传《易》之人，《周易正义》卷首曰："其后汉则有马融、荀爽、郑玄、刘表、虞翻、陆绩等及王辅嗣。"说到重卦之人，孔颖达则曰："《礼纬》含文嘉曰：伏羲德合上下，天应以鸟兽文章，地应以河图洛书，伏羲则而象之，乃作八卦。故孔安国、马融、王肃、姚信等并云：伏羲得河图而作《易》。"不管从哪方面来说，在古文易学的传承中，马融以其遍注群经的巨大影响，不能不引起后人的注意。

马融之古文易学渊源有自，西汉费直的古文《易》就是它的源头，费直是汉古文易学"费氏学"的开创者。《汉书·儒林传》曰："费直，字长翁，东莱人也。治《易》为郎，至单父令。长于卦筮，亡章句，徒以彖、象、系辞十篇文言解说上下经。琅琊王璜平中能传之，璜又传古文《尚书》。"康熙时的《平度州志》和光绪时期的《平度志要》均收录其传。于古文之费氏《易》，《汉书·艺文志》有言"民间有费、高二家之说"，可见费直所传《周易》未立官学，不受时人重视，不像今文易学令人趋之若鹜。何以如此呢？这是因为在西汉宣帝、元帝之间，通一经者，可免去徭役，又能做官，许多人就因研究《周易》而做了高官，像周霸、衡胡、主父偃等。朝廷以实际行动提倡了经学，且人之特性，趋名好利，治一经而能名利双获，何乐而不为呢！于是乎许多人就把治《易》作为终南捷径、晋身之阶梯，一时习成风，观点就自然会各不相同。《汉书·儒林传》说蜀人赵宾"持论巧慧，易家不能难，皆曰'非古法也'"。有人为了引起学界的关注，也出现了标新立异的现象，但改变师法，为时势之所不容，但究其所图，趋名而逐利也。班固在《儒林传》的《赞》语中更直言："自武帝立五经博士，开弟子员，设科射策，劝以官禄，讫于元始，百有余年，传业者寖盛，支叶蕃滋，一经说至百余万言，大师众至千余人，盖禄利之路然也。"费直的古文易学研究和传授属于在野派，不关注现实政治，如同今日之申报国家课题，与现实政治、经济关系不大者很难获得立项，而立项者经费甚至千万。古今一理，万事皆然。费氏之纯学术研究没有得到官方认可，得不到官学博士，只是在民间流传。因为，西汉经学讲究师传，而古文经学没有师传系统，故而不得正宗。而今文经学的发展亦为受限，因为一直处于官学的地位，端着铁饭碗，养尊处优地之乎者也着，失去了前进动力、奋斗的精神，随之也就丧失了生命力。由于今文经学走的是禄利之路，且“一经说至百余万言”，陷入烦琐与僵化圈子，许多人又忘记了学术的精神，渐以追求名利为果，与权力为伍，且又有了谶纬思想，使得蓬勃的经学研究在西汉后期渐次衰退。

古文经学由于保持了先秦古文字的原样，且用的多是古版本，虽然说不是经师承“正传”，但有原模原样的文本呈现，本身也是不争的事实。“费氏学”没有师承关系，而是直接承接了先秦的古本，古文经学就由他而传承下来。到东汉易学研究出现了新的变化，作为官方学派的孟、京易学势力衰微，而作为民间学派的费氏易学兴盛起来。钱穆在《两汉经学今古文平议》中说：“刘向以中《古文易经》校施、孟、梁丘经，或脱去‘无咎’、‘悔亡’，惟费氏经与古文同，此其相异甚微，故当时亦不特称费氏《易》为古文易也。至费氏治《易》无章句，此则学派之异，可谓之‘古学’。自后不辨，专重文字，乃称费氏《易》为‘古文易’。”[①] 作为“古学”的费氏易，在当时影响并不大，只是因为今古文门户之争愈发激烈而逐渐受到人们的青睐，而被流传下来。东汉虽然还有人在传授梁丘《易》，但总的来说已经没落了。而马融为费氏古文《易》作“传”，弟子郑玄作注。荀爽又为之作传，故费氏《易》在东汉的传授盛极一时。马融所注之《易》失传，清人虽有辑佚，但亦不足以呈现整体思想。弟子郑玄注《易》虽无完本，但以爻辰法解《易》仅存其一家。清儒以为郑玄独创，其实不然，看《汉书·律历志》即可明白，西汉亦有此说。刘大钧《周易概论》说：“用‘爻辰’与天上星宿相值，此法更不会是郑玄自造，若考渊源，郑玄此说恐怕必有传授。我们知道，郑玄从马融学《易》，而马融即以天象注《易》文。例如《经典释文》引马融注《象·无妄》之‘天命不祐’一句，曰：‘天不右行。’注《明夷》六二爻之‘明夷，夷于左股’一句，曰：‘日随天左旋也。’《周易正义》孔疏引马融注《系辞》之‘大衍之数五十，其用四十有九’曰：‘《易》有太极谓北辰也，太极生两仪，两仪生日月，日月生四时，四时生五行，五行生十二月，十二月生二十四气。北辰不动，其用四十有九，转运而用也。’虽寥寥数条，但郑氏的‘爻辰’的天文星象、五行、十二月都有了。故郑氏‘爻辰’

① 钱穆：《两汉经学今古文平议》，商务印书馆2001年版，第252页。

之说，可能源于马融。”[①] 马国翰《玉函山房辑佚书》辑有《费氏易林》一卷、《周易分野》一卷，其内容就是以八卦与干支相配合。今本《周易》与《费氏易》有很深的渊源。

马融是费氏学得以流传的重要人物，所作《易注》失传，后人辑佚有各种本子，从史志书目中的介绍可以看出，马融在易学传承过程中有着不可磨灭的地位。《隋书·经籍志》云：“《周易》九卷，后汉大司农郑玄注。梁又有汉南郡太守马融注《周易》一卷，亡。”《旧唐书·经籍志》《新唐书·艺文志》亦载。《清史稿·艺文志》云：“汉马融《周易传》一卷。”除正史中志书的著录之外，由于清人崇“汉学”，专注于辑录的人很多，马融的《周易注》有孙堂辑《汉魏二十一家易注》本，清嘉庆四年平湖孙氏映雪草堂刻本；马国翰辑的《玉函山房辑佚书》，光绪九年长沙琅嬛馆刊本。马国翰本云马融：“其《易》治费氏学，与陈元、郑众并名于代。”[②] 马融易学承费氏古文，是东汉古文经学发展中的标志性人物。《后汉书·儒林传》亦云：“东莱费直传《易》，授琅琊王横，为费氏学，本以古字，号古文《易》。……陈元、郑众皆传费氏易，其后马融亦为其传，融授郑玄，玄作《易注》。荀爽又作《易传》，自是费氏兴，而京氏遂衰。”在汉代古文易学发展史上，马融易学是一个不可或缺的重要环节。清末人廖平在其《古学考》中也说：“马融以后，古乃成家，始与今学相敌，许、郑方有今古之名。”[③] 古文经学之确立而能与今文经学相抗衡，马融就是一个标志。

三

今本《易经》源于孔颖达的《周易正义》，而《正义》则本于王弼之注本，王弼注本又出于郑玄，郑玄则源于马融，马融接于费氏易。马融在古文易的传承中起着举足轻重的作用，其贡献是不言而喻的。皮锡瑞《经学通论》云：“费氏之《易》，不知所自来，考其年当在成、哀间，出孟京后，王璜即王横，与王莽同时，为费氏一传弟子，则必在西汉之末矣，费氏无章句，故《艺文志》不载，《释文》有费直《章句》四卷，当属后人依托。费氏专以彖、象、系辞、文言解经，与丁将军《训故》举大谊略同，似属《易》之正传。而汉不立学者，汉立学皆今文，而费氏传古文。汉人重师授，而费氏无师授，故范升曰：京氏既立，费氏怨

① 刘大钧：《周易概论》，巴蜀书社1999年版，第155页。

② （清）马国翰：《玉函山房辑佚书》，广陵书社2005年版，第1673页。

③ （清）廖平：《古学考》，景山书社1935年版，第32页。

望。则东汉初有欲立费《易》者，而卒不立，陈元传费《易》，或即欲立费《易》之人，正与范升反对者也。陈元、郑众、马融易学不传，郑、荀二家稍传其略，王弼亦传费《易》，而其说各异，费氏亡章句，止有文字，东汉人重古文，盖但据其本文，而说解各从其意，此郑、荀、王所以各异也。刘向以中古文《易经》，校施孟、梁邱经，或脱去无咎、悔亡，唯费氏经，与古文同，此马、郑所以皆用费氏。《释文》以为费易人无传者，是不知马、郑、王之易即费《易》也。王弼尽扫象数，而独标卦爻承应之义，盖本费氏之以彖、象、系辞、文言解经。"[①] 王弼以道家思想注释费氏《易》，风行天下，使得西汉施、梁丘二家之《易》随后消亡，永嘉之后不见其传。至唐，虽有孟氏、京氏之《易》，书虽存而无传授者，孔颖达统修《五经正义》，唯取王弼所注费氏《易》为底本。今天所流行者《易》注之本，实乃源于费氏，而马融由于其释经著作不传，故而后人忽视了他的桥梁作用，实属不该。

马融通今古文经学，能把今文经学的章句之学和古文经学的训诂之学结合起来，但整体治学风格是力倡古文经学的。许慎就受到马融的敬重，他撰《五经异义》，尤其是所撰的《说文解字》十四篇，是汉代古文经学训诂之集大成者，对中国文字学的研究起到了极大作用。钱穆在《两汉博士家法考》中有一个观点："许慎既从学于逵，则其所称《尚书》古文，亦当与马、郑相同，盖同本之于杜林也。"[②] 马融在给《易》作注时有自己的特色，采用古文本，亦用今文之学，追求朴素求实的学风，体现了今古文融通的大家风范。从现存的易学典籍看，以易例注易，是很多易学家均采用的方法之一，京房、马融、荀爽、虞翻、郑玄等皆使用过爻位注《易》，王肃更是继承了马融的许多易学成果，在其《易注》中有许多注释，都是王肃直接沿用马融之说。马融于古学还有一个贡献，就像张惠言所说的："传《费易》者，前汉王璜、后汉陈元、郑众皆无书，有书自马融始。"[③] 古文经学以前都是口授以传，自马融始而有书传世了，此亦为大功一件，值得表彰。

马融在整个汉代经学的转变中起着非常重要的作用，古文易学的阐释只是其中的一个方面，他之所以能遍注群经，也是由于他受到各方面思想的影响，并对后代学术的发展起到引领的作用。侯外庐在《中国思想通史》中说："两汉经学的结束的显明的表现，就是经今古文学的合流。而

---

① （清）皮锡瑞：《经学通论》，中华书局 1954 年版，第 23 页。

② 钱穆：《两汉经学今古文平议》，商务印书馆 2001 年版，第 253 页。

③ 吴承仕：《经典释文序录疏证》，中华书局 1984 年版，第 37 页。

时代思想的主流，则已经开始向着玄学方面潜行了。在这一点上，马融恰是这一时代思潮转捩的体现者。……马融是'外戚豪家'，'才高博洽'，'达生任性，不拘儒者之节'，'终以奢乐恣性，党附成讥'（指'为梁冀草奏李固'）；证以他告友人语，这记载是没有错的：融既饥困，乃悔而叹息，谓其友人曰：'古人有言，左手据天下之图，右手刎其喉，愚夫不为。所以然者，生贵于天下也。今以曲俗咫尺之羞，灭无赀之躯，殆非老庄所谓也。'故往应（邓）骘召。（《后汉书·马融传》）'老庄所谓'，即指'生贵于天下'。由此观之，他不但撤废今古文学的限界，兼注三礼，而且突破经学的藩篱，崇奉老庄（他也注《老子》《淮南子》）；不但他谈的老庄之学为后来清谈的主要内容，而且于'绛帐'、'女乐'之中讲学，也开魏晋清谈家破弃礼教的风尚。这里，由儒家的经学大师口里提出了老庄所谓的'生贵于天下'，实足以指示社会思潮正将转向的步骤！"[①] 可见，东汉后期学风转变，也与马融崇尚老庄有一定的关系，这也是魏晋玄学的先声。马融除受庄子思想影响外，还有谶纬思想的影子，《后汉书·马融传》说："融集诸生考论图纬，闻玄善算，乃召见于楼上。"

清代学术史上有汉学与宋学之分，宋学长于义理，汉学长于考据训诂。其实所谓汉学，初实指马融、郑玄之学，马、郑同为训诂大家，汉学之泰斗，对后代的注疏影响，至为深远。马融之所以为训诂大家，是谓有容乃大之使然也。正像章权才的《两汉经学史》所说："马融注《易》本源费氏，但又杂有子夏、孟氏、京氏、梁丘之说；注《尚书》则有取郑兴父子与贾逵之说者；注《春秋》则对贾逵、郑众之说颇有取舍；注《论语》亦兼用《韩诗》说"，"可见马融释经兼采今古文"。[②] 比如，《易·革》九五："大人虎变，未占有孚。"李鼎祚《周易集解》引马融注曰："大人虎变，虎变威德，折冲万里，望风而信，以喻舜干羽，而有苗自服；周公修文德，越裳献雉。故曰未占有孚矣。""周公修文德，越裳献雉。"出自伏生《今文尚书大传》。比如，《豫》六二："介于石。"陆德明《经典释文》云："介音界，纤介，古文作砎，郑古八反云谓磨砎也。马作扴，云触小石声。"此马融不同古文也。还有一条能说明问题的材料是李威熊在《马融与东汉经学》中说到的，关于对《诗经·周南·樛木》的解释，《释文》云："马融、韩诗本作朻。"陈奂《毛诗传疏》云："马治毛诗，其所据作朻木，与韩诗同。"胡承珙《毛诗后笺》亦云："马习

① 侯外庐：《中国思想通史》，人民出版社1957年版，第328、329页。

② 章权才：《两汉经学史》，广东人民出版社1990年版，第246页。

鲁诗，疑鲁本作枓，与韩同也。”[①] 由此可见，马融释经是兼采今古文之说，实为郑玄注经融会今古文之先导，其注经重视考据训诂的严谨学风，对明后期到清代的治学风气扭转也起到了至为重要的作用。

2013 年 12 月

① 徐静芝等：《经学论文集》，黎明文化事业股份有限公司 1981 年版，第 144 页。

王弼《周易注》的版本

魏晋《易》研究，是《易》学发展史上的重要阶段，以王弼为代表的易学，一扫汉易之烦琐积习，他以《周易注》、《周易略例》开辟了一个新时代，以老庄的玄学思想去解说《易》的深蕴，发掘《易》的深层的哲学含义，形成“义理”易学，主导了魏晋时期的学术界、思想界。后世《易》注版本，多依王注。唐代孔颖达的《周易正义》，就采用了王弼的注本。宋儒以理学解易，其脉络亦源于王弼之《易》、程颐《易传》、朱熹《周易本义》等，或以《易》阐发其哲学观点，或以义理解《易》。清代虽以文字训诂考据之学治《易》，但官方仍以朱熹的《易本义》为科举读本。可见，王弼之义理易学影响之深远，然于其版本流传，不能不究。

一

王弼《周易注》自唐代修订《五经正义》起就定为官方注释，内容包括六十四卦的《卦辞》、《爻辞》及《文言传》、上下《彖辞》、大小《象辞》，晋韩康伯注的上下《系辞》、《说卦》、《序卦》、《杂卦》等，基本上是继承和发挥王弼的思想而作的，其中也征引了王弼的一些言论，如引王弼对“大衍之数”的解释就是重要的材料。

《周易注》分上下经六卷，作《易略例》一卷。然历代著录题名、卷数略有小异。《隋书·经籍志》著录“《周易》十卷。魏尚书郎王弼注，六十四卦六卷，韩康伯注《系辞》以下三卷，王弼又撰《易略例》一卷”。《旧唐书·经籍志》：“《周易》七卷。王弼注。”《新唐书·艺文志》甲部经录易类著录“王弼注七卷”。《宋史·艺文志》：“《周易》上下经六卷，王弼《略例》一卷。”《明史艺文志附编·国史经籍志》：“《周易注》十卷，王弼。《周易略例》一卷，王弼。”《经典释文》卷一《序录》：“王弼注七卷。”《通志》卷六十三《艺文略第一》：“《周易注》七卷，魏尚书郎王弼。”《崇文总目》卷一《易类》：“《周易》十卷，王弼注。见天一阁抄本。”以上各家，有径言《注》十卷者，有合《注》与《略例》为七卷者，而以分《注》上下经六卷、《略例》一卷者居多，而《通志》谓“《周易注》七卷，《周易略例》一卷”，合之则为八卷，不知何据。晁公武《郡斋读书志》卷一《易类》云：“王弼《周易》十卷。右上下经魏尚书郎王弼辅嗣注。《系辞》、《说卦》、《杂卦》、《序卦》，弼之门人韩康伯注。又载弼所作《略例》，通十卷。”宋以来通行诸本，盖多将弼所撰注七卷与韩康伯所注系辞三卷合行者也。宋本有二，一为建阳刻本，一为抚州公使库刻本。《天一阁遗存书目》记：“《周易略例》一卷。魏王弼撰，唐邢璹注，明范钦订。明天一阁刻本，一册。”[①]《四部丛刊》景印宋刻本（题作《周易》十卷附略例一卷），《周易注九卷附略例一卷》（魏）王弼、（晋）韩康伯撰，（唐）陆德明音义。《略例》，（魏）王弼撰，（唐）邢璹注。

二

在十卷本的《周易注》中，上、下《经》注六卷及《略例》一卷为王弼注，《系辞》、《说卦》、《序卦》、《杂卦》传注凡三卷为王弼弟子康伯补撰。唐朝以前，王注与韩注各为单行，并不混合，《隋书·经籍志》即备为著录，《旧唐书·经籍志》及《新唐书·艺文志》皆载王氏注为七卷，已合上、下《经》注及《略例》为一帙。到王俭撰《七志》，其中著录王弼《易注》十卷，则并王、韩之说为一书。就在此前，魏晋之际，玄学盛行，玄学家共有两派，一派祖宗老、庄，鄙弃儒学；一派则援道入儒，努力使儒、道合流，为封建伦理纲常辩护，而王弼就是这一派玄学家的开创者及代表人物之一。《周易注》即是他儒、道合流的玄学思想的产物。《周易》本来是上古时代的卜筮之书，原来只有六十四卦，每卦由卦画、卦名、卦辞、爻辞四部分组成，但在先秦时期，却由儒家变而为言哲理之书，并撰《传》十篇，或称《十翼》，用以说解六十四卦之内容，由此而与六十四卦合为一书，遂被尊崇为儒家经典之一。到了西汉，说《易》诸家则多缘卜筮统遗法，又不断汇入方士术数，其说解以象数灾异为本。至东汉，加之纬书群起，诸说又多流于谶纬迷信。王弼注《易》，偏重哲理，摒弃汉儒灾异、谶纬迷信之说。书中每卷标目皆以卷首第一卦为名，凡有：乾传第一，泰传第二，噬嗑传第三，咸传第四，夬传第五，丰传第六。王氏所撰《略例》之注，为唐代邢璹撰。以《传》解释经文，

① 骆兆平：《新编天一阁书目》，中华书局1996年版，第5页。

分解说卦、爻辞内容的《彖》、《象》二传各附诸卦经文之下，把论述《乾》、《坤》两卦基本思想的《文言》传分附于《乾》、《坤》两卦经文下，恢复先秦时期儒家说《易》之本旨。之后，又援取道家之说而融入于儒家，以儒道结合的玄学思想体系，对六十四卦作了思辨哲理的精致解说，文辞隽永简约，一扫汉儒笺注繁琐之风，开创了后世以义理说解《周易》的先河，对后世的《易》学研究有着极大的影响。由于其注对汉代灾异、谶纬之《易》学有摧毁廓清之功，又开创了儒学研究吸收他家学术的发展道路，自为新学，颇受后世推重，魏晋以后，逐渐取代了汉以来诸家《易》注，至唐孔颖达为其注作《正义》，而被定为一尊。但使《易》学逐渐与老、庄之学合流，亦自此书开始，正如《四库全书总目》所言"平心而论，阐明义理，使《易》不杂于术数者，弼与康伯深为有功；祖尚虚无，使《易》竟入于老、庄者，弼与康伯亦不能无过"。[①] 这一评论，堪称公允。王弼《易注》传本极多，今中华书局出版《王弼集校释》，其中亦收录此书及《周易略例》，是流传诸本中较好的读本。

王弼的《周易略例》一卷，可以说它是易学史上第一部方法论专著。《略例》主要论述解卦的基本原则及解《易》的章法凡例，分为上下两篇，上篇包括《明彖》、《明爻通变》、《明卦适变通爻》、《明象》、《辨位》五章；下篇举出十一个卦例进行具体分析。关于解释卦爻之基本原则，其论述有如下几个方面：其一，在对卦爻辞解释问题上，主取义说，与汉易中象数派解《易》学风相对立。其二，一卦六爻，每爻意义各不相同。书中提出一爻为主说，即全卦之意义要由一爻决定。又由此导出"一以统众"说。这反映王弼追求卦爻之统一性。其三，对《系辞》"神无方而易无体"之观点阐发，提出爻变说，即爻象之变化复杂多端，神妙莫测。其四，认为爻义变动不居，难以推测，乃由于所处时机不同，时机不同则吉凶之义不一样。并据此而提出适时而变说，主张因时而动，不固守某种既定格式，从而摆脱了汉易象数之学以互体、卦气、取象等论吉凶之框框。王弼对《周易》体例之论述，排除了汉易中占候之术，而视《周易》为哲学著作，这在当时是一种新风气，对宋明时期义理学派产生了很大影响。关于解《易》之方法，王弼在《明象》篇中，反对"案文责卦"、"存象忘意"，而主张"忘象以求其意"。详细地分析了言（指卦、爻辞）、象（指卦象）、意（指意义）三者之关系，提出"得意在忘象，得象在忘言"之解《易》方法。"得意在忘象"不仅为解《易》之

① （清）永瑢等：《四库全书总目》卷一，中华书局1965年版，第3页。

方法，并且对我国古代文艺理论产生过巨大影响。有《四部丛刊》影印宋本、何镗《汉魏丛书》本、张海鹏《学津讨源》本。楼宇烈《王弼集校释》（1980年中华书局出版）收录唐邢琫之注文。

三

在王弼之前，有《周易郑康成注》通作一卷。东汉郑玄撰，南宋王应麟辑。郑玄所撰《周易注》是集两汉《易》学研究的集大成著作，魏晋以后，与王弼《周易注》并为显学。王《注》盛于南朝，郑《注》盛于北朝。隋唐之际，学风虽兼融南、北，但老、庄、《周易》则以南学为宗，至唐初孔颖达等奉诏取王弼《注》撰《周易正义》，并使其颁行学校，则王《注》被定为一尊，而郑《注》则遭排斥，几成绝学。

《周易正义》十卷。三国魏王弼、晋韩康伯注，唐孔颖达疏。贞观年间，孔颖达与颜师古、贾公彦等人奉诏主编《五经正义》。初名《义赞》，后依诏改作《正义》，所谓“正义”，也就是依他家之经注作疏解，如同六朝人所称的“义疏”或“疏”的著作，因为它是国家向学校颁行的讲义，故称“正义”，同时，这也是唐初为统一思想、统一南北学风而加强政治统治所实行的一项措施。南北朝时期，王弼《周易注》与郑玄《周易注》并为当世显学，王《注》为南朝所宗，郑注为北朝所本，两家此扬彼抑，纷争不休。颖达成《正义》，舍弃郑《注》而取王《注》为疏，在此以前，南朝王《注》有《义疏》十余家，颖达嫌其辞尚虚玄，义多浮诞，释义涉于佛学，背本违注，故在十余家《义疏》基础上整理删定而成。自此以后，郑《注》屡遭排斥，郑学渐微。孔颖达在书中明显偏袒王说，如在说解“于见龙在田，时舍也”时，认为经文仅云“时舍”，王注云必以时之通舍者，则辅嗣以通释舍，故舍是通义也，却不疏舍字何以训通；于“天元而地皇”句，则认为恐是庄氏之言，并非是王注本义，放弃而不取，但却不说庄氏之语为何失之允当，等等。凡遇王弼等所未注者，颖达亦委曲旁引以就之，如《说卦传》之分阴分阳，韩注二、四为阴，三、五为阳，却说辅嗣以为初上无阴阳定位，此注用王说；“帝出乎震”，韩氏无注，颖达则认为，“益卦”六二：王用享于帝吉，王注帝者生物之主，兴益之宗，出震而齐巽者也，则辅嗣之意以此帝为天也。[①] 至于诠释文句，亦多不实之言，很少援引典籍，考据原委。颖达自认为每事必以仲尼为宗，义理可诠，先以辅嗣为本，去其华而取其实，欲使信而有

① （清）阮元校刻：《十三经注疏》（附校勘记），中华书局1980年版（据《四部备要》影印），第53页。

征，其实并不尽然。在书中，颖达又就“周易”的名义及其称“经”起自何时等《易》学史上的一些问题进行了探讨。《周易》本乃卜筮之书，但颖达继承了王弼以义理解《易》的思想，在书中他却认为，《周易》是说解万物生成以及万物顺逆规律的著作，这样，就进一步肯定了《周易》为圣人通过仰观俯察而专讲哲学的典籍，为后人认其为哲学著作提供了重要的理论根据。王弼出于玄学观点，借《易》而“自标新学”，颖达承之，并就《易传》中的“阴阳”、“生生之谓易”、“二气”、“八卦”的思想首次提出了《易经》中的“阴阳”概念，使《易经》的“—”、“--”符号有了新的含义。总而言之，此书是对南朝义理思辨学风的继承和总结，孔颖达的疏解，除在内容上偏袒王《注》外，在研究方法上亦存在问题，其失在以《传》代《经》、以《传》解《经》，颠倒了《经》、《传》的关系，特别是把后于《易经》的《易传》中的思想，放到本来还没有这种思想的《易经》的名下，把代表两个不同时期、两种不同思想体系的观点混淆起来，并无助于恢复其思想的历史本来面目，但这种研究方法却对后世的《周易》研究产生了极大的影响，抑或成为一种普遍的方法。《正义·序》中记载凡十四卷，《旧唐书·经籍志》、《郡斋读书志》著录并同，《新唐书·艺文志》则误四为六，写成了十六卷，原为单刊本，宋人为阅读方便，乃合刻经、注、疏为一本，又依王注本合编为十卷。今有宋咸淳元年（1265）吴革的刻本，藏于国家图书馆。

四

文渊阁《四库全书》本作十卷（浙江巡抚採进本）。《总目》“周易注十卷”条提要云：“上下经注及《略例》，魏王弼撰。《系辞传》、《说卦传》、《序卦传》、《杂卦传》注，晋韩康伯撰。《隋书·经籍志》以王、韩之书各著录，故《易注》作六卷，《略例》作一卷，《系辞注》作三卷。《旧唐书·经籍志》、《新唐书·艺文志》皆载弼注七卷，盖合《略例》计之。今本作十卷，则并韩书计之也。考王俭《七志》已称弼《易注》十卷，则并王、韩为一书，其来已久矣。”按《总目》所说，唐朝的邢琦为《略例》作了注。邢琦其人文献所记甚少，《旧唐书》卷一百五王铁传中说，“锝与故鸿胪少卿邢琦子縡，情密累年”。① 邢琦子縡以谋反诛，则终于鸿胪少卿也。《太平广记》载其事迹，邢琦其人虽不足道，其注则至今附弼书以行。《直斋书录解题》卷一载：“《补缺周易正义略例

① （后晋）沈昫等：《旧唐书》，中华书局 1975 年版，第 3231 页。

疏》一卷。蜀本《略例》有琦所注，止有篇首释‘略例’二字，文与此同，余皆不然。”[①] 由此可知，宋代还有一别本，今惟存此本，蜀本已佚。

《周易注》最好的版本，有四个宋刻本：(1) 魏王弼、晋韩康伯《周易注》，宋抚州公使库刻本。(2) 魏王弼、晋韩康伯《周易注》，宋建阳刻本。据赵万里先生鉴定，建阳本书体秀媚，字近瘦金体，文字较他本多胜处。传世宋版《周易》除抚州本外，应以此本为最善。(3) 唐孔颖达《周易正义》，南宋监本，版本学家称为《周易》单疏本。因为它是经、注、疏合刻以前的单疏本，最为珍贵，原藏山东临清徐氏，徐书散出，为傅增汀先生所得，傅氏曾在日本精印一百部，可见其重要价值。(4) 魏王弼、晋韩康伯注、唐孔颖达疏《周易注疏》，宋东路茶盐司刻宋元递修本。这是《周易》经、注、单疏合刻的第一本，世称越州本，又称八行注疏本。已收入《古逸丛书三编》。

王弼《周易注》版本很多，目前通行的有《四部丛刊》影印宋本、清阮元校勘《十三经注疏》本，此本基于《正义》，而孔颖达崇尚王弼之说，他在《周易正义序》中说：“其传《易》者，西都则有丁、孟、京、田，东都则有荀、刘、马、郑，大体更相祖述，非有绝伦，唯魏世王辅嗣之注，独冠古今。所以江左诸儒，并传其学，河北学者，罕能及之。”[②]《十三经注疏》本，引据众本之善者。阮元在《校勘记》中云：“为书九卷，别校《略例》一卷，陆氏《释文》一卷，而不其他书忘改经文，以还王弼、孔颖达、陆德明之旧。”[③] 阮刻本引据本子有十一种之多：

单经本：

《唐石经》，凡九卷，附《略例》，开成二年刻，今在西安碑林博物馆。

《岳本》，宋岳珂刻，凡十卷，阮元校刻所据为此本；武英殿重刊五经本。

《古本》，据七经《孟子考文补遗》。

《足利本》，据七经《孟子考文补遗》。

单疏本：

《宋本》：据钱遵王校本，案钱跋有单疏本一，单注本二，注疏本一，阮元无法识别，一并称为钱本。

注疏本：

《影宋抄本》，据余姚唐文弨传校，明钱保孙求赤校本，阮元所据为

① （宋）陈振孙：《直斋书录解题》，上海古籍出版社 1987 年版，第 6 页。

② （清）阮元校刻：《十三经注疏》（附校勘记），中华书局 1980 年版，第 6 页。

③ 同上书，第 12 页。

钱本。

《宋本》，据七经《孟子考文补遗》。

《十行本》，凡九卷，附《音义》一卷，无《略例》。

《闵本》，凡九卷，附《音义》一卷，《略例》一卷。

《监本》，与《闵本》同。

《毛本》，凡九卷，无《音义》、《略例》。

潘伟忠认为："阮元本《十三经注疏》，几为文史学者案头不可一日无之书。其中，《周易正义》校勘不精，阮氏子弟已感未安。"[1] 阮氏最重视十行本，以其为最古，故用为底本，但以潘伟忠看来，十行本绝非最古之本，更非善本。理由是：向宗鲁先生曾以宋监本《周易正义》单疏本较十行本，认为十行本在体例上就有六类谬误："改易卷第；分割疏文；文理不贯；多所脱漏；以注为疏；妄改标题。"向宗鲁晚年撰《周易疏校后记》万余言，刊于《华西学报》第六、七号合刊（1941 年 6 月出版），今已经屈守元整理付《中国历史文献研究集刊》第三集（1983 年，岳麓书社出版）。

楼宇烈《王弼集校释》中的《周易注》，是以阮元刻《十三经注疏》本为底本，参校版本有：《周易校勘记》，见阮元《校勘记序》；《周易注》，《四部丛刊》影宋本；《敦煌古写本周易注校勘记》，清罗振玉所著，见《广仓学窘丛书》。[2] 参校各种文献征引《周易注》的主要有：孔颖达疏本《周易正义》。唐李鼎祚《周易集解》，此本多收王弼注文。唐郭京《周易举正》，此本朱熹作《周易本义》时曾取用其说。唐李善《文选注》，宋王应麟《困学纪闻》，清卢文弨《周易拾补》等，另外，作者还参校了前人的释义著作。《王弼集校释》所收《周易注》是比较普及的本子，在楼宇烈的《校释》本中，将唐人邢琦注的《周易略例》也全部录入，此本也是学术价值比较高的一个本子。

2009 年 3 月

---

① 潘伟忠：《〈周易正义〉唐宋传本略考及阮元本之问题》，《成都大学学报》2011 年第 4 期。

② （魏）王弼著，楼宇烈校释：《王弼集校释》（中国思想史资料丛刊），中华书局 1980 年版，第 15—16 页。

关朗易学考论

在从两汉到唐宋时期的易学发展中，尤其是在河图洛书方面，关朗是一个比较重要的学者。但由于资料的匮乏，人们对其人其书缺乏了解和认识。首先应立足于原始资料，稽考其人之存否，后辨正其易著《关氏易传》之真伪，再来研判《洞极真经》的著作权问题，研读关朗易学亦应考究其易学传承脉络。在事实考证的基础上，确立关朗在易学发展史上的地位，同时这也对文中子王通的研究有着至为重要的作用。

一　关朗其人考

文中子《中说》卷十有《关朗篇》，其文曰："或问关朗，子曰：魏之贤人也。孝文没而宣武立，穆公死，关朗退，魏之不振有由哉！"《全唐文》王福畤名下收有《录关子明事》，此文又附《中说》之后，其文曰："关朗，字子明，河东解人也，有经济大器，妙极古算，浮沉乡里，不求宦达。太和末，余五代祖穆公封晋阳尚书，署朗为公府记室。穆公与谈《易》，各相叹服……太和八年，征为秘书郎，迁给事黄门侍郎……俄帝崩，穆公归洛，逾年而薨，朗遂不仕。同州府君师之，受《春秋》及《易》，共隐临汾山……盖王氏《易》道，宗于朗焉。"① 这里的穆公是文中子的曾祖父，同州府君是文中子的祖父。这里对关朗的记载和唐赵蕤在《关氏易传》前的小传基本上是一样的。《全唐文》李延寿文有《关朗传》，传文是府君向关朗请教《易》学问题的对话，主要记述的是关朗的易学思想，对其人的生平只字未提。晁公武在《读书志》卷一云："子明，朗字也。元魏太和末，王虬言于孝文，孝文召见之，著成《筮论》数十篇。"② 晁氏并未对关朗其人的存在持什么疑义。《宋史·艺文志》卷222记有"《关朗易传》一卷"。《宋史·艺文志》卷158子类儒家记"关朗《洞极元经传》五卷"，此大概是伪托之作，清人马国翰的辑佚书中有

① （清）董诰等：《全唐文》卷一六一，中华书局1983年版，第1647页。

② 孙猛：《郡斋读书志校正》，上海古籍出版社1990年版，第17页。

关朗的《洞极真经》，至于《洞极元经传》一书，其他典籍均未提到，亦未见其书。《宋史·艺文志》卷一六〇记“关子明注《安修睦都利聿斯诀》一卷”，此恐属伪托之作。《清史稿·艺文志》卷一二二道家类记“关朗《洞极真经》一卷”。史书既然这么记载，有些书可能是伪托其名，但是，其人的存在是肯定无疑的。而王冀民、王素在《文中子辨》一文中说：“关朗其人，史传不载。所谓《关朗易》者，亦不见于两《唐志》，宋人疑即传者阮逸所作。”① 此说以史传不载为由而否定其人的存在未免太过武断，历史上的人物可谓多矣，不可能人人尽书，况且唐人赵蕤在《关氏易传》前撰有关氏小传，其传曰：“关朗，字子明，河东解人也。有经济大器，或以占筭示人而不求宦达。魏太和末（魏孝文帝年号，二十三年而崩）并州刺史王虬（虬，文中子王通之先）奏署子明为记室，尝谓子明曰：‘足下今之英贤也，不可使天子不识。’因言于孝文帝，帝曰：‘张彝、郭祚昔尝言之（事见张太素魏书言之），朕以卜筮之道，不足见尔。’虬曰：‘此人言微道深，非彝、祚所能知也。’诏见。帝问《老》、《易》。子明寄言玄宗，实陈王道，讽帝以慈俭，清静为本，而饰之以刑政礼乐。翌日，帝谓王虬曰：‘卿诚知人，关朗，管、乐之器，岂占筭而已。’虬拜舞称谢曰：‘昔伊尹负鼎以干成汤，今关朗假占筭而谒陛下，君臣感遇，固有所因。’自是使虬与子明著成《疑筮论》数十篇（即今《易传》是也）。孝文帝崩，明年，虬卒，子明遂不仕，居临汾山（在汾州）。授门人《春秋》、《老》、《易》，号关先生学，虬长子彦，为同州刺史，亦师焉。谓子明曰：‘彦悲先君与先生志不就’，子明曰：‘乐则行之，忧则违之，何悲乎？’彦凡就子明，占兴亡治乱，言无不应，然必先人事而后语卦，彦不能测。……彦蹶然惊起，因书策而藏之，退而学《易》。王氏《易》道，盖宗关氏焉（文中子赞《易》有《七卜篇》，盖家传关氏学也）。子明既卒，河东往往立祠祭之，所著文集行于世。”②

唐人赵蕤在《关氏易传》前给关朗写的这段小传，是我们了解关朗的重要资料来源。除此之外，唐以后提到关朗的材料很多，主要是在论述易学的著作中，尤其是后人在论河图、洛书的文章中，无不提及关朗在河图、洛书演变过程中的贡献，他对河图之文的看法是“七前六后，八左九右。”对洛书之文的看法是：“九前一后，三左七右，四前左二前右，

① 王冀民、王素：《文中子辨》，《文史》第20辑，中华书局1983年版，第246页。

② （唐）赵蕤：《关氏易传·序》，《续修四库全书》（一），上海古籍出版社1995年版，第145—147页。

八后左六后右。”[①] 朱熹在《周易本义》前的“河图洛书”中引蔡元定语曰：“图书之象，自汉孔安国、刘歆、魏关朗子明，有宋康节先生邵雍尧夫，皆谓如此，至刘牧始两易其名，而诸家因之。故今复之，悉从其旧。”[②] 明代学者方孔炤在《周易时论合编图象几表》卷四、卷五多次提到关朗对河图、洛书的见解。[③] 在《世系族谱》中对关朗的世系身世有明确的记载：“祖关审，字问之，号盘石，生于汉和帝永元二年庚寅岁。居解州常平村宝池里，冲穆好道，以《易传》、《春秋》训子，至桓帝永寿三年丁酉岁卒，寿六十八。父关毅，字道远，性至考居，父丧庐墓三年，庚子岁六月二十四日生关羽于故里。关羽，按《广义祀典》记载，关羽，字云长，出夏大夫龙逢之后，生于汉桓帝延禧三年庚子岁六月二十四日，终于献帝建安二十四年十二月七日。关羽英秀奇伟，少读父书不辍，尤深《左氏春秋》。年十七娶胡氏，生三子，长子平、次子兴、三子索。长子关平，关平，字坦之，生于灵帝光和元年戊午岁五月十三日，少随父任事，躬亲矢石，临阵不离左右。献帝建安二十四年十二月七日与父同时遇难，克全忠孝，享年四十二。次子关兴，关兴，字安国，少有令闻，武侯深器之，弱冠为侍中中监军，伐吴获仇雪恨。生二子长曰统、次曰彝，建兴十二年二月病卒，享年二十四。三子关索，关索，字维之，己亥之难奔川请兵报仇，建兴二年从武侯征孟获为先锋。长孙关统，关统，袭封爵尚公主官虎贲中郎将，景耀三年十月卒，无嗣。仲孙关彝，关彝，嗣汉寿亭侯爵，炎兴元年八月拜前将军拒魏，十月战殁，一子名敝。曾孙关敝，关敝，官谏议大夫，炎兴元年魏人入蜀隐信都。玄孙关朗，关朗，字子明，习《春秋》、《易传》，魏屡征不仕。关朗以下族裔悠远不能全谱。”[④] 这个世系族谱是综合了几种族谱和史书的记载而来的，但亦未必真实可靠，可为之参考。

关于关朗谱系的记载，还有四种《关氏家谱》：一是山西运城市北相镇西古村《关氏家谱》，这个村庄是关氏后裔的聚居地，村里有北魏孝文帝时的关朗墓，墓碑题“魏记室关公讳朗字子明墓”。此家谱曾于清雍正九年重修，至于修成于何时未有确记，但家谱与《关氏历代世系图》相似。二是河南尉氏县张市《关氏家谱》，此谱修撰于清咸丰年间，在序中介绍了关氏后人先后从运城迁徙到河南各地的情况。三是河南洛阳市李屯

---

① （元）胡一桂：《周易启蒙翼传外编》，《四库全书》景印文渊阁本，经部易类，第 381 页；又见马国翰《玉函山房辑佚书》卷七十，子编道家类，《洞极真经》。

② （宋）朱熹：《周易本义》，《四库全书》景印文渊阁本。

③ （明）方孔绍：《周易时论合编图象几表》，《四库全书存目丛书》（一），经部易类，齐鲁书社 1983 年版，第 212—213 页。

④ 《关圣帝君圣迹图志》：《增集》中之陈铁儿《武圣堂集》，香港 1961 年版。

《关氏家谱》，这个族谱列关羽为始祖，这是与别的族谱的不同之处。四是《关氏历代世系图》，它是据康熙十七年在解州关羽故宅一枯井中发现的一块古砖而来的，古砖上备载了关家数世名讳和生卒年月，按《关圣帝君世系图》，始祖关龙逢，曾祖，考毅，羽，子兴、平、索，孙统、敞、彝，玄孙朗。有人认为关龙逢、关朗、关播、关珍、关天培等关姓名人，乃为关羽信奉者附会所致。然不管怎样，他们都没有否认关朗的存在。至于关羽与关朗的关系，由于史料记载不够充分，对于家谱和世系图的记录暂可存疑。但从裴松之所注的《三国志》中提供的有些资料，可以看出家谱所言并不尽是攀结附会，《关圣帝君世系图》云："关羽英秀奇伟，少读父书不辍，尤深《左氏春秋》。"而裴注《三国志》中亦云："《江表传》：羽好《左氏春秋》讽诵略皆上口。"这两条不同材料只记了关羽习《左氏春秋》未及关朗之事，由于裴松之注书时要早于关朗的活动时期，即使二人同时代，但当时南北阻隔，互不了解，裴注不载关朗事亦乃情理之中。

二 《关氏易传》辨正

《关氏易传》乃关朗所作。在所有见之于典籍中的《关氏易传》，皆署名关朗或关子明，有的用"旧题北魏关朗"。在《四库全书总目》卷七，易类存目，经部有："《关氏易传》一卷（内府藏本），旧题'北魏关朗撰，唐赵蕤注'。朗字子明，河东人。蕤字大宾，梓州盐亭人（详见子部杂家类《长短经》条下），是书《隋志》、《唐志》皆不著录，晁公武《读书志》谓李淑《邯郸图书志》始有之，《中兴书目》亦载其名，云'阮逸诠次刊正'。陈师道《后山丛谈》、何薳《春渚纪闻》及邵博《闻见后录》皆云，阮逸尝以伪撰之稿示苏洵，则出自逸手更无疑义。逸与李淑同为神宗时人，故李氏《书目》始有也。《吴莱集》有此书后序，乃据文中子之说，力辨其真，文士好奇，未之深考耳。"朱熹一面说："《关子明易》是阮逸伪作，《陈无己集》中说得分明。"一方面又在《易学启蒙》的"原卦画第一"篇中说："关子明云：河图之文，七前六后，八左九右；洛书之文，九前一后，三左七右，四前左二前右，八后左六后右。"朱熹既承认《关子明易》是阮逸伪作，又引用关朗的说法。其实朱熹说《关子明易》是阮逸伪作，并未深究实考，只是采用陈师道的说法说："《陈无己集》中说得分明。"陈师道《后山丛谈》卷二云："世传王氏《元经薛氏传》、《关子明易传》、《李卫公对问》，皆阮逸所作，逸以草示明允，而子瞻言之。"朱熹所言即据此出。既是一部伪书又采其说，岂不是承认其书不伪吗？可以看出来朱熹并不以为此书是阮逸作伪。明末学者方孔炤在他的易学著作《周易时论合编图象几表》中论及《关子明易传》，在卷之四“关子明易传约”条下专论关朗的易学思想。清人杭章斋《学易笔谈》（附三种）中的《易楔》卷一“图书”中，论及关朗在易图的发展中有重要的作用。“图书之学”从汉之刘向、刘歆父子到《参同契》，中间经过北魏关朗的以“十为河图，九为洛书”的思想，对北宋时邵康节在河图、洛书上的完善有直接的作用，宋代学者在论及河图之学时一般都是提到关朗的易学思想。王船山在《读通鉴论》里论南北朝河西之儒时对关朗有很高的评价。他说：“北方之儒较醇正焉，流风所披，施于上下，拓跋氏乃革面而袭先王之文教，宇文氏承之，而隋以一天下，苏绰、李谔之指具，关朗、王通开唐之文教，皆自此防也。”

《关氏易传》中的易学思想。在唐赵蕤注的《关氏易传》前，有他作的关朗传，《全唐文》卷一五四中收有李延寿的《关朗传》一文，就在此卷亦收有王福峙的《录关子明事》。经比照，李延寿的《关朗传》文本最短，赵蕤的关朗传次之，而王福峙的《录关子明事》材料最为丰富，从表面上看，赵蕤和李延寿的传文来自于王福畤的《录关子明事》，而李延寿的《关朗传》是截取《关氏易传》前小传中论易的部分，去其前后两端生平事迹的记载，从“先生每及衰之际，必曰用之以道，辅之以贤”至“噫，天命人事其同归乎？”的中间这一大段文字几乎完全相同，所别者是把蕤传中的“彦”与“朗”的对话，改成了“府君”与“朗”的对话，还有个别用字的不同，如“亡”与“衰”。由此观之，李延寿可能是从赵蕤的传中抄出的。从所拥有材料的多寡来看，王福峙的《录关子明事》显然要比其他两个人传中写的要丰富得多。但从内容上看，三人的传文皆取于《关氏易传》首篇的《卜百年义》，他们都要突出关朗的易道高深、幽微难测的一面，亦从中体现出他的易学思想。关朗在《关氏易传》中解卦时最突出地体现了易学“变”的思想，他说：“吉凶有前期，变而能通，则治乱有可易之理。君子之于《易》，动则观其变而玩其占，问之而后行，考之而后举，欲令天下顺时而进，知难而退，此占筮所见重于先王也。故曰危者使平，易者使倾。”[①] “变”是《周易》的基本观念，孔颖达在《周易正义》卷首就明确地说：“夫易者，变化之总名，改换之殊称。”[②] 可谓一语道破《易》之奥秘。就《易》的

① 《关氏易传》，《续修四库全书》（一）经部易类，上海古籍出版社1995年版，第145页。

② （唐）孔颖达：《周易正义》（《十三经注疏》整理本），北京大学出版社2000年版，第5页。

爻位来说，爻象在六位中可以上下往来，是变动不居的。《易·系辞》说："爻者言乎变者也"，"爻也者效天下之动者也"，"道有变动故曰爻"。爻就是用来表现事物的运动和变化的。刚与柔相互变动推移，"变"的意义就体现了出来，亦即《系辞》中所说的"刚柔相推，变在其中矣。系辞焉而命之，动在其中矣，吉凶悔吝者，生乎动者也。"关朗所占的夬之革，此即卦变者，阴阳相推，爻位互变，刚消柔长，刚柔相推而生变化，是故百年之世事变化，人事之悔吝吉凶，皆以卦象明矣。故《系辞》云："刚柔相推而生变化，是故吉凶者，失得之象也，悔吝者，忧虞之象也。变化者，进退之象也，刚柔者，昼夜之象也。六爻之动，三极之道也。"爻象是变化的，有进有退，进退消长，这也是天地人三才的至极之道，是宇宙的普遍法则。在关朗的传中述及"变"的易学思想，也可以说是《关氏易传》的一个主要思想。

《关氏易传》今收《续修四库全书》经部易类，是书一卷，据明嘉靖范氏天一阁刻本影印，原书版框高205毫米，宽294毫米，初唐天水赵蕤所注，四明范钦订。前有赵蕤的序文，继之以关朗小传。该书分为：卜百年义、统言易义、大衍义、乾坤之策义、盈虚义、阖辟义、理性义、时变义、动静义、神义和杂义共十一章。原书比现在所见到的唐注本要多，赵蕤在序中说："蕤非圣人，五十安知天命，然从事于《易》，虽乱离中未尝释卷。盖天命深微，莫研其极，而子明之传，蕤粗通之，然恨此书亡篇过半，今所得者，无能诠次，但随文义解注，庶学者触类而长，当自知之耳。"在这段序文中，我们了解到现存的本子最少是原书的一半，且从关朗所处的时代到初唐一直是动荡乱离的，尤其是北方。在这种情况下人们无暇于学术，故于篇籍无能诠次，亦使北学难及于南学。就南北朝时期而言，易学中以王弼派的易学占上风，《周易正义序》云："唯魏世王辅嗣之注独冠古今，所以江左诸儒，并传其学，河北学者，罕能及之。其江南义疏十有余家，皆辞尚玄虚，义多浮诞。"① 南方时局较北方相对稳定，故于《易》之义疏有十余家，不管怎么玄虚空无，研究者还是比较多的，而河北之学的经师人数较少，且专主郑玄易学。在马宗霍的《中国经学史》中论南北朝的易学经师时说："北朝传经之儒，《北史》所载，多于南朝，然其间号为大儒，能立宗开派者，当推徐遵明。……而诸经之传，多自遵明开之，《易》则以传卢景裕（景裕注《周易》、《尚书》、《孝经》、《论语》、《礼记》，其《毛诗》、《春秋》、《左氏》未讫，所注

① （唐）孔颖达：《周易正义》（《十三经注疏》整理本），北京大学出版社2000年版，第3页。

《易》大行于世)。崔瑾、景裕传权会(会少受郑易,妙尽幽微,《诗》、《书》、《二礼》,文义该洽,注《易》一部,行于世)、郭茂,其后能言易者,多出郭茂之门。"[①] 北朝传《易》之作并不太多,且其皆已亡佚,马宗霍说:"今其书虽皆亡佚,然唐人《五经正义》,盖不能无本于诸家也。乃仅皇、熊二家,其名犹见于《礼记正义》,余则可考者少,惜哉!"[②] 虽然说北朝经学义疏之作今已亡佚,但在初唐肯定是有一些的,今传孔颖达的《正义》中就见其名,所以才有初唐的赵蕤注《关氏易传》,不过其时也已是亡佚过半了,由此亦可证《关氏易传》不伪。

关朗在首篇《卜百年义》中,以与同州刺史王彦问对的形式,占断百年的王朝更替,以《夬》之《革》的九二化为六三,推衍出时变之数,后皆应验。可参看赵蕤的注。在第一章《卜百年义》中体现了《易》理的变动不居,赵注云:"言夬,决尽,则将有革命者也。""革,去故也,是以旧者不利东魏旧业,故先亡。""革尽则变,乱穷则治,数穷则始,故必有布衣恭俭者出焉,易理然也。"关朗从《夬》卦变《革》卦,亦能推出变革的具体年份,明主所出之方位,使人倍感《易》理幽深,天数通神。

第二章统言《易》义,主要讲乾坤之义,这里也体现了"变"的思想,关朗云:"观其变,极其数,知其来。"赵蕤注说:"关氏易占,极变而已。"此可谓一语中的,了其精髓。

第三章大衍义,《易·系辞上》第九章云:"天一,地二,天三,地四,天五,地六,天七,地八,天九,地十。天数五,地数五,五位相得而各有合。天数二十有五,地数三十,凡天地之数五十有五,此所以成变化而行鬼神也。大衍之数五十,其用四十有九。"对此,关朗有独特的理解,他说:"天数兆于一,生于二,成于三,此天地人所以立也,衍于五,成于六,偶于十,此五行六爻十日所以错综也。天一,数之兆也,虽明其兆,未可以用也。地二,数之生也,有生则滋,乃可以推之也。天三,数之极也,极乎终则及乎始,兼两之义也。"关朗又以五行解释《系辞》,其中贯穿着道家思想,如:"有生于无,终必有始,既有则无去矣,故大衍五十,其用四十有九者,人有去无之谓也。"门人张彝不懂何谓"人有去无",关朗云:"天生于阳成于阴,阴成则阳去。生于阴成于阳,阳成则阴去,六爻初上无位者,阴阳相去者也,天数以三兼二,地数以二兼三,奇偶虽分,错综各等,五位皆十,衍之极也,故曰大衍。"在本章精

① 马宗霍:《中国经学史》,上海书店1984年版,第81—82页。

② 同上书,第88页。

到之论颇多，很难一一征引。接下来关氏又以往来盈虚来解释大衍之数。

第四章乾坤策义，讲乾坤之策数，又由筭数而及于历法、盈虚，在本章中赵蕤所注寥寥几处，不明关氏所言之深意。

第五章盈虚义，接上篇继续给弟子张彝计何谓盈虚。他说："当期之数，过者谓之气盈，不及者谓之朔虚。"关朗所讲的盈虚，来自于魏伯阳《参同契》的月体纳甲说。所谓月体纳甲，它是以月亮的盈亏，说明一月之中炼丹用火的程序，其以坎、离两卦代表日月，其他六卦代表月亮的盈虚过程，八卦各配以干支。《参同契》是汉易中的"卦气说"与"炼丹术"的结合，它将炼丹的用火同月亮的盈虚和四时的变化联系了起来，以温度来应丹事，其理论思维的核心是阴阳消长和五行生克说。关朗在这里无不残留着这一思想影响的痕迹，如"五之为朞，五行六气推而运也，七百二十为起法，七千二百为统法，七十二万为通法，气朔之下，收分必全尽"。

第六章阖辟义，所谓阖辟，关氏言："以气言之为启闭，以道言之为离合，以内外言之为往来，故卦有内外，人有出入，往来相交，内外相取，上下相刑，吉凶相分，君子小人，相亨相屯。"阖辟就是往来不穷，在这无穷不尽的变化中，吉与凶并无定居，君子与小人亦然，君子亨则小人屯，小人亨则君子屯，这就是一阖一辟，就是变通。"故一阖一辟谓之变，往来不穷谓之通。"其实本章就是发挥《系辞上》中的"是故阖户谓之坤，辟户谓之乾，一阖一辟谓之变，往来不穷谓之通"。

第七章理性义，主要是讲乾之德。关氏认为穷理尽性以至于命，而"性命之理，以天言之曰阴阳；以地言之曰柔刚；以人言之曰仁义，盖乎一性也。有生有命，有命有性，有性有情"。即天命，人命也，天命是历数，人命是道德，有命者亨之塞之，不离乎仁义之道，此谓之有性。乾卦纯阳，具四德五性，四德在天而有亨有塞，五性在人而运命有否有泰，天人相契，则合于性命，此亦乾道之变化。关氏把情当作邪气，因为它可以乱人之行，正确的行为应是"去邪远乱，制情则元命立"。元命即天命人命，在《易》中的元命是群阴之尊，元亨利贞，此乃天人之理。在关朗那里，只有穷极天命人命二性，则知生死之说，得性命之理，顺天立性，理解了否、泰两卦的时，就一切都会因时而动，知命适时。

第八章时变义，时与变在《周易》中是很重要的概念。对"变"的强调是无处不在的，"时"在《易》中也是极为关键的，物得时以通，乾卦下的《文言传》曰："六爻发挥，旁通情也；时乘六龙，以御天也。"掌握好了"时"才能"运行雨施，天下平也。"坤卦六三的《象传》云：

“含章可贞，以时发也。”京房云：“静为悔，发为贞。”虞翻训“发”为“动”，三为阳位，虽发为贞。《周易集解纂疏》云：“变动有时，故以时发，苟非其时，则‘含’而不发也。”[①] 丰卦《彖传》亦云：“天地盈虚，与时消息。”此言四时之象，一年十二月之消息，亦因时也。《易》虽言变，要之因时也。所以关氏本章主要讲因时而变。故言“作《易》者承时效变之谓乎”！“卦以存时，爻以示变，时系乎天，变由乎人”。赵蕤注云“王弼曰：以爻为人，以位为时。”今关氏义同《文言》。蕤谓天人和，须不可异也，卦以爻成，时以变生，虽云天时人事，及其变则合会一也。“时”的问题在上一章末尾已经提出，本章紧承其义，把时与变联系起来，并以屯、既济为时变之际来加以说明，即时未定曰屯，时已定曰既济，屯与既济则是时变交替也。关氏认为乾坤用以分时，如门户用以分内外一样，屯、既济则像门户的开合，始与终相及也。

第九章动静义，关氏以天地喻动静，他说：“天常动，地常静，常动柔克刚者也，常静刚克者也，故曰动静有常，刚柔断矣。……至动必多忧，至静必多疑，不忧不疑，其惟有常乎？至常忘机，至宁忘乐，斯动静之中也。”动与静不可失于时、失于中，动静有常，即要有常态。《易·系辞》亦云：“动静有常。”所以动静要适宜，适时，适中，过与不及皆不可也。“知动则知神，知神则知静矣。”“神”在《系辞》中出现的频率很高，如“神无方而《易》无体”，“阴阳不测之谓神”，“此所以成变化而行鬼神也”，“显道神德行”，“非天下之至神，其孰能与于此”，等等。其中所讲的“神”，一般是神妙、难以预测之意，关氏这里的意思亦同于此，是不行而至，不疾而速的。另外，这两句话和《老子》第十六章的“夫物芸芸，各归其根，归根曰静，静曰复命”[②]的意思相同。

第十章神义，是关氏对“神”的进一步解释，他认为搞清神的含义非常重要，若对“神”之义疑而不知，那就无法与之言《易》。关氏曰：“神也者，《易》之灵也。”“神”是《周易》的灵魂。那么神是什么呢？他的理解是“灵应冥契，不思而得，强名曰神”。而“《易》之神在乎道，而所神在人也”。在《易·系辞》中“神”字出现很多，人们在不同的地方有不同的解释，虞翻曰：“乾神似天，坤鬼似地。”郑玄曰：“精气谓之神，游魂谓之鬼。”[③] 在“阴阳不测之谓神”句下，韩康伯曰：“神也

① （清）李道平：《周易集解纂疏》，中华书局1994年版，第80—81页。

② 朱谦之：《老子校释》，中华书局1984年版，第65页。

③ （清）李道平：《周易集解纂疏》，中华书局1994年版，第555页。

者，变化之极，妙万物而为言，不可以形诘者也，故阴阳不测。”孔颖达疏曰：“‘神也者，变化之极者’，言神之施为自将，变化之极，以为名也。云‘妙万物而为言’者，妙谓微妙也，万物之体，有变象可寻。神则微妙于万物而为言也，谓不可寻求也。”① 关氏在神义篇讲的神也有上述几种意思在，但更为重要的是他认识到了“神也者，《易》之灵也”。

最后一章杂义，类似于《易·序卦》，但他的解说又类似于《文言传》。从总体上看，本章文字有佚，内容似不完整。因为其书传到初唐赵蕤作注时已经佚失过半，里面涉及的卦只有三十六个，估计可能有残缺的情况。仅就残文来看，关氏的见解颇有独特之处。我们知道，《周易》的六十四卦起于乾终于未济，这是因为“物不可穷也，故受之以《未济》终焉”。而关氏则以既济为终，赵蕤注云：“盖未济者，入屯之首也。天地不交，坎、离不接，是未济也。天地始交，云雷相遇，然后有屯也。文王、仲尼终之以未济者，时可知‘戾然’终焉，二字疑非仲尼之辞，盖后人传之误也。夫既者，尽也，尽济则终焉，此义为得也。”韩康伯认为：“有为而能济者，以己穷物。物穷则乖，功极则乱，其可济乎？故‘受之以未济’。”② 韩康伯所释是乘既济而来的，他认为已“穷”已“极”了，就难以“济”了，故“受之以未济”。我们认为赵蕤对关氏所注为是，坎本坤体，离本乾体，既济是离下坎上，水性就下，火性炎上，火煮水干，故既济。关氏以既济为终，可谓宜矣。

《关氏易传》的主要版本有：

1.《关氏易传》一卷（北魏）关朗撰，清顺治三年（1646）宛委山堂刻本，1 册（《说郛》）。

2.《关氏易传》一卷（北魏）关朗撰，清乾隆五十六年（1732）王谟刻本，粉纸，系白文，无赵蕤注，1册（增订《汉魏丛书》）。

3.《关氏易传》一卷（北魏）关朗撰，（唐）赵蕤注，明崇祯毛氏汲古阁刻本，1 册（函）（《津逮秘书》）《易庐》。

4.《关氏易传》一卷（北魏）关朗撰，（唐）赵蕤注，清嘉庆十年（1805）虞山张氏照旷阁刻本，1 册（《学津讨原》）。

5.《关氏易传》一卷（北魏）关朗撰，（唐）赵蕤注，1976 年台北成文出版社据明嘉靖天一阁刻本影印（无求备斋易经集成）。

① （清）李道平：《周易集解纂疏》，中华书局 1994 年版，第 562 页。

② 同上书，第 728—729 页。

三 《洞极真经》辨正

《宋史·艺文志四》子类儒家记："关朗《洞极元经传》五卷。"① 景印文渊阁《四库全书》经部易类第22册，在元胡一桂《周易启蒙翼传外篇》中收有关朗的《洞极真经》，前有胡一桂的案语和序。在清人马国翰的《玉函山房辑佚书》子编道家类中辑有《洞极真经》，但这个辑本明显是从胡一桂《周易启蒙翼传外篇》中辑来的。据《中国丛书综录》记，《玉函山房辑佚书》的《洞极真经》的版本有嫏环馆本、重印本、楚南书局本。

在《周易启蒙翼传外篇》的《洞极真经》前有关朗的自序，其序云："朗，业儒，蓄书积数世矣。自六代祖渊，会鼎国之乱，徙家于河汾，所藏之书，散佚几尽，其秘而存者，唯《洞极真经》而已。六世祖尚谓家人曰：《洞极真经》，圣人之书也，吾后数世，当有贤者生，如得其用，功不下于稷、契，倘不时偶，其颜渊之流乎！"从关序可以看出，此书并非其自著，只是家传的圣人之书。但此书在传到关朗时，他就自己的所学所识，对本经作了传，亦附有其师崆峒道人的《翼》，序云："因以先生之《翼》则附于《经》，又编其遗言为《洞极论》。凡十一篇，复作传，以释其蕴，为图以序，庶乎来者知《洞极》之道焉。"胡一桂在《周易启蒙翼传外篇》的说法比较正确，他在案语中说："《洞极真经》，莫知作者，而元魏关朗子明之所传次也，虽无预于《易》，然序《本论》，述圣人，本河图以画卦，朱子《启蒙》之援证，其为极也。"但朱熹在《易学启蒙·原卦画第一》说："关子明云：河图之文，七前六后，八左九右；洛书之文，九前一后，三左七右，四前左二前右，八后左六后右。"又说："关子明《易》是阮逸作，《陈无已集》中说得分明。"② 由于后一句话是在语录体中的对话，故有不严谨之处。其实朱熹把话说得含混了一些，只是未把经和传分开来，他在《易学启蒙》中所引的关子明河图洛书之说，并不是出于《关氏易传》，而是出于《洞极真经》的《序本论》篇，这个我们一看胡一桂的《周易启蒙翼传外篇》便一目了然。笔者手头就有亲自从景印文渊阁《四库全书》经部易类22—391中抄出的《洞极真经》，而现在有些人不读原著，竟曲引之，说："此言之者以江永说为一证"。江永在《河洛精蕴》中说："元魏太和时，关朗子明，述其六

① （元）脱脱：《宋史》，中华书局1977年版，第5172页。

② （宋）黎靖德编，王星贤点校：《朱子语类》第六十七卷《易三·纲领下》，中华书局1986年版，第1681页。

代祖渊有《洞极真经》。其《序本论》云：河图之文，七前六后，八左九右……”江永的说法亦为客观。本来事实就很清楚明白，经大学者一含糊其词，人们便不知所之了。有人竟以为《关氏易传》与《洞极真经》是一部书，此更谬矣，皆为不读书之故。郑樵在《通志·艺文略》中就说：“《周易传》一卷，后魏关朗撰，唐赵蕤注（入《传》类）”，“《洞极真经》一卷（无撰著者，入《拟易》类）”。可见南宋初郑樵（1104—1162年）所见为两部书，一是题为关朗撰的《周易传》，一是没有题撰著人的《洞极真经》。而《易学启蒙》所引的“关子明曰”，就是出于《洞极真经》，作者误将《序本论》中的子曰下的一段有关河图洛书的说法当成了关子明的话。按关氏在序中说的“因以先生之《翼》，则附于《经》，又编其遗言，为《洞极论》，凡十一篇，复作传，以释其蕴，为图以序”。关朗在这里说得明白，《论》这一部分是把先生的遗言编纂起来的，亦非自己所著，所以，是朱熹把这一细节忽略了。

至于阮逸所伪之书，《后山丛谈》曰：“世传王氏《元经薛氏传》、《关子明易传》、《李卫公问对》，皆阮逸所著。”其中并无《洞极真经》。李淑在《邯郸书目》中说：“阮逸诠次，刊正《洞极元经传》五卷（逸字天隐，宋仁宗时人），关子明以生、资、育为传，以释其蕴，为经论十一篇。”[①] 清人胡渭在其下注曰“《玉海》云：子明《易传》卜百年义第一，次以统言《易》义，大衍乾坤策，盈虚、阖辟、理性、时变、动静、神义、终于杂义第十一。”[②] 胡渭所注，显然有误，因《洞极真经》与《关氏易传》皆十一篇，而李淑说的是《洞极真经》，但胡渭又以《关子明易传》十一篇释之，是他把两本书看成了一本书，《邯郸书目》亦未说《洞极真经》是阮逸所伪。不过也有人说《洞极真经》是阮逸所伪的，《易图明辨》卷五云：“姚氏曰：世所传关子明《洞极真经》，亦言‘河图洛书’如刘氏说而两易之，以五方者为图，九宫者为书。按唐李鼎祚《易解》，尽备前世诸儒之说，独无关氏，至本朝阮逸始伪，作《洞极经》，见于《后山丛谈》，则关亦不足为证矣（见《周易玩辞》）。”[③] 而姚氏言伪，其据只是《后山丛谈》而已，但该书并未言及阮逸伪《洞极真经》，只是说到了关子明《易传》，唐李鼎祚《易解》不引，是因为其书佚失过半，对《易》之解恐不符合李氏的观点。况且解《易》之书非常多，虽是集解，亦不能尽入其集，只不过是选几种代表性的观点而已。故

---

① （清）胡渭：《易图明辨》，景印文渊阁本《四库全书》，经部易类，第44册，第721页。

② 同上。

③ 同上。

不能以李鼎祚《易解》不引为据而武断其书不存。《易图明辨》紧接着又说："雷氏《易图通变》曰：杨次公自著《洞极经》，托名于关子明。"胡渭在按语中说："杨杰，字次公，元丰中与范镇论乐，《洞极经》果为杰所撰，则又出阮逸之后，恐非。"由此看来，杨杰不能伪作《洞极经》，亦无从看出有阮逸作伪的迹象。还是《周易时论合编图象几表》说得明白，"《关子明传》曰：兆于一，生于二，成于三，此天地人所以立也，衍于五，成于六，偶于十，此五行六爻十日（支统于干），所以错综也"（《周易时论合编图象几表》卷四"关子明传约"）[①]，"此书不必关子明，而理自得《易》中一端之精处，惜不知先天八卦以二四八六立体，则亦何以明洛之维正耶！《子明易传》曰：一不可用，二生可推，三极中而兼两，六来则一去，以三十与十二明蓍，开百原之端，故知《洞极》非子明手"（《周易时论合编图象几表》卷五）[②]。这个问题已经很清楚了，还有一个与此相关的问题，就是在关朗的传中提到：魏太和时期，王虬言于孝文帝，帝召关朗，著成《筮论》。《筮论》和《洞极真经》到底有什么关系呢？在方孔炤的《周易时论合编图象几表》中可见其端倪，方氏说："李邯郸曰：《洞极经》，关朗家藏，亲受于崆峒者，魏太和中，王虬言于孝文，召之，著成《筮论》，已采具蓍衍篇下。

一四七天，生☰，焕（育乘其一），实（育乘二），兴（育乘三），燠（资乘其一），茂（育乘二），达（育乘三）[③]，序（育一资二），和（育二资一）；

二五八地，育☳，（后分）萌（生乘其一），华（生乘二），安（生乘三），悖（资乘其一），止（资乘二），静（资乘三），息（生一资二），紊（生一资二）[④]；

三六九人，资☷，抑（生乘其一），用（生乘二），作（生乘三），冥（育乘其一），蹇（育乘二），平（育乘三），通（生一育二），几（生二育一）。"（《周易时论合编图象几表》卷五）

这里所记和《洞极经》基本一致，《洞极》列生传第一，资传第二，育传第三，而李邯郸记的顺序是生、育、资。生卦中有焕、实、兴、燠、茂、达、序、和，育卦有萌、华、安、悖、止、静、息、紊，资卦有抑、

① （明）方孔炤：《周易时论合编图象几表》，《四库全书存目丛书》（一），经部易类，第21册，齐鲁书社1997年版，第212页。

② 同上书，第233页。

③ "茂（育乘二），达（育乘三）"中之二"育"字，当为"资"字。

④ "紊（生一资二）"，当为"紊（生二资一）"。

用、作、冥、塞、平、通、几。生、育、资是三个主卦，有统领其余各卦的作用，就像《周易》中的乾、坤二卦一样，这是关氏因家传而解卦的独特方式。笔者认为《筮论》和《洞极真经》是源与流的关系，《筮论》源于《洞极真经》，遗憾的是《筮论》今已不存。

四　关朗易学的传承

关朗在北魏时就以《易》名于世，赵蕤的《关氏易传序》云，关朗“有经济大器，或以占筭示人而不求宦达。魏太和末，并州刺史王虬奏署子明为记室。尚谓子明曰：足下今之英贤也，不可使天子不识。因言于孝文帝，……帝谓王虬曰：卿诚知人，关朗，管、乐之器，其占筭而已。虬拜舞称谢曰：惜伊尹负鼎以干成汤，今关朗假占筭而谒陛下，君臣感遇，固有所因。自是使虬与子明成《疑筮论》数十篇（即今《易传》是也）。孝文帝崩，明年，虬卒。子明遂不仕，居临汾山，授门人《春秋》、《老》、《易》，号关先生学”①。《中说》后附《录关子明事》中亦有同样的记载。② 两者几乎相同，不过《录关子明事》所记更为详尽一些。由此可以看出，在当时王虬向皇帝举荐了关朗，证明两人早有交往，不说受其影响，起码是了解了他在易学方面的造诣，后孝文帝说：“且与卿就成《筮论》。”既然文帝让他们共著《筮论》，其思想必有一致之处，在易学上有相同的见识。关朗是以《易》名世，而王虬是并州刺史，是伯乐以识马而已，自己不过是喜《易》而略有所见耳。在以后的著《筮论》过程中，承传关朗的易学思想是为不误。

王虬卒后，其子王彦心向关朗之学，赵蕤在《关氏易传序》中说：“虬长子彦，为同州刺史，亦师焉。”《录关子明事》云：“同州府君师之，受《春秋》及《易》，共隐临汾山。”③ 文中详细记载了同州府君与关朗对易学的探讨，关朗以蓍卦占百年之事，每事皆令府君折服，于是“府君蹶然惊起，因书策而藏之，退而学《易》。盖王氏《易》道，宗于朗焉”④。同州府君临终前对其子铜川府君说：“关生殆圣矣，其言未来，若合符契。”⑤ 铜川府君生文中子，文中子《续六经》中有《赞易》一书，

---

① （唐）赵蕤：《关氏易传·序》，《续修四库全书》（一）经部易类，上海古籍出版社1995年版，第145页。

② （清）董诰等，《全唐文》（卷一八二），中华书局1983年版，第1853页。

③ （隋）王通著，（宋）阮逸注：《文中子中说》（诸子百家丛书），上海古籍出版社1989年版，上海古籍出版社1089年版，第52页。

④ 同上书，第54页。

⑤ 同上。

亦承关朗《易》道，赵蕤注《关氏易传》说："文中子《赞易》有《七卜》篇，盖家传关氏学也。"[①] 文中子祖从王虬始，延及于后代，无不受关氏易学的影响。杜淹在《文中子世家》中说："开皇四年，文中子始生，铜川府君筮之，遇《坤》之《师》，献兆于安康献公，献公曰：素王之卦也，何为而来？地二化为天一，上德而居下位，能以众正，可以王矣。虽有君德，非其时乎？是子必能通天下之志。遂名之曰通。"[②] 文中子祖父喜关朗之学，与之共隐临汾山，虽未见记其父与关朗之交，但从给文中子取名可见，其受关氏的影响实属不可避免。

文中子治学，于《易》有《赞易》七十篇，列为十卷，惜其不存。今传《中说》卷五有《问易篇》，此篇非专论《易》之作，只因开头以"问易"二字始而名之，其他各篇亦有与弟子关于《易》的问答释疑之辞。我们知道关朗易学是承汉阴阳象数学派而来，多讲阴阳灾变，王氏家传的易学对这一点不无体现。王通对易的看法也是以卦爻明阴阳之变、天下之事。《述史篇》曰："《易》，圣人之动也，于是乎用以乘时矣，故夫卦者，知之乡也，动之序也。"《王道篇》曰："薛收问至德要道，子曰：至德，其道之本乎！要道，其德之行乎！《礼》不云乎，至德为道本，《易》不云乎，显道神德行。子曰：大哉神乎，所自出也。至哉《易》也，其知神之所为乎。"王通所说的"神"也是关朗易学中涉及的一个至关重要的问题。《关氏易传》第十《神义篇》云："神也者，《易》之灵也，灵应冥契，不思而得强，名曰神，犹言神灵肸蠁，灵应无迹者也，日月之明在乎天，而所明在地也。《易》之神，在乎道，而所神在人也。故曰神而明之，存乎其人。又曰：苟非其人，道不虚行，神无方，道无迹，人无至，斯可以议《易》矣。"关于"时"的问题，《关氏易传》第八《时义篇》讲："卦以存时，爻以示变，时系乎天，变由乎人。昼动六时也，夜静六时也，动则变，静则息，息极则变，变极则息，故动静交养，昼夜之道也。乾坤分昼夜，时也；屯、济，时变之际也。"《中说》里涉及"时"的问题也很多，《问易篇》曰："子赞《易》，至《序卦》曰：大哉，时之相生也，达者可与几矣。至《杂卦》曰：旁行而不流，守者可与存义矣。"《述史篇》记文中子赞《易》之叹曰："子赞《易》至于《革》，叹曰：可矣，其孰能为此哉？至初九，曰：吾当之矣，又安行

① （唐）赵蕤：《关氏易传·序》，《续修四库全书》（一）经部易类，上海古籍出版社1995年版，第147页。

② （隋）王通著，（宋）阮逸注：《文中子中说》（诸子百家丛书），上海古籍出版社1989年版，第48页。

乎?”《革》卦《彖传》曰:“文明以说,大亨以正,革而当,其悔乃亡。天地革而四时成。汤武革命,顺乎天而应乎人。革之时大矣哉!”郑玄曰:“革,改也。水火相息而更用事,犹王者受命,改正朔,易服色,故谓之革也。”[①]《革》卦讲变,而变之机微在时,这正是关朗易学的一个核心思想。《关氏易传》第八时变义,主要讲“时”的意义,“卦以存时,爻以时变,时系乎天,变由乎人。”文中子赞《易》至《革》之初九而叹“吾当之矣,又安行乎”看来,文中子深明“时”之义。初九位卑,虽有潜龙之势,终无出而革之力,《革》卦初九《象》曰:“巩用黄牛,不可以有为也。”虞翻曰:“得位无应,动而必凶,故不可以有为也。”[②]文中子认为《易》的精髓在于“畏天悯人,思及时而动乎!”(《周公篇》)曰:“《易》,圣人之功也,于是乎用以乘时矣。”(《问易篇》)文中子强调“时”用,是从家学那里秉承了关朗的易学思想。

到了文中子的孙子王勃,虽以诗文名显初唐,但于易学亦有著述,今《全唐文》卷一百八十二就收有王勃的《八卦大演论》,集中表述了他的易学思想。除此之外,在其他文章中亦体现出王勃的易学思想。如他在《上绛州上官司马书》中云:“妙造无端,盛衰止乎其域;神期有待,动静牵乎所遇。”[③]王勃在《为人与蜀父老书》中认为:“天地作极,不能迁否泰之期;川岳荐灵,不能改穷通之数。”指出:“非圣贤同业,存乎我者所谓才;荣辱异流,牵乎彼者所谓命。”[④]在《上百里昌言疏》中云:“勃尝闻之大《易》曰:人之所助者,信也;天之所助者,顺也。是以君子不以否屈而易方,故屈而终泰;忠臣不以困穷而丧志,故穷而必亨。”天道运行有一定之“数”,是循环往复的,人生遭遇亦是如此。在其他的文中亦不时有易学观念的闪现,其学术背景主要是深受祖父王通的影响。

从大的学术划分来说,关朗的易学属北方易学中的阴阳象数学派,王通的易学就明显地体现了这一点,即用阴阳象数的卦爻变通之法推知人生的穷通困达。到了初唐的王勃亦认为卦爻变化为人们认识人生的穷通困达提供了理论方法。他在《八卦大演论》中说:“三才者,《易》之门户也;八卦者,《易》之径路也。引而伸之,终于六十四卦,天下之能事毕矣。陈而别之,极于三百八十四爻,天下之微理罄矣。”[⑤]天下万物之理莫不

① (清)李道平:《周易集解纂疏》,中华书局1994年版,第435页。

② 同上书,第439页。

③ (清)蒋清翊:《王子安集注》,上海古籍出版社1995年版,第165—166页。

④ 同上书,第176页。

⑤ (清)董诰等,《全唐文》(卷一百八十二),中华书局1983年版,第1853页。

出于卦爻之中，人之穷通困达亦不能出乎其外：“三才之道，不可不及也；五行之义，不能复过也。翕之以幽明，张之以寒暑，会之以生死，申之以去就，祸福生焉，吉凶著焉，成败行焉，逆顺与焉。……故古往今来，寒进暑退，死生乱动，是非滕结，未尝非两仪也。而未尝离太极也，故曰有寒有暑，则两仪不废也，无思无为，则太极未尝远也，见之则两仪，亡之则太极。”① 在王勃看来，三爻变，乃天地之数，所以他强调的“穷通之数”、“否泰之期”，并不是一般意义上的“数”、“期”，而大《易》之数、象数之数，是由卦爻变化显示出来的天地万物的普遍规律，人事之困达穷通以循于此。个人只能随顺而变而不可改之。因此，人们只能“见危受命，立身俟时”，一切皆应待“时”而动。王勃对“时”的重视明显从家学那里秉承了关朗的思想。

初唐于经学研究，出现了融汇南北，总结前人成果的局面，孔颖达等撰《五经正义》就是对东汉以来各派经师注释的一次大总结，对各种歧义的一次统一。《周易正义》在总结的同时，又提出了自己的观点，具有调和象数和义理两大学派的倾向。王勃的易学观念就秉承乃祖而参之以初唐官方易学，去象数之烦琐，把繁复的卦又相次变化之理概括为“一理”可证，即《八卦大演论》说的“是以贞一德之极，权六爻之变，振三才之柄，寻万方之动，又何往而不通乎？又何疑而不释乎？”② 这与孔颖达《正义》的主旨是一致的，也是他承关氏之学而随时代之发展。

2005 年 10 月

---

① （清）董诰等：《全唐文》（卷一百八十二），中华书局 1983 年版，第 1854 页。

② 同上。

孔子礼学管窥

儒家最重礼学，用之以“齐家”、“治国”，“礼”使中国传统文化得以相沿，而孔子的礼学思想是儒家礼学的核心，它在孔子的整个思想体系中占有极为重要的地位，“礼”是孔子各方面思想的一个基本的出发点，难怪有人认为“孔学主要是礼学”了。作者认为孔子一生都在为实现“礼”制的理想社会而奔波，孔子礼学是对周礼的发展，其最终目的是希望能建立一个稳定有序、和谐发展的社会。在孔子的思想体系中，“礼”占据着极为重要的地位，《论语》中言“礼”者三十九章，“礼”字出现七十五次。况且孔子在“祖述尧舜，宪章文武，上律天时，下袭击水土”时，（《礼记·中庸》）无不称道周礼，而周礼是用来区别亲疏、长幼、贵贱、尊卑、上下、男女的氏族宗法制度、贵族等级制度、财产分配原则和伦理道德规范，来维护和巩固国家统治的。孔子教人守“礼”，是为了维护社会的和谐、有序与稳定，他一生为了实现这个理想的社会，致力于恢复一种人人相爱，尊敬当权者的社会，而“礼”便是建立有序社会的唯一途径。

一　孔子礼学思想产生的渊源

春秋时期是中国社会历史发展的转型期，这种转变与变革是一个缓慢的、自发的、渐进的过程，它一直延续了三百多年之久，一直到春秋战国之交才算完成。因此，在这个时期的历史，各个方面都表现出了过渡时期的特点，传统与创新、理性与信仰的斗争错综交织，有时往往体现在一个人身上，在孔子身上便体现出这种特点。

春秋时期是一个危机四伏的时代，先秦主要学派，除法家（如韩非子）以外，大都持此观点。孔子明言春秋为“礼坏乐崩”或“天下无道”的时代；墨子也讲春秋为“别君”、“别士”的时代；孟子说春秋“世衰道微，邪说暴行有作。”（《孟子·滕文公下》）庄子说：“天下大乱，圣贤不明，道德不一，……是故内圣外王之道暗而不明，郁而不发，天下之人各为其所欲焉以自为方。”（《庄子·天下》）在这“天下大乱”的年代，人们的思想和行为都逾越了周礼的束缚，具有某种革命的性质。当时周天子的权威旁落了，“陪臣执国命”，如鲁国，自宣公死，以季氏为道的三桓控制政权，所谓“政在季氏”好几代。季氏实际上代替了鲁君的位置，把政事交给出身微贱的家臣。孔子认为这是“天下无道”的表现，一些大国诸侯为了争夺霸权，还纷纷把自己说成是天神的代理人。《国语·晋语五》：“宋人弑昭公，赵宣子请师于灵公以伐宋。公曰：非晋国之急也？对曰：‘大者天地，其次君臣，所以为明训也。今宋人弑其君，是反天地而逆民则也，天必诛焉。晋为盟主，而不修天罚，将惧及焉’。公许之。”[①] 这里赵宣子劝说晋灵公以盟主的身份代替天子去实行“天罚”，以维护天命所规定的上下尊卑的等级秩序。《左传·昭公十三年》记载：“初，（楚）灵王卜，曰：余尚得天下。不吉，投龟，垢天而呼曰：是区区者而不余畀，余必自取之。”[②] 楚灵王以谩骂来要求天神赐给他天命做天子，这种态度不仅是僭越，而且是最大的亵渎了，天的神圣庄严已威风扫地。这个时期臣弑君、子弑父以及其他一些篡逆和僭越的行为经常发生，并且敢于反抗天命。在春秋过渡时期，贫富变易也颇为剧烈，富贵者沦于贫贱，或贫贱者升之为富贵，高岸深谷，互移其位。管仲以“求三归”、“夺骄邑”而富，季氏“以田赋”、“伐撷臾”而致富，卫公子荆善居室而富，子贡以“卫之贾人”身份，“不受命而货殖”以富。而以前曾是氏族贵族后没落而成“贫贱”者，如孔鲤、颜路、颜渊、闵子赛、曾皙、曾参等人皆是，在这个高岸深谷的时代，贫富已向两极分化，执礼的君子，不得不委诸天命。在这个君臣之礼不整、社会秩序混乱的年代里，孔子企图以“礼”来调节各种关系，缓和日益激烈的社会矛盾。在孔子看来，“天下无道”，上下秩序混乱的原因在于周礼被破坏的缘故，处于“礼崩乐坏”时代的孔子是一个“信而好古”的人，是一个“学周礼”而要“从周”的人。孔子生长于邹鲁，而西周之物在于邹鲁。《左传》说：“周礼尽在鲁”。孔子也说：“齐一变，至于鲁；鲁一变，至于道。”（《论语·雍也》）因此，郭沫若说：“成王分封鲁公伯禽时，曾‘分之土田陪敦，祝宗卜史，备物典策，官司彝器’。比较同时受封的康叔来特别隆重。”（《青铜时代》）孔子少年时代即好礼，“子入太庙，每事问。”（《论语·八佾》）在保存了“周索”的典章文物的鲁国，有着深厚的周礼传统，则

① 上海师范大学古籍整理研究所校点：《国语》，上海古籍出版社 1988 年版，第 397—398 页。

② 杨伯峻前言，蒋冀骋标点：《左传》，岳麓书社 1988 年版，第 311 页。

自然受缙绅学术传统的长期熏陶，而正由于此，鲁国也是最守旧礼并且逐步削弱下来的。由于受这种礼文化的陶冶，故孔子言“礼”极多，其思想以“礼”为社会之准则，即“立于礼”是孔子思想的核心。

二 孔子礼学对周礼的发展

孔子所处的时代，“礼”受到极大的破坏，他对此痛心疾首，要求当时的贵族们按周礼行事。关于“礼”，杨向奎在《礼的起源》中认为，“礼”起源于原始交往，原始社会的“礼尚往来”，实际上是货物交易，封建社会初期的交换带有浓厚的“礼仪”性质，经过周公的加工，“礼仪”中减少了商业性，经过孔子的加工，去掉了“礼仪”中的商业性，“礼云礼云，玉帛云乎哉”（《论语·阳货》）是宣告“礼”不应当是商业。对于“礼”的含义，一般认为它是周初确定的一套典章、制度、规矩、仪节。丁原明在《略论孔子“仁”、“礼”、“政”思想》一文中认为，从“礼”的本质或其最高层次方面加以概括，应把“礼”理解为国家和社会的总规范。[①] 孔子把“礼”看得很高，不是一般的行为准则，而是上升到社会制度、社会秩序等上层建筑的领域。“礼”是制度、名分的范畴，而“仁”是属于伦理的范畴。孔子把“礼”作为治国的方案，是他实施理想社会的一种社会政治学说，他主张“为国以礼”（《论语·先进》）。《左传·隐公十一年》载：“礼，经国家，定社稷，序民人，利后嗣者也。”[②] 这说明“礼”是维护以血缘宗法关系建立起来的国家及其制度，是分等级、别贵贱，维护世袭制的。孔子对于“礼”的经国治世作用作过很多说明。例如，“能以礼让为国乎，何有？”（《论语·里仁》）“上好礼，则民易使也。”（《论语·宪问》）正因如此，孔门强调“安上治民，莫善于礼”（《礼记·经解》）。

“礼”在周代具有根本法的性质，其特征在于贵贱有序，而祭祀与军事活动的旧礼，使贵族与平民的区别，贵族中间等级高下的区别，自由民与奴仆的身份区别，在宗教的神秘气氛中鲜明地呈现在人们面前，从而使人们牢记自己在严格的等级隶属关系中所处的地位，懂得僭礼是违法的，而氏族贵族恣意处置“民”是合“礼”的、合法的。侯外庐在《中国思想通史》中认为，由于周人的政治宗教化，在思想意识上便产生了“礼”是一种特别的政权形式，即所谓“礼不下庶人”，“礼所以别贵贱”，“礼者别贵贱序尊卑者也”。这一制度藏在尊爵彝器的神物之中，这种宗庙社

① 丁原明：《略论孔子“仁”、“礼”、“政”思想》，《孔子研究》1986年第3期。

② 杨伯峻前言，蒋冀骋标点：《左传》，岳麓书社1988年版，第13页。

稷的重器代替了古代法律，形成统治者利用阶级分化而实行专政的制度；这种权利与义务专及于一个阶级的形式，完全是为了周代氏族贵族而设的一套机械。周朝统治者将“礼”奉为立国之本。“礼，国之干也”（《左传·襄公三十年》）。“礼，国之纪也”（《国语·晋语四》）。“礼，政之舆也”（《左传·襄公二十一年》）。“礼，王之大经也”（《左传·昭公十五年》）。由此看出，周人把礼看作统治国家的工具，它也是从上而下所不可或缺的。孔子把周礼看作是最完美的，他说：“殷因于夏礼，所损益可知也；周因于殷礼，所损益可知也；其或继周者，虽百世可知也。”（《论语·为政》）孔子把夏、殷、周三代视为理想社会，而周代最为繁荣发达，是上古三代的黄金时代，它的典章制度蔚为壮观，孔子赞叹道“周监于二代，郁郁乎文哉！吾从周”（《论语·八佾》）。

孔子敬仰周礼，又生长于保存周礼最完善的周公封地邹鲁，周公在西周王朝初期长期执政，使鲁国成为唯一能用天子礼乐祭祀天地祖先的诸侯国。这种特殊的政治地位，使鲁国成了西周时代位于东部的文化轴心，长期保存着周王朝各种古老的典章制度。这样的社会环境，容易使人们形成守旧为荣的社会意识，以缅怀祖先的功烈来安慰现实的不幸，即使属于被统治的“小人”也往往受其影响。《史记·孔子世家》说：“孔子为儿嬉戏，常陈俎豆，设礼容”。孔子从小就学周礼，“入太庙，每事问”，浓厚的礼乐氛围，加之孔子又喜爱为之，便发展到后来的仰慕古之周礼，并竭其一生维护之。但是，孔子并不是泥古不化，而是对周礼有重大的损益，在动乱的春秋末世，孔子提倡“礼”并不是回归西周王朝，而是为了维护现实社会的和睦，在“礼”的问题上，便表现出一定的维新性。

孔子执“礼”虽严，却又提出“权”，即原则的坚定性与方法灵活的统一以此来防止执“礼”过死，以利于“礼”的更好贯彻。“陈司败问：‘昭公知礼乎？’孔子曰：‘知礼’。孔子退，揖巫马期而进之曰：‘吾闻君子不党，君子亦党乎？君取于吴，为同姓，谓之吴孟子。君而知礼，孰不知礼！’巫马期以告，子曰：‘丘也幸，苟有过，人必知之’。”（《论语·述而》）鲁昭公娶吴（同姓）女，是违周礼的。为了掩饰这一违礼的行为，不称妇为吴姬，而称吴孟子。孔子为了严守周礼为尊者讳，不议论君父之非，只好把鲁昭公的违礼说成知礼。这里就包含了“权”的意义，他说了假话，却是维护了君臣之义，这是“权”。因此，当他受陈司败的批评时，不能不承认有过，但他并不以为憾事，而是承认有错。“叶公语孔子曰：吾党有直躬者，其父攘羊，而子证之。孔子曰：吾党之直者异于是，父为子隐，子为父隐。直在其中矣。”（《论语·子路》）父子互相包庇以隐真情，虽不诚实，也算是诚，因其符合亲的原则。这也是“权”。由此看来，孔子的“权”是以如何有利于维护“礼”为转移的。在权变之时，要掌握好“度”，他说：“可与共学，未可与适道；可与适道，未可与立；可与立，未可与权。”（《论语·子罕》）“权”很难掌握，用不好就会偏离“礼”而做出不道德的事来。只有通于天道，忠实于“礼”而又善于变通的人才会用“权”，掌握了“权”便能以不变应万变，万变而不离其宗。

孔子遵从的是西周大礼，这是不能变的。鲁哀公问孔子什么是大礼？孔子说：“民之所由生，礼为大。非礼无以节事天地之神也，非礼无以辩君臣、上下、长幼之位也；非礼无以别男女、父子、兄弟之亲，婚姻、疏数之交也。”（《礼记·哀公问》）这虽并不一定是孔子说的，但也体现了他强调“礼”不同于一般的礼仪，也即不同于礼的形式。“礼也者，犹体也，体不备，君子谓之不成人。”（《礼记·礼器》）本质问题上的礼是绝对的，但形式末节上的小礼是可以变通的。“麻冕，礼也；今也纯，俭，吾从众。拜下，礼也；今拜乎上，泰也。虽违众，吾从下。”（《论语·子罕》）礼帽用麻料织，这是周礼的规定，现在大家都用丝料做，这样比较省俭，无损于礼的实质，孔子表示可随从众俗。但是，在拜见君王之礼上，孔子寸步不让。依周制之礼，拜见君王，当在堂下跪拜，而人们改在堂上跪拜，这一改变容易助长臣下倨傲的情绪，使君主的尊严受到损害，是有失于君臣体统的无礼行为。所以，孔子断然不从，“虽违众”而“从下”，在“礼”的实质性问题上他是寸步不让的；况且他是反对追求形式的，他说：“礼云礼云，玉帛云乎哉？”孔子还说：“礼，与其奢也，宁俭；丧，与其易也，宁戚”（《论语·八佾》），并说这是“礼之本”。孔子的这些议论，都是追求实质内容，反对形式主义。他所要维护的是周礼的精神。《史记·孔子世家》说：“定公八年，公山不狃不得意于季氏，因阳虎为乱，欲废三桓之适，更立其庶孽阳虎素所善者，遂执季桓子。桓子诈之，得脱。定公九年，阳虎不胜，奔于齐。是时孔子年五十。公山不狃以费畔季氏，使人召孔子。孔子循道弥久，温温无所试，莫能己用，……曰：‘夫召我者岂徒哉？如用我，其为东周乎！’然亦卒不行。”[①] 公山不狃叛乱，孔子以召而欲征，遭到子路的反对，但孔子以周道继承自命，他想，费地虽小，难道不能像周文王、周武王那样干一番大事业，在东方复兴周礼吗？可见孔子重大礼，而不居小礼，在春秋末世动荡不安的社会

① （汉）司马迁撰，（宋）裴骃集解，（唐）司马贞索隐，（唐）张守节正义：《史记》（全十册）第六册，中华书局1959年版，第1914页。

里，要完全拘泥周礼，也是不现实的。孔子的思想骨子里是贴近现实的，他并不是死守周礼的古董，而是在贯彻“礼”的过程中进行一些枝叶的变通，在某些环节进行一些革命，我们权且叫它维新吧。孔子思想在当时毕竟有其进步性，否则不会弟子三千，形成最大的学术流派。

孔子主张对庶民实行“德治”，对贵族的犯罪者用刑。这也是对周礼的革新。孔子提出：“道之以政，齐之以刑，民免而无耻；道之以德，齐之以礼，有耻且格”《论语·为政》。他认为“刑”，虽使“民”免于犯法，却不知羞耻之心；只有以仁义道德教化去统治，这样不仅可以防止作乱，且能使民众心悦诚服。而周礼规定：“礼不下庶人，刑不上大夫”。[①]但孔子却要实行“德治”，把“礼”下到庶人中间去，这也是对阶级关系变化的新认识，是对贵族垄断“礼”的一种突破，因此，是对周礼“礼不下庶人”的修正。孔子主张“德治”而不排斥刑治，不过是以德为主，先德后刑。《周礼·秋官·小司寇》载有“凡命夫、命妇不躬坐狱讼”，言凡是贵族大夫和受封号的妇人，不亲身以罪打官司。但是，孔子却赞同对大夫以上的人用刑。《左传·昭公十四年》记载：“仲尼曰：叔向，古之遗直也，治国制刑，不隐于亲，三数叔鱼之恶，不为末减。曰义也夫，可谓直矣。”[②] 这说明孔子是赞成对有罪的大夫用刑的。面对严重的社会动荡，孔子提出君臣、上下之间作出让步，然又不超越于“礼”，也算是对周礼的一点修补，以适应社会变化的需要。“君使臣以礼，臣事君以忠”（《论语·八佾》），要求君臣双方各尽其“礼”，相互调整其行为规范。“人而无信，不知其可也”。（《论语·为政》）“人而不仁，如礼何。”（《论语·八佾》）这里的“人”，据赵纪彬先生《论语新探》证之，当为上层统治者，在新的历史条件下，孔子不得不对统治者提出新的要求，要其“使民以义”（《论语·公冶长》），反对“居上不宽”。同时他又要求在下的“民”要“贫而无怨”，“贫而乐”，安贫乐道，安其位，行其分，不许他们犯上作乱。在这里，孔子要求君臣、上下之间都作出让步，双方

---

① 孔颖达《礼记正义》却说：“礼不下庶人者，谓庶人贫，无物为礼，又分地是务，不服燕饮，故此礼不下与庶人行也。《白虎通》云：礼为有知，制刑为无知。设礼谓酬酢之礼，不及庶人，勉民使至于士也。故《士相见礼》云：庶人见于君，不为容进退，走。是也。张逸云：非是都不行礼也，但以其遽务，不能备之，故不著于经文三百威仪三千耳，其有事则假士礼行之。刑不上大夫者，制五刑三千之科条，不设大夫犯罪之目也。所以然者，大夫必用有德，若逆设其刑，则是君不知贤也。张逸云：谓所犯之罪，不在夏三千、周二千五百之科，不使贤者犯法也，非谓都不刑其身也。其有罪，则以八议，议其轻重耳。”（见清阮元校刻《十三经注疏》上册，中华书局1980年版，第1249页。）

② 杨伯峻前言，蒋冀骋标点：《左传》，岳麓书社1988年版，第317页。

都要守“礼”，以此调节社会矛盾，维护贵贱有别的社会制度。《论语·颜渊》说：“颜渊问仁，子曰：克己复礼为仁。一日克己复礼，天下归仁焉，为仁由己，而由人乎哉？颜渊曰：请问其目。子曰：非礼勿视，非礼勿听，非礼勿言，非礼勿动。颜渊曰：回虽不敏，请事斯语矣。”[①] 侯外庐在《中国思想通史》中认为，“克己复礼”就是教国民阶级自动退让，视听言动以氏族贵族制度的合法行为为标准。这一标准就是一方面教氏族贵族自动开放政权，另一方面教国民阶级自动奉公守礼，一切都依照“自上而下”的改良方式进行。其实，孔子作为一个智者，在当时已看到历史发展的潮流不可逆转，他虽固执周礼，但新兴地主阶级已很活跃，他们要参与国家的政治，贫富也剧烈分化，翻覆不定，为了调和矛盾，折中新旧，在不丧失原则立场的情况下，孔子便以温和改良主义来缓和激烈的冲突和斗争，以达到社会的和睦。

孔子对周礼还有一个发展，那就是“举贤”。这一思想对后世影响较大，在封建社会延续了几千年，是有进步性的，发展到当今社会便是任人唯贤，这是孔子在选用人才问题上的一大贡献。周礼是“以世举贤”，实行世官世禄制。“先祖当贤，后子孙必显，行如桀、纣，列从必尊，此以世举贤也。”（《荀子·君子》）为了适应封建经济和政治的发展，孔子提出“举贤才”的新思想。《论语》中关于这方面的记载有：“哀公问曰：何为民则服？孔子对曰：举直错诸枉，则民服，举枉错诸直，则民不服。”孔子以“民”的“服”与“不服”作选贤的标准，可见他已对新兴阶级重视，他们的是非观在为政问题上显得很重要。还有“仲弓为季氏宰，问政，子曰：先有司，赦小过，举贤才。曰：焉知贤才而举之？子曰：举尔所知，尔所不知，人其舍诸”（《论语·子路》），对于在政治上能任用贤才的事，孔子听到后是很高兴的。“公叔文子之臣大夫僎，与文子同升诸公。子闻之曰：可以为‘文’矣”（《论语·宪问》），孔子任用贤才是不拘一格的。“子曰：先进于礼乐，野人也；后进于礼乐，君子也。如用之，则吾从先进”（《论语·先进》），先学习礼乐而后为官的是庶人，先当官后学习礼乐的是世卿子弟，如果选用官吏，他宁愿选前者。在这里，孔子打破了阶级局限，以才举人而用之，是对周礼“以世举贤”的修正。但是，孔子讲的“举贤”是对上层统治者的，要他们自动地实行开明的“举贤”，而不允许贤人以自主独立的方式自上而下地参与政治，孔子对周礼的“革命”是温和的，谨小慎微的，因为始终是在不断

① 杨伯峻译注：《论语译注》，中华书局1980年版，第123页。

地维护周礼的实质精神，虽然做一些改革，那是迫不得已而为之的，不如此就难以维持社会的稳定，就会“天下无道”。那么孔子“礼”学思想的实施就会变成空中楼阁。尽管如此，他的“举贤”在当时还是具有重大的进步意义，对后世也产生了积极而深远的影响。如墨子指出：“列德而尚贤，虽在农与工肆之人，有能则举之，高予之爵，重予之禄，任之以事，断予之令。”（《墨子·尚贤上》）孟子提倡：“尊贤使能，俊杰在列。”（《孟子·公孙丑上》）荀子也说：“无德不贵，无能不官，武功不赏，无罪不罚，朝无幸位，民无幸生，尚贤使能而等位不遗。”（《荀子·王制》）韩非子更表现出“举贤”上的进步性，他说：“内举不避亲，外举不避仇。”（《韩非子·说疑》）以后的诸葛亮、曹操、李世民的选贤用能，无不受孔子“举贤”思想的影响。

三　孔子实现“礼”的途径

孔子终其一生都在为实现“礼”制的社会而奔波，冯友兰在《从中华民族的形成看儒家思想的历史作用》一文中说，孔子“不隐蔽他的立场，他发了许多议论，说了许多话，但总起来是一句话‘为东周’（《论语·阳货》）”。况且孔子的学礼、复礼、传礼贯之于始终，为了复兴周礼，他提出“仁”作为“礼”的理论基础。有人认为“仁”是孔子思想体系的核心，匡亚明在《孔子评传》中就持此观点。汪琴炬在《评蔡尚思的评‘孔子评传’》一文中，极力反驳蔡尚思，他认为孔子非常重视“仁”，“因为‘仁’在孔子思想中是被当作人的各种美德，当作具有各种美德的人所构成的人类思想的美好社会的象征来看待的。在孔子思想中，礼只是人的外在行为准则，它是为‘仁者人也’的人而存在的，没有人，哪来的礼？丧失了仁即人的美德的人又怎能称得起人呢？”[①] 笔者以为“仁”、“礼”不是对立的，“仁”是孔子实现礼制社会的理论依据，任何政治行为没有思想基础是不会深入人心的，也不会达到预期目的。孔子看到一般由个别集合而成，他的“克己复礼为仁”，就是想从改造个人的心灵入手，实现整个社会的复礼。

“仁”和“礼”是两个范畴，“仁”是属于人们的道德观念和品质，“礼”是属于社会伦理和制度的。孔子说：“人而不仁，如礼何”（《论语·八佾》），这就是说人没有仁的精神品质，是不能贯彻礼的，从而说明“仁”是“礼”的精神支柱。怎样复礼，孔子以“仁”为道德修养的

① 汪琴炬：《评蔡尚思的评‘孔子评传’》，《孔子研究》1986年第4期。

标准来改造人，使其合“礼”，只有具备了“仁”的道德品质才不会做出背“礼”的事情。孔子说：“苟志于仁矣，无恶也。”（《论语·里仁》）若专心培植“仁”的品德，便可以消除恶的行为。他强调“君子无终食之间违仁，造次必于是，颠沛必于是”（《论语·里仁》），时刻不忘培养“仁”的品质，遇到什么情况都可以坚持不渝。如果人有了美好的道德品质，道德思想便会达到很高的境界，这样就能更好地执行“礼”了。《论语》中言“仁”者五十八章，“仁”字出现一百零一次，可见“仁”在孔子思想中的重要地位，它的作用范围比“礼”更为广泛。孔子讲“仁”一般都是针对具体情况讲的，没有给“仁”下过一个严格的定义，这就使人们对“仁”的理解产生歧义。爱“仁”就是爱人，这并不是因孔子说过“樊迟问仁，子曰：爱人”（《论语·颜渊》），而是因孔子在不同场合对“仁”的解释，都贯穿着“人”的思想，强调“爱人”这种美德。“仁”具有一种超时代的普遍性，但从另一方面来看，孔子又以为只有上层的统治者才配“仁”。如“君子而不仁者有矣夫；未有小人而仁者也”（《论语·宪问》），“民之于仁也，甚于水火，水火，吾见蹈而死者矣，未见蹈仁者而死者也”（《论语·卫灵公》），“君子学道则爱人；小人学道则易使也”（《论语·阳货》），“唯女子与小人为难养也，近之则不孙，远之则怨”（《论语·阳货》），“君子之德风，小人之德草，草上之风必堰”（《论语·颜渊》），“君子上达，小人下达”（《论语·宪问》），“君子喻于义，小人喻于利”，“君子怀德，小人怀土”（《论语·里仁》）。由此看来，仁只属于贵族君子，下层被统治者“民”是不能做仁人的。由此可发现另一个问题，就是孔子的“爱人”是有等级的，不是笼统地把所有的人包括在内的。冯友兰在《关于论孔子“仁”的思想的一些补充论证》一文中指出：“孔子所说的‘仁’和‘爱人’有其阶级本质，他真正爱的只是他本阶级的人。”① 孔子虽然在一定程度上发现了“人”，但是他的“爱人”是分贵贱、阶级的，否则就和“礼”的实质相矛盾。不过“爱人”是包含了对下层劳动者要宽厚，把劳动者当人看，是顺应时代和社会发展趋势的。

“仁”是最高的道德原则，是各种善的品德的概括，总括起来，又可分两个方面：即对贵族君子要讲忠、信、恭、敬；对下层的“民”要讲宽、惠。孔子把“仁”看得很高，不轻易许人，但他视“礼”更高于“仁”。管仲助“桓公九合诸侯”，又辅佐桓公尊王攘夷立下了大功，孔子才许他以仁，但又批评管仲不知礼，因为“不学礼，无以立。”唐柳宗元

① 冯友兰：《关于论孔子“仁”的思想的一些补充论证》，《学术月刊》1963年第8期。

说“儒者以礼立仁义”。宋张载指出：“仁守之者，在学礼也。”“仁”终竟是一种实现“礼”制社会的一种手段、一种途径。

为了调节社会矛盾，维护上下有别、贵贱有序的社会制度，孔子提出“正名”的理论，把人们的守礼行为给以名分化。《论语·子路》篇载“子路曰：卫君待子而为政，子将奚先？子曰：必也正名乎！子路曰：有是哉，子之迂也，奚其正？子曰：野哉，由也！君子于其所不知，盖阙如也。名不正则言不顺，言不顺则事不成，事不成则礼乐不兴，礼乐不兴则刑罚不中，刑罚不中则民无所措手足。故君子名之必可言也，言之必可行也。君子于其言，无所苟而已矣。”孔子的正名在理论上是无可厚非的，任何统治者要实现自己的意图，都要为自己正其名分，它是办好事情的前提。在春秋时代，各诸侯与卿大夫之间，卿大夫与卿大夫之间，卿大夫与陪臣之间，进行着错综复杂的斗争，政治状况一片混乱。因此，“正名”问题，对于任何统治者都应该正视，应该解决。孔子说为政一定要从“正名”开始，提出了当时具有普遍意义的一个理论问题，不能完全抹杀。孔子提出“正名”，就是要挽救“礼坏乐崩”的局面而采取的政治对策，即以周礼为尺度去正名分，要求每个人的行为，都能和他由世袭而来的传统的政治地位、等级身份、权利义务相称，不得违礼僭越。“齐景公问政于孔子。孔子对曰：君君，臣臣，父父，子子。公曰：善哉！信如君不君，臣不臣，父不父，子不子，虽有粟，吾得而食诸？”（《论语·颜渊》）这就是要人们各守其道，以“礼”行事，这样才会“天下有道”。冯友兰在《三论孔子》一文中说：“正名牵涉到名与实的关系问题，君君、臣臣，头一个‘君’字，头一个‘臣’字，是指事实上为君为臣的具体的人，就是实。第二个‘君’字，第二个‘臣’字，是代表君、臣的总的抽象的名。孔子的办法，是用抽象的‘名’以校正具体的‘实’。他认为只要把‘名’弄清楚，‘实’自然就会改变。”① 孔子的正名客观适合旧贵族维护名分的需要。但“名”与“实”又是矛盾的，“名”是历史的产物，而现实又已经是发展了的现实，这一思想同孔子肯定管仲佐桓公、霸诸侯的思想也是矛盾的，依周礼，管仲助齐桓公是僭越周天子，则“名不正”；可是，从新兴阶级的立场出发，孔子又称其为“仁”，管仲能行仁道，当然是“名正”了。社会基础变了，却无法使自己的观念适应变化了的社会现实，反而视之为异常和不合理，企图用过时的标准作为衡量正与不正的尺度，显然不合时宜，他希望贵族君子都能自觉地不僭

① 冯友兰：《三论孔子》，《北京大学学报》1962 年第 4 期。

越，各守本分，以“克己复礼”为表率，则庶人不敢议政，自然不会犯上作乱。孔子在“名”、“实”关系上是唯心主义，他想以“正名”去拯救“礼坏乐崩”，在现实中他处处碰壁，显然是一种行不通的幻想。

1997 年 6 月

司马迁的礼学思想

中国文化自春秋以来，就呈现出了一种强烈的道德伦理化趋势，礼作为文化形态之一，几乎完全涵盖了中国古代社会。礼在儒家学说中极为重要。孔子曾说过："非礼勿视，非礼勿听，非礼勿言，非礼勿动。"（《论语·颜渊》）孔子在这里把礼抬到一个极高的地位，视之为一个人自觉的行动准则，在《论语·先进》篇中说"为国以礼"，即礼可以用以治国，也就是后儒所宣扬的"齐家、治国、平天下"。礼学思想确实是儒家最基本的特征，它影响了中国两千多年，使我们中国有礼仪之邦的称谓。礼是人们活动的规范，是一种意识形态，金景芳先生在《谈礼》一文中称之为精神文明。[①] 就是这属于精神文明的礼，对治理国家极为重要。自古以来人们都很重视礼，西汉时期特别突出，从开国建朝之初，就重视礼。汉武帝独尊儒术，表彰《六经》之后，礼就成了政治、社会活动和人们日常生活的准则与指南，《六经》的中心是礼和义，就是皮锡瑞《经学通论》中所说的"《六经》之文，皆有礼在其中。《六经》之义，亦以礼为尤重。于何征之，于《经解》一篇征之"[②]。司马迁身处汉武盛世，喜爱儒家之《六经》，推尊孔子、孟子、荀卿以及汉初的叔孙通、陆贾、伏胜、贾谊等儒家学者，更以儒学大师董仲舒为师，从其习《春秋公羊学》。司马迁又好寻访古迹，遍察民风乡俗，"讲业齐、鲁之都，观孔子之遗风，乡射邹、峄"（《太史公自序》），可见他非常重视礼乐仁义。司马迁在掌握大量翔实资料的基础上，创作了中国历史上第一部纪传体正史——《史记》，他以周公、孔子自命，秉承儒学传统，他说："自周公卒五百岁而有孔子，孙子卒后至于今五百岁，有能绍明世，正《易传》，继《春秋》、本《诗》、《书》、《礼》、《乐》之际？意在斯乎！意在斯乎！小子何敢让焉。"（《太史公自序》）司马迁写《史记》的宗旨，是为了嗣孔子，继《春秋》，本之于《诗》、《书》、《礼》、《乐》，所以，其中包含

① 金景芳：《谈礼》，《历史研究》1996 年第 6 期。

② （清）皮锡瑞：《经学通论》三，中华书局 1954 年版，第 81 页。

了极为丰富的礼学思想。

一 司马迁对孔子礼学思想的继承

司马迁在《太史公自序》中多次指出："若夫列君臣父子之礼，序夫妇长幼之别，虽百家弗能易也。"对礼学这一儒家的核心部分，再三予以肯定。在汉代，随着孔子的其他教本《诗》、《书》、《易》、《礼》被尊为"经"的同时，孔子所著之《春秋》地位更高，成为汉代的官学。司马谈立志修史，其愿未遂，临终以继《春秋》、撰《史记》嘱咐司马迁。而司马迁受过公羊派的相当影响，尤其是司马迁还明确地立志要作孔子第二，写第二部《春秋》，同时在《太史公自序》中，司马迁有一大段话谈他对《春秋》的看法，他说："夫《春秋》，上明三王之道，下辨人事之纪，别嫌疑，明是非，定犹豫，善善恶恶，贤贤贱不肖，存亡国，继绝世，补敝起废，王道之大者也。……故有国者不可以不知《春秋》，前有谗而弗见，后有贼而不知。为人臣者不可以不知《春秋》，守经事而不知其宜，遭变事而不知其权。"下面接着说了为人君父，为人臣子者，不通《春秋》之义会带来严重的后果，最后得出结论："故《春秋》者，礼义之大宗也。"不知《春秋》则不晓礼义，就会做出"君不君，臣不臣，父不父，子不子"的逆行之举。所以，孔子修撰《春秋》，其目的正在于明礼，饶宗颐先生在《〈春秋左传〉中之"礼经"及重要礼论》一文中指出："司马迁且读过'春秋古方'，他在《十二诸侯年表序》分明记着：'孔子西观周室，论史记旧闻，兴于鲁而次《春秋》，约其辞文，……以制义法。'《孔子世家》里面，孔子与《春秋》的关系，他有很明确而详细的记录。他在《太史公自序》又引其师董仲舒之言曰：'《春秋》者，礼义之大宗也。'《春秋》为礼义的宝库。是非二百四十二年之中的人事，经孔子的指示，从旧史的记录，定其是非，给以新的意义，作为天下的仪表。'是非'是人心的公理，孔子因以明之，以昭天下后世，知道过去的错误。有所劝诫，使人从历史中取得教训。《春秋》在五经里面所负起的作用，是这样重大的。"① 鲁《春秋》重礼，遇事必断之以礼，而司马迁作《史记》自比于《春秋》，其礼学思想必受其熏染。

孔子一生都极为重礼乐制度的建设，并盛赞周礼说："周监于二代，

① 陈其泰、郭伟川、周少川编：《二十世纪中国礼学研究论集》，学苑出版社 1998 年版，第 462 页。此文原载于《香港联合书院三十周年纪念论文集》1986 年版。又见《饶宗颐二十世纪学术文集》（全十四集，二十册）卷四经术、礼乐，台北新文丰出版公司印行 2003 年版，第 228—306 页。此文原载于《香港联合书院三十周年纪念论文集》1986 年版。

郁郁乎文哉！吾从周。”（《论语·八佾》）他从小就以礼培养自己良好的品德，司马迁也曾说孔子年轻时，“适周问礼”，即到周朝去考查周代的礼。孔子重视礼，是因为他看到了礼可以达于仁，人都依礼行事的话，那么社会就会安定。孔子还说过：“立于礼”（《论语·泰伯》），一个人要立身于社会，就必须依礼而行，“君使臣以礼，臣事君以忠”（《论语·八佾》），人与人以礼相待，以礼来约束自己，自爱互敬，人际关系就趋于和谐，即“礼之用，和为贵”（《论语·学而》），这里的“和”不是和好之意，而是恰当的意思，就是礼不能乱用，要用得场合适中，这样就会产生好的效果，就是“和”。孔子之珍视礼，他认为这是统治之纲纪，《礼记·礼运》云：“孔子曰：夫礼，先王以承天之道，以治人之情，故失之者死，得之者生。《诗》曰：‘相鼠有体，人而无礼。人而无礼，胡不遄死?’是故夫礼必本于天，殽于地，列于鬼神，达于丧、祭、射、御、冠、昏、朝、聘。故圣人以礼示之，故天下国家可得而正也。……故唯圣人知礼之不可以已也。故坏国、丧家、亡人，必先去其礼。”[①] 所以，孔子极力倡导周礼，“克己复礼，天下归仁”。诸侯克制自己的欲望，遵守等级关系而不逾越，天下共主，这就是一个礼治的社会。汉初刘邦即位，诸大臣皆出草莽，不识法度礼节，博士叔孙通请制礼仪，于是才有“群臣列位，百官执职成礼而罢，莫不祗肃”（荀悦《汉纪》），使刘邦尝到了做皇帝的尊贵。孔子以礼治国的思想在汉初得到了实施，以至于到汉武帝之时出现了以儒治国的盛世。对于这一点，司马迁有着深切的体会，他说：“夫不通礼义之旨，至于君不君，臣不臣，父不父，子不子”（《太史公自序》）。在《史记》中，司马迁特意把孔子列为世家，并在《孔子世家》篇末对孔子给了极高的评价：“《诗》有之：‘高山仰止，景行景止。’虽不能至，然心向往之。余读孔氏书，想见其为人。适鲁，观仲尼庙堂车服礼器，诸生以时习礼其家。余祗迴留之不能去云。天下君王，至于贤人众矣，当时则荣，没则已焉。孔子布衣，传十余世，学者宗之。自天子王侯，中国言六艺者折中于夫子，可谓至圣矣！”司马迁不仅在《孔子世家》中如此礼赞这位圣人，而且在《十二诸侯年表》之中，使其能在帝王将相等历史人物中，占据十分突出的地位。

二　司马迁论礼的产生、内容及作用

关于礼的产生，金景芳先生认为礼产生于男女有别，男女有别就是实

① （清）朱彬撰，饶钦农点校：《礼记训纂》，中华书局1996年版，第333—334、353页。

行个体婚制，在个体婚制之前，是实行群婚制，那时人知其母而不知其父，谈不上夫妇，更无法论及父子。所以，儒家就说“婚礼者，礼之本”。还有人认为礼产生于商业贸易，杨向奎先生在《礼的起源》一文中就持这种观点，他认为礼经过周公和孔子的加工，去掉了礼仪中的商业性质，孔子说的“礼云，礼云，玉帛云乎哉!”就是向人们宣告“礼仪”不应当是“商业”。[①] 司马迁认为礼是根据人情定的，他在《礼书》一开头就说“余至大行礼官，观三代损益，乃知缘人情而制礼，依人性而作仪，其所由来尚矣”。[②] 也就是司马迁所说的“礼由人起”，因为“人生有欲，欲而不得则不能无忿，忿而无度量则争，争则乱。先王恶其乱，故制礼义以养人之欲，给人之求，使欲不穷于物，物不屈于欲，二者相待而长，是礼之所起也”[③]。礼的产生是因为有需求欲望，这种欲望得不到满足，就会有纷争，有纷争则混乱不安，正常的社会秩序将遭到破坏。为此，先王制定礼仪，目的在于保持社会安定，天下统一，也就是说以礼来治理社会。

司马迁在《礼书》中说“礼由人起”，是因为“礼者养也”。礼能使人们免于纷争祸乱，满足人的需求和欲望。司马迁还认为礼是有等级、差别的，他说：“君子既得其养，又好其辨也。所谓辨者，贵贱有等，长少有差，贫富轻重皆有称也。”[④] 这也就是《荀子·王制》说的“人何以能群？曰分。分何以能行：曰义”[⑤]，“先王恶其乱也，故制礼以分之”[⑥]。《乐记》则更明确地说：“礼义立，则贵贱等矣。”[⑦]《礼记·曲礼上》还说：“夫礼者，所以定亲疏，决嫌疑、别同异、明是非也。”[⑧] 极为清楚地讲礼就是定等级制度的，也就是司马迁所说的“等”。我们知道等级是什么时候都存在的，是一切有组织的群体所不能避免的，如《孟子·滕文公上》说：“夫物之不齐，物之情也；或相倍蓰，或相什百，或相千万，子比而同之，是乱天下也。”[⑨] 我们今天不是还讲下级服从上级，全党服

① 杨向奎：《礼的起源》，《孔子研究》1986 年第 1 期。

② （汉）司马迁撰，（宋）裴骃集解，（唐）司马贞索隐，（唐）张守节正义：《史记》（全十册）第四册，中华书局 1959 年版，第 1157 页。

③ 同上书，第 1161 页。

④ 同上。

⑤ （清）王先谦撰，沈啸寰、王星贤点校：《荀子集解》，中华书局 1988 年版，第 164 页。

⑥ 同上书，第 346 页。

⑦ 王文锦译解：《礼记译解》（全二册）下册，中华书局 2001 年版，第 531 页。

⑧ 同上书，第 2 页。

⑨ 杨伯峻译注：《孟子译注》，中华书局 1960 年版，第 126 页。

从中央吗？不同级别的领导有不同的待遇，礼就是讲等级制度的，它可以用来区分尊卑贵贱的差别，上至君臣尊卑之序，下及黎庶、车舆、衣服、宫室、饮食、嫁娶、丧祭之分，“事有宜适，物有节文”。礼就是要区别等级的，所以《国语·周语上》云：“昭明物则，礼也。”[①] 昭明物则，就是显示出事物的法则、规矩，使事物之间有别，这里没有不平等的内容。所以，司马迁说“尊者事尊，卑者事卑，宜钜者钜，宜小者小。”为了立礼行礼以从本，区别尊卑贵贱，他说：“故礼，上事天，下事地，尊先祖而隆君师，是礼之三本也”（《礼书》）。司马迁根据人们对礼的认识、施行的不同，而分为圣人、君子、士、民等，他说：“礼者，人道之极也。然而不法礼者不足礼，谓之无方之民；法礼足礼，谓之有方之士。礼之中，能思索，谓之能虑；能虑勿易，谓之能固。能虑能固，加好之焉，圣矣。天者，高之极也；地者，下之极也；日月者，明之极也；无穷者，广大之极也；圣人者，道之极也。”（《礼书》）这里的圣人，就是有礼义之人。

司马迁从礼之养人、从社会各阶层人们对它不同的认识，得出以礼来区分贵贱尊卑是十分必要的。对儒家的礼义，司马迁倍加赞赏，他说：“故圣人一之于礼义，则两得之矣；一之于情性，则两失之矣。故儒者使人两得之者也，墨者将使人两失之者也。”（《礼书》）墨家不尚礼义而任俭啬，无仁恩，故使人两失之。而儒家能以礼义养人之欲，节人之欲，使礼义和人的需求欲望同时满足，兼而有之，即“一之于礼义，则两得之矣”。

司马迁仍然承续了儒家的以礼治国、平天下的学说，他认为礼在这一方面的作用非常大，治国以礼，则四方钦仰，无有攻伐，天下安定太平，所以，他说：“治辨之极也，强固之本也，威行之道也，功名之总也。王公由之，所以一天下，臣诸侯也；弗由之，所以捐社稷也。”（《礼书》）他认为，治国者若以礼义来引导天下，那么天下之民必然归顺；如用礼义来表率天下，天下必然遵循向慕。若舍弃礼义而不用，那就是自己舍弃了国家，所以司马迁说：“天下从之者治，不从者乱；从之者安，不从者危。”（《礼书》）礼在维系人伦关系方面也有着重要的作用，司马迁在《太史公自序》中说“礼经纪人伦，故长于行”，“礼以节人”，他更认为《春秋》是“礼义之大宗”，为人臣子者须知《春秋》，为人君父亦应通《春秋》大义，“不通礼义之旨，至于君不君，臣不臣，父不父，子不子。

① 上海师范大学古籍整理研究所校点：《国语》，上海古籍出版社 1988 年版，第 35 页。

夫君不君则犯，臣不臣则诛，父不父则无道，子不子则不孝”（《太史公自序》）。没有礼义的话，社会就上下无序，导致不忠不孝和犯上作乱。

三 司马迁论礼与法

单纯意义的法，产生于战国初期，诸子百家之中即有法家。司马谈在《论六家要旨》中说：“法家不别亲疏，不殊贵贱，一断于法，则亲亲尊尊之恩绝矣。”司马谈这里讲了法家与儒家思想上的根本区别与对立。《太史公自序》说：“夫礼禁未然之前，法施已然之后，法之所为用者易见，而礼之所为禁者难知。”司马迁给我们辨明了礼与法的异同，不过比较而言，法更具有强制性一些。从某种意义上讲，礼本身也是一种法，是道德规矩意义上的法，整部《周礼》就是一部法典，里面讲官制，讲各种官的职责，也有一些地方讲到具体的刑法。礼近于仁义，故主要在于引导。《礼书》说：“人道经纬万端，规矩无所不贯，诱进以仁义，束缚以刑罚。”属于法制的“刑罚”，是为了束缚与限制。

孔子是强调礼教，强调道德教育，看到了思想对人行为的影响，所以他说：“道之以政，齐之以刑，民免而无耻；道之以德，齐之以礼，民耻且格。”（《论语·为政》）孔子认为人有美德，自会自觉地敬人爱人，知廉耻，自尊自爱。而刑法是对无德、无耻、非礼者所作出的损及他人之事后的处理。《大戴礼记·礼察》云：“礼者，禁于将然之前，而法者，禁于已然之后。”法是外加之威，礼是自觉之律。礼治的是人心，使人向善，法是约禁人身，制止人的不轨行为。在礼与法的关系上，司马迁继承了孔子的礼法思想，认为治国理民，应当先礼乐然后刑罚，对于那些不从礼义之民，可以施之以刑，他说：“有不由命者，然后俟之以刑，则民知罪矣。”（《礼书》）在《大戴礼记》中也有同样的思想，《盛德》篇谓：“刑罚之所从生有源。不务塞其源，而务刑杀之，是为民设陷以贼之也！刑罚之源，生于嗜欲好恶不节。故：明堂，天法也；礼度，德法也。所以御民之嗜欲好恶，以慎天法，以成德法也。邢法者，所以威不行德法者也。”贪欲失之节制，就会犯法，而礼教正是治人心，节制人的欲心的。把人的欲心治理好了，使之有节制，德法就有了效果。刑法是惩办那些不行德法者的行为。以儒家的观念去看，刑与法是相互补充的，刑法是德法的一种辅助，司马迁亦认为先礼而后刑，就能使罪犯知罪而伏法，即“罪人不尤其上，知罪之在己也”（《礼书》）。对礼的重要性，司马迁与孔子等儒家学派的人罪的观点是一致的，强调要导之以德，齐之以礼，这样使民“有耻且格”。由此得出，礼治教化才是治国理民而使天下太平的根本。对于法令，司马迁认为这是治国不可缺少的，他说："法令所以导民，刑罚所以禁奸也"（《循吏列传》）。无法可依的社会是混乱不堪的，难以想象的，法是社会中一切事物的规则和准绳，他说："王者制事立法，物度轨则，壹禀于六律，六律为万事根本焉。"（《律书》）所以，司马迁对于汉初萧何制《九章律》，韩信申明军法，张苍定律历章程极为赞赏，对萧何、张苍尤为推崇，说萧何因照《九章律》行事，故天下太平，而张苍正律历，更被冠以汉之名相的头衔。并且他主张刑不上大夫，所谓"《传》曰：刑不上大夫。此言士节，不可不厉也"（《报任少卿书》），同时也主张礼不下庶人。这些思想都是司马迁对先贤及《周礼》思想的继承，他虽然认为法令很重要，说："法令者治之具，而非制清浊之源"，但"化民之道固在政教，不在刑威"（近代法律学家沈家本《历代刑法考》），司马迁最终认为治国还是要先礼而后刑，对于不行德法者，刑法的设置是必不可少的。

四 司马迁论礼与乐

儒家一贯重视礼乐教化。《论语·八佾》说："人而不仁，如礼何？人而不仁，如乐何？"孔子在这里把"仁"与礼、乐联系在一起，把乐也作为人伦道德的一种，并说"兴于诗，立于礼，成于乐"（《论语·泰伯》），就是说礼乐能促使人的自我完善，而一个人品格完美的最后阶段，必须依仗于乐的陶冶。《乐记》也说："生民之道，乐为大焉！"司马迁对乐亦很重视，在《史记》中有《乐书》，对乐进行了详细的阐述，大体包括音乐的产生及其形成，"乐"的社会效用，"乐"与"礼"结合之后所衍生的"仁爱"与相对平等的观念。关于乐的由来，司马迁在其《乐书》中认为："凡音之起，由人心生也。人心之动，物使之然也。感于物而动，故形于声；声相应，故生变，变成方，谓之音；比音而乐之，及干戚羽旄，谓之乐也。乐者，音之所由生也，其本在人心感于物也。"乐是人心为外界事物感触而生，若外界美好，则其心欢乐，社会的治乱，政治的好坏无不与乐相关联。这是所谓的"治世之音安以乐，其正和；乱世之音怨以怒，其正乖；亡国之音哀以思，其民困。声音之道，与正通矣"[①]。正因为乐与政通，所以先王制乐的目的，就是教导老百姓分清善恶，激浊扬清，反归人之正道，以通晓人伦之理。所以司马迁在《乐书》中说："乐者，通于伦理者也。……唯君子为能知乐。"他以是否知乐对人进行

① （汉）司马迁撰，（宋）裴骃集解，（唐）司马贞索隐，（唐）张守节正义：《史记》（全十册）第四册，中华书局1959年版，第1181页。

了分类，对于贤君明主来说应该是最知乐者。不过这里司马迁所说的乐不是民间音乐，而是指宫廷音乐。只有在先秦之世，才把音乐与政治紧密相连，至于到了秦汉以后，音乐更广泛地普及于民间，其娱乐性远大于“与正通”了，其功用绝非关乎国家的治乱兴衰。司马迁认为明君圣主应知晓音乐，只不过是一种理想而已。

司马迁在《史记·乐书》中的许多观点，都来自《乐记》和先秦儒家的思想，在把乐纳入伦理道德这一范畴上，司马迁与《乐记》的观点是完全一致的。他在《乐书》中说：“凡作乐者，所以节乐”，“故云《雅》、《颂》之音理而民正，嘄噭之声兴而士奋，郑卫之曲动而心淫”。司马迁还更为明确地指出：“夫上古明王举乐者，非以娱心自乐，快意恣欲，将欲为治也。正教者皆始于音，音正而行正。”举乐的目的是为了求治，超越了单纯的怡心自乐性，不是为己而是为天下之人。这就是超越了审美的意义，把乐的作用扩大到治国安民的范围，突出其强烈的功利性。《乐记》中这样说：“君子乐得其道，小人乐得其欲。以道制欲，则乐而不乱；以欲忘道，则惑而不乐。是故君子反情以和其志，广乐以成其教。”《乐记》和司马迁倡导的是君子之乐，以乐达到教化人心的作用，也就是我们今天所说的“美育”。司马迁所重视的和儒家一样，是有教化人心作用的乐，是能提高人们品德的乐，是合乎社会公德，能净化社会风气的正乐。

对于礼、乐的关系，孔子是把礼与乐相提并论的，因为二者的结合能相互制约、互相调和。司马迁首先对礼与乐作了区分，在《乐书》中他认为“乐由中出，礼自外作”，“乐者为同，礼者为异”，“乐者，天地之和也；礼者，天地之序也”，以及“功成作乐，治定制礼”。对礼与乐的相异之处，司马迁论之颇多，但我认为重点还是对礼乐相通之处的论述。司马迁认为礼与乐是相互包含、相互一致的，其终极目标是相同的。他在《乐书》中说：“知乐则几于礼矣”，“礼得其报则乐，乐得其反则安。礼之报，乐之反，其义一也”。又如，礼是使“贵贱有等，长少有差，贫富轻重皆有称”；而作乐器大小称十二律，始于宫，终于羽，宫为君，商为臣，也使“亲疏贵贱长幼男女之理，皆形见于乐”。可见，不管是礼还是乐，都是为了使尊卑上下井然有序。礼乐结合而并用，其意义更加巨大，像司马迁说的“知礼乐之道，举而错之天下无难矣”（《乐书》），如能知礼乐之情，识礼乐之文，则可以像尧、舜、禹、汤一样圣明，使天下归于大治。司马迁还继承了孔子礼学的精粹，认为要达到社会的大治，必须“礼、乐、刑、政”四者兼施并用，他说：“礼以导其志，乐以和其声，政以一其行，刑以防其奸。礼、乐、刑、政，其极一也，所以同民心而出治道也。”（《乐书》）不过在这四者之中，司马迁主张是先礼乐而后刑政，刑、政是不得已而为之，是礼坏乐崩，天下大乱，乃不得已之下策。同时，司马迁还认为礼与乐，对每个人来说都是不可缺少的，不可须臾离也。

其实，礼代表的是秩序原则，乐代表的是和谐原则，体现在一个人身上就是外顺而内和，礼乐互补所体现出的价值取向，即注重秩序与和谐的统一，才是礼乐文化的精华。

五 从《史记》的内容与形式体现出的礼学思想

从《史记》本身来说，它既是司马迁对自古以来礼乐制度的总结，也是对汉武帝时独尊儒术、倡导三纲五常、主张礼治的宣扬，这其中司马迁对礼义、礼法、礼乐的关系及意义是作了一番探讨的。《史记》不仅是他礼学思想的集中体现，也是武帝时期礼学高度发展的具体写照和一个缩影。

在《礼书》中，一开头司马迁便对“礼”大加赞赏：“洋洋美德乎！宰制万物，役使群众，岂人力也哉？余至大行礼官，观三代损益，乃知缘人情而制礼，依人性而作仪，其所由来尚矣。”他还讲了礼的重大作用及意义，就是“诱进以仁义，束缚以刑罚”，把礼与仁结合了起来，最后达到“总一海内，整齐万民”，使天下归于一统，司马迁在《史记》中把礼、仁与大一统三者结合起来。而在他之前，是孔子最早把礼与仁结合了起来。孟子在仁与礼的问题上，更为重视的是仁，这与他的“人性善”主张相关。再到荀子，他对孔子的仁礼学说也有发展，强调了礼与人的不可分离性，但重点还是在礼上，而司马迁则把礼、仁与天下一统紧密联系，归结点则在大一统。在《礼书》之中，司马迁谈了礼的起源，即“礼由人起”，礼还是用来分别等级的，治理国家的，至于礼对维系君臣父子的人伦关系则显得更重要，同时他又认为礼不是一成不变的，而是与社会的发展相适应的，“三王异世，不相袭礼”，主张礼制要随时代的前进而不断变革。《史记》中的礼学思想极为丰富，大一统的观点更是随处可见，对于秦始皇统一中国之举，他有独到的见识，不因秦之败亡而废其制，所以他在《礼书》中直书汉初秉承了秦之礼制，“至于高祖，光有四海，叔孙通颇有所增益减损，大抵皆秦故，自天子称号，下至佐僚，及宫室官名，少所变更”。在《史记·高祖本纪》里，司马迁记载了高祖之父太公称己为人臣，不愿以己乱天下之法，而高祖尊太公为太上皇。这说明了父子之礼要服从君臣之礼，这是在国家大一统的前提下进行的。

在《史记》的形式体例上，司马迁的礼学思想反映得也是十分明显的，他以帝王作为中心，著十二本纪，然后是世家、列传，这里有浓厚的正统思想，也有极为典型的“君君、臣臣”的礼制观念和等级上下尊卑的思想，说明司马迁的礼学思想深受孔子的影响。他说孔子作《春秋》的目的在于张扬礼义，《太史公自序》言：“《春秋》者，礼义之大宗也。”他自己把《史记》视之为第二部《春秋》，在礼学思想上受到孔子极为深刻的影响，在《史记》中对礼、仁及天下一统作了全面的发挥，对后世也产生了很大的影响。

1997 年 10 月稿，2013 年 8 月修改

投壶考

投壶是上古重要的礼乐活动，是上至天子下至士大夫燕饮中用以娱乐宾客的。在长期的发展过程中，投壶之礼作为一种文化积淀，被人们所秉承传续，但这其中也有增损变迁。《礼记》有《投壶》篇，专记投壶之礼。这是上层贵族们燕饮宾客时，以投壶这种游戏来娱乐宾客的，在《礼记》（又称《小戴礼记》）和《大戴礼记》中均有记载，这种礼在历史的发展过程中，逐渐地发生着变化，礼的成分减少，游戏娱乐的成分在逐渐增加，应用范围也在扩大，投壶的规则及用具也有不同。下面就其所记从文本、文献、实物等方面，对相关问题作一考证。

一 《礼记》和《大戴记》中《投壶》篇文字之异

章太炎在《经学略说》中说："《投壶》，大、小戴俱有。大、小戴皆传自后苍，皆知十七篇不足，故采《投壶》、《奔丧》二篇。二家之书，所以称《礼记》者。以其为七十子后学者所记，故谓之《礼记》。记百三十一篇，大戴八十四篇，小戴四十九篇。今大戴存三十九篇，小戴四十九篇俱在，合之得八十八篇。此八十八篇中，有并非采自百三十一篇之记者。"[①] 戴德、戴圣所传同门，为何《大戴记》与《小戴记》篇目不同，人们说法不一。在"三礼"当中，《礼记》最为繁杂，章太炎在同一篇文章中说："《礼记》最难辨别，其中所记是否为古代典章制度，乃成疑窦。若但据《礼记》以求之，未为得也。"蔡介民在《〈礼记〉成书之时代》中亦言："《礼记》一书，文义糅驳，泾渭合流，既非成于一时，亦非出于一手。"[②] 按近人廖平之说，《投壶》属古文经学，就编纂者小戴本人的学统，属今文经学，可见《礼记》是最初混淆今古文学的书籍。[③]《朱子

① 章太炎：《国学略说》，上海文艺出版社 2001 年版，第 48 页。

② 蔡介民：《〈礼记〉成书之时代》，收在《二十世纪中国礼学研究论集》，学苑出版社 1998 年版，第 150 页。

③ 周予同：《周予同经学史论著选集》，上海人民出版社 1983 年版，第 247 页。

语类》卷八十六云："大抵说制度之书，惟《周礼》、《仪礼》可信，《礼记》便不可深信。"《礼记》一书问题很多，《伪书通考》、《古今伪书考补正》中都有《礼记》是伪书的记载，断言其伪，理由并不充分。吕思勉所言允当："廖平、康有为皆谓今之《礼记》，实集诸经之传及儒家诸子而成，其说是矣。"至于《投壶》篇，吕思勉说："今《礼记》中之《奔丧》、《投壶》，郑皆谓与《逸礼》同，则《逸礼》一类之书。"说明《投壶》篇问题很复杂，然《逸礼》至晋已佚，刘师培有《逸礼考》，清汪宗沂有《逸礼大义论》和《逸军礼》，至于郑玄说的《逸礼》中的《投壶》、《奔丧》，我们已无法与大、小戴记《投壶》中的进行比较。

今本大、小戴《记》文字基本相同，在"算多少视其坐"这句之前文字上有个别不同。如"请以乐宾"（《小戴记》），"请乐宾"（《大戴记》）。像这样彼文本与此文本在某些句中多一字或少一字的情况有十四处。从"算多少视其坐"后，大、小戴《记》内容有所不同，《小戴记》写记筹之长、记算之长，记壶之大小、记投矢之木、记令弟子辞以及鼓谱。《大戴记》写了矢的长短、参与之人、壶及矢之木、记曾孙侯氏诗、壶之大小及《貍首》诗、记所歌之诗。另外，前面比较之中，有几个不同的用字，《小戴记》之中的"肴"字，在《大戴记》中写着"殽"，"殽"字在这里与"肴"同意，是煮熟的鱼肉。《小戴记》中的"辟"字，在《大戴记》中写作"避"，但在文中都是"躲开、避免"之意。大、小戴《记》最大的差异是《小戴记》中有鼓谱，而《大戴记》则无。何以如此？任铭善说："投壶以司射执事，则是与射为类，故不得云吉视，当云吉事也。其文在《逸礼》三十九篇中，《大戴礼记》中亦传之，而自'算多少视其坐'以上无大异同，盖是本经；以下则二记舛异颇多，盖是记文。郑君既见古文经，亦当取以校此篇，故篇末鲁鼓薛鼓之节重出，注曰：'此二者记两家之异，故兼列之。疑亦郑君以二本不同，故兼采之也。"[①]"算多少视其坐"以上几乎完全相同，因其是本经，其后差异甚大，是其记也。鼓谱属记，自有不同，但吕思勉在《经子解题》中说："今之《大戴记·哀公问·投壶》皆全同《小戴》。"其言谬矣。

二 文献中的投壶

投壶的文献著录，王锷的《三礼研究论著提要》列有书之卷数、朝代、作者、版本，并撰有提要，记载详尽，极具参考价值。[②]关于投壶之

① 任铭善：《礼记目录后案》，齐鲁书社 1982 年版，第 86 页。

② 王锷：《三礼研究论著提要》，甘肃教育出版社 2001 年版。

礼，于古无考，在先秦时期只有《左传·昭公十二年》云："晋侯以齐侯宴，中行穆子相。投壶，晋侯先，穆子曰：有酒如淮，有肉如坻，寡人中此，与君代兴。亦中之。"这里没有提到投壶的具体过程。《淮南子》有"敦六博，投高壶"。在司马迁的《史记》中记载了投壶的盛况，《滑稽列传》云："（齐）威王八年，楚大发兵加齐，齐王使淳于髡之赵请救兵，……楚闻之，夜引兵而去。威王大说，置酒后宫，召髡赐之酒。"这时淳于髡对齐威王讲了在什么情况下酒喝得多，传云："若乃州闾之会，男女杂坐，行酒稽留，六博、投壶，相引为曹，握手无罚，目眙不禁，前有坠珥，后有遗簪，髡窃乐此，饮可八斗而醉二参。"文中所写乡里之间的宴会不像在齐威王后宫饮燕，多有拘束。乡里之饮，可以稍稍脱略形迹。饮燕中有六博、投壶之戏，比其胜负，负者罚酒，既显才艺，又娱乐宾客。郑注《礼记》云："投壶者，以其记主人与客燕饮，讲论才艺之礼。"① 宋吕大临在《礼记传》中亦云："投壶，射之细也。燕饮有射以乐宾，以习容而讲艺也。"②

魏晋之后，涉及投壶的文献很多。葛洪《西京杂记》云："武帝时郭舍人善投壶，以竹为矢，不用棘也。古之投壶，取中而不求还，故实小豆恶其矢跃而出也。郭舍人则激矢令还，一矢百余反，谓之为骁，言如博之竖，于辈中为骁杰。每为武帝投壶，辄赐金帛。"杜甫诗中亦有"投壶郭舍人"，《神仙传》中有两句"玉女投壶，天为之笑"③。虽言及之，但甚简单。《东观汉记》记载了雅士的燕饮投壶，其文曰："遵为将军，取士皆用儒术，对酒娱乐，必雅歌投壶，又建为孔子立后，奏置五经大夫，虽在军旅，不忘王室。"④《后汉书·祭遵传》对此亦有记载。《艺文类聚·巧艺部》记载了三国时魏国邯郸淳作《投壶赋》千言，《投壶》类云："《魏略》曰：邯郸淳，字淑，作《投壶赋》千余言。奏之，文帝以为工，赐帛十匹。"《投壶》类亦记："古歌曰：上金殿者，玉樽延贵客，入门黄金堂，东厨具肴膳，椎牛烹豕羊，主人前进酒，琴瑟为清商，投壶对弹棊，博弈并复行。"此处所言投壶为天子之礼。《礼记》孔颖达疏云："诸侯相燕，亦有投壶，故《左传》'晋侯与齐侯燕'，'投壶'。然则天子亦有之。"《投壶》还记后代文人雅士之善投壶者："何劭作王弼传曰：弼性好弘理，乐游宴，解音律，善投壶。"邯郸淳的《投壶赋》，现存的只有

① 朱彬：《礼记训纂》，中华书局 1996 年版，第 849 页。
② 孙希旦：《礼记集解》，中华书局 1989 年版，第 1383 页。
③ 欧阳询：《艺文类聚》，上海古籍出版社 1965 年版，第 1278 页。
④ 《丛书集成初编·东观汉记》，中华书局 1983 年版，第 74 页。

389 字，其赋曰：

> 古者，诸侯间于天子之事，则相朝也，以正班爵，讲礼献功。于是乃崇其威仪，恪其容貌，繁登降之节，盛揖拜之数，机设而弗倚，酒澄而弗举，肃肃济济，其惟敬焉。敬不可久，礼成于饫，乃设大射，否则投壶。植兹华壶，凫氏所铸。厥高二尺，盘腹修颈。饰以金银，文以彫镂。象物必具，距筵七尺，杰焉植驻。矢维二四，或柘或棘，丰本纤末，调劲且直，执竿奉中。司射是职，曾孙侯氏，与之乎皆得，然后观夫投者，闲习察妙，巧之所极，骆驿联翩，爰爰兔发，翻翻集集，不盈不缩，应壶顺入，何其善也。每投不空，四矢退效，既入跃出，荏苒偃仰，僶俛趋下，余势振掉，又足乐也。拟议于此，命中于彼，动之如志，靡有违也。譬诸为政，群职罔驰，左右毕投，效奇数钧，列置功竿，称善告贤，三载考绩，幽明始分也。比投不释，增是自遂，虽往有功，义所不贵，春秋贬辈，亦犹是类也。若乃撮矢作骄，累掇联取，一往之纳二，巧无与偶，斯乃绝伦之才，尤异之首也。柯列葩布，匪罕匪绸，虽就置犹弗然，矧迴绝之所投，惟兹巧之妙丽，亦希世之寡俦，调心术于混冥，适容体于便安，纷纵奇于施舍，显必中以微观，悦与坐之耳目，乐众心而不倦，环玮百变，恶可穷讃。①

这只是《投壶赋》的一部分，朱彝遵的《经义考》卷一四七云：“其赋已缺”。

从邯郸淳的赋文来看，所记投壶虽不如《礼记》具体，但过程大概如此。赋中写名匠所铸的壶很华美，以金银作为装饰，壶高二尺，圆肚长颈。而《礼记》记壶：“颈修七寸，腹修五寸，口径二寸半，容斗五升”。所记壶之形状，相去无几，壶高，一为二尺，一为一尺二寸。壶非统一制作，且时代、地域、工匠之不同，高矮自然有别。《投壶赋》说壶距筵七尺，而《礼记》则是“间以二矢半”，“壶去席二矢半”，郑玄注云：“壶去坐二矢半，则堂上去宾席、主人邪行各七尺也。”孔疏云：“投壶，日中于室，日晚于堂，大晚于庭。”赋曰“矢惟二四”，就是说有矢八枝，而王文锦的《礼记译解》则说“每人四矢”，那么，赋文中所说的则是二人投壶。对于矢，《礼记》但云“矢以柘若棘，毋去其皮”。赋文则云“或柘或棘，丰本纤末”。矢用柘木或酸枣木，两者所记一致，至于是否

① 欧阳询：《艺文类聚》，上海古籍出版社 1965 年版，第 1279 页。

去皮，赋中没有说。于其形状，《礼记》并未明言，孙希旦云：“矢用木为之，而不去皮，无羽、镞之属，与射者之矢不同。但投壶本所以代射，故亦因名为矢焉。”而《投壶赋》云“丰本纤末”，即矢是前粗后细，“调劲且直”。邯郸淳在赋中还讲到了投壶的作用，可以“悦与坐之耳”，“乐众心而不倦”，还又以为政作比，功用甚大。

文献中断续提到投壶的文字，在类书中比较多。在《太平御览》中引到的有，《崔寔传》：“投壶者，皆以多算饮少算。”《献帝春秋》曰：“袁绍闻魏郡兵反，与黑山贼等数万人共覆邺城，杀郡守坐中，家在邺者忧怖失色，或起而啼泣，绍观督引满投壶，言笑容止自若。”[①]《魏略》曰：“游楚，好投壶自娱。”《太平御览》引《册府元龟·杂技》云：“楚好樗蒲，投壶自娱，后为北地太守。”[②]《王弼别传》曰：“弼性和理，乐游宴，解音律，善投壶。”《晋阳秋》曰：“王胡之善于投壶，言手熟闭目。”《晋书》：“石崇有妓，善投壶，隔屏风投之。”[③]《南史》：“齐竟陵正常宿宴，明将朝，见柳恽投壶，骁不绝停，与久之，进见遂晚。齐武帝迟之，王以实对，武帝复使为之赐绢二十匹。”[④]《颜氏家训》对投壶介绍得较为详细，其文云：“投壶之礼，近世愈精，古者，实以小豆为其矢之跃也。今则唯欲其骁，益多益喜，乃有倚竿带剑，狼壶豹尾，尤首之名，其尤妙者，有莲花骁，汝南周缋、弘正之子，会稽贺徽，贺革之子，并能一箭四十余骁。贺又尝为小障，置壶其外，隔障投之，无所失也。至邺以来，亦见广甯、兰陵诸王有此校具，举国遂无，投得一骁者。”[⑤]言及投壶的文献还有《唐书·礼乐志》、《太平广记·技巧》、《昌黎文集》、邵伯温《闻见前录》、《神异经》等，这些都是一些零碎的记载，写投壶之人与事，具体环节不太清楚。中国的投壶，约在南北朝时期就传到国外，《隋书》在介绍百济国的风俗时说“俗尚骑射，读书史、能吏事，亦知医药、蓍龟、占相之术。有……投壶、围棊、樗蒲、握槊、弄珠之戏”[⑥]。

在赋文、诗歌中有一些专记投壶之礼，除邯郸淳的《投壶赋》，魏王粲有《棊赋》：“夫注心铳念，自求诸身，投壶是也。”[⑦]晋傅玄《投壶赋

① （宋）李昉等：《太平御览》第4册，中华书局1960年版，第3343页。

② 同上书，第3342页。

③ 同上书，第3343页。

④ （唐）李延寿：《南史》，中华书局1986年版，第2790页。

⑤ 王利器：《颜氏家训集解》，中华书局1993年版，第594页。

⑥ （唐）魏征等：《隋书》，中华书局1975年版，第1818页。

⑦ （宋）李昉等：《太平御览》第4册，中华书局1960年版，第3344页。

序》云："投壶者，所以矫懈而正心也。"[①] 晋李尤《壶筹铭》："投壶筹礼，揖叙先后，通风月，数分为王部。"[②] 诗歌中的古歌云："主人前进酒，琴瑟为清斋，投壶对弹棊，博奕并复行。"周正褒的《弹棊诗》："投壶生电影，六博值仙人。"陈张正见诗中有："魏君弹举白，晋主好投壶。"宋徽宗诗有："定邀明侣善投壶"。《唐文粹·孙逖伯乐川记》："歌蔓草之相遇，笑投壶之失辞。"

三 投壶之图与经

《隋书·经籍志》记："《投壶经》一卷"，不云作者。《旧唐书·经籍志》记《投壶经一卷》"郝冲、虞谭法撰"，《经义考》云已佚。《新唐书·艺文志》记"上官仪《投壶经》一卷"。《太平御览》引"艺经《投壶法》：十二筹，以象十二月之数"。清马国翰辑有晋虞谭撰的《投壶变》一卷。原文为："谓之投壶者，取名蓨薮，渐而转易，铸金代焉。逮之于后，人事生矣。壶底去一尺，其下筍以龙元，运之以膘燕尾。矢十二，长二尺八寸。古者投壶，击鼓为节，带剑十二，倚十八，狼壶十二，剑骄七十，三百六十筹得一马，三马成都。"辑佚书《投壶变》有注解，是他从《太平御览》中录出的，在附录中马国翰云："《太平御览》载虞谭《投壶变文》，颇伪缺难解，今并录其原注，以待通数者解之。"[③] 这里出现的数字多有不解之处，"矢十二"，按《礼记》中所说每人四矢，当为三人投壶。"长二尺八寸"，据《礼记》在堂上投壶，用古尺二尺八寸的矢，与古相同。这是因为晋去汉不远，其尺相同，其余数字甚为难解。马国翰虽录原注，亦未明也。宋刘敞的《投壶义》保留较完整，卫湜的《礼记集说》中说，其文引自清江刘氏，清秦蕙田《五礼通考》亦征引。《投壶义》云："古者投壶之礼，主人以宾燕而后投壶也。燕礼之轻者也，轻则易，易则亵，亵则慢，酒之祸恒由此作，是以君子恶其亵以慢也，为壶矢以节其礼，全其欢也。"[④]《投壶义》中讲了君子为什么要设行投壶之礼，主要是恶其燕饮中的亵慢之举，避免酒祸，设投壶之礼以全其欢。后面作者对投壶的各个环节，都站在礼的角度加以引申。

后世可见的文献中，最有价值的当是司马光的《投壶新格》，他在序中认为，投壶可以"合朋交之和，饰宾主之欢，且寓其教焉"，可以"用

① （宋）李昉等：《太平御览》第4册，中华书局1960年版，第3344页。

② 同上。

③ （清）马国翰：《玉函山房辑佚书·子编·艺术类》，光绪二年楚南书局刻本。

④ 影印：《四库全书》，台湾商务印书馆1986年版，第1095页。

诸乡党，用诸邦国”，还可以“观德”。他从投壶中体悟出中庸之道，把投壶提升到一个很高的境界，“是故投壶可以治心，可以修身，可以为国，可以观人”。之所以如此，是因为投壶的根基是“中正”。司马光对此还作了具体的阐述，基于投壶的巨大作用，他才要“更定新格，增损旧图，以精密者为右”。关于壶、矢与投法，司马光在叙中有简要的交代，以见宋与古不同。他说：“偶中者为下，使夫用机徼幸者无所措手焉。壶口径三寸，耳径一寸，高一寸。实以小豆，去席二箭半，箭十有二，长二尺有四寸。以全壶不失者为贤，苟不能全，则积算先满百二十者胜，后者负，俱满则余算多者胜，少者负。为图列之左方，并各释其指意焉。”《经义考》引晁公武云：“旧有《投壶格》，君实恶其多取奇中者，以为侥幸，因尽改之。”《投壶新格》一卷，《郡斋读书志》、《宋史·艺文志》到《四库缺书目》皆入载。明代陶宗仪《说郛》中有其本。此外，诸家藏书志目，未见著录。

出土的战国时代投壶，有提梁但无耳，司马光所序中有“耳，径一寸，高一寸”。此与古法不同。《太平御览》载：古法，壶矢长二尺八寸，而温公《新格》中长为三尺四寸，此依宋尺也。所用材料以竹为之，矢首削扁，便于执持，矢未用竹节，削圆以取其重，即魏邯郸淳赋所云“丰本纤末”也。在司马温公的《新格》中，绘图二十幅，各示其算，壶有两耳，投中耳者计算不同。图分：有初，乃首箭中者，君子以做事谋始，以其能慎始，故赏之，计十算。有初贯耳，若一开始投中壶耳，计二十算。贯耳，计十算，因耳小于口而能中之，是其用心愈精。连中，计五算，第二箭以下连中不绝者，皆五算。全壶，皆投中也，无算。连中贯耳，二十算。有终，最后一箭投中，计十五算。散箭，计一算，若一箭不中，次箭皆为散箭。横耳，即箭加耳上，与不中同。骁箭，投而不中，箭激反跃，捷而得之，复投而中者，计十算。横耳，横加壶口，无赏。败壶，十二箭俱不中，皆负。后面八图的龙尾、狼壶、倚竿、龙首、倒中、倒耳、带剑、耳倚竿，皆废其算。司马光的《投壶新格》以图直观，让人一目了然，虽是“更定新格”，但古法仍记其中，也就是他在序中说的“古者投壶之制，揖让之容，今虽缺焉，然遗风余韵，犹可仿佛也”。温公于投壶礼之革新，是因当时世行之旧格，多取奇中，公恶其侥幸，而尽改之。《渑水燕谈录》云：“司马温公既居洛，每对客赋诗谈文，或投壶以娱宾，公以旧格不合礼，意更定新格，以为倾邪。险伪不足为善，而图反为奇箭多与之算，如倚竿、带剑之类。今皆废其算以罚之，颠倒反覆，恶之大者，奈何以为上赏，如倒中之类，今当尽废壶中算，以明逆明。大抵以精审者为上，偶中者为下，使夫用机侥幸者，无所措手。此足以见公之志，虽嬉戏之间，亦不忘于正也。”① 除司马光外，宋人陈元靓编的《事林广记》中也有投壶图。明以后投壶花样繁多，陆容的《菽园杂记》，沈榜的《宛署杂记》，江禔辑的《投壶仪节》，均有记载。《金瓶梅》第二十七回亦有投壶之戏②。

四　投壶实证

考古工作者于1974年在河北平山三汲乡战国时期的中山王墓中，出土了一件我国最早的铜投壶。这件投壶是造型别致的三犀足筒形器，底部基座是三只雄姿威猛的矮足独角犀，壶的形状呈圆筒形，两侧附有一幅首衔环，遍体饰有生动流畅的细线变形山字花纹，平口深腹。投壶器身高59厘米，口径20.5厘米，筒形腹上有“左使车工本”五字铭文。③ 这件器物的出土，于其功用最初是个谜，后经专家学者们的考证，断定这件三犀足筒形器的铜器，应是古代的投壶。又在《礼记》孔疏中亦云：“大夫兕中，士鹿中，其形刻木为之，状如兕、鹿而伏，背上立圆圈，以盛算。”出土的铜器与此记相吻合。还有一个例证是：在邯郸淳的《投壶赋》中有“厥高二尺”的记载。另外，它也和明清时期的铁制“投壶”的形象、高度、深度（60厘米左右）基本上是一致的。

从各个时代来看，投壶之壶有陶制、铜制、铁制和瓷制。在实物资料中，明清时期的投壶较多，也有宋元时的投壶器物。清代端方《陶斋吉金录》卷三著录一鹿形投壶，是一似马形而带双角之鹿，背负圆筒形投壶，双贯耳，鞍两旁有小圆筒。高二尺六寸三分，长一尺八寸，从形制和纹饰看，应是宋元时期器物。司马光的《投壶新格》中所绘之壶亦为双贯耳。出土的实物投壶还有上海青浦元代任氏墓出土的官窑投壶式瓶二件，河南济源出土有东汉投壶一件。

在中山王墓出土的这些铜器中，还有一件较小的铜筒形器，高约40厘米，口径约10厘米，器物上下各有一道斜棬云纹，两侧亦各有一铺道衔环，半口深腹，中空，与三犀足铜投壶形制相同，但无三犀足。专家认为此亦为一件小型的铜投壶，这两件器物距今已有两千年的历史。

同样，也在1974年，山东省长岛县长山岛出土了一件战国早期的刻纹提梁壶，这件壶由器身、器盖和链式提梁三部分组成，壶高约45厘米。

---

① （清）丁晏：《丽庚丛书·投壶考原》，光绪三十二年叶德辉刊十行本。

② 白维国：《学林漫录·投壶臆补》，中华书局1999年版，第254页。

③ 崔乐泉：《我国最早的铜投壶》，《体育文史》1995年第2期。

在壶的腹部，刻有一幅投壶的图案，表现的是投壶者正在投掷的关键动作，把《礼记》中所记的投壶定格了下来，生动地反映了战国时期投壶之礼的具体形式，从侧面印证了投壶在当时的广泛盛行。

在河南南阳市汉画馆中，收藏有汉代投壶画像石。画面的正中立一壶，参与投壶者为宾主各一人，他们一手抱一把箭，另一只手执一支箭，作出向一个高圈足壶投箭的姿势，壶中已投入两支箭，壶左置一个三足酒樽，中置一勺，投者跪坐于壶两侧，两人之后还分别坐有观看者。到汉代投壶作为一种游戏更为广泛，礼的成分减少了，玩乐的成分增多了。从南阳画像石投壶画面中不难看出，投壶者和观众随意而坐，有走动者，亦有笑者。

随着时代的推移，周的礼乐制度逐渐衰落，但礼乐文化并未随着落后的社会制度而销声匿迹，在现代的复古思潮中，1926 年，孙传芳曾复兴投壶之礼，虽是历史的反动，但亦见礼乐文化的绵延不绝。今北京中山公园（社稷坛）的东区，原来有一座“投壶亭”，为一十字形敞亭，1926 年重建，这也是文化的凝固、历史的见证。

2004 年 6 月

三礼图籍考

礼学的典籍很多，其中一部分是插图本的礼书。班固在《汉书·艺文志》中没有礼图文献方面的记载，至《隋书·经籍志》才有收录。此后，三礼图籍的文献记载绵延不绝，至清尤盛，期间存佚情况，梳理条贯，为礼学研究提供另一方面的研究线索。

一

礼学研究中，以图释之，简洁明了，历代经儒，多有参解。有关礼图文献，正史中的志书多有记载。不过《汉书·艺文志》没有礼图文献方面的记载，至隋《志》才有。据《隋书》卷三十二《经籍志》记载："《周官礼图》十四卷（梁有《郊祀图》二卷，亡）"（《经义考》卷一二一载之），"《丧服图》一卷，王俭撰。《丧服图》一卷，贺游撰。《丧服图》一卷，崔逸撰（梁有《丧服祥禫杂议》二十九卷，《丧服杂议故事》二十一卷，又《戴氏丧服五家要记图谱》五卷，《丧服君臣图仪》一卷，亡）。《五服图》一卷。《五服图仪》一卷。《丧服礼图》一卷。《三礼图》九卷（郑玄及后汉侍中阮谌等撰）。《周室王城明堂宗庙图》一卷，祁谌撰（梁又有《冠服图》一卷，《五宗图》一卷，《月令图》一卷，亡）"。[①]

《旧唐书》卷四十六《经籍志上》载："《丧服天子诸侯图》二卷，谢慈撰。《丧服图》一卷，崔游（《旧唐书》是否搞错了作者，因《隋书》有《丧服图》一卷，贺游撰。《丧服图》一卷，崔逸撰。故疑也）撰。《三礼图》十二卷，夏侯伏朗撰。"《宋史·艺文志》载："聂崇义《三礼图集注》二十卷。余希文《井田王制图》一卷。龚原《周礼图》十卷。郑景炎《周礼开方图说》一卷。郑氏《三礼图》十二卷。《江都集礼图》五十卷，《三礼图驳议》二十卷，杨复《仪礼图解》十七卷。"

《明史·艺文志》载："季本《读礼疑图》六卷。王廷相《昏礼图》

---

① （唐）魏徵等：《隋书》卷三十二，中华书局1973年版，第919—924页。

一卷，《乡射图注》一卷，《丧礼论》一卷，《丧礼备纂》二卷。闻人诠《饮射图解》一卷。刘绩《三礼图》二卷。"《清史稿·艺文志》载："《考工记图注》二卷，戴震撰。《车制图考》一卷，阮元撰。《考工轮舆私笺》二卷，郑珍撰，《图》一卷，珍子知同撰。《仪礼图》六卷，《读仪礼记》二卷，张惠言撰。《庙制图考》四卷，万斯同撰。汉郑玄《三礼图》一卷。唐张镒《三礼图》一卷。《三礼图》三卷，孙星衍、严可均同撰。"

二

据《经义考》卷一百二十二云："王氏洙《周礼礼器图》，佚。……龚氏原《周礼图》，《宋志》十卷，未见。陈氏祥道《周礼纂图》，佚。"①《经义考》卷一百二十五记载："《周礼图说》，佚。王与之曰：《图说》未详谁氏所编，得自闽中。大概用三礼图、礼象图或立新说，考证最明。……俞氏言《周官礼图》十四卷，未见。"②《经义考》卷一百二十七云："季氏本《读礼疑图》，六卷，存。……《周礼图说》二卷，存。应见自序曰：古称左图右书，凡书所不能言者，非图无以彰其形，图所不能画者，亦非书无以尽其义，此古人所以不偏废也。旧尝有《周礼图》矣，如冠服则类为男女之形，而章服仍不明井邑，则类为大方，隔而沟洫仍不分，然则奚以图为哉。作者不自知其非，而观者亦莫诘其弊，皆不考经义之过也。予因于经旨中言所不能尽者述之。如左理原于天文位□道行于地里，职方统纪于六官，分合立极于都宫，朝堂郊社宗庙以萃人心，闾井伍两，以固邦本，封土制禄以贵贵，建学立师以育才，命德有冕服车旂，讨罪有军旅，田役复系之以说使治。是经者，一览而知夫言外之意，呜呼！昔人所载，予多不录也。今日所载，昔皆未有也，观者幸或补其未备云。"③《经义考》卷一百二十八云："陈氏林《周礼文物大全图》，未见。"④《经义考》卷一百二十九云："张氏鼎思《考工记补图》二卷，未见。……亡名氏《周官郊祀图》，七录二卷，佚。项氏安世《周礼丘乘图说》，《宋志》一卷，未见。郑氏景炎《周礼开方图说》，《宋志》一卷，未见。"⑤《经义考》卷一百三十二云："杨氏復《仪礼图》十七卷（焦氏经籍志作三十四卷，非）。存。……《仪礼旁通图》一卷，存。"⑥ 书中绝大部分图都

① （清）朱彝尊：《经义考》卷一二二，中华书局1998年版，第651—652页。

② （清）朱彝尊：《经义考》卷一二五，第666、667页。

③ （清）朱彝尊：《经义考》卷一二七，第673—677页。

④ （清）朱彝尊：《经义考》卷一二八，第679页。

⑤ （清）朱彝尊：《经义考》卷一二九，第687、689页。

⑥ （清）朱彝尊：《经义考》卷一三二，第702、704页。

能循经而绘，古礼之梗概，于此书可睹其大端，对后学颇有启发，多有裨益。作者这种另辟新径研究经文的方法，亦足以够后世学者借鉴。有《四库全书》本，《丛书集成初编》本等。

《经义考》卷一百三十四云："陈氏林《仪礼会通图》二卷。未见。胡氏宾《礼经图》一卷，未见。"① 《经义考》卷一百三十五云："王氏廷相《昏礼图》一卷，存。……郑氏樵《乡饮礼》，《宋志》三卷，又图三卷。……冯氏应京《乡饮图说》一卷，未见。骆氏问礼《乡饮序次图说》一卷，未见。闻人氏诠《乡射图解》一卷，存。王氏廷相《乡射礼图注》一卷，存。"② 《经义考》卷一百三十六云："射氏慈《丧服变除图》，《七录》五卷，佚。陆德明曰：慈字孝宗，彭城人，吴中书侍郎。《隋书》：慈，吴齐王传。《丧服天子诸侯图》，旧《唐志》二卷。……崔氏游《丧服图》，旧《唐志》一卷，佚。《晋书》：崔游，字子相，上党人。魏末察孝廉，泰始初，拜郎中，年七十余，犹敦学不倦，撰《丧服图》行于世。……贺氏游《丧服图》，《隋志》一卷，佚。崔氏逸《丧服图》，《隋志》一卷，佚。"③ 《经义考》卷一百三十七云："张氏荐《五服图》，佚。戴氏（失名）《丧服五家要记图谱》，《七录》五卷，佚。……《丧服君臣图仪》，《七录》一卷，佚。《五服图》，《隋志》一卷，佚。《五服图仪》，《隋志》一卷，佚。……龚氏端礼《五服图解》，未见。……赵氏彦肃《馈食礼图》，未见。杨復曰：严陵赵彦肃尝作《特牲少牢二礼图》，质诸先师文公。先师喜公曰：更得《冠昏图》及《堂室制度》，并考之乃为佳。"④ 《经义考》卷一百四十三云："《礼记纂图》，未见。右见叶氏《菉竹堂书目》，不书撰人姓氏，未详何人。"⑤ 《经义考》卷一百四十七云："李氏觏《明堂定制图》一卷，图佚。觏自序略曰：伏以明堂者，古圣王之大务也。……姚氏舜仁《明堂定制图序》，佚。郑庆元曰：舜仁字令由，归安人。元丰八年进士，官宗正少卿。《明堂定制图序》为库部员外郎时，表进兄舜哲进《训解》一卷。朱子熹《明堂图说》一卷，存。……方氏承赟《投壶图》（或作张），一卷，佚。"⑥ 《经义考》卷一百四十八云："阮氏逸《王制井田图》，《通志》一卷，佚。余氏希文《王制井田图》，《宋

① （清）朱彝尊：《经义考》卷一三四，中华书局 1998 年版，第 711 页。
② （清）朱彝尊：《经义考》卷一三五，第 713—715 页。
③ （清）朱彝尊：《经义考》卷一三六，第 719—721 页。
④ （清）朱彝尊：《经义考》卷一三七，第 723—728 页。
⑤ （清）朱彝尊：《经义考》卷一四三，第 753 页。
⑥ （清）朱彝尊：《经义考》卷一四七，第 772—774 页。

志》一卷，佚。”[1]《经义考》卷一百四十九云：“《梁月令图》，《七录》一卷，佚。……王氏涯《月令图》，《通志》一卷，佚。刘氏先之《月令图》，《宋志》一卷，佚。”[2]《经义考》卷一百五十云：“舒氏岳祥《深衣图说》一卷，佚。王氏幼孙《深衣图辨》一卷，佚。汪氏汝懋《深衣图考》三卷，佚。戴良序曰：深衣者何？古所以名衣也，……郑氏瓘《深衣图说》一卷，未见。王氏廷相《深衣图论》一卷，存。吴氏显《深衣图说》一卷，未见。”[3]《明史·艺文志》载：“王廷相《昏礼图》一卷，《乡射礼图注》一卷。”《经义考》卷一百五十三云：“李氏思正《中庸图说》一卷，佚。”[4]《经义考》卷一百五十五云：“瞿氏九思《中庸位育图说》，未见。”[5]《经义考》卷一百五十七云：“胡氏炳文《大学指掌图》一卷，未见。”[6]《经义考》卷一百六十二云：“朱氏谏《学庸图说》未见。朱氏文简《学庸图说》未见。”[7]《经义考》卷一百六十三云：“《三礼图》，佚。按《隋志》：郑玄及阮谌等撰图共九卷。阮氏谌《三礼图》，佚。裴松之曰：阮谌字士信。《隋书》注后汉侍中。后魏《礼志》：阮谌《礼图》并载秦汉以来舆服。……夏侯氏伏朗《三礼图》，《唐志》十二卷，佚。张彦远曰：隋文帝开皇二十年，勅有司撰左武侯执旗侍官夏侯朗画。……张氏镒《三礼图》，《唐志》九卷，佚。《旧唐书》：张镒为亳州刺史，撰《三礼图》九卷。梁氏正《三礼图》九卷，佚。《崇文总目》：《三礼图》九卷，梁正撰。张昭曰：四部书目有《三礼图》十三卷，题曰梁氏郑氏，今书府有《三礼图》，亦题梁氏郑氏，集前图记更加评议。聂氏崇义《三礼图集注》，《宋志》二十卷，存。杨氏杰《补正三礼图》三十八卷，未见。”[8]《经义考》卷一百六十五云：“刘氏续《三礼图》二卷，存。……《三礼图》，《宋志》十二卷，佚。《三礼图驳议》，《宋志》二十卷，佚。”[9]《经义考》卷一百六十六云：“许氏判《礼图》，未见。”[10]《经义考》所载礼图之书佚者多而存者少。

① （清）朱彝尊：《经义考》卷一四八，中华书局 1998 年版，第 778 页。
② （清）朱彝尊：《经义考》卷一四九，第 781—783 页。
③ （清）朱彝尊：《经义考》卷一五〇，第 788—791 页。
④ （清）朱彝尊：《经义考》卷一五三，第 803 页。
⑤ （清）朱彝尊：《经义考》卷一五五，第 811 页。
⑥ （清）朱彝尊：《经义考》卷一五七，第 820 页。
⑦ （清）朱彝尊：《经义考》卷一六二，第 844 页。
⑧ （清）朱彝尊：《经义考》卷一六三，第 847—850 页。
⑨ （清）朱彝尊：《经义考》卷一六五，第 854—857 页。
⑩ （清）朱彝尊：《经义考》卷一六六，第 863 页。

三

《四库全书》经部礼类收载：《仪礼图》十七卷，《仪礼旁通图》一卷，宋杨復撰。《四库全书总目》认为："是书成于绍定元年戊子，《书录解题》谓成于淳祐中，盖未核其自序也。序称严陵赵彦肃作《特牲少牢二礼图》，质于朱子，朱子以为更得冠昏图及堂室制度并考之乃佳。复因原本师意，录十七篇经文，节取旧说，疏通其意，各详其仪节、陈设之方位，系之以图，凡二百有五。"[①]《四库全书》经部礼类还收载了宋聂崇义撰的《三礼图集注》二十卷。最近清华大学出版社出版了丁鼎的点校解说本，题名《新定三礼图》，阅读甚为便捷。《三礼图》是宋代著名学者聂崇义参互考订多种古代《三礼图》纂辑而成的。《四库全书》经部礼类还收载了明人刘绩的《三礼图》四卷。

《四库全书存目丛书》经部礼类中收录的礼图书籍有：《读礼疑图》六卷，明人季本撰，此书据北京大学图书馆藏明嘉靖刻本影印。《考工记述注》二卷，卷首一卷，图一卷，明人林兆珂撰，此书据上海图书馆藏明万历刻本影印。《礼记目录》三十卷，《图解》一卷，明人黄乾行撰，此书据东北师大图书馆藏明嘉靖三十四年钟一元刻本影印。《存目》所收该刻本缺四、五页。《仪礼节略》（十七卷）、《图》（三卷），清人朱轼撰，中国科学院图书馆藏清康熙乾隆间刻朱文端公藏书本。

《续修四库全书》第85册，经部礼类收：《考工记图》（上下卷），清戴震撰，根据北京大学图书馆藏清乾隆纪氏阅微草堂刻本影印。《考工创物小记》（八卷），清程瑶田撰，据上海辞书出版社图书馆藏清嘉庆刻通艺录本影印。内收钟图、故图、磬图、耒图、戈、矛、戟等。《考工记考辨》（八卷），手抄本，清王宗涑撰，据杭州大学图书馆藏清抄本影印。《考工记考》（不分卷），清吕调阳撰，据复旦大学图书馆藏清光绪十四年刻观象庐丛书本影印。《磬折古义》，清程瑶田撰，据上海辞书出版社图书馆藏清嘉庆刻通艺录本影印。《考工记车制图解》，清阮元撰，据湖北图书馆藏清乾隆七录书馆刻本影印。《轮舆私笺》（二卷），清郑珍撰，据上海图书馆藏清同治七年莫氏刻本影印。在《续修四库全书》第90—91册，经部礼类收：《仪礼图》（六卷），清张惠言撰，阮元为之作序。据上海辞书出版社图书馆藏清嘉庆十年刻本影印。《续修四库全书》第93册，经部礼类收：《寿栎庐仪礼奭固礼器

① 《四库全书总目》卷二十，经部礼类，中华书局1965年版，第160页。

图》（十七卷，首一卷，末一卷），吴之英撰，据华东师大图书馆民国九年吴氏刻寿栎庐丛书本影印。《续修四库全书》第94册，经部礼类收：《寿栎庐仪礼奭固礼事图》（十七卷），吴之英撰，据华东师大图书馆民国九年吴氏刻寿栎庐丛书本影印。《续修四库全书》第95册，经部礼类收：《五服图解》（一卷），元龚端礼撰，据北京图书馆藏元杭州路儒学刻本影印。《丧服表》（一卷），清孔继汾撰，据中国科学院图书馆藏清光绪元年胡风丹退补斋刻本影印。

四

以图解经，是宋人的一大创造。理学家以图解《周易》，以图解五经，杨甲等编撰《六经图》，使后世以图解经盛极一时。据陶湘《书目丛刊·昭仁殿天禄琳琅前编》记："鉴藏影宋抄书十五部：影宋抄《三礼图》二十卷"，"鉴藏元版书七十九部：元版《仪礼图》十八卷。"[①]《书林清话》载："《仪礼图》十七卷、《仪礼旁通图》一卷，自序后有'崇化余志安刊于勤有堂'，见《张志》。"《书目丛刊》在"鉴藏明版书二百五十部"中记："明版《七经图》不分卷，明版《六经图》不分卷（重本凡四部），明版《五经图》不分卷。"[②] 陶湘在《昭仁殿天禄琳琅续编》"鉴藏宋版书二百二十三部"中记："宋版《仪礼图》十七卷。宋版《三礼图》卷前见（重本凡二部）"[③] 在《故宫所藏殿本书目》卷一中记："《仪礼图》十七卷附《旁通图》一卷，宋杨复撰，七册。"[④] 在《故宫已佚书籍书画目录四种·赏溥杰书画目》中记："八月初六日赏溥杰，宋版《三礼图考》一套。……八月十九日赏溥杰，宋版《三礼图》一套。……九月十五日赏溥杰，宋版《六经图》一套。"[⑤] 在《故宫已佚书籍书画目录四种·收到书画录》中云："十九日交回：宋版《三礼图》全函，宋版《六经图》全函。……二十三日十七号，宋版《三礼图考》全函。……二十五日十九号，御题宋版《三礼图》全函。"[⑥] 清通志堂白纸多图写刻本《三礼图》二十卷；《六经图》为大

① 陶湘著，窦水勇点校：《书目丛刊》（一），新世纪万有文库，辽宁教育出版社2000年版，第1版，第130—131页。

② 同上书，第133页。

③ 同上书，第142—143页。

④ 陶湘著，窦水勇点校：《书目丛刊》（二），新世纪万有文库，辽宁教育出版社2000年版，第374页。

⑤ 同上书，第423、426、430页。

⑥ 同上书，第486、487、490页。

足人杨甲所撰，《宋史·艺文志》载："杨甲《六经图》六卷。"《四库全书总目提要·五经总义类》载："《六经图》六卷，宋，杨甲撰，毛邦翰补正，载图三百二十二。"

礼图主要是书籍所载，但亦有部分为石刻的礼仪图像，石刻上有关古代礼议的图像，所传不多。宋人叶昌炽在《语石》中云："桂林府学有《释奠位序仪式图》、《牲币器服图》，天一阁范氏藏旧拓《投壶图》，此为礼图。"①

五

私家目录书的著录与正史志书记载有出入，许多礼类图籍，私家目录有而官书则无，或者两者皆有而叙述不同。如，《直斋书录解题》卷二："《周礼丘乘图说》一卷，项安世撰。"② 到马端临《文献通考》，只是转述陈振孙的记载，《经籍考》八云："《周礼丘乘说》一卷，陈氏曰项安世撰一卷。"③ 对于《三礼图集注》，《宋史·艺文志》的记载与陈振孙所记载的书名有异，《直斋书录解题》卷二云："《三礼图》二十卷，国子司业太常博士河南聂崇义撰。自周显德中受诏，至建隆二年奏之。盖用旧图六本参定，故题〈集注〉，诏国学图于宣政殿后轩之屋壁，至道中改作于论堂之上，以版代壁。判监李至为之记。吾乡郡痒安定胡先生所并论堂图绘《三礼图》，当是依仿京监。嘉熙戊戌风水，堂坏，今不存矣。"④《郡斋读书志》卷二云："《三礼图》二十卷，右聂崇义周世宗时被旨纂辑，以郑康成、阮湛等六家图刊定。皇朝建隆二年奏之，赐紫绶犀带，奖其志学。窦俨为之序，有云：周世宗暨今皇帝，恢尧舜之典则，总夏商之礼文。命崇义著此书，不以世代迁改，有所抑扬，近古云。"⑤ 马端临的经籍考八对于《三礼图》，也只是转述晁氏和陈氏的记述，未见歧义。此书是宋儒研究礼制的代表作之一，反映了宋儒在这一领域的研究水平，在宋代礼学史上占据着重要的地位。传本有《通志堂经解》本及《四库全书》本等。今人有丁鼎点校、解说本《新定三礼图》，校释以上海古籍出版社

① （清）叶昌炽：《语石》卷五，新世纪万有文库，辽宁教育出版社 1998 年版，第 139 页。

② （宋）陈振孙著，徐小蛮、顾美华点校：《直斋书录解题》，上海古籍出版社 1987 年版，第 45 页。

③ （元）马端临撰：《文献通考》，中华书局 1986 年版，第 1558 页。

④ （宋）陈振孙著，徐小蛮、顾美华点校：《直斋书录解题》，上海古籍出版社 1987 年版，第 50 页。

⑤ （宋）晁公武著，孙猛校证：《郡斋读书志校证》，上海古籍出版社 1990 年版，第 77—78 页。

1985 年 6 月影印宋淳熙二年刻本为底本，清华大学出版社 2006 年版。丁氏新校本书名，依今传世最早的刊本南宋淳熙二年（1175）镇江府学局蜀本重刻的《新定三礼图》。

《续修四库全书》未收的礼图类典籍，孙殿起的《贩书偶记》亦有载录，卷二云："《周官图说》六卷，静乐李锡书撰，嘉庆六年刊"（王锷的《三礼研究论著提要》专著周礼类云"今俱存佚不详"），"《井田图解》，无卷数四册，定阳徐兴霖撰，道光九年乃赓书屋刊。《井田图考》二卷，会稽朱克己撰，光绪庚寅山东书局刊。《凫氏为钟图说》一卷，遵义郑珍撰，光绪二十年贵筑高氏刊"，"《丧服郑氏学》十六卷图附，娄县张锡恭撰，民国戊午南林刘氏求恕斋刊"，"《韩氏三礼图说》二卷，元宁德韩信同撰，嘉庆十八年王氏麟后山房刻"。①《贩书偶记续编》卷二仪礼类中记："《古宫室图》一卷，附《古冠礼图》一卷，清中州吕宣曾撰，乾隆丁巳精刻。"②

《中国古籍善本书目》经部收载的礼图典籍有：《考工轮舆私笺》二卷附《图》一卷，清郑珍撰，清同治七年刻本。《乡射礼集要图说》一卷，明傅鼎撰，明弘治十七年刻本，今藏南京图书馆。《仪礼图》不分卷，清王绍兰撰，有任铭善、顾廷龙、王大隆跋，今藏上海图书馆。《宫室图说》四卷，清何济川撰，今藏国家图书馆。《群经宫室图》二卷，清焦循撰，其一今藏国家图书馆，其二今藏温州市图书馆。《五服图解》一卷，元龚端礼撰，今藏国家图书馆。

王锷的《三礼研究论著提要》于礼学著作收录最全，版本详细，存世之目尽收之，别的书未录的，王氏亦收。《三礼研究论著提要·专著、周礼类》记："《考工记图解》二卷，《经义考》卷一二九载有张鼎思书并云未见。《中国古籍善本书目·经部》载有明万历刻本，今藏浙江图书馆。又《西谛书目》云：'《考工记补图》一卷，明张鼎思撰，影抄明刊本，1 册，刘复跋。'今藏国家图书馆。"③ 以图释礼的书，其他志书、目录书未收的，《三礼研究论著提要》则从地方志等其他地方摘录出来。如："《考工记导读图译》，闻人军撰，刘昭民校订，台北明文书局 1990 年 12 月出版。……《冕弁冠服图》，元张顗撰，《江苏艺文志·扬州卷》载之，今佚。……《丧服图》，清陈天佑撰，《两浙著述考》据《杭州府志·艺文》载之，今存佚不详。……《礼记制度示掌图》，清王皓撰，《北京师范大学图书馆中文古

---

① 孙殿起：《贩书偶记附续编》，上海古籍出版社 1999 年版，第 27、28、30、34 页。

② 同上书，第 13 页。

③ 王锷：《三礼研究论著提要》（增订本），甘肃教育出版社 2001 年版，第 70 页。

籍书目》载之，今藏北京师范大学图书馆。”[①]

关于礼图类书籍，各个志书收录皆有所遗漏，本文意欲捡拾一二，以补学林，因学识所限，恐未如愿。

2011 年 10 月

① 王锷：《三礼研究论著提要》（增订本），甘肃教育出版社 2001 年版，第 113、169、183、355 页。

《左传》非《春秋》之传

《左传》与《春秋》的关系，历来多有争辩，今人多以为《左传》为《春秋》之传。《左氏》不传《春秋》，实不为本文之新意。汉人刘向、扬雄、班固、许慎皆以为经传别行，服虔更谓有传无经。北宋王安石因其不传《春秋》，且疑左氏非丘明矣。明清以后其说尤盛，但今人几乎都认为《左氏》为《春秋》之传，极少有人持相反意见。杨伯峻在《春秋左传注》前言部分认为《左传》是传《春秋》的，虽然《左传》直接解释经文的话比较少，但基本是必要的，《左传》有和《春秋》矛盾的地方，一般都是《左传》对《经》的纠正，《左传》有时还把几条相关的经文，合并写成一传。在杨伯峻谈论《左传》的一文中，列出了《左传》释经的几种方式：一是说明法，如隐公元年，《经》书："元年春王正月"，《传》书："元年春，王周正月，不书即位，摄也。"二是用事实补充，甚至说明《春秋》。三是订正《春秋》的错误。四是《春秋》经所不载的《左传》作者认为有必要写出来流传后代于是便有"无经之传"。[①] 杨伯峻先生说得固然有理，然笔者以为这样未免对传意理解过于宽泛，且又缺乏极令人信服的证据，因而不忙于下结论，还是同意前人提出的《左传》不传《春秋》的说法，《春秋》是史书，《左传》亦为史书，两者并行不悖。

《史记·十二诸侯年表序》云："孔子明王道，干七十余君，莫能用，故西观周室，论史记旧闻，兴于鲁而次《春秋》，上记隐，下至哀之获麟，约其辞文，去其烦重，以制义法，王道备，人事浃。七十子之徒口受其传指，为有所刺讥褒讳挹损之文辞不可以书见也。鲁君子左丘明惧弟子人人异端，各安其意，失其真，故因孔子史记具论其语，成《左氏春秋》。铎椒为楚威王传，为王不能尽观《春秋》，采取成败，卒四十章，为《铎氏微》。赵孝成王时，其相虞卿上采《春秋》，下观近势，亦著八篇，为《虞氏春秋》。吕不韦者，秦庄襄王相，亦上观尚古，删拾《春秋》，集六国时事，

---

① 杨伯峻：《春秋左传注》，中华书局 1981 年版。

以为八览、六论、十二纪，为《吕氏春秋》。及如荀卿、孟子、公孙固、韩非之徒，各往往捃摭《春秋》之文以著书，不可胜纪。汉相张苍历谱五德，上大夫董仲舒推《春秋》义，颇著文焉。太史公曰：儒者断其意，驰说者驰其辞，不务综其终始；历人取其年月，数家隆于神运，谱牒独记世谥，其辞略，欲一观诸要难。于是谱十二诸侯，自共和讫孔子，表见《春秋》、《国语》学者所讥盛衰大指著于篇，为成学治古文者要删焉。”① 此语出于武帝之世，今古文之争尚未兴起以前，从这里可以看出，《春秋》实为信史，各国史书以后多依《春秋》而传著。杨伯峻在《春秋左传注》中说：“《春秋》本是当时各国史书的通名，所以《国语·晋语七》说：‘羊舌肸习于《春秋》’。《楚语上》也说：‘教之《春秋》’。《墨子·明鬼篇》也曾记各国鬼怪之事，一则说：‘著在周之《春秋》’；二则说：‘著在燕之《春秋》’；三则说：‘著在宋之《春秋》’；四则说：‘著在齐之《春秋》’。《隋书·李德林传》载其《答魏收书》也说：‘墨子又云：吾见百国《春秋》。’”（今本无此文，孙治让《间诂》辑入《佚文》中）。《春秋》虽为各国史书之通名，但现在流传的《春秋》为鲁之《春秋》是无疑的。史书之名《春秋》者，盖因古人观自然变化之理，取其平均、公平之理。南怀瑾在《论语别裁·为政第二》中认为：中国的文化是自天文来的——我们知道一年四季的气候是不平均的，冬天太冷，夏天太热。讲昼夜，白昼在冬天太短，在夏天太长，都不平均。只有春天二月间和秋天八月间，“春分”“秋分”两个节气，就是在经纬度上，太阳刚刚走到赤道中间的时刻，白昼黑夜一样长，气候不冷不热很温和，所以称历史为春秋。这就是中国的历史学家，认为在这一个时代当中，社会、政治的好或不好，放在这个像春分秋分一样平衡的天平上来批判。拿现在的观念来说，称一下你够不够分量，你当了多少年皇帝，对得起国家吗？你做了多少年官？对得起老百姓吗？都替你称一称。历史上叫作“春秋”就是这个道理。② 其实，从本质上来说，春秋就是公正的意思。南怀瑾说得很通俗，即史书之名春秋，实乃取之自然的一年中春分秋分昼夜之平衡。也有人认为：中国自古以农业立国，春种秋收。史学家认为历史是由一系列事件组成的，而每个事件都有其原因和结果，一个事件的起因常常是另一个事件的结果，所以事件的起因相当于春播，事件的结果相当于秋收，故以历史名之“春秋”。

既然我们已肯定《春秋》确实为鲁之史书，再看一下它与《左传》

---

① （汉）司马迁撰，（宋）裴骃集解，（唐）司马贞索隐，（唐）张守节正义：《史记》（全十册）第二册，中华书局1959年版，第509—511页。

② 南怀瑾：《论语别裁·为政》，复旦大学出版社1990年版，第66页。

的起始关系。朱东润在《左传选》前言中讲到《左传》作者及其时代问题时说："在刘歆提出《左传》这个名称以前，这部书的原名是什么？《史记·十二诸侯年表序》在叙述孔子作《春秋》以后，说起：鲁君子左丘明惧弟子人人异端，各安其意，失其真，故因孔子史记具论其语，成《左氏春秋》。这就是说，这本书的原名是《左氏春秋》，作者是左丘明，作品是和鲁《春秋》并行的历史记载，但是却没有肯定这只是鲁《春秋》的解释。近代康有为《新学伪经考》指出这部书是《国语》的一部分，刘歆把这一部分抽出来配合鲁《春秋》加上解经的语句，成为《春秋左氏传》，而把其余的部分保留下来，仍称《国语》。解经的语句，很可能不是《左氏春秋》的原文，但康有为所说的《国语》和《左传》的关系，还是没有被普遍接受。"[①]《左氏春秋》转手为《春秋左氏传》，始于刘歆，徐仁甫在《左传疏证》一书中，通过大量的论证，得出《左传》为刘歆所作，而托之左丘明而已。此结论虽不敢苟同，但《左传》之名始于刘歆，实为不诬。刘歆在《七略》中已明白说出："鲁恭王坏孔子宅，得古文于坏壁之中，《逸礼》有三十九篇，《书》十六篇，及《春秋左氏》丘明所修，藏于秘府，伏而未发。孝成皇帝陈发秘藏，校理旧文，得此三事。"《左传》与《春秋》为自成体系的史书。韩席筹在《左传分国集注》序中说："夫经传同出于国史，史之所记，有简有策，简书其目，而策详其事，一献王朝，一藏本国，一布诸侯，谓之三策。孔子所修者简书也，左氏所修者策书也，其原虽同，而独具首尾，实未尝附于《春秋》之义，后人分经比传，增设条例，强以为传《春秋》名为尊之，实则诬之，左氏不任其咎也。"[②] 晋王接说："《左氏》辞义赡富，自是一家书，不主为而发。"（《晋书》卷五列传第二十一《王接传》）北宋刘安世说："《左氏传》于《春秋》所有者或不解《春秋》所无者，或自为传，读《左传》者，当经自为经，传自为传，不可合而为一也，然后通矣。"（马永卿《元城语录》卷中）[③] 持经传各自为书者，见解虽好，多

① 朱东润：《左传选》，上海古典文学出版社 1956 年版，第 3 页。

② 韩席筹编注：《左传分国集注》（全二册），江苏人民出版社 1963 年版。

③ 马永卿，北宋大观三年进士。刘安世谪亳州，寓永城，永卿为永城主簿，因往求教。永卿追录安世语为《元城语录》三卷，附铁汉楼记一篇。刘安世，大名（今属河北）人，字器之，学者称"元城先生"，因称所创学派为"元城学派"。幼以其父仲通与司马光为同年至交，即前往拜师学道。熙宁初年，进士及第，但不就选，仍回到司马光身边，从学儒家经典。问及"尽心行己之要，可以终身行之者"，司马光答之以"诚"，并说求"诚"须自不妄语开始。安世自此力行七年，多有所得，又与颜岐、石子植、韩抃则、陈瓘等往来甚密，多受教益，因创以笃信力行为特点的儒家学派。《元城语录》，今见《丛书集成本》单行本，商务印书馆 1939 年版。

没有详细论证。张西堂在给清人刘逢禄《左氏春秋考证》所作《序》中说："原来《左氏春秋》这一部书根本与《春秋》没有关系；在《史记·儒林传》里，根本就只有《公》、《谷》两家，没有《左氏》。《史记·太史公自序》和《报任安书》，都只说'左丘失明，厥有《国语》'。"[①] 在赵光贤在《左传编撰考》一文中，从《左氏传》本书中提出论据，以证《左传》是一部独立于《春秋》经之外的史书，下面看一下他的论证过程。

一、如果《左传》本来是解释《春秋》的书，那么，《春秋》所有的记事，《左传》也应该都有，反之《春秋》所无的，《左传》也应该无，但事实并不是这样，常常是有经无传，或有传无经，这种情况全书中处处可见。以桓公、庄公为例。如桓公八年，经有六条，只一条有传。庄二十二年，经五条，只一条有传。庄二十三年，经有十条，只二条有传。庄二十六年，经五条，无一条有传，传有三条，经全无。尤其是庄二十六年，经传全无关系，像这样的情况很难让人相信《左传》是为《春秋》而作的。

二、《左传》中很多重要记事，全都不见之于经。如晋之始强，自曲沃武公伐晋，献公吞并各小国，直到文公称霸，楚国自武王侵略汉东诸国，直到城濮之战以前，两大国的发展是春秋重要史事，经几乎全无记载，而传载之详尽，还有许多著名的故事，如曹刿论战、宫之奇谏假道等等，皆为经所无。这些故事当另有出处，《左传》编者把它们编辑成书，并不是非要附于《春秋》不可，因为这些东西是可以独立存在的。后来有人把这本书改编为解释《春秋》的书，对于经无传有的记事，创立一个"不书"的体例，而加以多种解释。这在隐、桓、庄、闵、僖为多，后来因为经所无的太多，实在无法一一解释，索性就不加解释了。如果《左传》本来是为释《春秋》而作，这些为经所无的记事本来可以不写，何必创立"不书"之例？既然有"不书"之例，为什么后来对于许多经所无的事又不一一说明为什么"不书"，这不是自乱其例吗？

三、假如《左传》本来就是为释《春秋》而作，那么经文与传文记事当一致，可是，我们看到互相抵牾之处，不可枚举。从历法上看，《春秋》基本上用周正，《左传》则依史料的不同，有的用周正，有的用殷正，有的用夏正，这样记事往往有差别。

四、从同记一事而文字有不同来看，也能说明《春秋》、《左传》本

① 顾颉刚编：《古籍考辨丛刊》第一集，社会科学文献出版社2010年版，第418页。

非一书。如隐五年：经书“公矢鱼于棠”，传书“公将如棠观鱼”。庄六年：经书“宋人来归卫俘”，传书“齐人来归卫室”等。

赵光贤的论证所得出的结论就是《左传》原系杂采各国史书而成，最初不过是一种史事汇编的性质，并非编年之史，原是一部独立的书，与《春秋》无关。①

《左传》原本肯定不是现在流传的本子，在长时间的流传过程中，必有所增删、杂人，以合时人之口味。朱东润认为，《左传》在由《左氏春秋》转手为《春秋左氏传》的时候插入了解经的语句，这件工作是不是刘歆一人所为，姑且不管，但是有时因插入经解，以致文章的上下语气不贯，这是显然的事实，有的选本索性把经解删去，文义更觉流畅。所以，朱东润在他的《左传选》中，对于解经的语句就另用仿宋字排印，以示有别，同时又保存了《左传》的本来面目。梁宽、庄适在他们选注的《左传》（学生国学丛书）中，在注解时则干脆把《左传》里面解经的语句删去，意以不信《左传》为释《春秋》之书。他们还认为《左传》即使有解经语句，也是多违背经义，从这里可以看出《左传》是经多人之手，为了把这部独立的史书依附于《春秋》经，强行加入一些解经的语句，从而破坏了本书的独立风格，使得文气难以贯通。② 赵光贤在《左传编撰考》中，专就这个问题进行论证，他认为《左传》分记事与解经两部分，解经的话是后加的，记事部分是《左传》的原本，解经部分包括评论在内，是以后加进去的，经过改编之后，这两部分常常紧密地结合在一起，有时往往难以分开，但只要仔细研究还是可以分开的。我们拿《左传》中的一段话即可证明。如隐元年，“五月辛丑，大叔出奔共。书曰：‘郑伯克段于鄢’。段不弟，故不言弟。如二君，故曰克，称失教也，谓之郑志，不言出奔，难之也。遂置姜氏于城颍”。这里可以明显地看出“书曰”至“难之也”为解经语，去掉这一段话，行文就自然流畅了，这段解经的语句无疑是后人所加的，非原文所有。“僖二年，经：‘虞师晋师灭下阳’。传：晋荀息请以屈产之乘与垂棘之壁假道于虞以伐虢，虞公许之，且请先伐虢。宫之奇谏，不听，遂起师。夏，晋里克、荀息帅师伐虢，灭下阳。先书虞，贿故也”，此节的“先书虞，贿故也”是解经文“虞师晋师灭下阳”一句的，这显然是后人附加的，要不然怎么会和传的纪事相矛盾呢？赵光贤对于传中解经有详细论证，他认为《左传》虽然在战国中叶成书，但在传授中可能也有经师的话附入，特别是那些凡例，

① 赵光贤：《古史考辨》，北京师范大学出版社 1987 年版。

② 梁宽，庄适选注：《左传选》，商务印书馆 1947 年版。

晚出的可能性更大。有人把这些凡例归之于杜预，对杜大加攻击，如清之焦循的《左传补疏》攻击最有力，但也没有明确的证据，不过是推测之词而已。这足以说明《左传》的解经部分也不都是一时一人之所为。

《吕思勉读史札记》在《左氏不传春秋》一文中说："谓《左氏》记事与经相附，是也，然记事与经相附，不可遂为之传也。传自当以解经为主，而所谓解经，非必句梳字栉，但凡言义理皆是，且尤为可贵。伏生《书传》正是其例。《左氏》记事，以鲁为主，盖其书与《不修春秋》同出于鲁人，抑或本与《国语》为一书。刘歆析为编年，而改其语气也。以隐公为始，似与《春秋》相附矣，然则何不以获麟为终乎？又安知鲁之有史，或其史之纪年，非始于隐公乎？"[①] 《春秋繁露·重政篇》说："夫义出于经，经传大本也。"凌曙注曰："逸雅：经，径也，如径路无所不通，可常用也。传，传也，以传后人也。《博物志》：圣人制作曰经，贤人著述曰传。《孔丛子》：经者，取其可常也，可常则为经矣。鲁之《史记》曰：《春秋经》，因以为名焉。"传之本义在于阐发义理，使人明其经义之微，况且，我们知道春秋时代的历史叙述方法，大多偏重于本国。《春秋》以鲁为中心，周东迁后，以晋为中心，三家分晋后，以魏为中心。独《左传》不单以一国为中心，将当时几个主要的文化国平均叙述。[②]《左传》的特点就是将春秋时期各国的进展情形，作一综合的研究。所以它是综合各国史料汇编而成，加上许多历史故事，编集成一部独立的史书。

前面在《史记·诸侯年表》引文中，知道了《春秋》为信史，《左传》也是人所共知的史书，那么它的真伪到底如何？刘逢禄、康有为等皆以《左传》为伪，是刘歆把《国语·鲁隐迄哀悼间》这一部分抽出，改为编年体，加上一些解经的语句，谓之《春秋左氏传》，其余无比附的，把它剔出来，仍其旧体例，谓之《国语》。勇于疑古的考据家，更以为《左传》完全是刘歆捏造出来的，或者是汉初的学者创作的。由前说《左传》虽经刘歆窜乱，仍不失之为汉以前或焚书以前的真实史料，由后说《左传》简直是一部伪书，它本身的价值会因此而消失许多。后说之所以不能成立，理由：一、春秋二百余年的事，后人绝不会有全部捏造的力量；即使刘歆或当时的学者，由一些口传的故事，把它记录下来，也不可能组织得如《左传》那么有条贯而精密。二、司马迁的《史记》中所

---

① 吕思勉：《吕思勉读史札记》，上海古籍出版社1982年版。

② 《左传》虽称鲁为"我"，他国人之谓鲁曰"来"，但其叙述史实，晋国最多，楚次之，鲁又次之；而《春秋》叙述鲁事，占全书百分之二十四。

引《左传》之文甚多，良史马迁绝不会引用与自己时代差不多人所作的伪书，且《史记》引《左传》文时常把一些艰深的语句改成浅易的语句，如《左传》昭公二十七年，“我尔身”一句，《史记》改为“我身子之身也”。足见两书时代之先后。何况自秦焚书以后，学术界凋零不堪，从汉初至司马迁数十年间，断不会产生能写出一本如《左传》这样伟大著作的人才，所以，可以肯定《左传》是秦以前的真实史料。

那么，刘逢禄、康有为等人的观点有无可信度呢?①《汉书》卷三十六刘歆本传云：“歆校秘书见古文《春秋左氏传》，歆大好之。……初，《左氏传》多古字古言，学者传训故而已，及歆治《左氏》，引传文以解经，转相发明，由是章句义理备焉。……歆亲近，欲建立《左氏春秋》，……哀帝令歆与五经博士讲论其义，诸博士或不肯置对，歆因移书太常博士责让之。……是时名儒光禄大夫龚胜，以歆移书，上疏深自罪责，愿乞骸骨罢。”② 从刘歆传中知刘歆引传以解经转相发明，可能是在引传文时和转相发明时有窜传文的情况，且当时的太常博士，宁可不做官而不承认《左传》是解释《春秋》的书。争论如此激烈，想必是刘歆干了一件学术上的缺德事。这样看来，刘、康的主张也不无缘由。从这里也可以看出，解经的语句是刘歆窜入的，所以，汉儒说：“《左氏》不传《春秋》”。

梁宽、庄适在《左传》序文中说：“孔子的《春秋》终于获麟，真正解释《春秋》的《公羊传》和《谷梁传》亦终于获麟，独《左传》终于鲁哀公二十七年后《春秋》的终期十三年。可见《左传》与《公》、《谷》性质之不同：就文字而论，《公》、《谷》里边除了少数的叙事之外，多为‘……者何……也’，而《左传》却为叙事文体，由此更见《左传》与句诠字释《春秋》的《公》、《谷》二传不同；《左传》即有解经的语句，每多违背经义，至如有传无经或有经无传，所在皆有，《左传》作者如以解释《春秋》为作《左传》的对象，断不至如此空疏。近人陈澧等，知刘歆牵强地加上几句‘段不弟故不言弟’一类的语句，不足令《左传》与《春秋》发生关系，便曲说谓传释《春秋》之法有二：一是

① 刘逢禄、康有为关于《左氏》不传《春秋》的论证，俱见顾颉刚编的《古籍考辨丛刊》第一集（社会科学文献出版社 2010 年版）。在刘逢禄的《左氏春秋考证》后附一有康有为的《汉书艺文志辨伪（《春秋》）》，本文在《新学伪经考》卷三上。附录二是崔适的《〈史记〉探源》（节录），亦证《左氏》不传《春秋》。附录三是崔适的《〈春秋〉复始》，继续从各个角度来证明二书为各行之史书，不存在经传之关系。刘氏实事求是，无虚言以取宠。

② （汉）班固撰，（唐）颜师古注：《前汉书》，中华书局 1998 年版（据 1936 年版《四部备要》缩印），第 654—655 页。

传《春秋》之义，一是传《春秋》之事。前者以《公羊》、《谷梁》代表之，后者以《左传》为代表，果如陈氏所说，左传的终止期后《春秋》十三年又何以解释？有传无经，有经无传，又何以解释？此亦《左传》与《春秋》各别之一说。

研究《左传》与《春秋》的关系，分清了两者是各自独立的史书，并无依附关系，丝毫不会减损或降低《左传》的历史价值和文学价值，证明《左传》不传《春秋》，并不是割断了二者的联系，而是要在不传《春秋》的前提下，探讨它们之间的关系，这样会更利于研究工作。

1996 年 10 月

《汉书》引经勘比

汉代使儒家经典上升到独尊的地位，将五经立为官学，也就是“将为学与为官、治学与治国、儒者与官绅通过学而优则仕而关联起来”①。作为文学的《诗》，在当时被视为官方的意识形态，对之作了道德性的阐释。班固生活在浓厚的经学氛围中，其《汉书》中仅就征引《诗经》篇目初步计算有90多篇，引用频率达200多次。关于《汉书》引《尚书》380例，台湾周少豪的《〈汉书〉引〈尚书〉研究》一书有专门研究。② 周少豪按引文性质分为十八章，每章各列若干条每条首列《尚书》文辞，顶格书之。次附《汉书》引《尚书》之文，亦顶格书之，唯字体较小。后附《汉书》注文，低一格书之。末尾附以结论。本书价值在于“谨按”部分，主要探究《汉书》所引《尚书》之时代背景、缘由以及所引《尚书》文字与今本之异同。这在《汉书》的引经研究中更为细致，亦颇具特色。班固引经内容，有些是意引，有些是化引，但更多的是直接引用，本文所考察的只是后者，所用比较版本以《四库备要》和阮刻《十三经注疏》本为主。《汉书》引用的“五经”篇目，有些与今流行本文字完全相同，有些稍有差异，有些则为今流行本所无的逸诗。逐一对其勘比考释，可见东汉流传“五经”本子与今本之出入，对其进行梳理有一定的文献学价值。

《纪》对经书的征引

卷六　武帝纪第六

〇《易》曰：“通其变，使民不倦。”

---

① 姜广辉主编：《中国经学思想史》（第二册），中国社会科学出版社2003年版，第129页。

② 潘美月、杜洁祥主编：《古典文献研究辑刊》四编第12册，周少豪：《汉书》引《尚书》研究，花木兰文化出版社2007年版。

此句出自《周易·系辞上》，与今本文字相同。

〇《诗》云："九变复贯，知言之选。"

颜师古《汉书注》曰："应劭曰：逸诗也。"① 这里为《汉书》引逸诗，体裁为四古。原文为："四牡翼翼。以征不服。亲省边陲。用事所极。九变复贯。知言之选。"②

〇《诗》云："忧心惨惨，念国之为虐。"

此句出自《诗·小雅·正月》中有："鱼在于沼，亦匪克乐。潜虽伏矣，亦孔之炤。忧心惨惨，念国之为虐！"郑玄《笺》曰："惨惨，犹戚戚也。"

卷八 宣帝纪第八

〇《诗》不云乎？"无德不报"。

《诗·大雅·荡之什·抑》中有："无易由言，无曰苟矣，莫扪朕舌，言不可逝矣。无言不仇，无德不报。惠于朋友，庶民小子。子孙绳绳，万民靡不承。"

〇《书》不云乎？"凤皇来仪，庶尹允谐。"

《尚书·虞书·益稷》中言："鸟兽跄跄；箫韶九成，凤皇来仪。夔曰：于！予击石拊石，百兽率舞。庶尹允谐，帝庸作歌。"

〇《书》不云乎？"虽休勿休，祇事不怠。"

《全上古三代文》〔清〕严可均辑：周公曰："虽休勿休，祇事不怠。"既渡，至于五日，有火自上复于下，至于王屋，流为雕，其色赤，其声魄。五至以谷俱来。武王喜，诸大夫皆喜。周公曰："茂哉茂哉。天之见此，以劝之也。"恐恃之，使上，附以周公书，报诰于王，王动色变。八百诸侯不召自来，不期同时，不谋同辞，皆曰："纣可伐矣。"王曰："尔未知天命，未可伐。"乃还师归。（《尚书大传》、《史记·周本纪》、《齐太公世家》，《汉书·董仲舒传》、《书·太誓序疏》引马融《书序》，《诗·大明疏》、《思文疏》、《宫疏》、《周礼·太祝疏》、《春秋繁露·同类相动篇》、《白虎通·爵篇》、《楚词·天问》注，《文选·幽通赋》旧注、《艺文类聚》十六、《御览》一百四十六）。今本《尚书·周书·吕刑》篇仅有"虽休勿休"一句。

〇《诗》云："率礼不越，遂视既发。相土烈烈，海外有截。"

---

① （汉）班固撰，（唐）颜师古注：《前汉书》，中华书局据 1998 年版，第 66 页。

② 清代郝懿行《郝氏遗书》中有《诗经拾遗》一卷，辑录较为完备。今人则有逯钦立辑校的《先秦汉魏晋南北朝诗》卷六《先秦诗》为逸诗，收录亦为详备。张西堂、张启成有专文考辨，见《西北大学学报》1958 年第 1 期、《贵州文史丛刊》1984 年第 1、3 期。

引自《诗经·商颂·长发》中的诗句。今本《诗经》为“率履不越，遂视既发。相士烈烈。海外有截。”①

卷九 元帝纪第九

〇《书》不云乎？“股肱良哉，庶事康哉！”

出自《尚书·益稷》：“乃赓载歌曰：元首明哉，股肱良哉，庶事康哉。”与今本同。孔安国《传》曰：“帝歌归美，股肱义未足，故续歌先君后臣众事，乃安以成其义。”②

〇《诗》不云乎：“凡民有丧，匍匐救之。”

出自《诗·邶风·谷风》：“凡民有丧，匍匐救之。”郑玄《笺》：“匍匐，言尽力也。”《汉书》所引与今本相同。《后汉书·章帝纪》：“盖君人者，视民如父母，有憯怛之忧，有忠和之教，匍匐之救。”唐刘知几《史通·暗惑》：“居里巷者犹停舂相之音，在邻伍者尚申匍匐之救。”

〇《诗》不云乎？“今此下民，亦孔之哀！”

今本《诗经·小雅·十月之交》：“十月之交，朔月辛卯。日有食之，亦孔之丑。彼月而微，此日而微；今此下民，亦孔之哀。”《汉书》所引与此同。

〇《诗》不云乎？“民亦劳止，迄可小康，惠此中国，以绥四方。”

《诗经·大雅·民劳》云：“民亦劳止，迄可小康，惠此中国，以绥四方。”毛传释曰：“中国，京师也。”《孟子·万章》讲到舜深得民心、天意，“夫然后之中国，践天子位。”这些用例的“中国”，均指居天下之中的都城，即京师，诚如刘熙为《孟子》作注所说：帝王所都为中，故曰中国。

〇传不云乎？“百姓有过，在予一人。”

《论语》第二十篇《尧曰》云：“虽有周亲，不如仁人。百姓有过，在予一人。”与今本同。

卷十 成帝纪第十

〇《书》云：‘惟先假王正厥事。’

《尚书·高宗肜日》：“惟先格王正厥事。”《汉书》为“假”字，今本《尚书》为“格”字。《四部备要》本作“假”，唐颜师古注曰：“假，至也。言先古至道之君，遭遇灾变，则正其行事，修德以应之。”

---

① 朱熹：《诗集传》为：“率履不越，遂视既发。相士烈烈。海外有截。”朱熹在注中说：“履，礼。”《十三经注疏》本《毛诗正义》中亦为“率履不越”，《正义》曰：“履，礼，释言文。”率履：遵循礼法。履，“礼”的假借。

② （清）阮元校刻：《十三经注疏》（附校勘记），中华书局1980年版，第144页。

○故《书》云："黎民于蕃时雍。"

《尚书·尧典》为："黎民于变时雍。"应劭曰："言众民于是变化，用是太和也。"意为由于尧的教化，人民变得和睦起来。

○《书》不云乎？"服田力啬，乃亦有秋。"

《尚书·盘庚》曰："若纲在纲，有条而不紊。若农服田力穑，乃亦有秋。"孔颖达《正义》曰："紊是丝乱，故为乱也。稼穑相对，则种之曰稼，敛之曰穑。穑是秋收之名，得为耕获总称，故云穑耕稼，下承上则有福，福谓禄赏。"①

○《书》不云乎？"即我御事，罔克耆寿，咎在厥躬。"

《尚书·周书·文侯之命第三十》曰："即我御事，罔或耆寿俊在厥服，予则罔克。曰惟祖惟父，其伊恤朕躬！"② 班固所引，与今本尚书差异较大。宋《册府元龟》卷一百六十一帝王部·命使，所引与《汉书》同。

○夫"过而不改，是谓过矣。"

《论语·卫灵公》篇第十五："子曰：过而不改，是谓过矣。"

○《诗》不云乎？"赫赫师尹，民具尔瞻。"

《诗经·小雅·节南山》曰："节彼南山，维石岩岩。赫赫师尹，民具尔瞻。"节：高峻貌。岩岩：积石貌。师：太师。周三公之官，职掌兵权，类似大帅。具：俱。

卷十一　哀帝纪第十一

○《春秋》："母以子贵"。

《公羊传·隐公元年》："桓何以贵？母贵也。母贵则子何以贵？子以母贵，母以子贵。"③《左传·隐公元年》中并无此语。

○《诗》云："谷则异室，死则同穴。"

《诗经·王风·大车》："谷则异室，死则同穴；谓予不信，有如皦日。"朱熹《诗集传》释曰："谷，生；穴，圹。"④

卷十二　平帝纪第十二

○传不云乎？"君子笃于亲，则民兴于仁。"

《论语·泰伯》："子曰：恭而无礼则劳，慎而无礼则葸，勇而无礼则乱，直而无礼则绞。君子笃于亲，则民兴于仁；故旧不遗，则民不偷。"⑤

---

① （清）阮元校刻：《十三经注疏》（附校勘记），中华书局1980年版，第169页。

② 同上书，第254页。

③ 同上书，第2197页。亦见新世纪万有文库《春秋公羊传》，辽宁教育出版社1997年版，第1页。

④ （宋）朱熹：《诗集传》，凤凰出版社2007年版，第54页。

⑤ 杨伯峻：《论语译注》（中国古典名著译注丛书），中华书局1980年版，第78页。

《表》对经书的征引

卷十四 诸侯王表第二

○《诗》载其制曰："介人惟藩，大师惟垣。大邦惟屏，大宗惟翰。怀德惟宁，宗子惟城。毋俾城坏，毋独斯畏。"

《诗经·大雅·板》："价人维藩，大师维垣，大邦维屏，大宗维翰。怀德维宁，宗子维城。无俾城坏，无独斯畏。"① 在《四部备要》本后两句中的"毋"字，在《十三经注疏》本作"无"字。

卷十五上 王子侯表第三上

○《诗》云："文王孙子，本支百世。"

出自《诗·大雅·文王》："文王孙子，本支百世。"毛传："本，本宗也；支，支子也。"郑玄笺："其子孙适为天子，庶为诸侯，皆百世。"

卷十七 景武昭宣元成功臣表第五

○《诗》云"徐方既俫"。

《诗经·大雅·常武》："徐方既来"。《四部备要》本作"俫"字，《十三经注疏》本作"来"字。

卷二十 古今人表第八

○孔子曰："若圣与仁，则吾岂敢?"又曰："何事于仁，必也圣乎!"，"未知，焉得仁?"，"生而知之者，上也；学而知之者，次也；困而学之，又其次也；困而不学，民斯为下矣。"又曰："中人以上，可以语上也。"，"唯上智与下愚不移。"传曰：譬如尧、舜，禹、稷、卨与之为善则行，鲧、讙兜欲与为恶则诛。可与为善，不可与为恶，是谓上智。桀、纣，龙逢、比干欲与之为善则诛，于莘、崇侯与之为恶则行。可与为恶，不可与为善，是谓下愚。齐桓公，管仲相之则霸，竖貂辅之则乱。可与为善，可与为恶，是谓中人。

《论语·述而》子曰："若圣与仁，则吾岂敢？抑为之不厌，诲人不倦，则可谓云尔已矣。"公西华曰："正唯弟子不能学也。"

《论语·雍也》子曰："何事于仁，必也圣乎！"

《论语·公冶长》子曰："未知，焉得仁?"

《论语·季氏》孔子曰："生而知之者，上也；学而知之者，次也；

① 《十三经注疏》(附校勘记)，中华书局1980年版，第550页。

困而学之，又其次也；困而不学，民斯为下矣。”

《论语·雍也》子曰：“中人以上，可以语上也；中人以下，不可以语上也。”

《论语·阳货》子曰：“唯上智与下愚不移”。

颜师古曰：“传，谓解说经义者也。”[①]

《志》对经书的征引

卷二十一上 律历志第一上

〇《虞书》曰“乃同律度量衡”，所以齐远近，立民信也。自伏羲画八卦，由数起，至黄帝、尧、舜而大备。三代稽古，法度章焉。周衰官失，孔子陈后王之法，曰：“谨权量，审法度，修废官，举逸民，四方之政行矣。”

《尚书·虞书·舜典》：“协时月正日，同律度量衡。”[②]《前汉书》卷二十一上注：“师古曰：虞书，舜典也。”[③]

《论语·尧曰》：“谨权量，审法度，修废官，四方之政行焉。兴灭国，继绝世，举逸民，天下之民归心焉。”[④] 今人杨伯峻译注本与《四部备要》本次序不同，句子相同。《前汉书》卷二十一上注：“师古曰：此《论语》载，孔子述古帝王之政，以示后世。权，谓斤两也；量，斗斛也；法度，丈尺也；逸民，谓有德而隐处者。”[⑤]

〇《书》曰：“先其算命”。

班固所引，古文《尚书》并未收录。

〇《易》曰：“立天之道，曰阴与阳”，“立地之道，曰柔与刚”“‘乾’知太始，‘坤’作成物”，“立人之道，日仁与义”，“在天成象，在地成形”，“后以裁成天地之道，辅相天地之宜，以左右民”。

《易·说卦》：“是以立天之道曰阴与阳，立地之道曰柔与刚，立人之道曰仁与义。”与今本同。

《易·系辞上》：“在天成象，在地成形”，“乾知太始，坤作成物”

---

① （清）王先谦：《汉书补注》，上海古籍出版社十二册平装点校本，以清光绪二十六年（1900）王氏虚受堂刻本为底本，上海师范大学古籍整理研究所校勘、标点2009年版，第315页。

② （宋）蔡沈注，钱宗武、钱忠弼整理：《书集传》，凤凰出版社2010年版，第11页。

③ （汉）班固撰，（唐）颜师古注：《前汉书》，中华书局1998年版，第341页。

④ 杨伯峻译注：《论语译注》，中华书局1980年版，第208页。

⑤ （汉）班固撰，（唐）颜师古注：《前汉书》，中华书局1998年版，第341页。

与今本同。

《易·泰卦·象传》:“天地交，泰；后以财成天地之道，辅相天地之宜，以左右民。”《十三经注疏》本为“财”字，朱熹注《周易》曰:“财、裁同。”①

〇《易》曰:“参天两地而倚数。”

《易·说卦》:“参天两地而倚数。”与今本同。

〇《书》曰:“天功人其代之。”天兼地，人则天，故以五位之合乘焉，“唯天为大，唯尧则之”之象也。

《尚书·虞书·皋陶谟》:“天功，人其代之。”《潜夫论笺校正》曰:“功”程本作“工”，与今《书》同。忠贵篇亦作“工”。②

《论语·泰伯》:“子曰：大哉，尧之为君也。巍巍乎，唯天为大，唯尧则之。”③

〇《论语》云:“立则见其参于前也，在车则见其倚于衡也。”又曰:“齐之以礼。”

《论语·卫灵公》:“立则见其参于前也，在舆则见其倚于衡也。”④《四部备要》本作“车”，见《前汉书》影印本卷二十一上；今本《论语》作“舆”。

〇《诗》云:“尹氏大师，秉国之钧，四方是维，天子是毘，俾民不迷。”

《诗经·小雅·节南山》:“尹氏大师，维周之氐；秉国之钧，四方是维。天子是毗，俾民不迷。不吊昊天，不宜空我师。”《汉书》所引为《节南山》之第三章前五句，且没按顺序征引。

〇《书》曰:“予欲闻六律、五声、八音、七始咏，以出内五言，女听。”

颜师古注曰:“《虞书·益稷》篇所载舜与禹言。”今《尚书·益稷》为:“予欲闻六律五声八音，在治忽，以出纳五言，汝听。”蔡沈注曰:“汝听者，言汝当审乐而察政治之得失者也。”⑤

〇《书》曰:“乃命羲、和，钦若昊天，历象日月星辰，敬授民时”，“岁三百有六旬有六日，以闰月定四时成岁，允厘百官，众功皆美。”

---

① (宋) 朱熹注，李剑雄标点:《周易》(《十大古典哲学名著》丛书)，上海古籍出版社1995年版，第49页。

② (汉) 王符撰，(清) 汪继培笺:《潜夫论笺校正》本训第三十二，中华书局1985年版。

③ 杨伯峻译注:《论语译注》，中华书局1980年版，第83页。

④ 同上书，第162页。

⑤ (宋) 蔡沈注，钱宗武、钱忠弼整理:《书集传》，凤凰出版社2010年版，第34页。

《虞书·尧典》曰："乃命羲和，钦若昊天，历象日月星辰，敬授民时"，"帝曰：咨！汝羲暨和。期三百有六旬有六日，以闰月定四时，成岁。允厘百工，庶绩咸熙"。经比对，《四部备要》本的《汉书》和《尚书》今本字句上小有出入。

〇《易》金、火相革之卦曰"汤、武革命，顺乎天而应乎人"，又曰"治历明时"。

《全汉文》卷四十一所引与《汉书》同。颜师古注曰："离下兑上，故云金火相革，此《革卦·象辞》。"

《易·革卦·象辞》曰："泽中有火，君子以治历明时。"

〇《春秋》刺"十一月乙亥朔，日有食之"。《经》曰："冬十月朔，日有食之。"《传》曰："不书日，官失之也。天子有日官，诸侯有日御，日官居卿以底日，礼也。日御不失日以授百官于朝。"言告朔也。元典历始曰元。《传》曰："元，善之长也。"共养三德为善。又曰："元，体之长也。"《传》曰："天六地五"，数之常也。《传》曰："龟，象也。筮，数也，物生而后有象，象而后有滋，滋而后有数。"

《左传·襄公二十七年》："十一月乙亥朔，日有食之。"①

《左传·桓公十七年》："冬十月朔，日有食之。不书日，官失之也。天子有日官，诸侯有日御，日官居卿以底日，礼也。日御不失日，以授百官于朝。"②

《周易·文言传》："元者，善之长也"，"君子体仁，足以长人"。

《周易·系辞上》："天六，地五。"《国语·周语》："天六地五，数之常也。经之以天，纬之以地。"

《左传·僖公十五年》："龟，象也；筮，数也。物生而后有象，象而后有滋，滋而后有数。"③

〇故《易》曰："天一地二，天三地四，天五地六，天七地八，天九地十。天数五，地数五，五位相得而各有合。天数二十有五，地数三十，凡天地之数五十有五，此所以成变化而行鬼神也。"

《易·系辞传》曰："天一地二，天三地四，天五地六，天七地八，天九地十。天数五，地数五，五位相得而各有合。天数二十有五，地数三十，凡天地之数五十有五，此所以成变化而行鬼神也。"

〇《传》曰："先王之正时也，履端于始，举正于中，归余于终。履

① 杨伯峻前言，蒋冀骋标点：《左传》，古典名著普及文库，岳麓书社 1988 年版，第 244 页。

② 同上书，第 26 页。

③ 同上书，第 65 页。

端于始，序则不愆；举正于中，民则不惑；归余于终，事则不誖。”此圣王之重闰也。

《左传·文公元年》：“于是闰三月，非礼也。先王之正时也，履端于始，举正于中，归余于终。履端于始，序则不愆。举正于中，民则不惑。归余于终，事则不悖。”①

○《春秋》曰：“举正于中。”又曰：“闰月不告朔，非礼也。闰以正时，时以作事，事以厚生，生民之道于是乎在矣。不告闰朔，弃时正也，何以为民?”故善僖“五年春，王正月辛亥朔，日南至，公既视朔，遂登观台以望，而书，礼也。凡分、至、启、闭，必书云物，为备故也”。

《左传·文公六年》：“闰月不告朔，非礼也。闰以正时，时以作事，事以厚生，生民之道，于是乎在矣。不告闰朔，弃时政也，何以为民?”②

《左传·僖公五年》：“五年春，王正月辛亥朔，日南至，公既视朔，遂登观台以望，而书，礼也。凡分、至、启、闭，必书云物，为备故也。”③

○故曰：“制礼上物，不过十二，天之大数也”。《经》曰：“春，王正月”，《传》曰：周正月“火出，于夏为三月，于商为四月，于周为五月。夏数得天”。传曰“天有三辰，地有五行”，然则三统五星可知也。

《左传·哀公七年》：“周之王也，制礼，上物不过十二，以为天之大数也。”④

《左传·昭公十七年》：“火出，于夏为三月，于商为四月，于周为五月。夏数得天。”⑤

《左传·昭公三十二年》：“天有三辰，地有五行。”⑥

○《易》曰：“参五以变，错综其数。通其变，遂成天下之文；极其数，遂定天下之象。”

《易·系辞上》：“参伍以变，错综其数。通其变，遂成天下之文；极其数，遂定天下之象。”⑦

卷二十一下　律历志第一下

---

① 杨伯峻前言，蒋冀骋标点：《左传》，古典名著普及文库，岳麓书社 1988 年版，第 93 页。

② 同上书，第 100 页。

③ 同上书，第 53 页。

④ 同上书，第 398 页。

⑤ 同上书，第 323 页。

⑥ 同上书，第 365 页。

⑦ （宋）朱熹注，李剑雄标点：《周易》，上海古籍出版社 1995 年版，第 145 页。

○世经

《春秋》：昭公十七年“郯子来朝”，《传》曰：昭子问少昊氏鸟名何故，对曰：“吾祖也，我知之矣。昔者，黄帝氏以云纪，故为云师而云名；炎帝氏以为纪，故为火师而火名；共工氏以水纪，故为水师而水名；太昊氏以龙纪，故为龙师而龙名。我高祖少昊挚之立也，凤鸟适至，故纪于鸟，为鸟师而鸟名。”

《昭公十七年》：“秋，郯子来朝，公与之宴。昭子问焉，曰：‘少皞氏鸟名官，何故也？’郯子曰：‘吾祖也，我知之。昔者黄帝氏以云纪，故为云师而云名；炎帝氏以火纪，故为火师而火名；共工氏以水纪，故为水师而水名；大皞氏以龙纪，故为龙师而龙名。我高祖少皞挚之立也，凤鸟适至，故纪于鸟，为鸟师而鸟名。’”①

○《易》曰：“炮牺氏之王天下也。”言炮牺继天而王，为百王先，首德始于木，故为帝太昊。作罔罟以田渔，取牺牲，故天下号曰砲牺氏。

《周易·系辞下》云“古者包牺氏之王天下也”中的“包牺氏”，《汉书》却为“炮牺氏”。据《汉语大字典》炮字解释说：“（一）一种烹调方法。把带毛的肉用泥裹住放在火上烧烤。《说文·火部》：‘炮，毛炙肉也。’段玉裁注：‘毛炙肉，谓肉不去毛，炙之也。’《广韵·肴韵》：‘炮，合毛，炙物也。一曰：裹物烧。’通‘庖’。清高翔麟《说文字通》：‘炮，通庖。’”庖字解释说：“厨房。《说文·广部》：‘庖，厨也。’王筠句读：‘《孟子》，始有厨字。是：周初名庖，周末名厨也。’《广韵·肴韵》：‘庖，食厨也。’厨师。肴馔。烹调。”包字解释说：“（二）厨房。后作‘庖’。《集韵·肴韵》：‘庖，同作包。’”由此可以知，《周易·系辞下》中引说的包牺氏，和《补史记·三皇本纪》中引说的“庖牺氏”，其确切的名称实际是在西汉文籍流传过程中，因“炮”字残缺了“火”偏旁，而成为了“包牺氏”。或者是由于秦汉通行“隶书”文字后，字体简化，炮、庖、包皆含有“庖厨”含义，而被通假借代使用所致使。

○《祭典》曰：“共工氏伯九域。”

颜师古注曰：“《祭典》即《礼经》、《祭法》也。‘伯’读与‘霸’同。”《礼记集解》卷四十五《祭法》第二十三曰：“共工氏之霸九州也”。②

○《易》曰：“炮牺氏没，神农氏作。”《易》曰：“神农氏没，黄帝

① 杨伯峻前言，蒋冀骋标点：《左传》，古典名著普及文库，岳麓书社1988年版，第322页。

② （清）孙希旦撰，沈啸寰、王星贤点校：《礼记集解》（清人十三经注疏），中华书局1989年版，第1204页。

氏作。”

《易·系辞下》曰：“包牺氏没，神农氏作”，“神农氏没，黄帝、尧、舜氏作”。[①]

卷二十二 礼乐志第二

〇故孔子曰：“安上治民，莫善于礼；移风易俗，莫善于乐。”

《孝经》广要道章第十二：“子曰：‘教民亲爱，莫善于孝。教民礼顺，莫善于悌。移风易俗，莫善于乐。安上治民，莫善于礼。礼者，敬而已矣。故敬其父，则子悦；敬其兄，则弟悦；敬其君，则臣悦；敬一人，而千万人悦。所敬者寡，而悦者众，此之谓要道也。’”[②]《汉书》所引，与今本《孝经》次序有变化。

〇故孔子曰：“礼云礼云，玉帛云乎哉？乐云乐云，钟鼓云乎哉？”此礼乐之本也。故曰：“知礼乐之情者能作，识礼乐之文者能述；作者之谓圣，述者之谓明。明圣者，述作之谓也。”

《论语·阳货》：“礼云礼云，玉帛云乎哉！乐云乐云，钟鼓云乎哉！”[③]与今本完全相同。“故曰”后边一段话出自《礼记·乐记》：“故知礼乐之情者能作，识礼乐之文者能述。作者之谓圣，述者之谓明。明圣者，述作之谓也。”[④]字句亦完全相同。

〇孔子美之曰：“郁郁乎文哉！吾从周。”

《论语·八佾》：“周监于二代，郁郁乎文哉！吾从周。”[⑤]

〇孔子曰：“辟如为山，未成一匮，止，吾止也。”

颜师古注曰：“《论语》载孔子之言。”《论语·子罕》：“子曰：譬如为山，未成一篑，止，吾止也。譬如平地，虽覆一篑，进，吾往也。”今本《尚书·旅獒》中有：“为山九仞，功亏一篑。”[⑥]

〇《易》曰：“先王以作乐崇德，殷荐之上帝，以配祖考。”

《豫》卦《象辞》曰：“雷出地奋，豫。先王以作乐崇德，殷荐之上帝，以配祖考。”

〇故《诗》曰：“钟鼓锽锽，磬管锵锵，降福穰穰。”《书》云：“击石拊石，百兽率舞。”

---

① （宋）朱熹注，李剑雄标点：《周易》，上海古籍出版社1995年版，第150—151页。

② 《十三经注疏》（附校勘记），中华书局1980年版，第2556页。

③ 杨伯峻：《论语译注》（中国古典名著译注丛书），中华书局1980年版，第185页。

④ （清）孙希旦撰，沈啸寰、王星贤点校：《礼记集解》（十三经清人注疏），中华书局1989年版，第989页。

⑤ 杨伯峻：《论语译注》（中国古典名著译注丛书），中华书局1980年版，第28页。

⑥ （宋）蔡沈注，钱宗武、钱忠弼整理：《书集传》，凤凰出版社2010年版，第151页。

《汉书》中的“鍠”字和“管”字，在《诗经·周颂·执竞》中则为：“钟鼓喤喤，磬莞将将，降福穰穰。”朱熹《诗集传》为“喤”字和“莞”字，注曰：“喤，华彭反，叶胡光反”，“莞，音管”。《十三经注疏》本亦为“喤”字和“莞”字。

《书》云：“击石拊石，百兽率舞。”此出于《尚书·舜典》。

○《书》序：“殷纣断弃先祖之乐，乃作淫声，用变乱正声，以说妇人。”

颜师古注曰：“今文《周书·泰誓》之辞也。”今本《尚书》不见其语。

○故孔子适齐闻《招》，三月不知肉味，曰：“不图为乐之至于斯!”美之甚也。

颜师古注曰：“事见《论语》。”见《论语·述而》：“子在齐闻《韶》，三月不知肉味，曰：不图为乐之至于斯也!”《史记·孔子世家》载：“孔子年三十五，……孔子适齐，为高昭子家臣，欲以通乎景公。与齐大师语乐，闻《韶》音，学之，三月不知肉味，齐人称之。”①

○故曰：“吾自卫反鲁，然后乐正，《雅》、《颂》各得其所。”

出于《论语·子罕》第十五章。

○孔子曰：“人能弘道，非道弘人。”

出自《论语·卫灵公》第二十九章。

○孔子曰：“殷因于夏礼，所损益可知也；周因于殷礼，所损益可知也；其或继周者，虽百世可知也。”

出自《论语·为政》第二十三章。

卷二十三　刑法志第三

○《洪范》曰：“天子作民父母，为天下王。”

《尚书·周书·洪范》：“天子作民父母，以为天下王。”

○《书》云：“天秩有礼”，“天讨有罪”。

《尚书·皋陶谟》：“天秩有礼。”孔颖达疏：“天又次叙爵命，使有礼法。”《后汉书·胡广传》：“‘五服五章’，天秩所作，是以臣竭其忠，君丰其宠，举不失德，不忘其死。”唐李邕《兖州曲阜县孔子庙碑》：“逮人统之可复，补天秩之将颓。”上天规定的品秩等级，谓礼法制度。

《尚书·皋陶谟》：“天讨有罪，五刑五用哉。”明王铎《太子少保兵部尚书节寰袁公神道碑》：“寻，朝鲜李倧废其国王李珲，公（袁可立）

① （汉）司马迁撰，（宋）裴骃集解，（唐）司马贞索隐，（唐）张守节正义：《史记》，中华书局1959年版，第1910页。

疏倧以侄子篡叔，宜加天讨。”

〇《诗》曰：“武王载旆，有虔秉钺，如火烈烈，则莫我敢遏。”

《诗经·商颂·长发》：“武王载旆，有虔秉钺。如火烈烈，则莫我敢曷。”朱熹《诗集传》注曰：“《汉书》作‘遏’，阿葛反，叶阿竭反。”①

〇孔子曰：“工欲善其事，必先利其器。”

《论语·卫灵公》：“工欲善其事，必先利其器。居是邦也，事其大夫之贤者，友其士之仁者。”

〇《诗》曰：“仪式刑文王之德，日靖四方。”又曰：“仪刑文王，万邦作孚。”

《诗经·周颂·我将》：“仪式刑文王之典，日靖四方。”《诗经·大雅·文王》：“仪刑文王，万邦作孚。”朱熹《诗集传》为“典”字，《汉书》为“德”字，与《左传·昭公六年》同：“《诗》曰：仪式刑文王之德，日靖四方。又曰：仪刑文王，万邦作孚。”

〇《诗》曰：“恺弟君子，民之父母。”

《诗经·大雅·泂酌》：“岂弟君子，民之父母。”《汉书》中所引“恺”字，而今本《诗经》为“岂”字。

〇孔子曰：“如有王者，必世而后仁；善人为国百年，可以胜残去杀矣。”

《论语·子路》：“子曰：‘善人为邦百年，亦可以胜残去杀矣。’诚哉是言也！子曰：‘如有王者，必世而后仁。’”《汉书》所引与今本《论语》次序不同，前后颠倒。《汉书》中的“国”字，在《论语》中写作“邦”字，而且有“亦”字。

〇《书》云：“伯夷降典，悊民惟刑。”

《尚书·周书·吕刑》：“伯夷降典，折民惟刑。”这里所不同的是两处“悊”与“折”字的区分，《汉书》颜师古注曰：“悊，知也。”即“智”字。《尚书正义》曰：“折，之设反，下同马、郑、王，皆音悊。马云：智也。”②

〇孔子曰：“古之知法者能省刑，本也；今之知法者不失有罪，末矣。”又曰：“今之听狱者，求所以杀之；古之听狱者，求所以生之。”

班固所引，不知出处。颜师古注亦未明言。

〇《书》云：“刑罚世重世轻。”

出自《尚书·周书·吕刑》。

〇《诗》云：“宜民宜人，受禄于天。”

---

① （宋）朱熹注，王华宝整理：《诗集传》，凤凰出版社2007年版，第288页。

② （清）阮元校刻：《十三经注疏》（附校勘记），中华书局1980年版，第248页。

出于《诗经·雅·大雅·生民之什》的《假乐》篇。

〇《书》曰："立功立事，可以永年"。

颜师古注曰："今文《泰誓》之辞也。永，长也。"今本《尚书·周书·泰誓》："立定厥功，惟克永世。"①

卷二十四　上食货志第四上

〇《诗》曰："四之日举止，同我妇子，馌彼南亩。"又曰："十月蟋蟀，入我床下"，"嗟我妇子，聿为改岁，入此室处。"所以顺阴阳，备寇贼，习礼文也。

《诗经·豳风·七月》："四之日举止，同我妇子，馌彼南亩。……七月在野，八月在宇，九月在户，十月蟋蟀，入我床下。穹窒熏鼠，塞向墐户。嗟我妇子，曰为改岁，入此室处。"

〇孔子曰："道千乘之国，敬事而信，节用而爱人，使民以时。"

《论语·学而》："子曰：道千乘之国，敬事而信，节用而爱人，使民以时。"

〇《诗》曰："有渰凄凄，兴云祁祁，雨我公田，遂及我私。"

《诗经·小雅·大田》曰："有渰萋萋，兴雨祁祁，雨我公田，遂及我私。"颜师古注本《汉书》本作"兴云"；北宋宋祁曰："兴云"当改作"兴雨"；南宋朱熹《诗集传》本为"兴雨"。宋人治经，以理取胜，于经文不合处随意改字。宋人治学之风气于此明矣。

〇孔子曰："苟有用我者，期月而已可也，三年有成。"

《论语·子路》："苟有用我者，期月而已可也，三年有成。"

卷二十四下　食货志第四下

〇《易》所谓"理财正辞，禁民为非"者也。

语出《易传·系辞下》："理财正辞，禁民为非。曰义。"

〇故《诗》曰"无酒酤我"，而《论语》曰"酤酒不食"，二者非相反也。

《诗·小雅·鹿鸣》："有酒湑我，无酒酤我。"南朝宋谢灵运《逸民赋》："有酒则舞，无酒则醒。"《论语·乡党》："沽酒市脯，不食。"②

〇赞曰：《易》称"裒多益寡，称物平施"，《书》云："茂迁有无"，周有泉府之官，而《孟子》亦非"狗彘食人之食不知敛，野有饿殍而弗知发。"

① （清）阮元校刻：《十三经注疏》（附校勘记），中华书局1980年版，第182页。亦见（宋）蔡沈注《书集传》，第128页。

② 杨伯峻：《论语译注》（中国古典名著译注丛书），中华书局1980年版，第103页。

《易·谦·象辞》曰："地中有山，谦；君子以裒多益寡，称物平施。"

《尚书·虞书·益稷》："懋迁有无，化居。"

《孟子·梁惠王上》："狗彘食人食而不知检，涂有饿莩而不知发。"这里《汉书》为"食人之食"，而今本《孟子》为"食人食"；《汉书》为"野"，而今本《孟子》为"涂"。①

卷二十五上　郊祀志第五上

〇《周颂》曰："自堂徂基，自羊徂牛，鼐鼎及鼒"，"不吴不敖，胡考之休。"

出自《诗经·周颂·良耜》，与朱熹《诗集传》本字句完全相同。

卷二十五下　郊祀志第五下

〇《书》曰："王命尸臣，官此旬邑。赐尔旂鸾，黼黻雕戈。"

严可均《全上古三代文》辑有此语。

〇《礼记》曰："燔柴于太坛，祭天也；瘗薶于大折，祭地也。"

清孙希旦的《礼记集解·祭法》云："燔柴于泰坛，祭天也；瘗埋于泰折，祭地也。"孙希旦曰："泰者，尊之之称也。"②

〇《书》曰："越三日丁巳，用牲于郊，牛二。"

出于《尚书·周书·召诰》，与今本同。

〇《太誓》曰："正稽古立功立事，可以永年，丕天之大律。"

《全上古三代文》卷二武王曰："八百诸侯不召自来，不期同时，不谋同辞，正稽古立功立事，可以永年，传于亡穷，丕天之大律。"《尚书大传》亦有此语。但今本《尚书》无此语。

〇《诗》曰："毋曰高高在上，陟降厥士，日监在兹。"又曰："乃眷西顾，此维予宅。"

《诗经·周颂·敬之》："无曰高高在上，陟降厥士，日监在兹。"

《诗经·大雅·皇矣》："乃眷西顾，此维与宅。"

〇《经》曰："享多仪，仪不及物，惟曰不享。"《论语》说曰："子不语怪神。"

《经》曰，指的是《尚书·周书·洛诰》中的一段话，并与今本同。《论语》说曰，出于《论语·述而》："子不语怪、力、乱、神。"

〇《诗》曰："率由旧章"。

《诗经·大雅·假乐》："不愆不忘，率由旧章。"

---

① 杨伯峻：《论语译注》（中国古典名著译注丛书），中华书局1980年版，第5页。

② 《十三经清人注疏》，（清）孙希旦撰，沈啸寰、王星贤点校：《礼记集解》，中华书局1989年版，第1194页。

○《易》曰："分阴分阳，迭用柔刚。"

《易·说卦》："分阴分阳，迭用柔刚，故《易》六位而成章。"

○《书》曰："类于上帝，禋于六宗。"

《尚书·虞书·舜典》："肆类于上帝，禋于六宗。"

○《易》曰："方以类聚，物以群分。"

《周易·系辞上》："方以类聚，物以群分，吉凶生矣。"

○《诗》曰："乃立冢土"。又曰："以御田祖，以祈甘雨。"

《诗·大雅·绵》："乃立冢土，戎丑攸行。"《诗经·小雅·甫田》有："以御田祖，以祈甘雨。"

○《礼记》曰："唯祭宗庙社稷，为越绋而行事。"

《礼记·王制》："丧，三年不祭，唯祭天地社稷为越绋而行事。"《汉书》中为"宗庙"，而《礼记·王制》中则为"天地"二字。①

卷二十六　天文志第六

○《诗》曰："人而亡仪，不死何为！"

出自《诗经·鄘风·相鼠》："相鼠有皮，人而无仪。人而无仪，不死何为！"

○《诗》云："如蜩如螗，如沸如羹。"

《诗经·大雅·荡》："如蜩如螗，如沸如羹。"今有成语"蜩螗沸羹"。梁启超《中国立国大方针》："民国现状，蜩螗沸羹，事实章章，不可掩蔽。"

卷二十七中之下　五行志第七中之下

○《诗》云："尔德不明，以亡陪亡卿；不明尔德，以亡背亡仄。"

今本《诗经·大雅·荡》中有："不明尔德，时无背无侧。尔德不明，以无陪无卿。"与《汉书》所引次序倒置。

○《易》曰："鸟焚其巢，旅人先笑后号咷。"

《易·旅》上九："鸟焚其巢，旅人先笑后号咷。"与今本同。

卷二十七下之上　五行志第七下之上

○《易》曰："亢龙有悔，贵而亡位，高而亡民，贤人在下位而亡辅。"

《易·乾·文言》上九曰"亢龙有悔"，何谓也？子曰："贵而无位，高而无民，贤人在下位而无辅，是以动而有悔也。"

○《诗》曰："赫赫宗周，褒姒灭之。"

《诗经·小雅·正月》："赫赫宗周，褒姒灭之。"

---

① 《十三经清人注疏》，（清）孙希旦撰，沈啸寰、王星贤点校：《礼记集解》，中华书局1989年版，第338页。

卷三十 艺文志第十

○《易》曰："宓戏氏仰观象于天，俯观法于地，观鸟兽之文，与地之宜，近取诸身，远取诸物，于是始作八卦，以通神明之德，以类万物之情。"

《易·系辞传下》："古者包牺氏之王天下也，仰则观象于天，俯则观法于地，观鸟兽之文与地之宜，近取诸身，远取诸物，于是始作八卦，以通神明之德，以类万物之情。"

○《易》曰："河出图，洛出书，圣人则之。"

出于《易·系辞传上》。

○《书》曰："诗言志，歌咏言。"

《尚书·虞书·舜典》中有："诗言志，歌永言，声依永，律和声。"

○《易》曰："有夫妇父子君臣上下，礼义有所错。"

今本《易·序卦》中有："有天地，然后有万物；有万物，然后有男女；有男女，然后有夫妇；有夫妇，然后有父子；有父子，然后有君臣；有君臣，然后有上下；有上下，然后礼义有所错。"《汉书》所引，属于意引。

○《易》曰："先王作乐崇德，殷荐之上帝，以享祖考。"

《易·豫·象辞》曰："雷出地奋，豫。先王以作乐崇德，殷荐之上帝，以配祖考。"《汉书》中的"享"字，在今本《易》中作"配"字。①

○《易》曰："上古结绳以治，后世圣人易之以书契，百官以治，万民以察，盖取诸《夬》。""夬，扬于王庭。"

《易·系辞下》："上古结绳而治，后世圣人易之以书契，百官以治，万民以察，盖取诸《夬》。"班固所引，与今本《周易》，一字之差。《汉书》中的"以"字，今本《周易》作"而"字。"夬，扬于王庭"为《夬》卦卦辞。

○《易》曰："天下同归而殊途，一致而百虑。"

《易·系辞下》："天下同归而殊途，一致而百虑。"晋·陆机《秋胡行》："道虽一致，涂有万端。"宋·曾巩《上范资政书》："推而通之，则万变而不穷；合而言之，则一致而已。"

○《易》曰："观乎天文，以察时变。"

《易·贲卦·象辞》："天文也。文明以止，人文也。观乎天文以察时变，观乎人文以化成天下。"

---

① （宋）朱熹注，李剑雄标点：《周易》，上海古籍出版社1995年版，第57页。

○《书》云："初一曰五行，次二曰羞用五事。"

出于《尚书·周书·洪范》，所不同者，《四部备要》本的"羞"字[①]，今本《尚书》作"敬"字。

○《书》曰："女则有大疑，谋及卜筮。"

颜师古曰："《尚书·周书·洪范》之辞也。"[②] 今本《洪范》为"汝则有大疑，谋及乃心，谋及卿士，谋及庶人，谋及卜筮。"[③]

○《易》曰："定天下之吉凶，成天下之亹亹者，莫善于蓍龟。"，"是故君子将有为也，将有行也，问焉而以言，其受命也如向，无有远近幽深，遂知来物。非天下之至精，其孰能与于此！"

《易·系辞上》："以定天下之吉凶，成天下之亹亹者，莫大乎蓍龟。"《四部备要》作"善"字，今本《周易》作"大"字。后一段话亦出自《易·系辞上》，《四部备要》本为"是故"，今本《周易》作"是以"，其余皆同。

○《易》曰："占事知来。""苟非其人，道不虚行。"

以上两段话皆出于《易·系辞下》，与今本字句完全相同。

《传》对经书的征引

卷三十六　楚元王传第六

○《诗》曰："于穆清庙，肃雍显相；济济多士，秉文之德。"

出于《诗经·周颂·清庙》，与今本字句同。

○《诗》曰："有来雍雍，至止肃肃，相维辟公，天子穆穆。"

出于《诗经·周颂·雍》，与今本字句同。

○《周颂》曰"降福穰穰"，又曰"饴我釐辨"。

前一句出于《诗经·周颂·执竞》，后一句出于《诗经·周颂·思文》。

○《诗》曰："歙歙訿訿，亦孔之哀！谋之其臧，则具是违；谋之不臧，则具是依！"

出自《诗经·小雅·小旻》，与今本同。

○《诗》曰："密勿从事，不敢告劳，无罪无辜，谗口嗸嗸！"

出自《诗经·小雅·十月之交》："黾勉从事，不敢告劳。无罪无辜，

① （汉）班固撰，（唐）颜师古注：《前汉书》，中华书局1998年版，第590页。

② 同上书，第591页。

③ （宋）蔡沈注，钱宗武、钱忠弼整理：《书集传》，凤凰出版社2010年版，第146页。

谗口嚣嚣。”《四部备要》本“密勿”，在《诗集传》中作“黾勉”。《四部备要》本“嗸嗸”①，在《诗集传》中作“嚣嚣”②。

〇《诗》曰：“朔日辛卯，日有蚀之，亦孔之丑！”又曰：“彼月而微，此日而微，今此下民，亦孔之哀！”又曰：“日月鞠凶，不用其行；四国无政，不用其良！”

《诗经·小雅·十月之交》：“十月之交，朔月辛卯。日有食之，亦孔之丑。彼月而微，此日而微；今此下民，亦孔之哀。日月告凶，不用其行。四国无政，不用其良。彼月而食，则维其常；此日而食，于何不臧。”③

〇《诗》曰：“百川沸腾，山冢卒崩，高岸为谷，深谷为陵。哀今之人，胡憯莫惩！”

出自《诗经·小雅·十月之交》，与今本同。所不同者，《四部备要》本“卒”字，在《诗集传》中作“崒”字，朱熹注云：“崒，崔嵬也”。

〇《诗》曰：“正月繁霜，我心忧伤；民之讹言，亦孔之将！”

出自《诗经·小雅·正月》，与今本字句同。

〇《诗》云：“雨雪麃麃，见晛聿消。”

《诗·小雅·角弓》：“雨雪瀌瀌，见晛曰消。”朱熹注：“曰，音越，《韩诗》、刘向作聿。”④

〇《诗》云：“我心匪石，不可转也。”

出自《诗经·邶风·柏舟》，与今本字句同。

〇《易》曰：“涣汗其大号。”

《易·涣》：“九五，涣汗其大号。”孔颖达《疏》：“人遇险阨惊怖而劳，则汗从体出，故以汗喻险阨也。九五处尊履正，在号令之中，能行号令以散险阨者也。”朱熹《本义》：“九五巽体，有号令之象，汗谓如汗之出而不反也。”

〇《论语》曰：“见不善如探汤。”

《论语·季氏篇》：子曰“见善如不及，见不善如探汤；吾见其人矣，吾闻其语矣。隐居以求其志，行义以达其道；吾闻其语矣，未见其人也”⑤。

〇《诗》云：“忧心悄悄，愠于群小。”

出自《诗经·邶风·柏舟》，与今本字句同。

---

① （汉）班固撰，（唐）颜师古注：《前汉书》，中华书局1998年版，第645页。

② （宋）朱熹注，王华宝整理：《诗集传》，凤凰出版社2007年版，第155页。

③ 同上书，第153—154页。

④ 同上书，第195页。

⑤ 杨伯峻：《论语译注》（中国古典名著译注丛书），中华书局1980年版，第177页。

○《易》曰："飞龙在天，大人聚也。"

此《易·乾卦》九五象辞，与今本同。所不同者，《四部备要》本"聚"字，在朱熹所注《周易》中作"造"字。

○《易》曰："拔茅茹，以其汇，征吉。"

此《易·泰卦》初九爻辞，与今本同。

○《易》曰："安不忘危，存不忘亡，是以身安而国家可保也。"

《周易·系辞下》："是故君子安而不忘危，存而不忘亡，治而不忘乱，是以身安而国家可保也。"①

○《诗》："殷士肤敏，裸将于京。"

《诗经·大雅·文王》："殷士肤敏，裸将于京。"传："肤，美；敏，疾也。"疏："殷士有美德，言其见时之疾。"②

○《易》曰："古之葬者，厚衣之以薪，臧之中野，不封不树。后世圣人易之以棺椁。"

《易·系辞下》，与今本同。所不同者，《四部备要》本"臧"字，在朱熹所注《周易》中作"葬"字。

○《书》曰："臣之有作威作福，害于而家，凶于而国。"

宋本《尚书·周书·洪范》中为："臣之有作福、作威、玉食，其害于而家，凶于而国。"③ 与《备要》本稍有出入。

○《易》曰："君子不密则失臣，臣不密则失身，几事不密则害成。"

出于《易·系辞上》，字句皆同今本。

○《诗》曰："殷监不远，在夏后之世。"

出于《诗经·大雅·荡》："殷鉴不远，在夏后之世。"后世《诗经》本皆写作"鉴"字。

○《易》曰："观乎天文，以察时变。"

《易·贲卦·彖传》："观乎天文以察时变，观乎人文以化成天下。"④

○《易》曰："书不尽言，言不尽意。"。

出于《周易·系辞上》，为"子曰"之言，字句皆同今本。

○《书》曰："伻来以图"。

出于《尚书·周书·洛诰》，与今本同。

○传曰："文武之道未坠于地，在人；贤者志其大者，不贤者志其小者。"

① （宋）朱熹注，李剑雄标点：《周易》，上海古籍出版社 1995 年版，第 153 页。

② 《辞源》卷三，商务印书馆 1998 年版，第 2570 页，肉部。

③ （宋）蔡沈注，钱宗武、钱忠弼整理：《书集传》，凤凰出版社 2010 年版，第 146 页。

④ （宋）朱熹注，李剑雄标点：《周易》，上海古籍出版社 1995 年版，第 67 页。

《论语·子张》："文武之道，未坠于地，在人。贤者识其大者，不贤者识其小者。"①

○传曰："圣人不出，其间必有命世者焉。"

《孟子·公孙丑下》："五百年必有王者兴，其间必有名世者。"庄子《胠箧篇》有"圣人不死，大盗不止！"一句惊世骇俗之言。

卷三十九　萧何曹参传第九

○《周书》曰："天予不取，反受其咎。"

颜师古注曰："《周书》者，本与《尚书》同类，意孔子所删百篇之外，刘向所奏，有七十一篇，"与之类似之语有。《国语·越语》：得时无怠，时不再来，天予不取，反为之灾。《史记·越王勾践世家》：天与弗取，反受其咎。

卷四十四　淮南衡山济北王传第十四

○《诗》云："戎狄是膺，荆舒是惩。"

出于《诗经·鲁颂·閟宫》，与今本同。

卷四十七　文三王传第十七

○《诗》云："戚戚兄弟，莫远具尔。"

出自《诗经·大雅·行苇》，与今本同。

卷四十八　贾谊传第十八

○《周书》："一人有庆，兆民赖之。"

出自《尚书·周书·吕刑》，与今本同。

卷五十一　贾邹枚路传第二十一

○《书》曰："与其杀不辜，宁失不经。"

出自《尚书·虞书·大禹谟》，与今本同。

卷五十五　卫青霍去病传第二十五

○《诗》："薄伐猃允，至于太原"；"出车彭彭，城彼朔方。"

前者出自《诗经·小雅·六月》，与今本同。后者出于《诗经·小雅·出车》："出车彭彭，旂旐央央。天子命我，城彼朔方。"②

卷五十六　董仲舒传第二十六

○《诗》曰："夙夜匪解"，《书》云："茂哉茂哉！"

《诗经·大雅·烝民》："既明且哲，以保其身，夙夜匪解，以事一人。"《尚书·虞书·皋陶谟》："政事懋哉！懋哉！"

○《书》曰："白鱼入于王舟，有火复于王屋，流为乌。"

---

① 杨伯峻：《论语译注》（中国古典名著译注丛书），中华书局1980年版，第203页。

② （宋）朱熹注，王华宝整理：《诗集传》，凤凰出版社2007年版，第125页。

今本《尚书》未见此语。宋人蔡沈注《尚书》曰："武帝时伪《泰誓》出，与伏生今文《书》合为二十九篇。孔壁《书》虽出而未传于世，故汉儒所引，皆用伪《泰誓》。如白鱼入于王舟，有火复于王屋，流为乌。太史公记《周本纪》亦载其语。然伪《泰誓》虽知剽窃经传所引，而古书亦不能尽见。故后汉马融得疑其伪，谓《泰誓》按其文若浅露，吾又见书传多矣，所引《泰誓》而不在《泰誓》者甚多。至晋孔壁古文《书》行，而伪《泰誓》始废。"[①] 清人阎若璩《尚书古文疏证》云："吾见书传多矣，所引《泰誓》而不在《泰誓》者甚多。"

〇《诗》云："宜民宜人，受禄于天。"

出自《诗经·大雅·假乐》，与今本同。

〇《诗》不云乎，"嗟尔君子，毋常安息，神之听之，介尔景福。"

《诗经·小雅·小明》中有："嗟尔君子，无恒安处。靖共尔位，正直是与。神之听之，式谷以女。嗟尔君子，无恒安息。靖共尔位，好是正直。神之听之，介尔景福。"《汉书》所引与今本有出入。

〇《论语》曰："有始有卒者，其唯圣人乎！"

出自《论语·子张》，与今本同。

〇《诗》云："惟此文王，小心翼翼。"

出自《诗经·大雅·大明》，与今本同。

〇《诗》曰："节彼南山，惟石岩岩，赫赫师尹，民具尔瞻。"

出自《诗经·小雅·节南山》，与今本同。

〇《易》曰："负且乘，致寇至。"

《易·解》："六三，负且乘，致寇至，贞吝。"

卷六十　杜周传第三十

〇《书》云："或四三年。"

出自《尚书·周书·无逸》，与今本同。

〇《易》曰："正其本，万物理。"

今本《周易》中无此语。但贾谊《新书·胎教》："易曰：'正其本而万物理。失之毫厘，差以千里，故君子慎始。'《春秋》之元，《诗》之关雎，《礼》之冠婚，《易》之乾坤，皆慎始敬终云尔。"[②]《大戴礼·保傅》："《易》：正其本，万物理。失之毫厘，差之千里。故君子慎始也。"王聘珍言："卢注云：据《易说》言也。"[③]

---

① （宋）蔡沈注，钱宗武、钱忠弼整理：《书集传》，凤凰出版社 2010 年版，第 123 页。

② 《二十二子》，上海古籍出版社 1986 年版（据浙江书局本影印），第 761 页。

③ （清）王聘珍注，王文锦点校：《大戴礼记解诂》，中华书局 1983 年版，第 58 页。

〇《书》："公毋困我！"

见《尚书·周书·洛诰》。《四部备要》本作"公毋困我"，《书集传》作"公无困哉"，并云："吴氏曰：《前汉书》两引'公无困哉'皆以'哉'作'我'，当以'我'为正。"[①]《十三经注疏》本作"公无困哉"。

卷六十二　司马迁传第三十二

〇《易大传》："天下一致而百虑，同归而殊途。"

今本《易·系辞下》为："天下同归而殊途，一致而百虑。"[②]

〇《易》曰："差以毫厘，谬以千里"。故"臣弑君，子弑父，非一朝一夕之故，其渐久矣。"

关于前两句，唐颜师古《汉书注》曰："今之《易经》，及彖、象、系辞并无词语，所称《易纬》者有之焉，斯盖易家之别说者也。"后半部分出自《易·坤卦·文言》，不过字句稍有出入。朱熹注本为"臣弑其君，子弑其父，非一朝一夕之故，其所由来者渐矣！"[③]

〇《传》曰："刑不上大夫"。

《礼记·曲礼》有言："礼不下庶人，刑不上大夫。"

卷六十三　武五子传第三十三

〇《诗》曰："营营青蝇，止于藩；恺悌君子，无信谗言；谗言罔极，交乱四国。"

《诗经·小雅·青蝇》："营营青蝇，止于樊。岂弟君子，无信谗言。营营青蝇，止于棘。谗人罔极，交乱四国。"朱熹《诗集传》曰："樊，藩也。"[④]

〇《诗》云："取彼谮人，投畀豺虎。"

出自《诗经·小雅·巷伯》，与今本同。

〇《礼》："为人后者，为之子也。"

出自《春秋公羊传·成公十五年》，而今本《礼记》中并无此语。

〇《礼》："父为士，子为天子，祭以天子。"

《礼记·丧服小记》中有："父为士，子为天子诸侯，则祭以天子诸侯。"[⑤]

---

① （宋）蔡沈注，钱宗武、钱忠弼整理：《书集传》，凤凰出版社 2010 年版，第 189 页。

② （宋）朱熹注，李剑雄标点：《周易》，上海古籍出版社 1995 年版，第 152 页。

③ 同上书，第 22 页。

④ （宋）朱熹注，王华宝整理：《诗集传》，凤凰出版社 2007 年版，第 190 页。

⑤ 《十三经清人注疏》，（清）孙希旦撰，沈啸寰、王星贤点校：《礼记集解》，中华书局 1989 年版，第 873 页。

〇《书》云："臣不作福，不作威。"

出自《尚书·周书·洪范》，其言为"臣之有作福作威。"

〇故曰："兵犹火也，弗戢必自焚。"

《左传·隐公四年》："夫兵犹火也，弗戢，将必自焚也。"①

〇《易》曰："天之所助者，顺也；人之所助者，信也。君子履信思顺，自天祐之，吉无不利也。"

出自《易·系辞上》，大部分字句相同。今本为"天之所助者，顺也；人之所助者，信也。履信思乎顺，又以尚贤也。是以'自天祐之，吉，无不利'也。"朱熹注曰："释《大有》上九爻义。然在此无所属，或恐是错简，宜在第八章之末。"②

卷六十四上　严朱吾丘主父徐严终王贾传第三十四上

〇《易》曰："高宗伐鬼方，三年而克之。"

《易·既济》："九三，高宗伐鬼方，三年克之，小人勿用。"

〇《诗》云："王犹允塞，徐方既来。"

出自《诗经·大雅·常武》，与今本同。

卷六十四下　严朱吾丘主父徐严终王贾传第三十四下

〇《易》曰："飞龙在天，利见大人。"

《易·乾》："九五，飞龙在天，利见大人。"

〇《诗》曰："思皇多士，生此王国。"

今本《诗经·大雅·文王》亦为："思皇多士，生此王国。"朱熹注曰："思，语辞。皇，美。美哉此众多之贤士，而生于此文王之国也。"③

〇《诗》云："济济多士，文王以宁。"

出自《诗经·大雅·文王》，与今本同。

〇《诗》云："蠢尔蛮荆，大邦为仇。"

出自《诗经·小雅·采芑》，与今本同。

〇《书》曰："谗说殄行，震惊朕师。"

出自《尚书·虞书·舜典》，与今本同。

〇《王制》："顺非而泽，不听而诛。"

出自《礼记·王制》，其文为："析言破律，乱名改作，执左道以乱政，杀。作淫声、异服、奇技、奇器以疑众，杀。行伪而坚，言伪而辩，学非而博，顺非而泽，以疑众，杀。假于鬼神，时日、卜筮以疑众，杀。

---

① 杨伯峻前言，蒋冀骋标点：《左传》，岳麓书社 1988 年版，第 6 页。

② （宋）朱熹注，《周易》，上海古籍出版社 1987 年版，第 63 页。

③ （宋）朱熹注，王华宝整理：《诗集传》，凤凰出版社 2007 年版，第 205 页。

此四诛者，不以听。”①

〇《诗》称“戎狄是膺，荆舒是惩。”

出自《诗经·鲁颂·閟宫》，与今本同。

卷六十五　东方朔传第三十五

〇《易》曰：“正其本，万事理；失之毫厘，差以千里。”

《礼记·经解》引“《易》曰：‘君子慎始。差若毫厘，谬以千里。’”（《大戴礼记·礼察》同）。

《大戴礼记·保傅》：“正其本，万物理，‘失之毫厘，差之千里’；故君子慎始也。”（贾谊《新书·胎教》、《汉书·东方朔传》同）。

《史记·太史公自序》所引：“故《易》曰：‘失之毫厘，差之千里。’”

《说苑·建本篇》：“《易》曰：‘建其本而万物理，失之毫厘，差以千里。’故君子贵建本而立始。”

由以上先秦至西汉引文可知，“正其本而万物理，失之毫厘，谬之千里”当为古本《易传》遗文。

王利器陆贾《新语》注释：卷下明诫：“《易纬通卦验》：‘故正其本而万物理，失之毫厘，差以千里。’《易纬坤灵图》：‘正其本，万物理，差之毫厘，谬以千里，故君子必谨其始。’《文选·竟陵王行状》注引《易纬乾凿度》：‘正其本而万物理，失之毫厘，差之千里。’《后汉书》王充、王符、仲长统传论注引《易纬》：‘差以毫厘，失之千里。’则此为《易纬》之文。”②

〇《诗》云：“鼓钟于宫，声闻于外。鹤鸣于九皋，声闻于天。”

前两句出于《诗经·小雅·白华》，与今本同。后两句出于《诗经·小雅·鹤鸣》，与今本同。

〇《诗》云：“礼义之不愆，何恤人之言？”故曰：“水至清则无鱼，人至察则无徒。冕而前旒，所以蔽明；黈纩充耳，所以塞聪。”

今本所无，属《诗》逸诗。“故曰”后一段话，源于《大戴礼记·子张问入官》，原文为：“故古者冕而前旒，所以蔽明也，统纩塞耳，所以弇聪也。故水至清则无鱼，人至察则无徒。”③

卷六十七　杨胡朱梅云传第三十七

〇《书》曰：“毋若火，始庸庸。”

---

① 《十三经清人注疏》，（清）孙希旦撰，沈啸寰、王星贤点校：《礼记集解》，中华书局1989年版，第373—374页。

② 《新编诸子集成》（第一辑），王利器：《新语校注》，中华书局1986年版，第158页。

③ （清）王聘珍注，王文锦点校：《大戴礼记解诂》，中华书局1983年版，第141页。

《尚书·周书·康诰》："不敢侮鳏寡，庸庸，祇祇，威威，显民。"①

○《春秋经》曰："宋杀其大夫。"《穀梁传》曰："其不称名姓，以其在祖位，尊之也。"

今《谷梁传》曰："其不称名姓，以其在祖之位，尊之也。"②《四部备要》本为"以其在祖位"，而《十三经注疏》本及其他今本，皆作"以其在祖之位"，多一"之"字而已。

卷六十八　霍光金日磾传第三十八

○《诗》云："籍曰未知，亦既抱子。"

出自《诗经·大雅·抑》，一字之同。《四部备要》作"藉"字，而《诗集传》本作"假"字。朱熹注曰："假令言汝未有知识，则汝既长大而抱子，宜有知矣。"③

○《春秋》曰："天王出居于郑。"

出于《春秋·禧公二十四年》。《春秋公羊传》曰："王者无外，此其言出何？不能乎母也。鲁子曰：'是王也，不能乎母者，其诸此之谓与。'"④

○《礼》曰："人道亲亲故尊祖，尊祖故敬宗。"

《礼记·大传》云："是故，人道亲亲也。亲亲故尊祖，尊祖故敬宗。"⑤

卷七十　傅常郑甘陈段传第四十

○《诗》曰："啴々焞々，如霆如雷，显允方叔，征伐猃狁，蛮荆来威。"

《诗经·小雅·采芑》中有："戎车啴啴，啴啴焞焞，如霆如雷。显允方叔，征伐猃狁，蛮荆来威。"

○《易》曰："有嘉折首，获匪其丑。"

《易·离》："上九，王用出征，有嘉折首，获匪其丑，无咎。"

○《诗》曰："吉甫燕喜，既多受祉，来归自镐，我行永久。"

出自《诗经·小雅·六月》，与今本同。

○《周书》曰："记人之功，忘人之过，宜为君者也。"

今本《尚书》无此语。颜师古注曰："《尚书》之外逸书也。"

卷七十一　隽疏于薛平彭传第四十一

---

① （清）阮元校刻：《十三经注疏》（附校勘记），中华书局 1980 年版，第 203 页。

② 同上书，第 2401 页。

③ （宋）朱熹注，王华宝整理：《诗集传》，凤凰出版社 2007 年版，第 241 页。

④ 《新世纪万有文库》，顾馨、徐明校点：《春秋公羊传》，辽宁教育出版社 1997 年版，第 50 页。

⑤ 《十三经清人注疏》，（清）孙希旦撰，沈啸寰、王星贤点校：《礼记集解》，中华书局 1989 年版，第 916—917 页。

〇《经》曰："万方有罪，罪在朕躬。"

出自《论语·尧曰》。杨伯峻《论语译注》注中说："《国语·周语上》引《汤誓》'余一人有罪，无以万夫。'和这'万方有罪，罪在朕躬'义近。"而在华东师范大学古籍整理研究所校点的《国语·周语上》中说："今《汤誓》无此言，则散亡矣。"[①] 今本《尚书·周书·泰誓中》有："百姓有过，在予一人。"

〇《孝经》曰："天地之性，人为贵，人之行，莫大于孝，孝莫大于严父，严父莫大于配天，则周公其人也。"

与《十三经注疏》本文字完全相同。

〇《书》云："正稽古建功立事，可以永年，传于亡穷。"

今本《尚书》无此语。颜师古注曰："今文《泰誓》之辞。"[②]

卷七十二　王贡两龚鲍传第四十二

〇《孟子》云："闻伯夷之风者，贪夫廉，懦夫有立志"；"奋乎百世之上，百世之下莫不兴起，非贤人而能若是乎！"

今本《孟子·万章下》为："故闻伯夷之风者，顽夫廉，懦夫有立志。"杨伯峻《孟子译注》中云："毛奇龄《四书剩言》云：'《孟子》顽夫廉，顽字古皆作贪字。'举证甚多。臧琳《经义杂记》亦如此说。"[③] 《十三经注疏》本亦为"贪"字。前后两段均见《孟子·尽心下》，后一段今本为"奋乎百世之上，百世之下莫不兴起也，非贤人而能若是乎！"只多一"也"字，《十三经注疏》本和杨伯峻《孟子译注》本皆有"也"字。

〇《诗》云："匪风发兮，匪车揭兮，顾瞻周道，中心怛兮。"

出于《诗经·桧风·匪风》，与今本同。

〇《论语》曰："君子乐节礼乐。"

《论语·季氏》中为："孔子曰：'益者三乐，损者三乐。乐节礼乐，乐道人之善，乐多贤友，益矣。乐骄乐，乐佚游，乐宴乐，损矣。'"

〇《诗》曰："天难谌斯，不易惟王，上帝临女，毋贰尔心。"

出自《诗经·大雅·大明》，《十三经注疏》本文为："明明在下，赫赫在上。天难忱斯，不易维王。天位殷适，使不挟四方。挚仲氏任，自彼殷商，来嫁于周，曰嫔于京。乃及王季，维德之行。大任有身，生此文王。维此文王，小心翼翼。昭事上帝，聿怀多福。厥德不回，以受方国。

---

① 华东师范大学古籍整理研究所校点：《国语》，上海古籍出版社1988年版，第36页。

② （汉）班固撰，（唐）颜师古注：《前汉书》，中华书局1998年版，第999页。

③ 杨伯峻译注：《孟子译注》（中国古典名著译注丛书），中华书局1960年版，第234页。

天监在下，有命既集。文王初载，天作之合。在洽之阳，在渭之涘。文王嘉止，大邦有子。大邦有子，伣天之妹。文定厥祥，亲迎于渭。造舟为梁，不显其光。有命自天，命此文王。于周于京，缵女维莘。长子维行，笃生武王。保右命尔，燮伐大商。殷商之旅，其会如林。矢于牧野，维予侯兴。上帝临女，无贰尔心。牧野洋洋，檀车煌煌，驷騵彭彭。维师尚父，时维鹰扬。凉彼武王，肆伐大商，会朝清明。”

○《易》称“君子之道，或出或处，或默或语”。

出自《易·系辞上》，与今本字句相同。

卷七十三　韦贤传第四十三

○《诗》云：“有来雍雍，至止肃肃，相维辟公，天子穆穆。”

出自《诗经·周颂·雍》，与今本字句相同。

○《诗》曰：“薄伐猃狁，至于太原。”

出自《诗经·小雅·六月》，与今本字句相同。

○《诗》曰：“啴啴推推，如霆如雷，显允方叔，征伐猃狁，荆蛮来威。”

出自《诗经·小雅·采芑》，与今本字句基本相同，所不同者为首句，颜师古注曰：“推，音他回反。”而朱熹《诗集传》和《十三经注疏》本皆作“焞焞”。

○《礼记·王制》曰：“天子三昭三穆，与太祖之庙而七；诸侯二昭二穆，与太祖之庙而五。”

《十三经注疏》本《礼记正义·王制》曰：“天子七庙，三昭三穆，与大祖之庙而七；诸侯五庙，二昭二穆，与大祖之庙而五。”①

○《春秋左氏传》曰：“名位不同，礼亦异数。”

出自《左传·庄公十八年》，与今本字句相同。

○《礼记》祀典曰：“夫圣王之制祀也，功施于民则祀之，以劳定国则祀之，能救大灾则祀之。”

《礼记》中并无此语，而《国语·鲁语上》则云：“夫圣王之制祀也，法施于民则祀之，以死勤事则祀之，以劳定国则祀之，能御大灾则祀之，能扞大患则祀之。”② 字句与《汉书》稍有出入。

○《诗》云：“蔽芾甘棠，勿剪勿伐，邵伯所茇。”

出自《诗经·召南·甘棠》，与今本字句相同。

○《春秋外传》曰：“日祭，月祀，时享，岁贡，终王”。

---

① （清）阮元校刻：《十三经注疏》（附校勘记），中华书局1980年版，第1335页。

② 华东师范大学古籍整理研究所校点：《国语》，上海古籍出版社1988年版，第166页。

《国语·周语上》："日祭、月祀、时享、岁贡、终王，先王之训也。"[①]《周礼·春官·大宗伯》："以祠，春享先王；以禴，夏享先王；以尝，秋享先王；以烝，冬享先王。"[②]

卷七十四 魏相丙吉传第四十四

〇《易》曰："天地以顺动，故日月不过，四时不忒；圣王以顺动，故刑罚清而民服。"

《易·豫·彖辞》："天地以顺动，故日月不过，而四时不忒。圣人以顺动，则刑罚清而民服。"《四部备要》本与《十三经注疏》本两者仅一字之差。

〇《诗》不云乎？"亡德不报"。

出自《诗经·大雅·抑》。《诗集传》为"无德不报"，《十三经注疏》本亦为"无德不报"。

卷七十五 眭两夏侯京翼李传第四十五

〇《书》云"天聪明"。

出自《尚书·商书·说命中》："惟天聪明，惟圣时宪。惟臣钦若，惟民从乂。"

〇《书》曰："历象日月星辰"，"敬授民时"。

《尚书·虞书·尧典》曰："乃命羲和，钦若昊天，历象日月星辰，敬授人时。"

〇《易》曰："县象著明，莫大乎日月。"

出自《易·系辞上》，与今本字句相同。

〇《易》曰："时止则止，时行则行，动静不失其时，其道光明。"

出自《易·艮·彖》，与今本字句相同。

〇《诗》曰："吉日庚午"。

出自《诗经·小雅·吉日》。朱熹《诗集传》注曰："庚午，亦刚日也"。

卷七十八 萧望之传第四十八

〇《诗》曰："爰及矜人，哀此鳏寡。"又曰："雨我公田，遂及我私。"

前两句出于《诗经·小雅·鸿雁》，后两句出于《诗经·小雅·大田》，字句皆同今本。

〇《诗》云："率礼不越，遂视既发；相士烈烈，海外有截。"

---

① 华东师范大学古籍整理研究所校点：《国语》，上海古籍出版社1988年版，第4页。

② 《国学经典丛书》，吕友仁：《周礼译注》，中州古籍出版社2004年版，第241页。

《诗经·商颂·长发》中有："率履不越，遂视既发。相士烈烈。海外有截。"《诗集传》注曰："履，礼。"

〇《书》曰："戎狄荒服"。

"五服"说最早见《尚书·夏书·禹贡》："五百里甸服：百里赋纳总，二百里纳铚，三百里纳秸服，四百里粟，五百里米。五百里侯服：百里采，二百里男邦，三百里诸侯。五百里绥服：三百里揆文教，二百里奋武卫。五百里要服：三百里夷，二百里蔡。五百里荒服：三百里蛮，二百里流。"《国语·周语上》："夫先王之制：邦内甸服，邦外侯服，侯、卫宾服，蛮、夷要服，戎、狄荒服。"荒者，荒忽无常之言也。[①]《荀子·正论篇》云："封内甸服，封外侯服，侯卫宾服，蛮夷要服，戎狄荒服。"[②]

卷七十九　冯奉世传第四十九

〇《诗》称"抑抑威仪，惟德之隅。"

《诗经·大雅·抑》中有"抑抑威仪，维德之隅"句。

卷八十　宣元六王传第五十

〇《诗》不云乎？"靖恭尔位，正直是与。"

颜师古《汉书注》曰："《大雅·小明》之诗也。"[③] 误也。今本为《诗经·小雅·小明》："靖共尔位，正直是与。"朱熹《诗集传》与《十三经注疏》本均为"共"字。

〇《诗》云："俾侯于鲁，为周室辅。"

今本《诗经·鲁颂·閟宫》中有："建尔元子，俾侯于鲁。大启尔宇，为周室辅。"两句并未相连。

〇《易》曰："藉用白茅，无咎。"

出自《易·大过》初六爻之辞也。

〇《书》不云乎？"用德章厥善。"

《尚书·商书·盘庚》有"用德章厥善"句。《书集传》为"用德彰厥善"。[④]《十三经注疏》本亦为"彰"字。

〇《诗》不云乎？"毋念尔祖，述修厥德，永言配命，自求多福。"

今本《诗经·大雅·文王》为："无念尔祖，聿修厥德。永言配命，自求多福。"朱熹《诗集传》与《十三经注疏》本均与今本同。

---

① 华东师范大学古籍整理研究所校点：《国语》，上海古籍出版社1988年版，第4页。

② （清）王先谦撰，沈啸寰、王星贤点校：《荀子集解》，中华书局1988年版，第329—330页。

③ （汉）班固撰，（唐）颜师古注：《前汉书》，中华书局1998年版，第1090页。

④ （宋）蔡沈注，钱宗武、钱忠弼整理：《书集传》，凤凰出版社2010年版，第100页。

〇《诗》云："贪人败类"。

今本《诗经·大雅·桑柔》有"大风有隧，贪人败类"句。

卷八十一　匡张孔马传第五十一

〇《诗》曰："商邑翼翼，四方之极；寿考且宁，以保我后生。"

《诗经·商颂·殷武》中有："商邑翼翼，四方之极。赫赫厥声，濯濯厥灵。寿考且宁，以保我后生。"

〇《诗》曰："念我皇祖，陟降廷止。"

今本《诗经·周颂·命予小子》中为："念兹皇祖，陟降庭止。"字句基本相同。

〇《大雅》曰："无念尔祖，聿修厥德。"

今本《诗经·大雅·文王》为："无念尔祖，聿修厥德。"《四部备要》本在前引文为"毋念尔祖，述修厥德。"而此处引文则与今本相同。

〇《诗》云："于以四方，克定厥家。"

《诗经·周颂·桓》："桓桓武王，保有厥土，于以四方，克定厥家。"

〇《诗》云："茕茕在疚"。

出自《诗·周颂·命予小子》。朱熹《诗集传》与《十三经注疏》本均为"嬛嬛在疚"。朱熹注曰："嬛，与茕同，无所依怙之意。"①

〇《诗》曰："窈窕淑女，君子好仇。"

出自《国风·周南·关雎》，为整部《诗经》的第一首诗的两句。

〇《大雅》云："敬慎威仪，惟民之则。"

《诗·大雅·抑》中有："敬慎威仪，维民之则。"所不同者仅一"惟"与"维"之别也。

〇《礼》曰："昆弟之子犹子也"，"为其后者为之子也"。

《仪礼·丧服》有"昆弟之子若子"句。《十三经注疏》中郑玄注曰："若子者，为所为后之亲，如亲子。"② 后两句出自《春秋公羊传·成公十五年》，而今本《礼记》中并无此语。

〇《书》不云乎？"无旷庶官，天工，人其代之。"

出自《尚书·虞书·皋陶谟》："无旷庶官，天工，人其代之。"所不同者，"毋"、"无"之别也。宋蔡沈《书集传》曰："'无'与'毋'通，禁止之辞。"

〇《书》曰："羞用五事"，"建用皇极"。

---

① （宋）朱熹注，王华宝整理：《诗集传》，凤凰出版社2007年版，第270页。

② （清）阮元校刻：《十三经注疏》（附校勘记），中华书局1980年版，第1101页。

《尚书·周书·洪范》："初一曰五行，次二曰敬用五事，次三曰农用八政，次四曰协用五纪，次五曰建用皇极，次六曰乂用三德，次七曰明用稽疑，次八曰念用庶征，次九曰向用五福，威用六极。"颜师古曰："羞，进也。皇，大也。极，中也。"[①]《四部备要》本为"羞"字，《书集传》以后本写作"敬"字。

○《书》曰："惟先假王正厥事"。

《尚书·商书·高宗肜日》中有："惟先格王，正厥事。"颜师古注曰："假，至也。言先代至道之王，必正其事。"而宋蔡沈则注曰："格，正也。"

○《诗》曰："敬之敬之，天惟显思，命不易哉！"又曰："畏天之威，于时保之。"

前三句出自《诗·周颂·敬之》，与今本字句略同，所不同者，"惟""维"之别也。后两句见之于《诗经·周颂·清庙之什·我将》，与今本字句同。

○《书》曰："天既付命正厥德"。又曰："天棐谌辞"。

《尚书·商书·高宗肜日》中有："天既孚命正厥德。"蔡沈注曰："孚命者，以妖孽为符信而谴告之也。"[②]"天棐忱辞"，见《尚书·周书·大诰》，颜师古注曰："棐，辅也。谌，诚也。"蔡沈注曰："棐，辅也。"《四部备要》本写作"谌"字，而《书集传》则作"忱"字。

○《诗》不云乎？"谗人罔极，交乱四国。"

出自《诗经·小雅·青蝇》，与《十三经注疏》本及今本字句相同。

○《书》曰："无遗耇老"。

出自《尚书·周书·召诰》。《书集传》和《十三经注疏》本中皆为"无遗寿耇"。

卷八十二　王商史丹傅喜传第五十二

○《周书》曰："以左道事君者诛"。

颜师古《汉书注》曰："逸书也"。《皇清经解续编》卷千三十八《逸周书逸文》（嘉定朱右曾亮甫著）十一"以左道事君者诛"。

○《易》曰："日中见昧，则折其右肱"。

《易·丰》："九三：丰其沛，日中见昧，折其右肱，无咎。"

卷八十三　薛宣朱博传第五十三

○《诗》云："民之失德，乾餱以愆。"

---

① （汉）班固撰，（唐）颜师古注：《前汉书》，中华书局1998年版，第1103页。

② （宋）蔡沈注，钱宗武、钱忠弼整理：《书集传》，凤凰出版社2010年版，第116页。

出自《诗经·小雅·伐木》，与《十三经注疏》本及今本字句相同。

○《书》曰："咨，十有二牧"。

出自《尚书·虞书·舜典》之辞也。

卷八十五　谷永杜邺周传第五十五

○经曰："皇极，皇建其有极。"

出自《尚书·周书·洪范》之辞也。

○经曰："继自今嗣王，其毋淫于酒，毋逸于游田，惟正之共。"

《书集传》本《尚书·周书·无逸》中为："周公曰：呜呼！继自今嗣王，则其无淫于观、于逸、于游、于田，以万民惟正之供。"与《四部备要》本《汉书》略同。

○经曰："亦惟先正克左右。"

出自《尚书·周书·文侯之命》之辞也。

○经曰："三载考绩，三考，黜陟幽明。"又曰："九德咸事，俊艾在官。"

前两句出自《尚书·虞书·舜典》之辞。后两句出自《尚书·虞书·皋陶谟》："九德咸事，俊乂在官。"

○经曰："怀保小人，惠于鳏寡。"

出自《尚书·周书·无逸》之辞也，《书集传》本作"小民"。

○经曰："飨用五福，畏用六极。"

出自《尚书·周书·洪范》之辞也，《书集传》本作"向用五福，威用六极"。《十三经注疏》本作"飨用五福，威用六极"。

○《易》曰："危者，有其安者也，亡者，保其存者也。"

今本《易·系辞下》中为："子曰：危者，安其位者也；亡者，保其存者也。"

○《书》曰："乃用妇人之言，自绝于天"；"四方之逋逃多罪，是宗是长，是信是使"。

前两句今本《尚书·泰誓》无此语，颜师古《汉书注》曰："今文《周书·泰誓》之辞也。"后两句今本《尚书·泰誓》亦无此语，颜师古《汉书注》曰："亦《泰誓》之辞也。"亦即今文《周书·泰誓》之辞也。

○《诗》云："燎之方阳，能或灭之？赫赫宗周，褒姒灭之！"

出自《诗经·小雅·正月》，《十三经注疏》本为"燎之方扬，宁或灭之？赫赫宗周，褒姒灭之！"《四部备要》本中的"阳"字、"能"字，在朱熹《诗集传》中作"扬"字和"宁"字。

○《易》曰："濡其首，有孚失是。"

《易·未济》："上九，有孚于饮酒，无咎。濡其首，有孚失是。"

○《易》曰："在中餽，无攸遂。"

《易·家人》："六二，无攸遂，在中馈，贞吉。"

○《诗》曰："懿厥哲妇，为枭为鸱"；"匪降自天，生自妇人"。

出自《诗经·大雅·瞻卬》："哲夫成城，哲妇倾城。懿厥哲妇，为枭为鸱。妇有长舌，维厉之阶。乱匪降自天，生自妇人。匪教匪诲，时维妇寺。"

○《诗》云："殷监不远，在夏后之世。"

出自《诗经·大雅·荡》，朱熹《诗集传》中为"殷鉴不远，在夏后之世"。《十三经注疏》本亦作"鉴"字。

○经曰："虽尔身在外，乃心无不在王室。"

《尚书·周书·康王之诰》之辞也，《书集传》本作"虽尔身在外，乃心罔不在王室"。《十三经注疏》本亦作"罔"字。

○《诗》云："乃眷四顾，此惟予宅。"

《诗经·大雅·皇矣》之诗也。《四部备要》本中的"予"字，在《诗集传》和《十三经注疏》本中均作"与"字。

○《易》曰："屯其膏，小贞吉，大贞凶。"

《易·屯》："九五，屯其膏，小，贞吉；大，贞凶。"

○传曰："饥而不损，兹谓泰厥灾，水厥咎亡。"

颜师古曰："《洪范》传之辞。"①

○《诗》云："凡民有丧，扶服救之。"

今本《诗经·邶风·谷风》为"凡民有丧，匍匐救之。"《礼记·檀弓下》："《诗》云：'凡民有丧，扶服救之。'"孙希旦《集解》注曰："扶服，并如字。又上音蒲，下音蒲北反。本又作'匍匐'，音同。"②

○《论语》曰："百姓不足，君孰予足？"

语出《论语·颜渊》："百姓足，君孰与不足？百姓不足，君孰与足？"今本为"与"字。

卷八十六　何武王嘉师丹传第五十六

○《书》不云乎？"用德章厥善"。

《尚书·商书·盘庚上》之辞也。《书集传》本作"彰"字，《十三经注疏》本亦作"彰"字。

① （汉）班固撰，（唐）颜师古注：《前汉书》，中华书局1998年版，第1140页。

② 《十三经清人注疏》，（清）孙希旦撰，沈啸寰、王星贤点校：《礼记集解》，中华书局1989年版，第301页。

〇《书》云："天命有德，五服五章哉！"

《尚书·虞书·皋陶谟》之辞也，与今本同。蔡沈《书集传》注曰："章，显也。五服，五等之服。自九章以至一章是也。言天命有德之人，则五等之服以彰显之，当勉励而不可怠者也。"①

〇臣闻咎繇戒帝舜曰："亡敖佚欲有国，兢兢业业，一日二日万机。"

今《尚书·虞书·皋陶谟》为"无教逸欲，有邦兢兢业业，一日二日万几。"颜师古注曰："《虞书·咎繇暮》之辞也。"宋祁注曰："颜氏不知引孔注以证，后人不根其本，且曰《汉书》尚尔，曾不知班、颜自误后人也。"②

〇《孝经》曰："天子有争臣七人，虽无道，不失其天下。"

出自《孝经·谏诤》，与今本字句相同。

〇《礼》："父为士，子为天子，祭以天子，其尸服以士服。"

《礼记·丧服小记第十五》："父为士，子为天子诸侯，则祭以天子诸侯，其尸服以士服。子为士，祭以士，其尸服以士服。"③

卷八十八　儒林传第五十八

〇乃叹曰："凤鸟不至，河不出图，吾已矣夫！"；"文王既没，文不在兹乎？"乃称曰："大哉，尧之为君也！唯天为大，唯尧则之。巍巍乎，其有成功也，焕乎其有文章！"又曰："周监于二代，郁郁乎文哉！吾从周。"故曰："述而不作，信而好古"；"下学而上达，知我者其天乎！"

《论语·子罕》有："子曰：凤鸟不至，河不出图，吾已矣夫！"亦有"文王既没，文不在兹乎？"之句。

《论语·泰伯》："子曰：大哉，尧之为君也！巍巍乎！唯天为大，唯尧则之。荡荡乎，民无能名焉。巍巍乎其有成功也，焕乎其有文章！"

《论语·八佾》："子曰：周监于二代，郁郁乎文哉！吾从周。"

《论语·述而》："述而不作，信而好古，窃比我于老彭。"

《论语·宪问》："不怨天，不尤人，下学而上达，知我者其天乎！"

以上班固《汉书》所引《论语》几条，皆与今本《论语》字句相同（杨伯峻《论语译注》本）。

卷九十一　货殖传第六十一

〇故《易》曰："后以财成辅相天地之宜，以左右民"，"备物致用，

---

① （宋）蔡沈注，钱宗武、钱忠弼整理：《书集传》，凤凰出版社2010年版，第30页。

② （汉）班固撰，（唐）颜师古注：《前汉书》，中华书局1998年版，第1148页。

③ 《十三经清人注疏》，（清）孙希旦撰，沈啸寰、王星贤点校：《礼记集解》，中华书局1989年版，第873页。

立成器以为天下利，莫大乎圣人”。

前两句出自《易·泰·象》：“天地交，泰，后以财成天地之道，辅相天地之宜，以左右民。”朱熹《周易注》曰：“财、裁同。”[①] 后两句出自《易·系辞上》，与今本完全相同。

卷九十二　游侠传第六十二

○故曾子曰：“上失其道，民散久矣。”

出自《论语·子张》，语句与今本完全相同。

卷九十四上　匈奴传第六十四上

○中国被其苦，诗人始作，疾而歌之，曰：“靡室靡家，猃允之故”，“岂不日戒，猃允孔棘”，“薄伐猃允，至于太原”，“出车彭彭，城彼朔方。”

第一处引《诗》出自《诗经·小雅·采薇》的第一章：“采薇采薇，薇亦作止。曰归曰归，岁亦莫止。靡室靡家，猃狁之故。不遑启居，猃狁之故。”

第二处引《诗》出自《诗经·小雅·采薇》的第五章最后两句：“驾彼四牡，四牡骙々。君子所依，小人所腓。四牡翼翼，象弭鱼服。岂不日戒？猃狁孔棘！”

第三处引《诗》，出自《诗经·小雅·六月》：“薄伐严狁，至于大原”。朱熹《诗集传》注曰：“大，音泰。”

第四处引《诗》出自《诗·小雅·出车》：“出车彭彭，旂旐央央。天子命我，城彼朔方。”

卷九十七下　外戚传第六十七下

○《易》曰：“鸟焚其巢，旅人先笑后号嗂。丧牛于易，凶。”

《易·旅》：“上九，鸟焚其巢，旅人先笑后号咷，丧牛于易，凶。”

○《书》云：“高宗肜日，粤有雊雉。祖己曰：‘惟先假王正厥事。’”又曰：“虽休勿休，惟敬五刑，以成三德。”

前一段引文出自《尚书·商书·高宗肜日》：“高宗肜日，越有雊雉。祖己曰：‘惟先格王，正厥事。’”《汉书》的《四部备要》本写作“假”字，后世本子皆作“格”字。后一段引文出自《尚书·周书·吕刑》：“虽畏勿畏，虽休勿休。惟敬五刑，以成三德。”

○《诗》云：“虽无老成人，尚有典刑，曾是莫听，大命以倾。”

出自《诗经·大雅·荡》：“虽无老成人，尚有典刑。曾是莫听，大

① （宋）朱熹注，李剑雄标点：《周易》，上海古籍出版社1995年版，第49页。

命以倾。”语句与今本相同。

卷九十八 元后传第六十八

○《书》不云乎？“公毋困我”。

今本《尚书·周书·洛诰》为：“公无困哉！”颜师古注曰：“《周书·洛诰》载成王告周公辞也。言公必须留京师，毋得远去而令我困。”[①] 蔡沈《书集传》注曰：“吴氏曰：《前汉书》两引‘公无困哉’，皆以‘哉’作‘我’，当以‘我’为正。”[②]

卷九十九上 王莽传第六十九上

○《诗》曰：“柔亦不茹，刚亦不吐，不侮鳏寡，不畏强圉。”

《诗经·大雅·烝民》为：“人亦有言，柔则茹之，刚则吐之。维仲山甫，柔亦不茹，刚亦不吐。不侮矜寡，不畏强御。”[③] “矜”与“鳏”通，《左传》昭公元年引作“鳏”。《汉书》中的“圉”字，在其他本子中皆写作“御”字。

○《诗》云：“人之云亡，邦国殄顇。”

出自《诗经·大雅·瞻卬》，但在《诗集传》以后本中为“瘁”字，《毛诗传笺通释》：“《传》曰：殄，尽。瘁，病也。郑《注》曰：殄，病也。”[④]

○《诗》云：“惟师尚父，时惟鹰扬，亮彼武王。”

《诗经·大雅·大明》：“牧野洋洋，檀车煌煌，驷騵彭彭，惟师尚父，时维鹰扬，凉彼武王。肆伐大商，会朝清明。”

○《书》曰：“知人则哲”。

《尚书·虞书·皋陶谟》中有“知人则哲，能官人”句，与今本完全相同。

○《书》曰：“舜让于德，不嗣”。

《尚书·虞书·舜典》中有“舜让于德，弗嗣”句，与今本一字之差，一为“不”字，一为“弗”字。《书集传》与《十三经注疏》本皆为“弗”字。

○《诗》云：“温温恭人，如集于木。”

出自《诗经·小雅·小宛》第六章开头两句，与今本字句完全相同。

○《诗》云：“夙夜匪解，以事一人。”

---

① （汉）班固撰，（唐）颜师古注：《前汉书》，中华书局1998年版，第1320页。

② （宋）蔡沈注，钱宗武、钱忠弼整理：《书集传》，凤凰出版社2010年版，第189页。

③ （宋）朱熹注，王华宝整理：《诗集传》，凤凰出版社2007年版，第250页。

④ （清）马瑞辰撰，陈金生点校：《毛诗传笺通释》，中华书局1989年版，第1034页。

《诗经·大雅·烝民》第四章最后两句，与今本字句完全相同。《诗集传》曰："一人，天子也。"

○《易》曰："终日乾乾，夕惕若厉。"

今本《易·乾卦》九三爻爻辞为："君子终日乾乾，夕惕若厉，无咎。"

○《书》曰："纳于大麓，烈风雷雨不迷。"

《尚书·虞书·舜典》中有"纳于大麓，烈风雷雨弗迷"句，与今本一字之差，一为"不"字，一为"弗"字。《书集传》与《十三经注疏》本皆为"弗"字。

○《诗》曰："亡言不雠，亡德不报。"

《诗·大雅·抑》："无言不仇，无德不报。"朱熹《诗集传》注曰："仇，叶市又反，答。报，叶蒲救反。"[①] 《十三经注疏》引《传》曰："仇，用也。"

○《谷梁传》曰："天子之宰，通于四海。"

出于《谷梁传·僖公九年》，见《十三经注疏·谷梁传注疏》卷七。[②]

○《书》不云乎？"天工，人其代之。"

出自《尚书·虞书·皋陶漠》，《书集传》曰："天工，天之工也。人君代天理物，庶官所治，无非天事。苟一职之或旷，则天工废矣，可不深戒哉！"[③]

○《书》曰："我嗣事子孙，大不克共上下，遏失前人光，在家不知命不易。天应棐谌，乃亡队命。"

出自《尚书·周书·君奭》，颜师古注曰："共，音恭。棐，音匪。"[④]《书集传》与《十三经注疏》文本为："在我后嗣事子孙，大弗克恭上下，遏佚前人光，在家不知。天命不易，天难谌，乃其坠命。"《汉书》与后世所引《君奭》在文字上稍有出入。

○《礼·明堂》记曰："周公朝诸侯于明堂，天子负斧依南面而立。"谓"周公践天子位，六年朝诸侯，制礼作乐，而天下大服"也。

出于《礼记·明堂位》第十四："昔者，周公朝诸侯于明堂之位：天子负斧依南乡而立。……武王崩，成王幼弱，周公践天子之位，以治天下。六年，朝诸侯于明堂，制礼作乐，颁度量，而天下大服。七年，致政

---

① （宋）朱熹注，王华宝整理：《诗集传》，凤凰出版社 2007 年版，第 240 页。

② （清）阮元校刻：《十三经注疏》（附校勘记），中华书局 1980 年版，第 2395 页。

③ （宋）蔡沈注，钱宗武、钱忠弼整理：《书集传》，凤凰出版社 2010 年版，第 30 页。

④ （汉）班固撰，（唐）颜师古注：《前汉书》，中华书局 1998 年版，第 1337 页。

于成王。”王文锦《礼记译解》：“乡，通向。”[①] 今本中这一段引文，与《汉书》基本相同，但文字有省略之处。

○《书》曰：“朕复子明辟”。

出自《尚书·周书·洛诰》，与今本文字相同。

○《孝经》曰：“不敢遗小国之臣，而况于公、侯、伯、子、男乎？故得万国之欢心以事其先王。”此天子之孝也。

《孝经·孝治章》第八：“子曰：昔者明王之以孝治天下也，不敢遗小国之臣，而况于公、侯、伯、子、男乎，故得万国之欢心，以事其先王。”此为《十三经注疏》之文本。

○《春秋》：“善善及子孙”，“贤者之后，宜有土地”。

《公羊传·昭公二十年》：“君子之善善也长，恶恶也短；恶恶止其身，善善及子孙。”[②] 后两句见《左传·昭公二十一年》。《孟子·梁惠王下》中有“仕者世禄”，即“贤者之后，宜有土地”之意。

○《礼》：“庶子为后，为其母缌。”传曰：“与尊者为体，不敢服其私亲也。”

《仪礼正义·丧服》：“庶子为父后者，为其母。《传》曰：何以缌也？《传》曰：与尊者为一体，不敢服其私亲也。”《疏》曰：“释曰：此为无家适，唯有妾子，父死，庶子承后，为其母缌也。”[③]

《周礼》曰：“王为诸侯缌缞”，“弁而加环绖”。

《周礼·春官·司服》：“王为三公六卿锡衰，为诸侯缌衰，为大夫、士疑衰，其首服皆弁绖。”[④]

○《尚书·康诰》“王若曰：‘孟侯，朕其弟，小子封。’”

出自《尚书·周书·康诰》，文字与今本完全相同。

卷九十九中　王莽传第六十九中

○《诗》不云乎？“侯服于周，天命靡常。”

《诗经·大雅·文王》：“侯服于周，天命靡常。”

○《书》曰：“予则奴戮女”。

出自《尚书·夏书·甘誓》最后一句，“予则孥戮女”，《书集传》写作“孥”字。

卷九十九下　王莽传第六十九下

---

① 王文锦译解：《礼记译解》，中华书局2001年版，第436页。

② （清）阮元校刻：《十三经注疏》（附校勘记），中华书局1980年版，第2325页。

③ 同上书，第1119页。

④ 吕友仁译注：《周礼译注》，中州古籍出版社2004年版，第276页。

〇《易》不云乎？“日新之谓盛德，生生之谓易。”

《易·系辞上》第五章第三段：“盛德大业，至矣哉！富有之谓大业，日新之谓盛德，生生之谓易。”与今本文字相同。

〇《易》不云乎？“损上益下，民说无疆。”

《易·益·彖》：“益，损上益下，民说无疆，自上下下，其道大光。”引文与今本同。

〇《书》云：“言之不从，是谓不艾。”

颜师古注曰：“《洪范》之言。”但《书集传·洪范》中不见其语。《尚书大传》卷三：“言之不从，是谓不艾。”郑玄注：“艾，治也。君言不从，则是不能治其事也。”通“乂”。治；治理。《诗·小雅·小旻》：“民虽靡朊，或哲或谋，或肃或艾。”朱熹《诗集传》：“艾与乂同，治也。”

〇《易》曰：“受兹介福，于其王母。”

《易·晋》：“六二，晋如愁如，贞吉；受兹介福，于其王母。”与今本文字相同。

〇《礼》曰：“承天之庆，万福无疆。”

颜师古注曰：“礼之祝词。”《仪礼·士冠礼》：“承天之庆。受福无疆。”《十三经注疏》为“受”字。

〇《易》言：“伏戎于莽，升其高陵，三岁不兴。”

《易·同人》：“九三，伏戎于莽，升其高陵，三岁不兴。”与今本文字相同。

〇故《易》称：“先号咷而后笑”。

《易·同人》：“九五，同人，先号咷而后笑，大师克相遇。”与今本文字相同。

卷一百上　叙传第七十上

〇《书》云：“乃用妇人之言”。

颜师古注曰：“《今文尚书·泰誓》之辞。”①

〇《易》曰：“鼎折足，覆公悚。”

《易·鼎》：“九四，鼎折足，覆公悚，其形渥。”与今本文字相同。

〇《诗》云：“皇矣上帝，临下有赫，鉴观四方，求民之莫。”

《诗·大雅·皇矣》：“皇矣上帝，临下有赫，监观四方，求民之莫。”《诗集传》注曰：“皇，大；临，视也。赫，威明也。监，亦视也。莫，

① （汉）班固撰，（唐）颜师古注：《前汉书》，中华书局1998年版，第1378页。

定也。”[①]《十三经注疏》本亦为“监”字。

近几年来，对《汉书》史学之外问题的研究渐多起来，有好几篇硕士、博士论文都在研究《汉书》的引经问题，但多都是运用统计学的方法，分类归纳，加以解说。如2009年黑龙江大学王红娟的硕士论文《〈汉书〉的〈诗经〉学研究》，在此基础上，2012年她又作成了博士论文《〈汉书〉与汉代〈诗经〉学》。2009年河北师大郝丽艺的硕士论文《两〈汉书〉引〈诗经〉研究》，还附有统计表，以引用方式（直引、化引、意引）、事件及人物、引用篇目来分类；有的表还分帝王、年号、公元、任务、类型、引文、来源等项，更为细致，这种角度的研究有一定价值。2007年华中师大黄河的硕士论文《〈汉书〉引〈易〉研究》，2012年河北师大马娟的硕士论文《〈汉书〉、〈后汉书〉引〈周易〉研究》，都在《汉书》引经方面作了一些有意义的探索。其中从《汉书》征引经文与后世流行本的比对研究亦是一种方法，除此还有硕博论文中涉及的诸多方法。总的来说，对《汉书》征引经文的研究，《诗》、《书》、《易》相对多一些，《礼》与《春秋》尚未见专书研究，学海无涯，亦无止境，仅就《汉书》引经之研究，尚有诸多空间待开发。

2013年8月

① （宋）朱熹注，王华宝整理：《诗集传》，凤凰出版社2007年版，第214页。

马融注经考

在中国学术史和两汉经学的发展史中，马融都是一个非常重要的儒学大家，他对汉晋学术的嬗变起到了先导作用。马融字季长，东汉名将马援的从孙，东汉经学家，博通经籍，尤长于古文经学，世称“通儒”。《后汉书·马融列传》：“马融字季长，扶风茂陵人也，将作大匠严之子。为人美辞貌，有俊才。……融才高博洽，为世通儒，教养诸生，常有千数。涿郡卢植，北海郑玄，皆其徒也。善鼓琴，好吹笛，达生任性，不拘儒者之节。居宇器服，多存侈饰。常坐高堂，施绛纱帐，前授生徒，后列女乐，弟子以次相传，鲜有入其室者。尝欲训左氏春秋，及见贾逵、郑觽注，乃曰：‘贾君精而不博，郑君博而不精。既精既博，吾何加焉！’但著《三传异同说》。注《孝经》、《论语》、《诗》、《易》、《三礼》、《尚书》、《列女传》、《老子》、《淮南子》、《离骚》，所著赋、颂、碑、诔、书、记、表、奏、七言、琴歌、对策、遗令，凡二十一篇。初，融惩于邓氏，不敢复违忤埶家，遂为梁冀草奏李固，又作大将军西第颂，以此颇为正直所羞。年八十八，延熹九年卒于家。遗令薄葬。”马融长期在洛阳东观校书著述，为他能综合各家之学，遍注古文经典，提供了十分有利的条件。他善于吸取前人的学术研究成果，他曾想训解《左氏春秋》，及见贾逵、郑众的著作，感到无以复加，遂乃综合贾、郑二家之长，撰成《春秋三传异同说》，是《春秋》学集大成的一部专著，马融还与北地太守刘环讨论过《春秋》学的一些分歧问题。马融一生注述很多，遍注群经。我们初知其注经篇目来自于《后汉书》本传，其中所记注释著作十部，为文凡二十一篇。马融的赋、颂、碑、诔等篇，以《长笛赋》比较著名，被《文选》收录，其体制仿王褒的《洞箫赋》，然而不及《洞箫赋》雄肆生动；《广成颂》载于《后汉书·马融传》，余多亡佚。明张溥辑的《马季长集》，收入了《汉魏六朝百三家集》。马融注经，清人马国翰编的《玉函山房辑佚书》、黄奭《汉学堂丛书》有部分辑录。

据考证，马融注《易》，源于《费氏易》，又杂采子夏之说以及孟氏、梁丘氏、京房氏诸家《易》学。注《尚书》，取郑氏父子和贾逵之说。注《诗》，除《毛氏诗》外，兼采《韩诗》。马融之学，属于古文经学中的一种典型。在儒家经学的发展史上，马融开始了综合各家、遍注群经这种带有开创性的工作，他的经注成就，使古文经学开始达到成熟的境地，预示着汉代经学发展将步入新的历史时期。

一

关于马融注《周易》，世人皆知其书已佚。《旧唐书·经籍志》："《周易》十卷，马融章句。"《新唐书·艺文志》载《周易》："马融《章句》十卷。马、郑、二王《集解》十卷。"初唐孔颖达在《周易正义》中说："传《易》者，西都则有孟、京、田，东都则有荀、刘、马、郑，大体更相祖述，非有绝伦。唯魏世王辅嗣之注，独冠古今。"孔颖达认为两汉对《周易》的阐释没有太大差别，只是文字的解释，每个人的贡献不大，对马融的评价也很一般，与诸人等同论之，唯有三国时期魏国的王弼能让人耳目为之一新。朱彝尊《经义考》卷八云："马氏（融）周易注（或作传），《七录》一卷，《释文序录》、新旧《唐书》作章句十卷。"[①]马国翰本云："《周易马氏传》三卷，后汉马融撰，融字季长，茂陵人，官至南郡太守，事迹见《后汉书》本传。传《孝经》、《论语》、《诗》、《三礼》、《尚书》皆有注。其《易》治费氏学，与陈元、郑众并名于代。荀悦《汉纪》云：马融著《易解》，颇生异说。颜延之庭诰云：马、陆得其象数，取之于物。荀、王举其正宗，得之于心，二子之论，皆有不足于季长，然钜儒如庐植、郑元皆出门。史又称融为传以授郑元，元作易注，则吾道云：东必有相契于微者矣。《隋书·经籍志》云：梁有汉南郡太守马融注《周易》一卷，亡。新旧《唐书志》并有章句十卷。盖隋代散亡，唐复得之，故陆德明《释文序录》，亦称其章句十卷，而与孔氏《正义》、李氏《集解》犹及征引之也。宋元以来，其书无传。兹就三书所引，并他书间见者辑录三卷，萧子显谓康成训义，优洽一世，参同甄异，可以此为郑氏先河云。"[②] 据《中国古佚书辑本目录解题》所记，马融《周易》注本在清代有八种。《马氏周易注》，朱彝尊辑，见《经义考·易七》。《马融周易传》一卷，孙堂辑，见《汉魏二十一家易注》，《汉魏二十一家易注》侯康、陈澧批点，现藏北京大学图书馆。《周易马氏》，张惠言辑，

① （清）朱彝尊：《经义考》，中华书局1998年版，第55页。

② （清）马国翰：《玉函山房辑佚书》，广陵书社2005年版，第114页。

见《易义别录》卷九（清抄本，藏复旦大学图书馆），《张皋文笺易诠全集·易义别录》卷九，《皇清经解·易义别录》（刻本卷一千二百四十二、石印本卷一百五十一）。《马融易传》一卷，黄奭辑，见《汉学堂丛书·经解易类》，《黄氏逸书考·汉学堂经解》。《周易马氏传》三卷，马国翰辑，见《玉函山房辑佚书·经编易类》。《周易马融传》，胡薇元辑，见《玉津阁丛书甲集·汉易十三家》卷下。《马王易义》一卷，马融、王肃撰，臧镛辑，见《问经堂丛书》。

在对《周易》的传承和研究方面，马融的贡献与地位是不可忽视的。关于传《易》之人，《周易正义》卷首曰："其后汉则有马融、荀爽、郑玄、刘表、虞翻、陆绩等及王辅之。"说到重卦之人，孔颖达则曰："《礼纬》含文嘉曰：伏羲德合上下，天应以鸟兽文章，地应以河图洛书，伏羲则而象之，乃作八卦。故孔安国、马融、王肃、姚信等并云：伏羲得河图而作《易》。"

二

马融注《尚书》，今亦不存。朱彝尊《经义考》卷七十七曰："《马氏（融）尚书注》，《隋志》十一卷，佚。王应麟曰：鸟兽跄跄，马融注以为笋簴，《七经小传》用其说。按：《马氏尚书注》本于杜林漆书，故多与今文异。如至于北岳，如西礼作如，初天叙有典，有作五天明。畏作威，暨稷播奏，庶坚，食鲜食，艰作根，云根生之食，谓百谷。日月星辰山龙，华虫作会，会作绘作。十有三载，载作年。瑶琨篆簜，琨作瑻。沿于江海，沿作均。榮波既豬，波作播，云榮播泽名。导岍及岐，岍作开天用。勦绝其命，勦作巢。诞告用亶，作单用。又，雠敛，雠作稠，云数也。自靖，作清，云洁也。弗迓克奔，迓作籞，云禁也。无虐茕独，我之弗辟，作避，谓避居东都信噫，作懿，云犹亿也。大诰，尔多邦，作大诰繇尔多邦降，割作害。酒诰王若曰，作成王若曰，皇天既付中国民，付作附。非我小国敢弋殷命，弋作翼。大淫泆有辞，泆作屑，云过也。严恭寅畏，严作俨。文王卑服，卑作俾，云使也。诪张为幻，诪作辀。其终出于不祥，终作崇，云充也。我道惟宁王德延，道作迪。有若南宫括，宫作君。迪简在王廷，迪作攸，云所也。尔罔不克臬，作劓。王不怿，作释，云不释，疾不解也。在后之侗，作詷，云共也。冒贡作勖赣，云陷也。王崩作成王崩，注安民立政曰，成四人綦弁，綦作骐，云青黑色。三咤，作诧。折民惟刑，折作悊，云智也。王曰吁，作于，惟来作求，云有求请，赇也。仡仡勇夫，作讫讫，云无所省录之貌。谝言，作偏，云少也。辞约损明，大辨佞之人，盖其书唐初尚存，此陆氏《释文》采之。”[①] 朱彝尊所言极是，马融的《尚书注》在唐代是存在的，起码在初唐这本书没有佚失。因为唐初陆德明的《经典释文》征引了马融的《尚书注》，而且在魏徵主持修撰的《隋书·经籍志》中记载：“《尚书》十一卷，马融注。”在后晋刘昫等人撰著的《旧唐书·经籍志》还载：“《古文尚书》十卷，马融注。”在北宋欧阳修、宋祁的《新唐书·艺文志》还记“《古文尚书》马融《传》十卷”。但到《宋史》就不见记载了，说明这个时期马融经注已经散逸了。

马国翰在《玉函山房辑佚书》中说：“《尚书马氏传》四卷，后汉马融撰。有《周易传》已著录，《后汉书·儒林传》云：扶风杜林传《古文尚书》，同郡贾逵为之作训，马融作传。《隋志》：尚书十一卷，马融注。《唐志》：马融传十卷。今佚。兹从《释文》、《正义》、《集解》等采辑，分为三卷。《正义》谓马、郑之徒百篇之《序》为一篇，《隋志》较《唐志》多一卷者，即《书序》也，更别辑录合为四卷。夫季长治古文学而所注止今文二十九篇，序谓《太誓》后得颇以神怪为疑。然观注中佚说，亦止是今文《太誓》，其本多异字。盖典校秘府时能见古文真本，间有参三家今文而用之者，以视伪孔传判霄壤矣。且康成之学，渊源于马氏，参考郑义，多与之同，宜乎！雅才好博，与卫、贾并见称许也。”[②] 马融之学上承贾逵。贾逵其父就习《古文尚书》，至逵乃博通今古文之学，打破了今古文之间的严格界限，遂为东汉今古文大家。后来马融注《尚书》，亦效贾逵之旁征博引。

马融于贾逵之后，继续倡导古文之学，经他与弟子郑玄的努力践行，古文学派完全压倒了经文学派。马融所注《尚书》最大的贡献是发现了《古文尚书》中的《太誓》是后人伪造的。他发现先秦各著作所引的《尚书·太誓》的文字一律不见于今古文《尚书·太誓》，而且先秦引文和今古文《尚书·太誓》在文体上也不相同，由此可断，今古文《尚书·太誓》是后人所伪。所以，马融是对《尚书》内容提出真伪质疑的第一人，他的这种论证方法也为后世研究《尚书》与其他经典著作所采取。

马融所著《古文尚传书》，他为什么要给书名取为古文？清人唐宴在《两汉三国学案》中说：“马氏于书自名古文，以当时博士为俗儒。然当时古文师法已不复传，但有杜林漆书之学耳。其学亦不闻师承，而马氏之学，果得杜氏之真，未敢知也。大抵马、郑才高，皆有吐弃前人之思，故其所传章句，求异于西汉而已。果为古文，能胜今文与否，其说具在，尚

① （清）朱彝尊：《经义考》，中华书局1998年版，第426页。

② （清）马国翰：《玉函山房辑佚书》，广陵书社2005年版，缩印本，第394页。

待再考。马氏之说，孙氏疏取之备矣。”[①] 马融之注《尚书》，无所师承，以其才高而不因循前人，其佚文可见后人辑录文，如《玉函山房辑佚书》、《两汉三国学案》（征引数条而已）。从学术渊源来说，马融《尚书》之学，属于扶风学派的传承系统，杜林得漆书本而传古文《尚书》，同郡贾逵为之作注，马融作传，郑玄注解。《尧典》：《正义》曰“孔所传者胶东庸生、刘歆、贾逵、马融等所传是也。郑玄《书赞》云：我先师棘下生安国亦好此学，卫、贾、马二三君子之业，则雅材好博，既宣之矣。……是郑意师祖孔学，传授胶东庸生、刘歆、贾逵、马融等学而贱夏侯、欧阳等。”[②] 总的来说，马融所传《尚书》来源于杜林本。

三

马融注《诗经》，今亦不存。《后汉书·儒林列传》记：“中兴后，郑鱂、贾逵传毛诗，后马融作毛诗传，郑玄作毛诗笺。”《隋书·经籍志》记载：“梁有毛诗十卷，马融注，亡。”并在《诗》部总结中说道：“郑众、贾逵、马融，并作《毛诗传》，郑玄作《毛诗笺》。”[③] 新旧《唐书》的经籍志、艺文志中不见马融注《诗》的记载。朱彝尊《经义考》卷一百一曰：“《马氏（融）毛诗注》，《七录》十卷。佚。陆德明曰：无下帙。”[④] 清人马国翰在《玉函山房辑佚书》于马融注《诗》有简短的辑佚，在辑佚本前云：“《毛诗马氏注》一卷，汉马融撰，有《易传》、《尚书注》并著录《隋书·经籍志》云：‘梁有毛诗十卷，马融注，亡。’唐《志》已下不复著录。唯《正义》与《释文》引十一节，郦道元《水经注》引一节，佚说之存者仅此。案：郑康成受业于融，笺《诗》应本师说。《正义》、《释文》所引特著，其与郑义异者耳。夫一家之说不为苟同，观季长之佚文，而康成卓越之识，愈可见矣。”[⑤] 古文学派的《毛诗》，在《汉书·艺文志》中为：“《毛诗》二十九卷。《毛诗古训传》三十卷。”古文《毛诗》在当时不立于朝廷的学官，却立于河间诸侯国的学官，这是它得以流传的主要原因。西汉末年，偏好古文学派的王莽执政，古文《毛诗》才得以立于学官，并高才习《毛诗》。《后汉书·贾逵传》说：“八年，乃诏诸儒各选高才生，受习《左氏》、《谷梁春秋》、《古文

① （清）唐晏著，吴东民点校：《两汉三国学案》，中华书局1986年版，第183页。

② 陈孟家：《尚书通论》，中华书局2005年版，第41页。

③ （唐）魏征，令狐德棻：《隋书》，中华书局1973年版，第916、918页。

④ （清）朱彝尊：《经义考》，中华书局1998年版，第551页。

⑤ （清）马国翰：《玉函山房辑佚书》，广陵书社2005年版，第543页。

尚书》、《毛诗》，由是四经遂行于世。皆拜逵所选弟子及门生为千乘王国郎，朝夕受业黄门署，学者欣欣羡慕焉。”古文《毛诗》在东汉后来居上、广为流传，还得益于卫宏、贾逵、马融、郑玄等经学大师的推动。卫宏撰了对后世儒家文学理论影响深远的《诗序》，其贡献之大自不待言，不可磨灭。而马融之《毛诗传》，郑玄之《毛诗笺》，几乎垄断了东汉中后期的经学，他们师徒对《毛诗》作的注释，进一步促成了《毛诗》的风行。

而清人皮锡瑞在其《经学通论》中有一条“论《毛传》不可信而明见《汉志》非马融所作”，他认为《毛传》不可信，并列举了六条不可信的理由。其后并说：“顾炎武断《后汉儒林传》诗齐、鲁、韩、毛，毛字为衍文。《儒林传》云：三家皆立博士，赵人毛苌传《诗》，是为《毛诗》，未得立。顾氏之说是也。《儒林传》马融作《毛诗传》。何焯曰：后人据此传，云诗序之出于宏，不悟《毛传》之出于融，何也？或疑融别有诗传，亦非范氏明与郑笺连类言之矣。康成亲受经于季长，以笺为致敬亦得。案：何氏说虽有据，而《汉志》已列《毛诗诂训传》，仍当以融别有诗传为是。”① 皮锡瑞之言过于牵强，理由并不充分，虽不赞成，但备其说。后人对此亦有看法，钱基博在《经学通志》中说：“东海卫宏敬仲、扶风贾逵景伯，于中兴之初，学《毛诗》于谢曼卿，而逵作《齐鲁韩诗与毛氏异同》，又有《毛诗杂议难》十卷，见《隋书·经籍志》，则非笃信于毛者也。独宏作《毛诗序》，善得风雅之旨。河南郑众仲师、汝南许慎叔重，亦稍稍治《毛诗》。然在廷诸臣，犹崇《韩故》，兼习《鲁训》。而作《毛诗传》者自扶风马融季长始也。”② 郑玄在东郡时随张恭祖习《韩诗》，后来师事于马融，亦习《毛诗》，对于《毛诗》中隐略不明之处，则加以勾陈申明，遂成《笺》本，而传于后世，其中自有马融之意解，然马氏注佚失不传（虽有辑佚，仅数句而已），已难加区分。

四

马融注《周礼》，今亦不存。《后汉书·儒林列传》记载：“中兴，郑觿传《周官经》，后马融作《周官传》，授郑玄，玄作《周官注》。”③《隋书·经籍志》云：“《周官礼》十二卷，马融注。……是后马融作《周官

① （清）皮锡瑞：《经学通论》，中华书局1954年版，第19页。

② 钱基博：《经学通志》，广西师范大学出版社2009年版，第84页。

③ （南朝宋）范晔撰，（唐）李贤注：《后汉书》卷109下，中华书局1998年版（据1936年版《四部备要》缩印），第983页。

传》，以授郑玄，玄作《周官注》。汉初，河间献王又得仲尼弟子及后学者所记一百三十一篇献之，时亦无传之者。至刘向考校经籍，检得一百三十篇，向因第而叙之。而又得《明堂阴阳记》三十三篇、《孔子三朝记》七篇、《王史氏记》二十一篇、《乐记》二十三篇，凡五种，合二百十四篇。戴德删其烦重，合而记之，为八十五篇，谓之《大戴记》。而戴圣又删大戴之书，为四十六篇，谓之《小戴记》。汉末马融，遂传小戴之学。融又定《月令》一篇、《明堂位》一篇、《乐记》一篇，合四十九篇；而郑玄受业于融，又为之注。今《周官》六篇、古经十七篇、《小戴记》四十九篇，凡三种。唯《郑注》立于国学，其余并多散亡，又无师说。”《新唐书·艺文志》：“马融《周官传》十二卷。”《旧唐书·经籍志》：“《周官》十二卷马融传。”朱彝尊《经义考》卷一百二十一云：“《马氏（融）周官礼注》，《隋志》十二卷，佚。孔颖达曰：‘马融为《周礼注》，欲省学者两读，故具载本文后。后汉以来始就经为注。’”[①] 可见，马融的《周官传》在唐代并未佚失。马国翰《玉函山房辑佚书》的“经编周官礼类”中云：“《周官传》一卷，后汉马融撰。此书作于守武都时。……《隋志》：《周官礼》十二卷，马融注。《唐志》：马融《周官传》十二卷。今佚，辑录一帙。融为康成之师，而康成注用郑大夫父子及杜子春三家疏，引融说又往往为郑君所不取，则马传未能精醇而郑之不阿所好均可见已。”[②] 马融《周官传序》云：“至六十为武都守，郡小事少，乃述平生之志，著《易》、《尚书》、《诗》、《礼》传，皆讫，唯念前业未毕者唯《周官》，年六十有六，目瞑意倦，自力补之，谓之《周官传》也。欲省学者两读，故具载本文而就经为注。”此序文辑录自章如愚的《山堂考索·前集》一卷。清王谟辑有《周官传》一卷，收入《汉魏遗书抄·经翼》；黄奭辑有《周官传》一卷，收入《汉学堂丛书·经解礼类》及《黄氏遗书考·汉学堂经解》、《汉学堂知足斋丛书》。

我们知道《周官》之为《周礼》，其实始于刘歆，其名始于《汉书·王莽传上》：“少阿、羲和与刘歆与博士诸儒七十八人皆曰：《周礼》曰：王为诸侯缌缞……”但在东汉《周礼》一名并未流行，人们依然多使用《周官》之名。《后汉书·儒林传》中多次提到《周官》，并未言及《周礼》。马宗霍《经学通论》说：“检阅《隋书·经籍志》，亦无《周礼》之名，所录马融、郑玄、王肃、伊说、干宝等人之注及崔灵恩之集注，皆作《周官礼》。《汉书·艺文志》‘《周官经》六篇’，颜师古注曰：‘即今

① （清）朱彝尊：《经义考》，中华书局 1998 年版，第 647 页。

② （清）马国翰：《玉函山房辑佚书》，广陵书社 2005 年版，第 756 页。

之《周官礼》也。’皆隋唐之际习称《周官》或《周官经》为《周官礼》而不作《周礼》之证。《旧唐书·经籍志》著录沈重《周礼义疏》、贾公彦《周礼疏》、王玄度《周礼义决》等，三书名中之‘周礼’，则皆指马融、郑玄等所传之《周官》而言。由此可见，《周礼》之成为《周官》的通俗称谓，当始于唐。”① 唐以前人们为什么不称《周礼》而言《周官》呢？究其原因，可能是人们觉得《周官》比《周礼》更切合书内的实际内容，因为其书是对周朝官制的记载，称《周礼》远不如称之为《周官》名副其实。

马融于“三礼”注，今辑佚本还有马国翰所辑之《礼记马氏注》。在《玉函山房辑佚书》“经编礼记类”所辑佚文本的前序中说：“《礼记马氏注》一卷，后汉马融撰。融之学长于三礼，其注《周官礼注》、《丧服经传注》。隋唐《志》各著录，独无《礼记》，《东汉会要》载有融《礼记注》。贾公彦《周礼废兴》云：礼传均不详卷数，盖本有注而久佚矣。采得一十六节，录为一卷。康成受学于马融，其论说当有本之于师者，特无从区别之尔。”② 马国翰的辑佚，来自于《经典释文》、《五经正义》、《通典》三种文献的引文。人们总以为郑玄为徒，其书必有为师之见，然玄不守师法，于其经注中不标马融之解，故而无从知晓马氏佚失之文。

五

在古代礼仪中，人们最重视丧服。在《礼经》十七篇中，唯独《丧服》有子夏的传，所以《丧服》又别于儒家礼学家们的专门之学。大戴有《丧服变除》一卷（见《新唐书·艺文志》）。《小戴礼记》四十九篇，有《曾子问》、《丧服小记》、《杂记》上下、《丧大记》、《丧服大记》、《奔丧》、《问丧》、《服问》、《间传》、《三年问》、《丧服四制》十一篇，这些都属于《丧服》。在《礼经》十七篇中，马融只是对《丧服》经传作了注释。《隋书·经籍志》载：“《丧服纪》一卷，马融注。”到了朱彝尊的《经义考》卷一百三十六则记为：“《隋志》一卷，佚。”可见，马融的《丧服经传马氏注》在唐代还是广为流传的，所以清人马国翰就是从孔颖达的《正义》、杜佑的《通典》和贾公彦的疏本辑得《丧服经传马氏注》一卷本的。《玉函山房辑佚书》在辑本“经编仪礼类”辑佚文的前序中说：“《丧服经传马氏注》一卷，后汉马融撰。此注载《隋书·经籍志》、《唐书·艺文志》，皆以一卷著目，今佚。贾公彦《仪礼疏》引数

① 马宗霍，马巨：《经学通论》，中华书局2011年版，第167页。

② （清）马国翰：《玉函山房辑佚书》，广陵书社2005年版，第904页。

节，杜佑《通典》所引最多，缺者盖无几矣。兹据辑录注，大指与康成略同，其涉异者，如公之庶昆弟、大夫之庶子为母妻昆弟，马以昆弟二字抽之在传下。又合读大夫之妾为君之庶子，女子子嫁者、未嫁者，言大夫之妾为此三人服也。郑皆以为旧说为非，贾疏悉引融义驳斥之。统观《通典》所取融说，知与郑合者，疏皆不须引证，然《通典》引马融而经文次第多与注疏本不同，或融本复有殊异也，今录之以备参稽云。”①

马融之著《三传异同说》，其他志书不见著录。马国翰在《玉函山房辑佚书》“经编春秋类”辑佚文前序中说：“《春秋三传异同说》一卷，后汉马融撰。融于《易》、《书》、《诗》、《礼》皆有注，已各著录，《后汉书》本传云：尝欲训《左氏春秋》，及见贾逵、郑众注，乃曰：‘贾君精而不博，郑君博而不精，吾何加焉！’但著《三传异同说》，隋唐《志》皆不载，书佚已久。辑二十一节，如说二叔为夏殷之叔世，五典为五行，与贾、正殊异，未必如贾、郑之可从也。”

关于马融注《论语》，《隋志》不载，说明在唐初是《马氏论语注》已经佚失不存。到清朱彝尊的《经义考》卷二百十一说：“《马氏（融）论语解》，佚。邢昺曰：后汉顺帝时南郡太守马融为《古文论语训说》。”② 马国翰在《玉函山房辑佚书》“经编论语类”辑佚文前序中说：“《论语马氏训说》二卷，后汉马融撰。融有《易》、《书》、《诗》、《三礼》、《左传注》皆有注，已各有著录。何晏《集解序》云：《古论》唯博士孔安国为之训解，而世不传。至顺帝时，南郡太守马融亦为之《训说》。邢昺《疏》云：马融亦为《古文论语训说》。皇侃《疏》谓为《鲁论训说》，非也。隋唐《志》皆不载，佚已久。今就《集解》所采，参证他所引述，裒辑上下二卷，其说为力不同科云，为力力役之事，亦有上中下设三科焉。阮芸台相国取之云：此与射对言，若解作释《礼》文，则射不主皮，出于《乡射礼记》，乃孔子之徒所述，何得孔子为之释屿！即一端以例，其余知汉诂深得经旨，实胜后人，何晏采取不及孔氏之半，要足相辅而行云。”③ 马国翰之辑佚以何晏《集解》为主，并兼及《经典释文》、《皇本》、《高丽本》、《史记》、《世说新语》、《说文解字》、《文选》等，所辑文献来源广泛。在陆德明的《经典释文·序录》中亦有两处言及马融的《论语注》：“《古论语》者，出自孔氏壁中，凡二十一篇，有两《子张》，篇次不与齐、鲁《论》同，孔安国为传，后汉马融亦注之。……

① （清）马国翰：《玉函山房辑佚书》，广陵书社 2005 年版，第 828 页。

② （清）朱彝尊：《经义考》，中华书局 1998 年版，第 1085 页。

③ （清）马国翰：《玉函山房辑佚书》，广陵书社 2005 年版，第 1700 页。

魏吏部尚书何晏集孔安国、包咸、周氏、马融、郑玄、陈群、王肃、周生烈之说，并下己意，为《集解》。”

汉代《孝经》及其注释本，在《汉书·艺文志》中八种。唐陆德明《经典释文》曰：“（《孝经》）又有古文出于孔氏壁中，别有《闺门》一章，自余分析十八章，总为二十二章。孔安国作传。刘向校书定为十八。后汉马融亦作《古文孝经传》而世不传。世所行《郑注》，相承以为郑玄。”关于马融注《孝经》，《隋志》亦载：“梁有马融、郑众注《孝经》二卷，亡。……遭秦焚书，为河间人颜芝所藏。汉初，芝子贞出之，凡十八章，而长孙氏、博士江翁、少府后苍、谏议大夫翼奉、安昌侯张禹，皆名其学。又有《古文孝经》，与《古文尚书》同出，而长孙有《闺门》一章，其余经文，大较相似，篇简缺解，又有衍出三章，并前合为二十二章，孔安国为之传。至刘向典校经籍，以颜本比古文，除其繁惑，以十八章为定。郑众、马融，并为之注。”《经义考》卷二百二十二曰：“《马氏（融）孝经注》，《七录》一卷，佚。黄震曰：《孝经》郑康成诸儒主今文，孔安国、马融主古文。”① 关于马氏注《孝经》，马国翰《玉函山房辑佚书》未见采辑，今世亦不见辑佚本。

2013 年 5 月

① （清）朱彝尊：《经义考》，中华书局 1998 年版，第 1133 页。

子学编

《孙子兵法》中的儒家思想

《孙子兵法》是古代兵学的开山之作，亦为古代兵学思想之集大成者。它倡导“兵者，常以仁义为本”。《孙子兵法》在基本理念上与儒家思想有许多一致的地方，儒家的内敛与重自身修养，也影响到了孙子，尤其是对于“国之大事”和民心向背的一些基本思想，两者都有相同之处。孙子提倡的“慎战”、“义战的思想”，无不体现了儒家的仁爱与民本思想，这就形成了中国自古以来在战争战略上的非扩张性和非侵略性，而是以防卫与反击为主。知古以鉴今，察往以明远。在今天研究儒家思想与《孙子兵法》，继承灿烂的古代文化中的珍贵遗产，以纠正西方的“中国威胁论”，这就是研究两者关系的现实意义。

一　“民本”思想

《孙子兵法》虽属兵家之作，但其思想内涵却极为丰富，字里行间无处不体现着儒家的仁、义、礼等道德观念，民本思想也体现得非常明显。

其实，民本思想源远流长，早在《尚书》中便有“安民则惠，黎民怀之”、“天聪明，自我民聪明；天明畏，自我民明威”（《皋陶谟》）、“民之所欲，天必从之”、“天视自我民视，天听自我民听”（《泰誓》）、“人无于水监，当于民监”（《酒诰》）、“治民祗惧，不敢荒宁”（《无逸》）和“唯王子子孙孙永保民”（《梓材》）的说法。春秋时期的民本思想则主要散见于《左传》、《论语》、《墨子》等典籍。孔子继承了《左传》中所述的民本思维，大力反思了国家暴力，提出“仁者爱人”原则，主张重教化而轻刑罚，强调“使民如承大祭”。战国时民本思潮进入鼎盛阶段。孟轲呼吁救民于“倒悬”及“水深火热”中，强调从“恒产”着手建立和谐社会，在君民关系上则主张“民为贵，社稷次之，君为轻”，并深入阐发了“忧民之忧”及“与民同乐”的思想。荀况也发出了许多振聋之音，如“君者，舟也；庶人者，水也。水则载舟，水则覆舟”（《荀子·王制》）和“天之生民，非为君也；天之立君，以为民也”（《荀子·大略》）。墨家的“兼爱”、“非攻”和道家的“无为”思想中也体现出了强烈的民本愿望。在《孟子》中“民”字约出现过200多处，孟子提出“民贵君轻”的命题。到了春秋战国时期，“民本”思想更是形成一种社会思潮，并逐步深化。春秋末年，频繁无情的战争给国家和人民带来了极大的灾难。“以民为本”的思想也普遍地受到军事家们的格外重视。《孙子兵法》就体现了较多的“重民”思想，《作战篇》曰：“国之贫于师者远输，远输则百姓贫。近于师者贵卖，贵卖则百姓财竭，财竭则急于丘役。力屈、财殚，中原内虚于家。百姓之费，十去其七。”孙子在进攻的战略方面，主张速战速决，反对持久战给国家尤其是给百姓造成严重的灾难。“远输”、“贵卖”、“财竭”都直接关系到百姓的利益乃至生死存亡。孙子曰：“凡兴师十万，出征千力，百姓之费，公家之费，日费千金，内外骚动。”（《孙子兵法·用间篇》）战争增加了国家的开支，给百姓带来了繁重的税收，给家庭带来了失去亲人的痛苦。

在《火攻篇》中，孙武提出“主不可以怒而兴师，将不可以愠而致战；合于利而动，不合于利而止”。这体现了爱民的思想，君主不能以一时之气下令攻打，而至百姓于不顾。在《谋攻篇》又云：“凡用兵之法，全国为上，破国次之”，“故上兵伐谋，其次伐交，其次伐兵，其下攻城”，“故知胜之有五：知可以战者与不可以战者胜；上下同欲者胜；识众寡之用者胜；以虞待不虞者胜；将能而君不御者胜”。孙武认为“不战而屈人之兵，善之善者”（《用间篇》）才是“全胜”的真正思想，深刻体现了对人民的“仁爱”。治国与治军，百姓起着不可忽视的作用，因此，君主要把“爱民”当作为政的根本，治理天下的首要任务就是“爱民”，在战争中，不但要爱护本国人民，还要爱护敌方人民。对于前面所提出的“不战而屈人之兵，”是战争中最好的，是以“全”为上，而向我们称臣的敌人只是屈服于我方外在强大的压力，“卒善而养之，是谓胜敌而益强”（《作战篇》）。善用兵者，修道以保法，故能谓胜败之政。让对方真正的从心里接受我方，必须感化，保持法度的公平公正严明，施行“仁”，才能得到人民的爱戴。

在《作战篇》中，孙武提出“善用兵者，役不再籍，粮不三载，取用于国，因粮于敌”。孙武站在人民大众的角度，力图将战争的痛苦降至最低。在《谋攻篇》中，孙武提出“是故百战百胜，非善之善者也；不战屈人之兵，善之善者也”。在和对方交战时，即使赢得战争但实际也会付出很多，而在未进行战争前敌人就向我们屈服，不是说我方未进行任何方式的斗争。看似没有战争，实际紧锣密鼓，如用其他方式例如间谍、说客等。用“伐谋”与“伐交”来战胜敌人。在未开战前，先了解敌人的计谋，挫败敌人的战略计划，采取措施以破之，防患于未然。如遇到强大的敌人，则寻求外交上的手段，故《谋攻篇》曰“上兵伐谋，其次伐交，其次伐兵，其下攻城”。这几种方法灵活多变，相互配合。这种非军事战争是通过各种非战争的方式来取得胜利的，但这种胜利又不依赖于战场上的斗争，而这中间有着深刻的智慧，通过“智斗”来实现。“故能而示之不能，用而示之不用，近而示之远，远而示之近。利而诱之，乱而取之，实而备之，强而避之，怒而挠之，卑而骄之，佚而劳之，亲而离之。攻其无备，出其不意。”（《计篇》）在《谋攻篇》中，孙武提出了预知战争的五种情况“知可以战与不可以战者胜；识众寡之用者胜；上下同欲者胜；以虞待不虞者胜；将能而君不御者胜”，进而提出了“知己知彼，百战不殆；不知彼而知己，一胜一负，不知己，每战必殆”，这种种的战略思想，就是要以最小的代价换取最大的胜利，这样战争的动员面就小，对老百姓的生活波及面就不大。孙子的民本思想对后来的《六韬》影响很大，钮先钟《论〈孙子兵法〉》中说：“文韬中第一篇《文师》对于政治原理作了开宗明义的宣告：‘天下非一人之天下，乃天下人之天下也。同天下之利者得天下，擅天下之利者失天下。’这显示其所提倡者为光明正大的民本主义，同时也证明其思想具有儒家的传统。……第三篇《国务》说明国之大事，其重点为‘爱民而已’。第四篇则进一步说明为政应尊重民意：‘以天下之目视，则无不见也；以天下之耳听，则无不闻也；以天下之心虑，则无不知也。’”①

从所述可以看到，在孙武以“全胜”为战争的主要观点中，也体现了“以民为本”的思想。大凡智者，必有“爱民”之心。历史的经验证明，如果君主不关心民生疾苦，民众就会反叛，所以只有以民为本，统治者的地位才会稳固。

二 “仁爱”思想

在实际作战中，要想战胜敌人，不仅要有精明强干的将领，而且将领对君主的命令不可以机械的执行。孙武对战争中将帅的作用、素质以及各方面条件都非常重视。在《九变篇》中，孙武从以下五个方面分析了将领素质的某种缺陷可能导致的危机，提出“必死，可杀也；必生，可虏

① 司马琪：《十家论孙》，上海人民出版社 2008 年版，第 248 页。

也；忿速，可侮也；廉洁，可辱也；爱民，可烦也”。故“将之过也，用兵之灾也”。孙武又提出了将帅应具备“智、信、仁、勇、严”五德齐全。在《作战篇》中又提出“故知兵之将，生民心之司命，国家安危之主也”，这样就不会“不知军之不可以进而谓之进，不知军之不可以退而谓之退，是谓縻军；不知三军之事而司三军之政者，则军士惑矣；不知三军之权，而司三军之任，则军士疑矣。三军既惑且疑，则诸侯之难至矣，是谓乱军引胜”（《谋攻篇》）。“途有所不由，军有所不击，城有所不攻，地有所不争，君命有所不受”（《九变篇》）是说将帅不仅要精明强干，还要足智多谋，随机应变，英勇善战，公平严明；而且还要以诚待人，一视同仁，爱护士卒，体恤部下。在平时对部属要关爱，但要有度，保持威严，并非娇惯士卒。在训练时，要严格要求。将帅爱兵“以菩萨心肠，以霹雳手段”的做法，才是真正的治军原则。故“视卒如婴儿，故可与之赴深溪；视卒如爱子，故可与之俱死。厚而不能使，爱而不能令，乱而不能治，譬如骄子，不可用也”（《地形篇》）。将帅与士兵的关系是构成军队内部的主要因素，将帅如何对待士兵是治军原则的主体。孙子对人民的体恤，也表现在热爱士兵，主张“爱兵”。

在战前，孙武强调“慎战”，既战，则强调：“兵贵胜，不贵久。”在《作战篇》又提出“其用战也胜，久则钝兵挫锐”。从另一个方面也体现“仁爱”的思想。战争久拖不决的话，就会加重普通民众的负担。因为陷于战争泥潭的国家机器，在财力、物力枯竭困窘的情况下，为了支持战争，势必向广大民众加征各种赋税徭役，把战争灾难进一步转嫁到民众头上，从而造成民众的不满，激化社会矛盾。所以，“贵胜”、“不贵久”也是出于爱民、惜民的原则。战争对民众来说，确实是重大的消耗性重荷，它可能会导致人民的不满，进而发生内战。在生产力低下的春秋时期，尤其如此。“十万之师，日费千金”，首先意味着从国家的财力、物力等客观条件，分析作战可能引起的变化，如果不能速胜，“国之贫于师者远输，远输则百姓贫。近于师者贵卖，贵卖则百姓财竭，财竭则急于丘役。力屈、财殚，中原内虚于家”（《作战篇》）。关于战争速胜的观点，也是从国家和人民的利益出发。《用间篇》指出：“凡兴师十万，出征千里，百姓之费，公家之奉，日费千金，内外骚动，怠于道路，不得操事者，七十万家。”他主张尽量减少经济耗费。

慎战。“非利不动，非得不用，非危不战。”（《火攻篇》）确定一场战争是打还是不打，最根本的准则是看其是否符合国家的利益，而非一时之怒。“主不可以怒而兴师，将不可以愠而致战；合于利而动，不合于利而止。”（《火攻篇》）君主对自己的军队情况不了解却强加干涉，必“三军既惑且疑，则诸侯之难至矣，是谓乱军引胜”（《谋攻篇》）。对于君主的错误智指挥，将领则应随机应变，而不应盲目听从。一切以国家的利益和大局出发。“故进不求名，退不避罪，为民是保”，这种把国家的全局利益放在第一位的做法包含着“仁”的思想。

用间。孙子曰：“兵者，诡道也。”（《计篇》）诡道就是欺骗对方，把自己的真实面目，真实意图隐蔽起来，不能让对方了解。“知彼知己，百战不殆。”孙武主张用间，极力提倡用间，认为不用间，则“不仁之至也，非人之将也，非主之佐也，非胜之主也”（《用间篇》）。对正义的战争来说，夺取战争的胜利而“用间”则也是正义的行为。“凡军之所欲击，城之所欲攻，人之所欲杀，必先知其守将、左右、谒者、门者、舍人之姓名，令吾间必索知之。”（《用间篇》）全面掌握敌情，加速敌军的灭亡。“非圣智不能用间，非仁义不能使间”（《用间篇》），进而使人民尽早摆脱战争的痛苦，将战争带给人民的损失降到最低程度。“同战争的巨大耗费相比，用间实在是代价小而收效大的好办法，是掌握主动，出奇制胜的锐利武器，因此必须充分运用。反之，如果因为吝啬金钱爵禄而不重视谍报工作，盲目行动，导致战争的失败，那就是‘不仁之至’，必将成为国家和民众的罪人。”① “用间”必须是“智慧”与“仁”兼有，非“仁”不能厚赏于“间”。

三 “法先王”的思想

“法先王”本是先秦儒家思想最明显的体现，他们主张效法古代圣明君王的言行、制度，言必称尧、舜、文、武。孔子就是处处“祖述尧舜”又“宪章文武”的。② 到了孟子张倡仁政与“王道”，其心目中的楷模亦为古圣先贤。孟子曰：“规矩，方员之至也；圣人，人伦之至也。欲为君，尽君道；欲为臣，尽臣道。二者皆法尧舜而已矣。不以舜之所以事尧事君，不敬其君者也；不以尧之所以治民，贼其民者也。”（《孟子·离娄上》）古代圣王统被孟子称为“先王”。孟子倡导的仁政也就是效法先王“以不忍人之心，行不忍人之政”。在孟子看来，为政必须“遵先王之法”，否则就是离经叛道，人神共诛之。荀子也认为“先王之道，仁之隆也”（《荀子·儒效》）。这一理念本源于周人的尊祖敬宗。周公在这方面论之较多，他反复宣言文王、武王受命于天，《尚书·大诰》云：“天休

① 黄朴民：《孙子兵法选评》，上海古籍出版社 2004 年版，第 156 页。

② 王文锦：《礼记译解》，中华书局 2001 年版，第 796 页。

于宁（文）王，兴我小邦周。”《康诰》云：“帝休。天乃大命文王。”《洛诰》云：“承保乃文祖受命民，越乃光烈考武王，弘朕恭。”周公认为文、武受命于天，故其所做一切皆遵循祖业，依文王、武王之遗训，治国治民。

春秋之儒，对“法先王”政治理念宣传较多，自孔子始，即歌颂尧舜，宗法文武，主张以“礼”治国，效仿先王之“仁政”。这是因为春秋战国时战乱频仍，礼崩乐坏，人们思想极度混乱，故儒家意图将古之贤德君主作为本朝代效仿的典型，以“内圣外王”的理想人格附丽于后代帝王身上。春秋时期“先王之道”的思想也弥浸于兵学。《六韬·文启》云：“古之圣人，聚人而为家，聚家而为国，聚国而为天下。分封贤人，以为万国，命之约大纪。陈其正教，顺其民俗，群曲画直，变于形容。”①只有诸如“古之圣人”之类的君主才能使民众安居乐业，天下太平。人们都向往升平愉悦的生活，战争是不得已而为之的，故先贤圣王于战事极其慎重，除非是对方不义于天下人民，万不得已而用之。

《孙子兵法》中虽没有明确地出现“法先王”三个字，但是却间接地传达了这一思想。《谋攻篇》云：“不战而屈人之兵，善之善者也。……攻城之法，为不得已。”《火攻篇》云：“主不可以怒而兴师，将不可以愠而致战。合于利而动，不合于利而止。怒可以复喜，愠可以复说，亡国不可以复存，死者不可以复生。故明君慎之，良将警之。此安国全军之道也。”孙子生长于齐鲁之邦，看到战乱给庶民百姓带来的痛苦，所以他告诫统治者千万不要因一时之怒而发动战争，这也符合儒家以德治邦、以德化民的思想，在上位者不能为一己私利而施暴于民，所以对于出兵作战要反复权衡，孙子曰：“兵者，国之大事，死生之地，存亡之道，不可不察也。”（《计篇》）。到孙膑更加以继承，使“法先王”的思想更为明确，《孙膑兵法·见威王》云：“昔者，神戎战斧遂；黄帝战蜀禄；尧伐共工；舜伐劂管；汤放桀；武王伐纣；帝奄反，故周公浅之。故曰，德不若五帝，而能不及三王，智不若周公，曰我将欲责仁义，式礼乐，垂衣裳，以禁争夺。此尧舜非弗欲也，不可得，故举兵绳之。”②《太平御览》卷二百七十云：“《大戴礼》曰：鲁哀公问孔子曰：蚩尤作兵与？孔子曰：蚩尤，庶人之人，贪者也，反利无义，以丧厥身，何兵之能作与，民皆生也。……《谷梁传》曰：善为国者不师。”③《孙子兵法》的“法先

① 徐培根：《太公六韬今注今译》，台湾商务印书馆 1976 年版，第 88 页。

② 骈宇骞等：《孙子兵法·孙膑兵法》，中华书局 2006 年版，第 118 页。

③ （宋）李昉等：《太平御览》（第二册），中华书局 2006 年版，第 1261 页。

王”思想，是通过以“礼”治军、以“仁义”用兵来实现的。古代圣贤君如唐尧、虞舜、夏禹以及周之文、武二王，在儒家看来，他们所实行的暴力手段并非不“礼”、不“仁”，而恰恰是所谓的“仁政”和“王道”得以实现的重要渠道，故极力推崇。

古之先王，非不战也，乃不得已而为之。黄帝时代，虽垂衣裳而天下治，然征讨之事亦不能免。《史记·五帝本纪》载：“轩辕之时，神农氏世衰。诸侯相侵伐，暴虐百姓，而神农氏弗能征。于是轩辕乃习用干戈，以征不享，诸侯咸来宾从。而蚩尤最为暴，莫能伐。炎帝欲侵陵诸侯，诸侯咸归轩辕。轩辕乃修德振兵，治五气，艺五种，抚万民，度四方，教熊罴貔貅貙虎，以与炎帝战于阪泉之野。三战，然后得其志。蚩尤作乱，不用帝命。于是黄帝乃征师诸侯，与蚩尤战于涿鹿之野，遂禽杀蚩尤。而诸侯咸尊轩辕为天子，代神农氏，是为黄帝。天下有不顺者，黄帝从而征之，平者去之，披山通道，未尝宁居。”①《孟子·滕文公下》曰：“尧舜既没，圣人之道衰，暴君代作，坏宫室以为汙池，民无所安息；弃田以为园囿，使民不得衣食。邪说暴行又作，园囿、汙池、沛泽多而禽兽至。及纣之身，天下又大乱。周公相武王诛纣，伐奄三年讨其君，驱飞廉于海隅而戮之，灭国者五十，驱虎、豹、犀、象而远之，天下大悦。”②《孙子兵法》“法先王”的思想也体现出正确的战争观念，孙子告诫君王对待战争的态度，既不能忘战废战，也不能兴战，对待战争既不能主动，也不能被动，在战争前或和平时，既不能主动，也不能被动，若军队处于战争中，则必须主动而不能处于被动。《孙子兵法》对待战争的看法，实际上就是运用中庸的思想，儒家的中庸，就是恪守中道，坚持原则，不偏不倚，无过无不及。在处理矛盾时善于执两用中，折中致和，追求中正、中和、稳定、和谐，并且随时以处中，因时制宜，与时俱进。孙子对战争的态度是：别人不打我，不发起战争的话，我也不会先发起战争，在没有战争或和平的日子里，我也不会忘记战争，会随时做好准备，迎接战争，如人不犯我，我不犯人，人若犯我，我必抗争。

古代先王追求的是“和”。《史记·五帝本纪》云：“舜耕历山，历山之人皆让畔；渔雷泽，雷泽上人皆让居；陶河滨，河滨器皆不苦窳。一年而所居成聚，二年成邑，三年成都。”③ 其实，《孙子兵法》的立足点是为“和”而战，这何尝不是我们为人处世的一些原则呢？我们的本心是要与

① （西汉）司马迁：《史记》，中华书局1959年版，第3页。

② 杨伯峻：《孟子译注》，中华书局1960年版，第154—155页。

③ （西汉）司马迁：《史记》，中华书局1959年版，第33—34页。

人和睦相处，而如果有人非得要打破这个“和”的氛围，那我们就要奋起保卫而与人“争”了，这是不得已而为之的。也如企业的营销观念，企业处于某个市场，没有对手的时候和谐发展，但不能放松竞争的意识，而要慎重地考虑竞争，提高竞争意识，做好竞争的准备。一旦遇到挑衅的话，就可以进行抵抗和反扑。当企业的生存环境发生剧烈变化，企业被逼走投无路时，企业应当发动竞争进攻，因为你已间接地被逼接受挑战，而现在的每一寸市场都在竞争，每一寸市场已经不允许你不参与竞争，每一寸市场已经逼着你时时刻刻发动竞争，或是为守市场而反抗，就是说这种抗争是为了守住你的市场，保住你的某一块阵地，抗争的终极目的还是在于求“和”，从这一点来说，也是“法先王”思想的体现。

四　诚信思想

诚信即诚实信用。先秦时期，“信”作为一个表示诚信之意的哲学范畴经常出现于诸子百家的言论和文章中。《论语·为政》云：“子曰：人而无信，不知其可也。大车无輗儿，小车无軏，其何以行之哉?”“子以四教：文，行，忠，信。”（《论语·述而》）“请问之。曰：恭、宽、信、敏、惠。恭则不侮，宽则得众，信则人任焉，敏则有功，惠则足以使人。”（《论语·阳货》）“孟子曰：不信仁贤，则国空虚；无礼义，则上下乱；无政事，则财用不足。”（《孟子·尽心下》）《孙子兵法》也多次直接或间接提到“信”，《计篇》说：“将者，智、信、仁、勇、严也。”但他所说的“信”与儒家那种基于人际关系的道德价值有所不同，它是军事谋略视野下的诚信。孙子谈诚信，从未脱离过战争这一事关生死存亡的“国之大事”。

“上下同欲”，“民弗诡者”：诚信在国家实力中有着重要的地位。《孙子兵法》充满智谋诡诈，但开篇《计篇》在提到决定战争胜负的首要因素“（政）道”时，却提出：“道者，令民与上同意者也，故可与之死，可与之生，而不畏危。”人民与君主在“同意”亦即相同意愿的基础上可同生共死，这反映了一种充满凝聚力的政治诚信，其中自然包含着人民对君主的信任与信心。这种显示人民与国君团结一致的诚信，亦即孔子所说的可去兵去食而“信”不可去。《论语·颜渊》曰：“子贡问政。子曰：足食，足兵，民信之矣。子贡曰：必不得已而去，于斯三者何先？曰：去兵。子贡曰：必不得已而去，于斯二者何先？曰：去食。自古皆有死，民无信不立。”这个“信”首先是人民与国君之间的互信。从执政者角度看，它是政府获得人民的信任、信赖和忠诚，体现的是君主的政治品质和素养，实即国家的政治公信。

除了凝聚国家内部各种力量外，孙子这种诚信的价值还应延伸到国家之间的联盟关系中。孙子重视“伐交”，对己方之交——联盟问题则较为慎重。孙子充满自信，有“不争天下之交”的英雄气概，又认为应充分调动诸侯为己方服务，要“屈诸侯者以害，役诸侯者以业，趋诸侯者以利”。总是将战争置于敌我这个势力消长统一体中来考虑问题的孙子，既然重视“伐（敌之）交”，也必然重视诚信这个维护内部之团结和己方之联盟的重要黏合剂。所以，《孙子兵法》所谈的诚信（“弗诡”），首先是一种体现国家凝聚力和向心力的政治公信，可称得上是一种战略上的软实力。

“不求而得”，“不令而信”：智谋诡诈在用兵中的特殊效应。在战争条件中，为保持军令畅通，将帅就必须言必行、信必果，这就要求以诚信用兵。但在特定情况下，为了充分调动和发挥己方的作战潜力，主要是针对敌人的“诡道”也可巧妙地用于己方内部。

《孙子兵法》提出的指挥员让部属“不令而信”，就是这样一种高超的用兵境界，体现的是诚信与诡诈辩证统一的战争艺术规律。具体而言，它是在特定的战争情景下，利用智谋诡诈于我方内部，以达到最大限度地提升军心士气、激发战斗意志的特殊效果。这种高超的指挥艺术，在战争实践中不胜枚举，屡屡能收到奇功。它或者是对将士在特殊场景下的心理生理调节，如望梅止渴之类的；或是根据人性的特点，通过置将士于意想不到的特定情境，来激发他们对自身潜力的挖掘或对心理生理极限的超越，如“置之死地而后生”，等等。必须强调指出的是，《孙子兵法》对将士的诡诈是“愚士卒耳目”，而非“愚其心”，讲的是战时用兵而非平时治军。

诚信与智谋诡诈在作战指挥中的这种辩证关系与《九地篇》中“将军之事，静以幽，正以治”的要求是一致的。这里的“幽”更注重筹谋，不同于一般意义上的保密。战争实践证明，在特定情况下，诡诈如果运用得当，在一定条件下可以转化为内部的高度诚信，从而产生所谓“不修而戒，不求而得，不约而亲，不令而信，禁祥去疑，至死无所之”的特殊效应。我们过去批评孙子的愚兵之术，甚至把它与儒家礼制政治中的愚民政策相类比，常常是因为我们没有看到，孙子的用意在用兵而非治军，而战时用兵与平时治军并不完全相同。

总之，《孙子兵法》诚信论是其兵学理论的有机组成部分，其内容包括治国、理军和用兵三个层次。孙子所说的诚信是一个国家产生强大合力的精神资源，也是治军用兵的重要原则。正如《形篇》所说："善用兵者，修道而保法，故能为胜败之政（意即在胜败问题上成为最高的权威)"。《孙子兵法》由于其哲学思辨的真理性也被广泛运用到非军事领域，这是值得肯定的，也是孙子研究值得深究的前沿问题。但是，我们清楚地看到由于《孙子兵法》的泛用而被庸俗化了，甚至把一些不讲诚信的商业行为，说成是对《孙子兵法》诡诈之道的活用。

《孙子兵法》确有不少关于诡道的论述，然而它那是为了消灭敌人、保存自己的对敌斗争的手段。至于商业活动的目的是要赢得市场，赢得顾客，这就要讲究信誉，讲求道德。认为《孙子兵法》是诡诈之书，是对它的误解，把社会生活中一些欺诈行为归罪于《孙子兵法》是对它的亵渎。必须看到，《孙子兵法》非常重视"信"，它把"信"列在为将五德的第二位，强调将帅要有诚信、威信。

在《孙子兵法》中，"信"甚至还可以理解为有信仰的含义，与《论语》中所主张的"主忠信"，"自古皆有死，民无信不立"的"信"的概念具有同等重要的地位。

今天我们创建和谐社会，应该借鉴孙子和儒家倡导的诚信原则，人与人之间要以诚信为本，这里包括了上下级之间的诚信，朋友之间乃至家人的诚信。人与人之间的关系应该是互相信任，而不是相互猜疑，这样整个社会就是仁爱和谐的。尤其是在商业发达的今天，人们在做生意的时候，诚信显得尤为重要。试看当今那些成功的商人，哪一个不是秉承了儒家文化中最本质的诚信法则呢。随着社会主义市场经济活动的日益规范，诚信将成为所有人应当具备的起码的道德规范。我们要把《孙子兵法》的诚信精神提高到一个新的高度来认识，它不仅是儒家文化重要的精神内含，而且对今天和谐社会的构建，将起到不可估量的作用。

2010 年 5 月

挖掘儒家内在本质，弘扬主流传统文化

——评韩星教授新著《儒家人文精神》

作为儒家元典，《论语》、《孟子》主要探讨关于人的本质、人性、人的价值、理想人格（即君子）以及理想人格的实现，因此，在这个意义上，可以说儒家思想就是“人学”。儒家经典《大学》讲“格物、致知、诚意、正心、修身、齐家、治国、平天下”，这是儒家“内圣外王”之道的逻辑展开。个人就是一个起点，是核心要素，一切都是由人的深层结构向外扩展的。从更高层面上来说，儒家主要关注的是人的身心性命，而西方哲学主要关注的是外界自然。孔子特别重视人自身的道德实践问题，提出“修己以敬”，“修己安人”，“修己安百姓”，这就为后世儒学定下一个主旋律。儒家重视修己安人之道，即人道，也就是人文主义精神。韩星教授的新著《儒家人文精神》（陕西人民出版社 2012 年版）对儒家人文精神作出了独到的解读。

学术界对于儒家思想的研究，方方面面的题目几乎都写到了，这方面的论著也非常多，但是谈“儒家人文精神”的专著，韩星教授的这本书还是第一部，由此可见作者的学术慧眼。《儒家人文精神》是韩星教授在选修课的基础上写出来的，所以本书融知识性与学术性为一体，书中的内容是他多年教学与科研的结晶，同时可读性也很强。作者厚积薄发，深入浅出，以清晰流畅的文字表达了纯正的思想，综观全书，可见其论著是作者经过长期的思想积淀而升华的结晶。人们常说，思想是文章的灵魂，材料是文章的血肉，那么结构就是文章的骨骼。就全书的结构安排来看，之所以分十章，而不是九章或十一章之类，这也是暗藏玄机，这种结构体现了儒家思想的博大精深，历经两千多年绵延不断的流传，在诸家思想流派中有十全十美之感。《儒家人文精神》全书分十章：以人为本——儒家的人文精神概论；仁者爱人——儒家的人道精神；希贤希圣——儒家的人格理想；刚柔相济——儒家的个性品格；三纲六伦——儒家的伦理思想；弘道崇德——儒家的道德思想；修身养性——儒家的修养之道；经世致用——儒家的实践精神；和而不同——儒家的和谐精神；天下大同——儒家的社会理想。

纵观全书，《儒家人文精神》有几个鲜明的特点：

第一，能够抓住儒家核心价值观全面地展开论述，并通过有序的编排试图体现儒家核心价值体系的特征。如仁爱思想、希贤希圣、三纲六伦、弘道崇德、修身养性、经世致用、和而不同、天下大同等，涉及了伦理道德、人生哲学、价值观念、生存智慧、社会理想等内容。

第二，作者以《易经》八卦“三才”中的人为核心而展开，在天地之间，人为天地之精华、万物之灵长，《易经》就是以天道、地道、人道为基础而建立起来的，就像刘勰所说：“高卑定位，故两仪既生矣。惟人参之，性灵所钟，是谓三才。为五行之秀，实天地之心，心生而言立，言立而文明，自然之道也。……人文之元，肇自太极，幽赞神明，易象惟先。庖牺画其始，仲尼翼其终。而乾坤两位，独制文言。言之文也，天地之心哉!”（《文心雕龙·原道》）。儒家的创始人孔子，于《易》是“韦编三绝”，且为之《十翼》，“自夫子删述，而大宝咸耀，于是《易》张《十翼》。”（《文心雕龙·宗经》）。“人文”始于孔子之先，孔子只是光而大之，后世的儒家学派使其人文精神“尽善尽美”。该书首先从四个方面对儒家人文精神的基本内涵作了说明：一是社会政治方面，以治人为主，以治物为辅；二是在社会伦理方面，中国人强调以道德为主，以智能为辅；三是在人神关系中，中国人以重人为主，以敬神为辅；四是在天命与人事关系中，强调知天命，尽人事。

第三，该书虽然是关于儒家主体精神——人文精神的一部书，但视野开阔，以儒家为主，涉及经史子集，诸子百家，能够兼容并包，会同中西。如第二章“仁者爱人——儒家的人道精神”的第三节，把儒家的仁爱思想与墨家的兼爱、道家的慈爱、佛教的慈悲、基督教的博爱、伊斯兰教的行善惩恶进行比较，以说明儒家仁爱的特征。第三章“希贤希圣——儒家的人格理想”还介绍了儒家圣贤与哲学王、上帝、教主的比较，以说明儒家圣贤人格的特殊性。

第四，该书作者既有对某些重要观念的思想史梳理，又有对这些观念思想内涵的把握与开掘，努力把历史的方法与逻辑的方法结合起来。如关于圣王（内圣外王）观念的历史演变和在历史演变中其内涵、外延的变化，从上古梳理到现代新儒家，给人以脉络清晰，不枝不蔓之感，有助于对这个问题的正本清源和进行现代转换。

第五，注重儒家中道辩证法思想的把握和广泛应用，这集中反映在第四章“刚柔相济——儒家的个性品格”一章。该章以刚柔相济为主题，先对儒家的刚柔相济思想进行了梳理，揭示其特点，又进一步在中国文化中的儒道互补结构中辨析儒道刚柔相济的特点，还在中国文化的不同方面（政治、法律、兵学、文艺美学、拳术、企业管理、男女性格等）分析刚柔相济精神的具体体现，以凸现这一辩证法思想的历史价值和现代意义。

第六，作者在对后代影响深远的儒家“经世致用”精神方面作了更为深入的挖掘，首先介绍了它的内涵，其次讲到儒家的身体力行，“知行合一”，而这就使他们具有了更为强烈的历史使命感，社会责任感。就像王阳明说的：“夫学、问、思、辨、行，皆所以为学，未有学而不行者也。如言学孝，则必服劳奉养，躬行孝道，然后谓之学，岂徒悬空口耳讲说，而遂可以谓之学孝乎？学射必先张弓挟矢，引满中的。学书则必伸纸执笔，操觚染翰。尽天下之学，无有不行而可以言学者，则学之始固已即是行矣。”（《王文成公全书》卷二）。正是儒家主张“笃行”，反对空谈，心系天下的意识才焕发出人们强烈的入世精神，催生出“士不可不宏毅，任重而道远”的责任和使命，激起人们改造社会、变革现实的无穷热情。正如作者在书中所说的：“儒学其实是一种生活实践哲学，而不是像西方那样注重思辨的哲学”（《儒家人文精神》第183页）。因实用、理性的经世精神，“是中国传统文化中一种注重现实人生的民族性格”（《儒家人文精神》第175页），所以作者在这一章不惜笔墨。

第七，对中国传统文化中近代以来备受争议，至今也仍然莫衷一是的伦理问题进行了实事求是，正本清源的分析、辨别和现代转换。作者区分了伦理与道德。学界和社会上一般人对二者往往笼统论之，特别是受西化影响互为代用。对于伦理，传统文化中常讲五伦：即父子有亲，君臣有义，夫妇有别，长幼有序，朋友有信。近代以来批判封建礼教，对这五伦的含义多有误解、歪曲，作者做了实事求是，正本清源的工作。其有新意的地方是受现代民间大儒段正元的启发，加上了师弟一伦，并强调这一伦的特殊重要性，即为人伦之主宰。对三纲，近代以来一直完全否定。作者没有直接翻案，而是通过文献资料，证明三纲有一个漫长的历史形成、发展、演变的过程，本来不是儒家的发明，最后也是《白虎通》以官方意识形态形式确立起来的，不能说三纲就是儒家学者为了帮助统治者统治人民弄出来的。与三纲相联系的是六纪，作者也取原典以明其本意，释人疑惑。最后用不小的篇幅讨论传统伦理观念的现代转换及其意义，并没有引用常见的批判资料，而是引用不常见的几位学术大家王国维、贺麟，民间大儒段正元，大陆新儒家蒋庆的观点，最后作者指出，在经历了现代自由、平等精神的洗礼之后，儒家伦理中的健康内容作为现代社会生活的基本原则仍然可以指导人们的生活。

孔子创立儒家的是王官之学下移民间的产物，本来就是平民之学。在春秋乱世，孔子兴办私学，以传承上古三代圣贤，尤其是文王、周公的礼乐文化为使命。后世儒家传承礼乐文化，扩大孔子思想，而又能够因时而变，不断更新，适应社会人心，积极有为。儒家的思想平易近人，合情合理，极高明而道中庸，适应民众的要求，满足社会和阶层的需求，特别是通过伦理道德端正人心，淳化风俗，促进个人身心、人与人、人与社会、人与自然关系的和谐。韩星教授的《儒家人文精神》在不失其学术严谨的前提下，所秉承的使命就是要把博大精深的儒家文化介绍给范围更大的群体，让更多的人在面临现代全球文化撞击、融合的背景下亲近我们本民族传统文化的核心、精华。本着这样一个历史使命，就使得本书在严谨的同时又要面向民间，不是一味晦涩难懂的学院派，而是一部有一定可读性的论著，适合于中等以上文化水平的读者阅读。对于普通读者来说，本书又是学习中国儒家文化入门之书，通过阅读可以了解中国人文传统文化的主流——儒家的人文精神，提高人们基本的人文素养。

2012 年 6 月

庄子的开放性心态及其相关影响

导　言

先秦是中国思想、文化、文学艺术史的黄金时代，是传统文化的重要渊源时期。先秦对后代影响最大的是儒道两家，由于儒显而道隐，故其对后世影响的层次也不同，从中国传统文化的表层看，是以儒家为代表的政治伦理学说；从深层次看，则是道家的哲学框架。吕思勉说："道家之学，实为诸家之纲领，诸家皆专明一节之用，道家则总揽其全，诸家皆其用，而道家则其体，《汉志》抑之儒家之下，非也。"① 而庄子之学实为道家之集大成，若荀子为儒之集大成。

关于庄子本人，流传下来的史料极少，司马迁的《史记·老子韩非列传》常为学人引用，《汉志》云宋人，《史记》云："庄子者，蒙人也，名周。周尝为蒙漆园吏。"② 汉之蒙，即今之河南邱县东北，故宋境也。刘向《别录》云："庄子，宋之蒙人也。"③ 庄子故里，千古聚讼而不得其解。目前学界有三种意见：一是蒙在河南商丘；一是蒙在河南安徽交界处；一是蒙在山东曹县。因史料不足，是非公允，难有定论。《庄子》一书，《汉志》云其五十二篇，郭象注三十三篇，即今传之三十三篇章。陆德明言："《汉志》:《庄子》五十二篇，即司马彪、孟氏所注是也。言多诡诞，或似《山海经》，或类占梦书，故注者以意去取。其《内篇》众家并同，自余或有外而无杂。惟子玄所注，特会主生之旨，故为世所贵。"④

① 吕思勉:《先秦学术概论》(中国学术丛书)，东方出版中心 1985 年版，第 27 页。

② (汉) 司马迁撰，(宋) 裴骃集解，(唐) 司马贞索隐，(唐) 张守节正义:《史记》，中华书局 1959 年版，第 2143 页。

③ 见 (唐) 司马贞《史记索隐》，《史记》，中华书局 1959 年版，第 2144 页。

④ (唐) 陆德明:《经典释文》，中华书局 1983 年版，第 17 页。

今本内篇七、外篇十五、杂篇十一，共三十三篇。《庄子》依道教经典流传至今，因为在南北朝时期，《庄子》便以《南华经》称之，至唐天宝六年（747）诏书称："册《庄子》宜依旧号曰《南华真经》。"[①] 今便在现存《正统道藏》中的《南华真经注疏》三十五卷之中。

庄子对后世影响虽大，但研究起步较晚，至清才有王先谦《集解》和郭庆藩《集释》较完善的注本。自此以后庄子研究逐步升温，仅从1976年以来，共发表庄学论著500篇（部）。新中国成立初期，庄学研究刚刚起步，整体概要介绍者多，考辨注释者多，这时研究面尚窄，仅在哲学范围内。后有一次庄子哲学讨论会，以关锋的《庄子内篇译解和批判》为代表。当时论文渐多，但总的是批判的成分多，阶级色彩浓厚。"文革"后到目前，庄学研究得以全面展开，涉及原著的整理与诠释，生平时代及思想，庄子与其他诸家之关系，与文学、美学、传统文化的关系，以及与西方诸思想家的比较。尤其是《道家文化研究》的创办，使庄学研究微观与宏观并进，不仅把庄子放在中国文化传统中给予充分的肯定，也放到世界文化体系中去对比。在这方面港台学者除陈鼓应最为杰出外，还有张成秋、王洁卿、陈元德亦有深入研究。国外学者对庄子的研究越来越多，日本池田知久有《庄子道的哲学及其展开》，美籍华人陈荣捷的《中国哲学原始资料》中的《庄子神秘的思维方式》一章，费南山之《现代西方人为什么对庄子感兴趣》，他们的研究方法角度与国内不同，思想新颖。目前对庄子全方位的研究，是社会时代的开放自由，人们思想的解放，带来了研究成果的丰硕。

无论国内还是国外，对庄子评价最高的可能就是陈鼓应一人，他提出的"道家主干说"[②]，引起很大反响。虽然人们情感上一时难以接受，但是争论激烈。陈先生自有其理，他认为在哲学思维方面，道家的贡献远大于儒家，中国传统哲学的主要概念，多渊源于道家，从先秦典籍看，老学先于孔学，且老子的思想视野和哲学深度远胜于孔子，至于庄子，陈先生

---

① 《旧唐书·玄宗本纪》云："（天宝元年）二月丁亥，上加尊号为开元天宝圣文神武皇帝。（天宝元年）二月丙申，庄子号为南华真人，文子号为通玄真人，列子号为冲虚真人，庚桑子号为洞虚真人，其四子所著书改为真经。"（《旧唐书》，中华书局1975年版，第1册，第215页）。又《唐会要》云："天宝元年二月十二日，追赠庄子为南华真人，所著书为《南华真经》。文子、列子、庚桑子宜令中书门下更讨论奏闻。至其年三月十九日，宰相李林甫等奏曰庄子既号'南华真人'，文子请号'通玄真人'，列子号'冲虚真人'，庚桑子号'洞虚真人'，其庄子、文子、列子、庚桑子，并望随号称从之。"［文渊阁：《四库全书》，（台北）商务印书馆1986年版，第607册，第646页］。

② 陈鼓应：《论道家在中国哲学史上的主干地位》，《哲学研究》1990年第1期。

在《老庄新论》的香港版序中说："我个人认为，庄子是整个世界思想史上最深刻的抗议分子，也是古代最具有自由性与民主性的哲学家。"① 他对庄子的情有独钟，他说是根源于个人的时代感。还有许多学者如闻一多、鲁迅、郭沫若等都对庄子在中国思想文化史上的地位评价很多，但都缺乏深入细致的研究。陈先生的《先秦道家主干论》给了我们一个比较满意的答复。

学术研究是要做扎实的整理，但更应具时代性。丁宗一说："一个研究者不应一味因袭陈旧的研究课题，而应面向时代，从时代的走向上撷取最富时代感的课题，从而使自己的学术研究充溢强烈的时代感和旺盛的理论活力。"② 越来越多的学者关注心理过程的分析，努力把握古人内心生活那一瞬间，使学术思维从单向走向多向思维。心态是一种精神流动体，似乎是抽象、不可捉摸的，而它正是一个人内心最重要的。但要准确把握古人的心态确实困难，对作为一个思想家庄子心态的研究，他在不同生活时期史料缺乏，只能从《庄子》所表述的思想中去分析，以求了解庄子总体的生命状态和心灵轨迹。陈鼓应在这方面作了有益的探索，他有一段话启示笔者从开放性这一角度去研究庄子，他说："庄子思想把人的生命安放到较广大的天地中去寻找意义，使人的精神与外界宇宙无限地、自由地相联系、相结合；将人的精神从现实世界中提升到一种高度的艺术境界。"③《庄子》充满着深奥的思想和神奇无比的魅力，别的书只是给我们一种知识，而庄子则能帮你解决人生中重大问题，这种动力促使作者去解读庄子。

庄子思想本身就是无限扩展的、开放的，我们通过进一步的论证，去揭示庄子审美的人生艺术境界，那种开放性心态带来的（启发）创造性、超越意识以及他处理人生的心态，使我们解开了西方人对庄子艺术哲学感兴趣的原因，当然这不是一篇小文所能包容的，研究的区域还很多。

一　庄子的开放性心态

庄子对后世的影响涉及诸多领域。闻一多在《古典新义》中说："中国人的文化上永远留着庄子的烙印。"④ 美国学者刘若愚在其《中国的文学理论》中亦言："可以毫不夸张地说，《庄子》一书于中国艺术影响之

① 陈鼓应：《老庄新论》，上海古籍出版社 1992 年版，第 3 页。

② 丁宗一：《关注古代作家的心态研究》，《文学遗产》1995 年第 5 期。

③ 陈鼓应：《老庄新论》，上海古籍出版社 1992 年版，第 4 页。

④ 闻一多：《闻一多全集》，古籍出版社 1956 年版，第 280 页。

深是任何一书所无法比拟的。虽然该书并没有直接言及艺术或文学，主要讲的是处世哲学，但古往今来，它以其忘己、观察自然，从而与道融为一体的思想激励了多少诗人、艺术家以及文学批评家。”[①] 庄子的思想是艺术哲学、人生哲学和心灵哲学，它以其独特的方式渗透在中国传统文化的每一个角落，从他的思想中我们明显地感觉到庄子是一个胸襟开阔的人，即如李白《大鹏赋》所言：“吐峥嵘之高论，开浩荡之奇言。”这种胸怀之开阔、视野之广大是和他的思想体系相联系的。[②] 庄子之心包举宇宙，仿佛站在天地之外俯视一切，我们从他的思想中，看到了人类是如何以自我为中心，生活在局限狭隘的心境中。庄子以自己开放的心态，扩展了人们的思想视野，拓宽了人们的心灵空间，使人的个体生命融入宇宙的大生命中，“游心于无穷”（《则阳》），其精神内涵上升到一个新的境界。庄子哲学最主要的特色是追求精神自由，故《庄子》中言“心”极多，凡180见，并且从哲学的意义上来谈“心”。而孔、孟之言“心”，皆附以伦理色彩，《论语》言“心”6见，皆为常识意义，《孟子》言“心”约120见，一半为常识意义，一半附着伦理色彩。陈鼓应在《道家在先秦哲学史上的主干地位》中引唐君毅的话说：“中国思想之核心，当在其人心观……道家庄子一派……其言人心者尤多。”又引“吾人生于今世，尤更易觉到庄子所言人心之状，远较孟子、墨子所言人心之状对吾人为亲切有味”。故有人认为庄子哲学是人生的哲学。庄子重视心学，要人突破“成心”（《齐物论》）之偏见局限，培养一个开放的心灵，并以开放的心灵去观照事物，即《齐物论》所说的“莫若以明”。庄子以开放的心灵破除人们的“蓬之心”（《逍遥游》），他的整个学说都表达了这一独特的人生态度，以此树立起一个新颖的价值观。

（一）“游心”是心灵哲学的主体

在庄子哲学中，“心”字极为重要，它体现了庄子对精神绝对自由的执著追求。《逍遥游》云：“乘天地之正，而御六气之辩，以游无穷。”这种游不是肉体之游，而是心之所游。“乘物以游心，托不得已以养中”（《人间世》）。“不知耳目之所宜，而游心于德之和”（《德充符》）。“游心于淡，合气于漠，顺物自然而无容私焉”（《应帝王》）。这里的“心”就是所游的心灵主体。陈鼓应在《道家在先秦哲学史上的主干地位》中

① ［美］J. 刘若愚：《中国的文学理论》，中州古籍出版社1986年版，第34页。

② 李白于开元十三年作《大鹏赋》，亦以大鹏自况，皆源于《庄子·逍遥游》的“鲲鹏”。李白以大鹏自比，作此赋实为自喻。虽是庄子创作在先，但李白的大鹏并非是在庄子美物基础上的再创造物，而是与庄子如出一辙，是理想之心，理想之情并伴有一定程度悲剧意识的产物。

说："纵览全书（《庄子》），庄子思想之灵魂部分，莫过于'游心'之说。""游心"就要是在精神世界的漫游。庄子所说的游历之地，如在《山木》中的"游乎无人之野"，《逍遥游》中的"游乎无何有之乡"，"游乎四海之外"，《齐物论》中的"游乎尘埃之外"。这些都不是客观存在的场所，只不过是主体的精神世界。可以看出，庄子追求自由的主体是"心"，即主体精神，实现自由的场所也是主体的精神世界。而《楚辞》中的"游"不是庄子的心游，《远游》中的"悲时俗之迫厄兮，愿轻举而远游"是身之远游，"质菲薄而无因兮，焉托乘而上游"，"贵真人之休德兮，美往世之登仙"，这里的"游"实为登仙之游，与庄子的心灵飞腾意义截然不同。

庄子喜言"游心"，因为心灵的畅想是"精神四达并流，无所不极，上际于天，下蟠于地，化育万物，不可为象，其名为同帝"（《刻意》）。究其最终原因，是现实生活的不自由。庄子所追求的理想，在现实中根本无法实现，为了走出这一困境，便进入绝对自由的精神世界。庄子所谓自由的社会本质是政治的黑暗、残暴，官场之欺诈险恶，现实的苦难以及人性之扭曲，他要冲突现实的网罗。庄子看到现实生活中的人，终日"与物相刃相靡"（《齐物论》），社会现实又是"无耻者富，多信者显"，"窃钩者诛，窃国者为诸侯"（《胠箧》），怪不得尼采在《反基督》中说："人是一切动物中最失败的动物，是最病态的动物。"[①] 尼采反复说："人这种病态的动物，特别如基督徒。"[②] 对此现状庄子极为愤慨。他所追求的理想人生境界是"莫春者，春服既成，冠者五六人，童子六七人，浴乎沂，风乎舞雩，咏而归"[③] 的太平治世。在这种适时而游、弦歌欢畅的情景中现实自己理想的抒情人格，现实社会与庄子追求的自由境界是水火不相容的，《大宗师》云："意而子曰：尧谓我：汝必躬服仁义而明言是非。许由曰：而奚来为轵？夫尧既已黥汝以仁义，而劓汝以是非矣，汝将何以游夫遥荡恣睢转徙之途乎？"《应帝王》亦云："予方将与造物者为人，厌则又乘夫莽眇之鸟，以出六极之外，而游无何有之乡，以处圹埌之野，汝又何帛以治天下感予之心为？"这两段话都说明，现实的政治道德与庄子的自由格格不入。黑格尔说过，人们在现实世界中得不到的东西，只有在彼岸世界里才成为抽象的现实。在抽象的世界里，人们在内心寻找现实中所得不到的满足。在理想与现实的冲突中，庄子并没有寄希望于彼

① ［德］尼采著，陈君华译：《反基督》，河北教育出版社 2003 年版，第 82 页。

② 同上书，第 69 页。

③ 杨伯峻：《论语译注》（中国古典名著译注丛书），中华书局 1980 年版，第 119 页。

岸世界，而是要把人从世俗的价值观中解脱出来，提升到精神世界，培养一个开放的心灵，以此来观照宇宙中的万事万物。

人生在世间，无不追求自由的天地，但人又造出了许多条条框框，束缚自己，压抑人性的自由延展。陈鼓应说："人之所以不得自由，乃因心胸被拘执在俗世的境域中，目光被囚限于常识世界里。如《秋水》篇所说的，一个人受空间的范限、时间的固蔽以及礼教的束缚（'拘于虚'，'笃于时'，'束于教'），所以心量打不开。人要透破时空与礼教的束缚，心灵才能开放，培养开放的心灵，才能使人从狭窄的俗世与常识的拘囚中提升出来。开放的心灵，须有一个开阔的思想空间来培养；一个开阔的思想空间，可以心舒展一个辽远的心灵视野。"[①] 庄子在《逍遥游》中，给我们展示的就是一个自由飞翔的开放心灵，所上下翻飞的是一个博大无碍的精神境界，在这里庄子"心游"的自由性得以充分的体现。这种"心游"的特点，首先是无目的。《在宥》中的一段对话，写云将东游，"过有宋之野而适遭鸿蒙，云将大喜，行趋而进曰：天忘朕邪？天忘朕邪？再拜稽首，愿闻于鸿蒙。鸿蒙曰：浮游，不知所求；猖狂，不知所往；游者鞅掌，以观无妄。朕又何知！"它的游是随心所欲的，漫无目的的，在这无所不适的自由徉徜之中，观览天地万物变化的真相。其次是无所约束的。既无空间的范限，也无时间的局限，完全是一种精神高度自由的活动。如"楚之南有冥灵者，以五百岁为春，五百岁为秋；上古有大椿者，以八千岁为春，八千岁为秋"（《逍遥游》）。还有"游乎四海之外"（《齐物论》），"游乎万物之所始终"（《达生》），"浮游乎万物之祖"（《山木》），"可游逍遥之墟"（《天运》）等等。第三，"心游"是一种升华，是对个体生命内涵的扩展与张扬。它是世俗价值的超越，是人精神的提升，是从"小我"的封闭中走出，以超然的心态观照万事万物，达到"天地与我并生，而万物与我为一"（《齐物论》）。正如陈鼓应所说，这是一种"非生理我，非家庭我，亦非社会我，乃是宇宙我"，"即与万物相感通、相融合的我，这个我，即是宇宙的我。"[②]"心游"是精神上获得彻底的解放，以宇宙之我悟彻万汇百物所蕴含的道理。"心游"的表层是静，即主体保持一种虚静状态，唯有静，心灵世界才能"推于天地，通于万物"（《人间世》），才能"上窥青天，下潜黄泉，挥斥八极"（《田子方》）。在这种精神体验和享受中透悟生命的价值、人生的真谛。

庄子的"心游"具有梦幻色彩，类似于弗洛伊德所说的白日梦，但

① 陈鼓应：《老庄新论》，商务印书馆2008年版，第202页。

② 同上书，第206页。

又不同于此，它是受现实压抑后的一种精神释放，从这个角度来说，它又具有超越的意识，是对现实进行深刻反思后，与现实世界构成的一种隔离状态，进而达到理想的目标。庄子的这种超越意识，不是基督教建立起的彼岸的“天国”，两者具有原则的区别。在基督教那里，虽然现实世界是上帝创造的，但它与上帝及其“天国”根本不同，完全隔离，在庄子那里，“心游”中的精神世界与现实世界既有隔离的一面，又有可以沟通的一面，两者的理想王国和最高精神境界是不同的。从思维方式来说也不相同，一个是向外的，一个向内的反观。总之，庄子的心灵畅游，是精神领域的高尚追求，也是他哲学的现实目的和逻辑起点。由于外在生命理想难以实现，庄子转而关注如何扩大人的内在生命，只有心灵超越了俗世的羁绊，在高远的精神领域里飞扬，“登天游雾”（《大宗师》），这种心境的自由超越，才能达到“独与天地精神往来”（《天下》）而和宇宙和谐交感进而一体化。

（二）寻求人与自然的对应

司马迁说：“庄子散道德，放论，要亦归之自然。”[①] 他把庄子思想的核心归为“自然”，是否切中庄子哲学的要害暂且不论，但崇尚自然毕竟是庄子哲学的又一特色，是他的生活理想。这里的“自然”在《庄子》曰“天”，为什么庄子言自然以天？吕思勉解释为一种天象崇拜，他说：“人类之初，仅能取天然之物以自养而已，稍进，乃能从事于农牧。农牧之世，资生之物，咸出于地，而其丰歉，则悬系于天。故天文之智识，此时大形进步；而天象之崇拜，亦随之而盛焉。”[②] 而庄子之“天”和先秦诸子所用概念不同，诸子多以“天”为自然之天，同时又具有社会性和伦理性。孟子说：“莫之为而为者，天也”（《万章上》），“诚者，天之道”（《离娄上》）。荀子说：“有天有地而上下有差，明王始立而处国有制”（《王制》）。而庄子之“天”是作为一个重要的哲学概念来使用的。刘笑敢认为：“庄子所谓天有两个新义，一是指自然界，一是指自然而然的情况。”[③] 郭象在《庄子注》中谓：“天者，自然之谓也”（《大宗师注》）。“故天者，万物之总名也”（《齐物论注》）。王叔岷的《庄子校释》所辑《庄子》佚文，原《庄子》五十二篇本就有“天即自然”一句，所以，郭象的《齐物论注》曰：“自己而然，则谓之天然。……以天言之所

① （汉）司马迁撰，（宋）裴骃集解，（唐）司马贞索隐，（唐）张守节正义：《史记》，中华书局1959年版，第2156页。

② 吕思勉：《先秦学术概论》（中国学术丛书），东方出版中心1985年版，第6页。

③ 刘笑敢：《庄子哲学及其演变》，中国社会科学出版社1988年版，第123页。

以明其自然也。”这里的“天”即天然，自然而然，非人力所为，陈鼓应的《庄子今注今释》注“天”为自然。老子之自然是无为，庄子则以自然的东西或自然所给予的东西为天，以天为自然，鄙视人为。《在宥》说：“无为而尊者，天道也；有为而累者，人道也。”天地间的一切运动和变化皆是自然而然的，并将人的生命亦看成一种自然现象。同时，庄子之“自然”，“与传统的新柏拉图主义的自然观不谋而合，两者都将自然视为内心世界感化的领域”。[①]

庄子对现实社会悲观绝望，极为憎恶，就必然想超脱于社会以摆脱人生的困境，使自己的灵魂从封闭中走出，于是便走向大自然。在庄子看来，人类来自自然，并生活在自然之中，而自然是清明无私的，人类若能与之为友，与造物者游，就能返璞归真，摆脱社会的黑暗与自私。因而他主张随顺自然，融汇于自然。《大宗师》云：“畸人者，畸于人而侔于天。故曰：天之小人，人之君子；人之君子，天之小人也。”（畸人即不合时俗之人，侔于天即从于人，与天为一），畸人以开放的心灵融合于自然，使精神得以自由，而世俗之人却沉溺于人我、彼此、是非之争，把自己局限在一个封闭的尘网中无法解脱；畸人却能与天为一，与天为徒，在自然中任心遨游。而荀子则主张“天人相分”，《天论》云：“明于天人之分，则可谓至人矣。不为而成，不求而得，夫是之谓天职。如是者，虽深，其人不能加虑焉；虽大，不加能焉；虽精，不加察焉；夫是之谓不与天争职”[②] 他要人“不与天争职”而各行其是，把人和自然区分开来，和庄子走着完全相反的路子。庄子的理想是消融于自然，天与人达到一致和谐，他之所以执着地追求自然，反对人为。因为在他看来，“自然”就是真。《鱼父》云：“真者，所以受于天也，自然不可易也。故圣人法天贵真。”可见真就是自然，故王夫子说：“则自然者本无故而然”（《庄子解》）。

庄子常常出没于自然山水之间，从形而下的自然中领悟其形而上的深邃内涵。如“庄子钓于濮水”（《秋水》），“庄子行山中见大木”（《山木》），“庄子与惠子游于濠梁之上”（《秋水》）等。在大自然中，他找到了人与自然的对应点，以自然美对应人世的苦难、罪恶与沉沦，使人在自然面前产生谦卑感，启示人对宇宙和生命的深层意识，它能使人在谦卑和宁静中获得一种深刻的惊异，这种感觉本身就使心灵从现实的束缚中解脱

---

① ［美］格拉姆·帕克斯：《人与自然——尼采哲学与道家学说之比较研究》，隋宏译，载《道家文化研究》第二辑。

② （清）王先谦撰，沈啸寰、王星贤点校：《荀子集解》（新编诸子集成），中华书局 1988 年版，第 308 页。

出来，因为生命的本原是内在于自然，而非内在于文化。所以，只有走向自然，生命才会有蓬勃的生机，庄子正是惊异于自然的无限性，从中领悟到深广的蕴含，在自然之中，人首先有一种精神的愉悦。“山林与？皋壤与？使我欣欣然而乐与！”（《知北游》）“喜怒通四时，与物有宜而莫知其极”《大宗师》，在物我相亲，人与自然的同步律动中，扬弃世俗之小我，使自己从狭窄的局限中提升出来，物我之界限泯灭，人与自然同化为一，“无不忘也，无不有也，淡然无极而众美从之”（《刻意》）。这时的自然已不是与人相对存在的外在自然界，而是世界的最高存在，人的根本存在。它只是取其自然之义，以说明人性。“自然”是内在于人而存在的，“自然”就是人的内在本性，自然之道和神明之心合而为一，便产生自然之性，通过回归主体本身，返回到自己的心灵，进行自我体悟，自我认识。庄子从自然出发又返回“自然”，从外在到内在，回到自己的真性情。在无思无虑中，静静地领悟自然的底蕴．这时人的精神空间可以无限追扩张、超越提升，达到与外在自然宇宙的融合感。

在寻求人与自然的对应过程中，以内心的虚静达到与形而上的自然的一种心灵感悟，这其中有“道”的含义，是天人关系的哲学，也是对人的内在生命意识的感悟。它是心灵在开放性的精神领域的漫游，如《大宗师》篇所说的：“熟能登天游雾，挠挑无极，相忘以生。无所终穷。”庄子以超变虚灵的心襟怀抱去涵映大自然的广大精微和生化天机的无边无涯、无尽无藏，进而达到“独与天地精神相往来而不遨倪于万物”（《天下》），这是人生艺术的最高境界。

庄子的自然观对现代人教益颇大。他看到了人与自然的冲突，倡导二者的和谐，因为大自然不仅是人的养育者，而且是人类活动的必需空间，而今人干预自然，不断地向自然索取。使人与自然的关系日趋紧张，人的自然遭到破坏，生态平衡被打破，已带来一系列恶果，人已在为自己的聪明举动招致大自然对人类的报复，生态平衡已提到议事日程，人类文明与进步不应以破坏自然为代价，而应与自然和谐同步。但是从人类的历史进程看，庄子反对改造自然，亦有其一定的局限性。

（三）超然的处世心态

追求心灵的自由是庄子哲学重要特征，在这一开放性心态指导下，他的处世态度是超然的而不是逃避，是与现实保持适当的距离然后给精神生命一片蔚蓝的天空。但童书业认为，庄子是一个隐士，庄子“重生”，庄子学派也以“重生”、“贵己”为其人生哲学的出发点，庄子知道自己的理想在当时社会无法实现，所以只图“存身”，做个“隐士”，竭力逃避人为的社会。[①] 任继愈先生则认为“庄子思想体现了由避世到游世的转变”[②]。这是庄子根据自己的社会观和自然观，对避世生活态度作了论证。人生在世应有什么样的生活目的？面对当时复杂的社会环境，人应该怎样行动？庄子认为，人活着就要过一种符合自己本性的恬静安适的生活，摆脱种种束缚，使自己得到自由。任继愈说：“避世得不到自由，迫使隐者游世，就是不离开社会，但又不陷在社会的灾难之中，庄子对游世作了理论的说明。“唯至人乃能游于世而不僻，顺人而不失己”（《外物》）。[③] 陈鼓应认为庄子的处世心态是游世，其实就是要保持人格的独立与人身自由，保持清醒的头脑。他说：“庄子以人的灵重于肉，心重于形，但没有走向彼岸世界或唯灵世界”，这种心游于世的自由，就是陈鼓应说的“游心是一种艺术境界的审美心胸”，“知识分子虽身处衰世，追求的仍是内在生命的充实，而不是声名、地位等等身外之物”。[④]

庄子生处乱世，切身感受着诸侯们随意杀戮和由此造成的个体生命价值的低贱，他有理由为个人能否安全地生存下去而担忧，故《养生主》云：“为善无近名，为恶无近刑。缘督以为经，可以保身，可以全生，可以养亲，可以尽年。”他认为人活着首先应保身全生，这是最基本的要求，而要避祸全身，首先是与统治者保持适当距离，所以庄子强调无用之用。《逍遥游》云：“今子有大树，患其无用，何不树之于无何有之乡，广莫之野，彷徨乎无为其侧，逍遥乎寝卧其下。不夭斤斧，物无害者，无所可用，安所困苦哉。”在《人间世》中，庄子又讲了一个栎社树的故事，“其大蔽数千牛，絜之百围，其高临山十仞而后有枝，其可以为舟者旁十数。观者如市，匠伯不顾，遂行不辍”。因为这是“散木”，“以为舟则沈，以为棺椁则速腐，以为器则速毁，以为门户则液樠，以为柱则蠹。是不材之木也，无所可用，故能若是之寿。”成玄英疏曰：“闲散疏脆，故不材之木，涉用无堪，所以免早夭。”[⑤] 在《人间世》的最后，庄子总结道：“山木自寇也，膏火自煎也。桂可食，故伐之。漆可用，故割之，人皆知有用之用，而莫知无用之用也。”有用与无用是相对的，对已有用对别人可能无用，反之亦然。庄子求有用而不得，则以无用超然于世，虽属无奈但可保全自己、发展自己，这里面包含了他困苦的处境和深切的沉

---

① 童书业：《庄子思想研究》，载《文史哲》1980 年第 6 期。

② 任继愈：《中国哲学史》（先秦卷），人民出版社 1983 年版，第 416 页。

③ 同上书，第 420 页。

④ 以上三处引文，分别见之于陈鼓应《老庄新论》，商务印书馆 2008 年版，第 241、242、243 页。

⑤ （清）郭庆藩撰，王孝鱼点校：《庄子集释》，中华书局 1961 年版，第 171—172 页。

痛，是当时知识分子悲剧命运的写照。他们涉于乱世，而不愿趋尘脱世，又不甘沦为统治者的工具，两全其美的方式便是与当权者保持一定的距离，以求其自由回旋的余地，进而追求自身价值的实现。

庄子虽处境痛苦，但并不超世而独立，因为人无法割断与现实的联系，于是便以超然的态度处之，或称之为游世。“知不可奈何而安之若命，唯有德者能之”（《德充符》）。“唯至人乃能游于世而不僻，顺人而不失已”（《外物》）。“若夫乘道德而浮游则不然，无誉无訾，一龙一蛇，与时俱化，而无肯专为，一上一下，以和为量，浮游乎万物之祖，物物而不物于物，则胡可得而累邪”（《山木》）。可见超然游世者，亦是有极高精神修养者。庄子有感人世的沉沦，精神自主性的丧失，作为人不应苟全性命于乱世，他更注重于开拓人的精神境界，超越形体的范限，致力于心灵的涵咏培养，一方面要无情无欲无知，超然于物我之外，泯灭是非好恶之别；另一方面，要常因自然，“任其性命之情”（《拼拇》），按自然之本性，自由自在地生活。《山木》云：“人能虚己以游世，其孰能害之!”庄子在否定社会现实的同时，提出建立符合人自然本性的生活，打开自己的心灵，在更高的层次境界中追求自然状态的自由。

从哲学本体论的角度言，庄子以开放的心胸超然“游世”的心态，也是得“道”的精神境界的一种自由的表现，他的“游世”之“游”有着更为特殊的含义。庄子的“游”的主体是精神，有精神追逐自在之意。任继愈认为庄子的思想有精神胜利法的成分，关锋则直言：“阿Q精神胜利法却正是庄子精神的一个特征，精神胜利法即起源于庄子。”[①] 刘再复、林岗认为“远在庄子及其门徒发挥老子的论旨，把关于‘道’的思想应用于人生，自以为表露孤傲的人格的时候，就多少露出了一点阿Q相”[②]。笔者认为庄子超然的“游世”的心态不是阿Q精神胜利法，两者有着质的区别。阿Q精神是精神胜利法，是把失败当作胜利而自我安慰，它又轻易地健忘，不记取现实对自己的打击，在强者面前自轻自贱，说出儿子打老子之类的话，这是一种低层次的精神境界。而庄子是深刻而清醒的思想家，他对现实有深刻的观察和认识，有深刻的揭露和批判，更有对理想的炽烈向往和追求，而“忘我”“无己”是与天为一，与道为一的境界，能够物物而不物于物的妙用。庄子无法改变丑恶的现实，就远离而洁身自好，忘却一切，获得精神上的安静。刘笑敢说：“庄子是在深刻认识现实的基础上追求超现实的人格独立的，而阿Q却是一个麻木不仁、蒙昧不

① 关锋：《庄子内篇译解和批判》，中华书局1961年版，第26页。

② 刘再复、林岗：《中国额传统文化与阿Q模式》，载《中国社会科学》1988年第3期。

化、毫无气节的艺术典型。"[1] 庄子的解脱类似于爱因斯坦说的科学宇宙里的第三种人，他们从事科学"是要逃避日常生活中令人厌恶的、粗俗的和使人绝望的沉闷"[2]。任继愈说："一个遭受社会力量无情打击的人，感到再也不能无视社会了，认为只有不对社会采取硬抗的办法即顺着社会的风气才能得到自由。然而这个社会又是他看不惯的，于是便想象自己与天或道合而为一，要找一个精神解脱的办法。"[3] 阿Q精神也是在寻求精神解脱，它是把失败当作胜利而自我安慰，二者貌合而神异。庄子的解脱是要把人的心灵提升到一个更广大的领域，从宇宙规模来认识社会与人的存在，这时心灵呈现出一种自由自在的状态。总之，庄子的超然"游世"是得"道"之游，是人的最高自觉和人的价值最完美的实现，是个体被净化提升的自由的人生最高境界。

（四）以达观的心态面对生死

生与死，实乃人生中极平常普通而又极重要的事，无论贫富贵贱都得面对它，几乎每个哲学家都必须回答这一问题。人为自然的存在，又为社会的存在，因此生死既有自然的意义又有社会的意义。儒家看重人的社会存在价值，所以多思考人生与人死的社会价值，对生死问题，《论语·先进》篇云："子曰：未能事人，焉能事鬼！曰：敢问死。曰：未知生，焉知死？"孔子极力回避死亡问题。但儒家又重丧，倒不是出于对死者的考虑，而是让活着的人看到大家对死者的尊敬与怀念，不忘其在世之功，这正是重生的表现。在《礼记》中关于丧事、丧服的论述很多，如《檀弓》、《丧服小记》、《丧大记》、《问丧》、《奔丧》、《服问》等，连对哀痛的表达方式也有要求。而墨子对生死从经验事实出发，既理智而又平和实用，他说："民生为甚欲，死为甚憎，所欲不得，而所憎屡至，自古及今，未有尝能有以此王天下，正诸侯者也。"（《尚贤中》）又如"生则见爱，死则见哀"（《修身》）。这近乎一种平民哲学，墨子从实用的强烈的功利主义出发，认为"天下有义则生，无义则死"（《天志上》），这就是生则伟大，死则光荣，死与生完全以"义"为价值标准。道家则看重人的个体价值，对人之生死作自然意义的反思，庄子就是从正面考虑这一问题并寻求其解决的途径。

庄子认为人是自然万物之一种，《秋水》云："号物之数谓之万，人处一焉。"同时，"若人之形者，万化而未始有极也"（《大宗师》），人也

① 刘笑敢：《庄子哲学及其演变》，中国社会科学出版社1988年版，第165页。

② 赵明主编：《先秦大文学史》，吉林大学出版社1993年版，第864页。

③ 任继愈：《中国哲学发展史》（先秦编），人民出版社1983年版，第420页。

是要加入这“万化”之列，最终无法超越。《齐物论》云：“一受其成形，不忘以待尽。与物相刃相靡，其行尽如驰，而莫之能止，不亦悲乎？终身役役而不见其成功，苶然疲役而不知其所归，可不哀邪！人谓之不死，奚益，其形化，其心与之然，可不谓大哀乎！人之生也，固若是芒乎？其我独芒，而人亦有不芒者乎？”形体之亡，精神也随之泯灭。庄子认为任何人都将“形化”而泯灭，“已化而生，又化而死”（《知北游》），这是自然规律。人对天地宇宙而言，生命是短暂的，“若白驹之过郤，忽然而已”（《知北游》）。他以开阔的胸怀审视人生，既有对现实生活、生命的积极肯定，又有对人生及归宿的透彻理解。他重视对生死的超越，正是人们对死亡的恐惧和悲哀的心灵折光，尤其是战乱频仍的战国之秋，“争地以战，杀人盈野；争城以战，杀人盈城”（《孟子·离娄上》），死亡时时威胁着人们，因此，人们对生死异常敏感，时时处于担忧、恐惧中。于是庄子以独特的视角，博大的心胸，要人们放开囚拘的心灵，正视生死，泰然处之，对生死这一自然过程作理智的分析。因为人生世间，并不总是快乐的，“人之生也，与忧俱生”（《至乐》），“其寐也魂交，其觉也形开。与接为搆，日以心斗”（《齐物论》）。所以，庄子对人生存的社会价值亦报以极度的冷漠，有时是幽默的戏笑，有时是狂放的热讽，无情无性，不热衷于生，亦不畏惧于死，“死生，命也，其有夜旦之常，天也。人之有所不得与，皆物之情也”（《大宗师》）。人若是“不通乎命”（《至乐》），“遁天之刑”，便是自寻烦恼，若能洞明其理而不为其所困，才能走出困境，“安排而去化”（《大宗师》），进而得“道”。

庄子以生为苦，便有对死亡之赞美。在《至乐》中有一段看似传扬“死之乐”，实乃以达观的心态说死并不可怕。因为人生确实是充满了忧愁、痛苦、恐惧等艰辛，死亡是免受“人间之劳”、“生人之累”，是行为与精神的解脱，故庄子说：“久忧不死，何苦也。”（《至乐》）他对生死之自觉，是把人生的悲剧消融在他的宇宙哲学之中，是体验到人生忧患和痛苦寻求超越的产物，是人生悲剧的精神寄托。庄子还从理性分析的角度，把人之生死归结为一种“气化”，《至乐》言：“庄子妻死，惠子吊之，庄子则方箕踞鼓盆而歌。”因为他认为人“察其始而本无生，非徒无生也，而本无形，非徒无形也，而本无气。杂乎芒芴之间，变而有气，气变而有形，形变而有生，今又变而之死，是相与为春秋冬夏四时行也”（《至乐》）。人从生至死既然是天然的结果，是气形之变化，就没有值得悲痛愁苦的，要不然就是“遁天倍情”。他始终以开放的心态理智地看待一切，不拘于世俗的人情物理，以广阔的思想视野，把它提高到哲学的层次来认识。对自己的死也是如此，《列御寇》篇记，庄子将死，弟子欲厚葬之，庄子说："吾以天地为棺椁，以日月为连璧，星辰为珠玑，万物为赍送，吾葬具岂不备邪？何以加此？"从另一角度也反映了庄子反对儒家的厚葬。人是自然万物之一种，"万物一府，死生同状"，"恶知死生先后"，"不知所以生，不知所以死。""人之生，气之聚也；聚则为生，散则为死"（《知北游》），他从唯物观出发，把生命看作"气"之凝结，把死看作"气"之消散，那么，生命则随自然之循环变化，"生非汝有，是天地之委和也；性命非汝有，是天地之委顺也"（《知北游》）。庄子对待生死的心态，是将自我放在广阔的宇宙自然中，不拘于世俗，既不悦生，亦不畏死，就是陶渊明《形影神》中说的"纵浪大化中，不喜亦不惧"[①]，顺随自然之大化，悠哉而来，悠哉而去。

（五）逆向多元思维，所见皆异

有人认为庄子的思维方式是直觉的；孙以楷、甄长松的《庄子通论》认为："庄子的思维方法当属于理性思维方法的范围，他对辩证法、辩证逻辑已有所洞悉。"[②] 杨安崙论认为："我并不认为直觉是庄子认识社会现象的主要形式，而是在观察时形成直觉，在直觉的基础上形成他的独特的直观体验，这种直观体验包括了他对于宇宙，特别是对于社会与人生的感受，感受多了，深切了，于是形成庄子特殊的精神体验。而这种精神体验是感受、认识、情感、意志等综合的精神现象，它不同于一般的感性认识，而是感性与理性的具体，因此，我把它叫作直观体验。"[③] 蒙培元在《老庄哲学思维特征》中认为，庄子的思维方式是一种自反思维，是自我反思式的内向思维，它不是运用和发展人的聪明智慧，向外探索自然界的奥秘，而是返回到自己"无知无欲"的纯白之心，自然之性，"体性抱神"，进行自我反观，自我体悟。[④] 笔者认为庄子的思维方式不是单一的、单调的，而是多向度、多样的，是理性思维、直觉思维、形象思维等的统一，总的说是逆向多元的。《庄子》之为"奇书"，庄子思想之博大精深，对中国传统文化影响之巨大，大部分功劳在于他的逆向多元思维。而我们把握庄子，正如《至乐》所言是"此以已养养鸟也，非以鸟养养鸟也"。虽然对同一问题可以从不同的角度去研究，但我们求其尽量做到"以鸟

① 北京师范大学中文系、北京大学中文系文学史教研室编：《陶渊明资料汇编》下册（古典文学研究资料汇编），中华书局 1962 年版，第 33 页。

② 孙以楷、甄长松：《庄子通论》，东方出版中心 1995 年版，第 156—157 页。

③ 杨安崙：《中国古代精神现象学》，东北师范大学出版社 1993 年版。

④ 《道家文化研究》1992 年第二辑。

养养鸟"，紧扣庄子思想不可思议的地方。

庄子清醒地看到，儒家思想迎合了人性的弱点，很容易得到人们的拥护，而他则上承老子"反者道之动"的彻底怀疑主义原则，以逆向多元思维方式，有意识地把一切颠倒过来，腾守尧说："越是圣人和众人认为理所当然的事情，就越值得怀疑；越是那些权威的、无比确定的和不容置疑的东西大胆怀疑，人就越能接近'道'的自然境界。"（《中国怀疑论传统》）傅修延在《文学批评思维学》中说："逆向思维则是打破人类认识常规的结果"，而思维的定式"也能把人们引入歧途，能使人们产生思维惰性，以至无所作为。逆向思维具有很大的创造性，能开辟一片新天地，逆向思维的创造性在科学史上得到过比较充分的发挥，许多伟大的科学发明和发现，都与逆向思维分不开"[①]。庄子打破了人们的思维定式，从相反的方向获得了许多新颖的认识。《天运》云：天乐是"听之不闻其声，视之不见其形，充满天地、苞裹六极。汝欲听之而无接焉"。天乐虽充满天地，却又听之无声。郭象注曰："此乃无乐之乐，乐之至也。"这里体现了事物的自然天全之美。《齐物论》云："毛嫱丽姬，人之所美也，鱼见之深入，鸟见之高飞，麋鹿见之决骤。"从相反方向去认识美，自然就见出事物的相对性了。人们对事物的判断、推理多有从众心理，难以摆脱传统思维的惯性，若以开放的自我，坚持自我，则有不同的思维成果。《庄子》中这样的例子很多，"天下莫大于秋毫之末，而大山为小；莫寿于殇子，而彭祖为夭"（《齐物论》）。"夫大道不称，大辩不言，大仁不仁，大廉不嗛，大勇不忮"（《齐物论》）。人们遇事争辩是非曲直，庄子则以"大辩不言"、"不言之辩"取胜，因为人的是非本无法确定。庄子在总体的逆向多元思维方式指导下，发现人间万事万物其事其理的相对意义，并进而看到立场或观察角度不同，影响着人们的认知活动，从而对同一事物作出不同的结论。"自其异者视之，肝胆楚越也；自其同者视之，万物皆一也"（《德充符》）。"小人则以身殉利，士则以身殉名，大夫则以身殉家，圣人则以身殉天下，故此数子者，事业不同，名声异号，其于伤性以身为殉，一也"（《拼拇》）。事物之是非、同异、利义等等价值之判断，皆相对而言，异在角度不同。当然，我们还应该看到庄子相对论的局限，它容易带来认识的片面性，不可能全面地认识事物。

当人们从思维定式去认知，有许多问题无法搞明白，如"贵、富、显、严、名、利六者，勃志也；容、动、色、理、气、意六者，谬心也；

① 见傅修延、黄颇合著的《文学批评思维学》第五章第三节，文化艺术出版社1989年版。亦见《江西师大学报》1988年第3期。

恶、欲、喜、怒、哀、乐六者，累德也；去、就、取、与、知、能六者，塞道也。此四六者不荡胸中则正，正则静，静则明，明则虚，虚则无为而无不为也”（《庚桑楚》）。人们总是受到许许多多的束缚，若以开放的心态反观其理，换一种思维方式，便会得到崭新的认识，会带来学术史上的一场革命。所以说反向思维是具有创造性的，它使庄子获得了不同于常人的认识和思想成果。人死本应伤悲，庄子却“鼓盆而歌”，因为他打破了人们的常规定式思维，从另一角度反观，发现了人之生死不过是气之聚散而已，从而形成他的“气化论”。人皆惧死，庄子却言死之乐，跳出正常人的哀痛之情，认识到“生之累”也，以理言之，死便是解脱，免除了种种苦恼，自然当是乐事（见《至乐》）。人皆知有用之用，庄子则见出无用之用，因为“不材得终其天年”（《山木》）。人以知为知，庄子则以不知为真知，《齐物论》曰：“啮缺问乎王倪曰：子知物之所同是乎？曰：吾恶乎知之！子知子之所不知邪？曰：吾恶乎知之！然则物无知邪？曰：吾恶乎知之！”三问而三不知，《应帝王》更是四问而不知。原来庄子认为“不知深矣，知之浅矣；弗知内矣，知之外矣”（《知北游》），不知才是深刻透彻的，自以为知则是浅薄疏陋的。世人惯于顺向思维，“同于己为是之，异于己为非之”（《寓言》），它使人停留在前人的认识水平上。庄子则以开放的心态，走出习以为常的思维惰性，开辟了一片新的思维天地，其认识成果自然丰硕无比，难怪奥斯·王尔德也说：“老实说，我在《庄子》一书中见到了一种我从未遇到过的对现实生活的最尖锐和最苛刻的批评。”又说：“那些对中国文化略知皮毛的人如果认真地读一读《庄子》，就会吃惊得发抖的。”[①] 吕思勉在《先秦学术概论》中说：“然则人之所为知者，皆强执一见而自以为是耳。”庄子则能去其“成心”，超越封闭的思维圈子，以逆向多元思维，使心之功能灵妙而发挥创造的功用。

在庄子的多元思维中，辩证思维也是重要的一个方面，他继承了《周易》和《老子》的辩证法，认为事物有对立的一面又有统一的一面。《齐物论》云：“非彼无我，非我无所取”，“物无非彼，物无非是，自彼则不见，自知则知之。故曰：彼出于是，是亦因彼，彼是方生之说也。”它概括了一切事物如大小、美丑既有对立的一面，又有统一的一面，既有相杀的一面，又有相生的一面，有你必有我，一方以另一方为存在前提，两者有统一性。《秋水》云：“知东西之相反，而不可相无。”东西乃物之两端，“相反”即对立，若无两端则东西不存，故言“不可相无”。

① 滕守尧：《中国怀疑论传统序》，辽宁人民出版社 1992 年版。

《田子方》又云："至阴肃肃，至阳赫赫，肃肃出乎天，赫赫发乎地，两者交通成和，而物生焉。"阴阳统一才能生物，同样是对事物的辩证思维。庄子谈到事物的相对性之处很多，但也有丰富的辩证法思想，他那多元的发散式思维，使他在认知事物时所见皆异，思想博大无比。清朝的宣颖说："庄子之文，真千古一人也。"嵇康则言："老子、庄周，吾之师也。"①

（六）广阔的时空，巨大的物象

庄子心灵之开放，心灵之自由遨游，追求境界之高远，都须有一个无限广阔的背景，陈鼓应说："开放的心灵，须有一个阔大的思想空间来培养；一个开阔的思想空间，可以舒展一个辽远的心灵视野。"② 所以，在《庄子》中洞开了一个全新的天地宇宙空间，以容纳自由飞扬的开放性心灵。刘笑敢说："世界的无限性问题是一个单靠自然科学的观测实验和哲学理论的推断都难以最终解决的复杂问题，然而，我们的祖先早在两千多年前就已猜测到了时空的无穷无尽的特性。从现有文献资料来看，庄子就是在我国最早提出这一问题，并肯定了时空无限性的思想家。"③ 庄子是战国时期最早提出"无穷"这一概念的人。当时人由于活动范围小，限制了人们的思想视野，庄子则力图探讨世界的无限性问题。任继愈说：他以"深而肆的逻辑思维与形象思维萃于一身，使他可能提出前人所没有接触到的开创性的见解"④。《则阳》云："吾观之本，其往无穷；吾求之末，其来无止。""彼其物无穷，而人皆以为有终；彼其物无测，而人皆以为有极。"（《在宥》）庄子以此驳斥有穷的观念。自古以来，人们的宇宙观是"天圆地方"的有限性，包括《周易》也持此观点，《易·系辞

---

① 嵇康：《与山巨源绝交书》。见鲁迅校本《嵇康集》。在 1938 年出版的二十卷本《鲁迅全集》中即已收入，早已为读者所熟知；到 1956 年，文学古籍刊行社又影印出版了另一种本子的鲁迅校本《嵇康集》，当时称为"校正稿本"。此提法不妥，因为这个影印本依据的手稿是 1924 年本，1931 年的手稿才是最后的写定本。详见《鲁迅研究月刊》1994 年第 8 期，顾农的"关于鲁迅校本《嵇康集》手稿"一文。

② 陈鼓应：《老庄新论》，商务印书馆 1980 年版，第 202 页。

③ 刘笑敢：《庄子哲学及其演变》，中国社会科学出版社 1988 年版。2012 年中国人民大学出版社又出版社了《庄子哲学及其演变（修订版）》，其书观点、方法、结论都有与众不同的探索。作者近年来所提出的"反向格义"、"两种定向"等观念在《庄子哲学及其演变（修订版）》中都已初露端倪，对中国思想、哲学与文化的相关研究也会有参考价值。此书原为"中国社会科学博士论文文库"第一册，此次再版除对原文作校改、增删、补充以外，增加了四篇新作、长篇引论和学术自述，介绍并讨论了《庄子哲学及其演变（修订版）》出版以后的新情况和新发展，以及作者思考写作的历程和背景，内容对研究者和初学者都会有所启示。

④ 任继愈：《中国哲学史》（先秦卷），人民出版社 1983 年版，第 403 页。

上》云："蓍之德圆而神，卦之德方以智"，蓍与卦的功用亦从"天圆地方"之义而来，而庄子则打破传统观念，建立了"无穷"的宇宙观。"以游无穷"（《逍遥游》），"体尽无穷，而游无朕"（《应帝王》），"六合之外，圣人存而不论，六合之内，圣人论而不议"（《齐物论》）。说明庄子已认识到宇宙的无限辽阔，客观世界的有限。

对于时间，庄子认为是无穷无限的，没有开端也没有结束。"有始也者，有未始有始也者，有未始有夫未始有始也者"（《齐物论》）。不断推衍下去，时间是没有穷尽的。《齐物论》又言："有有也者，有无也者，有未始有无也者，有未始有夫未始有无也者。"即宇宙最初的形态有它的"有"，有它的"无"，更有未曾有"无"的"无"，更有未曾有那"未曾有无"的"无"。这样的推衍是无穷的，说明了时间没有开端，世界没有开端，也就是时间没有开端。那么，时间有无结束呢？《知北游》言："无古无今，无始无终。"世界的发展是一个无限的系列，"量无穷，时无止。"说明时间是无限的，是没有终止的。

对于空间的无限性，庄子也有感性直观的认识，"吾在天地之间，犹小石小木之在大山也"（《秋水》）。"余将去汝，入无穷之门，以游无极之野"（《在宥》）。"厌则又乘夫莽渺之鸟，以出六极之外，而游无何有之乡，以处圹埌之野"（《应帝王》）。由于人在天地中的渺小，他便在想象中有了对感性认识的超越，思索着空间的广阔无限，精神便自由翱翔，飞度无穷之野。《秋水》云："天下之水，莫大于海"，"计四海之在天地之间也，不似礨空之在大泽乎？计中国之在海内，不似稊米之在大仓乎？"这里用比喻形容世界之广大无涯。时空之无限即宇宙之无穷，《庄子》中已提到"宇宙"一词，并给予明确的定义，"有实而无乎处者，宇也。有长而无本剽者，宙也"（《庚桑楚》），郭象注曰："宇者，有四方上下，而四方上下未有穷处。宙者，有古今之长，而古今之长无极。"①时空的无穷无际，使庄子走出狭小的观念圈子，恢复精神的自由，为心灵畅游提供了广阔的空间。

庄子崇尚精神自由，心态的开放（走出"成心"）与外部世界的阔大协调一致，对有限的超越，须先打破伴随而来的"成心"，从意识上冲击有限时空的封界，他以创造性和理性的心灵使自己在心物之间进退自由，漫游无际，在精神与宇宙之间，庄子依附于物象、靠物象之导引，遨游于无何有之乡，他在幻想中以大体积、大运动量的物象作为精神的凭附物。

① （清）郭庆藩撰，王孝鱼点校：《庄子集释》，中华书局1961年版，第801页。

如“鲲之大，不知其几千里也。化而为鸟，其名为鹏。鹏之背，不知其几千里也，怒而飞，其翼若垂天之云”，“鹏之徙于南冥也，水击三千里，抟扶摇而上者九万里”。（《逍遥游》）没有冲决一切束缚的伟大的精神力量，是塑造不出这么雄奇瑰丽的形象，它是主体精神挣脱羁绊的象征形式，使人从狭窄的常态世界走出，到无限遥远的宇宙中作逍遥之游。因为环境的限制，会使人的心灵萎缩，水浅而舟大则无力游大，故庄子以吾大物亦大的原则创造物象。“今夫斄牛，其大若垂天之云”（《逍遥游》），“夫至人者，上窥青天，下潜黄泉，挥斥八极，神气不变”（《田子方》）。“在大极之先而不为高，在六极之下而不为深，先天地生而不为久，长于上古而不为老”，“今一以天地为大炉，以造化为大冶”。（《大宗师》）“乘彼白云，至于帝乡”（《天地》），“夫大壑之为物也，注焉而不满，酌焉而不竭”（《天地》）。“秋水时至，百川灌河，泾流之大，两涘渚崖之间，不辩牛马”（《秋水》）。陈鼓应说：“庄子深深了解到，人的闭塞，在于见小而不识大，因而他第一番手笔，在于描写一个‘大’。”[①] 庄子心灵之升腾和超常物象相契合，创造出一个全新的生命空间。刘成纪认为：“他审美理想的指向和物象运动、兴腾的方向是一致的。在物象的导引下，他的空间性理想大致向南、东、上三个方向敞开。”[②] 庄子的精神遨游总是指向这三个方位，东方和南方是阳之象征，上是天空，是自由的帝乡。总之，庄子创造的巨大物象和辽阔无限的时空背景，都是心态开放、精神畅翔的需要。

（七）庄子与先秦诸子思想心态之不同

从总体上来说，儒家倾向于认同、继承传统，道家倾向于否定、批判传统。在面对同一份文化遗产时，他们的心态是不同的。孔子谓：“不学诗，无以言”、“不学礼，无以立”（《季氏》），“君子博学于文，约之于礼”（《雍也》），“兴于诗，立于礼，成于乐”（《泰伯》），“我非生而知之者，好古，敏以求之者也”（《述而》），“行夏之时，乘殷之辂，服周之冕，乐则韶舞”（《卫灵公》）。孔子对传统的态度首先是学习，是继承，在他的思想中守旧的成分多。“周监于二代，郁郁乎文哉，吾从周！”（《八佾》），其中充满了没落的怀旧心理，这并不是说孔子思想中没有革命的因素，侯外庐说：“孔子关于春秋时代礼乐的批判，并不是掌握着新内容以否定旧形式，而是相反，因执着旧形式以订正旧内容。”[③] 道家则

---

① 陈鼓应：《老庄新论》，商务印书馆 1980 年版，第 202 页。

② 刘成纪：《论庄子美学的物象系统》，载《中州学刊》1996 年第 6 期。

③ 侯外庐：《中国思想通史》（第一册），人民出版社 1957 年版，第 142 页。

对传统文化以拒绝为基本立场，《老子》曰：“为学日益，为道日损”（第48章），李约瑟教授认为：“道教在一千多年来总是和一切力图推翻现有秩序的叛乱牵扯在一起”，“道家实质是一种反封建力量”。[①] 庄子曰：“甚矣夫，好知之乱天下也”，“故天下每每大乱，罪在于好知”（《胠箧》）。庄子由此陷入沉思，提出一系列问题，“天其运乎？地其处乎？日月其争于所乎？孰主张是？孰维纲是？孰居无事推而行是？意者其有机缄而不得已邪？……敢问何故？”（《天运》）庄子以开阔的思路、理性的方式认识和理解这个世界，在诗的王国，确有和屈原之《天问》比肩之效。但《天问》在于提出问题，而庄子则重在以理性的精神追求问题的答案。儒道两家心胸开阔程度，在于他们思想主张之不同，儒家主张“天无二日”，“君子思不出位”，而道家的庄子则主张思想界可以“十日并出”（《齐物论》），个体意识突出，可以看出庄子开放性的胸怀。

庄子的超越思想和先秦的孔、孟、荀、墨、韩的对现实的执著性。王树人在《超越的思想理论之建构》一文指出：“在中华民族的精神构成中，儒家思想基本构成其现实的执着性层面，而道家思想则基本上构成其超越性层面。”[②] 先秦诸子虽然各立其说，富于创造性思维，但出发点和思路并不相同，多具现实精神，眼光多放在现实社会中。管仲云：“修名而督实，按实而定名”，“名实当则治，不当则乱”（《九守》），他还要求了解下情要实际考察，“行其田野，视其耕芸，计其农事，而饥饱之国可知也。行其山泽，观其桑麻，计其六畜之产，而贫富之国可知也。……而治乱之国可知也”（《八观》）。墨子面对苦难的人生更加务实，孙诒让的《墨子传略》云：“其学务不侈于后世，不靡于万物，不晖于数度，以绳墨自矫，而备世之急。”主张“兼爱”“非攻”，他忙忙碌碌，亲自实践。荀子则积极地干预自然，“大天而思之，孰与物畜而制之！从天而颂之，孰与制天命而用之！望时而待之，孰与应时而使之！因物而多之，孰与骋能而化之！思物而物之，孰与理物而失之也！愿于物之所以生，孰与有物之所以成！故错人而思天，则失万物之情”（《天论》）。荀子的改造自然，服务人类，有其积极的一面，但它毕竟是指向现实的。韩非更是求实、重变，“道先王仁义而不能正国者，此亦可以戏而不可以为治也”（《外储说左上》）。他们都是针对社会现实而思想或采取行动的，而庄子则超越现

① ［英］李约瑟：《中国科学技术史》（第二卷），何兆武等译，科学出版社、上海古籍出版社1990年版，第109页。

② 王树人：《超越的思想理论之建构》，《道家文化研究》1992年第二辑。

实，超越常规的认识，目光不是关注于社会而是人本身，是人的精神解放和自由，通过对现实的批判达到这一理想目标，试图在主观世界或精神世界中实现其超越的本质问题。

在理想人格这一问题上，先秦诸子都有其独特的认识和相对独立的判断标准，都具有不盲从任何传统、习俗和权威的孤傲气质，有着一种超越的特征。虽然他们都要求独立人格，高扬主体意识，以理性为旗帜，冷静地看待自然、社会与人生。但各家毕竟不同，皆具自身特色。孔子处鲁文化圈，而鲁文化历史渊源最深，亦最保守，它压抑个性，故孔子多延续了西周的文化传统，维护西周以来的宗法礼乐制度，主张“君君”、“臣臣”、“父父”、“子子”（《颜渊》），像“君子之德风，小人之德草，草上之风必偃”（《颜渊》）的思想，就极不利于独立人格的成长和个性的发展，随之导致人们缺乏活力和创造力。孟子以“刚正”为特色，崇尚的是“富贵不能淫，贫贱不能移，威武不能屈”（《孟子·滕文公下》）的人格，强调的是刚正不阿的大丈夫气节，是一种具有高风亮节、光明磊落的品格。这毕竟是一种社会人格，是社会性的人格，最终还是处在现实的圈子。墨子重功利、讲实效，关注社会与民生，对那些玄远难识的高深观念不感兴趣。他衡量一切事物的标准是“利”字。《墨子》一书所研究的皆为现实问题，“十论”所及，皆属社会现实、国计民生的当务之急。墨子本人是一位以救世为己任的政治实践家，他要求改革现实，尚贤任能，重视生产，强调节俭，讲求实效的治国方略，对于今天的社会更具现实的进步意义。

道家以外的各家，均以积极有为的姿态，寻找治世良方，而庄子深刻认识到社会的弊端，在无可奈何的情况下寻求一种超越，崇尚超然物外而无所待，达到一种无往而不适的自由的精神境界，这是审美的人生最高境界。受中原理性文化熏陶的孔、墨、孟、荀等人，皆积极用世，思想均指向一条面向现实的方向。道家的“法自然”使庄子的思想从宗法生活的局限中解放出来，将视野伸向“量无穷，时无止，分无常，终始无故”（《秋水》）的广袤无垠的大千世界，并受南系文化的感染，保留了原始活力并富于自由精神的荆楚文化传统，也大大滋溉了他葱茏的想象力，充满了强烈的理想主义色彩。

二　庄子开放性心态的外在因素

庄子生当战国时期。陆德明《经典释文序禄·庄子》说：“庄子者，姓庄，名周，梁国蒙县人也。六国时，为梁漆园吏，与魏惠王、齐宣王、楚威王同时，齐、楚尝聘以为相，不应。”[①] 此前《史记》称庄子与梁惠王、齐宣王同时，并有不接受楚威王迎聘之事。庄子的生卒年，学界多以马叙伦说，他在《庄子年表》中认为，庄周生当梁惠王初年，而其卒尚不及见宋之亡。庄子是宋人，故其年表以宋君剔成元年（梁惠王二年）始，至齐灭宋止（前369—前286）。钱穆的《先秦诸子系年》，定庄子生当公元前368年或稍后，卒在公元前268年或稍后，与马叙伦《年表》虽在具体年代判定有差异，但所依判据实乃同。虽然战国之始说法不一，范文澜《中国通史》是公元前403年，以三家分晋为标志；杨宽《战国史》认为起于公元前481年，鲁哀公十四年；金景芳《中国奴隶社会史》认为始于公元前453年韩、赵、魏三家灭智伯而分其地。由此看，庄子活动于战国中而后是显然的。

战国时期是一个开放性的时代，莫里斯说：“开放社会是以人为中心的社会，它的目标在于增加一个人变成自我创造者和文化创造者的能力。”[②] 这个时期又是一个思想解放的时代。“盖自孔子以来，平民教育兴起，教育得以普及众庶，加以时君世主，求力方殷，有识之士，乃各逞其说，取合诸侯，诸子学说由是大兴。”[③] 人们挣脱了周的宗法观念，“戎士不爱死力，士不在亲，事君不避其难，皆为利禄也。”[④] 说明士的社会地位和经济状况的改变，士的宗法组织已崩散，无所归依。此时各国皆兴变法，魏用李悝，秦用商鞅，李悝著有《法经》。人们的观念也发生了变化，“国之所以重，主之所以尊者，力也。”[⑤] 以前的宗法伦理也被赋予了刑、法的色彩，过去是“为人臣忠，为人子孝；少长有礼，男女有别……此乃有法之常也”[⑥]，而今是“今欲驱其众民，与之孝子忠臣之所难，臣以为非劫以刑，而驱以赏莫可”。[⑦] 将刑、法加之于忠臣孝子，更能体现当时群雄争霸之“力”。以前是天子建国，天子分封诸侯，到战国时代各诸侯再也不把周王放在眼里，“春秋时犹宗周王，而七国则绝不言王矣”，“邦无定交，士无定主”。[⑧]《汉书·货殖传》亦言此时是“礼谊大坏，上下相冒，国异政，家殊俗”。公开与周王打仗，谋取周室国宝。“礼乐征战

---

① （唐）陆德明：《经典释文》，中华书局1983年版，第17页。

② ［美］莫里斯（Morris，C. W.）：《开放的自我》，上海人民出版社1965年版。

③ ［台］翁惠美：《荀子论人研究》，正中书局1988年版，第8页。

④ 《盐铁论·毁学》。

⑤ 《商君书·慎法》。

⑥ 《商君书·画策》。

⑦ 《商君书·慎法》。

⑧ （清）顾炎武：《日知录》卷十三。

伐出自天子”[①] 的政治局面已不复存在，代之而起的是“弑君三十六，亡国五十二”的历史现象。分封制遭到破坏，大夫专政的局面屡屡出现。总之，历史进入战国后，社会动乱纷争加剧，人们的思想观念和价值观都发生了变化，思想领域极为活跃，形成百家争鸣。文化学术思想的空前活跃，社会环境的自由开放，从另一方面反映了当时经济文化的繁荣。庄子的开放性心态，与时代的繁盛、社会与文化学术的开放精神有着某种内在的联系。

第一，政治上的多元化。这里主要是指诸侯及卿大夫、士、庶民地位的上升和作用的增大，《六国年表》云：“陪臣执政，大夫世禄，六卿擅晋权，征伐会盟，威重于诸侯。”从春秋末起，新兴阶级积极发展地主经济，积聚实力，取得了政权，《战国策·叙录》云：“仲尼既没之后，田氏取齐，六卿分晋，道德大废，上下失序。”又曰：“国异政教，各自制断，上无天子，下无方伯。”各国之间竞争激烈，重视内部改革，以获得迅速发展。这时的卿大夫纷纷在自己采邑内设官分职，建立起一个个小国家，改变了以宗法血缘关系任用官吏的标准，各国国王采用见功与赏，因能授官的办法，并添设爵位，以招徕四方贤能，国王拥有最高的军政大权，成为国家的主宰。此时庶民地位提高，《左传·哀公二年》载赵鞅誓词：“克敌者，……士田十万，庶人工商遂，人臣隶圉免。”杜预注谓“遂”为“得遂进仕”。由于大规模的战争连年不断，民的存在得以重视，战争胜负在于民心向背，凝聚民心便极为重要，“故能并之而不能凝，则必夺，不能并之，又不能凝其有，则必亡，能凝之，则必能并之矣。”“凝士以礼，凝民以政，礼修则士服，政平而民安，士服民安，夫是之谓大凝。”[②] 宋国的公子鲍，在发生饥荒时，把粮食全部拿出来施舍百姓，对七十岁以上的人无不馈送，还按时加送较好的食品。[③]《左传·文公十三年》云：“史曰：利于民而不利于君。邾子曰：苟利于民，孤之利也。天生民而树之君，以利之也。民既利矣，孤必与焉。”庶民地位的改善，亦是人本主义思潮兴起的表现，神的地位降低了，人的价值得以重视，人的社会地位得以提升。

第二，社会风气和士的活跃。战国时期多元政治的社会结构，为“处士横议”提供了宽松自由的文化政策和学术民主的时势，列国的纷争，使各国内政、外交、军事上产生的重重矛盾，急需智能之士，于是尊

① （汉）司马迁：《史记·太史公自序》。

② 《荀子·议兵篇》。

③ 参见《左传·文公十三年》。

士、养士、争士遂成一种社会风尚。范著《中国通史》说："领主地位愈来愈危殆，养士风气也愈来愈盛行。战国末年领主卑躬屈节招天下士，惟恐士不来附己。"[①] 他们优厚礼待士，企图借助于士的帮助，维持和巩固自己的地位。战国之初，魏文侯改革时，翟璜先后推荐了乐羊、吴起、李克、西门豹、翟角等五人，皆得以重用；魏成子推荐卜子夏、田子方、段干三人，魏文侯就"师卜子夏，友田子方，礼段干木"[②]。鲁缪公曾任用博士公仪休为相[③]，这时还出现了布衣卿相的局面，统治者礼贤下士成风。

战国之世，文人学士游说之风盛行。对于国君来说，"得士则谋不困，体不劳，名立而功成。"[④] 对一个普通的士来说，若得国君赏识即可提拔为执政大臣，如卫鞅、张仪等。同时，智能之士来去自由，国君重用则留，不用则去，开放的社会允许个人有很大的变动，这种人身自由是学术文化研究自由的前提和先决条件。《史记·魏世家》称魏文侯之太子子击"逢魏文侯之师田子方于朝歌，引车避，下谒。田子方不为礼。子击因问曰：富贵者骄人乎？且贫贱者骄人乎？子方曰：亦贫贱者骄人耳。夫诸侯而骄人则失其国，大夫而骄人则失其家。贫贱者，行不合，言不用，则去之楚、越，若脱屣然，奈何其同之哉？"这时的士游说诸侯，宣传自己的学说、治国方略，还为富贵这一物质利益驱使，苏秦曾说："且使我有洛阳负郭田二顷，吾岂能佩六国相印乎！"[⑤]《论衡·效力篇》中认为："六国之时，贤才之臣，入楚楚重，出齐齐轻，为赵赵完，畔魏魏伤。""伊尹去夏入殷，殷王夏亡；管仲去鲁入齐，鲁弱而齐强。夫贤者之所在，其君未尝不尊，国未尝不荣也。"[⑥] 士在这个年代四处游说，充分自由，不受国界限制，成了七国政治斗争的主角，无怪乎李斯说："今万乘方争时，游者主事。"[⑦] 士在人格上的独立带来人思想的自由，同时周游列国而视野开阔，宽松的社会环境，使他们各抒己见。

战国之世，聚徒讲学亦成一时风尚，著名学者无不聚徒讲学。春秋末便有邓析在郑讲习法律；孔子在鲁讲习六艺；墨翟聚徒讲学，且发展为一

---

① 见范文澜所著《中国通史》（全十册之第一册）第五章，人民出版社 1949 年版。
② 《吕氏春秋·察贤篇》。
③ 《史记·循吏列传》。
④ 《墨子·尚贤上》。
⑤ 《史记·苏秦列传》。
⑥ 《战国策·楚策四》。
⑦ 《史记·李斯列传》。

个有组织的集团；从师于孟子的学生“后车数十乘，从者数百人”[①]；田骈在齐，也是“赀养千钟，徒百人”。[②] 这些著名学者“率其群徒，辩其谈说”[③]，这种“学下私人”，打破了贵族对文化的垄断，推动了学术思想的自由发展，吕思勉说这是“社会之组织既变，平民之能从事于学问者亦日多，而诸子百家，遂如云蒸霞蔚矣”[④]。

第三，自由开放的学术氛围，形成百家争鸣，百花齐放，相互批判辩论又相互影响的局面。从社会来说，这个时期是天下大乱；从思想来说，这个时期又是最解放的。这个时期思想学术界派别众多，号称百家，《天下》云：“天下大乱，圣贤不明，道德不一，天下多德一察焉以自好。譬如耳目鼻口，皆有所明，不能相通。犹百家众技也，皆有所长，时有所用。”又言：“悲夫，百家往而不反，必不合矣！”荀子说此时是“百家异说”，《庄子·天下》评述到的六家十一人，象墨翟、禽滑厘、宋钘、尹文、彭蒙、田骈、慎到、关尹、老聃、庄周、惠施等，此时的家，并不是从不同思想来划分的，大抵是持有独立见解的个人或若干人都可称为一家。[⑤] 汉之司马谈把各家总括为阴阳、儒、墨、名、法、道德六家[⑥]；刘歆又曾总括为十家：儒、墨、道、名、法、阴阳、农、纵横、杂及小说，近人王国维解释战国何以学派竞起时说：“外界之势力之影响于学术，岂不大哉！自周之衰，文王、周公势力之瓦解也，国民之智力成熟于内，政治之纷乱乘之于外，上无统一之制度，下迫于社会之要求，于是诸子九流各创其说”[⑦]，顾炎武则指其时“邦无定交，士无定主”[⑧]，不可能形成文化专制的局面。在这个一切都失去了约束力的社会环境中，他们从同的集团利益出发，著书立说，各自阐发自己的思想观点。诸侯还为他们提供辩论的场所，如齐之“稷下学宫”就云集了各国的学者，从齐桓公时起，就在国都临淄的稷下设置学宫，招待学者，各国人才云集齐地，讲学辩说，言治乱，明是非，沸沸扬

① 《孟子·滕文公下》。

② 《战国策·齐策四》。

③ 《荀子·儒效》。

④ 吕思勉：《先秦学术概论》（中国学术丛书），东方出版中心 1985 年版，第 17 页。

⑤ 金景芳：《中国奴隶社会史》，上海人民出版社 1983 年版，第 421 页。

⑥ 《史记·太史公自序》。

⑦ 《论近年之学术界》，出自《王国维遗书》（第 4 卷）《静庵文集》，上海古籍出版社 1983 年版。

⑧ （清）顾炎武著，黄汝成集释，栾保群、吕宗力点校：《日知录集释》，上海古籍出版社 2006 年版，第 750 页。《日知录》卷之十三《周末风俗》。

扬，盛况空前。诸学派打破了封闭的门户之见，拆除了学派间的森严壁垒，学术上百花齐放，充分显示了学术民主的气氛。到齐威王、齐宣王时，稷下人才济济，发展到一千多人，著名的学者有于髡、田骈、接子、环渊、邹奭、慎到等七十多人，称为“稷下先生”，“皆命曰列大夫，为开第康庄之衢，高门大屋，尊宠之”[①]，后来荀况也到这里游学，齐国开放的文化政策，使他们在这里自由地宣传自己的学说、主张，没有威慑于权势的随声附和，他们直言面谏国君，尖锐批评朝政，或潜心学术探讨，百家立异，各驰其说，在争鸣中求真知。同时又彼此渗透融合，《汉书·艺文志》说：“其言虽殊，辟犹水火，相灭亦相生也，仁之与义，敬之与和，相反而皆相成也”，稷下学宫可以说是战国时代自由文化学术氛围的代表。

第四，庄子与楚文化的关系。庄子是否受楚文化浪漫精神的影响，学界多有人通过《庄子》与屈原作品的比较，得出庄子受楚人精神影响的结论。冯友兰先生认为“庄子为宋人，然庄子之思想，实与楚人为近”[②]，他又说：“盖宋与楚近，庄子一方面受楚人思想之影响，一方面受辩者思想之影响。故能以辩者之辩论，述超旷恍惚之思，而自成一系统焉”[③]。笔者认为明人何孟春说得极为在理，他说：“庄之文以玄奇，屈原之文以幽奇”[④]。所谓“奇”道出了他们同受楚文化浪漫精神的影响，而“玄”“幽”之别，则指出风格的不同，同时含有哲学与文学之不同。人们多以庄骚并称，但只就其文辞的瑰丽、文思飘荡等外在形态而言的，就其思想体系而言，二者绝不相干。早先梁任公就倡导庄子属南方文化系统（见他的《中国学术思想变迁之大势》），王国维亦言：“南人想象力之伟大丰富，胜于北人远甚。彼等巧于比类，而善于滑稽，故言大则有北冥之鱼，语小则有若蜗角之国，语久则大椿冥灵，语短则有蟪蛄朝菌；至于襄城之野，七圣皆迷；汾水之阳，四子独往。此种想象，决不能于北方文学中发见之。故《庄》《列》书中之某分，即谓之散文诗，无不可也。”[⑤] 目前，

---

① 《史记·孟子荀卿列传》。

② 冯友兰：《中国哲学史》（上册），华东师范大学出版社2000年版，第169页。

③ 同上书，第170页。

④ 清代大型丛书《学海类编》收（明）何孟春撰《余冬诗话》二卷。本丛书为民国九年（1920）由上海涵芬楼根据道光十一年（1836）安晁氏木活字排印本的影印本。曹溶辑，陶樾增订。依四部分类法，全书分为经翼、史参、子类、集余四类。

⑤ 《屈子文学之精神》，出自《王国维遗书》（第五卷）《静庵文集续编》，上海古籍出版社1983年版。

追随梁、王、冯三先生的人也不少，但也有部分人持庄子属中原文化论。[①] 至于庄子是否受到楚人精神的影响而有了浪漫开放的心态，其实很难说清，以庄骚外在形态的相似，恐难得其实旨。笔者倒是同意孙克强先生的见解，庄子的母体文化属中原文化（殷商文化）系统，由于楚和中原交往密切，处于自由开放社会环境中的庄子也必然受到楚文化的影响。

从以上分析可以看出，战国时期是一个思想解放、自由开放的时代，处于这个环境中的庄子思想心态难免不受到时代氛围的感染。

三　庄子的开放性心态对文学的影响

《庄子》是哲学亦是文学，以文学言，它标志着先秦散文的最高成就。闻一多说："读《庄子》，本分不出那是思想的美，那是文字的美，那思想与文字，外形与本质的极端的调和，那种不可捉摸的浑圆的机体，便是文章家的极致，只那一点，便足注定庄子在文学中的地位。"[②] 侯外庐说："庄子的思想，从其影响于中国士大夫的历史看，实在不是'异端'，而是正统。"[③] 龚自珍把庄子和屈原并列，他在《古今体诗》中云："名理孕异梦，秀句镌春心，庄、骚两灵鬼，盘踞肝肠深。"[④] 连宋朝的几位理学家都承认庄子的文学美才，常把《庄子》中的名物典故作为自己的文学素材引进自己的诗文中，如邵雍诗"因思濠上乐，旷达是庄周"[⑤]，朱熹诗"却笑蕊珠何处所，两忘蝴蝶与庄周"[⑥]，陆九渊诗"物非我辈终无赖，书笑蒙庄只强齐"[⑦]；还有明朝王守仁诗"吾道羊肠须蠖屈，浮名蜗角任龙争"[⑧]，等等。这些理学家，不但消化了庄子的理论，而且对他的文学地位给予了肯定，朱熹说庄子"是他见得方说到"，语虽平淡而意极真确。郭沫若则在论及庄子时说："秦汉以来的一部中国文学史，差不多大半是在他的影响下发展。"[⑨] 庄子之所以对文学影响这么大，首先是

① 孙克强的《庄子的母体文化及与楚文化的关系》，《河南大学学报》1990年第5期；孙立的《老庄故里及文化归属考辨》，《学术研究》1996年第8期。

② 《闻一多全集》二之《古典新义·庄子》，生活·读书·新知三联书店1982年版，第284页。

③ 《中国思想通史》，人民出版社1957年版，第309页。

④ 见《四部丛刊》之《定庵文集补编》。

⑤ 《伊川击壤集》卷四《川上观鱼》。

⑥ 《朱文公文集》卷八《为许进之书胎仙室或疑欠舞字而作》。

⑦ 《象山全集》·卷二十五《游湖得西字》。

⑧ 《王文成公全书》卷二十《再至阳明洞》。

⑨ 郭沫若：《郭沫若文集》第十二卷，人民文学出版社1959年版，第59页。

他思维之开阔，意境之广大，以开放的心态放飞自己真挚的心灵，在给予人们以哲理深思的同时，又展现出一幅极为丰富奇特的自然观和人世画面，那对人生严肃的理性思考中，总是妙趣横生地闪现着文学的光彩，正如刘熙载所说："庄子寓真于诞，寓实于玄。"[①] 从思维定式看，先秦诸家是为了实现自我或超越自我，但不管是实现还是超越，都是在追求一种被净化与提升了的超凡脱俗的理想人格和精神境界，或者说，他们的哲学是精神境界、道德力量、理想人格、审美心理的净化与提升。这种思维定式，又可以说中国先秦时期的哲学是艺术型、美学型，或者说是诗学型的。[②] 而庄子则以超常规的思维，从宇宙的规模把握人之存在，使人的精神从现实中得以升华，以艺术的、审美的眼光来观照事物，扩展了人们的思想视野，这种开放的心态对古代文学思想影响是巨大的。

（一）浪漫主义的文学精神

闻一多说："讨论庄子的文学，真不好从哪里讲起，头绪太多了，最紧要的例如他的谐趣，他的想像，……这些其实都用得着专篇的文字来讨论。"[③] 我们说庄子是一位诗人，他独特的主体审美心理结构，使他在现实的基础上创造了另一个幻想的世界，《庄子》一书无不充满着丰富的艺术想象和浪漫情调。

在精神境界上，庄子追求一种超凡脱俗的净化，具有明显的超现实的理想主义，因为他对那个大动荡时代的痛苦境遇有深切的体验，始终以哲人的慧识关怀着个体的解脱。他说："终身役役而不见其成功，苶然疲役而不知其所归，可不哀邪！人谓之不死，奚益！其形化，其心与之然，可不谓大哀乎？人之生也，固若是芒乎？其我独芒，而人亦有不芒者乎？"（《齐物论》）人，丧失了内在价值地活着，对这样的人生意义，庄子是否定的，他"以世为沉浊，不可与庄语"，便驰骋想象，追求自由理想的人生，达到"至人""真人"的境界。古希腊柏拉图在《理想国》中，一方面要把诗人逐出"理想国"，另一方面又认为哲学家可以通过审美幻觉的神秘方式达到精神领域的最高境界，即至真至善的境界。庄子几乎是歌德和屈原式的，那"转转益幻，想入非非"[④]、"意含超脱，文愈缥缈"[⑤]的美妙的艺术想象，为我们展现了一幅宏伟壮丽的浪漫主义画卷，在表达

① （清）刘熙载：《艺概》卷一《文概》，上海古籍出版社1978年版，第8页。

② 赵明主编：《先秦大文学史》，吉林大学出版社1993年版，第698页。

③ 闻一多：《闻一多全集》（全书共四册）之《古典新义》，生活·读书·新知三联书店1982年版，第288页。

④ （清）陆树芝：《庄子雪》，华东师范大学出版社2011年版。

⑤ （清）宣颖撰，曹础基校点：《南华经解》，广东人民出版社2008年版。

方式上，有鲜明的浪漫主义特色。司马迁说它“皆空语无事实”、“其言洸洋自恣”[1]，刘熙载说它“意出尘外，怪生笔端”[2]，并指出“庄子文看似胡说乱语，骨子里却尽有分数”。金圣叹列《庄子》为“天下第一奇书”，在古典文论中的“奇”、“怪”便是今之浪漫主义，《天下》篇有一段话，可以看作是庄子学派的文学思想纲领：“芴漠无形，变化无常，死与生与，天地并与，神明往与。芒乎何之？忽乎何适？万物毕罗，莫足以归，古之道术有在于是者，庄周闻其风而悦之。以谬悠之说，荒唐之言，无端崖之辞，时恣纵而不傥，不以觭见之也。以天下为沉浊，不可与庄语，以卮言为曼衍，以重言为真，以寓言为广。独与天地精神往来而不敖倪于万物，不谴是非，以与世俗处。其书虽瑰玮而连犿无伤也，其辞虽参差而諔诡可观。彼其充实不可以已，上与造物者游，而下与外死生无终始者为友。其于本也，弘大而辟，深闳而肆，其于宗也，可谓稠适而上遂矣。”这里面涉及的文学思想很多，其中浪漫主义精神和手法是我们关注的，所谓“谬悠之说，荒唐之言，无端崖之辞”，正是庄子对浪漫主义创作精神的论述；“瑰玮而连犿”说明其幻想奇特，故作宏大之语，滑稽荒诞之词，不受时空限制地勾画出不可能发生的故事，来曲折婉转地表达思想。“言犹涉俗”，“合物而无伤”，是说这奇特的浪漫精神仍然来源于现实。高尔基说：“艺术的本质是赞同或反对的斗争，漠不关心的艺术是没有而且不可能有的。”[3] 庄子在漠然一切的外衣下，仍然无法忘怀现实，在这个文学纲领中，还有对文学风格的总结。究其浪漫主义精神的根源，在于庄子逍遥而游的艺术人生和自由观。黑格尔说：“浪漫型艺术的真正内容是绝对的内心生活，相应的形式是精神的主体性，亦即主体对自己的独立自由的认识。”[4] 而那种“至德之世”便是他浪漫主义的思想基础。

庄子之所以是一个理想主义者，是现实社会之缘由，面对战乱、屠杀和政治黑暗，庄子的处境是“方今之时，仅免刑焉”！（《人间世》）在“天下沉浊”意识的重压下，他找不到其他的反抗力置和出路，便在幻想中构筑那理想中的社会，那是充满浪漫的“至德之世”。《天地》云：“至德之世，不尚贤，不使能；上如标枝，民如野鹿；端正而不知以为义，相爱而不知以为仁，实而不知以为忠，当而不知以为信，蠢动而相使，不以为赐，是故行而无迹，事而无传。”《盗跖》云：“神农之世，卧则居居，

① 《史记·老子韩非列传》。

② （清）刘熙载：《艺概》卷一《文概》。上海古籍出版社 1978 年版，第 8 页。

③ ［苏联］高尔基：《论艺术·论文学》，人民文学出版社 1978 年版。

④ ［德］黑格尔：《美学》第三卷，朱光潜译，商务印书馆 1979 年版，第 276 页。

起则于于，民知其母，不知其父，与麋鹿共处，耕而食，织而衣，无有相害之心，此至德之隆也。”作为一种社会理想，可以看出它有着明显的远离实际的幻想性，而这正是浪漫主义文学精神的思想基点，在开阔的思想背景下，庄子以他那独特的艺术气质，放飞心灵，游于无穷，“与造物者为人，而游乎天地之一气”《大宗师》，“天地与我并生，而万物与我为一”《齐物论》，这种幻想在个体的精神领域获得自由，追求一种被净化和提升了的超凡脱俗的精神境界本身就是浪漫主义的浮想，他的许多寓言都展示出夸张奇特的情调，他以寓言阐道之精微，《天下》言“以寓言为广”，正说明无形无象之道，无法用语言直接表达，只有假诸具体使人会意，从中悟“道”。先秦诸子多用寓言，庄子学派第一次提出“寓言”这一概念，并有大量多姿多彩的优秀之作。《庄子》中的寓言，一是量多；二是浓郁的浪漫主义色彩，或取材于神话传说，或历史人物，或出于虚构幻想；三是强烈的艺术感染力，那汪洋恣肆的文笔，颇富诗意。这些充满神奇变幻的浪漫主义之作，既阐发他的“道”，又反映出高度发达的形象思维。还有“重言”、“卮言”，都与浪漫主义精神相联系，“卮言”尤甚，它重于写实际生活中真实事件，力求宛如自然和人生的实际情况，让“道”从具体的描写中自然流露，恰如恩格斯所言：“倾向应当从场面和情节中自然地流露出来，而不应当特别地把它指点出来。”[①]《天下》云：“非卮言日出，和以天倪，孰得其久！”这和恩格斯的话不谋而合，文学只有真实、生动地反映生活及哲理，才能跨越时空，感染于人。

文学史上历来以庄、骚并称，共为浪漫主义文学之祖。清朝方人杰的《庄骚读本》、钱澄之的《庄屈合诂》等，均把庄子与屈原的作品汇为一册，然庄、屈之精神却相异其趣，明陈子龙在《谭子庄骚二学序》一文中说：“楚有庄子、屈子，皆贤人也，而迹其所为绝相反，庄子游天地之表，却诸侯之聘，自托于不鸣之禽，不材之木，此无意当世者也；而屈子则以宗臣受知遇，伤王之不明，而国之削弱，悲伤郁陶，沉渊以没，斯甚不忘情者也。”[②]庄子寻求人生解脱，而屈原却是人世的，受儒家影响较深。其次，二人理想不同，屈原以实现圣君贤相的美政为理想，庄子则是要建立一个天籁自然的“至德之世”。言其浪漫主义亦有别，庄子接受了老子的天道自然观，屈原受教于儒；屈原多用神话，表述直白，庄子以寓言，达意迂曲；一根源于对自由适性人生之崇尚，一植根于现实；庄子以

① 《恩格斯致敏·考茨基》，见《马克思恩格斯选集》第四卷，人民出版社 1972 年版。

② 《陈卧子先生安雅堂稿》卷三《谭子庄骚二学序》，中书局清宣统元年（1909）活版部印。

“散文的掌握方式”表达他的认识，而屈原以“诗的掌握方式”（其思维方式见黑格尔《美学》第三卷下册第20页），但“他们的浪漫主义精神共同具备强烈的自我表现特征”①，都对后世文学发展影响深远。如果要强作划分的话，就是庄子浪漫主义文学观对后人的影响在精神方面多一些，同时有消沉情绪；而屈原的影响则多在纯文学方面，如想象、词语等，也多积极因察。庄、骚的浪漫主义影响于某一作家，实难区分出彼此，但共同的一点是这种浪漫主义精神与他们的人格一起，使受影响者多为正统社会的叛逆，与统治者存在着尖锐的冲突。如嵇康、阮籍、李白、李贺、徐渭、龚自珍等。李白之《大鹏赋》直接吸取庄子的寓言，赋开头便对庄子的浪漫主义大加赞美，以大鹏寄托远大的志趣，展示其蔑视庸俗的豪放风格，屈原在他身上影响亦大，他说：“屈平词赋悬日月，楚王台榭空山丘”（《江上吟》）。徐渭则是明代的庄子，他恣意傲岸，郁愤佯狂，纵浪山水，他在《自书小像二首》中言：“今日之痴痴，安知其不复赢赢，以庶几于山泽之癯耶？……噫，龙耶？猪耶？鹤耶？凫耶？蝶栩栩耶？周蘧蘧耶？畴知其初耶？”他的杂剧《四声猿》更是充满了浪漫主义色彩和创新精神，庄、骚在文学上同样的伟大，难怪鲁迅说：“战国之世，言道术既有庄周之蔑诗礼，贵虚无，尤以文辞，陵轹诸子。在韵言则有屈原起于楚，被谗放逐，乃作《离骚》，逸响伟辞，卓绝一世。”②

（二）自然主义文学观

老子的“道法自然”，即“道”性自然为庄子承续和发展，且对自然的论述更多，以致荀子说他“蔽于天而不知人”。庄子以“自然”之道为世界最高存在和人的根本存在，“自然”就是人的真性。而老子之“自然”并没怎么讲到人，他把人变成“自然”的人，实现人之自然性；庄子则把人提到重要地位，讲的是人的“自然”性，自然之道和自然之性合而为一，“离形去智，同于大通”（《大宗师》），“大通”即“通道为一”（《齐物论》）之道，也就是超越一切差别和对立。庄子的自然哲学始终以人为本根，重人与自然的关系，正因为庄子看到了人与自然的同构关系，才在其中认识了对象和自我，使其目光突破宗法社会生活的狭小范围而看到广袤无垠的大千世界。同时，他用它奏响了文学的新旋律，把抽象枯燥的文学理论变成形象，引入文学园地，以清新美妙的自然形态表现自己。因此，庄子主张“随顺自然”，消融于自然，反对人为，《胠箧》云：“擢乱六律，铄绝竽瑟，塞瞽旷之耳，而天下始人含其聪矣；灭文章，散

① 王州明：《先秦两汉文化与文学》，山东大学出版社1996年版。

② 见鲁迅《汉文学史纲要》第四篇“屈原及宋玉”，人民文学出版社1973年版，第20页。

五采，胶离朱之目，而天下始人含其明矣。毁绝钩绳而弃规矩，攦工倕之指，而天下始人有其巧矣。”他认为艺术的至境是无为而为的自然，创作必须是不可为而为之，以自然之心去熔铫意象，方可创作出天机流荡的艺术作品，要使自己心灵恬淡，无一丝为文之心，正是创作所必要的内心氛围，“一语天然万古新，豪华落尽见真淳”（《遗山先生全集·论诗三十首其四》）。元好问对陶诗的确切评价，恰是对庄子自然主义艺术哲学的心领神会，以人为言，越是高水平的艺术，越不懂艺术，越使人忘却什么是自然的艺术之美。《齐物论》云：“有成与亏，故昭氏之鼓琴也。无成与亏，故昭氏之不鼓琴也，”郭象注曰：“夫声不可胜举也。故吹管操絃，虽有繁手，遗声多矣。而执籥鸣弦者，欲以彰声也，彰声而声遗，不彰声而声全。故欲成而亏之者，昭文之鼓琴也；不成而无亏者，昭文之不鼓琴也。”《马蹄》云：“五色不乱，孰为文采；五声不乱，孰为六律，夫残朴以为器，工匠之罪也。”人力所为虽至美，然终不胜自然，也不过是模仿之绝技。庄子这里追求的是人性的自然，自然成为他超感性境界趋向永恒精神境界的象征。以此应用于文学，要求创作主体必须具有一种无拘无束、一任自然的自由心境，宁静的心灵中涌起深层的活力，让精美的艺术在从容洒脱的情境中自由飞翔，如云如烟，达到“清水出芙蓉，天然去雕饰”（李白《赠江夏韦太守良宰》）的境界。李白对庄子的理解可谓深矣。没有灵感而为之的作品，如丑女之效“西施病心而矉其里”（《天运》）西施捧心，为其有疾而颦，出于自然，而丑女只知其然而不知其所然，违反自然，失其真性也，“有心师学而乘于自然”（成玄英疏），《齐物论》开端讲的人籁、地籁和天籁之不同也是此理。人籁是人力所为，而人的能力有限，地籁依于风力之大小，唯天籁是众窍皆鸣，无所依侍，全出于自发，无丝毫人为造作的痕迹。庄子要求文学仿效自然，天生化成。刘勰《文心雕龙》中“文原于道”的思想就是以自然为宗，《原道》云：“心生而言立，言立而文明，自然之道也。傍及万品，动植皆文：龙凤以藻绘呈瑞，虎豹以炳蔚凝姿；云霞雕色，有逾画工之妙；草木贲华，无待锦匠之奇。夫岂外饰，盖然耳。”《明诗》云：“感物吟志，莫非自然。”《隐秀》云：“故自然会妙，譬卉木之耀英华。”这都体现了刘勰对自然的强调。在创作中，陶渊明的诗，顾恺之的画，王羲之的字，均体现了庄子自然美的文学观。

庄子因任自然，重视和尊重个体的发展，反对“人为物役”的束缚，他追求的不是社会人的欲望满足，而是一个自然人的生命精神的自由，带有强烈的个性色彩。《骈拇》云：“天下有常然。常然者，曲者不以钩，直者不以绳，圆者不以规，方者不以矩，附离不以胶漆，约束不以纆索。”即要求顺物之性，自然发展，不压抑个性。《田子方》有一段写一个画家绘画时独特的自由行为和神态，“宋元君将画图，众史皆至，受揖而立。舐笔和墨，在外者半。有一史后至者，儃儃然不趋，受揖不立，因之舍。公使人视之，则解衣般礴裸。君曰：可矣，是真画者也。”这位“真画者”按自己的“自然之性”（成玄英疏）去创作，表现了自己的真实情感和独特的个性。清人王士祯在《渔阳诗话》中引用这段故事后，强调“诗文须悟此旨”，庄子自然而重视个性在文学中的展现，就是一步一步引导那反抗社会生活沉沦和社会文化约束的心灵进入神奇的重新自我发现。从画家任性作画这个故事又引申出一个问题，即如何看待文学主体的创作者的情呢？庄子是否完全抛弃了人之情？《庄子》中虽讲到“无情”，是反对世俗所谓的好恶之情，因为世俗之情，出于某种需要和目的，具有强烈的功利性，有益于己者好之，无益于己者恶之，有了这种人为的好恶之情，求之无已，反而内伤其身，无益于自然之性。至情者，顺其自然也，不以世俗之情为情，“适来，夫子时也；适去，夫子顺也。安时而处顺，哀乐不能入也”（《养生主》）。实际上庄子是拒绝世俗功利之情，“安时而处顺”即自然之情，也是人之真性情，“形莫若缘，情莫若率”（《山木》）亦此理也。从主体和对象，从人的外在行为与内在情感两方面看，都应顺自然之天性。“情莫若率”本身蕴含的人的真情的抒发，反映了文学的本质，充分认识到文学的情感性。到后世李贽的“童心”说、袁枚的“性灵”说，就是人的个性追求和文学反映人的个性追求的肯定。汤显祖在《牡丹亭》中借杜丽娘之口说出了“可知我常一生儿爱好是天然”，以此来表现他追求个性解放的思想。他们高扬个性自由的意识，任其性命之情，要文学回归人之自然本性，抒写“自然之韵”（袁宏道《广庄》）。

四　庄子的开放性心态对审美心理的影响

庄子的开放性心态，就是要把人的精神从现实的各种束缚中解放出来，走出“成心”的封闭圈，从自我中心的格局中得以超脱。《齐物论》言：“昔者十日并出，万物皆照，而况德之进乎日者乎！”这正是一个人心灵敞开的形象表达。庄子在这种心态下艺术地观照万物世象，这对美学中的审美心理即审美心态影响很大。先秦的审美心理学是我国古典审美心理学极其重要的一页，孟子提出“心性”，荀子更进一步认为人的心是“感物而有知”的，而先秦诸子中，对审美主体的心理特征说得最多要数庄子。在此之前，老子提出“涤除玄览”、“致虚极，守静笃”、“常德不离，复归于婴儿”（《老子》），要求人们排除各种主观的俗念、成见以及外在的规范、束缚，保持内心的自然虚静，实现对“道”的观照。把这个原理应用于审美活动，就意味着为了实现审美观照、审美主体必须保持虚静空明的心态，也即是一种心灵自由的状态。而庄子把老子的“涤除玄览”的理论进一步发展为“心斋”、“坐忘”的精神状态，达到“外生”“外物”“外天下”的境界，它也是超越了各种欲念和束缚后的高度自由的境界，是一种“至美至乐”的境界，“不是像那代表希腊空间感觉的有轮廓的立体雕像，不是像那表现埃及空间感的墓中的直线甬道，也不是像那代表近代欧洲精神的伦勃朗油画中渺茫无际追寻无着的深空，而是依俯仰自得的节奏化的音乐化的中国人的宇宙感”。[①] 是一种游心太玄的与万物同其节奏的深层美感心态。

审美是一种心理活动，正如鲍桑葵在《美学三讲》中所说：“在审美经验中，人的心灵态度是静观的。”审美是内心的活动，它是受到诸多因素制约的一个复杂的过程，但审美主体的心理状态也是关系美感获得的一个重要因素，庄子对“心”的论述更为贴近审美心理活动的特征，从而形成了庄子独特的审美心理观。关于审美对象，儒家偏重于社会美，以伦理——审美为途径，他们往往把自然附于伦理。庄子则无视现实社会之事物现象，关注的是天地自然之美，“原天地之美而达万物之理”（《知北游》），是与天地自然契合无间，融为一体，是使人类精神得以净化和提升的审美精神和审美心理，所以，庄子在审美心态方面有着明显的特色。

（一）“无己”忘我的审美心态

庄子认为在审美活动中，观照主体应以“无己”的态度待之，抛弃自己的一切欲念和追求。《逍遥游》有“至人无己，神人无功，圣人无名”，而“无己”是最重要的，它是“无功”“无名”的基础。徐复观认为“无己”就是让自己的精神从形骸中突破出来，而上升到自己与万物相通的根源之地[②]。要达到“无己”的至人境界，首先要“去累”，《庚桑楚》言：“彻志之勃，解心之谬，去德去累，达道之塞，……恶、欲、喜、怒、哀、乐六者，累德也。”以庄子看来，不仅统治者受着权位、利禄、名誉、生死、祸福等外物的牵累，就是普通老百姓也同样受到这些外物的牵累，如果能放开来看，将这种牵累一概抛弃，精神才能得以自由。

---

① 宗白华：《美学散步》，上海人民出版社 1981 年版，第 83 页。

② 见徐复观《中国艺术精神》第二章中国艺术精神主体之呈现庄子的再发现，第六节心斋与知觉活动，华东师范大学出版社 2001 年版，第 43 页。

《山木》说："周将处乎材与不材之同，材与不材之间，似之而非也，故未免乎累。"惟诉诸精神之理想境地，唐西华法师成玄英《庄子序》引顾桐柏言曰："逍者，销也；遥者，远也。销尽有为累，远见无为理。以斯而游，故曰逍遥。"① 把"逍遥游"合起来理解，就是在去累之后所达到的一种怡然自得的自由精神境界。"无己"也是一种自我消解的思想，庄子以"忘"穷尽其趣。《庄子》中提到"忘"的字眼很多，"去累"就是"忘"。《齐物论》所谓："南郭子綦隐机而坐，仰天而嘘，嗒焉似丧其耦，颜成子游立侍乎前，曰：何居乎？形固可使如槁木，而心固可使如死灰乎？今之隐机者，非昔之隐机者也。子綦曰；偃，不亦善乎，而问之也！今者吾丧我，汝知之乎？"此时的南郭子綦以"吾丧我"进入了一种"忘己"的状态，也许他正在观照大道的圣境之美。庄子的"忘"其意有三，即忘世、忘物、忘己。忘世是要摆脱世事纷争；忘物是不受外物的束缚和约束；忘己则是忘却自己的一切欲念，进行纯粹的静心观照。因此，"忘己"是忘的根本。《人间世》中"庖丁解牛"的故事，庖丁"未尝见全牛"，故能"游刃有余"，是"忘"也。《人间世》有"徇耳目内通而外于心智"，其"外"亦是"忘"。《德充符》则以"忘形"为全篇之主，《大宗师》里出现的更多，"鱼相忘乎江湖，人相忘乎道术"，"相忘以生，无所终穷"，"心忘"、"忘其言"，还有"回忘礼乐矣"、"回忘仁义矣"、"回坐忘矣"。《天地》篇有"忘乎物，忘乎天，其各为忘己，忘己之人，是之谓入于天"。这里把"忘"作为天人合一相融的必然条件。《达生》篇说"忘足，履之适也；忘要，带之适也；忘是非，心之适也"，还有《让王》中说"养志者忘形，养形者忘利，致道者忘心"，都是要求人们彻底忘掉外界的客观世界和自身的存在，使自己与道相通，才能进行审美观照，如工锤旋而盖规矩之所以能达到"指与物化"的境界，就在于他精神专一，忘怀一切，只有这样才能全神贯注于特定的审美对象、创造对象，从中获得审美愉悦。"忘"以入静，静而入虚，虚则达明，明而涣然彻然，进入物我合一的美妙的审美境界，即"虚室生白"、"吉祥止止"。张彦远的"凝神遐想，妙悟自然，物我两忘，离形去智"（《历代名画论著汇编》），苏轼的《送参寥师》"欲令诗语妙，无厌空且静，静故了群动，空故纳万境"，陆游的《杂兴》"心空万象提寸豪"，无不见出此点。

庄子谈到审美中"忘己"之处很多，《达生》中的"梓庄削木为鐻"，梓庆成鐻之所以"见者疑然鬼神"，就是因为他"不敢怀庆尝爵

① （清）郭庆藩撰，王孝鱼点校：《庄子集释》（新编诸子集成）第一辑，中华书局 1961 年版，第 6—7 页。

禄”、“不敢怀非誉巧拙”、“忘吾有四枝形体”、“无公朝”。《田子方》载：“列御寇为伯昏无人射，引之盈贯，措杯水其肘上，发之，适矢复沓，方矢复寓。当是时，犹象人也。伯昏无人曰：是射之射，非不射之射也。尝与汝登高山，履危石，临百仞之渊，若能射乎？于是无人遂登高山，履危石，临百仞之渊，背逡巡，足二分垂在外，揖御寇而进之。御寇伏地，汗流至踵。伯昏无人曰：夫至人者，上窥青天，下潜黄泉，挥斥八极，神气不变。今汝怵然有恂目之志，尔于中也殆矣夫！”这就是“忘己”，只有超越自身物质条件的束缚才能达到这种“至人”的境界。庄子的“无己”忘我是从外到内、由有形到无形的。《大宗师》言：“吾犹告而守之，三日而后能外天下；已外天下矣，吾又守之，七日而后能外物；已外物矣，吾又守之，九日而后能外生；已外生矣，而后能朝彻；朝彻，而后能见独；见独，而后能无古今；无古今，而后能入于不死不生。”由外入内，依次相忘，从物到人，渐次遗落，从而进入审美境界，达到精神的自由。

庄子要人们消除自己与生俱来的各种冲动欲望，抛开外物的羁绊，在“吾丧我”的基础上保持人性之“真我”。为此，庄子提出“坐忘”的概念，《大宗师》描述了颜回“坐忘”，即达到“堕肢体，黜聪明，离形去知，同于大通”。这可以说是庄子对“无己”理论的一个总结，这种审美心态才能真正实现主体进入精神畅游状态质的飞跃，《齐物论》最后“庄周梦蝶”的故事，就是由“无已”而达到物我融一的审美享受。

（二）“无功”“无名”的超功利性审美

人的审美活动有着独特的规律，美感既不同于人的生理快感，与科学认识也有本质的不同，它是对事物即审美对象的全面占有，并在其中直观自身。由于美感的独特性决定了美感具有非直接功利性的特点，因此对美的对象的体验、感受就必须以极大的超功利性的精神力量去完成美的建构。康德在《判断力批判》中提出“鉴赏判断的第一契机”就是“美是无一切利害关系的愉快的对象”。庄子所谓的“无功”“无名”的审美观照，就是抛弃一切功名利禄，利害不沾，无牵无挂。庄子一生远离功名，陶醉于自然快适的心灵自由中，这本身就是一种审美的态度。《史记·老子韩非列传》说：“楚威王闻庄周贤，使使厚币迎之，许以为相。庄周笑谓楚使者曰：千金，重利；卿相，尊位也。子独不见郊祭之牺牛乎？养食之数岁，衣以文绣，以入大庙。当是之时，虽欲为孤豚，岂可得乎？子亟去，无污我。我宁游戏污渎之中自快，无为有国者所羁，终身不仕，以快吾志焉。"《秋水》篇也有类似的故事。庄子惊悟于当时的社会现实，认为追逐名利会束缚人的自然本性，导致人生的无穷祸患，主张正当的人生态度就是要摒弃利害欲求，做到自然无为，这样才能与自然保持一种审美关系，以"无累"的心态参与审美。这其实是庄子对礼乐宗法社会的反抗，是对官场黑暗与险恶的批判与抗争。

《山木》篇曰："昔吾闻之大成之人曰：自伐者无功，功成者堕，名成者亏。孰能去功与名而还与众！道流而不明居，德行而不名处；纯纯常常，乃比于狂；削迹捐势，不为功名。"只有不使内心为外物所役使，不为名利是非所累，才能获得心灵的自由和愉悦，真正获得对大道圣境的审美观照。庄子对利禄极其厌恶，《列御寇》的"宋人有曹商者"和"人有见宋王者锡车十乘"，都可见出庄子明确的态度，世人皆爱财好利，而财利又能使人粉身碎骨，庄子充分认识到这一点，并能超然其外。《人间世》曰："且若亦知夫德之所荡而知之所为出乎哉？德荡乎名，知出乎争。名也者，相轧者也；知也者，争之器也。二者凶器，非所以尽行也。"人为名而相争，世间祸端皆由此而起，故庄子视"二者凶器"也。人有名利之心，势必被欲望充塞，只会产生满足感，而不会步入审美的自由境界，审美是无功利的精神愉悦，是对自由生命理想实现的追求，是人的感性具体的生命存在与人的心灵自由的完整实现，并走向与宇宙天地之超越时空的浑融境地。所以，必须脱离功名利禄，从而达到心灵的净化。《马蹄》说："县跂仁义，以慰天下之心，而民乃始踶跂好知，争归于利，不可止也。"《秋水》也说："世之爵禄不足以为劝，戮耻不足以为辱。"在庄子看来，这些所谓的社会价值其实一文不值，不仅无益，反而有害，它将约束人的身心，阻碍个体心意的自然流行，故《养生主》说："为善无近名，为恶无近刑。"《逍遥游》说："吾将为名乎？名者，实之宾也，吾将为宾乎？"庄子追求真实自然的人生，敞放心胸，以求个体心意的快乐，对于"名"极为蔑视，"名"不但使人欲念杂生，难以体悟"道"的精妙，而且还会招来不祥之实。"且昔者桀杀关龙逢，纣杀王子比干，是皆修其身以下伛拊人之民，以下拂其上者也，故其君因其修以挤之，是好名者也。昔者尧攻丛枝、胥敖，禹攻有扈，国为虚厉，身为刑戮；其用兵不止，其求实无已。是皆求名、实者也，而独不闻之乎？名、实者，圣人之所不能胜也，而况若乎！"(《人间世》)。这里的"实"，王先谦《庄子集解》曰"求实，贪利"，郭庆藩的《庄子集释》在这段话的注疏中说："言此三国之君，悉皆无道，好起兵戈，征伐他国。岂唯贪求实利，亦乃规觅虚名，遂使境土丘虚，人民绝灭，身遭刑戮，宗庙颠殒。贪名求实，一至如斯，今古共知，汝独不闻也。”[①] 此段解说可谓精当，名利之害，义亦明矣，故楚王使使厚币聘庄子为相，面对重利、尊位，庄子心无所动，没有逐利争名之欲，没有求名求功之心，“自事其心者，哀乐不易施乎前”（《人间世》），“至人之用心若镜，不将不迎，迎而不藏，故能胜物而不伤”（《应帝王》）。其用心若镜，不事好恶，便可摆脱人世一切功利活动的约束和羁绊，进入审美观照的心态。其实，无功利的美实际上是不存在的，审美也是存在着功利性的，潘知常认为：“对于自由生命的理想实现的追求，不就正是人类的最大功利吗?”[②] 事实上，人类对功利的追求是最合乎人性的，在审美活动中，我们既要看到超功利的一面，又要看功利的一面。庄子并非圣人，他只是身处战乱纷争的年代，有志难伸，故而转向超功利的一面，为我们塑造了一个可供想象力自由运作的超越具体时空拘限的审美时空，“精神四达并流，无所不及，上际于天，下蟠于地，化育万物，不可为象”（《刻意》）。

（三）“虚静”空明地观照审美客体

为了顺利地完成审美活动，获得应有的美感，审美主体必须保持虚静空明的心态。老子的“致虚极，守静笃”，就是“涤除玄览”，洗净心中的尘埃后再以空明的心境观览万物事象，这样才能真正感知、理解、晓悟客体之美。在此基础上，庄子更提出“虚静”这一概念，《齐物论》说：“欲是其所非而非其所是，则莫若以明。”“为是不用而寓诸庸”，此之谓以明。陈鼓应认为这就是“透过虚静工夫，去除成心，扩展开放的心灵，使心灵达到空明的境地，一如明镜，可以如实地呈现外观的实况。因而‘以明’是指空灵明觉之心无所偏地去观照”[③]。这是对审美主体“静”的要求，只有主体保持虚静的状态，才能同于大道，与天地精神往来，游于无穷，获得精神上的彻底自由与解放。庄子对人格静的修养阐述颇多。《天道》曰：“明于天，通于圣，六通四辟于帝王之德者，其自为也，昧然无不静者矣。圣人之静也，非曰静也善，故静也！万物无足以铙心者，故静也。水静则明烛须眉，平中准，大匠取法焉。水静犹明，而况精神！圣人之心静乎！天地之鉴也，万物之镜也。夫虚静恬淡寂漠无为者，天地之本而道德之至，故帝王圣人休焉。休则虚，虚则实，实则备矣。”这里以水静喻人之精神，意在申述主体精神虚静明一的境界，禅宗的“静则

① （清）郭庆藩撰，王孝鱼点校：《庄子集释》（新编诸子集成）第一辑，中华书局 1961 年版，第 140 页。

② 潘知常：《论美感的超功利性》，载《南京大学学报》1996 年第 3 期。

③ 陈鼓应：《老庄新论》，商务印书馆 1986 年版，第 15 页。

明”可谓得其庄子之神矣。庄子还强调了现实生活中保持虚静以守神、自然无为的重要，谓之“万物之本”。《天道》中有“其动也天，其静也地，一心定而天地正，其魄不祟，其魂不疲，一心定而万物服。言以虚静推于天地，通于万物，此之谓天乐”，指出了虚静是推于天地万物，达到“天乐”的根本条件，“天乐”即以天合天，林希逸释为“以我之自然，合其物之自然”，达到自然天成之妙。《人间世》言：“瞻彼阕者，虚室生白。”是说只有心境空明而静才能生出光明，虚其心然后见其明，若内心充满人世之萼利是非，则与明远矣。《天地》中成玄英疏则更明言“纯粹素白不圆备，则精神县境，生灭不定”[①]。

为了培养一个最具灵妙作用的心之机能，庄子提出“心斋”这一概念，《人间世》曰：“敢问心斋。仲尼曰：若一志，无听之以耳而听之以心，无听之以心而听之以气。听止于耳，心止于符。气也者，虚而待物者也。唯道集虚。虚者，心斋也。”庄子以为观照审美客体时，不仅要用生理器官，还必须用心去感受，这个心应当是“虚而待物”之心。庄子在这里揭示了审美过程的三个境界，即听之以耳、听之以心、听之以气。这三个层次，一级比一级高，最高的“听之以气”是以虚心去观照审美客体，虚即“坐忘”，不仅忘却了审美客体外的一切，而且连自己心中的一切都忘了，甚至连自己的形体也忘了。《达生》中的“梓庆削木为鐻”以至于“辄然忘有四枝形体也”，只有这样的精神状态下所才能创造出真正的艺术美，才能感悟生命的自由流畅。可以看出，经由“虚静”，主体由“逐物”到“无为”，由“有己”到“忘我”，由备受生理情欲的搅扰到“形若槁骸，心如死灰”，心灵上获得了一种审美式的解脱，“澹然无极而众美从之”（《知北游》）。《庚桑楚》中的一段与“心斋”有同等意义，那二十四种欲念“勃志”、“谬心”、“累德”、“塞道”，“此四六者不荡胸中则正，正则静，静则明，明则虚，虚则无为而无不为也”。只有“外物”、“离形”、“无情”、“去知”，才能进入虚静境界，虚和静本乃大道之根本，如《人间世》的“唯道集虚”，《天地》中的“虚乃大”，《天道》中的“夫虚静恬淡寂漠无为者，万物之本也”。人要体悟大道，同样必须做到内心的虚静。关于虚静的审美内涵，钱锺书先生有精辟的论述：“心者以动为性，以实为用。非静也，凝而不纷，锲而不舍。心专则止于所注之物，非安心不动，乃用心不移。如大力者转巨石，及其未转，人石相持，视若不动，而此中息息作用、息息消长也。亦非虚也，聚精会神，心与心所注

① （清）郭庆藩撰，王孝鱼点校：《庄子集释》，中华书局 1961 年版，第 434 页。

者融会无间，印合不胜；有所寄寓，有所主宰，充盈饱实，自无余地可容杂念也。”① 这段话也道出了审美主体凝神忘我、倾心注情的特点。

（四）审美中的纯素淡然之心

《德充符》说：“惠子谓庄子曰：人故无情乎？庄子曰：然。惠子曰：人而无情，何以谓之人？庄子曰：道与之貌，天与之形，恶得不谓之人？惠子曰；既谓之人，恶得无情？庄子曰：是非吾所谓情也。吾所谓无情者，言人之不以好恶内伤其身，常因自然而不益生也。”庄子所说的虽是处世哲学，但它也包含着审美心态，因为审美也是人生中时时都有的一种活动。庄子认为审美应从心理上排除好恶之情，以自然纯素的心态参与其中，而不应附和任何功利性的目的。看似“无情”的背后却是追求自然与自由相统一的、体现人的本质的真情，世俗之情是外在于人而又奴役人的东西，它恰恰是人之自然本性的对立物。

一般人在审美时，多以个人的好恶而判断，凡是自己喜好的，则往往作不符合事实的褒扬、夸美，反之对客体之美则视而不见。庄子也许鉴于这些现象，才提醒审美者应“不以好恶内伤其身”，应“常因自然而不益生”。《应帝王》曰：“汝游心于淡，合气于漠，顺物自然而无容私焉。”即顺应事物自然的本性而不用私意。《山木》谓“既彫既琢，复归于朴”。《刻意》还说“素也者，谓其无所与杂也；纯也者，谓其不亏其神也”。可以看出，庄子反对一切人为的雕饰与造作，主张自然率真的审美观照态度，这样审美主体就“一洗其流俗之得失”②，得其纯索之美。《天道》篇说：“静而圣，动而王，无为也而尊，朴素而天下莫能与之争美。”庄子认为朴素是天下之最美者，因为它不事雕琢装饰，极尽自然之本色，越是这样就越接近艺术的真谛。为此，庄子反对“五色”、“五采”，“骈于明者，乱五色，淫文章，青黄黼黻之煌煌非乎？而离朱是已”（《骈拇》），“灭文章，散五采，胶离朱之目，而天下始人含其明矣”（《胠箧》），“且夫失性有五：一曰五色乱目，使目不明；二曰五声乱耳，使耳不聪；三曰五臭熏鼻，困惾中颡；四曰五味浊口，使口厉爽；五曰趣舍滑心，使性飞扬。此五者，皆生之害也”（《天地》）。这些皆人为之，扰乱了人的素朴自然之纯真本性，虽人美之而不以为美，素净方显淡然，才能心境空灵，方可体悟天地之大美。朴素自然能“极物之真，能守其本”（《天道》），故庄子论及颇多，《马蹄》曰：“同乎无知，其德不离；同乎无欲，是谓素朴。素朴而民性得矣。”“能体纯素，谓之真人”（《刻意》），“吾子使

① 钱锺书：《谈艺录》（修订本），中华书局1984年版，第282—283页。

② （清）王夫子：《庄子解》卷五，中华书局1964年版。

天下无失其朴”（《天运》）。人性能纯素，方可淡然处于世事之间，以审美的心态观照客体。就是客体达到一种和谐状态，审美心理学上称之为和谐原则或平衡原则，庄子以纯素调节主客体的审美关系，以达到心理平衡，进入审美中的理想境界。

为了实现审美中的和谐与平衡，庄子采取的方式就是随人性之自然。《山木》中有一则寓言：“阳子之宋，宿于逆旅。逆旅人有妾二人，其一人美，其一人恶，恶者贵而美者贱。阳子问其故。逆旅小子对曰：其美者自美，吾不知其美也；其恶者自恶，吾不知其恶也。”郭庆藩《庄子集释》疏文曰：“美者恃其美，故人忘其美而不知也；恶者谦下自恶，故人忘其恶而不知也。”可看出庄子主张“素朴”而“常因自然”，即“不以心捐道，不以人助天”（《大宗师》），不因人的作为改变自然的常然状态，能如是则合于自然，也即回复于“素朴”，这样便能“直致任真，率情而往”（《庄子集释》成玄英疏），使审美的主客体在一种融洽和谐的环境中进入审美领域。

结　论

我们在解读《庄子》的过程中，从庄子的心灵哲学入手，把他放在战国时期那个自由开放的社会氛围中考察其心态，紧紧围绕《庄子》书中的言论，尽量客观地论述庄子心态的开放性，以求解开庄子无穷魅力的深层根源（哲学）。这种开放性心灵与开放的社会相一致，他对理想境界的追求，扩大了人们的思维空间。王尔德自从接触庄子之后，其文章风格和观点均发生了很大变化，简直判若两人，他之所以能导致西方批评观的大转折，确实得益于庄子。[①] 庄子的开放性心态影响到他的浪漫主义和自然主义文学观以及审美心理的诸方面，乃至于影响到我们生活与人生。面对今天物欲横流的社会，人们为欲望的不能满足而焦虑、迷茫，庄子豁达超然的处世态度，对于培养我们健康的心理素质有着积极的意义。

1998 年 6 月初稿，2013 年 5 月修改

---

① 见滕守尧的《关于对话哲学的对话》，载于《道家文化研究》第 5 辑。

司马迁与黄老思想

陈鼓应说："新材料的发现往往会引起某一学术领域的突破。在马王堆汉墓帛书出土以前，本世纪关于黄老学的研究是非常薄弱的，但随着帛书的出现，黄老学的研究则引起了众多国内外学者的关注。"[①] 由于帛书的出土，使我们认识到黄老之学在战国时代的显学地位。到西汉初年，黄老之学得以兴盛，司马迁的父亲司马谈的《论六家要旨》，对黄老之学作出了准确的界定。丁原明在《黄老学论纲》中说："究竟以什么作标准来界定'黄老学'呢？我认为这就是司马谈的《论六家要旨》。根据它的论述，'黄老学'的特点有三：即一是'道'论，二是'虚无为本、因循为用'的'无为论'，三是在对待百家之学上'采儒墨之善，撮名法之要'。其中心是围绕着道与治国、治身的问题而展开的。"[②] 西汉初年，由于曹参、陈平、文景二帝、窦太后的提倡，黄老之学发展到极盛。从汉武帝建元元年（前140）到窦太后之死（前135年，一说前129），黄老之学由盛转衰，这个时期正值司马迁接受教育的学习期，黄老思想对司马迁及后来的《史记》写作影响是必然的。多数人认为，司马迁处于武帝"独尊儒术"时代，曾师从董仲舒学习《公羊春秋》，从孔安国习《尚书》，思想自然以儒家为主。然班固在《司马迁传》中评司马迁"是非颇谬于圣人，论大道则先黄老而后六经"[③]，班氏去迁不远，评价较为公允。其实，连汉武帝本人亦受黄老之学的熏染。《史记·外戚世家》载："窦太后好黄帝、老子言，帝及太子诸窦不得不读《黄帝》、《老子》，尊其术。"这里说的"太子"就是汉武帝。整个宫廷崇尚黄老思想，景帝选择黄老学者对太子进行教育，也是情理之中的事。再者，汉武帝的师友多为黄老学者，这对了解黄老思想颇有裨益。卫绾、汲黯、郑当时等人都是研习黄老之学的，在他们的教导和熏

① 陈鼓应：《关于先秦黄老学的研究》，见丁原明著的《黄老学论纲》书前的序言部分。

② 丁原明：《黄老学论纲》，山东大学出版社1997年版，第3—4页。

③ （汉）班固撰，（唐）颜师古注：《前汉书》，中华书局1998年版，第901页。

染下，汉武帝自然会对黄老思想有所了解。① 后来做了皇帝的汉武帝，对刘安所献之书《淮南鸿烈》亦深为爱之。《汉书·淮南、衡山、济北王传》："初。安入朝，献所作《内篇》，新出，上爱秘之，使为《离骚传》。"② 武帝虽推动儒学，但亦爱黄老，只是一内一外而已。司马迁一生与汉武帝相始终，其思想历程与武帝有仿佛之处。

一 黄老思想的核心是刑德思想

"黄老"思想是以黄帝时代为背景，综合《老子》和各家各派思想而构造理想中统一形势的图景。《淮南子·览冥训》曰："昔者黄帝治天下，而力牧、太山稽辅之，以治日月之行，治阴阳之气；节四时之度，正律历之数；别男女，异雌雄，明上下，等贵贱，使强不掩弱，众不暴寡；人民保命而不夭，岁时熟而不凶；百官正而无私，上下调而无尤；法令明而不暗，辅佐公而不阿；田者不侵畔，渔者不争隈；道不拾遗，市不豫贾；城郭不关，邑无盗贼；鄙旅之人，相让以财……"③ 黄老思想以黄帝的美政为理想，并杂以老子的无为思想。《老子》曰"道无为而无不为"，"上德无为而无以为，下德为之而有以为"，即《吕氏春秋·任数》："君道无知无为，而贤于有知有为。"④ 所以，无为者有为也。黄老之术，对于上位的君主要求无为，而对于处下位的百官有司则要求有为。古之言黄帝者，莫不以"垂衣裳而天下治"为美谈，此言黄帝之无为。无为便是有德，《尉缭子》曰："黄帝刑德，可以百姓，有之乎？刑以伐之，德以守之，非所谓天官时，曰阴阳向背也。"《尉缭子》对黄帝思想作了精当的概括，抓住了黄老思想的核心。这些思想对汉初的治国方略产生了深远的影响。先德后刑，德而不行，后施以刑。刑即法治。

人们往往以"清静无为"概括黄老思想，而没有看到背后是以法治为其坚强基础，本身就是一种法家思想。汉初统治者在清静无为的宽容下，所严守不失的正是黄老或法家思想这个精神与立场。因此，所谓的"汉承秦制"不只是指政治经济制度，社会结构、施政大纲，也包括了法家思想在内。黄老思想看似消极退却，实则积极进取，不过方式不同而已，休养生息看似无为无求，实则为富民强国之策，促进了生产力的巨大

① 龙文玲：《汉武帝与西汉文学》，社会科学文献出版社 2007 年版，第 18—20 页。

② （汉）班固撰，（唐）颜师古注：《前汉书》，中华书局 1998 年版，第 716 页。

③ 何宁：《淮南子集释》（新编诸子集成），中华书局 1998 年版，第 476—477 页。

④ 许维遹撰，梁运华整理：《吕氏春秋集释》（新编诸子集成），中华书局 2009 年版，第 447 页。

发展。

黄老思想是针对现实，博采众家之长，改造了老子的道，又于儒、墨、名、法择善而从，形成了以刑德为核心的思想体系，从某种意义上说，黄老思想代表了一种学术汇流的趋势。

二　刑德思想贯穿于《史记》之中

黄老思想的核心是刑德，《史记》中刑德思想贯穿于始终。《五帝本纪》说："炎帝欲侵陵诸侯，诸侯咸归轩辕。轩辕乃修德振兵，治五气，艺五种，抚万民，度四方，教熊、罴、貔、貅、貙、虎，以与炎帝战于阪泉之野，三战，然后得其志。"从这里可以看出司马迁在政治上主张先德而后刑、刑德并用，黄帝虽然"举风后、力牧、常先、大鸿以治民"，但对于作乱者也要用之以刑。可见，司马迁主张德治和法治。《史记》多处提到德治，但都辅之以刑，《夏本纪》曰："皋陶于是敬禹之德，令民皆则禹，不如言，刑从之。舜德大明。""桀不务德而武伤百姓，百姓弗堪，……汤修德，诸侯皆归汤，汤遂率兵以伐夏桀。……汤乃践天子位，代夏朝天下。"《殷本纪》曰："帝太甲既立三年，不明，暴虐，不遵汤法，乱德，于是伊尹放之于桐宫。"后伊尹摄行国政，三年后帝太甲反躬思过，心归于善，伊尹才把国政还给他，于是"帝太甲修德，诸侯咸归殷，百姓以宁"。又载"武丁修政行德，天下咸欢，殷道复兴"。司马迁以史事说明治国应先施之以德，毋夺于民，然后才能成其霸业。我们再看《周本纪》，依然贯穿了刑德之论，"穆王将征犬戎，祭公谋父谏曰：不可，先王耀德不观兵。夫兵戢而时动，动则威，观则玩，玩则无震。……先王之于民也，茂正其德而厚其性，阜其财求而利其器用，明利害之乡，以文修之，使之务利而辟害，怀德而畏威，故能保世以滋大。……有不王则修德，序成而有不至则修刑，于是有刑不祭，伐不祀，征不享，让不贡，告不王。"《三代世表》曰："黄帝策天命而治天下，德泽深后世，故其子孙皆复立为天子，是天之报有德也。"《陈杞世家赞》曰："舜之德可谓至矣，禅位于夏，而后世血食者历三代。及楚灭陈，而田常得政于齐，卒为建国，百世不绝，苗裔兹兹，有土者不乏焉。"故《索隐述赞》曰："盛德之祀，必及百世。"① 德刑并重，以德为先。司马迁在《史记》中，对实行德治的人予以赞扬和肯定，德治成为他评价历史人物和历史事件的根本出发点。

---

① （汉）司马迁撰，（宋）裴骃集解，（唐）司马贞索隐，（唐）张守节正义：《史记》（全十册）第五册，中华书局 1959 年版，第 1586—1587 页。

黄老思想的核心是刑德，而“德”有物质恩惠，含有功利主义，对于统治者来说，就是要让人民生活富裕，为官者少私欲，以达到民富国强的目的。《周本纪》曰：“申告以文王、武王之所以为王业之不易，务在节俭，毋多欲，以笃信临之。”司马迁敬仰汉初的与民休息的富民政策，因为由连年的战争，天下百姓尚未安定，故惠帝、高后、文帝、景帝在高帝之后，继续执行无为治国的原则。因为这一治国方案适应了当时的历史条件，司马迁从历史的发展过程，以一个历史学家的睿智对这一治国方略给予了充分的肯定。他在《吕太后本纪赞》中说：“孝惠皇帝、高后之时，黎民得离战国之苦，君臣俱欲休息乎无为，故惠帝垂拱，高后女主称制，政不出房户，天下晏然。刑罚罕用，罪人是希。民务稼穑，衣食滋殖。”在《孝文本纪》中，司马迁更是热情地颂赞这位“德至盛也”的仁君。文中说：“上从代来，初即位，施德惠天下，填抚诸侯，四夷皆洽欢。”像这样的称赞，文中很多。以无为治天下，即运之以柔，然柔能制强，强能克刚，以柔弱为政，使民富而国强，所以不能说黄老思想是消极的，从本质上分析看它充满了奋发昂扬、积极进取的精神。

司马迁在赞颂时君圣主节俭寡欲的同时，对汉武帝的多欲进行了批评。《平淮书》曰：“以至于秦，卒并海内。虞、夏之币，金为三品：或黄或白或赤，或钱或布或刀或龟贝。及至秦，中一国之币为二等，黄金以溢名，为上币；铜钱识曰半两，重如其文，为下币。而珠玉、龟贝、银锡之属为器饰宝藏，不为币，然各随时而轻重无常。于是外攘夷狄，内兴功业，海内之士力耕不足粮饟，女子纺绩不足衣服。古者尝竭天下之资财以奉其上，犹自以为不足也。”作者以历史经验提醒武帝勿仿于秦。在《汲郑列传》里，司马迁借汲黯之口批评武帝，“陛下内多欲而外施仁义，奈何欲效唐虞之治乎！”武帝的多欲，致使天下骚然发动，国乱民贫，法制败坏，吏道腐败。《酷吏列传》曰：“客有让周曰：君为天子决平，不循三尺法，专以人主意指为狱。狱者固如是乎？周曰：三尺安出哉？前主所是著为律，后主所是疏为令，当时为是，何古之法乎？”一系列问题的出现，势必导致社会危机，这都是武帝不施德法而多欲的结果，司马迁对此持否定和批判的态度。

黄老思想本身也含有与世推移，应物变化的观点，司马迁对战国时期各国的变法持肯定态度，《商君列传》说秦用商鞅变法，“行之十年，秦民大悦，道不拾遗，山无盗贼，家给人足，民勇于公战，怯于私斗，乡邑大治。”《六国年表》说：“秦取天下多暴，然世异变，成功大。传曰‘法后王’，何也？以其近己而俗变相类，议卑而易行也。学者牵于所闻，见秦在帝位日浅，不察其终始，因举而笑之，不敢道，此与以耳食无异，悲夫！”司马迁以为对任何事物要用发展变化的眼光去看，起初秦的变法，统一天下，其功大，其原因在应时而变化，不能因为它速亡而否定前世之功。从这段话也可以看出司马迁对儒家“牵于所闻”的批评，这也是黄老思想的一种体现。

由上可以看出，司马迁在《史记》中的主要倾向是黄老思想的核心——刑德思想。

三　司马迁黄老思想形成的外部环境

在司马谈的《论六家要指》中，黄老思想的声誉达到了高峰。它说阴阳家“大祥而众忌讳，使人拘而多所畏”；儒家“博而寡要，劳而少功，是以其事难尽从”；墨家“俭而难遵，是以其事不可遍循”；法家“严而少恩”；名家“使人俭而善失真”。唯道家“使人精神专一，动合无形，赡足万物。其为术也，因阴阳之大顺，采儒墨之善，撮名法之要，与时迁移，应物变化。立俗施事，无所不宜。指约而易操，事少而功多”。文中还说：“道家无为，又曰无不为。其实易行，其辞难知。其术以虚无为本，以因循为用，无成执，无常形，故能究万物之情。”司马谈认为道家博大精深，包容了各家思想的优点。而司马迁对其父极为崇尚，在《太史公自序》中说其父“受《易》于杨、何，习道论于黄子”，“愍学者之不达其意而师悖，乃论六家之要指”。他对父亲于六家思想的评论非但毫无异议，而且推尊之意溢于言表。《史记》中许多论赞流露出道家观点以及对儒家人物的批评，就是司马迁接受父亲思想影响的痕迹。《论六家要旨》分前后两部分，张大可先生在《司马迁评传》中认为，后半部分很可能就是司马迁的发挥，至少是经过司马迁润饰的。班氏父子把《论六家要旨》看成司马迁的思想。我们认为司马迁接受其父的思想是很明显的，但司马迁处于儒学兴盛之世，两人存在着思想上的差异。大部分学者都强调司马迁父子思想的统一和贯通。张大可先生认为，遗存在《史记》中的司马谈思想，包括《论六家要旨》，即是司马迁的前期思想，因为青年时期的司马迁是受父亲思想支配的。如果说司马迁后期思想主儒，何以在《史记》中批评儒者甚多，“六艺经传以千万数，累世不能通其学，当年不能究其礼。”说儒者繁冗旨驳，不切时变，迂阔难行。《史记》中所载孔门弟子几乎都没有成就王霸之业，就等于批评了儒学不合时宜，于世无补。有人认为司马迁曾师承董仲舒学《公羊春秋》，董仲舒虽以儒家为主，同时也吸收了法家、阴阳家和黄老思想，表现出杂驳的特点。黄老思想对其影响表现在阴阳刑德思想，这在

《春秋繁露》中有系统的阐发。他在《春秋繁露·离合根》中说："乃不自劳于事，所以为尊也，泛爱群生，不以喜怒赏罚，所以为仁也。故为人主者，以无为为道，以不私为宝。"《立元神》篇说："故为人君者，谨本详始，敬小慎微，志如死灰，形如委衣，安精养神，寂寞无为。"这些都是黄老思想，或者是对黄老思想的发展。所以，司马迁从父亲那儿和老师这儿都接受了黄老思想的影响。

四 黄老思想与《史记》文风

首先，黄老思想的无为是以柔克刚，以弱制强，以守为攻，以退为进，实质是一种进取的思想精神。我们也可以说这是一种曲折地前进，司马迁本身的人生经历，为完成大业而忍辱含垢，终得青史留名，这种屈与伸，正是黄老之学的精髓。在《史记》中，司马迁的开创精神和进步的历史观得到了充分的体现，这一方面得自家学渊源，一方面是时代的感染。司马迁虽因李陵之祸而受腐刑，作为历史学家，他着眼于时代、国家和民族的整体命运，这个时代虽然有许多弊病，但毕竟是兴旺上升，充满活力的，这就使胸襟阔大的司马迁放弃个人恩怨，再次出任太史令，随武帝巡视天下，以完成这部辉煌的著作，既是完戎父亲临终的嘱托，实现自己的夙愿，对这个时代来说，也算是做了一件建功立业的事情。他出于历史的责任感和现实的责任感，去讴歌时代，由于现实的嘲弄，他又对武帝进行了揭露和批评。在这大一统的时代，形成司马迁大一统的恢弘历史观，《太史公自序》说："上记轩辕，下至于兹，著十二本纪，既科条之矣。"这都是黄老思想内在的进取精神的体现。

其次，黄老思想崇尚自然，《老子》曰："驰骋田猎令人心发狂"，"常德乃足，复归于朴"。影响于文学，便为追求真诚、简朴、自然的美学风格。帛书《黄帝内经·十大经》云："嗜欲无穹死。"这都和《老子》的思想相同。《淮南子·览冥训》云："故以智为治者，难以持国，唯通于太和，而持自然之应者，为能有之。"《五帝本纪》亦言："百家言黄帝，其文不雅训。"黄老及汉初的学术思想追求自然，和司马迁在《史记》中表现的风格是一致的。

《史记》在行文上随语势之自然，句子长短不拘，基本是散体，就连二十三篇序，一百〇六篇赞也基本上是散体的，仅有《袁盎晁错列传》、《南越列传》、《朝鲜列传》是骈偶体，也有人疑其非司马迁所作，理由是和作者的行文风格不一致。推崇自然，表现于文学就是追求平易、简洁、流畅、生动、质朴、清新的语言风格。柳宗元在《报袁君陈秀避师名书》

中言："太史公甚峻洁"。章太炎在《略论读史之清》也说："其所描写，皆虎虎有生气"。司马迁在引经据典时，总是把古奥艰深的文字通俗化，改写成平易流畅的当代语言，因此遭到宋人王观国从泥古角度的批评，他在《学林》中说："司马迁好异而恶与人同，观《史记》，用《尚书》、《战国策》、《国语》、《世本》、《左传》之文，多改其正文。改绩用为功用，改厥田为其田，改肆观为遂见，改宵中为夜中，……如此类甚多。"从反面道出了司马迁对古籍通俗化的过程，使文章自然流畅。对于难懂如"天书"的《尚书》，司马迁则将其改成了简洁明白的当代语言，对古今语言的沟通作出了重要贡献。

对方言、俗语、谚语、口语的运用，《史记》中俯拾即是，运用自如，形成平易流畅的语言风格，让人感到清新自然。如《陈涉世家》曰："今亡亦死，举大计亦亡，等死，死国可乎？""公等遇雨，皆已失期，失期当斩。籍弟令毋斩，而戍死者十六七，且壮士不死即已，死即举大名耳！王侯将相宁有种乎？"这些口语化的语言，给人以亲切感，行文也流畅自如。《张丞相列传》写御史大夫周昌口吃，直言谏阻，急切之间说不出话，人物神态逼真，如在眼在，"周昌适争之强，上问其说，昌为人吃，又盛怒；曰：臣口不能言，然臣期期知其不可，陛下虽欲废太子，臣期期不奉诏。上欣然而笑。"《史记》中谚语和民谣运用很多，如"语有之，'以权利合者，权利尽而交疏'，甫瑕是也"（《郑世家赞》），"鄙语云：'尺有所短，寸有所长'。白起……王翦……彼各有所短也"（《白起王翦列传赞》），"语曰：当断不断，反受其乱。春申君失朱英之谓邪"（《春申君列传赞》）。以谚语、民谣评价历史事件和人物，含义深刻又通俗易懂。司马迁对语言尽量熔炼成散句，有意识避免偶句，以接近当代普通口语，这无不和黄老学术思潮崇尚自然有关。

再者，作为"一代文学"的汉赋，对《史记》的文风亦有影响。汉赋艺术特有的广阔心胸，雄浑的气象，包括宇宙之心，对《史记》形成结构上的庞大完整和谐的体系有一定影响。

总之，黄老思想作为汉初盛极的学术思潮，影响及于整个汉代，武帝不是不信黄老，只是言行不一，他学黄老之术，不在治天下而在求神仙。历史情况是复杂的，作家的思想也不是单一的，应该透过纷繁的现象，看到黄老思想的实质和司马迁思想的主要倾向，从对《史记》文本的分析研究中去把握。

1998 年 4 月

反思经学，另辟蹊径

——论文中子新儒学的崛起

在中国儒学的发展历程中，文中子是一个极为重要的人物，他在中国南北统一之后，以一位儒学革新者的面目出现于学人的视野之中，这中间的原因值得挖掘，也会对我们研究儒学的发展给予新的启示。文中子王通，隋代大儒，他以回归儒学本源为己任而出现在中国学术史的发展中，从儒学发展史来看，文中子是从汉晋经学向宋明理学过度的关键人物，他以不同于传统经学的学术形式，在隋末产生了很大的影响，至中晚唐形成了儒家子学的复兴。

文中子新经学的出现，既是统一国家的政治需要，也是儒学本身发展的需要。隋统一后，儒学思想应该统一，文中子就肩负起了历史的重任，要行周孔之道，在儒、释、道合流的大文化背景下，文中子要复古，但他并不走两汉今古文经学的训诂释经的路子，而是要直承孔子的“六经”之学，作了《续六经》。在隋及初唐，人们尚未发现文中子之学的价值，故使其书的流传受到局限，逐渐散佚不全。但他的思想到后来毕竟受到了人们的重视，而且直接影响到了儒家子学的发展，宋明理学诸儒兼具经学的特点，皆源于文中子之学。在南北朝到唐的学术演变过程中，文中子具有变革性的作用，并对中国以后学术的发展具有重要的作用。那么，文中子的新儒学为什么会在南北统一后出现，这其中的深层原因值得探究。

一　儒学的衰落与儒学的玄学化

东汉末年，“及桓灵之间，党议祸起，太学罹难，所诛党人，十九皆太学生也。官学之徒，一时几尽，党人既诛，其高名善士，多坐流废，或隐居乡里，闭门授徒，从初平之元，至建安之末，天下分崩，人怀苟且，纲纪既衰，儒道尤甚”①。此后官学式微，郑玄之学最为昌盛，当时儒学

① 马宗霍：《中国经学史》第七篇，上海书店 1984 年版，第 61 页。

以“郑学”为主流，郑玄的弟子遍布朝野。到三国时期，“郑学”受到“王学”的挑战，儒学内部发生了一场激烈的论争。

“王学”以魏国著名学者王肃为代表。在学术上，王肃喜好贾逵、马融的古文经学，他曾著圣证论等文，批评郑玄的杂糅今古文之学，而郑玄的弟子孙叔然随即反驳，与王肃展开论战。王肃之学以显当时，因肃与司马氏为姻亲之故也（肃女嫁司马文王，即文明皇后，生晋武帝），并且肃之学力影响难与“郑学”抗衡，乃伪造《孔子家语》、《孔丛子》等书作为他证论的依据，以此蒙骗学人。他自己撰著很多，据《隋书·经籍志》载有：《周易注》十卷，《尚书》十一卷（《日本国见在书目》作十卷）、《尚书驳义》五卷，《毛诗注》二十卷、《毛诗义驳》八卷、《毛诗问难》二卷、《毛诗奏事》一卷，《周官礼注》十二卷、《仪礼》十七卷、《丧服经传》一卷、《丧服要义》一卷、《礼记注》三十卷（《日本国见在书目》作二十卷），《春秋左氏传注》三十卷，《孝经注》一卷，《论语释驳》三卷、《孔子家语》二十一卷、《圣经论》十二卷、《王氏正论》十卷、《魏卫将军王肃集》五卷等书。[①] 皆列为学官，王肃弟子亦众，加之政治上有靠山，“王学”亦有与“郑学”分庭抗礼之势。但由于王肃的作伪，造成了后世的《尚书》等典籍真伪难辨，给儒术的发展带来了不必要的人为的障碍。

其实，在后汉的今文经学中，就掺杂了谶纬迷信的成分，而且由汉章帝主持的“白虎观”会议，又确立了今文经学的统治地位，这样就使得谶纬神学垄断了当时的学术界。后汉政治的黑暗腐败，宦官的专权，对许多儒生来说，靠读经书入仕的路被堵塞了，在朝的儒生与宦官矛盾加剧，终于酿成了“党锢之祸”，经学因此而元气大伤。紧接着又是社会的战乱与动荡不安，图书毁坏亦为严重，《后汉书·儒林传序》云：“及董卓移都之际，吏民忧乱，自辟雍、东观，兰台、石室，宣明、鸿都诸藏典策文章，竞共剖散，其缣帛图书，大则连为帷盖，小乃制为縢囊，及王允收而西者，裁七十余乘。道路艰远，复弃其半矣。后长安之乱，一时焚荡，莫不泯尽焉。”[②] 经籍的损毁可见一斑。

到三国西晋时期，儒学有所恢复。魏文帝曹丕黄初元年（220），恢复太学，修复熹平石经，由采集遗亡图书，藏之秘府。秘书郎郑默整理图书进行分类，著有《中经》。丕好文学，令诸儒撰《皇览》，齐王曹芳爱好《论语》，多次太牢祭孔，又于正始年间刻“三体石经”（古文、秦小

---

① （唐）魏徵等：《隋书》卷三二志第二十七，中华书局 1973 年版，第 509—1059 页。

② （南朝宋）范晔：《后汉书》卷一〇九上儒林传，中华书局 1998 年版，第 974 页。

篆和隶书）。蜀汉初年，亦设太学、博士，各州有典学从事。蜀地虽小，亦有儒学名士。如许慈善郑学，所治《尚书》、《易》、《论语》、《毛诗》、三《礼》，极为广博。胡潜治《丧服》。来敏善《左氏春秋》，尤精《仓颉》、《尔雅》训诂，为蜀汉典学校尉。东吴亦重儒学，黄龙二年（230），立都讲祭酒，后又置学官，立五经博士，“核取应选，加其宠禄；科见吏之中及将吏子弟有志好者，各令就业。一岁课试，差其品第，加以位赏。”[①] 文献虽有记载，至于是否实行，难于稽考。东吴儒生张昭著有《春秋左氏传解》、《论语注》，程秉著《周易摘》、《尚书驳》、《论语弼》，诸葛瑾著有《毛诗》、《尚书》、《左氏春秋》。三国时期于儒学虽有复苏的迹象，但已远不如两汉经学之盛了。魏虽贡士以经学，然尚未见其效果。

西晋司马氏乃经学世家，本倡儒学，初建之时，就明儒学，“经始明堂，营建辟雍，告朔班政，乡饮大射。西阁东序，河图秘书禁籍。台省有宗庙太府金墉故事，太学有石经古文先儒典训。贾、马、郑、杜、服、孔、王、何、颜、尹之徒，章句传注众家之学，置博士十九人。九州之中，师徒相传，学士如林。”[②] 虽然如此，儒学仍未昌盛于一时，因当时玄学正深入人心，且西晋末年永嘉之乱，使儒学始兴而又罹难。《易》亡梁丘、施氏，《书》亡欧阳、大小夏侯，《齐诗》亡于魏，《鲁诗》亡于东晋，亦见儒学之凋零。西晋儒学，尤重王学，故于郊庙之礼，皆用王肃说，不用郑义。

由于诸多的原因造成了儒学的衰落，在当时的学术领域就出现了新的思潮，即对《周易》、《老子》、《庄子》的研究，当时在王肃学派之外的学者何宴、王弼走着一条不同的道路，他们把老庄思想引入儒学，以思辨义理代替章句之学。何宴作《论语集解》，王弼作《周易注》、《周易略例》、《老子注》、《论语释疑》，把老庄玄远虚无的思想引入儒学，成为西晋玄学清谈的先驱。他们以道家思想解释儒家经典，对汉代以来繁琐的章句之学进行改造，释之以义理，提出“贵无”的思想。何宴在《论语集解》之外，并好老庄之言，著有《道德论》（已散佚）及赋文，《册府元龟》载宴撰《周易私记》、《周易讲说》，后人谈及何宴对《易》与《老》《庄》的理解多有微词，如裴徽、管辂、王应麟等，谓其读《易》不解者有九事、七事。而王弼《易》注、《老子》注，至今少有不服，惜其天才，二十四岁即辞人世。弼之《易注》，完全舍弃汉代郑玄等人的象数之

① （西晋）陈寿：《三国志》卷四八《吴书·孙休传》，中华书局1971年版，第1158页。

② （唐）房玄龄等：《晋书》卷七五《荀崧传》，中华书局1974年版，第1977页。

学，以义理说明一切。唐孔颖达作疏，为之正义，即加弼本入于注中，朱熹《周易本义》亦仿其体。

魏与西晋的学术，因何宴、王弼而出现了新的转机，也是顺应了时代的发展，给思想界带来了生机与活力。但西晋虽立太学，招聚生徒，然士大夫习尚老庄，置经书于不顾，蔑视礼法，耽于酒色，且谓之放达；交游谈论，放言老庄玄理，谓之清谈，当时世人效仿。东晋中兴，元帝修学校，立官学，简省博士，时有《周易》王学，《尚书》郑学，《古文尚书》孔氏，《毛诗》郑氏，《周官》《礼记》郑氏，《春秋左传》杜氏服氏，《论语》《孝经》郑氏，博士各一人。其后又有增益，形式与西晋相仿，然过江儒生亦然崇尚老庄玄理之学，儒学终于未振。以王导为首的执政者，虽有崇儒之举，但实际上对儒学的兴趣只局限于等级秩序而已，骨子里仍然是“名士风度”、“正始之音”，所以当时的官方正统思想还是玄学。《晋书·儒林传序》云：“有晋始自中朝，迄于江左，莫不崇饰华竟，祖述虚玄，摈阙里之典经，习正始之余论，指礼法为流俗，目纵诞以清高，遂使宪章弛废，明教颓毁。”[①] 儒学要生存和发展，就用玄学来改造自身。两晋学者认为，明教本于自然，自然即是明教，儒与道并不矛盾，所谓玄学不过是以道释儒、以儒释道而已，这样儒家的明教与道家的自然在一定程度上就结合了起来。在东晋时期，儒学就是朝着玄学化的方向在发展。如江惇，“性好学，儒玄并综。每以为君子立行，应依礼而动，虽隐显殊途，未有不傍礼教者也。若乃放达不羁，以肆纵为高贵者，非但动违礼法，亦道之所弃也”[②]。就是说无论儒、道，都必须不违于礼法。太学博士曹毗著有《对儒》，力阐儒玄各有其用，《对儒》云：“在儒亦儒，在道亦道，运屈则纡其清晖，时申则散其龙藻。”[③] 儒、玄各有其用，只要用得恰当，就不违于儒、道。还有李充著《学箴》云：“圣教救期末，老庄明其本，本末之途殊而为教一也。……道不可以一日废，亦不可以一朝拟，礼不可以千载制，亦不可以当年止。”[④] 总之，江左学人的治学方式是玄儒兼综，足见儒学之玄学化。晋在经学上对后世具有影响的，只有杜预的《左传注》，范宁的《谷梁注》，郭璞的《尔雅注》。“严密地说，两汉以后至赵宋止，纯真的经学可以说是没有了。如唐之作《五经正义》，经学似与其政治一起统一了，然而事实上唐之作《五经正义》不过

① （唐）房玄龄等：《晋书》卷九一《儒林传》，中华书局 1974 年版，第 2346 页。
② （唐）房玄龄等：《晋书》卷五六《江惇传》，中华书局 1974 年版，第 1539 页。
③ （唐）房玄龄等：《晋书》卷九二《文苑·曹毗传》，中华书局 1974 年版，第 2388 页。
④ （唐）房玄龄等：《晋书》卷九二《文苑·李充传》，中华书局 1974 年版，第 2389—2490 页。

把从两汉到魏、晋、六朝的诸注说，适宜地折中而已，特可称为唐经学者殆无有。然今日的经学，从汉经唐而得传者，绍述之功诚不可没。特别是与三国同样，对于经学，多少加入了时代的色彩，这点说到经学变迁上是不能放过的。”① 本田成之认为，从汉到宋末，没有真正的儒学。所谓这一时期的儒学，都杂入了不同的思想在内。这正是文中子在儒学上起而“革命”的原因。

二 儒学的佛学化

魏晋玄学的特色，是用老庄思想来解释儒家经典，援道入儒，使儒学玄学化。南北朝时期佛教盛行，佛学也是在玄学的氛围中发展起来的。尤其南朝，佛学与玄学的合流，或者以玄学的义理阐发佛学经典，或是用佛学的义理阐发玄学的命题，这种治学方式为当时习尚。其特点是侧重于理论思考，故有“南义”之称。而北朝佛学则重禅法，主修行，故有“北禅”之称。虽有“南义”、“北禅”之分，但并不排斥，而是相互为用。由于玄学与佛学的盛行，儒学随之式微，从史书的编修也可以看出儒学的这种衰落。卢钟锋《中国传统学术史》云：“原来由《史记》、《汉书》所开创的以儒家为研究对象，以经学源流为研究重点的学术史卷《儒林列传》和《艺文志》的编修几乎中断。例如，这一时期编修的四部正史——《三国志》、《宋书》、《南齐书》和《魏书》，只有《魏书》有《儒林传》，其余三史均付之阙如。至于专门记述儒家经籍及子书源流的《艺文志》，不但这一时期编修的正史没有为之设案卷，而且在后来编修的有关这一时期的正史也同样付之阙如。儒家之受冷遇和儒学之不受重视，由此可见一斑。”② 在后来编修的这一时期的正史也没有修以儒学为研究对象的儒林传，如房玄龄的《晋书》、姚思廉的《梁书》和《陈书》、李百药的《北齐书》、令狐得棻的《周书》、李延寿的《南史》和《北史》等均为唐人所修撰，其中并没有设立《艺文志》一类的案卷，亦见儒学在唐之不振，本田成之于纯正经学所言不诬。

佛教自汉传入中国，在魏晋南北朝时期得到了迅速的发展与壮大，这一时期也是佛教的中国化时期，从此中国文化进入儒、释、道三家合流时

---

① ［日］本田成之：《中国经学史》第五章《三国六朝的经学》，上海书店出版社 2001 年版，第 177 页。

② 卢钟锋：《中国传统学术史》第四章《魏晋南北朝时期社会思潮的转向与宗教史的编修》，河南人民出版社 1998 年版，第 59 页。

期。在儒学玄学化的同时，受玄、佛合流的影响，东晋时期也出现了儒学佛学化的趋势。

佛教是外来宗教，宣扬出世思想，而儒家是要积极入世的，两者在根本思想上是尖锐对立的。儒学与佛学的早期冲突见于《牟子理惑论》，书中谈到对儒学对佛学的批评。主要是说信佛者剃头僧服，违背了《孝经》身体发肤“不可毁伤”的教导；独身不娶，违背了《孟子》“不孝有三，无后为大”的孝行原则；佛说的都是身后之事，死后之事，违背了孔子“未知生，焉知死”的原则，等等。佛学的回答则是说，自己修养的是大道，积的是大德，可以不拘小节，至于身后之事也不违背儒典。虽说佛学与儒有不同，但在这一时期它们也在互相影响对方。佛教为了能在中国立足，便有意识地迎合儒，调和儒佛之间的矛盾。比如中国的佛学认为：佛教的“敷导民俗”并不“伤治害政”；佛教的“因果报应”与儒家的孝悌仁义也无矛盾之处；佛教的“三世轮回”可以弥补儒家“祸福”只限于一世的不足；佛虽不敬“王者”，但并不反对封建的伦理纲常，佛教的禁戒倒是有助于王化，劝民为善；佛虽是外来，但《清净法行经》说“佛遣三弟子震旦教化，儒童菩萨，彼称孔丘；光净菩萨，彼称颜渊；摩可迦叶，彼称老子”①。从这段佛经来看，佛教与儒学关系密切。佛教徒们也在努力钻研儒学，把佛理渗入道儒学中去。如东晋的名僧道安，本身就出自书香门第。六祖慧远名六经，尤明三《礼》、《毛诗》。与此同时，东晋儒生也开始研习佛理。如殷浩以玄谈著称，尤精佛学的《四本论》，后被贬时“大读佛经，皆精解”。《世说新语》多次记到殷浩与佛的关系。《世说新语》文学四十三云：“殷中军读《小品》，下二百签，皆是精微，世之幽滞。尝欲与支道林辩之，竟不得，今《小品》犹存。”② 文学第五十亦云：“殷中军被废东阳，始看佛经。初视《维摩诘》，疑《般若波罗蜜》太多。后见《小品》，恨此语少。”③ 殷浩研习佛理，要以此来补充玄学和儒学。孙绰作《喻道论》就是要证明儒佛是一致的，力言“周孔救时弊，佛教明其本耳”。经过儒士的共同努力，经学的佛学化在进一步加剧。同时，佛学界的名僧也在进行着经学佛化的工作。如东晋名僧支道林精通经学，“每标举会宗，而不留心而善之，曰：解释章句，或有所漏，文字之徒，多以为疑。谢安石闻而善之，曰：此九方皋之相马也，略

① （梁）僧佑、（唐）释道宣：《弘明集·广弘明集》卷八，上海古籍出版社1991年版，第132页。

② 徐震堮：《世说新语校笺》上卷《文学第四》，中华书局1999年版，第124页。

③ 同上书，第127页。

其玄黄而取其俊逸。"[①] 这哪里是佛僧，俨然是经学家的解经方法。还有，在东晋名僧通《易》者很多，如慧远早年就精研《易经》，《世说新语》文学六十一云："殷荆州曾问远公：《易》亦何为体？答曰：《易》以感为体。殷曰：铜山西崩，灵钟东应，便是《易》耶？远公笑而不答。"[②] 这是殷仲堪与慧远关于《周易》的一段对话，慧远说"《易》以感为体"，由感应来彻悟佛理，就是要以佛家之理来解《易》义，可见经学之佛化的程度。

在东晋南北朝期间，佛教势力越来越强大，连统治者也醉心其中，并力倡之。任继愈《中国佛教史》云："孝武帝太元六年（381），'帝初奉佛法，立精舍于殿内，引诸沙门以居之（《晋书·孝武帝纪》）'。不理朝政，经常与执掌朝中大权的琅琊王司马道子'酣歌为务，姏姆尼僧，尤为亲昵，并窃弄其权'。……孝武帝时，佛教僧尼出入宫廷，接受贿赂，干预政事。并且通过所谓布施的形式，大量勒索人民的钱财。东晋最后一个皇帝恭帝'深信浮屠道，铸钱千万，造丈六金像，亲于瓦宫寺迎之，步从十许里'。"[③] 南北朝时期，佛教传播更为广泛，寺院、僧尼的数字激增。儒、释、道之间有斗争，同时也在互相吸收，在中国学术史上，这一段时间是佛学势力最强大的时期。许多帝王都崇信佛教，著名者有梁武帝、简文帝。梁武帝萧衍，幼读经书，"洞达儒玄"[④]。齐敬王萧子良招致文人学士抄集经书，编《四部要略》千卷，又请名僧讲经说法。当时萧衍与沈约、谢朓、王融、萧琛、范云、任昉、陆倕等，常游其门下，时号"八友"。萧衍建梁后，一方面重用士族，一方面在思想文化方面提倡儒学和佛教。南朝的佛教至梁武帝时达到鼎盛。梁武帝即位后，就协调统治者内部的关系，并借儒家的纲常名教，来维护以皇帝为首的封建等级秩序。他认为："建国君民，立教为首，砥身砺行，由乎经术"[⑤]。梁武帝在朝廷设置了五经博士，开馆授徒，又制定礼乐。同时又崇信佛教，梁武帝认为只有佛教是"正道"，他说老子、周公、孔子是如来弟子，佛教音乐是"正乐"，《隋书·音乐志上》云："帝既笃敬佛法，又制《善哉》、《大乐》、《大欢》、《天道》、《仙道》、《神王》、《龙王》、《灭过恶》、《除爱水》、《断苦轮》

① 余嘉锡：《世说新语笺疏》引《支遁传》，上海古籍出版社 1993 年版，第 843 页。

② 徐震堮：《世说新语校笺》上卷《文学第四》，第 132 页。

③ 任继愈：《中国佛教史》第二卷第三章《东晋时期南方佛教》，中国社会科学出版社 1985 年版，第 541—542 页。

④ （唐）姚思廉：《梁书》卷三《武帝下》，中华书局 1973 年版，第 96 页。

⑤ （唐）姚思廉：《梁书》卷四十八《儒林传·序》，第 662 页。

等十篇，名为正乐，皆述佛法。又有法乐童子伎、童子倚歌梵呗，设无遮大会则为之。”① 虽然如此，梁武帝虽视儒、道为邪道，但并不压制儒、道。他认为儒、释、道三教一致，都从不同方面维护自己的统治，他亦深知儒家纲常名教对巩固君权的重要，因此他也尊重儒术，不过在宗教信仰方面把佛教置于儒、道之上。梁武帝本人礼佛诵经，吃素、受戒律，还舍身佛寺等，这对臣子百姓无疑起到了巨大的影响作用。据任继愈《中国佛教史》统计，梁武帝的佛学论著有十六种，今存者十种。关于修行解脱，《中国佛教史》云：

> 梁武帝用儒家的性、欲的观点来发挥他的修行主张。其《净业赋》说：《礼》云：“人生而静，天之性也；感物而动，性之欲也。”有动则心垢，有静则心。外动既止，内心亦明。始自觉悟，患累无所由生也。“性”，即“人性”，对这个概念古来有种种解释。梁武帝引的是《礼记·乐记》，其接下去的文字是：“物至知知，然后好恶形焉。好恶无节于内，知诱于外，不能反躬，天理灭矣。”东汉郑玄注：“理犹性也。”梁武帝著有《中庸讲疏》（《隋书·经籍志》），对《中庸》自然熟悉。《礼记·中庸》对性的解释是：“天命之谓性”，“自诚明谓之性”。《礼记》所讲的“性”，已不仅是古人所说的人的自然质性，而已被赋予儒家的伦理属性。在梁武帝笔下，性、心、神明及真神经常是一个意思，他会通儒释，将它们与佛性等同，认为心性（即神明）本来既静又净，由于接触追逐外界，产生好恶情欲，使心性蒙上尘垢，只有摆脱外界达到觉悟，才能不再产生烦恼。②

梁武帝以儒入佛，会通儒释，把儒家的人性论与佛教的佛性学说结合了起来。清人赵翼在《廿二史札记》中总结南朝经学佛学化时说：“况梁时所谈，亦不专讲五经，武帝尝于重云殿自讲《老子》，徐勉举顾越论义，越音响若钟，咸叹美之。简文在东宫，置宴玄儒之士，邵陵王纶讲《大品经》，使马枢讲《维摩》、《老子》，同日发题，道俗听者二千人。王谓众曰：马学士论义，必使屈伏，不得空具主客。于是各起辩端，枢转变无穷，论者咸服。梁时五经之外，仍不废《老》、《庄》，且又增佛义，

① （唐）魏徵等：《隋书》卷十三《音乐志上》，中华书局 1973 年版，第 305 页。

② 任继愈：《中国佛教史》第三卷，中国社会科学出版社 1985 年版，第 37—38 页。

晋人虚伪之习依然未改，且又甚焉。”[①] 南朝君臣学者相互探讨玄义佛理，佛为国教，更有甚者，于佛理之研讨形成一股热潮。南方佛教受玄风感染，也注重自身的改造，以适应中国的国情，他们提出顿悟成佛说，使人们感到佛并不是远不可及的，自己也能成佛，这就为各阶层的人们提供了成佛的可能性，使佛教在中国成为一种普遍的社会信仰，儒学的佛学化亦更甚于前朝，达到了前所未有地步。

北魏在内迁的过程中，也接受了佛教。不过北朝也有魏献文帝拓跋弘、孝文帝元宏亦好老庄玄学的帝王，但总的来说，北朝统治者对玄学兴趣不大。道武帝好黄老，亦读佛经。明元帝支持佛教。太武帝、文成帝皆是即位初就崇信佛教。虽有北周武帝宇文邕的毁佛事件，总体上说，北朝时期佛教传播的范围是极为广泛的。北周道安著《二教论》，针对社会上流行的儒、释、道的提法，他认为实际上只有儒、佛二教，道教本属儒教，而佛教又优于儒教。道安认为“释教为内，儒教为外”，儒家救人形体，释教救人精神。在对儒、佛的认识上，南朝调和分歧，强调其同；北朝明辨区分，力别其异。道安虽是佛中人，又博通儒家经史，为北周朝野所重，他是站在佛学的立场认识儒学的，自然是佛精而儒粗了，不过他的《二教论》主要是驳斥道教的。

三　南北之学与文中子的新儒学

南北朝期间，儒学发展亦有南北之学。十六国、北朝诸政权，绝大多数为北方少数民族所建，但在此期间，书籍渐聚，学校恢复，儒学渐盛，以至于形成颇具特色的“北学”，与江南的“南学”并立。北朝诸政权为什么会对汉族的经籍这么重视呢？因为自汉末以来北方就是华夷杂居的，这些统治者均欲以华夏正统自居，要得到广大区域内汉族人的认同，就要抓住最核心的精神支柱，这就是儒学。就在南方玄风盛行，儒学玄学化、佛学化的同时，北朝的统治者却致力于儒学的复兴。据《晋书》所载，前赵刘曜，立太学于长乐宫东，立小学于未央宫西。后赵石勒，增文宣、宣教、崇儒、崇训十余小学于襄国四门，又亲临太学小学，考诸学生经义。到石虎时，令诸郡立五经博士，又复置国子博士、助教。前秦苻坚，“外修兵革，内崇儒学”，“广修学宫，招郡国学生通一经以上充之，公卿以下子孙并遣受业”。[②] 后秦姚苌称帝于长安，即令留台诸镇立学官，勿

① （清）赵翼著，王树民校证：《廿二史札记校证》卷八《六朝清谈之习》，中华书局1984年版，第169页。

② （后晋）刘昫等：《晋书》卷一一三《苻坚载记》，中华书局1970年版，第2888页。

有所废，考试优劣，随才擢叙。南燕慕容德称帝后，下令建立学官，又集诸生，亲临策试。北朝的鲜卑拓跋部入主中原后，笼络汉族士人，振兴儒学，用儒家的纲常名教巩固统治。道武帝置五经博士教授生员，太武帝征召儒士，令州郡各举才学。孝文帝迁都洛阳，立国子、太学、四门小学。北魏分裂后，东魏的高欢、西魏的宇文泰，仍然在自己的领地兴复儒学。高欢迁都邺城后，国子置生三十六人。高欢之后各朝，诸郡立学，置博士、助教授经。西魏宇文泰更是“雅好经术”，托《周礼》以改革中央官制，文书诏告，以《尚书》文笔为准则。北周亦重儒学，周武帝以重礼聘南朝经师沈重来周，又亲临大儒熊安生家，以示尊敬，还集僧俗朝士，以辩儒、释、道，之后钦定以儒教为先。① 由于各朝统治者对儒学的提倡，北朝儒学超过南朝，但由于人们受汉人华夏正统观念的影响，重南轻北，史学家于北朝儒学记载简略。北朝儒学盛于南朝，其原因日本人本田成之在《中国经学史》中一语道破，“北朝因兴自夷狄，欲学中国圣人之文化，反而热心研究。”② 这就是北朝儒学兴盛的原因。关于北朝儒学的总体情况，赵翼《廿二史札记》云：“六朝人虽以词藻相尚，然北朝治经者尚多专门名家。盖自汉末郑康成以经学教授，门下著录者万人，流风所被，士皆以通经绩学为业，而上之举孝廉，举秀才，亦多于其中取之，故虽经刘、石诸朝之乱，而士习皆相承，未尽变坏。大概元魏时经学以徐遵明为大宗，周、隋间以刘炫、刘焯为大宗。……可见北朝偏安窃据之国，亦知以经术为重，在上者既以此取士，士亦争务于此以应上之求，故北朝经学较南朝稍盛，实上之人有以作兴之也。”③

南朝儒学不及北朝，这主要是南朝统治者把重心放在了佛学上，故研习儒学者少。《廿二史札记》云：“南朝经学本不如北，兼以上之人不以此为重，故习业益少，统计数朝，惟萧、齐之初，及梁武四十余年间，儒学稍盛。《齐书·刘瓛传》谓，晋尚玄言，宋尚文章，故经学不纯。”④ 而北朝经学所用经注皆本两汉，不杂老庄之玄远虚无，自有其清纯之处。《北史·儒林传》云：“大抵南北所为章句，好尚互有不同。江左，《周易》则王辅嗣，《尚书》则孔安国，《左传》则杜元凯。河洛，《左传》

① （唐）令狐德棻等：《周书》卷四五《儒林传序》，中华书局1971年版，第806页。

② ［日］本田成之：《中国经学史》第五章《南北朝的经学》，上海书店出版社2001年版，第193页。

③ （清）赵翼著，王树民校证：《廿二史札记校证》卷十五《北朝经学》，中华书局1984年版，第312—314页。

④ （清）赵翼著，王树民校证：《廿二史札记校证》卷十五《南朝经学》，中华书局1984年版，第314页。

则服子慎，《尚书》、《周易》则郑康成。《诗》则并主于毛公，《礼》则同遵于郑氏。南人约简，得其精华；北人深芜，穷其枝叶。”① 人们常以这段话来注释南北学风的差异，但《北史》的著者重南轻北，所论未必公也。《中国经学史》云：

> 南朝原因老庄之玄学盛行，《易》王弼、《尚书》伪孔、《左传》杜预注极其流行，以达意而简明的为贵；但北朝以郑玄的学问为主，考故实本于制度，故一切都是致密而朴实的研究方法。然到了隋刘焯、刘炫，取了两方之长所，而欲使其折中的。天下由北而征服南方，使成一统，学问却是由南方而统一的，谁也不是好在“深芜中穷枝叶”者，经学舍此道无由。南北虽对立，然南朝的衣冠文物，常为北人羡望之的。北人也始守汉学，近于质朴，南人善谈名理，吐华词，雅俗共赏，北人遂舍旧而从之。这是所谓经学的南北统一，实则是北学亡而为南学所统一了。只有礼学，原是南北共通的，故得维持。所谓南学、北学，因是从学问的性质上说，不是从地域上说的。不待说，南人也有习北学的，北人也有习南学的。崔灵恩原是北人归于南，沈重原是南人而归于北者。颜之推也是南人而仕于北的。之推虽不是以经学者得名，然其《家训》七卷中，如《书证篇》、《音辞篇》，影响于后之校雠学、音韵学至大。褚晖、顾彪、陆世达、张冲皆南人，为隋之炀帝所重。伪孔古文的费甘的《义疏》，如前所述，是北魏时输入于北方的。据《隋书·经籍志》，《易》在南朝有郑、王二注，列于国学，但在北齐唯传郑义，至隋而王注始盛行，郑学浸微矣。《书》在南方讲郑、孔二家，在北齐只传郑义，至隋虽孔、郑并行，然郑氏甚微。《春秋》北方惟传《左氏》服义，至隋而杜氏盛行的，服义浸微。郑、服衰而伪孔王、杜之所以盛行的，皆是隋时。刘焯、刘炫以北人而修南北二学，焯方稍是北学的，炫却是南学的，要约繁杂而为英华的。②

南北之学虽异而亦有其同，吴雁南等人的《中国经学史》认为，南北相同之处有三：其一，南学、北学皆以治经为本，都是在两汉经学的基础上形成的经学流派；其二，南北诸儒均自出义疏；其三，南学、北学都

---

① （唐）李延寿：《北史》卷八一《儒林传》，中华书局1974年版，第2709页。

② ［日］本田成之：《中国经学史》第五章《南北朝的经学》，上海书店出版社2001年版，第199—200页。

有得失。[①] 在对南北经学评价上人们还存在分歧，唐人李延寿在所著《南史》、《北史》中评南北学之断语，不免带有唐初人重南轻北的偏颇，而清代今文学家皮锡瑞又以自己的好尚驳斥南学[②]，皮氏与李氏一样，皆各执一端，不免失之公允。

对南学与北学最早作反思的人是文中子，虽然我们从今存的《中说》、《元经》中看不到直接的评语，而他所著之《续六经》完全不同于南北经学，就是一个很好的说明。文中子生于隋而殁于隋，他所看到的是一个统一的时代。文中子有幼年时，隋文帝统一中国，弘扬文教，《隋书·儒林传序》说："于是四海九州强学待问之士靡不毕集焉……齐、鲁、赵、魏，学者尤多。负笈追师，不远千里，讲诵之声，道路不绝。中州儒雅之盛，自汉魏以来，一时而已。"[③] 随着国家的统一，新皇朝的建立，儒学出现了一个时期的兴盛。但到杨坚晚年，"不悦儒术，专尚刑名，执政之徒，咸非笃好。及仁寿年间，遂废天下之学，唯存国子一所，弟子七十二人"。隋炀帝地位，"复开痒、序，国子郡县之学，盛于开皇之初。征辟儒生，远近毕至，使相与讲论得失于东都之下，纳言定其差次，一以闻奏焉"[④]。同时征召各地大儒到京师，弘扬儒学。如前朝大儒陆德明、刘焯、刘炫、许文远等人，就是在这个时候到了京城。大业年间，炀帝曾召集四方名经之士汇聚京城，举行了一次讲论儒学的学术盛会，《旧唐书·儒学》云："大业中，广召经明之士，四方至者甚众。遣德明与鲁达、孔褒具会门下省，共相交难，无出其右者，授国子助教。"[⑤] 可见，陆德明之学问。当时孔颖达也参加了这次学术讨论会，《旧唐书》云："隋大业初，举明经高第，授河内郡博士。时炀帝征诸郡儒官集于东都，令国子秘书学士与之论难，颖达为最。"[⑥] 陆德明以讲《易》而名，授国子助教，孔颖达则授太学助教，这些人也是入唐的大儒。隋代的经学尚未来得及融合，基本上还属于南学。马宗霍《中国经学史》云："隋之官学，大抵操诸南人或为南学者之手，则其经学之折入于南，不亦宜乎？"[⑦]

在隋炀帝时儒学昌盛之时，文中子与这些大儒相比只是晚生小辈，且

---

① 吴雁南等：《中国经学史》第三章《魏晋南北朝经学的多元倾向》，福建人民出版社 2001 年版，第 215—217 页。

② （清）皮锡瑞：《经学历史》六《经学分立时代》，中华书局 1959 年版，第 176 页。

③ （唐）魏徵等：《隋书》卷七五《儒林传序》，中华书局 1971 年版，第 1706 页。

④ 同上书，第 1706—1707 页。

⑤ （后晋）刘昫等：《旧唐书》卷一八九《儒学上》，中华书局 1975 年版，第 4945 页。

⑥ 《旧唐书》卷七三，列传第二十三，中华书局 1975 年版，第 2601 页。

⑦ 马宗霍：《中国经学史》第九篇《隋唐之经学》，上海书店 1984 年版，第 91 页。

又不入于世人所认可的儒学正统，他是游离于当时的这个学术圈子之外的一个旁观者。文中子经过对魏晋以来儒学玄学化、佛学化及南北经学变迁的反思，他要走一条与众不同的道路，任继愈在把他的这种儒学称之为“新经学”，《中国哲学发展史》（隋唐卷）云：“隋朝的建立，结束了魏晋南北朝以来长期分裂的局面，如何使大一统的封建国家长治久安，成了思想家们注意的中心问题。隋河东龙门儒生王通用毕生精力续作六经，企图建立儒家新经学，为新帝国服务。”① 自从汉立官学以来，经学就处在动态的变革之中，最初有齐学与鲁学之分，后有师法、家法，于五经的诠释更是言人人殊。无论这些说法有多少种，但都是基于对经典的诠释，以此来表达个人的思想，而文中子却独创了一种经学传统，即《续六经》。骆建人在其《文中子研究》中说：“文中子生当晋隋季世，愍然忧圣学之不彰，闵王道之将坠，故上窥天地之心以得其中，下修人事之正以立其命，修史述经，申周绍孔，主尽性以立五常之本，行仁以开五常之始，以弘道焉己任。”② 文中子的儒学就是要直承周孔之道，走出一条不同于诠释经学的新路。《中说·王道篇》云：“甚矣，王道难行也。……帝王之道其暗而不明乎？天人之意其《否》而不交乎？制理者参而不一乎？陈事者乱而无绪乎？……今言政而不及化，是天下无礼也；言声而不及雅，是天下无乐也；言文而不及理，是天下无文也。王道从何而兴乎？吾所以忧也。”③ 又《天地篇》云：“千载而下，有申周孔之事者，吾不得而见也，千载而下，有绍宣尼之业者，吾不得而让也。”④ 文中子不斤斤于章句之学，而是要重新恢复原始的儒学。文中子思想学说出现于隋代，既有大一统政治的需要，也是儒学自身发展的结果。

2009 年 10 月

① 任继愈：《中国哲学发展史》（隋唐），《儒教编》，人民出版社 1994 年版，第 27 页。

② ［台］骆建人：《文中子研究》乙编，第一章，《学术》，台湾商务印书馆 1990 年版，第 105 页。

③ （隋）王通著，（宋）王逸注：《文中子中说》，上海古籍出版社 1989 年版，第 2、4 页。

④ 同上书，第 10 页。

论文中子的王道思想及其现代意义

王道思想与霸道思想相对，乱世，霸道思想有存在的空间；治世，王道思想占统治地位。王道是先秦儒家政治思想的核心，其本质是仁学思想。在经历了两汉经学的衰微、玄学昌盛的南北朝之后，迎来了政治一统的隋代，但朝廷不行王道，文中子以复兴儒家正统为己任，期望以明王道来挽回儒学的衰微与被动局面。

文中子，是王通的谥号。王通字仲淹，绛州龙门（今山西河津）人。新旧《唐书》称他为隋代的名儒、大儒。文中子的家庭有仕宦和儒学传统，父王隆在隋初为国子博士，向隋文帝上奏《兴衰要论》，言六代之得失，得到赞许。文中子受家庭影响，精研儒学，立志在政治上、学术上都有作为。16岁游学于师友，《文中子世家》称其“耽于学问，不解衣者六岁，其精志如此”[①]。他参加科考，考中秀才高第。仁寿三年（603），文中子向隋文帝上奏《太平十二策》，得文帝赏识，然未获重用，被派往偏僻的西南，任蜀郡司户书佐、蜀王侍读。虽授职而未就，归乡著述讲学，以弘扬儒学、明周孔之道为己任。文中子以九年之力，铸成《续六经》。《中说》云：“余小子获睹成训勤九载矣，服先人之义，稽仲尼之心，天人之事，帝王之道，昭之乎！”[②] 显示出他重振儒学的气魄和信念。文中子讲学河汾之间，弟子数百人，名重一时，被时人誉为“王孔子”，或誉为河汾道统。弟子中有唐初若干名人，如薛收、温彦博、杜淹等，向他问学的有初唐名臣房玄龄、魏徵、陈叔达、杜如晦、李靖、王珪等。文中子的主要著作为《续六经》，已失传。后人据以探讨文中子思想的著作为《中说》，或称《文中子》，其成书方式类似《论语》，系弟子和家人记王通言行，汇编而成，基本反映了王通的思想。

---

① （隋）王通著，（宋）阮逸注：《文中子中说》（诸子百家丛书），上海古籍出版社1989年版，第49页。

② 同上书，第3页。

一 文中子思想的核心是王道

“王道”一词最早见于《尚书·洪范》，其云：“无偏无陂，遵王之义；无有作好，遵王之道；无有作恶，尊王之路。无偏无党，王道荡荡；无党无偏，王道平平；无反无侧，王道正直。”[①] 这里讲到了君王建立君权要有法则，怎样做君王，为王的法则是什么？儒家代表人物孔子、孟子都是王道思想的推崇者，主张仁政，以德治国，仁爱服人。《论语·卫灵公》：“己所不欲，勿施于人。”《论语·雍也》：“夫仁者，己欲立而立人；己欲达而达人。”孔子的王道思想首先是爱人即“仁”。其次是有序、有礼，孔子讲“君君、臣臣、父父、子子”，就是要建立一个有序的社会，他还反复强调统治者要“为国以礼”、“齐之以礼”、“约之以礼”人们要自我克制，相互礼让，反对残暴的政治。孟子以性善论为理论基础，以倡导仁义为思想先导，高标“仁政、民本”两面旗帜，创立了王道政治的学说体系。孟子非常重视人的后天身心修养，他认为：“君子之守，修其身而天下平。”[②] 在孟子看来，君子的操守，从修养自己开始，从一点一滴做起，提高自己的道德素质和身心素质，然后去影响和感染别人，从而使天下得到太平。孟子认为，“修身”为治天下的开始，是治国的根本。孟子所主张的“王道”思想，内涵十分丰富，有“存心养性”的身心和谐，有“亲亲敬长”的家庭和谐，有“仁者爱人”的人际和谐，有“手足腹心”的君臣和谐，有“保民而王”的官民和谐。“以民为本”、“与民同乐”是孟子王道思想的核心。王道政治是儒家以三代圣王之治为历史原型建构起来以解决“政道”问题的理想模型，因此，王道政治既有历史的真实又非完全真实的历史，既有理想的成分又非完全虚构的理想，而是在历史中形成根据历史建构起来的理想。

文中子以上承周、孔思想为己任，他的思想核心是王道。《中说》一书中，“道”字凡179见，次于“人”字，但高于“天”字。作单音字82见，含义大多为方法、办法、礼仪、仁义、道理、原则、变化等解。双音字或词组共有97见，其中王道8见，夫子之道7见，失道8见，先王之道4见，天道4见。《中说》首篇《王道》篇，一开始文中子就说：“甚矣！王道难行也。吾家顷铜川六世矣，未尝不

① （清）孙星衍：《尚书今古文疏证》，中华书局1986年版，第305页。

② 杨伯峻：《孟子译注》，中华书局1960年版，第338页。

笃于斯，然亦未尝得宣其用，退而咸有述焉，则以志其道也。”[①] 实行王道，谈何容易，这种政治理想离开我们已经有太长的时间了，他感叹：“迁、固而下，述作何其纷纷乎！帝王之道，其暗而不明乎？”“道之不胜时久矣，吾将若之何？”[②] 王道要靠人去弘扬，而人在于教化，王通从历史中总结出这一观点。他说：“人能弘道，苟得其行，如反掌耳。昔舜禹继轨而天下朴，夏桀承之而天下诈，成汤放桀而天下平，殷纣承之而天下陂，文武治而幽厉散，文景宁而桓灵失，斯则治乱相易，浇淳有由。兴衰资乎人，得失在乎教。其曰太古不可复，是未知先王之有化也，《诗》、《书》、《礼》、《乐》，复何为哉？”[③] 太古的圣王之道是可以在后世复兴的，因为先王之化借助于儒家经典传留下来了，如果不是这样，那儒家经典还有什么用处呢？

文中子对后世的贡献在于他的学术成就。在隋唐时期，他首要身份，就是“国学大师”，他的学派，时人称为“河汾学派”，时人送雅号“王孔子”，把他与儒家圣人孔子相提并论。之所以这么说，就是因为他完成了《续六经》。《续六经》是文中子在大业初年回乡之后，用了将近十年时间，倾其毕生精力撰著的六部典籍。它包括《续诗》、《续书》、《礼论》、《乐论》、《易赞》和《元经》六种，合称《续六经》或《王氏续六经》。王绩在《游北山赋》自注中云：“吾兄通，字仲淹，生于隋末，守道不仕，大业中隐居此溪，续孔氏《六经》近百余卷。”[④]《续六经》是文中子在研习孔子的《六经》之后，在新的时代条件下用自己的理论重新发挥，继续加以研究的结果。在他的《续六经》里，有他关于这个王朝最核心的理想——王道思想。其实早在他年轻时面见隋文帝的时候，王通就提出了自己的治国理念，即轻徭薄赋，施行仁政，隐居河汾之后，他把自己的一套思想，上升到了“王道”的高度，即国家政权的变化，国家统治者是否正统，在于统治者是否施行了“王道”，行王道者即王统，这正是王通的理论核心。

二　实行王道政治的迫切性

文中子王通深切感到，统一的王朝需要统一的思想，儒家思想是

---

① （隋）王通著，（宋）阮逸注：《文中子中说》（诸子百家丛书），上海古籍出版社 1989 年版，第 2 页。

② 同上书，第 3 页。

③ 同上书，第 43 页。

④ （宋）李昉等：《文苑英华》，中华书局 1996 年版，第 97 卷。

最适宜的角色。《魏相》篇载，王通以《周礼》为王道的最高准则，“子居家，不暂舍《周礼》。门人问子，子曰：先师以王道极是也。如有用我，则执此以往。通也，宗周之介子，敢忘其礼乎？”① 明王道就是要阐发儒学经典，以《周礼》为核心，不要杂学。文中子在隋末重倡王道，是有针对性的。他认为王道丧失已经太长时间了，上失其道，民散久矣。他对于两汉的政治还是较为肯定的，但对于魏晋以来的政治则极为不满。对于数百年分裂局面下统治者恃力施暴和隋朝愈演愈烈的暴政，文中子以古今对比的方式表达了自己强烈的愤慨之情。他说：“古之为政者，先德而后刑，故其人悦以恕；今之为政者，任刑而弃德，故其人怨以诈。子曰：古之从仕者养人，今之从仕者养己。……古之仕也，以行其道，今之仕也，以逞其欲。”② 文中子对当时隋炀帝的暴政给予了尖锐激烈的批判，从简洁的对比中，形象勾勒出现世统治者的残暴、自私与专横。人人为己，刑先于德，王道从何以兴之？

在仁寿三年（603）春，文中子曾在长安太极殿觐见隋文帝，呈奏《太平十二策》，畅言王道大略，以古证今。文帝听后异常高兴，认为文中子乃上天赐予的辅政之才，于是“下其议于公卿”，“公卿不悦”。其实在文帝开皇二十年（600）十一月，隋文帝在杨广以及大臣杨素等人的谗间下，废了太子杨勇，同年十二月，改立杨广为太子。仁寿二年（602），杨广又与杨素合谋构陷蜀王杨秀，导致“废秀为庶人，幽之内侍省，……连坐者百余人”。③ 杨素为协助晋王杨广夺取皇位，筹划了一系列阴谋。而王通到长安时，蜀王秀的事件才刚刚结束不久，正是他们紧锣密鼓准备夺取皇位之时。文帝此时赞赏文中子的《太平十二策》，还要举贤任能，杨素等人自然不会高兴了。文中子知杨素与太子绝不会就此罢休，天下将乱，自己的抱负绝无施展的可能，于是不得不长叹而出长安。离开时，赋《东征之歌》一首：“我思国家兮，远游京畿。忽逢帝王兮，降礼布衣。遂怀古人之心兮，将兴太平之基。时异事变兮，志乖愿违。吁嗟！道之不行兮，垂翅东归。皇之不断兮，劳身西飞。”④ 诗里表明了他最初的志向和决心，也

---

① （隋）王通著，（宋）阮逸注：《文中子中说》（诸子百家丛书），上海古籍出版社1989年版，第37页。

② 同上书，第12、16页。

③ 司马光：《资治通鉴》，中华书局1956年版，第179卷。

④ （隋）王通著，（宋）阮逸注：《文中子中说》（诸子百家丛书），上海古籍出版社1989年版，第49页。

说明了他有志难酬的原因。他本想做一番事业，所以才西游长安，准备像古人那样为苍生立命，可没想到时移势易，天下将变，皇帝又不能察断时局，他的主张和志愿就没有机会施展了，无奈，只好返回故乡。《论语·泰伯》云："天下有道则现，无道则隐。"[①] 文中子经过长安之行后，对隋朝已完全不抱希望，他看到了无道的迹象，虽有大志，却不得不走上了一条隐居的道路。仁寿四年（604），文帝崩，太子杨广即位，是为隋炀帝。这一年，文中子开始了《续六经》的整理和写作。虽然不能在朝廷上有所作为，但他却不甘心自己的才华与思想就此埋没，于是通过反思前朝的为政得失，借古讽今以教育后人。九年后，《续六经》完成，王通名动天下，四方学子远道来奔，学习辅君为政之道。文中子于是设教于黄颊山、白牛溪，当时号称门下千人，时人因此视为孔子一般的人物，他讲学的那条溪也被称为"王孔子溪"。因为他读书教书的地方临近河汾，后人便称此为"教授河汾"，也称文中子的学问思想为"河汾之学"。长安之行使文中子看清天下大势，同时也浇冷了事功之心，成就他一番大学问。曾自况云："吾不仕，故成业。不动，故无悔。"[②]

文中子从现实的弊病中感到，要解决这些问题，光恢复古代王道是不行的，暴政的古今表现不一样，针对暴政的王道也要有所发展。因此，他著《续六经》是要对古之王道予以继承和发展。"贾琼请《六经》之本。曰：吾恐夫子之道或坠也。"[③] 他又说："王道之驳久矣！《礼》、《乐》可以不正乎？大义之芜甚矣！《诗》、《书》可以不续乎？"[④] 文中子表示，自己是孔子的继承人，"千载而下，有绍宣尼之业者，吾不得而让也"[⑤]。也清醒地认识到，自己勤于著述，阐发王道，未必能用于当世。但他放眼于后世，认为后世总会有人实行的，丰年总会到来。"文中子曰：仲尼之述，广大悉备，历千载而不用，悲夫！仇璋进曰：然夫子今何勤勤于述也？子曰：先师之职也，不敢废，焉知后之不能用也。是蕉是衮，则有丰年。"[⑥] 他的这种以明王道为己任，知其不可而为之的精神，在当时历史条件下还是有积极意义的。要实行

---

① 杨伯峻：《论语译注》，中华书局 1960 年版，第 82 页。

② （隋）王通著，（宋）阮逸注：《文中子中说》（诸子百家丛书），上海古籍出版社 1989 年版，第 38 页。

③ 同上书，第 21 页。

④ 同上书，第 9 页。

⑤ 同上书，第 10 页。

⑥ 同上书，第 46 页。

王道，当然要有一定的前提条件，但最核心的一条，统治者要无私，“夫能遗其身，然后能无私。无私，然后能至公。至公，然后以天下为心矣，道可行矣！”[①] 这可以说是指出了要害问题。

在佛教、道教蓬勃发展、咄咄逼人的进攻态势下，儒学则衰微不振。他决心以明王道来挽回儒学的衰微被动局面。

三　文中子王道思想的内涵

《中说》首篇即为《王道》，文中子认为孔圣人借助于《尚书》、《诗经》、《春秋》而讲述历史，传达长治久安之理。他说：“昔圣人述史三焉。其述《书》也，帝王之制备矣，故索焉而皆获。其述《诗》也，兴衰之由显，故究焉而皆得。其述《春秋》也，邪正之迹明，故考焉而皆当。此三者同出于史，而不可杂也，故圣人分焉。……化至九变，王道其明乎！”[②] 这表明，不能仅仅从抽象理论中理解王道，王道最真切生动地体现在历史活动中，要在对历史的探索考究中，获知帝王之制，兴衰之由，邪正之迹。所谓王道，是与霸道对称的。主要指以德服人，实行仁政。

何谓王道？《荀子·正论》曰“天下归之之谓王”[③]，《孔子改制考》曰“天下往归谓之王”[④]，故“王”就是能够吸引天下之人追随、归顺的人；“道，路也”，可引申为原则、规矩、当然之理。因此，“王道政治”所讲的就是作为“王”在政治生活中所要遵循的原则、规矩、当然之理。王道思想产生很早，《尚书·洪范》：“无偏无党，王道荡荡；……曰：皇，极之敷言，是彝是训，于帝其训，凡厥庶民，极之敷言，是训是行，以近天子之光。曰：天子作民父母，以为天下王。”[⑤]《史记·十二诸侯年表》：“孔子明王道，干七十余君，莫能用。”[⑥] 孔子思想体系中的两大内容是仁与礼，孟子更多地继承了孔子学说中的“仁”，完善了王道学说。何谓“仁”？孟子指出：“仁也者，人也；合而言之，道也。”[⑦] 仁与人是一个硬币的两面，他们互为表里，而二者合起来就是“道”。“仁”的思

① （隋）王通著，（宋）阮逸注：《文中子中说》（诸子百家丛书），上海古籍出版社 1989 年版，第 38 页。

② 同上书，第 3、4 页。

③ （清）王先谦：《荀子集解》，中华书局 1988 年版，第 324 页。

④ 康有为：《孔子改制考》，中国人民大学出版社 2010 年版，第 126 页。

⑤ （清）孙星衍：《尚书今古文疏证》，中华书局 1986 年版，第 305 页。

⑥ （汉）司马迁：《史记》，中华书局 1959 年版，第 5C9 页。

⑦ 杨伯峻：《孟子译注》，中华书局 1960 年版，第 329 页。

想是孟子思想体系的灵魂，他从各个方面反复对仁进行阐释与完善。孟子认为：人的天性是善良的，人人都有“恻隐之心”。作为统治者，只要“以不忍人之心，行不忍人之政，治天下可运之掌上”[①] 是件轻松易举的事，“行仁政而王，莫之能御也。”提醒统治者要施行“仁政”。仁政是孟子政治学说和他的社会理想，而性善论则是其内在的依据。在孟子看来，由于人性的善良——尤其是那些统治者本身善良，仁政才有实现的可能，仁政的理想最终指向了“王道”。

王道思想是儒家的重要内容，文中子以儒道正统自居，标榜要直接秉承孔子之道，而对孔子来说，“王道”就是西周王朝所建立起来的一整套完整的礼乐文明与典章制度；对孟子而言，王道就是任何一个能够实现“仁心仁政”、“与民同乐”、“天下往归”的等目标的做法；对于荀子而言，王道就是一套既限制统治者的权威，又能保障百姓礼仪的礼法制度。对文中子而言，王道就是恢复周、孔之制。而他所处的隋正是王道衰落、霸道盛行的年代，更需要“仁心仁政”。文中子所谓的“道”是什么？《中说》：“薛收问至德要道，子曰：至德，其道之本乎！要道，其德之行乎？《礼》不云乎！至德为道本，《易》不云乎，显道神德行。”[②] 又问道之旨，子曰：“非礼勿动，非礼勿视，非礼勿听。”[③] 子曰：“天地生我而不能鞠我，父母鞠我而不能成我，成我者夫子也。道不啻天地父母，通于夫子，受罔极之恩，吾子汨彝伦乎！”[④] 子曰：“通变之谓道，执方之谓器。”[⑤] 文中子之道本是至德，说明他的道观是儒家的，而非道家；道的主要内容（道之旨）是孔子的；道是天地父母，对人是有“成我”的再生作用的，实际上是《中庸》里的“教”；通变的道即是《易经》里的“变”与“时”的简约化和抽象化，在《中说》里即是“变”、“时”、“中”、“易”。

文中子之“道”不是自然的规律，也不完全等同于儒家的政治伦理之道，它有自己特性。首先，文中子之“道”有一定的超越性。子曰：“道甚大，物不废，高逝独往，中权契化，自作天命乎？”[⑥] 子曰：“道不

---

① 杨伯峻：《孟子译注》，中华书局1960年版，第79页。

② （隋）王通著，（宋）阮逸注：《文中子中说》（诸子百家丛书），上海古籍出版社1989年版，第6页。

③ 同上书，第46页。

④ 同上书，第5页。

⑤ 同上书，第17页。

⑥ 同上书，第22页。

啻天地父母，通于夫子，受罔极之恩。”[①] 子曰：“人心惟危，道心惟微，言道之难进也。故君子思过而预防之，所以有诫也。切而不指，勤而不怨，曲而不谄，直而有礼，其惟诫乎？”[②] 子曰：“五行不相沴，则王者可以制礼矣；四灵为畜，则王者可以作乐矣。……夫子之力也。其与太极合德，神道立行乎！”[③] 由上可知，文中子之“道”“甚大”，具有极大地包容性，任何东西都不能代替它，证明他的道是超越的、恒常的。“高逝独往”，具有神秘性、神圣性、绝对性、唯一性。他的“道”有一些道家的影子，但终归之于儒家的天命。文中子表述的“道心”类似于《解蔽》所说的“《道经》曰：‘人心之危，道心之微’。危微之心，唯明君子而后能知之”[④]。文中子的“道心”对宋朱子之学有很大的影响，朱子认为道心全然为善，而人心不全然是恶，换句话说，人心有一部分是善的或者是不善的。[⑤] 其次，文中子之“道”具有人间性。道并非只是高高在上，超越神圣的道就在人间秩序中。在中国哲学史上文中子第一个提出“通变之谓道，执方之谓器”，后来宋明理学将这一观点大发扬，展开了精致化的哲学表述，道的人间性才得以确认。文中子还明确地将道器观或体用观推落至现实的世俗社会层面，变为儒家的五常：“薛收……问道，子曰：五常一也。”[⑥] 又问道之旨，子曰：“非礼勿动，非礼勿视，非礼勿听。”淹曰：“此仁之目也。”子曰：“道在其中矣。”[⑦] 文中子之“道”是形而上与形而下的结合，它的落脚点在世俗，是君道、臣道、家道、人道的体现。

文中子之“道”是以王道为主要内容，在天地人三才之道中，王道就是天道、地道、人道中的中道，王道的主旨是人道。《中说·王道篇》中说王道是“帝王之道”，是有一定现实性的，它是典型的修齐治平的儒家思想，是内圣外王逻辑衍推。从《中说》一书的十篇书目可以看出，文中子把王与理性、规律一体化，把王与道德一体化；把政治理想托圣人寄望于王。这是许多古代名士无法超越的文化大框框，历史又刚好在他离

① （隋）王通著，（宋）阮逸注：《文中子中说》（诸子百家丛书），上海古籍出版社 1989 年版，第 5 页。

② 同上书，第 22 页。

③ 同上书，第 5 页。

④ （清）王先谦：《荀子集解》，中华书局 1988 年版，第 400 页。

⑤ （宋）黎靖德：《朱子语类》，中华书局 1986 年版，第 2013 页。

⑥ （隋）王通著，（宋）阮逸注：《文中子中说》（诸子百家丛书），上海古籍出版社 1989 年版，第 33 页。

⑦ 同上书，第 46 页。

世之后出现了“贞观之治”，书中出现过的魏征、房玄龄、薛收、杜淹等人正是唐太宗的幕僚、大臣，文中子的王道思想终得以实现，这绝不仅仅是一种巧合。

四 文中子王道思想对今人的启示

文中子的王道思想其主旨是人道，人道的核心是仁政。《中说》就是要“稽仲尼之心，天人之事，帝王之道，昭昭乎”[①]。在家之道、在群之道和在人之道都是为在国之道服务的，这是经世致用的儒家思想。文中子身处乱世，建立和谐社会的愿景，只能寄希望于未来。“行王道”的理想，也终于由盛唐王朝实现了。而文中子的学说更是影响深远，甚至贯穿了中国整个封建时代。儒家文化在这个时期的开明与包容，是隋唐盛世的精神基石。

文中子王道思想若能贯彻，必然会带来一个时代的强大与繁荣，给人民带来幸福与安康，这样的社会是尧舜之世，是幸福指数极高的和谐社会。“王道”思想是中华文化的核心价值理念，是投射到处理天下事务方面的结晶。王道政治与西方现代政治理念也并不是截然相对、势不两立的，现代西方的政治制度是实现王道政治的手段。西方在政治实践中实现了主权在民主、个人自由、选举制、议会制、三权分立等等目标，而王道政治中的天下为公、代天牧民、民贵君轻、选贤与能、禅让王位等等，无一不是希望达到同样的政治效果。王道政治与现代政治二者之间具有某种内在的目标一致性。因此，无论“民本”与“民主”，“民权”与“人权”等等概念在学者们的眼中有多大的差距，但是在“限制权力”、“增进福利”这两大政治目标而言，并没有太多区别。

文中子的王道思想对我们处理国际事务、两岸关系也有一定的借鉴作用。在大陆开始强大，两岸关系处在最好的阶段，我们联手在此以鲜明的语言向世界介绍中国人民和世界人民同舟共济的“王道”思想，肯定会有更大的说服力。今日世界犹如中国古代战国时期之纷纷，霸权国家不仅凭借武力大唱人权先于主权，以及单边主义，强推自己的价值观，任意征伐弱小，而且极力推销现代功利主义、物质至上，影响所及，促成了新兴国家在提高了物质生活水平的同时，却受到前所未有的文化侵蚀，加剧了文化断裂、社会撕裂、人心分裂。现在弘扬王道思想，就是要求同存异，

① （隋）王通著，（宋）阮逸注：《文中子中说》（诸子百家丛书），上海古籍出版社 1989 年版，第 3 页。

祛除纷争，“己所不欲，勿施于人”，相互尊重，相互理解，建立起一个和平繁荣的新世界。

王道思想不仅是建立和谐社会所需要的，而且是处理外交事务所需要的。其实，在中国古代外交史上，务实王道占主导地位的是两汉、唐及清朝，还有两宋与明朝，郑和下西洋就属于纯粹王道；霸道外交只在秦、隋、元三朝占主导位置。在当今世界争端、战乱频发的背景下，重新认识并吸纳王道思想，对启示人类文明发展、处理当代国际关系有非常重要的现实意义。王道思想的核心是“仁”，处理国与国之间的事务亦是如次。西周时，中国与诸邻国有了往来，《周礼》曰：“时聘以结诸侯之好”①。唐朝前期，中国鼎盛，是当时世界经济文化的中心之一。唐太宗的外交是开辟“丝绸之路”，与邻国通婚和亲，国际上广结良缘（与唐通使往来的多达70余国），对外经济文化交流昌盛。尽管实力超强，但唐太宗的外交思想却是：对外“绥之以德”；“偃武修文，中国既安，四夷自服”；反对“贵中华、贱夷独”观点。这些均为王道思想外交的表面。及至明朝，“王道”更甚，首先是实施“外抚四夷”的怀柔睦邻政策。明成祖提出“宣德化而柔远人”的“怀柔”政策，倡导“四海一家”，“共享太平之福”。其次是实施“厚往薄来”政策，鼓励“锐意通四夷”。《礼记·中庸》有言：“厚往而薄来，所以怀诸侯也。”② 第三是派遣三宝太监郑和七下西洋，创明朝“王道”外交之顶峰。

中国的“王道”外交一直延续至今。我们在与世界各国的交往中，不以追求本国利益为主要目的，而以仁义道德的实现为最大目标，在追求本国利益同时兼顾道义原则，反对滥用武力，尽量和平解决国际争端。自新中国建立以来，无私援助落后而困难的亚非拉发展中国家，甚至在我们自身经济拮据财政困难之时，毛主席、周总理仍指示，即使勒紧我们自己的裤腰带，也要拿出数百亿美元，去援助越南和阿尔巴尼亚。与中国的“王道”外交理念相反的是，西方国家则是崇尚“霸道”外交。已故的英国首相丘吉尔有句名言：“这个世界上，没有公理，只有强权。”英国曾霸占地跨五大洲、比本土大100多倍的殖民地，号称“日不落帝国”。二战后，英国衰败，美国崛起，美迄今依然是世界霸主，到处插手国际争端，自以为是世界警察，干涉别国事务，推行他们的价值、理念。这是与“王道”背道而驰的“霸道”，这样下去，世界会混乱不堪。“以古为鉴，

① 吕友仁：《周礼译注》，中州古籍出版社2004年版，第507页。

② 王文锦：《礼记译解》，中华书局2001年版，第789页。

可以知兴替”[1]。读史明鉴可以预知未来，儒家王道思想能够从根本上拯救物欲横流的世界危机，如果说现代化是几代中国人奋斗的目标，那么，王道政治能够将这一目标延伸至世世代代的中国人。

2011 年 3 月

① 吴兢：《贞观政要》，上海古籍出版社 2008 年版，第 46 页。

《中说》版本源流

《中说》非文中子手书亲定，而是门弟子后学者所记，今《中说》后所附王福畤《王氏家书杂录》云："时御史大夫杜淹谓仲父曰：'子圣贤之弟也，有异闻乎？'仲父曰：'凝忝同气，昔亡兄讲道河汾，亦尝预于斯，然六经之外无所闻也。'淹曰：'昔门人咸存记焉，盖薛收、姚义缀而名曰《中说》。兹书，天下之昌言也，微而显，曲而当，旁贯大义，宏阐教源。门人请问之端，文中行事之迹，则备矣。子盍求诸家？'仲父曰：'凝以丧乱以来，未遑及也。'退而求之，得《中说》一百余纸，大底杂记，不著篇目，首卷及序则蠹绝磨灭，未能诠次。"又云："十九年，仲父被起为洛州录事，又以《中说》授余曰：'先兄之绪言也。'余再拜曰：'《中说》之为教也，务约致深，言寡理大，其比方《论语》之记乎？孺子奉之，无使失坠。'"文中子之子王福畤从仲父所得《中说》本，与《论语》体例相当，其本为抄本，因此时尚未有雕版之举，然唐本不见流传于后世。

宋代刊本

《文中子》在宋代刊本较多，当今所能见到《中说》最早的版本是宋代的，也是最好的本子。宋版《中说》见之于记载的有十三种，见于著录最早的刻本是：

北宋刊本，傅氏双鉴楼善本书目。《文中子》十卷，十四行，行二十七字，注为双行，三十四字，白口，双栏。有叶林宗、钱牧斋手跋，有钱谦益印，敬心老人牧斋印，乾学徐健庵、季振宜印，沧苇扬州季氏、成亲王诒晋斋印，英和私印，树琴珍藏，乐贤堂书印，香山潘宗礼藏书印，香溪草堂宋本诸印。钱谦益在《绛云楼书目》中云："《文中子中说》，此为宋刻善本，今世行本出安阳崔氏者，经其刊定，驳乱失次，不可复观，今人好以己意改窜古书，虽贤者不免，可叹也。"（《有学集》卷四十六）此本是见之著录的最早刻本，1923 年（癸亥）上海涵芬楼即据此本影印，然今不见真本。

宋王氏取瑟堂刊本。清瞿氏铁琴铜剑楼书影，十一行，行二十字，左右双栏，花口，双鱼尾，首行中说卷第几，下有“铁琴铜剑楼书影”、“菰里瞿镛”、“瞿润汜”、“瞿印秉渊”、“瞿印秉沂”、“瞿印啓炜”、“良士熙福”墨印七章，次行篇名，下为阮逸注，序后为篇目，栏内黑框有“隐士王氏取瑟塘刊”。首行中说第几，下有“铁琴铜剑楼”等七章墨印，次行篇名，下为阮逸注，序后为篇目。此本今亦不见真本。叶德辉《书林清话》云：“见瞿目小注云：目录后有‘隐士王氏取瑟堂刊’”。此本为南宋初年刻本，上海商务印书馆据此本缩印编入《四部丛刊》。此本与北宋刊本同，亦不见真本传世。

有宋椠本，董氏书舶庸谭。《中说》十卷，清晚晴董康收藏，每半页十四行，行大字二十六，小字卅一、二不等。

宋椠本，经籍访古志载日本求古楼藏。《中说》十卷，日本森立之等撰《经籍访古志》载日本求古楼藏。

宋刻监本音注本。《文中子》十卷，清光绪年间潘氏滂喜斋藏书记，一函二册，为巾箱本，前五卷题监本音注，后五卷题纂图音注，书前有世系、年表及河汾肄子王壬编，应为文中子后裔。

宋本纂图互注本。《文中子》十卷，吴氏拜经楼藏书题跋记，此本书前亦有文中子纂事、世系、年表一篇，题河汾肄子王壬，有阮逸序，末篇叙篇后为《文中子世家》、《录唐太宗与房魏论礼乐事》、《关子明事》。《书录解题》云：“《唐志》五卷”。今本第十卷旧传以此为前后序王福畤《王氏家书杂录》等。此本今亦未见，然元本《纂图互注六子》，或即据此本翻刻者。

宋刻巾箱本。《中说》十卷，题阮逸注，孙氏（星）平津馆鉴藏书籍记，此为南宋坊间所刻六子本，足见文中子在宋代有着很高的学术地位，此本今未见传本。

宋版建阳麻沙本，天禄琳琅书目。《纂图互注六子全书》，四函二十册，《文中子中说》十卷，此本今未见。

宋版书还有天禄琳琅书目、钱氏绛云楼书目、清杨氏留真谱初编、季沧苇书目所记之本，今皆未见传本。

元代刊本

元代的刊本约有九种：

元刊本，陆氏皕宋楼藏书志。儒家类，《文中子中说》十卷，隋王通撰，宋阮逸注，前有文中子纂事。此本今未见传本。

元椠本，《经籍访古志》载日本求古录镂藏。《中说》十卷，卷尾有简瞻子印，卷首有岗氏家藏印、恬裕记印，又有村为纪印、及子刚印、赏颜斋宝藏、子孙永保印。

元刊本，丁氏八千卷镂书目，盔山书影录。《中说》十卷，隋王通撰。此本著录于江南图书馆善本书目盔山书影，书眉有“江苏第一图书馆善本书之印记”。

元刊黑口本，丁氏八千楼书目，盔山书影录影。《中说》十卷。江南图书馆亦予著录，今未见此本。

元刊黑口本，丁氏善本书室藏书志。《中说》十卷，前逸序已失。

元刊黑口本，江苏省立国学图书馆图书总目。《中说》十卷，二册。隋龙门王通撰，宋建阳阮逸注，元刊黑口本，有一章一印。

元坊刻本，瞿氏铁琴铜剑楼书影。《中说》，半页十一行，行十八字，左右双栏，双鱼尾，花口，序文有音注，首行文中子中说序，下有四颗墨印。

元刊六子本，季沧苇书目。

元刊六子本，台湾“中央图书馆”藏。《文中子中说》十卷四册，宋阮逸注，每半页十一行，行二十一字，左右双栏，双鱼尾，黑口，版口正中刻中一，表示中说卷数，下为页数，书前为文中子中说序，序文首行下有“国立中央图书馆收藏”及子俊篆文朱印，序后为篇目，次为河汾肆子王壬所撰文中子纂事，一为世系，一为年表。

明代刊本

明代版本比较多，今所见者20多种，多藏于各大图书馆。

明翻刻元刊六子本，台湾“中央图书馆”藏，《中说》十卷，二册，王通著，阮逸注。每半页十一行，行二十一字，左右双栏，双鱼尾，黑口，版口正中刻卷数和页数。

明初建阳坊肆刊本，台湾“中央图书馆”藏，纂图互注六子，《文中子中说》十卷，宋龚士禼编。每半页十二行，行二十六字，左右双栏，黑口，版口正中刻中说卷数，此本即世称之“建阳本”、“龚氏本”。宋陈振孙《直斋书录解题》曰：“正议大夫淄川龚鼎臣曾注《中说》十卷，李格非跋云：龚自谓明道间得唐本于齐州李冠，比阮本改正二百余处，则王伯厚所谓龚氏本或又龚鼎臣本也。”

明初建安坊六子本，云窗书院刻，许宗鲁编，国家图书馆藏。《中说》十卷，四册，每半页十一行，行二十一字，左右双栏，双鱼尾，黑口，版口正中刻中及卷数，下为页数。序下有京师图书馆收藏印合秦峯篆文朱印，另有一大印，一半为篆文“学部图书馆之印”，一半为满文。

明初陶宗仪编选蓝格选抄本，台湾“中央图书馆”藏。《文中子》一卷，题隋王通撰，《说郛》一百卷，六十四册，明陶宗仪编。每半页十行，行二十四至二十六字不等，以手抄字体大小不一故也，白口。此本属选录本，共五页半，错误极多。四针线装，蓝格，首页加盖“国立中央图书馆收藏”图记。

明正嘉间吴郡顾氏世德堂刊六子本，国家图书馆藏。《文中子中说》十卷，六册，旧题隋王通著，宋阮逸注。每半页八行，行十七字，左右双栏，单鱼尾，花口，版口正中刻卷数，下为页数。《天禄琳琅书目》、《傅氏双鉴楼善本书目》等均载此书，流传较广。正像《天禄琳琅书目》所说：此本“纸墨精工，乃初印本”。

明翻刻世德堂刊六子本，台湾“中央图书馆”藏。《文中子中说》一册，旧题隋王通著，宋阮逸注。每半页十一行，行二十三字，左右双栏，单鱼尾，花口，版口正中刻六子全书，下为卷数，再下为页数，书前无序。

明桐荫书屋校刊本，台湾“中央图书馆”藏。《文中子中说》十卷，二册，旧题隋王通撰，宋阮逸注。每半页八行，行十七字，左右双栏，单鱼尾，花口，版口正中刻卷数，下为页数。《天禄琳琅书目》评此本曰：“此即世德堂刊本。”

明嘉靖六年关中许氏樊川别业刊本，台湾“中央图书馆”藏。《文中子》十卷，二册，旧题王通撰，六子书六二卷十六册。每半页十行，行二十字，左右双栏，花口，版口正中刻卷数，下为页数，再下为樊川别业。

明正嘉间原刊本，南京图书馆藏。《中说考》七卷一册，明崔铣撰。每半页十行，行十八字，单栏，花口，版心刻河汾书院，中间书中说考，下为页数。今《续四库全书》即据此本影印，版面文字多不清晰，不如台湾“中央图书馆”所藏版本整洁。

明嘉靖间原刊本，台湾“中央图书馆”藏。《中说考》七卷二册，隋王通撰，相台崔铣并释。此本与上本为同一刻本，版型、字体，全然无异。

明敬忍居刊本，台湾“中央图书馆”藏。《文中子中说》十卷四册，明崔铣撰。每半页八行，行十七字，左右双栏，单鱼尾，花口，版口正中书文中子中说，下为卷数和页数，再下刻敬忍居。

明万历六年吉藩崇德书院刊本，台湾“中央图书馆”藏，二十家子书，谢其盛编。《文中子中说》一卷。每半页十一行，行二十二字，双栏，单鱼尾，花口，版口正中书崇德书院，鱼尾下刻文中子中说，下为页数。

明万历间新安吴勉学刊二十子本，台湾“中央图书馆”藏。《文中子中说》十卷二册，旧题隋王通撰。每半页九行，行十八字，左右双栏，单鱼尾，花口，版口正中书文中子，鱼尾下刻卷数及页数，书前无序。

明说海汇编本，台湾“中央图书馆”藏。不著编人名氏，三百八十卷，一百二十册，《中说》二卷。每半页九行，行二十字，左右双栏，单鱼尾，花口，中缝上书书中说卷数，书前有阮逸序。

明末武林何氏刻广汉魏丛书配补清刊本，台湾“中央图书馆”藏。《中说》二卷，隋王通撰。每半页九行，行二十字，左右双栏，单鱼尾，版口正中书中说卷数，下为页数。何氏，仁和人，天启二年进士，编广汉魏丛书四百四十八卷、五十册。

明正德刊本，陆氏皕宋楼藏书志。儒家类，《中说》十卷，明正德刊本，钱旧藏。此本流入日本，今未见传本。

明刊本，江南图书馆善本书目著录。《中说》二卷，明刊本，卢抱经校，数间草堂藏书，江苏南京图书馆图书总目亦有记载：《中说》二卷，题文中子，有数间草堂藏书，文弨校正，抱经堂印。

明正嘉刊本，傅氏双鉴楼善本书目。《文中子中说》十卷，十行，十六字。

明刊本，莫氏五十万卷楼藏书目录。《中说》十卷，明刊本，明纽氏世学楼旧藏。莫氏，名伯骥，字天一，清光绪四年生，东莞人，曾习西医。莫氏题识云：旧题隋王通撰，宋阮逸注。通之书，《隋志》不载，知唐初其书尚未出，新旧《唐志》始载其书，作五卷，《通志》，《崇文总目》作十卷，《郡斋读书志》作阮逸《注》十卷，《书录解题》既载《中说》十卷，又有阮逸《注》十卷，《通考》作《文中子》十卷，宋志同注云：宋阮逸注。命名《中说》，比之《法言》、《中论》，皆拟《论语》二字也。《通考》、《宋志》皆改作《文中子》，殆沿刊本之误。晁氏云：隋王通之门人，共集其师之说为是书，通行略无徵，隋唐通录称其有秽行，为史臣所削，未知确否？明郑氏《井观琐言》称：宋咸作《驳中说》，谓文中子后人所假托，实无其人。按王绩有《负苓者传》，陈叔达《答绩书》，有曰：贤兄文中子，恐后之笔削，陷于繁碎，宏洞正论，暗而不宣，乃兴《元经》以定正统。陆龟蒙《送豆庐处士序》亦曰：昔文中子生于隋代，知圣人之道不行，归河汾间，修先王之业。又其后司空图、皮日休俱有《文中子碑》。五子皆唐人，绩乃文中子之弟，而叔达又亲及门者也，文中子果不诬矣。但史失其传，其书亦出于后人所增益，在唐时亦不为人所尊仰，故韩柳诸贤，俱无称述，或谓即宋阮逸伪作，亦非。李翱《答王载言书》云：“理有是者，而辞章不能工，王氏《中说》是也。宋龚鼎臣尝得唐本《中说》于齐州李冠家，则《中说》之传久矣，然陈同父《类次文中子》云分十篇，举其端三字以冠篇，篇各有序，惟阮逸本有之。又云：阮氏本与龚本文各不同，则逸或不能无增损于其间，以启后人之疑也。又前清郑氏《中郛》谓：见此书所述李德林、关朗、薛道衡事，然后知皆其妄也。通生于开皇四年，而德林卒于十一年，通适八岁，故未有门人。通仁寿四年尝一到长安，时德林卒已九载矣，其书乃有予在长安，德林请见，归授琴，鼓《荡之什》，门人皆霑襟。朗在太和中见魏孝文，自太和丁巳至通生之年甲辰，盖一百七年矣，而其书有问礼于关子朗。《隋书·薛道衡传》称：道衡仁寿中出为襄州总管，至隋帝即位召还，《本纪》：仁寿二年九月，襄州总管周摇卒，道衡之出，当在此年也。通仁寿四年始到长安，是年高祖崩，盖仁寿末也。又《隋书》称：道衡子收，初生即出继父孺，养于孺家，至长大，不识本生，其书有内史薛公，见子于长安，语子收曰：汝往事之。用此之事推之，则以房、杜辈为门人，抑又可知矣。考自宋以来，辨是书之伪妄者，莫先于晁氏，其余诸家辨伪之说，莫备于《经义考》所引。大抵所谓文中子者，据杨盈川、杜樊川所载，则实有其人，至所谓《中说》者，盖其子福郊、福畤等依托为之。迨天隐（阮逸字）作注时，又加以傅益而冠以序，适成为伪中之伪矣！卷末附序一篇，及杜淹所撰《文中子世家》一篇，《东皋子答陈叔达书》一篇，《关子明》一篇，《王氏家书杂录》一篇，亦皆福郊等所伪作耳！《中郛》之见，盖比前说为祥确矣。明有冯渠，字谦川，新城人，万历癸未进士，撰《进录》三卷，全仿《论语》，复仿《论语》分为二十篇，盖亦师《文中子》之故智也。书序前有纽氏世学楼图籍章。伯骥按：黄氏宗羲天一阁藏书记云：越中藏书之家，钮石溪世学楼其著者也。余见其小说家目录亦数百种，商氏之《稗海》，皆从彼借刻。崇祯年庚午间，其书初散，余仅从故书铺得十余种。又商濬辑《稗海》，自序谓取纽氏世学楼本选校付梓，而近世郎廷杰序云：《稗海》纂于会稽纽黄门石溪，其甥商景哲雕之。景哲，濬之号也。全氏《鲒埼亭文集》前编卷十一《梨州先生神道碑》云：公愤科举之学，思所以变之，既尽发家藏书读之，不足，则钞之同里世学楼纽氏，澹生堂祁氏，南中则千顷堂黄氏，吴中则绛云楼钱氏。又光绪己亥《八千卷楼书目·序》称：吾浙藏书之家，曰范氏天一阁、项氏天籁阁、纽氏世学楼云云。又按明张时徹皇明文范，有周文烛赠石溪纽氏仲文之祁门序，略谓：今子由书生，一旦宰烦剧邑而不惧，意者其有所预定于胸中乎？石溪子曰：勤以抚之，莫如以宽，宽而有制，政是以立，矫宽之过，莫若以严，教而不虐，政是以宜云。清嘉庆间周源撰《山阴后村周氏渊源录》称：文烛，号六峯，由明嘉靖间进士，历官国子监祭酒，著《六峯文集》二十卷，然则石溪固亦正德、嘉靖时人矣，丁氏编《善本书室藏书志》，以里中后进，亦不详石溪之为人，谓须待访，故稍详之。查氏《人海记》则称会稽纽氏万卷楼，沈氏《水曹清暇录》，则称世学堂，恐有误。”

今未见此本，笔者之所以繁录其题识，因为莫氏这一段记录材料详赡，对文中子其人其书的考证研究有着极为重要的参考价值。

明崇祯刊本，江苏省立国学图书馆著录，《汉魏别解》第十六册，今未见此本。

明华亭陈继儒辑《古今粹言》本，江苏省立国学图书馆著录，文中子粹言，明刊本，《古今粹言》第三册，今未见此本。

清代刊本

清乾隆四十六年文渊阁四库全书馆臣抄本，台湾故宫博物院藏，台湾商务印书馆影印发行。子部儒家类，《中说》十卷二册。每半页八行，行二十一字，左右双栏，朱丝栏，单鱼尾，花口，版口正中刻钦定四库全书，下书中说，再下为页数。首页为提要，次为中说序，后依次为十篇正文。此本通行海内外，各大图书馆皆收藏其影本。

清乾隆五十六年王谟编《汉魏丛书》八十六种本，光绪二十年湖南艺文书局模印本，《中说》二卷，《汉魏丛书》八十六种，王谟编。每半页九行，行二十字，左右双栏，双鱼尾，花口，版口正中书中说，下为卷数、页数。序后有王谟的题识。

清嘉庆甲子（九年）姑苏聚文堂刊本，《文中子笺释》。每半页十一行，行二十一字，单栏，双鱼尾，黑口，版口正中书文中子中说卷几，下为篇名。

清嘉庆丁卯（十一年）苏州书坊十子全书本。钱基博《版本通义》载，今未见此本。

清浙江书局刊本，国家图书馆藏。光绪二年刻本，九行二十一字，小字双行，同白口，左右双边，单鱼尾。钱基博《版本通义》载。

清光绪间湖北崇文书局《百子全书》本，道家类，《文中子》一卷。每半页十二行，行二十四字，左右双栏，双鱼尾，黑口，版口正中书文中子，下为页数。1914 年上海扫叶山房刻有石印本。

清光绪十九年上海鸿文书局石印本。道家类，《文中子》十卷，二十五子汇函二十五种。每半页二十四行，行五十八字，单栏，双鱼尾，黑口，版口正中书文中子，书前正中篆书文中子，背面印光绪十九年鸿文书局据明世德堂本校印。

清光绪二十一年黄元寿辑《汉魏丛书》石印本，《中说》二卷，《汉魏丛书》九十六种。每半页二十四行，行四十字，单栏，单鱼尾，黑口，版口正中书汉魏丛书，下为中说，书后有王谟题识。

1949年前本

1914年，上海扫叶山房重刻崇文书局《百子全书》石印本，《文中子》一卷。

1919年，上海商务印书馆缩印常熟瞿氏所藏宋本《四部丛刊》本，《文中子中说》十卷，《四部丛刊初编》子部。

1923年，上海涵芬楼影印傅氏双鉴楼所藏宋刊本，上海商务印书馆影印本，《文中子中说》十卷，《续古逸书》之十六。

1934年，上海中华书局排印仿宋聚珍本。上海商务印书馆据清王谟《汉魏丛书》本排印丛书集成初编铅字排印本。

还有上海商务印书馆影印黄登贤家藏本，世界书局影印姑苏聚文堂刊本辑成唐子书十种本。

国外刊本

日本文政十年（1826）重刻北宋小字本，台湾故宫博物院藏，《文中子》十卷一册，阮逸注，观海堂藏本。每半页十四行，行二十七字，单栏，花口，单鱼尾，版口正中刻文及卷数，下为刻工奉、姜、富、正、数、赵、保名氏，封里有杨守敬先生小像。

日本重刻北宋小字本，杨氏留真谱初编，《中说注》，十四行，二十六字。此本字体与文政十年本完全相似，只是板框及字数略异。

朝鲜国铜板活字印本，《经籍访古志》载日本怀仙楼藏，《中说》十卷。《傅氏双鉴楼善本书目》著录："高丽古活字板，文中子十卷，十二行，十九字，有安养院藏书印。"

据《中国丛书综录》子目所载，文中子的主要版本分十种：

《文中子》十卷，隋王通撰，有六子书、六子全书、二十子本。

《中说》二卷，有广汉魏丛书·子余、增订汉魏丛书·子余丛书集成初编。

《文中子中说》一卷，增订汉魏六朝别解·子部、二十家子书、子书百家·儒家类、百子全书·儒家类。

《文中子》，《说郛》卷七十一。

《中说》十卷，隋王通撰，宋阮逸注，纂图互注五子、六子全书、四库全书、摛藻堂四库全书荟要·子部、十子全书、贵阳陈氏所刊书、四部丛刊·子部、续古逸丛书、四部备要·子部儒家。

《文中子中说》十卷，二十二子、二十五子汇函、子书二十二种、子书二十八种、子书四十八种。

《文中子》隋王通撰，明归有光辑评、诸子汇函。

《文中子》一卷，隋王通撰，明焦竑注释，明翁正春评林、注释九子全书。

《读文中子》一卷，清俞樾撰，春在堂全书·曲园杂纂。

《文中子平议补录》，清俞樾撰，诸子平议补录。

2012 年 10 月

“新子学”对中国传统经学的超越

《光明日报》2012 年 10 月 22 日发表了方勇教授的《“新子学”构想》，立刻引起国内外文化学界的广泛关注。“新子学”一提出为什么能在学术界引起共鸣？我们不能不思考它的产生背景。近年来兴起“国学”热，但人们在热烈地崇拜传统之后，却并未找到中国学术发展的新路径，国学没有给我们的生活带来光芒四射的活力，在困惑中反而是“标新立异，生动活泼”的子学，让越来越多的人找到了久违的归宿，子学精神以其原创性、多元性、开放性、包容性、发展性、个性化的特点，历久而弥新。如方勇先生所言“‘新子学’正以饱满的姿态蓄势待发”。其实在此之前，姜广辉就提出“整合经学与子学”的思想，给原有的经学注入生命力。

姜广辉在《新思想史：整合经学与子学》中说：“在中国古代两千多年的历史中，经学一直是社会的指导思想，自《庄子·天下篇》、《汉书·艺文志》以及后世关于经、史、子、集的文献分类等等，有关传统的思想文化的陈述都是以经学为纲统合子学的。后世无论多么伟大的思想家，其影响都是无法与儒家六经相比的。而两千年间的一般知识分子可以不读诸子百家之书，但很少有不学儒家经典的。若一部中国思想史（或哲学史）著作不包括经学的内容，你能说它是信史吗？即以子学而言，中国思想家（哲学家）的问题意识，多是从经学衍生出来的，许多哲学命题所讨论的正是经学中的问题，你如果不懂经学，如何能正确理解那些命题呢？所以我认为，如果一位中国思想史（或哲学史）教授不懂经学，那他就没有资格讲授中国思想史或中国哲学史。”[①] 经学是中国文化的源头，我们的历史、哲学，包括文学中的唐诗宋词等，所有这些，都是从经学这个源头派生出来的，有了这个源头才有了源远流长的中国文化。熊十力先生在《读经示要》中说：“经是常道，不可不读。”所谓“经是常道”，一方面

---

① 王中江主编：《新哲学》第一辑，大象出版社 2003 年版。

是说经中包含了某些永恒、普遍的核心价值，对今天仍有启迪意义，同时也是说经是可以被不断诠释，不断丰富的，所以它是"常道"，就是说经是有着恒久生命力的，是历久弥新的。

近年经学研究持续升温，许多知名的学者纷纷开展对儒家经典诠释学的理论研究。但是，虽然国学热、经学热、儒教热不断出现，涌现了许多学术热点，但在理论方面却没有取得令人瞩目、公认的成就。以经典诠释作为新经学研究的中心，依然会使人感到困惑，因为任何经学研究都体现为对经典诠释的研究。人们所不解的是我们今天的新经学研究与20世纪的对经典文本的研究有何不同。如果我们仅把经学当作哲学来看待，经学研究就必然失去现实意义，我们就没有必要亘新提倡研究经学了。另外，人们在阐述中国哲学史时，所遇到的一个很大难题就是不知如何处理经学与子学的关系？"新子学"在这种情况下提出，那么，"新子学"的时限怎么划分，这个"新"字从何而起？有人以为从近代开始，也有人认为从新文化运动开始算起，亦有人说从当今而起，这个有待商榷。笔者认为"新子学"作为国学的一个组成部分，以其充满活力的创造精神，应该是对中国传统经学的超越，其超越性体现在以下几个方面。

一 "新子学"具有思想原创性

儒学作为统治者的主流意识，虽然延续了两千多年，但它也具有原创性的缺陷，使它在开放的中国、全球化的背景下出现了生存危机。首先，儒学的基本思想是一种治国学说，孔子要学人们"学而优则仕"，追求"齐家、治国、平天下"的理想。儒家之礼乐制度是建立严格的社会等级制，天子具有至高无上的权力。为维护这种等级制的稳定进行了两方面推理：一是对普通百姓的心理提出了以道德感化方法，对社会成员进行心理改造；二是对统治者提出了贤人政治，即"为政以德"。其次，儒学的思维方式存在着模仿和象形的缺陷，从某种程度上来说，还是一种经验主义。这种思维方式缘于模仿和象形日常的见闻，以及总是引用古人之言，而不是对人类心理产生进行抽象和逻辑推理的结果，这种没有普遍性的心得结论，缺少广义性和不能量化指导人类的心理。在封建制度下，统治者的意愿是至上的，在现代社会里人类的行为标准由理性法律规定，而不是决定于个人的想法。再次，儒学的等级制扭曲了人性的基本需求，压抑个性的张扬，没有个性哪来的创造。儒学的礼就是一道不可逾越的鸿沟，否则就变成了僭越。儒家之礼是等级规范，它要人们各处其位，各安其分，不在其位，不谋其政，俨然是一个有序和谐的理想社会。这样的社会只讲继承守礼，不忘祖宗，缺乏朝气蓬勃而鲜活的创造力，缺乏革命性的思想，权威是至高无上的，故而虽有四大发明在先，却无坚船利炮随后。余孽及于今天，泱泱大国，居然没人得过诺贝尔科学奖，只有迈出国门，方才有原创的活力。

"新子学"应该在继承先秦子学的传统的基础上，面对当今陈陈相因的、反复其说的学术困境，以其原创性作为动力，走出一条新的道路。创造性是学术的灵魂，也是"新子学"的使命。其实，一切伟大的作品都具有飘然脱俗的原创性，司马迁将屈原的《离骚》和孔子的《春秋》相提并论，给予崇高的道德和美学的评价；所以李白说："屈原辞赋悬日月，楚王台榭空山丘。"① 独创就是唯一的创造，是不可逆的、个性化的创造，也是从来不曾有的创造。原创性、独创性的获取与实现，是要付出艰巨的劳动，要有对理想的执着追求。伏羲画八卦，文王将其演为六十四卦，周公为之作卦辞、爻辞，孔子为其"十翼"而释之，此《周易》的完成在漫长的历史时期中，虽经多人之手，然皆为原创，故能流传久远而不衰，弥久而味愈浓。司马迁撰《史记》，中途遭李陵之祸，含羞忍垢，就像他《报任少卿书》中说的："遭遇此祸，重为乡党所戮笑，污辱先人，亦何面目复上父母之丘墓乎？虽累百世，垢弥甚耳！是以肠一日而九回，居则忽忽若有所亡，出则不知其所往。每念斯耻，汗未尝不发背沾衣也。"历此艰辛，经此苦难，目的在于"究天人之际，通古今之变，成一家之言"（《报任少卿书》）。所以《史记》才会被后人誉为"史家之绝唱，无韵之离骚"。后世史家撰写史书，无不沿袭《史记》之写作体例，文学家写散文，无不以之为楷模。这就是创造的魅力，是对人类文化所作出的贡献。

我们这个时代的文化生态使人们变得非常浮躁，追求数量，不重质量，一年发表十多篇论文，著作等身，垃圾其半，真正属于自己的东西到底有多少？更谈不上原创性了。究其原因，皆为名利所累矣，故而心累体乏，为此当今人生存之状态，唯以"累"字概括之，根源在于其学为人而不在己。当今我们提倡"新子学"，其实就是在进行一场思想革命，是针对学术理想的没落，而要唤醒人们内心的道德与良知，说自己的心里话，不与他人同也，此之谓成一家之言。正如徐敬修说的："凡属子书，必持之有故，言之成理，卓然自成一家之言，而后可称为子书，此则无可勉强者也。"② 此乃"新子学"所肩负的历史使命，其途艰辛，然功必伟。

---

① （清）王琦注：《李太白集》，中华书局 1977 年版，第 374 页。

② 徐敬修：《子学常识》，大东书局 1933 年版，第 2 页。

二 "新子学"具有包容开放性

包容性是一种宽广的心胸，开放性是走出小我而延揽万象的心态。大千世界，百味杂陈，你之思，他之想，不可一一而同，故世界才会色彩斑斓、绚丽而缤纷。然要发展壮大，不可偏于一隅，闭门而造车，其思虽巧，不合车辙，何以能行之天下，故《尚书·君陈》言："有容，德乃大。"讲其包容与开放的胸襟，无人能与庄子匹敌。他在《齐物论》中讲"天地与我并生，而万物与我为一"，这个我，不是拘束狭隘之小我，而是无限放大的我，是通于天地宇宙的大我。陈鼓应说："开放的心灵，须有一个开阔的思想空间来培养；一个开阔的思想空间，可以舒展一个辽远的心灵视野。庄子深深了解到，人的闭塞，在于见小而不识大。因而他第一番手笔，在于描写一个'大'：他从经验事物中抽离出来，借变形的巨鲲大鹏，突破物质形相的拘限，创造一个无边的大世界，托出一番浩瀚的大气象。由巨鲲潜藏的北溟，到大鹏展翅高空而飞往的天池，拉开了一个无穷开放的空间系统。"①

庄子善言大而蔑视小，"小知不及大知"，麻雀之笑大鹏，即小天地与大世界之不同耳。只有思想的大解放，才能达到"无待"的境界，从而处于天地之间，而精神与宇宙同一。儒之克己，会闭塞人生，庄子"无己"，会有磅礴万物的心胸。"新子学"之精神应基于庄子而展开，因心态决定一切，良好的心态能成就一番伟大的事业，观古今之业有所成者，无不如此，尚未见唧唧与小我而建世之奇功者。故"新子学"亦应写一个无限"大"字，以此安放一个开放舒展的心灵。

儒学虽讲克己，但并不一味走向自我，在儒家一统天下的时代，其自身亦在不断的变革，《易传》早就有言："变则通，通则久"，所以儒家在新的形势下逐渐打开自我，接纳外在世界，对其他文化也不一味排斥，也能兼容并包了。在西方，不同的宗教绝不相容，甚至同一宗教的不同教派亦难相容。基督教国家与伊斯兰教国家曾长期进行宗教战争。佛教产生于印度，却不为婆罗门教所容。然中国对于外来宗教，只要它能适应中国的社会习俗，不危害中国主权，都容许传入。故而会有魏晋南北朝时期的众多佛教宗派，亦会有"南朝四百八十寺，多少楼台烟雨中"，渐渐地使外来的宗教融入了中华民族的血液，变成了中国思想的主体儒、释、道三大主干，这要归功于儒家的兼容并包精神。任继愈说："研读中国哲学史的

---

① 陈鼓应：《老庄新论》，中华书局1992年版，第124页。

人，都会发现宋元明理学家们，如周、程、张、朱、陆、王诸大家，在青少年时期都有‘出入于佛老’的治学经历。已出版的中国哲学史中，不少书也曾提到过，如朱熹的‘理一分殊’的概念，‘月印万川’的比喻，来自佛教，有的指出来自华严宗。陆象山指斥朱学近‘道’（道教），朱指斥陆学近禅（佛教）。王夫子也指出朱熹的学术来自佛教。王夫子自己以儒学正宗自居。王守仁也自称得自孔孟真传。这些互相攻击和自我标榜，都表明理学家们对于佛教、道教坚持反对立场。如果仔细考察，会发现宋明诸儒并没有真正反对佛教，倒是可以认为他们是佛教的直接继承人。也可以说，他们是接着佛教的一些中心问题，沿着他们的路线继续前进的。"[①] 没有对外来文化的包容胸怀和开放的心态，也不能使他们成为哲学大家，宗教的信仰总是强调唯一性、排他性；而儒家思想则不然，它只要有教人为善的意义，便会被认为"并行而不悖"[②]，"同归而殊途"[③]。所以有了隋朝大儒王通"三教可一"的思想。儒家在不断地调和儒、道，自宋代以后，原来佛教的本色，几乎属于儒家了，成为了儒化的佛教。

在中国学术史上，佛教在日益的中国化，也是不断地被中国传统思想文化所吸收和改造的过程。当然，佛教能从印度走向中国、朝鲜、日本而遍及东南亚，它也有着自适、包容与开放的心胸，不然何以壮大。佛教到了中国，为了自身的生存和发展，它也要不断地扩展自己的空间，有时也得妥协、依从、迎合、附会。魏晋时期的般若学，就带有浓厚的玄学色彩，如支道林好养马养鹤，赋诗写字，有魏晋名士之风趣。东晋禅宗的慧远，宣扬孝道、尊敬君主，把儒家的"人皆可以为尧舜"，改造成了"一切众生皆可成佛"和"顿悟成佛"的思想。此乃佛教亦明"有容乃大"之真理，故而才能在中国战胜道教。

三　"新子学"具有学术争鸣性

"新子学"之新，就在于思想之新，这种新是学术思想相互碰撞带来的结果，是不同声音相互争鸣的结晶。在这种氛围中没有绝对的权威，只有平等地讨论，自由地表达自己的声音，故而就必须有自由的空间。

西汉的今文经学时代，只有一种声音，五经博士乃学术权威，"罢黜百家，独尊儒术"，儒学成为当时社会的主流意识，这就是大环境，是时代氛围。而经学的确立也使得周公和孔子成为儒者的人生典范，他们所孜

① 《文史知识》编辑部编：《佛教与中国文化》，中华书局 1988 年版，第 12 页。

② 方向东：《大学》《中庸》注评，凤凰出版社 2006 年版，第 75 页。

③ （宋）朱熹注，李剑雄标点：《周易》，上海古籍出版社 1995 年版，第 52 页。

孜追求的最高境界就是成为一个君子，这是人生的最高理想，亦为生活的终极目标。儒家讲究个人修养的重要性，"修身、齐家、治国、平天下"，个人修养为第一要务，一切皆向内求，完善内在之小我，既而成就孔子所讲的君子，这是儒者的精神追求和人格理想。他们把五经上升到经典的地位，心无旁骛，只读经书，注重传承绵延的师法和家法。如"《易》有施、孟、梁丘、京氏之学，皆指师法而言；《易》有之施有张、彭之学，孟有翟、白之学，梁丘有士孙、邓、衡之学，则皆指家法而言。《尚书》有欧阳、大小夏侯之学，指师法而言；欧阳有平、陈之学，大夏侯有孔、许之学，小夏侯有郑、张、秦、假、李氏之学，则皆指家法而言"[①]。故西汉经学传授系统分明，渊源有自，后来解经越来越烦琐，一部经书说解至几十万字，也用大量的迷信内容去附会经意，使得今文经学逐渐丧失了鲜活的生命力。正因为今文经学只知守家法，抱残守缺，僵化保守，虽为官学，却日益衰微。而东汉的古文经学以实事求是的精神战胜了今文经学，但在注经的过程中，注重文字训诂，虽有众多的经学大师兼通五经，但毕竟属于儒家之学，故而东汉后期亦随一个时代的结束而消亡了。自由者生，禁锢者死。没有一个大的自由氛围，心灵得不到舒展，就没有创造力。

当然仅就西汉今文经学来说，也是不是铁板一块，其内部也在不断争论着。汉宣帝甘露三年，于石渠阁开五经异议大会，相互论辩，从而使五经博士皆有扩展。《尚书》学本来只有欧阳，《易》学唯有杨氏，《春秋》唯有《公羊》。但石渠论经之后，《尚书》增立大小夏侯，《易》学增立施、孟、梁丘，《春秋》增立《谷梁》。西汉末年，古文经学与今文经学的学术争鸣，居然变成了一场残酷的政治斗争。倡导古文经学的刘歆上书哀帝，请立古文《左氏春秋》以及同为古文的《尚书》、《逸礼》、《毛诗》于学官。"刘歆的移书责让，令五经博士以及今文经学出身的高官大为震怒。比如，光禄大夫龚胜以退为进，上疏深自罪责，愿乞骸骨；大司空师丹则奏称刘歆'改乱旧章，非毁先帝所立'。刘歆知众怒难犯，自请外放。"[②] 后来王莽执政，刘歆才得以提携，官运亨通。于是古文《左氏春秋》、《尚书》、《逸礼》、《毛诗》终于立于学官，此后古文经学更为兴盛。他们的分歧在于，刘歆认为《左氏春秋》释《春秋》，当远胜于晚出之《公羊春秋》、《谷梁春秋》；而今文学派的五经博士则否认左丘明为孔子《春秋》作传的看法。这一

① 马宗霍，马巨：《经学通论》，中华书局 2011 年版，第 217 页。

② 同上书，第 225 页。

场学术争鸣使刘歆被贬为五原太守，但刘歆没有伪造古文献，通过残酷争论，终于恢复了古文献的地位。没有争鸣、没有碰撞就不会有思想的火花，就不会有学术的发展。

从宇宙观来说，“新子学”应该具有不确定性的，这就使得它天然地具有一种争鸣性。人们对“新子学”看法不可能完全一致，多元化的思想才是正常的，比如人们对“新子学”对象和范围的界定就存在很大的争议。方勇认为新子学应该以思想史为对象。[①] 孙以昭认为：思想史的资料极为丰富，方技、天文、历数中也有思想史的资料，要研究这些，要进行多学科的综合性的大文化研究。[②] 目前，“新子学”面临许多难点问题，碰撞与争鸣是不可避免的，这也正是“新子学”的特征之一。

四 “新子学”具有鲜明时代性

传统经学主要是阐释经典，一类是陈陈相因的解释，所谓“集解”、“通释”之类的经典解释著作，虽然其中一些内容也不乏新意，但最多不过是前人注疏之学的集成；另一类是推陈出新的经典解释著作，亦名之“新经学”，如文中子之著《续六经》，朱熹等著名理学家的解经之作、康有为的解经之作等，都具有对注经体例整体改观的特征。这些新的解释之所以能令人耳目为之一新，根源在于它顺应了时代发展的需要，即具有一定的时代性。

其实，先秦诸子无不关怀现实，注目于当前。先秦诸子就是时代精神的集中概括。春秋战国是一个大动荡、大变革的时代，旧制度、旧思想、旧传统都受到了极大的冲击，社会已是孔子所感叹的“礼崩乐坏”了，各诸侯国所养之土，纷起而论政，发表自己对未来社会的看法。诸子站在各自利益集团的立场上，针对动荡不安的现实社会给予尖锐的批判，以前瞻性的眼光建构出自己对未来社会的理想蓝图。老子站在当时小农私有者的立场，批判现实社会的不公，抨击它违背自然之理：“天之道，损有余以奉不足：人之道，损不足以奉有余。”（《老子·第七十七章》）谴责统治者草菅人命，“以百姓为刍狗”（《老子·第五章》）。亦反对文明进步带来的丑恶面，要求回到无知无欲的社会状态，提出了“小国寡民”的社会理想。孔子乃当时没落贵族，见其旧有的繁华不再，对伦理混乱、名实相悖的社会现状极为不满，竭力反对“礼乐征伐自诸侯出”，反对“陪臣执国命”（《论语·季氏》）的种种僭越行为，就提出了恢复“君君，

① 方勇：《“新子学”构想》，《光明日报》2012 年 10 月 22 日。

② 孙以昭：《时代召唤“新子学”》，《安徽日报》2012 年 12 月 14 日。

臣臣，父父，子子”（《论语·颜渊》）的西周制度的理想蓝图。墨子从当时小手工业者利益出发，痛感“饥者不得食，寒者不能衣，劳者不得息”（《墨子·非乐上》）的现实社会，提出了“兼相爱，交相利”（《墨子·兼爱中》）平等友爱的社会原则。孟子以当时士的身份，反对“假人以力”的霸道政治，提出了“推己及人”的“仁政”理想，并给人们构筑出了“老者衣帛食肉，黎民不饥不寒”（《孟子·梁惠王上》）的社会美景。庄子以一个局外人的眼光，怒其社会的机巧虚伪，以愤激之词抨击儒家之“有为”，表达对现实的不满。他向往“至德之世，同与禽兽居，族与万物并”（《庄子·马蹄》），希望返归原始，建立人与自然和睦相处的理想社会。荀子以贵族的立场密切关注现实变化，以入世的情怀讲学于齐，仕宦于楚，议兵于赵，议政于燕，论风俗于秦，汲汲努力，扩大着儒家的生存空间。他提出“隆礼”、“重法”的礼法政治理想。韩非目睹战国后期韩国的贫弱，数次上书韩王，希图改革弊政，然终不用。他以功利思想而倡导君主专制，建法制社会。诸子之思想皆来源于当时的社会现实，均为当时各阶层利益代言者，代表了本集团阶层对理想社会的向往和建构，他们犀利的思想都来自现实，都针对着现实。

当今的“新子学”关键在一个“新”字，这个“新”体现在哪里呢？除时代性而无他。华中师范大学刘韶军教授认为，民国之前传统子部之学是“旧子学”，“新子学”“是新学科体系背景下运用新的学术理念、方法认识、理解等研究‘旧子学’的存留内容”。福建师范大学欧明俊教授也主张：“我们今天讨论的应指‘当代子学’即20世纪80年代以来兴起的以新观念、新理论、新方法、新材料、新模式等研究传统诸子百家学术的‘新子学’。”[①] 先秦子学的根本就是面对时代课题而思考，今天的新子学也要有这样的期许。“新子学不是目录学意义的子部之学，而是一种蕴含中国问题和表达方式的新中国学。”今天的中国人的思想失去了权威，原有的价值崩塌了，出现了道德危机，只是一味地拜金，素质下降。学术界看似繁荣，其实是一种伪学术，真正有学术含量的少之又少。如今国学复兴，民间儒家书院不知其数，儒学读经班、兴趣沙龙组织更是不可胜数，他们经常组织幼儿的读经活动，武汉大学等学校举办国学班，设立孔子研究院，全国各大学、中学树立孔子像，依时祭拜，一时间“新儒学”看似轰轰烈烈。子学从一诞生就是面向现实世界的，在“礼崩乐坏”的春秋时代寻找社会病因，那么面对传统文化复兴和现代化转型的社会现

① 崔志博：《“新子学”大观——上海“‘新子学’国际学术研讨会”侧记》，《光明日报》2013年5月13日。

实，“新子学”要走出学术的象牙塔，要以有所为的担当精神，引导人们的精神走向与“新儒家”不同的道路，从而得到一个健康的人生。这是我们迫切需要考虑的事情，即“新子学”如何解决人们现实的精神危机问题？如何从学院走向民间？如何落实到民生日用？如何安顿好每个生命，使他们在迷茫中找到精神家园。

文学编

《周易》的阴阳之道对古代文学风格主流形成的影响

《周易》是中国古代哲学文化典籍，体现了中国人的各种思维特征，对中国学术思想、文化、艺术等领域都产生了深远的影响。冯友兰认为《周易》是中国的《精神现象学》①，囊括天地、贯通万物的《周易》，以图、象、数之蕴含，包含了无穷尽的义理。它通过“形象”来说理，其中包含着丰富的文学思想，仅其阴阳之道，就潜在地影响了中国古代文学的主流风格。

一 《周易》中的阴阳范畴

阴阳这一概念，最早是西周末年伯阳父提出来的，他说：“夫天地之气，不失其序。若过其序，民乱之也。阳伏而不能出，阴迫而不能蒸，于是有地震。”②（《周语上》）到了老子，又作了进一步的哲学概括：“万物负阴而抱阳，冲气以为和。”（《老子》四十二章）《庄子·天下篇》说：“易以道阴阳”。庄子敏锐地抓住了问题的要害，看到了《易经》的本质，认识到了《易经》的思想核心是阴阳学说。《易·系辞上》云“一阴一阳之谓道”。但是，我们知道阴阳学说并不是原始的卦画所固有的，也不是从经部提出来的。春秋时期虽然出现了关于八卦的卦象说，但却没有人用阴阳来解释《周易》，阴阳和《易经》本来是两个不同的发展系统，经历了不相同的发展道路。一直到战国末年，才由《易传》的作者把它们结合在一起，建立了一个以阴阳学说为主要内容，而以《周易》的框架结构为形式的哲学思想体系。

《周易》的框架结构完全是由“--”、“—”这两个基本符号推演而

① 冯友兰：《阐旧邦以辅新命》，载《冯友兰文选》，上海远东出版社 1994 年版，第 265—266 页。

② 上海师范大学古籍整理研究所校点：《国语》，上海古籍出版社 1988 年版，第 26 页。

成。由这两个基本的符号排列组合而成八卦，再重叠为六十四卦，所有卦象的变化都依这两个基本符号的变化而决定。要了解《周易》那种严整的框架结构，必须对“--”、“—”这两个符号作出解释。春秋时期的卦象说只是解释了八卦的象的象征意义，而没有解释这两个基本符号的意义。到战国时期，《易传》的作者才以阴阳范畴解释了这一对基本符号，《周易》的框架结构第一次得到全面的解释。阴阳范畴和反映蓍草排列方式的《周易》框架结构不同，它是人们直接观察了客观事物本身的变化，经历了由简单到复杂，由感性到理性的抽象过程而逐渐发展起来的。随着人们认识的深化，阴阳范畴所反映的内容也越来越丰富。伯阳父把阴阳看作是存在于天地之间的两种气，用阴阳二气的变化来解释反常的地震现象。这是最早从哲学意义上使用阴阳概念。但由于仍然是处于天神观念的支配下，还没有成为哲学范畴。老子提出“万物负阴而抱阳”，把阴阳看作是天地万物皆内涵的两种对立的势力，阴阳才第一次上升为哲学范畴。但是在老子的哲学体系中，最高的哲学范畴是道而不是阴阳，老子只不过是把阴阳作为道的表现形式。而《易传》的作者第一次把阴阳上升为最高的哲学范畴，以此建立了一个完整的思想体系。《易传》认为，世间的一切现象都具有阴阳的性质，不仅自然现象中的气有阴阳，天、地、雷、风、水、火、山、泽有阴阳，社会现象的君臣、父子、夫妇有阴阳，而且数学上的奇偶、品性上的柔刚、道德上的仁义，以及行为上的屈伸进退、地位上的尊卑贵贱等也都有阴阳。因此，天地万物的变化运动都可以归结为阴阳两种对立势力的变化运动。

二　从易象的基本符号到刚健与阴柔之超越

易象最基本的符号“--”、“—”，钱玄同、周予同、范文澜、郭沫若等人认为它是男女生殖器的象征。钱玄同在《答顾颉刚先生书》中说：“我以为原始的《易》卦，是生殖器崇拜时代底东西，乾、坤二卦即是两性底生殖器底记号。”（《古史辨》第一册中编）郭沫若在《中国古代社会研究》中的《〈周易〉时代的社会生活》中认为：“八卦的根柢我们很鲜明地可以看出是古代生殖器崇拜的孑遗。画一以象男根，分而为二以象女阴，所以由此而演出男女、父母、阴阳、刚柔、天地的观念，……八卦就是这样得着二重的秘密性：一重是生殖器的秘密，二重是数学的秘密。”[①] 大部分人不同意这种观点却又提不出令人信服的论据。我认为

① 郭沫若：《郭沫若全集》，历史编第一卷，人民出版社1982年版，第33页。

当时的人思维水平还没有达到发达的阶段，“--”、“—”正是“近取诸身”的产物，这两个基本符号正是原始的远古文化的积淀和纯化。《系辞下》云：“天地絪缊，万物化醇，男女构精，化生万物”，“乾道成男，坤道成女”，“夫乾其静也专，其动也直，是以大生焉；夫坤其静也翕，其动也辟，是以广生焉。”所以，陈梦雷在《周易浅述》中直言“乾，阳物也，坤，阴物也”。但这两个基本符号并不是男女生殖器的具象表达。它不同于原始生殖崇拜时期那些具象的生殖雕塑和绘画，而是对其进行了提炼和抽象化的象征符号。

正如人类学所揭示的，对两性生殖器的崇拜，是远古人类精神的核心内容。在古埃及、叙利亚、希腊、印度等文明发祥地，早期都有用生殖崇拜的方式去崇拜人的生殖力和生命力的情形。古印度的古坊，上细下粗，后演变为塔，其形状就隐含了生殖崇拜的成分。黑格尔、卡西尔、格罗特等人指出，这在东方、在中国表现得尤其突出。黑格尔说：“东方所强调和崇敬的是自然界的普遍的生命力，不是思想意识的精神性和威力，而是生殖方面的创造力……对自然界普遍性的生殖力的看法是用雌雄生殖器的形状来表现和崇拜的。”① 然而令人惊叹的是，易象创造者采用中心发散式思维方式，以人的交构化生而认识宇宙万物的交构化生，将具有本质性的“--”、“—”的符号宇宙化，以象征性的符号衍生出八卦及六十四卦。此即王夫之所谓的“乾坤并建而统易”。以这两个基本符号演化的六十四卦象，涵纳了大千世界的万事万物及其发展变化规律，以最基本的易象材料表达了最复杂的物质和精神世界，以最简约的画面集中了最深邃、最丰富的思想。《易传》把《易》本经中的两个基本符号和阴阳结合起来，上升到事物的一种属性。所谓阴阳对立，具体说来就是柔顺与刚健的对立，在各种阴阳对立的事物中天是最大的阳，地是最大的阴。故天的属性是至刚、至健，地的属性是至柔、至顺。《易传》说：“夫乾，天下之至健也。……夫坤，天下之至顺也。”（《系辞下》）“乾，健也。坤，顺也。”（《说卦》）“乾刚坤柔”（《杂卦》）。“大哉乾乎，刚健中正，纯粹精也。”（《乾卦·文言》）“坤至柔而动也刚，至静而德方。”（《坤卦·文言》）把阴阳看成事物的属性，而不仅仅是一种气，这是《易传》把阴阳说与“--”、“—”两个符号结合而产生的一种新思想。这样，阴阳就成了一个表述自然界普遍联系的范畴。《易传》把阴阳的总原则从自然界移入人类社会，以最高的范畴观照人类社会。从总的方

① ［德］黑格尔：《美学》第三卷上册，朱光潜译，商务印书馆1979年版，第40页。

面说是“一阴一阳之谓道”，分而论之，就是“立天之道曰阴曰阳，立地之道曰柔与刚，立人之道曰仁与义”（《说卦》）。这里把仁义与阴阳、柔刚相配，虽然牵强附会，但包含着对立统一的两个方面。这样，阴阳范畴就成了一个贯穿于天道、地道、人道的总规律。我们再顺着这条思路，将阴阳之道延伸到中国古代美学和古代文学理论中，就会发现《周易》对我们中国古代文学理论的风格论发展产生了无形的影响。

三 《易》中的“阳”在文学理论上体现为“风骨”

《周易》乾卦取龙之象而言天道。乾卦言“天行健”，即天道在本质上是健。健者，运行不息。古人言天其实指太阳，《礼记·郊特性》曰：“大报天而主日也”。《汉书·魏相传》云：“天地变化必由阴阳，阴阳之分，以日为纪。日冬夏至，则八风之序立，万物之性成。各有常识，不得相干。”太阳的运动形成寒暑变化，四时交替，春夏秋冬永不停息地运动变化。在卦象上，乾卦全由阳爻组成，代表天。天是运动的，具有刚健的性质。《乾卦·文言》曰：“乾元用九，乃见天则。乾元者，始而享者也。”从这里可以看出乾卦的地位是至高无上，而且充满了蓬勃生机，是伟大无比的。

在中国古代文学中，乾卦的阳刚之健集中体现为“风骨”。由《易水歌》、《敕勒歌》、左思、曹氏父子、建安七子、杜甫、高适、岑参、王之涣、陆游、辛弃疾等人所组成的风骨一系，或为古代艺术风格苍穹中的明亮星座。从理论上看，首先对“风骨”作出全面深入阐述的是刘勰《文心雕龙》之《风骨》篇，在这里他提出了“风清骨峻”的美学理想。之后钟嵘更提倡诗歌创作要“干之以风力，润之以丹彩。”初唐陈子昂赞扬东方虬的《咏孤桐篇》是“骨气端翔，音情顿挫，光英朗练，有金石声”（《与东方左史虬修竹篇序》），力倡“汉魏风骨”。还有殷璠、胡应麟、马荣祖等人，或时有“风骨”的作品加以评论，或对“风骨”的特质加以描述，从而丰富了古代文学理论的“风骨”说。在文学作品中，“风骨”在内容和形式上呈现出一系列特殊的规定性。

一是雄浑苍壮。如李白的《宣州谢朓楼饯别校书叔云》：“蓬莱文章建安骨，中间小谢又清发。俱怀逸兴壮思飞，欲上青天揽明月。”胡应麟《诗薮》云：“风骨苍然，多得老杜句格。”又内编卷三评风骨诗“浑朴莽苍”。这“苍”与“壮”在作品中的表现，就是多描写阔大的景象，如《敕勒歌》：“敕勒川，阴山下，天似穹庐，笼盖四野。天苍苍，野茫茫，风吹草低见牛羊。”胡应麟评曰：“大有汉魏风骨。”王之涣《凉州词》：

“黄河远上白云间，一片孤城万仞山。羌笛何须怨杨柳，春风不度玉门关。”《登鹳雀楼》：“白日依山尽，黄河入海流。欲穷千里目，更上一层楼。”无不体现出阔大的景象，展现了风骨的崇高色彩。《乾卦》属天道，天乃至高至大。在本卦中充满了对天的赞美，可以说是对于“天”的一曲颂歌。在这种境界里，古人对无比广大、充满着生生不息力量的宇宙美的感受，和对于人格精神的伟大崇高密不可分地互相渗透在一起。

二是风骨类的作品以描写动态美为重。岑参的《走马川行奉送出师西征》是其代表作：“君不见走马川，雪海边，平沙莽莽黄入天。轮台九月风夜吼①，一川碎石大如斗，随风满地石乱走。匈奴草黄马正肥，金山西见烟尘飞，汉家大将西出师。将军金甲夜不脱，半夜军行戈相拨。风头如刀面如割，马毛带雪汗气蒸。五花连钱旋作冰，幕中草檄砚水凝。虏骑闻之应胆慑，料知短兵不敢接，车师西门伫献捷。”（清）沈德潜《唐诗别裁集》卷五评：“势险节短。”张燕瑾评道：“全诗节奏急促有力，情韵灵活流宕，声调激越豪壮，有如音乐中的进行曲。”（《唐诗鉴赏辞典·岑参》）“风骨”的流动性在作品的客观内容方面体现为对动态事物的追踪，在作品的主观内容方面体现为激烈感情的滚荡。风骨类作品的作者一般是入世的。所以，作者胸中总是跳动着各种热切的功利愿望相当强烈的爱憎情感，他所看到的始终是一个万象丛生、生生不息运动着的世界，由此产生的“风骨”自然总是那么急切，到处充满了动感。这种动感正如《乾卦》中龙的形象。龙以刚健之形，或“潜龙勿用”，或“见龙在田”，或“飞龙在天”，在天地之间上下翻飞，是宏图大展之形象。

三是作者的人格在“风骨”内容中体现为忠贞耿介，作者积极用世精神在作品中的必然形态化。用世而不媚世，作者对统治者耿耿忠心，但又不一味阿谀统治者，体现出不随波逐流的高风亮节和坚贞不屈的铮铮铁骨。“宁为百夫长，胜作一书生”和“惟歌生民病，愿得天子知”正是这两方面的概括。因而有“风骨”的作品多抒发建功立业的宏伟抱负，反映民生疾苦和社会黑暗，从而形成“慷慨任气”的特色。《乾卦·象传》曰：“天行健，君子以自强不息”。即君子效法天道之刚健有力，运动不息，与天共一德，故能自强，无须外力而自我前行。“乾始能以美利天

① 轮台：在中国社会科学院文学研究所编的《唐诗选》中注为：“轮台，唐时属庭州，隶北庭都护府，在今新疆维吾尔自治区库车县之东。封常清曾驻兵于此。天宝十三年至十四年岑参充安西、北庭节度判官，亦多居此。”张燕瑾在《唐诗鉴赏辞典》之注为：“轮台，在今新疆米泉县境。”在袁行霈主编的《中国古代文学作品选注》第二卷岑参《走马川行奉送出师西征》注曰：“轮台，唐贞观年间置，属北庭都护府，在今新疆米泉东。”

下”，凡天下之物无不受其利。乾元好像春天，春天是生物之始，元，本头也，延伸为开始，为生物之始。所以，乾具有美好的品德，犹如生命之始，充满着无限活力，具有远大的发展前景。这和风骨类作品体现出作者的用世而不媚的美好品德相若。

四是“风骨”类的作品还表现出刚健之美。从《易传》的“天行健”，到“刚健结实，辉光乃新”（《文心雕龙·风骨》），以至于后来一直有人在推崇阳刚之美，提出“雄浑”、“清刚”、“沉着”、“气象”等等阳刚之类的艺术风格。我认为刚健的阳刚之美应是“风骨”的主旋律，是其艺术风格的整体显现。

四 《易》中的“阴”在文学理论上体现为“平淡”

中国古代文学侧重于表情达意，以含蓄为至上的审美传统，但在具体的文学活动中作品则呈现出多种多样的风格。刘勰在《文心雕龙·体性》列举了八种艺术风格；司空图《诗品》作《文颂》，论述风格约四十八种之多，这样就带来烦琐之嫌。加之用比喻性的语言进行描述，不能给以明晰的定义，各种风格之间界限模糊。在诸多的艺术风格中，我们可以概括综合为“平淡”与“风骨”两大类。

研究风格应把对作者主体的研究放在应有的位置。在平淡的艺术风格创造过程中，作者是怎样的一种心态呢？主要特点是虚静。以这种心态对周围的事物进行审美处理，静才能超然于物外，以超脱的态度对待审美对象，处理创作过程中的情感。《周易》的坤卦全由阴爻组成，代表地。而地是静的，有柔顺之性。把坤与地联系起来，指出它养育万物，博大宽厚的特点。大地是人类之母，“坤为地，为母”（《杂卦》）。而坤所含之美正是一种母性之美，它以柔顺、含蓄、和悦、安静为基本特征。坤卦的总体特征是至静、至柔，与《老子》贵“柔”贵“后”，以为天下之至柔可以胜天下之至坚，主张不为天下先等观念相似。文学的静虚审美观念，可以说受到了《周易》潜在的影响。朱东润先生在《古文四象论述详》中说：“文章之类，不能尽数，然要其归，偏于阴柔者多。”章太炎说：“《春秋》经如，称道行事始祥，定、哀多隐，褒讥亦悔”，并引申说：“由是屈原、孙卿之赋，亦有谲谏遗风”。可见阴柔作为一种总体风格，在中国古代文学中所占的比重之大。从坤卦的阴柔之德表现平淡的文学风格来看，有以下几方面的特征。

一是在作品的内容上，追求一种对功利世界的超脱，忘怀人世与追慕自然。陶渊明的《饮酒诗》其五：“结庐在人境，而无车马喧。问君何能尔？心远地自偏。采菊东篱下，悠然见南山。山气日夕佳，飞鸟相与还。此中有真意，欲辨已忘言。”在这里作者以淡泊的胸怀，平和的情感，放任于自然的真淳之中，远离尘世和功名世界，流露出与造化同乐的恬然自得之情。追求超然物外的潇洒，并不是在事实上就完全超脱了功利，他们必须有起码的生活保障，“饥者歌其食，劳者歌其事”是然。另一方面，还要看到作者对政治、名利淡漠的背后，隐藏着对政治、名利的追求。陶渊明在静穆中还有“刑天舞干戚，猛志固常在”（《读山海经》）。《坤卦·文言》曰：“坤至柔而动也刚，至静而德方。”柔中有刚，才会有旺盛的生命力。经卦中的☵（坎），为水象，上下两爻显示了水具有女性般阴柔、温顺的常性，及其承载性和资生性。中间含一阳，暗示着阴柔之中含蕴着阳刚之气，是积极的、能动的。阴柔之所以为美，正在于内含阳刚之劲，平淡的背后隐含着剧烈的情感活动。

二是看似无情却有情，在平淡风格的作品中，作者总喜欢用“闲”“静”一类的字，以表现其对情感的态度。写景不动声色，写情总给以冷处理，仿佛不参与以主观，对深情以淡笔写之。“以淡笔写之，悲痛更甚”（施补华《岘用说诗》），这正是古人常言的“太上忘情”。前面的坎卦卦象，恰到好处地道出了柔中有刚，平淡无奇的文学风格背后，是强烈情感激荡后的平静，是兼治天下而不可的一种自持。

三是外枯而中膏的平淡意境。在《周易》中阳主进而阴主退。退为谨慎地进，犹如弯弓之箭，直而不发，须弯曲方能射远之物。范成大的《四时田园杂兴》：“昼出田耘夜绩麻，村庄儿女各当家。儿童未解供耕织，也傍桑阴学种瓜。”作者就是在淡薄的诗句中蕴含着无限丰富的意外之意。陶渊明、王维、孟浩然等人的作品更是如此，苏东坡以“质而实绮，癯而实腴”论其风格特征。

四是以拙朴见机巧的惨淡经营。黑格尔说：“既简单而又美这个理想的优点，毋宁说是辛勤的结果，要经过多方面的转化作用，把繁芜的、驳杂的、混乱的、过分的、臃肿的因素一齐去掉，还要使这种胜利不露一丝辛苦的痕迹，然后才自由自在地，不受阻挠地，仿佛天衣无缝似地涌现出来。”① 艺术风格的平淡，由于平易朴素的形式中含有辞达的形式美和合律的形式美，所以给人以华美的感觉。由于深厚的意蕴暗藏在朴实无华的形式之中，愈咀嚼滋味愈浓烈。《易经》部分的卦符，文字虽然简短，篇幅不长，但含蕴深泓，中国文化的参天大树均由此而生发开来。

① ［德］黑格尔：《美学》第三卷上册《序论》，朱光潜译，商务印书馆1979年版，第5页。

总之，平淡是作者以淡泊的胸怀，平和的情感，朴素的美学趣味，闲静的心理状态和高超的艺术技巧创造的一种风格美。它洋溢着超然的理想，回旋着温和的情感，包含着深厚的内容，形式朴素自然而又符合美的规律，这是文学艺术的另一审美境界。《周易》对古代文学理论的影响不仅表现在风格方面，还涉及形象思维等方面，有待于我们进行更深入的挖掘。

1996 年 11 月稿，2013 年 8 月略为修改

《诗经》中的天文星象

《诗经》不只是展现给我们文学的一面，它是一座极为丰富的矿藏，内涵是多方面的，传统研究《诗经》者有“名物学”，后世治《诗经》者多从“博物学”一系。我国是世界上天文学发展最早的国家之一。远在三千年前，我们的祖先就面对浩瀚无边的天空、闪烁的星辰，联想翩翩，涌现出牛郎与织女等神话传说。在《诗经》中写到天文星象的地方很多。顾炎武在《日知录》卷三十中说：“三代以上，人人皆知天文。‘七月流火’，农夫之辞也。‘三星在户’，妇人之语也。‘月离于毕’，戍卒之作也。‘龙尾伏辰’，儿童之谣也。后世文人学士，有问之而茫然不知者矣。”[①] 在人类社会的农耕时期，我们的先民就在天文学方面积累了丰富的知识，天文星象也成了诗文描述的对象。

一　东有启明，西有长庚

《小雅·大东》中有：“维天有汉，监亦有光。跂彼织女，终日七襄。虽则七襄，不成报章。睆彼牵牛，不以服箱。东有启明，西有长庚，有捄天毕，载施之行。维南有箕，不可以簸扬；维北有斗，不可以挹酒浆。维南有箕，载翕其舌；维北有斗，西柄之揭。”[②] 诗人这里运用了“织女、牵牛、启明、长庚、天毕、箕、北斗”等星象，巧织成文，反复歌咏，生动形象地表达了深沉的感情。“东有启明，西有长庚”，比喻两不相见，其实二者为一物也。朱熹《诗集传》云：“启明、长庚，皆金星也。以其先日而出，故谓之启明；以其后日而入，故谓之长庚。盖金、水二星常附日行，而或先或后，但金大水小，故独以金星为言也。”[③] 金星古曰明星，又名太白，因为它光色银白，亮度特强。《陈风·东门之杨》“昏以为期，明星煌煌”，《郑风·女曰鸡鸣》“子兴视夜，明星有烂”，都是指金星说

---

① （清）顾炎武：《日知录》，上海古籍出版社 2006 年版，第 1673 页。

② （宋）朱熹：《诗集传》，凤凰出版社 2007 年版，第 172 页。

③ 同上书，第 172 页。

的。金星黎明见于东方叫启明，黄昏见于西方叫长庚，故《大东》言“东有启明，西有长庚”。古人把天上分为二十八星宿，其中有商星（心宿）、参星（参宿），相距很远。对于参、商人们有不同的理解，一是说一个往西，一个向东，一个走南，一个闯北，还有一个说原地不动；二是相隔很远，不易相见，杜甫在《赠卫八处士》中云：“人生不相见，动如参与商。”① 即为此意。在古代的传说中，阏伯和实沈的故事是具有天文背景的一个。《左传·昭公元年》曰：“昔高辛氏有二子，伯曰阏伯，季曰实沈，居于旷林，不相能也。日寻干戈，以相征讨。后帝不藏，迁阏伯于商丘，主辰。商人是因，故辰为商星。迁实沈于大夏，主参。唐人是因，以服事夏、商。”② 帝喾有两个儿子叫阏伯与实沈，兄弟俩互不相容而不断寻衅厮杀。于是帝喾派阏伯往商丘去主管大火，因此大火也叫做商星；派实沈去大夏主管参星。参和商在天空中恰好遥遥相对，一个升起，另一个就会落到地平线以下，他俩从此再也不能见面了。他们死后，成为参商二神，还是永远不能相见。实际上夏族对参的认识有更深刻的原因，每当参于黄昏后落向地平快看不见的时候，恰是大地回春之际。参去寒冬尽，农家备耕忙。它成为夏族观象授时的重要依据。

北斗星是古人常提及的恒星，《小雅·大东》篇所言的“维南有箕”，“维北有斗”。它是以箕星为参照的。《诗集传》云：“箕、斗二星，以夏秋之间见于南方。云北斗者，以其在箕之北也。或曰：北斗常见不隐者也。翕，引也。舌，下二星也。南斗柄固指西，若北斗而西柄，则亦秋分时也。言南箕既不可以簸扬糠粃，北斗既不可以挹酌酒浆，而箕引其舌，反若有所吞噬；斗西揭其柄，反若有所挹取于东，是天非徒无若我何，乃亦若助西人而见困。甚怨之辞也。”③ 箕或南箕，即为箕宿，为二十八宿之一，有星四颗。箕宿四星呈现梯形，形似簸箕而得名，“不可以簸扬”，即无法扬米去糠。古说簸星主口舌，象征谮人，诗曰“载翕其舌”。翕，缩也。古有“南箕北斗”的说法。这“维北有斗，西柄之揭”。北斗，又称北斗七星，在天空北方排列成斗状或杓形的七颗亮星，然而，北斗“不可以挹酒浆”，挹为舀，即不能舀酒浆。北斗星在古代是指示方向和认识星座的重要标志，连接北斗第一、二颗星，并沿线延伸其五倍处，即可找到北极星，因此北斗的这两颗星又称“指极星”。箕宿。《小雅·巷伯》篇二章曰：“哆兮侈兮，成是南箕。”实际上，从《诗经》中这些恒

① 中国社会科学院文学研究所编：《唐诗选》，人民文学出版社1978年版，第262页。

② 杨伯峻前言，蒋冀骋标点：《左传》，岳麓书社1988年版，第271页。

③ （宋）朱熹：《诗集传》，凤凰出版社2007年版，第172页。

星的命名，与人们日常生活和生产的密切关系。取名北斗，是因为北斗七星所联成的长把柄；取名为箕，是因为箕宿四星所联成的形状，形似簸箕这种农具。

二 七月流火，九月授衣

梁启超在《要籍解题及其读法》中说："现在先秦古籍，真赝杂糅，几乎无一书无部题，其精金美玉、字字可信可宝者，《诗经》其首也。"它是研究我国上古时代科学技术史极为重要而可靠的文献，也是研究我国上古时代天文学史的重要文献。在《诗经》中，不但记载有牛郎星、织女星等一系列恒星，还记述有行星、日食、月食，以及当时的天文仪器和天文台。

《诗经》中涉及恒星的记载有很多：如参宿三星。《召南·小星》："嘒彼小星，三五在东"、"嘒彼小星，维参与昴"①，指参宿三星。另外，《唐风·绸缪》篇首章曰"绸缪束薪，三星在天"②，《小雅·苕之华》篇末章曰"牂羊坟首，三星在罶"③，讲的都参宿三星。参宿三星在冬季的夜晚位于天空下南，即曰"在天"，此时节草木黄落，故伐薪为炭，诗云"绸缪束薪"；在冬季亦无鱼可捕，高挂的罶（捕鱼工具）被三星直照，诗云"三星在罶"；而在《召南·小星》篇中，因所述的时辰"夙夜"，即朝夕。无论在"朝"时在"夕"时，参宿三星在人们视野中刚出现的位置，不及夜晚在天空正南那样引人注目，故诗曰"小星"。昴宿，"嘒彼小星，维参与昴。"《正义》曰："《天文志》云：参，白虎宿三星，直下有三星，旒曰伐，其外四星，左右肩股也。则参实三星，故绸缪。传曰：三星，参也。以伐与参连体，参为列宿，统名之，若同一宿，然但伐亦为大星，与参互见，皆得相统。故《周礼》：熊旂六旋以象伐。注云：伐属白虎宿，与参连体而六星，言六旋以象伐，明伐得统参也。是以演孔图云：参以斩伐。《公羊传》曰：伐为大辰，皆互举相见之文也，故言：参，伐也。见同体之义。《元命包》云：昴六星，昴之为言，留言物成就系瘤是也，后昴、留为一，则参、伐明，亦为一也。"④"昴"为"昴星"，昴宿是二十八宿之一，有七颗发亮的星。实际上，它是一个著名的星团——昴星团。距地球约为414光年，成员有780颗之

① （宋）朱熹：《诗集传》，凤凰出版社2007年版，第14页。

② 同上书，第80页。

③ 同上书，第203页。

④ （清）阮元校刻：《十三经注疏》，中华书局1980年版，第292页。

多，人们肉眼可见的则为较亮的七颗，又称“七姐妹星团”。近人朱文鑫在《天文考古录》中认为：三星不是参宿三星和心宿三星，而是河鼓三星，即牵牛星。当时为时及新秋，牵牛当户，即星光照在门户，想到牛郎织女此时之相会，而感嫁娶之及时矣。诗云“绸缪束楚”即缠了又缠地捆束荆树，正是霜降迎女之时。

大火星，《豳风·七月》一、二章曰：“七月流火，九月授衣。”三章曰：“七月流火，八月萑苇。”《毛诗正义》云：“火，大火也。流，下也。九月霜始降，妇功成，可以授冬衣矣。《笺》云：‘大火者，寒暑之候也，火星中而寒暑退，故将言寒，先著火所在。’”① 朱熹在《诗集传》中解释得更为清楚些：“火，大火，心星也。此六月之昏，加于地之南方，至七月之昏，则下而西流矣。”② 大火，以色红似火而得名。为二十八宿之一，有星三颗。它是夏天夜晚空中主要亮星之一，是有名的红巨星。关键还在于大火对于古人授时定侯的指示作用。周朝时各地运用几种不同的历法（夏历、殷历、周历、豳历等），豳历七月即夏历七月。心宿二（即大火）每年暮春的黄昏时出现天空当中，在夏历的六月黄昏时出现在正南方，是正中和最高的位置，到七月黄昏时位置开始偏西向下移动，古人称之为“流火”。七月黄昏，大火越过子午线流向西天下沉的时候，妇女们就该赶制棉衣，为亲人们准备冬装了。从这两句诗也可以看出，早在上古时期，人们已经认识到了行星移动和季节变化的相互关系了。

大火是古代妇孺皆知的星相。大火在春天傍黑时出现于东方地平线上。其光荧荧，好似东方远处的一团火焰。它之所以引起人们的注意，不单是因为它亮，也不光因为它酷似原始社会中极为重要的火种，主要的原因，就是每当它于黄昏后出现于东方时，它就像是特意来点燃人们盼望播种的希望之火。可以说，在我国传说的三代，它是天空中一朵红色的报春花。北斗七星的斗柄连线，大约指向大火，故大火黄昏初见之际，北斗就指向东方。对大火和北斗的观测延续了很长的历史时期，后来，由于测量了子午线，并观测星是否到了子午圈，预报季节的准确度得到了提高，天文学取得了长足的进步。直到公元前 11 世纪，大火仍然是人们报时的一个依据，但内容又改变了。

定星。《鄘风·定之方中》篇首章曰：“定之方中，作于楚宫。揆之以日，作于楚室。”《诗集传》云：“定，北方之宿，营室星也。此星昏而

① （清）阮元校刻：《十三经注疏》，中华书局 1980 年版，第 389 页。

② （宋）朱熹：《诗集传》，凤凰出版社 2007 年版，第 104 页。

正中，夏正十月也。于是时可以营制宫室，故谓之营室。"[①] 诗中"定"指像锄头的四颗星，它们是室宿二星和壁宿二星，四星组成一个长方形。每当农事基本结束的时候，黄昏后在子午圈附近就能看到定星。定星中天，正是营造房屋的大好时光。《尔雅·释天》云："营室谓之定。"[②]"定"为古星名，即为"营室"；"方中"指的是黄昏时刻在天的正中。"营室"原包括室宿和壁宿；后来专指室宿。室宿为二十八宿之一，有星两颗；壁宿，原称东壁，为二十八宿之一，也有星两颗。室、壁两宿共有四星，呈现为长方形。在西周、春秋时代的黄昏时辰，室、壁四星出现在正南方的季节，恰是农事忙完，天又不是很冷，是古人从事房屋营造的时间，因而四星统称为"营室"，又命为"定"。营室东边的两星，为营室东壁，简称"东壁"，后称壁宿。故诗曰楚宫作于"定之方中"。

织女星。《小雅·大东》篇五章曰："跂彼织女，终日七襄。"织女指织女星，又称天孙，朋三颗星，为织女一、二、三，组成一个等边三角形，诗曰"跂彼织女"。跂通岐，意为分岐，由三角分出，组成三角形，故用"跂"形容织女。织女位银河西，与银河东的牵牛星遥遥相对。约在夏秋的夜晚，织女星是天空中主要的亮星之一，而且出现的时间也长，诗曰："终日七襄"。

牵牛星。《小雅·大东》篇六章曰："睆彼牵牛，不以服箱。"牵牛指牵牛星，俗称牛郎星，又名河鼓三星。睆，为光亮。服，驾也。箱，车也。牵牛星是夏秋夜晚天空中主要的亮星，光度为太阳的八倍。至于织女星、牵牛星的命名，是以牛郎和织女的神话传说命名，是起于人间牛郎、织女的劳动形象。

在《诗经》中较多提及的参宿三星、大火、箕宿等，都是因为它们与当时人们的生活、生产密切相关。如大火这颗天空中红色的亮星，在上古时代是人们观测季节交替的标志之一。《左传·襄公九传》云："陶唐氏之火正二伯居商丘，祀大火，而火纪时焉。"[③] 陶唐氏即人们传说中的尧，距今四千多年。"火正"是负责观察"大火"星的官职名称；阏伯为人名。"火正"观测"大火"星在东方出现，此时是我国北方春季的开始；为酬谢"大火"（即心宿二）报春催耕．帝尧时代"火正"阏伯的后代商族人民形成了年年祀祭这颗星辰的风俗，故又名"商"星。甲骨

① （宋）朱熹：《诗集传》，凤凰出版社 2007 年版，第 36 页。
② （清）阮元校刻：《十三经注疏》，中华书局 1980 年版，第 2609 页。
③ 杨伯峻前言，蒋冀骋标点：《左传》，岳麓书社 1988 年版，第 190 页。

文中的“火”星记载，《左传·昭公十七年》记载“火出，于夏为三月，于商为四月，于周为五月”（此处的夏指夏历，商指商历，周指周历）[①]，用《史记》中关于上古时代已有“火正”官职的记载，证实了“大火”星在上古时代人们生活和生产中的重要性。

三 月离于毕，俾滂沱矣

《诗经》有些诗涉及了天象灾异的星占学范畴以及有关日食的记载。中国是讲“天人相应”的，地上有什么，天上就有什么。例如：天有四时，人有四肢；天有五星，人有五脏；岁有365日，人有365骨节（其实只有两百多）；人间有皇帝，天上有帝星，等等。星占学的源头是很早的，在远古时人们就“观象授时”。例如《小雅·渐渐之石》“月离于毕，俾滂沱矣”，是说满月时月亮在毕宿附近，就会有大雨。其实那时“月离于毕”对应的就是雨季，大雨是常有的。这就像气象谚语“朝霞不出门，晚霞行千里”一样是经验总结。但后人又总结拔高为“箕好风，毕好雨”，这就是星占了。《史记·天官书》：“其食，食所不利；复生，生所利；而食益尽，为主位。以其直及日所宿，加以日时，用命其国也。月行中道，安宁和平。阴间，多水，阴事。外北三尺，阴星。北三尺，太阴，大水，兵。阳间，骄恣。阳星，多暴狱。太阳，大旱丧也。角、天门，十月为四月，十一月为五月，十二月为六月，水发，近三尺，远五尺。犯四辅，辅臣诛。行南北河，以阴阳言，旱水兵丧。”[②] 此亦星占其自然与人事。《小雅·大东》篇六章亦曰：“有捄天毕，载施之行。”是说那长状的天毕星，直列成行，斜挂在天空中。天毕即毕宿，又称天口，简称毕。有星八颗，形似古时田猎用的长柄网。古时这种长柄网即称毕。捄，此处念（求），意为长形，故不是以手揪聚之意，与《大雅·绵》篇“捄之陾陾”之捄不同。

在古代人们往往以日食纪事，《诗经·小雅·十月之交》中就有日食纪事：“十月之交，朔月辛卯。日有食之，亦孔之丑。彼月而微，此日而微。今此下民，亦孔之哀。日月告凶，不用其行。四国无政，不用其良。彼月而食，则维其常；此日而食，于何不臧！烨烨震电，不宁不令。百川沸腾，山冢崒崩。高岸为谷，深谷为陵。哀今之人，胡憯莫惩！”郑玄《笺》云：“周之十月，夏之八月也。八月朔日，日月交会，而日食阴侵阳，臣侵君之象，日辰之义，日为君，辰为臣。……君臣失道，灾害将

---

① 杨伯峻前言，蒋冀骋标点：《左传》，岳麓书社1988年版，第323页。

② （西汉）司马迁：《史记》，中华书局影印1959年版，第1331页。

起，故云下民亦甚可哀。”这里关键是要理解“之交”的含义，孔颖达《正义》云：“交者，日月行相逮及，交而会聚，故云交会也。日月交会，谓朔日也。此言十月之交，即云朔月辛卯，朔月即是之交，为事也。《古历纬》及《周髀》皆言：周天三百六十五度四分度之一，日月皆右行于天，日，日行一度，月，日行十三度十九分度之七，是月行疾，日行迟，二十九日有余，而月行天一周追及，于日而与之会，是会之交也。每月皆交会，而月或在日道表，或在日道里，故不食。其食，要于交会。又月与日同道乃食也。”[①] 朱熹《诗集传》注曰：“赋也。十月，以夏正言之，建亥之月也。交，日月交会，谓晦朔之间也。历法：周天三百六十五度四分度之一。左旋于地，一昼一夜，则其行一周而又过一度。日月皆右行于天，一昼一夜，则日月行一度，月行十三度十九分度之七。故日一岁而一周天，月二十九日有奇而一周天，又逐及于日而与之会，一岁凡十二会。方会，则月光都尽而为晦。已会，则月光复苏而为朔。朔后晦前各十五日。日月相对，则月光正满为望。晦朔而日月之合，东西同度，南北同道，则月掩日而日为之食。望而日月之对，同度同道，则月亢日而月为之食。是皆有常度矣。然王者修德行政，用贤去奸，能使阳盛足以胜阴，阴衰不能侵阳，则日月之行，虽或当食，而月常避日，故其迟速高下，必有参差而不正相合，不正相对者，所以当食而不食也。若国无政，不用善，使臣子背君父，妾妇乘其夫，小人陵君子，夷狄侵中国，则阴盛阳微，当食必食，虽曰行有常度，而实为非常之变矣。苏氏曰：‘日食，天变之大者也。然正阳之月，古尤忌之，夏之四月为纯阳，故谓之正月。十月纯阴，疑其无阳，故谓之阳月。纯阳而食，阳弱之甚也；纯阴而食，阴壮之甚也。微，亏也。彼月则宜有时而亏矣，此日不宜亏而今亦亏，是乱亡之兆也。’”[②] 朱熹这里引用历法，阐释了日食是怎么形成的，并言及天象昭示人事。

后人根据《十月之交》，考证出这次日食发生在周幽王六年，即公元前776年9月6日。仅春秋时代文献记载的日食就有36次。《史记》卷二十七《天官书》云：“太史公推古天变，未有可考于今者。盖略以春秋二百四十二年之间，日食三十六，彗星三见，宋襄公时星陨如雨。”[③] 到了汉代，就不只是记录日食发生的时间了，对日食时的太阳位置、起止时刻、见食时间、食分（即日面所食部分占整个日面的比例）以及日食初

① （清）阮元校刻：《十三经注疏》，中华书局1980年版，第445页。

② （宋）朱熹：《诗集传》，凤凰出版社2007年版，第154页。

③ （西汉）司马迁：《史记》，中华书局1959年版，第1344页。

亏所起的方位等，也多做明确记录。例如《前汉书》卷二十七下之下《五行志》对发生于汉征和四年八月辛酉晦（公元前89年9月29日）的日食记载："征和四年八月辛酉晦，日有食之，不尽如钩，在亢二度，晡时食，从西北，日下晡时复。"[①] 这条记录告诉我们，食分很大，光亮的太阳圆面只剩下一个钩形了，食起于西北方向，这时太阳位于亢宿二度等。《汉书·五行志》中这样的记载还有很多。

2005年2月

① （东汉）班固撰，（唐）颜师古注：《前汉书》，中华书局影印《四部备要》本1998年版，第519页。

屈原的审美意识

屈原对美虽没有系统的论述，但他有完整的审美意识和思想，他不但爱美，而且终生都在追求美。人们普遍认为屈原的美学思想是儒道互补的。此说尤以李泽厚、刘纲纪的《中国美学史》（上卷）中的观点为代表，刘纲纪又在他的《美学与哲学》中说："由于楚骚美学具有儒道两家美学相联系的二重性"，"因此，我们研究儒道两家美学的相互渗透，主要应研究楚骚美学"。高尔泰的《屈子何由泽畔来》中也持此观点。这一理论模式，把历史上活生生的屈原肢解了，正如杨乃乔所说："各家学者都基于同一个先验的、静止的理论框架进行求同思维，在同一个封闭的理论圈中做文章，因而产生了错误推论的同频共振现象，使屈原美学思想的界定坠入了一个固定的、令人困惑的模式之中。"① 窃以为，屈原的审美意识既有战国时代的以自然美表现道德美的普遍观点，又有着他自己鲜明的个性意识。

一　楚文化整体审美意识的缩影

对屈原美学思想的定位，应放在荆楚文化的背景中。从其显著的特色看，荆楚文化是自成一体的文化圈，虽然往上追溯，它与东夷族少昊部族关系密切，颛顼又是其远祖，《离骚》云"帝高阳之苗裔"，《史记·楚世家》亦云之甚明，楚与殷商在部族上关系更近。但在对其文化的吸收融合过程中，它的特色更加显著。从地理位置看，楚处温暖的南方，物产丰富，林木茂盛，环境多呈现出自然形态，不似中原之贫，人民之辛劳，《汉书·地理志》曰："楚有江汉川泽山林之饶，江南地广，或火耕水耨。民食鱼稻，以渔猎山伐为业。果蓏蠃蛤，食物常足。故呰窳媮生而亡积聚。饮食还给，不忧冻饿，亦亡千金之家。"在这既有大江波涛，又有清溪流水，既有山峡之美、险，又有辽阔的江汉平原，既有高山峻岭，又有

① 杨乃乔：《对既成的屈原美学思想界定模式之求异刍考》，《徐州师院学报》1991 年第 1 期。

芙蓉景色，既有充满神话色彩的湘江流水，又有一望无际的洞庭水波，在这天赐的优美环境中，楚人充满了对天地鬼神的敬仰。环境的优美富饶，加强了楚人与自然的对话，使人们普遍产生了对美的追求。杨乃乔认为，先秦庄、孔、屈三大美学思潮，庄子偏执于真，孔子偏执于善，屈原偏执于美。屈原之所以偏于美的理想，主要是自然环境的感染和熏陶。

屈原的审美意识并不是他个人固有的抽象物，而是南方荆楚文化系统审美意识在屈原个体中的浓缩，正如卡西尔《人论》所认为的，人的个性心理品质以及由此产生的行为，均受社会存在的影响和制约，显示出人类符号活动的社会性。《吕氏春秋》言："戎人生乎戎、长乎戎而戎言，不知其所受之。楚人生乎楚、长乎楚而楚言，不知其所受之。今使楚人长乎戎，戎人长乎楚，则楚人戎言，戎人楚言矣。"[①] 而屈骚的"书楚语，作楚声，纪楚地，名楚物"（王逸《楚辞章句》），正是受到荆楚特有文化的影响和制约的必然产物，当然，楚处于中原频繁交战的战国时代，两种文化同时也在碰撞和交流，但楚文化并没有被完全消融，而是愈发显示出它的奇丽特色。聂石樵认为："华夏文化流播于楚，与楚国的巫文化相融合，便形成楚文化。楚文化有其鲜明的特点，体现了楚民族的风俗、习尚、信仰等，但其精神实质并其筋骨则是华夏文化。……他（屈原）既具有楚民族的特点，又具有华夏文化的精神实质，其核心是华夏文化。"[②] 楚人文化虽然落后，在吸收了中原文明之后，只是丰其羽毛，并非强骨。至于楚人之念祖、爱国、忠君的炽烈，是楚人特殊经历决定的，非受中原文化之影响才有，它是在强邻的夹缝中顽强地图生存求发展，才养成了以民族利益为至重至上的心理，一切观点意识均源于此。一种文化现象可能是多源产生的。所以，我们不必把屈原的审美意识和思想归于儒道，只是把它当作这个大文化系中的亚文化圈就可以了。

二 屈原的审美意识更多地体现了楚人的原始氏族意识

《汉书·地理志》说楚人"信巫鬼，重淫祀"。虽然周代的任何民族以至任何部落，无不有巫，诸夏之中，虞人、夏人、殷人的遗族巫风较周人为盛。至于楚人则巫风更盛。楚灵王在吴人来攻时，还在祭上帝，求福佑，结果太子、后姬被俘。"夫人作享，家为巫史。"[③] 巫风巫俗的确深入

① 许维遹撰，梁运华整理：《吕氏春秋·孟夏·用众》（新编诸子集成），中华书局2009年版，第101页。

② 聂石樵：《关于屈原三题》，《文史知识》1988年第9期。

③ 上海师范大学古籍整理研究所校点：《国语·楚语》，上海古籍出版社1988年版，第562页。

到楚国的家家户户，这使楚文化包含着浓厚的巫术色彩。而巫术是一种企图依靠超自然的力量对客体施加影响的法术，是原始宗教的表现，它是人神交通的手段，渗透到社会生活的各个层面，渗透到人们的精神世界里，直接影响到一个民族意识、心理、气质、性格的形成与积淀，屈原的《九歌》正是“出见俗人祭祀之礼，歌舞之乐，其词鄙陋，因为作《九歌》之曲”[①]。屈原之《九歌》基本上保留了民间祭歌的特色，但在境界上得以提升，表现了屈原的爱国情感，在取舍当中正反映出诗人内心的审美取向。生活在浓厚巫文化氛围中的屈原，其作品流露出巫术特色的原始审美意识是自然的。

楚人有着浓郁的宗族意识，它使贵族与群体之间保持密切的关系，也使每一个成员对宗族都有一种较强的责任感，同时还表现出浓烈的念祖情感，他们不容许同宗人对祖先表现出轻蔑的态度。《左传·昭公十二年》楚灵王曰“昔我皇祖伯父昆吾，旧许是宅，今郑人贪赖其田，而不我与”，楚武王曰“吾先鬻熊，文王之师也，早终。成王举我先公”（《史记·楚世家》），楚恭王曰“不谷不德，失先君之业”，伍举曰“先君庄王为匏居之台”（《国语·楚语》），子华曰“自从先君文王以至不谷之身”云云，莫敖子华曰“昔者先君灵王”云云（《战国策·楚策》），正是这种念祖之情深入楚贵族的内心深处，言语当中时时流露，使屈原以那热情奔放的歌喉，唱出了深沉而执著的“帝高阳之苗裔兮，朕皇考曰伯庸”。屈原之宗君意识，也是宗族意识的一种表现形式，族与国的命运永远地连在一起；而宗国的存亡，又在于国君，只有保证君权之核心，对君王忠诚服从，才能永世不衰。宗族意识的弥散，使楚贵族的视野、情感和希望都网罗在血缘系统之中。他们不仅爱祖先、爱国、爱国君，而且无限热爱着生生不息的脚下土地上的一草一木，对故土有着深刻的眷恋。《国语·楚语上》曰：“蔡声子将如晋，遇之于郑，飨之以璧侑，曰：子尚良食，二先子其皆相子，尚能事晋君以为诸侯主。辞曰：非所愿也。若得归骨于楚，死且不朽。”春申君保太子入质于秦，楚王病危，春申君偷送太子归国，自己留下任秦发落，表现了舍身为国的精神。《招魂》、《大招》中对四方的丑化和对楚的美化，则反映出楚人对故土的热爱。屈原的审美意识正是从宗族意识出发，他的情感心理，无不散发出氏族意识的气味。《离骚》一开头便炫耀自己高贵的血统，赞美他那英雄的祖先，“昔三后之纯粹兮”；承继祖先的业绩，便是“忽奔走以先后兮，及前王

① 王逸：《楚辞章句·九歌章句》，光绪九年长沙书堂山馆汲古阁原本重刊本。

之踵武”；“恐皇舆之败绩”，则是担心国家的命运；对君王之忠诚，便是“指九天以为正兮，夫唯灵修之故也”；眷恋故乡的土地，便是“仆夫悲余马怀兮，蜷局顾而不行”。这种无处不在的氏族意识，使屈原对楚之先祖、楚之君、楚之故土及其花草树木都充满炽烈的情怀，无不充满赞美之情，他所有的美好愿望都在这片神秘的土地上。

三　屈原审美意识中的人与自然和谐的意识

在先秦人的观念中，“和”是十分重要的。“和实生物，同则不继”，“声一无听，物一无文，味一无果，物一不讲”（《国语·郑语》）。事物只有一面便无法发展，单一的东西构不成丰富多彩的大千世界。古希腊的先哲也持如此看法，“差异的东西相会合，从不同的因素产生最美的和谐，一切都起于斗争”。[①] 赫拉克利特这段话也是讲和谐。儒家更是标举“中和”之美，倡中庸之道。在屈原的审美意识中，也包含着“和”的思想，这里有内心的和谐，心理的平衡，“屈心而抑志兮，忍尤而攘诟”，“进不入以离尤兮，退将复修吾初服”（《离骚》），而最明显的是求得人与自然的和谐，他以审美的眼光，把自然山水融入自己的艺术作品中，成为其意境的一个有机组成部分。

追求人与自然的和谐，儒家以“君子比德焉”相称，孔子说：“知者乐水，仁者乐山。”（《论语·雍也》）一个“乐”字就体现出人与自然达到了内心的和谐。庄子更是站在哲学的高度以理性的方式回答了人与自然的关系问题，屈原从文学的审美角度，以艺术的方式关注这一问题。他在意识的深层是人与自然的和谐，作为艺术的表现形式，则是《橘颂》中所写的那样，“后皇嘉树，橘徕服兮。受命不迁，生南国兮。深固难徙，更壹志兮。绿叶素荣，纷其可喜兮。……秉德无私，参天地兮”，用自然美来抒写其高尚的精神品质。屈原把自然之美和人的内心之美结合起来，在人和自然之中寻求对应，求得二者的外在与内在的谐和，“善鸟香草以配忠贞，恶禽臭物以比谗佞”。[②] 也可以说，屈原是将自然美社会化，以自然美的独特性表现人的道德情操和理想愿望。在作品中，自然美变成了一种象征而被大量运用。“余既滋兰之九畹兮，又树蕙之百亩，畦留夷与揭车兮，杂杜衡与芳芷。冀枝叶之峻茂兮，愿俟时乎我将刈。虽萎绝其亦何伤兮，哀众芳之芜秽。”（《离骚》）诗人对理想的执着追求、希冀、幻灭，均通过各种香草象征性地表现出来。

---

① 朱光潜：《西方美学史》，人民文学出版社 1963 年版，第 35 页。

② 聂石樵：《屈原论稿》，人民文学出版社 1982 年版，第 134 页。

基于审美意识层的人与自然的和谐，人的内在美与自然美的统一，屈原以众多的芳草香华来装饰自己。《离骚》中这方面的描写非常多："扈江离与辟芷兮，纫秋兰以为佩"，"杂申椒与菌桂兮，岂维纫夫蕙茝"，"榄木根以结茝兮，贯薜荔之落蕊。矫菌桂以纫蕙兮，索胡绳之纚纚"，"制芰荷以为衣兮，集芙蓉以为裳"，"朝饮木兰之坠露兮，夕餐秋菊之落英"。这种浪漫主义的遐想，在艺术中是那么真实，他以这些自然中的美好东西，来折射出他人格与品德的光洁，使高洁的人格与自然之美处于和谐的统一之中。李泽厚、刘纲纪在《中国美学史》（第一卷）中说："汉民族在对自然美的欣赏上，几千年来经常把自然的美和人的精神道德情操相联系，着重把握自然美所具有的人的精神的意义，从而充满着色彩，极富人情味，具有实践性精神，既很少有自然崇拜的神秘色彩，也很少把自然贬低到仅供感官享乐的地步。"《河伯》是对黄河人格化的描写与赞美，"冲风起兮横波"，"波滔滔兮来迎"。《湘君》、《相夫人》中对湘水、洞庭湖的艺术描写，对自然风光的描写，达到了现实美与理想美的和谐统一，也是人和自然从亲近到精神上的和谐。在《橘颂》中，屈原以桔的"绿叶素荣"、"青黄杂糅"与人的外表美好相统一；橘的"精色内白"，与人的心地纯洁相统一；橘的"苏世独立，横而不流"，象征人的美德。屈原在这里把自然物人格化，自然之美与人格之美有机结合，正像车尔尼雪夫斯基所说，"自然中美的事物，只有作为人的一种暗示才显示出美"。[①]

屈原虽以人与自然的和谐的审美意识统领一切艺术形象，但他也有"不合"、"不群"的一面，他愤世嫉俗，歌颂"独立不迁"、"苏世独立"，是在"众皆竞进以贪婪"、"各兴心而嫉妒"的浊世中，强调独立人格，并不是一种孤芳自赏。

四 屈原审美意识中的女性崇拜意识

游国恩先生在《楚辞女性中心说》中说："屈原楚辞中最重要的'比兴'材料是女人。"[②] 这的确是楚辞中一个十分引人注目的现象，游先生说："这女人是象征他自己，……他把楚王比作丈夫，而把自己比作弃妇。"而在《离骚纂义》中，游翻天覆地又认为女人是"喻可通君侧之人"。这就是说女人是指屈原自己，又是指贤臣。王逸《楚辞章句》亦认为"女以喻臣。言己虽去，意不能已，犹复顾念楚国无有贤臣"。朱熹《楚辞集解》也持此观点。潘啸龙认为，在《离骚》中屈原自我角色是不

① 《车尔尼雪夫斯基选集》上卷，生活·读书·新知三联书店 1959 年版。

② 游国恩：《楚辞论文集》，古典文学出版社 1957 年版。

断变化的，笔下之女人所指也在变化，前半篇楚王为“美人”是男子，自己是女子；后半篇则性别易位。钱锺书《管锥编》亦早指出《离骚》中之女人和16世纪英国讽喻名篇《狐、猿谋纂歌》牝牡易位相似，“亦雌亦雄，忽男忽女，真堪连类也”。① 有人说这是屈原内心深层的一种性心理。笔者只能认为这种现象是屈原隐秘的女性崇拜或所谓的女性意识。这是楚文化中强烈的文化色彩的反映，向更远处追索，则是原始的性崇拜意识的延伸和升华。另一方面似乎还有着“恋母”情节的曲光映射，以及母系氏族时代残留的文化影子。

女人与诗人是永远联系在一起的，女人总是给诗人以无穷的遐想和丰富的灵感，“每一位诗人都与许许多多女人站在一起，与其说女人成就了诗人的艺术，不如说女人成就了诗人的生命”。② 有人认为屈原上下求索的对象也是女人，“求宓妃之所在”，“见有女戎之佚女”，“留有虞之二姚”，这是他下界三次求女。三次求女，屈原是以真正的男性角色出现，同样体现了他的女性意识。如贾宝玉对女人的认识，女人是水做的，他见了女人就觉得干净清爽。屈原正是想借女人温柔的手，牵引他超脱污浊之世，飞升到一个干净的世界。

《湘君》、《湘夫人》、《山鬼》中的女性意识是较明显的，深层是一种女性崇拜意识。而《东君》，闻一多在《什么是九歌》中认为，殷民以日神为女性，而在《东君》中日神变为男性。说明楚人没有遵从殷商之习俗，但追其宗还是与女性有关，毕竟《东君》与《云中君》相配，流露出原始的性意识。由于屈原内心深处积淀着女性崇拜意识，伴随而来的就是以香花芳草为装饰，藏策在《屈原：东方的奈煞西施——论屈原的自恋心理倾向》中认为，这反映了屈原的自恋心理。因为花是植物的生殖器官，其生殖方式是靠自身花粉传播的，于是鲜花芳草便会成为他心理中自我的外在对应物。在屈原的作品中，男性无不着红挂绿，一身女装，《离骚》中三次求女，男主人公完全是女性的装饰，眉毛如蚕蛾般俏丽，披一身蘼芜、香芷，以秋兰为佩巾，奇花插满发髻，明珠缀腰。这也是屈原的女性崇拜意识的另一侧面反映。屈原审美意识中的女性崇拜意识，对后人影响很大，诗人们多有仿效。这种意识的根源在于荆楚文化的影响。

最后还想提及的是，屈原的审美意识与庄子存在着很大的差异，但人们惯于将庄、骚并称，就是许多学者将庄子理所当然地视为南人，归入楚

---

① 见《管锥编》第二册，《楚辞洪兴祖补注》一八则。中华书局1979年版。

② 郝志达、王锡三主编的《东方诗魂》，东方出版社1993年版，第226页。

文化系统，这个问题学界很难有统一的认识，但就审美意识而言，两人确实存在着很大差异，杨乃乔在《对既成的屈原美学思想界定模式之求异思考》一文中，对屈原和庄子的审美意识从十七个方面进行了简明扼要的考查，从中见出庄、骚的美学思想存在着本质上的冲突。我们不能以只言片语的传统比较方法对两个人进行比较，如屈原有《远游》，庄子有《逍遥游》，表面上共有的“游”不能说明问题的本质，应该全面地、深层次地去考察。

1997 年 11 月

以广阔的学术视野，破译《离骚》的文化信息

——评赵逵夫教授再版力作《屈骚探幽》

赵逵夫教授的力作《屈骚探幽》于2004年4月由四川出版集团巴蜀书社再版发行，纳入《诗赋研究丛书》。此书曾于1998年5月由甘肃人民出版社出版。该书在研究方式上对当今学人们的研究工作有一定的启发和借鉴作用。具体表现为：

一、理论统摄指导下的实证研究。综观全书可以看出，作者有着坚实的理论功底，这种文学的、美学的理论思维贯穿于各个章节。在论《离骚》的创作时地与创作环境时，作者首先在诗学理论的指导下给《离骚》这首抒情长诗以准确的定位，然后根据抒情诗的“抒情”性质，主要从总体上、宏观上对它进行考察。

在这个原则基础上，作者考订《离骚》作于楚怀王朝二十四五年被放汉北之后的两三年。具体说来，作于怀王二十五年到二十七年之间。并从诗中考察出屈原所放之地在汉北云梦，在汉水至江陵以东折而东行一段之北面。在谈叙事与抒情性这一问题时，亦融入了西方的诗学理论。

在下编讨论“屈赋在风格情调上的继承与创造”时，就是从东方的意识方式、审美习惯、文学特征的差异入手的。

二、迎难而上，对某些关键问题不回避、不绕开。对于《离骚》中的“龙”、“马”，过去治骚者大体皆随文作解或不加注，而赵先生从不轻易放过任何细节问题，而是从上古文献深究了龙与马的渊源关系，以及这种关系是怎么形成的，同时又发现了其中还包含着中华民族史前的一些奥秘。作者进一步谈到神话世界中，龙与马两种特殊关系，一种是神化了的踏云乘风马，一种是龙、马互变：在地为马，腾空为龙。一般学者只是单纯地谈“龙”或“马”，皆未能将二者结合起来，赵先生以独特的艺术视角，敏锐地认识到“龙”与“马”的关系，也解决了一般人认为《离骚》第三部分前后矛盾的问题。对“龙”、“马”这一关键问题的解决，

给我们理解《离骚》的艺术构思带来了一个全新的认识。

许多前贤在《离骚》的诠释方面作出了相当显著的成绩，但由于诗是写于两千多年前的战国时代，反映当时楚人、楚事和楚物，且多用楚语，因而我们要读懂它仍有不少障碍挡在面前，前人对其中一些词语的解释，也还未能尽如人意。如“‘九辩’、‘九歌’考原”，《离骚》中“启九辩与九歌兮，夏康娱以自纵”。对其中的“九辩”、“九歌”，历代注家虽说不同，但皆以为乐名。赵先生读书细致，认为此说可疑。因启是人名，为主语。若“九辩”、“九歌”是两个乐名，那么，在“启”后面应有一个动词以说明主宾关系，不然就不成为句子。联系《天问》中类似的句子“启棘宾商，九辩九歌”，以为上句自成一句，下句独立，也没有谓语。这就是说，按照以前对“九辩”、“九歌”的解释，《离骚》与《天问》中与之有关的两处都是不通的。作者认为：这两处的“辩”、“歌”都是动词，“九”在这里是表示次数之多，并探讨了“辩”与“歌”的含义。在许多问题的考究中，作者都有自己独特的视角和敢于打硬仗的精神。正是这种独特的视角和可贵的学术精神，使他在楚辞研究上取得了巨大的成就。

三、利用地下新出土的材料来进行研究。这一点是赵逵夫教授治学的特征之一，也是他在《屈骚探幽》中所运用的一种研究方法。在考察屈赋比喻象征手法的形成时，按照惯用的研究方法很难对这个问题有所深入，作者以敏锐的学术眼光，从马王堆三号汉墓出土的帛书《相马经·大光破章故训传》中，寻找出屈原作品的比喻象征手法同他以前的楚歌是一脉相承的。出土的《马王堆汉墓帛书〈相马经〉释文》，此书汉初已有之，则成书至迟在战国时期。作者认为：这部书就是战国时期楚人所著，而且这部出土帛书只是《相马经》中的一篇，包括经、传、故训三部分。这部帛书出土多年，至今无人谈及它在语言方面的价值。赵先生认为这部书为我们认识战国时期楚国的语言风格、楚国书面语多比喻象征的风气提供了可贵的资料。《相马经·大光破章》是韵文，用了赋的形式，不少段落是抒情或写景的文字。其中所用比喻，作者注意到了有些地方同一比喻反复出现，表现了比喻在一定程度上的系统性和稳定性。有时用“丛喻”的办法，以几种事物从不同方面比喻同一事物。通过对《相马经》中比喻的研究，他发现其中比喻的特征同屈原赋中比喻象征手法是比较切近的，而且春秋战国时期楚国好谶成风，这在《相马经·大光破章》中也得到了体现。由此说明，帛书《相马经·大光破章》在语言表现上与屈赋有相通之处，亦知屈赋比喻、象征手法是楚国特色的体现。

在谈“楚国的音乐成就与屈赋对语言潜在音乐性能的发掘”与“楚国的造型艺术与屈赋语言表现功能、表现艺术的发挥”两个问题时，作者也运用了出土资料。从1957年信阳战国楚墓出土的编钟，到1970年、1980年和1987年湖北战国楚墓出土的各种精美的乐器，至今还能发出悦耳的声音，可见当时楚国音乐发展的水平，这直接影响到了诗歌、特别是抒情诗的繁荣，包括诗的用韵，屈赋中的连韵、换韵所具有的音乐美、节奏美，无不体现出楚国当时高度发展的音乐。从“诗画本一律”、诗与画有相通之处出发，引用战国时楚国的帛画作品和出土的漆画，表现出丰富的想象、高度的概括力和浓厚的浪漫主义情调，作者认为这无疑给屈原的艺术创作带来有益的启迪。

四、整体把握，注重各事件之间的联系，全方位、多角度地考察。赵先生认为：“文学各方面的发展演变都是在开放的系统中进行的。认识一种风格、创作方法、表现手段，得看到它的各个方面，并且在发展中考察各种因素间的相互影响。这也是我们在文学史、文学理论的研究中应该注意的问题之一。”在《离骚》的创作时地与创作环境中，在谈解决问题的原则时说：“对据以立论的材料要有较全面的了解，考虑到它的各个方面以及与它有关的事件之间的联系。换句话说，对材料既要有微观上的细致分析，又要有宏观上的把握。”这个治学原则贯穿在《屈骚探幽》各个章节。对于一个问题，总是综合各方因素来考察。就《离骚》作于何地的问题，书中说：“作者的思想、阅历、知识、好恶、对环境对社会人事的感受以至潜意识在作品中的体现，就像人的血脉流注于头、身、四肢一样，完全是相通的。”对《离骚》中诗人自我形象的看法，作者认为：“从整体着眼，是研究、赏析任何一种艺术品的一个原则。”在从整体出发的原则下，他能联系到《九歌》、《九章》来认识。在“《离骚》的开头结尾与创作地点的关系”中，作者从“三后”、“旧乡”、“‘陟陞皇之赫戏’诠释”入手，重点考释了创作的地点。诗中说到的“三后”（三王）和自己是高阳氏的后裔、伯庸的子孙，“这都同屈原第一次被放的地点汉北临近楚故都鄢郢、鄀都有关。在鄢郢有先王之庙及公卿祠堂，如王逸所说，在那些庙堂的墙壁上还可能有关于圣贤行事的图画。诗人触景生情，因新近所见、所闻而有所想，写到他们是很自然的。”

作者以他细致敏锐而独特的思考方式，能发现人们往往忽略的角落。由“旧乡”而考出屈原流放汉北期间到过鄢郢；由“陟陞皇之赫戏”而考究出屈原不忍远离楚国，决定留下来。在探索楚辞的渊源时，赵逵夫教授就从方言、佚诗和韵文，亦从社会风俗、文化特征等方面来审视这一问题。

正是由于作者在考察《离骚》的创作地点时，能联系到相关的事件，从不同的角度、不同的方位去研究这个问题，所以才能取得令人信服的结论。

五、善于发现问题。作者以敏锐的学术视角，见出常见问题中的不同点，并进行科学的探索。在《离骚》抒情主人公形貌问题上，学术界有："夫妇君臣说"、"男女君臣之喻说"、"女性中心说"三种代表性的观点。作者从作品实际出发，发现支持这三种习以为常的观点其证据均不能成立，作者经过具体的分析认为"夫妇君臣说"、"女性中心说"、"男女君臣之喻说"皆不合于《离骚》的实际。那么，一千多年来的屈原研究者，都希望从整体出发来认识，却都出现了偏差，其原因"主要在于忽视了《九歌》同《离骚》等在性质和创作目的上的区别，忽视了它们在题材、形式等方面各自的特征，而简单地一例看待，一法炮制之"。善于发现问题，要有敏锐的学术视角，这样才能从人们认为是正确的、不容置疑的传统观点中发现存在的问题，亦能从权威的学术观点中找出不足。

对于《离骚》中出现的香草，游国恩先生说："女人最爱的就是花，所以屈原在《楚辞》中常常说装饰着各种香花，以比他的芳洁；又常常以培植香草来延揽善类或同志。"赵先生善于发现问题，他认为：《离骚》中用香花香草喻其纯洁高尚，本取其芳洁；以培养花草喻培养人才，取其芳洁的美质。而又具杀伤虫蛇、祛除瘴气，不必皆同女性联系在一起。以科学的态度来认识香草，这是前人所不曾有的。所以《离骚》中写佩带或培育祛瘴除秽、杀伤虫蛇之力的花草，除比喻高洁纯正的情操品质之外，也还暗寓其铲除邪恶之意。作者对香草的评析，是深究其文化内涵的，诗中所写之物皆打上了楚文化的烙印，把其中所写之物与"书楚声、纪楚地、名楚物"结合起来，这样就会有许多新的发现，在《楚辞》研究上也就会取得新的研究成果。

《艺文类聚》所引楚辞与后世流行本之比较

唐开国初年由李渊下令编写的《艺文类聚》，里面汇集了唐以前大量的文学文献资料，所引之书，百分之九十以上为不传之书，为唐以前古本，研究其中的引文很有意义，可用以互校今传本，亦可能纠正其谬误。宋代的周必大、彭叔夏校《文苑英华》，就用到《艺文类聚》。清代许多辑佚、校勘者研究先秦、两汉、南北朝的古籍，更为广泛地运用了这部类书。后代刻本多以宋代为精湛，而宋人做学问渐起疑古之风，以至于以己意篡改经典，所以我们对宋本书也不能过于迷信。以下仅就《艺文类聚》所引先秦《楚辞》与今流行版本作比照，观其文字之出入。

一

《艺文类聚》卷一天部上《天》条，《楚辞·天问》曰："图则九重，孰营度之？八柱何当？东南何亏？日月安属？列星安陈？"

这里所引与以《楚辞章句补注》为底本的《四部丛刊》本文字相同（以下简称《补注》本），只是中间有省略。《补注》本为："图则九重，孰营度之？惟兹何功？孰初作之？斡惟焉系？天极焉加？八柱何当？东南何亏？九天之际，安放安属？隅隈多有，谁知其数？天何所沓？十二焉分？日月安属？列星安陈？"① 《艺文类聚》只是摘其与天有关的词句，说明初唐《楚辞》抄本与北宋刊本相同。

《艺文类聚》卷一天部上《日》条，《楚辞》曰："暾将出兮东方，照吾槛兮扶桑。"又曰："角宿未旦，曜灵安藏？"又《天问》曰："羿

① 见今整理本《楚辞补注》，卞岐整理，凤凰出版社2007年版。此本以《四部丛刊》影宋本为底本，参校各本，为简体横排，加以新式标点，忠于原典，使用方便，故以与《艺文类聚》本比照。

> 焉毕日，乌焉解羽。”又《招魂》曰：“十日并出，流金铄石。”

《类聚》此条所引四处，第一处出自于《九章》的《东君》篇开头两句，不过《类聚》本中的“曒”字，在据《四部丛刊》本整理排印的本子中为“暾”字。第二处又曰：“角宿未旦，曜灵安藏?”其出处在屈原的《天问》，与前不同，《类聚》本言又曰，因其皆屈原作品，故如此言之，非在一篇之中。第三处亦出自《天问》，所不同者，《类聚》本之“毕”，在《补注》本作“弹”字，亦作“弹”，亦不作“毙”。第四处所引《招魂》中这两句，《类聚》本为“十日并出”，而今本为“十日代出”。宋洪兴祖《补注》本言：《庄子·齐物论》：“昔者十日并出，万物皆照。”[①] 庄子与屈原时代大致相同，所用语言习惯应是一致的，笔者以为此出应以《类聚》为是，宜为“并”字。

> 《艺文类聚》卷一天部上《云》条，《楚辞》曰：“云霏霏而承宇”；又曰：“青云衣兮白霓裳”；又曰：“冠青云之崔嵬”。

本条第一处出自《九章·涉江》，文字与今本同。第二处《九歌·东君》，与今本文字相同。第三处出自《九章·涉江》，此处之“青云”在今本为“切云”，为冠名。《太平御览》卷八天部八《云》条写作：“楚词曰：青云衣兮白电裳。又曰：冠青云之崔巍。”这里与《艺文类聚》本只是一字之别，即“巍”字。

> 《艺文类聚》卷一天部上《风》条“赋”，《楚辞》曰：“光风转蕙汎崇兰”；又曰：“嫋嫋兮秋风，洞庭波兮木叶下”。楚宋玉《风赋》曰：“楚襄王游兰台之宫，宋玉、景差侍，有风飒然而至，王乃披襟而当之，曰：快哉此风，寡人与庶人共者耶！宋玉对曰：夫风生于地，起于清苹之末，侵淫溪谷，盛怒于土囊之口，缘于太山之阿，舞于松柏之下。故其清凉雄风，则飘举升降，乘凌高城，入于深宫，徘徊于桂椒之间，翱翔于激水之上，猎蕙草，离秦衡，槩新夷，被稊杨，北上玉堂，经于洞房。故其风清清泠泠，愈病折酲，发明耳目，

---

① 亦见清郭庆藩《庄子集释》本卷一下《齐物论》第二，中华书局新编诸子集成（第一辑）1961年版，第89页。何宁《淮南子集释》卷八《本经训》：“逮至尧时之，十日竝出。”中华书局新编诸子集成1998年版，第574页。《太平御览》卷四天部四日下，楚辞曰：“十日并出，流金铄石。”

宁体便人，此所谓大王之雄风也。夫堬然起于穷巷之间动沙堁，吹死灰，此所谓庶人之雌风也。”

本条第一处所引出自于宋玉的《招魂》，文字上稍有出入，今本为："光风转蕙，汎崇兰些"。"些"为语气词，《楚辞》中常用，与"兮"字同。这里的"汎"字，《太平御览》本卷九天部九《风》条写作"泛"字。本条第二处所引出自于《九章·湘夫人》，文字上有"嫋"与"袅"之别，这两字是异体字，今本写作"袅"。第三处为宋玉作品。《汉书·艺文志·诗赋略》记："宋玉赋十六篇"，姚明烽《汉志注解》："《文选》载《风赋》、《高唐赋》、《神女赋》、《登徒子好色赋》四篇。"[①] 与《文选》本相比[②]，《类聚》本在《风》条摘引了部分内容，而且有些句子作了合并处理。关于《风赋》是否为宋玉作品，陆侃如先后作《宋玉赋考》和《宋玉评传》，只承认《九辩》与《招魂》是宋玉的作品，而认为其他诸篇皆是伪作。据严可均《全上古三代秦汉三国六朝文》记载，晋代王凝之、李充、陆冲及洪方生皆有《风赋》之作，南朝齐王融有《拟风赋》，谢朓有《风赋》，梁沈约有《拟风赋》。刘勰《文心雕龙·诠赋》云："荀况《礼》、《智》，宋玉《风》、《钓》，爰锡名号，与诗画境。六义附庸，蔚成大国。" 《文心雕龙》成书于南齐末年，故刘勰所读之《风》、《钓》应该存于梁世之前。《太平御览》本卷九天部九"风"条，亦征引了宋玉的《风赋》，不过与《类聚》本在个别地方文字有出入。

---

① 见《二十四史研究资料丛刊》，陈国庆编《汉书艺文志注释汇编》，中华书局1983年版，第166页。

② 为便于比照，录《昭明文选》所收宋玉之《风赋》：

襄王游于兰台之宫，宋玉、景差侍，有风飒然而至。王乃披襟而当之曰："快哉此风！寡人所与庶人共者邪？"宋玉对曰："此独大王之风耳，庶人安得而共之？"王曰："夫风者，天地之气，溥畅而至，不择贵贱而加焉。今子独以为寡人之风，岂有说乎？"宋玉对曰："臣闻于师，枳句来巢，空穴来风。其所托者然，则风气殊焉。"王曰："夫风始安生哉？"宋玉对曰："夫风生于地，起于青苹之末；侵淫溪谷，盛怒于土囊之口；缘泰山之阿，舞于松柏之下。飘忽淜滂，激扬熛怒，耾耾雷声，回穴错迕，蹶石伐木，梢杀林莽。至其将衰也，被丽披离，冲孔动楗，眴焕灿烂，离散转移。故其清凉雄风，则飘举升降，乘凌高城，入于深宫。邸华叶而振气，徘徊于桂椒之间，翱翔于激水之上，将击芙蓉之精，猎蕙草，离秦蘅，概新夷，被荑杨，回穴冲陵，萧条众芳。然后倘佯中庭，北上玉堂，跻于罗帷，经于洞房，乃得为大王之风也。故其风中人状，直憯凄惏栗，清凉增欷，清清泠泠，愈病析酲，发明耳目，宁体便人。此所谓大王之雄风也。"王曰："善哉论事！夫庶人之风，岂可闻乎？"宋玉对曰："夫庶人之风，塕然起于穷巷之间，堀堁扬尘，勃郁烦冤，冲孔袭门，动沙堁，至于室庐。故其风中人状，直憞溷郁邑，殴温致湿，中心惨怛，生病造热，中唇为胗，得目为蔑，啗齰嗽获，死生不卒。此所谓庶人之雌风也。"（萧统编，李善注：《文选》，中华书局1977年版）。

《艺文类聚》卷二天部下《雪》条，《楚辞·招魂》曰："魂兮来归，北方不可以止，增冰峨峨，飞雪千里"。又曰："霰雪霏霏，糅其增加。"又曰："霰雪纷纷而薄木"。又曰："桂棹兮兰枻，斫冰兮积雪。"

本条第一处引文基本相同，只有个别出入：这里的"来归"今本作"归来"，另外，今本"北方不可以止"和"飞雪千里"后有语词"些"字。第二处出自《九章·涉江》有："霰雪纷其无垠兮，云霏霏而承宇。"今本宋玉《九辨》中有"霰雪雰糅其增加兮"，这两处都与《类聚》本有出入。第三处引文，今本不见。最后一处引文出自《九歌》之《湘君》篇，与今本文字完全相同。

《艺文类聚》卷二天部下《雨》条，《楚辞》曰："雷填填兮雨冥冥，令飘风兮先驱，使冻雨兮洒尘"。

第一句出自于《九歌·山鬼》，与今本字句同，亦与《太平御览》卷天部《雨》条相同。二三句出自《九歌·大司命》，字句亦与今本相同。

《艺文类聚》卷二天部下《虹》条，《楚辞·天问》曰："白蜺婴茀，胡为此堂？"（蜺：云之有色，似龙。茀：白云委蛇者也），又曰："虹蜺纷其朝覆兮，夕淫淫而霖雨。"

第一处引文与今本《天问》相同。第二处引文并不出于屈原《天问》篇，而是出自汉明帝时严忌的《哀时命》，所以《艺文类聚》的"又曰"并非是延续上一篇之意。第二处征引与今本有一字之差，《类聚》本中的"覆"字，今本为"霞"字。《类聚》本中的"霖"字，在后来据《四部丛刊》本的今本中写作"淋"字。"霖"与"淋"区别很大，《说文》："雨三日已往，从雨林声。"《玉篇》："雨不止也"。《尔雅·释天》："久雨谓之淫，淫谓之霖。"《左传·隐九年》："春王三月癸酉，大雨霖以震，书，始也。……凡雨自三日以往为霖。"而"淋"字，《说文》曰："以水沃也。"王褒《洞箫赋》："被淋洒其靡靡兮"。"淋"又有浸渍之意，《广雅》："渍也。"

《艺文类聚》卷三岁时上《春》条，《楚辞》曰："献岁发春兮，

> 汩吾南征，菉蘋齐叶兮白芷生，湛湛江水兮上有枫，目极千里兮伤春心。”又曰：“开春发兮，白日出之悠悠，吾且荡志而愉乐兮，遵江夏以娱忧。”又曰：“王孙游兮不归，春草生兮萋萋。”又曰：“青春受谢白日昭，春气奋发万物遽。”

第一处引文出自于宋玉《招魂》篇，前四句是《招魂》乱辞开头四句，最后两句是《招魂》乱辞最后的两句，文字完全一样。第二处出自《九章·思美人》，未有一字不同，此处为“且”，而今本为“将”。第三处所引出于淮南小山之《招隐士》，文字相同。此二句是写睹草色而思离人，愁绪幽深。从此赋之后，古诗文中凡写到离别远行、抒述离愁别恨，就总要以草来作寄托或映衬。如汉乐府《饮马长城窟行》“青青河畔草，绵绵思远道”；《古诗十九首》之二“青青河畔草，郁郁园中柳”、之十二“回风动地起，秋草萋已绿”；唐白居易《赋得古原草送别》“离离原上草，一岁一枯荣。野火烧不尽，春风吹又生。远芳侵古道，晴翠接荒城。又送王孙去，萋萋满别情”；南唐冯延巳《南乡子》“细雨湿流光，芳草年年与恨长”；近人李叔同《送别》“长亭外，古道边，芳草碧连天，晚风拂柳笛声残，夕阳山外山”，等等。最后一处出自《大招》开头两句，文字基本相同，所不同者是今本每句后都有“只”字，为语气词。《类聚》本“青春受谢”，今本为“青春受謝”。

> 《艺文类聚》卷三岁时上《夏》条，《楚辞》曰：“滔滔孟夏，草木莽莽。”又曰：“收恢台之盛夏。”

第一处两句出自于《九章·怀沙》开头两句，文字与今本基本相同，不过今本夏后有“兮”字。第二处一句出于《九辨》，不过今本“孟夏”后有一语词“兮”字。

> 《艺文类聚》卷三岁时上《秋》条，《楚辞·九怀》曰：“秋风兮萧萧，舒芳兮振条。”又曰：“悲哉秋之为气也。萧瑟兮草木摇落而变衰，憭慄兮若在远行，登山临水兮送将归，穴廖兮天高而气清，寂惨兮收潦而水清。”又曰：“嫋嫋兮秋风，洞庭波兮木叶下。”又曰：“皇天平分四时兮，窃独悲此凛秋，白露既下降百草兮，淹离被此梧楸。”又曰：“秋既先戒以白露兮，冬又申之以严霜。”

第一处引文出自于王褒《九怀·尊嘉》篇前两句。第二处出自宋玉的《九辩》，文字与今本相同，第五句的“穴”字，在《太平御览》本和今流行之《章句》本中皆写作“泬”字，有无“水”部，意思大不相同。第三处所引出自于《九章·湘夫人》，文字上有“嫋”与“嫋”之别，这两字是异体字，今本写作“嫋”。《太平御览》卷二五写作“嫋嫋兮秋风，洞庭兮木叶下。”少了一个“波”字。第四处引文出处与第二处相同，同为《九辩》，文字基本相同，只是这里的“凛”字，在今《章句》本中写作“廪”，而《太平御览》卷二五则与《类聚》本同，写作“凛”字；这里的“淹”字，在《太平御览》卷二五与今《章句》本中皆写作“奄”；第五处出处亦为《九辩》，文字与今本皆同。

《艺文类聚》卷六地部《尘》条，《楚辞》曰：“安能以皓皓之白，蒙世俗之尘埃哉。”

本条所引出自《渔夫》篇，所不同者是今本多了一个“而”字，《类聚》本中的“哉”，今本作“乎”字，为“而蒙世俗之尘埃乎”。

《艺文类聚》卷八水部上《河水》条，《楚辞》曰：“与汝游兮九河，冲风起兮水扬波。”

这里所引与后世文字有异，只是一字之差，《艺文类聚》作“起”，《楚辞章句补注》本在《少司命》篇有“与汝游兮九河，冲风至兮水扬波。”《河伯》篇有“与汝游兮九河，冲风起兮水横波。”一处是“起”与“至”之别，一处是“扬波”与“横波”之别。

《艺文类聚》卷九水部下《壑》条，《离骚》曰：“降望大壑。”

词条引文出自《远游》篇，与今本《楚辞补注》同。

《艺文类聚》卷十八人部二《美妇人》条，《楚辞》曰：“姱容修态絙洞房，娥眉曼绿目腾光。”又曰：“粉白黛黑施芳泽，长袂拂面善留客。”又曰：“美人既醉朱颜酡”。楚宋玉《登徒子好色赋》曰：“登徒子侍于楚王，短宋玉曰：玉为人体貌闲丽，口多微辞，又性好色，愿王勿与出入后宫。王以登徒子之言问宋玉，玉曰：天下之佳人，莫若臣东家子，增之一分则太长，减之一分则太短，著粉太白，施朱太赤，眉如翠羽，肌如白雪，腰如束素，齿如含贝，嫣然一笑，惑阳城，迷下蔡。然此女登墙窥臣三年，至今未许也。登徒子则不然，其妻蓬头挛耳，齞唇历齿，旁行踽偻，又疥且痔，登徒子悦之。使有五子，王熟察之，谁为好色者矣？秦章华大夫在侧，因进而称曰：臣周览九土，足历五都，从容郑卫溱洧之间，是时向春之末，迎夏之阳，鸧鹒喈喈，群女出桑，此郊之姝，华色含光，体美容冶，不待饰粧。于是处子悦，若有望而不来，忽若有来而不见，意密体疎，俯仰异观，含喜微笑，窃视流盼，因迁延而辞避，目欲其颜，心顾其义，扬诗守礼，终不过差，故不足称也。”

第一处出自《招魂》，文字相同，不过今《补注》本两句后都有语词“些”字。第二处出自《大招》，文字相同，不过今《补注》本两句后都有语词“只”字。第三处出自《招魂》，句末有“些”字。第四处宋玉《登徒子好色赋》，出自《文选》卷十九，与今《补注》本完全相同。此赋对东邻之女的美极尽刻画之能事：“增之一分则太长，减之一分则太短；著粉则太白，施朱则太赤”，“眉如翠羽，肌如白雪，腰如束素，齿如含贝”。这种方法，显然是继承了《诗经·卫风·硕人》：“手如柔夷，肤如凝脂，领如蝤蛴，齿如瓠犀，螓首蛾眉”的描写方法，只是此赋的描写更为细腻。此赋本意在于曲折地讽谏楚王，而《艺文类聚》录此是为了给人们提供描写美女的方法而已，是为文之参考。

《艺文类聚》卷十九人部三《言语》条，楚宋玉《大言赋》曰：“楚襄王与唐勒、景差、宋玉，游于阳云之台，王曰：能为寡人大言者上座。王因称曰：操是太阿戮一世，流血冲天，车不可以历。至唐勒曰：壮士难兮绝天维，北斗戾兮太山夷。至宋玉曰：方地为车，圆天为盖，长剑耿介倚天外。王曰：未可也。玉曰：并吞四夷，饮枯河海；跂越九州，无所容止。”又《小言赋》曰：“楚襄王既登阳云之观，命诸大夫唐勒、景差、宋玉等，并进大言赋，赋卒而宋玉受赏。又曰：有能为小言赋者，赐之云梦之田。景差曰：戴氛埃兮垂漂尘，体轻蚊翼，形微蚤鳞，经由鍼孔，出入罗巾。唐勒曰：折飞糠以为舆，剖粃糟以为舟，凭蛹背以顾盼，附蠛蠓而遐游。又曰：馆于蝇须，宴于毫端，亨虱脑，切虮肝，会九族而同哜，犹委余而不殚。宋玉曰：无内之中，微物潜生，比之无象，言之无名，蒙蒙景灭，昧昧遗形，纤于毫末之微蔑，陋于茸毛之方生，视之则眇眇，望之则冥冥，离朱为之叹闷，神明不能察其情。二子之言，磊磊皆不小，何如此之为精？王曰：善！赐云梦之田。”

《大言赋》和《小言赋》记录了楚王与宋玉、唐勒、景差等人表演语言文字游戏的情景，是宋玉作品中较为特殊的赋作姊妹篇，从其文风看，笔者以为受庄子文风影响明显。此赋出于《古文苑》，而《古文苑》乃东周至南齐诗文总集，二十一卷，编者不详，由南宋章樵注。《艺文类聚》所收与今本《古文苑》同。初唐欧阳询《艺文类聚》之后，虞世南《北唐书钞》卷三十、卷一〇二中三次在注释中提及并引用《小言赋》文句；徐坚《初学记》卷一、卷五曾引《大言赋》片言；李善注《文选》时也于卷八扬雄《羽猎赋》、卷十五张衡《思玄赋》以及卷三十一江淹《杂体诗》注释中三次说及“宋玉《大言赋》曰”云云。自战国宋玉《大言赋》、《小言赋》之后，诸言体渐入诗格。诸言体常见有了语、大言、小言、乐语、滑语、馋语、醉语、安语等。

《艺文类聚》卷十九人部三《笑》条，《楚辞》曰：“若有人兮山之阿，被薜荔兮带女萝；既含睇兮又宜笑，子慕予兮善窈窕。又曰：行不群以颠越兮，又众兆之所咍。”

第一处引文出自《九歌·山鬼》开头四句，第二处引文出于《九章·惜诵》，与今《楚辞补注》本文字完全一样。

《艺文类聚》卷二十四人部八《讽》条，楚宋玉《讽赋》曰：“楚襄王时，宋玉休归。唐勒谗之于王曰：玉为人身体容冶，内多微词，出爱主人之女，入事大王，愿王疏之。玉休还，王谓玉曰：出爱主人之女，入事寡人，不亦薄乎？玉曰：臣尝出行，仆饥马疲，主人之女，翳承日之华，披翠云之裘，披翠云之裘，更被白谷之单衫，垂珠步摇，来排臣户，为臣炊彫胡之饭，烹露葵之羹，以其翡翠之钗，挂臣冠缨。为臣歌曰：岁将暮兮日已寒，中心乱兮勿多言。臣复援琴为《秋竹》《积雪》之曲，主人女又为臣歌曰：怵惕心兮徂玉床，横自陈兮君之傍。君不御兮妾谁怨，日将至兮下黄泉。”又《钓赋》曰：“宋玉与登徒子偕受钓于玄泉，止而并见于楚襄王，登徒子曰：夫玄泉天下之善钓者也，以三寻之竿，八丝之线，以出三尺之鱼于数仞之中，可谓无术乎？襄王曰：善。宋玉进曰：今玄泉钓，又焉足为大王言乎？王曰：子所谓善钓者何？玉曰：善钓者，其竿非竹，其纶非丝，其钩非针，其饵非蚓也。王曰：愿遂闻之。宋玉曰：昔尧、舜、禹、汤之钓也，以圣贤为竿，道德为纶，仁义为钩，利人为饵，四海为池，万民为鱼，其钓道微也，非圣孰能察之？王曰：钓未可见也。宋玉曰：其钓易见，昔殷汤以七十里，兴利除害，天下归之，其饵可谓芳矣；南面以掌天下，历载数百，到今不废，其纶可谓纫矣；群生浸其泽，民氓畏其罚，其钩可谓善矣；功成而不坠，名立而不改，其竿可谓强矣。夫竿折纶绝，饵坠钩决，鱼失，则夏桀、商纣不通夫钓术也。"

这里所引《讽赋》、《钓赋》与《古文苑》本文字相同。

《艺文类聚》卷二十八人部十二《游览》条，《楚辞》曰："览冀州兮有余，横四海兮焉发。"又曰："登昆仑兮四望，心飞扬兮浩荡。日将暮兮怅忘归，遗极浦兮悟怀。"

第一处引文出自《九歌·云中君》，文字基本相同，只是这里的"焉发"，在《补注》本中为"焉穷"。第二处引文出于《九歌·河伯》，与今《楚辞补注》本文字基本相同，所异者在于这里的"悟"字，在《补注》本写作"寤"。

《艺文类聚》卷二十九人部十三《别上》条，《楚辞》曰："离，别也。骚，愁也。言己放逐离别，中心愁思。"又曰："悲莫悲兮生离别，乐莫乐兮新相知。"又曰："憭慄兮若在远行，登山临水送将归。"又曰："超北梁兮永辞，送美人兮南浦。"

第一处出自《离骚》王逸注，今《补注》本曰："离，别也；骚，愁也；经，径也。言己放逐离别，中心愁思，犹陈直径，以风谏君也。"第二处引文出自《九歌·少司命》，文字全同。第三处出自于宋玉的《九辨》，所不同者，《补注》本多一"兮"字，在句中为"登山临水兮送将归"。第四处"超北梁兮永辞"出自《九怀·陶壅》，且今本《补注》中有"绝梁兮永辞"；"送美人兮南浦"出于《九歌·河伯》倒数第三句，文字皆同。"北梁"与"南浦"从此以后就成了水边送别之地的借称，亦有浓浓的惜别之情。

《艺文类聚》卷三十人部十四《愁》条，《楚辞》曰：“怨灵修之浩荡，终不察夫民心。”

此出《离骚》篇，只是今本《补注》的第一句后有“兮”字。

《艺文类聚》卷三十五人部十九《愁》条，《楚辞》曰：“《天问》者，屈原所作也。屈原放逐，忧心愁悴，彷徨山泽，经历陵陆，嗟号日闻，仰天叹息，楚有先王之庙，及公卿祠堂，图画天地山川，神灵奇伟，及古贤圣怪物行事，周流罢倦，休息其下，仰见图画，因书其壁，呵而问之，以洩愤懑，舒写愁思。”又曰：“《渔父》者，屈原所作也。屈原驰逐江湘之间，忧愁吟叹，而渔父避世隐身，钓鱼江滨，欣然自乐，时遇屈原川泽之域，怪而问之，遂相应答。”

第一处出自《天问》文前王逸之注，今《补注》本曰：“《天问》者，屈原之所作也。何不言问天？天尊不可问，故曰天问也。屈原放逐，忧心愁悴，彷徨山泽，经历陵陆，嗟号旻昊，仰天叹息。见楚有先王之庙，及公卿祠堂，图画天地山川神灵，琦玮僪佹，及古圣贤怪物行事，周流罢倦，休息其下，仰见图画，因书其壁，呵而问之，以渫愤懑，舒泻愁思。楚人哀惜屈原，因共论述，故其文义不次序云尔。”两者文字基本相同，小有出入，可见《艺文类聚》在征引原文时有简省之处，不是严格地征引。第二处引文出自屈原《渔父》文前王逸之注，今《补注》本曰：“渔父者，屈原之所作也。屈原驰逐，在江、湘之间，忧愁吟叹，仪容变易。而渔父避世隐身，钓鱼江滨，欣然自乐，时遇屈原川泽之域，怪而问之，遂相应答。”文字基本相同，今本第二句多了一“之”字，第三句多一“在”字，后面又多一句“仪容变易”，其余皆同。

《艺文类聚》卷四十一乐部一《论乐》条，《楚辞》曰：“陈锺案鼓造新歌，涉江采菱发阳阿，二八齐容起郑舞，衽若交竿抚案下，竽瑟狂会填鸣鼓，宫庭震惊发激楚。又，代奏郑卫鸣竽张，伏戏驾辨楚劳商。”

第一处引文在今《补注》本中为：“陈钟按鼓造新歌些。《涉江》、《采菱》发《扬荷》些。……二八齐容起郑舞些。衽若交竿抚案下些。竽瑟狂会搷鸣鼓些。宫廷震惊发《激楚》些。”文字相同，就是《类聚》本省去了句末的语词“些”字。第二处引文出自《大招》，文字相同，然句末少一语词“只”字。

《艺文类聚》卷四十三乐部三《舞》条，《楚辞》曰：“二八齐容起郑舞，衽若交竿抚案下。又曰：翾飞兮翠曾，展诗兮会舞。”

第一处引文在今《补注》本中为：“二八齐容起郑舞些。衽若交竿抚案下些。”文字相同，就是《类聚》本省去了句末的语词“些”字。第二处引文出自《九歌·东君》，文字相同。

《艺文类聚》卷六十一居处部一《总载居处》条，《楚辞》曰：“像设居室静闲安，高堂邃宇槛层轩，层台累榭临高山，网户朱缀刻方连，冬有突夏夏室寒，经堂入奥朱尘筵。砥室翠翘挂曲琼，蒻阿拂壁罗帱张，翠帷翠帱饰高堂，红壁沙板玄玉梁，仰观刻桷画龙蛇，坐堂伏槛临曲池，芙蓉始发杂芰荷，紫茎屏风文绿波。”又曰：“筑室兮水中，葺之兮以荷盖，荃壁兮紫坛，播芳椒兮成堂，桂栋兮兰橑，辛夷楣兮药房。”

第一处较长引文出自《招魂》篇，文字基本相同，中间有省略，每句后略去语词“些”字。第一句中的“居”字，在今《补注》本中写作“君”字。第五句前一个“夏”字，在今《补注》本中为“厦”字。第九句的“帱”字，在《补注》本中作“帐”。第十句的“板”字，在《补注》本中作“版”。最后一句的“绿”字，在《补注》本中写作“缘”。余皆相同，就是《类聚》本省去了句末的语词“些”字。第二处引文出自《九歌·湘夫人》中，第二句中的“以”字，在今《补注》本中无，余皆同也。

《艺文类聚》卷六十二居处部二《宫》条，《楚辞》曰：“鳞屋兮龙堂，紫贝阙兮朱宫。”

此引文出自《九歌·河伯》，字句基本相同，所不同者，今本《补注》中为“鱼鳞”，比《类聚》本多一“鱼”字。

《艺文类聚》卷六十三居处部三《门》条，《楚辞》曰：“望长楸而太息，涕淫淫其若霰，过夏首而西浮，顾龙门而不见。”

此引文出自《九章·哀郢》，字句基本相同，所不同者，今本《补注》一、三句后有“兮”字。

《艺文类聚》卷六十三居处部三《堂》条，《楚辞》曰：“鱼鳞屋兮龙堂。”

此引文出自《九歌·河伯》，字句相同。

《艺文类聚》卷六十四居处部四《道路》条，《楚辞》曰：“心不怡之长久，忧与忧之相接，惟郢路之辽远，江与夏之不可涉。”

此引文出自《九章·哀郢》，字句基本相同，所不同者，今本《补注》一、三句后有“兮”字，且第二句为“忧与愁其相接”。

《艺文类聚》卷六十七衣冠部《衣冠》条，《楚辞》曰：“余幼好此奇服兮，年既老而不衰，带长铗之陆离兮，冠青云之崔嵬。”

此引文出自《九章·涉江》，字句基本相同，所不同者，今本《补注》第四句为“切云”，而非《类聚》本之“青云”。《太平御览》卷六八四服章部《总叙冠》所引，第一句第二个字为“纫”，第三句末没有“兮”字，余皆同也。

《艺文类聚》卷六十七衣冠部《衣裳》条，《楚辞》曰：“制芰荷以为衣，集芙蓉以为裳。”

此引文出自《离骚》，字句基本相同，所不同者，今本《补注》第一句后有“兮”字。

《艺文类聚》卷七十服饰部下《被》条，《楚辞》曰：“翡翠珠被烂齐光。”

此引文出自《招魂》，字句基本相同，所不同者，今本《补注》句末有一“兮”字。

《艺文类聚》卷七十九灵异部下《魂魄》条，《离骚》曰：“百年信荏苒，何为苦心魂。”又曰：“隐沦驻精魄”。又曰：“望孟夏之短夜，何晦朔之若藏。惟郢路之修远兮，魂一夕而九逝。”又《招魂》篇曰：“《招魂》者，宋玉之所作也。玉怜哀屈原，忠而斥弃，忧愁山泽，魂魄放逸，厥命将落，故作《招魂》，欲以复其精神，延其年寿，外陈四方之恶，内崇楚国之美，以讽谏怀王，冀其觉悟而还之也。朕幼清以廉洁，身服义而不沫。”

第一处引文与第二处引文非《离骚》中语，而为江淹诗句。第一、二句为江淹的诗句，《左记室思咏史》：“韩公沦卖药，梅生隐市门。百年信荏苒，何为苦心魂。当学卫霍将，建功在河源。珪组贤君眄，青紫明主恩。终军才始达，贾谊位方尊。金张服貂冕，许史乘华轩。王侯贵片议。公卿重一言。太平多欢娱，飞盖东都门。顾念张仲蔚，蓬蒿满中园”。第二处为江淹诗句中语，《郭弘农璞游仙》：“崦山多灵草，海滨饶奇石。偃蹇寻青云，隐沦驻精魄。道人读丹经，方士炼玉液”。第三处引文出自《九章·抽思》，今《补注》本第一句后有“兮”字，第二句末字为“岁”，第三句为“惟郢路之辽远兮”。第四处引文出自《招魂》篇前王逸注序，文字基本同，略有简省。最后两句为《招魂》正文的开头两句，与今本相比，《类聚》本第一句末少一“兮”字，第二句中的“不沫”，今之流行本作“未沫”。

《艺文类聚》卷八十一药香草部上《兰》条，《离骚》曰：“既滋兰之九畹兮。”又曰：“纫秋兰以为佩。”又曰：“秋兰兮麋芜，萝生兮堂下。绿叶兮素茎，芳菲兮袭予。秋兰兮青青，绿叶兮紫茎。”

第一处与今《补注》本和《太平御览》本卷九八三香部三比，省去了“余”字，第二处引文与今《章句》本及《太平御览》本同，两处均出《离骚》。第三处出自《九歌·少司命》，第三句最后一字今本为“枝”字，第四句少了一个“菲”字，今本为“芳菲菲袭予”，其余皆同，只是《类聚》本在征引时省略了“芳菲兮袭予”后面两句：“夫人自有兮美子，荪何以兮愁苦”。《太平御览》卷九八三香部三所引与今《章句》本基本相同，只是第四句少一“菲”字，与《类聚》本同。《类聚》

本在《兰》字条下对《楚辞》的征引，没有《太平御览》全面。

《艺文类聚》卷八十一药香草部上《菊》条，《楚辞》曰："朝饮木兰之坠露兮，夕餐秋菊之落英。"又曰："春兰兮秋菊，长无绝兮终古。"

第一处《离骚》中的两句与今本同，第二处出自《九歌》最后的《礼魂曲》，文字与今本完全相同。

《艺文类聚》卷八十一药香草部上《杜若》条，《离骚》曰："采芳洲兮杜若，将以遗兮下女。"又曰："杂杜蘅与芳芷"。又曰："山中人兮芳杜若，饮石泉兮荫松柏。"

第一处《九歌·湘君》中的两句与今本同，第二处出自《离骚》，文字与今本完全相同。第三处出自《九歌·山鬼》，与今本同。

《艺文类聚》卷八十一药香草部上《蕙》条，《离骚》曰："川谷径复流潺湲，光风转蕙汜崇兰。"又曰："树蕙之百亩"。又曰："薜荔拍兮蕙绸。"

第一处《招魂》中的两句与今本基本同，只是每句末少了一"些"字。第二处出自《离骚》，今《补注》本为"又树蕙之百亩"。《太平御览》卷九八三香草部亦云："又树蕙之百亩"。第三处出自《九歌·湘君》，与今本同。

《艺文类聚》卷八十一药香草部上《蘼芜》条，《楚辞》曰："秋兰兮蘼芜，萝生兮堂下。绿叶兮素枝，芳菲兮袭予。"

这里的引文出自《九歌·少司命》，文字基本同，第四句少了一个"菲"字，今本为"芳菲菲袭予"。

《艺文类聚》卷八十二草部下《芙蕖》条，《楚辞》曰："集芙蓉以为裳"。又曰："因芙蓉而为媒，惮褰衣而濡足。"又曰："搴芙蓉兮木末"。又曰："披荷裯之晏晏"。又曰："製芰荷以为衣"。又曰："荷衣兮蕙带"。又曰："芙蓉始发杂芰荷，紫茎屏风文绿波"。

第一、五处引文出自《离骚》篇，文字基本相同，第五处今本句末有一"兮"字。第二处出自《九章·思美人》，不过第二句今《补注》本为"惮蹇裳而濡足"。第三处出自《九歌·湘君》，文字相同。第四处出自《九辨》，今《补注》本写作"被荷裯之晏晏兮"。《尔雅》：晏晏，柔也。第六处出自《九歌·少司命》，文字皆同。最后一处引文出自《招魂》，与今本比，每句后少一"些"字。《太平御览》卷九九九百卉部六《芙蕖》条所引，与《章句》本同，句末皆有"些"字。

《艺文类聚》卷八十二草部下《蓬》条，《离骚》："蓬艾亲人，御于茅兮。"

此处引文出自东方朔《七谏·怨世》，非屈原之《离骚》，不过第二句今《补注》本为"御于床第兮"，《太平御览》卷九九七作"第"字，两者皆宋本，可能同据一本。

《艺文类聚》卷八十二草部下《艾》条，《楚辞》曰："萧艾于筐笥，谓蕙芷而不香。"《离骚》曰："扈服艾以盈腰兮，谓幽兰其不可佩。"又曰："何夕日之芳草兮，今直为此艾。"

第一处引文为张衡《思玄赋》："珍萧艾于重笥兮，谓蕙芷之不香。"且有个别用词的不同。之所以曰楚辞者，因其《思玄赋》为楚辞体故也。第二处《离骚》中的字句与今本同，唯有"腰"与"要"的不同，这两个字是相同的。第三处引文在今《补注》本中为"何昔日之芳草兮，今直为此萧艾也。"有个别字词的出入，应是《艺文类聚》本征引之简省。

《艺文类聚》卷八十四宝玉部下《贝》条，《楚辞·九歌》曰："鱼鳞屋兮龙堂，紫贝阙兮朱宫。"

出自《九歌·河伯》，与今本字词完全相同。

《艺文类聚》卷八十六果部上《橘》条，《离骚》曰："后皇嘉树橘采服，受命不迁生南国。"

出自《九章·橘颂》，与今本字词相同，只是《艺文类聚》本征引时每句的句末少了一“兮”字。《太平御览》卷九六六果部三为：“皇后嘉树橘采服，受命不迁生南国。”所不同者，一为“后皇”，一为“皇后”。

> 《艺文类聚》卷八十八木部上《松》条，《离骚》曰：“山中人兮芳杜若，饮石泉兮荫松柏。”又曰：“嘉树生朝阳，凝霜封其条。”嘉树，松柏也。

第一处引文出自《九歌·山鬼》，与今本字词相同。第二处出自《玉台新咏》卷三陆机《拟兰若生春阳》前两句，其诗云：“嘉树生朝阳，凝霜封其条。执心守时信，岁寒不敢凋。美人何其旷，灼灼在云霄。隆想弥年时，长啸入风飘。引领望天末，譬彼向阳翘。”亦见《陆平原集》卷二。

> 《艺文类聚》卷八十九木部下《桂》条，《楚辞》曰：“桂棹兮兰枻。”又曰：“桂栋兮兰橑”。又曰：“结桂枝兮延伫。”又曰：“桂树丛生兮山之幽，偃蹇连卷兮枝相缭。”又曰：“丽桂树之冬荣”。又曰：“沛吾承兮桂舟”。

第一处引文出自《九歌·湘君》篇，文字相同。第二处出自《九歌·湘夫人》，文字相同。第三处出自《九歌·大司命》，文字相同。第四处出自淮南小山《招隐士》开头两句，与今《补注》本同。第五处出自《远游》，文字皆同。最后一处引文出自《九歌·湘君》，文字相同。

> 《艺文类聚》卷八十九木部下《枫》条，《离骚·招魂》曰：“湛湛江水上有枫，目极千里伤春心”。

此引文出自《章句》本《招魂》篇，字句完全相同。亦与《太平御览》卷九五七木部《枫》条所引完全相同。

> 《艺文类聚》卷八十九木部下《木兰》条，《离骚》曰：“朝搴阰之木兰”。

此与今本同。

《艺文类聚》卷九十鸟部上《凤》条，《宋玉对问》曰："凤皇上击九千里，绝云霓，负苍天乎窈冥之中，藩篱之鷃，岂能与之料天地之高哉?"《离骚》曰："为凤皇作鹑笼，虽翕其不容。"

第一处见《文选》及《宋玉文集》[①]，其文云："凤凰上击九千里，绝云霓，负苍天，足乱浮云，翱翔乎杳冥之上。夫藩篱之鷃，岂能与之料天地之高哉?"第二处《太平御览》卷九一五羽族部《凤》条所引为："为凤皇作鹑笼，虽歙翼而不容。"《补注》本为："为凤皇作鹑笼兮，虽翕翅其不容。"三个本子各有出入。

《艺文类聚》卷九十鸟部上《鹤》条，《离骚》曰："缘鹄饰玉，后帝具飨。"

此出自《天问》，与今《补注》本比，第一句相同。第二句一字不同，《补注》本为"是飨"。后帝谓殷汤也。言伊尹始仕，缘烹鹄鸟之羹，修饰玉鼎，以侍殷汤，汤贤之，遂以为相也。

《艺文类聚》卷九十鸟部上《玄鹄》条，《离骚》曰："煎鸿鸧。"

出自《招魂》篇，省略了句后的"些"字。鸧，即鸧鹒，黄鹂也。《类聚》注曰：雀也。

《艺文类聚》卷九十一鸟部中《孔雀》条，《楚辞》曰："孔盖兮翠旌。"

---

① 宋玉的作品，最早据《汉书·艺文志》载，有16篇。现今相传为他所作的，《九辩》、《招魂》两篇，见于王逸《楚辞章句》；《风赋》、《高唐赋》、《神女赋》、《登徒子好色赋》、《对楚王问》5篇，见于萧统《文选》；《笛赋》、《大言赋》、《小言赋》、《讽赋》、《钓赋》、《舞赋》6篇，见于章樵《古文苑》；《高唐对》、《微咏赋》、《郢中对》3篇，见于明代刘节《广文选》。但这些作品，真伪相杂，可信而无异议的只有《九辩》一篇。《招魂》颇多争议，一般认为是屈原所作。其他如《高唐赋》、《神女赋》、《登徒子好色赋》、《风赋》等篇，游国恩、刘大白、陆侃如等著名学者怀疑是伪托的。

出自《九歌·少司命》篇，孔雀之羽为车盖。今《补注》本句末字为“旍”。《太平御览》卷九二四羽族部为“孔雀盖兮翠旌”。

> 《艺文类聚》卷九十一鸟部中《鸭》条，《楚辞》曰：“宁与骐骥抗轭乎？将与鸡鹜争食乎？宁昂昂若数千里之驹，泛泛若水中之凫。”

前两句出自屈原《卜居》，“宁昂昂若千里之驹乎？将泛泛若水中之凫，与波上下，偷以全吾躯乎？宁与骐骥亢轭乎？将随驽马之迹乎？宁与黄鹄比翼乎？将与鸡鹜争食乎？”。

> 《艺文类聚》卷九十四兽部中《驴》条，《楚辞·九怀》曰：“骥垂两耳，中坂蹉跎，蹇驴服驾，无用日多。”

出自《九怀·陶壅》，与《太平御览》卷九〇一兽部所引全同，而今《章句补注》本一、三句后有“兮”字。

> 《艺文类聚》卷九十四兽部中《狗》条，《楚辞》曰：“何少康逐犬，而颠陨厥首。”言少康因猎放犬逐兽，于是舍所宿也。又曰：“兄有噬犬弟何欲，易之以百两卒无禄。”又曰：“岂不郁陶而思君兮，君之门兮九重，猛犬狺狺而迎吠兮，关梁闭而不通。”

第一、二处引文出自《天问》，文字与今本皆同。第三处出《章句》本之《九辨》，字句几乎相同，唯有“君之门兮九重”句，到《章句》本少了“兮”字。而这里的“兮”字到《太平御览》卷九〇五兽部一七狗下为“以”字。

> 《艺文类聚》卷九十六鳞介部上《龙》条，《楚辞》曰：“神龙失水而陆居，为蝼蚁之所裁。”

此出《惜誓》篇，文字全同。王逸注曰：“《惜誓》者，不知谁所作也。或曰贾谊，疑不能明也。”《艺文类聚》本与《太平御览》卷九三〇鳞介部所引相同。

> 《艺文类聚》卷九十六鳞介部上《蛇》条，《楚辞》曰：“蝮蛇蓁蓁”。

出自《楚辞章句补注》本的宋玉之《招魂》篇。《太平御览》卷九三四鳞介部为“蝮蛇蓁蓁，封孤千里。”

> 《艺文类聚》卷九十八祥瑞部上《木芝》条，《楚辞》曰：“采三秀兮于山涧。”

《太平御览》九百八十六作《九歌》，《四部丛刊》本为《九歌》之《山鬼》篇。《类聚》本“涧”字，《四部丛刊》本及今之通行本皆作“间”字。王逸注：三秀，谓芝草也。

二

从以上《艺文类聚》本和以《四部丛刊》本为底本的《楚辞章句补注》本的比照中可以发现，唐代抄本与宋刻本之间的异同。二者在文字方面几乎相同，所不同者是《艺文类聚》在征引时有省略之处，且在引用时惯以《离骚》总明其出处。《四库全书总目》云：“褒屈宋诸赋，定名楚辞，自刘向始也。后人或谓之骚，故刘勰品论楚辞，以辨骚标目。考史迁称，屈原放逐，乃赋离骚，盖举其最著一篇。《九歌》以下，均袭骚名，则非事实矣。”① 后人习惯于用《离骚》代指楚辞，只是因其为名篇而已。《楚辞》流传本中，当以宋人洪兴祖《楚辞章句补注》为善本。陈振孙《直斋书录解题》曰：“逸之《注》，虽未能尽善，而自淮南王安以下为训传者今不复存，其目仅见于隋、唐《志》，独逸《注》幸而尚传，兴祖从而补之，于是训诂名物详矣。……兴祖少时从柳展如得东坡手校《楚辞》十卷，凡诸本异同，皆两出之；后又得洪玉父而下本十四五家参校，遂为定本。始补王逸《章句》之未备者，书成，又得姚廷辉本，作《考异》，附古本《释文》之后；其末，又得欧阳永叔、孙莘老、苏子容本于关子东、叶少协，校正以补《考异》之遗。洪于是书用力亦以勤矣。”② 洪兴祖在《楚辞章句补注》一书，多方搜集异本，参互校勘，故

---

① 《四库全书总目》卷一四八，集部，楚辞类，中华书局 1965 年以浙本为底本影印，第 1267 页。

② 见徐小蛮、顾美华点校《直斋书录解题》卷十五，楚辞类，上海古籍出版社 1987 年版，第 433、434 页。

能成就其善本。故《四库全书总目》云："兴祖是编，列逸《注》于前，而一一疏通，证明补注于后，于逸《注》多所阐发。又皆以补曰二字别之，使与原文不乱，亦异乎明代诸人妄改古书，恣情损益，于楚辞诸注之中，特为善本。故陈振孙称其用力之勤，而朱子作《集注》，亦多取其说云。"① 由此可以看出，后世人们重视《补注》本是有缘由的。

笔者之所以拿出初唐的《艺文类聚》本与宋代的刻本作对比，是因为在早近三百多年未有雕版印刷之前的抄本时代，《艺文类聚》自有它的价值所在，起码是一种较有价值的参考。同时也可以看出一些初唐与宋代楚辞研究的成果。《艺文类聚》编者在初唐所能见到的《楚辞》版本，应在初唐所编的《隋书·经籍志》中。据《隋书》卷三十五经籍志所载："《楚辞》十二卷并目录，后汉校书郎王逸注。《楚辞》三卷郭璞注。梁有《楚辞》十一卷，宋何偃删王逸注，亡。《楚辞九悼》一卷杨穆撰。《参解楚辞》七卷皇甫遵训撰。《楚辞音》一卷徐邈撰。《楚辞音》一卷宋处士诸葛氏撰。《楚辞音》一卷孟奥撰。《楚辞音》一卷《楚辞音》一卷释道骞撰。《离骚草木疏》二卷刘杳撰。右十部，二十九卷。通计亡书，十一部，四十卷。"我们不知道《艺文类聚》的编撰者在征引楚辞时具体参考了哪一个版本，估计应为当时通行的十二卷本。到了宋人编的《旧唐书·经籍志》所记："《楚词》十六卷王逸注《楚词》十卷郭璞注。《楚词九悼》一卷杨穆撰。《离骚草木虫鱼疏》一卷刘杳撰。《楚词音》一卷孟奥撰。又一卷徐邈撰。又一卷释道骞撰。"唐代《楚辞》版本比隋代还少，可见唐人在楚辞研究方面几无贡献。《隋书》所载楚辞反映的是唐以前的楚辞研究状况。从版本上来说，洪兴祖《楚辞章句补注》是最好的，被《四库全书总目》称为楚辞诸本中之"善本"。

2012 年 6 月

① 《四库全书总目》卷一四八，集部，楚辞类，中华书局 1965 年以浙本为底本影印，第 1268 页。

从京都赋看当时的文风

汉大赋发展到东汉初中期，题材方面发生了变化，出现了大量的以城市为描写对象的赋作，最具有代表性的是班固的《两都赋》、张衡的《二京赋》，在两汉赋作中体制也最为恢宏。萧统主编的《文选》中，首列京都赋，美国的康维达认为萧统如此看重京都赋，大约是吸收了刘勰《文心雕龙》“体国经野”的观点[①]，《文心雕龙·诠赋》云：“夫京殿、苑猎，述行、序志，并体国经野，义尚光大。”又刘勰为官于东宫通事舍人，为萧统传递文书，受其影响，亦为在理。东汉的京都赋是汉赋发展中的又一高峰，虽是散体大赋发展的强弩之末，亦足以代表这一时期文学的最高成就。下面着重从《两都赋》和《二京赋》入手，分析其当时辞赋的文风。

一　现实针对性

东汉中兴，光武帝刘秀建都洛阳，当时朝廷中许多官员主张返都于长安，回归先帝之所居（刘秀为高祖九世孙），京都赋的出现便是这一现实思想冲突的产物。

光武帝建武二十年，杜笃献《论都赋》，主张归都长安，他认为光武建都洛阳，是一种临时性措施，不是不思迁都长安。到汉明帝永元中，依然有人思迁都长安。班固因是而作《两都赋》，他在序中说：“西土耆老咸怀怨思，冀上之眷顾，而盛称长安旧制，有陋洛邑之议。故臣作《两都赋》，以极众人之所眩曜，折以今之法度。”可见班固之作《两都》、杜笃之写《论都》，皆有其具体的现实针对性，且有以赋代论的性质。与班固同朝的傅毅亦有《洛都赋》[②]，他的《反都赋》也是一篇京都赋，现仅存两行。与班固同时代的崔骃也写有《反都赋》，其序云：“汉历中绝，

---

① 参阅康维达《汉颂》，《文史哲》1990 年第 5 期。

② 今残文见于《艺文类聚》卷六一，《初学记》卷二四，《北堂书钞》卷一三七亦有残句。今本《全汉赋》集为一处。

京师为墟。光武受命，始迁洛都。客有陈西土之富云，洛邑偏小，故略陈祸败之机，不在险也。”① 他写赋的目的是反驳那些主张迁都的长安派，有明确的现实性。这时还出现了写巡狩、武功的赋作，如班固的《东巡颂》、《南巡颂》、《窦将军北征颂》，崔骃的《大将军西征赋》等征实性的作品。大概每一朝开国之初，文风都远离浮夸奢丽，多具体现实的针对性。

章帝刘炟宠爱窦皇后，重用外戚窦宪和宦官，到和帝时渐走下坡路，政治十分黑暗，外戚与宦官登上了东汉王朝的统治舞台。

历史与社会的矛盾，深化了文学家张衡的思想，他历时十年，撰成《二京赋》，揭示了在华丽外衣掩盖下的深刻的社会危机。马积高在《赋史》中说：“但《二京》对西汉末年统治者腐朽生活的揭露，较《两都》更为具体激切，这应是针对当时的现实而发，值得注意。”② 龚克昌先生在《汉赋研究·张衡赋论》中认为，从《二京赋》中可以看到丑恶现实的一面。《二京赋》中的种种描写，尽管都是征引史事，但作者的两眼是紧盯着当时现实社会的。《后汉书·张衡传》云：“永元中，（衡）举孝廉不行，连辟公府不就。时天下承平日久，自王侯以下，莫不逾侈。衡乃拟班固《两都》作《二京赋》，因以讽谏。”③ 此为他写《二京》之动机，而当时社会状况，正如他的好友王符在《潜夫论·浮侈》中所说：“今京师贵戚，衣服、饮食、车舆、文饰、庐舍，皆过王制，僭上甚矣。”④ 可见《二京》所言，是有感而发，借古讽今，这就是此赋的现实性之所在。汉赋作家写赋的目的，是为了献给帝王看，献给人们看。班固在《两都赋》序中说，是为了“抒下情而通讽喻”，“宣上德而尽忠孝”。东汉中后期，赋家追求的是抒发自内心的不平和揭露抨击社会的黑暗。《后汉书·张衡传》云：“衡常思图身之事，以为吉凶倚伏，幽微难明，乃作《思玄赋》，以宣寄情志。”⑤ 可知其赋纯为现实而发，针对性非常明确。在《归田赋》中，我们同样可以看到贤能者被压抑和被排挤的畸形政治现实。马融的《广成颂》中批判了邓骘等人忽视武备，而且简直是在讥刺邓氏禁锢虐待皇帝。赵壹的《刺世疾邪赋》，更是猛烈地抨击了那个是非不分、人妖颠倒、小人得志、贤者失位的社会。东汉后期，具有激烈针对性

① 费振刚、胡双宝、宗明华辑校：《全汉赋》，北京大学出版社 1993 年版，第 296 页。

② 马积高：《赋史》，上海古籍出版社 1987 年版，第 118 页。

③ （宋）范晔撰，（唐）李贤等注：《后汉书》，中华书局 1965 年版，第 1897 页。

④ （后汉）王符撰，（清）汪继培笺，彭铎校正：新编诸子集成《潜夫论》，中华书局 1965 年版，第 130 页。

⑤ （宋）范晔撰，（唐）李贤等注：《后汉书》，中华书局 1965 年版，第 1914 页。

的反映现实的辞赋越来越多，这一方面是京都赋开创了现实针对性的优良传统，另一方面也是政治黑暗、社会极端腐朽没落的现实，使辞赋作家找不到可歌可颂的东西。京都赋影响于后汉文风的现实针对性，其深层原因在于儒学的入世精神。东汉始立，便有古文经学之崛起，使儒生与文士的地位得以扬升，加之东汉初兴，又处开明盛世，展现出蓬勃生机，而儒学本身的入世精神，使他们产生了积极进取而用世的心态，目光自然关注于现实人生社会，即使颂扬之作如班固的《窦将军北征颂》、崔骃的《大将军西征赋》，也是取材于现实的。影响及于后的便是写军威武功之征行赋作渐多，体现了儒生、文士奋发有为的精神，充满了建功立业的强烈欲望。

《两都》、《二京》反映了进取意识与怀旧意识激烈搏斗中取胜的过程，表现了他们对时代的自豪感和向未来奋斗的信心。许结在《汉代文学思想史》中，把由京都赋引发的现实针对性说成是征实致用，其意更切。东汉之赋与西汉相比，浪漫遐想的成分少了，即使描写也重眼前所见之景，以现实之奢侈引起具有明确针对性的讽劝之意，许结认为关键在致用，这正是儒家入世精神在当时赋家心中所焕发出的一种进取意识和乐观心态。

二　典雅平畅的主流风格

西汉赋作的铺张扬厉、瑰丽奇谲的风格，到东汉一变而为典雅绚丽、通畅明达的风格。班固的《两都赋》在写西都时极铺张之能事，始终围绕着“炫耀”这一主旨，写东京时，却重在写光武帝拨乱反正及明帝时的典章制度，围绕着“法度”而展开，即使写田猎，也与西都不同，强调所谓“必临之以王制，考之以风雅”。赋中对西汉的抑考虑到分寸，对东都的扬尤多拘束，一切都纳入儒雅的轨道。和扬雄的《上林》相比，艺术风格有着明显的不同，征实的成分增多了，虚夸的成分减少了，对偶句增加，散文句减少。因此，它缺乏司马相如赋中那纵横疏宕的气势和杨雄赋中那瑰丽奇谲的辞采，而自成一种典雅和丽的风格，开了骄俪的风气。更为可取的是某些描写更为具体细致，如赋中写未央宫一段，语言也是典雅古朴的。总的来说，《两都赋》的文辞皆表现出比较严整、富赡、平实、晓畅的特色。

与班固同时的傅毅，文学与他在“伯仲之间”。傅毅的《七激》写得很雅致，《舞赋》则细腻生动。崔骃与班固齐名，然赋除《达旨》外，皆残缺不全。《达旨》代表了崔骃的艺术风格，意气平和，文辞典雅，为东汉赋作的典型文风，就其他残赋看，亦有此特点。

张衡之《二京赋》写得波澜壮阔，气势磅礴，文辞绚丽而平畅。东汉中后期，思想界复归老庄，但不居主导地位，而张衡思想中就杂有道家思想，故在《思玄赋》、《归田赋》等之中有消极出世思想的流露，赋作的语言显出清新典雅、平易流畅的特点，那种崇尚自然、抒写内心情感的倾向，对后期辞赋影响很大。著名经学家马融，亦企慕玄远，他在《长笛赋》中企图寻求一种思想超脱，体现了寓政教于自然，畅自然于政教的整体观念。

三　由颂向讽的转变

班固在《两都赋》序中说，赋有颂扬和劝诫两种功用，但他极力强调的是颂。《两都赋》分东西两篇，目的在于证明东汉优越于西汉，故对光武之赞颂尽显感情奔放的色彩。在《东都赋》中，班固歌颂光武上从天意，下应民心，推翻王莽新朝，重新统一中国。从历史进程来看，开国皇帝多是对推动历史发展有一定的贡献，在某种程度上，也是值得歌颂的，班固并非全是谄媚，作为历史学家，他还是有一定是非观念的。赋中云："且夫建武之元，天地革命，四海之内，更造夫妇，肇有父子，君臣初建，人伦实始，斯乃伏羲氏之所以基皇德也。"他认为光武帝的功绩可与前代贤君相媲美，不无夸大美饰之词。他在赋中又歌咏明帝重视儒学礼仪、纲常之教，无论行为还是宫室建筑皆合于"法度"。作者对西都奢侈之铺张，是让西都摒"盛称长安旧制"，以充分暴露其腐朽，难与礼仪法度之东都相提并论，从而热情颂扬东汉复兴的伟大与荣耀。傅毅在《洛都赋》（留有残篇）也称赞东汉的节制与礼仪，崔骃在《反都赋》亦赞美统治者倡导的道义和遵循了上古贤君的风范。这三位东汉前期著名文学家，其赋无不颂扬当时的礼仪制度，这与光武、明帝盛倡儒学有关。到章帝时，他热心于文学，班固以才华出众受宠，"每行巡狩，（固）辄献上赋颂"（《后汉书·班彪列传》）。章帝又召傅毅为兰台令史，旋升郎中，他此时与了一组《显宗颂》，称颂明帝的功绩。李尤的赋作及 120 多篇铭文，重点也是称颂当时的礼仪。这一时期颂美篇章的涌现，一是生逢开明盛世，君王重儒，文士地位升高，二是文人认为颂是文学的主要功用。

到张衡所处的东汉中期，赋风逐渐发生转变，虽内容仍受儒学影响，但由于社会政治的腐败，赋便由颂转向讽，同时伴有隐逸厌世情绪。张衡虽以儒家思想为宗，由于世风日下，他便以讽谏为己任，劝统治者及早省悟，不过批判的成分多。《西京赋》云："高祖都西而泰，光武处东而约，政之兴衰，恒由此作。"在《西京赋》中，张衡以铺张的手法，极力描写上至天子，下至王侯贵戚、幸臣宠姬的豪奢无度，昏庸腐败。他是假托西京来婉转地揭露当时的弊端和危急，而盛陈东京俭约之德、礼仪之盛，实非东汉中期情伪，不过是以寄托其政治理想罢了。这个时期的赋作家马融、王逸、王延寿等人文风的转变，皆与张衡情况类似，贾逵、黄香、李尤、苏顺等人的作品残缺不全，但其共同倾向是消极避世的，只有张衡是当时著名文学家，留传下来的作品也最多，足以代表东汉中期文学发展演变的过程。

以京都大赋为主的文学风格的演化，也与当时的学术空气有关。东汉前期大倡儒学，同时，统治者还用行政手段强制推行荒谬的徽纬，桓谭、郑兴等人因非议图谶几乎招致杀身；班固因私编史书，竟至下狱，后释放得允修史。学术空气远没有西汉自由，所以辞赋作家只有颂德，大唱赞歌。到东汉中期，儒家思想渐衰，道家思想暗长，统治者忙于争权夺利，外戚与宦官交替掌权，对思想的限制放松了。故有辞赋创作之风的变化——由颂而讽。京都赋是汉代最宏伟的文学乐章，对它的分析研究，可以明了当时辞赋的发展状况，较为切近地把握那个时代的文风。

1997 年 5 月

玄理与意境

魏晋玄学的有无之辩、形神之论、玄理之情，强调对整体内在的生命与精神的把握，追求一种“心与神契”的“妙境”，表现真性情，体现自然之道，这不仅促进了意境理论的形成，也是对其内涵的实质性阐释。玄学是魏晋时期划时代的哲学思潮，它以新颖的理论和方法影响了这个时代的各个层面，从而形成了一种新的文化定式，这种文化定式更加重视和关心个体的内心体验，更加重视和关注超现实的本体世界，影响到文学、艺术理论和审美理想的诸多方面，也澄清了文学艺术内在的许多问题。

一　“有”“无”之辩与“意象”

讲“意境”不能不谈到“意象”，很多人把两者混为一谈，这是两个不同的概念，叶朗先生对此作了明确的区分①，他还认为“意境”的内涵大于“意象”，“意境”的外延小于“意象”。“意象”作为“意境”的内涵之一，同样是中国传统美学和中国传统艺术中一个十分重要的理论，它虽源于《周易·系辞》的“立象以尽意”，但将“意”与“象”连缀成一个词却是在东汉王充的《论衡·乱龙》中，此后一直无人用过此词，直到《文心雕龙·神思》篇的“独照之匠，窥意象而运斤”。刘勰这里的“意象”是情感型的，也是一种最佳的审美效果。但是魏晋玄学理论中的“有”“无”之辩，却阐释了“意象”的实质和根源问题。“有”和“无”的问题是魏晋玄学家建构本体论的基本命题，其中以“贵无派”王弼“以无为本”的思想最有影响。何晏与王弼认为“天地万物皆以无为本，无也者，开物成务，无往不存者也。”② 这里所谓的“无”是指《周易》

---

① 叶朗：《说意境》，《文艺研究》1998 年第 1 期。

② 《晋书·列传第十三》中的王戎传，附其弟王衍传。王衍，字夷甫，魏晋名士。《晋书·王衍传》记载，王夷甫“盛才美貌，明悟若神，声名藉甚，倾动当世，朝野翕然，谓之一世龙门，后进之士，莫不景慕效仿”。《世说新语·伤逝》中亦有“太上忘情，其下不及情，情之所钟，正在我辈”。

的“太极”或《老子》的“道”，它是无形、无名、无为的总称，一切有形的东西只有依靠它才能产生并发挥作用。他们把世间的万物万象概括为“有”和“无”两类，从“有”“无”两者的相互联系、对比中说明“无”比“有”更为根本。何晏说：“有之为有，恃无以生。事而为事，由无以成。”[①] 王弼说：“天下之物，皆以有为生。有之所始，以无为本。”[②] 在玄学家看来，有形迹的东西都有其局限性，这叫作“形必有所分，声必有所属”。[③] 具体形象和具体音响只能表现为一种属性和作用，并不能概括所有的形象和音响，因此，他们提出在具体事物之后，还有更本质的东西，虽然人们看不见也摸不着，但这种属于“本”的东西比“末”更加充实和丰富。玄学家们认为“本”是“不温不凉，不宫不商”；是“听之不可得而闻，视之不可得而彰，体之不可得而知，味之不可得而尝”。[④] 即是超感觉的抽象物。这些观点影响到我们对“意象”的阐释。叶朗先生更把“意境”说的思想根源追溯到老子的哲学，认为从老子开始，中国古典美学就逐渐形成了几个重要的理论，一个重要理论就是意象说。魏晋玄学家的思想资料是《老子》、《庄子》和《周易》，他们是以注释经典的方式阐发其思想，玄学家无不崇拜老子，关于“有”“无”之讨论，就是借用了《老子》一书的范畴，亦在此基础上建立起“玄学”理论。其实玄学中的“无”与“有”就是老子哲学中的“道”，“道”是宇宙万物的本体和生命，对于一切具体事物的观照，最后都应落实到对“道”的观照，“道”是“无”和“有”、“虚”和“实”的统一，“道”包含了“象”，但是作为有限的“象”并不能充分地体现“道”，“道”是“无”和“有”的统一。在老子这一思想影响下，魏晋玄学家把“道”演绎为“有”与“无”，并突出其“无”的重要性，这一思想更强化了中国古代的作家们努力地追求对整体内在的生命与精神的把握，暂且把它对应为玄理中的“无”，不注重对某一具体对象的逼真描写。“有”虽生“无”但“以无为本”，这一玄理启发了我们对“意象”的理解，“意象”与“有”“无”一样，虽然相依而生，互赖以存，然亦以“意”为主，作家艺术家要把握宇宙与生命，那就不能局限于具体的“象”，而要突破它在无限的“意”中找到归宿点，这就是它的无限性。

---

① 杨伯峻：《列子集释》卷一，中华书局 1979 年版，第 10 页。

② （魏）王弼著，楼宇烈校释：《王弼集校释》之《老子道德经注》四十章，中华书局 1980 年版，第 110 页。

③ 同上书，第 195 页。

④ 同上。

若用 image 一词来对应中国美学理论中的“意象”，总是不那么恰切，美国心理学家西尔瓦诺·阿瑞提在20世纪70年代撰著的《创造的秘密》一书中的“意象”一章指出：形象是 images，意象应是 imagery，意象是“想象的一种类型，它是产生和体验形象的过程”；“意象纯粹是一种内在活动的表现”，是“主观的体验”，因而“大多数意象都是朦胧、含混、模糊的，除非做出强烈的、有意识的努力，意象是不能完整地再现出整个情景”。[①] 阿瑞提对意象的阐释，大概与中国古代的意象理论接近，但由于他对老子的“道”和玄理的“有”“无”并不理解，不知道中国的意象的审美取向是“言端倪而离形象，绝议论而穷思维，引人于冥漠恍惚之境”，使读者亦“遇之于默会意象之表，而理与事无不灿然于前者也。”[②] 如果要用西方的文学艺术理论对应中国古代艺术理论中那些幽微奥妙的“悟”，终隔一层，“意象”中的无限性，也不是 imagery 一词所能包容的。玄学中的“有”“无”之辩，虽然太抽象了一些，但用以阐释“意象”还是比较贴切的，何况两者又有一定的根源关系。

二 “形”“神”与象外之象

“形”、“神”问题初始于刘劭《人物志》关于才性、生命的探讨，直接起因是与具体政治有关人物的品鉴问题。但他对个体生命由“形”入“神”作了颇为抽象、精致的分析，并由此直接切入了美学问题，因为文学艺术对人物的刻画，同样存在着一个通过外在“形质”进而表现人物内在性情、心理和个性的问题，而《人物志》在论述人物品鉴时涉及的诸如“物生有形，形有神精，能知精神，则穷理尽性”[③] 之类的命题，无疑对具体的文艺创作有相当的启发意义。《人物志》这一具象系统转入抽象的玄学后，“神”的问题更为玄学家所重视，因而对此作了更为深入的阐释。韩康伯以为“神则阴阳不测，易则唯变所适，不可以一方、一体明”。[④] 这里的“神”即是“无”，是包容“万有”而又不为“万有”所限的无限，所以不能表现为某一个有限的“形”。在玄理中，“神”已不再与具体的“形”相关联，而具有了抽象的意义。显然，王弼对这个问题的论述是顺着其“得意忘言”之论所作的推演。嵇康则进一步主张

① 陈良运：《周易与中国文学》，百花洲文艺出版社1991年版，第334页。

② 见叶燮《原诗·内篇下》第五条。《原诗》，今有霍松林的校注本，人民文学出版社1979年版。蒋凡有《叶燮与〈原诗〉》，上海古籍出版社1985年版。

③ 伏俊琏：《人物志研究》，甘肃人民出版社1999年版，第166页。

④ （魏）王弼著，楼宇烈校释：《王弼集校释》附《系辞上》，中华书局1980年版，第541页。

“神”与“形”不可分离，“君子知形恃神以立，神须形以存，……使形神相亲，表里俱济也”。[①] 在这里，嵇康虽谈养生，但于艺术不无关联，“形”只有最恰当地表现“神”，才能传达“神”的意味。玄学家的“形”“神”之辩，也启发了人们对美学中“意境”理论的丰富，但魏晋还没有提出明确的“意境”论，他们所追求的是一种“妙”的境界。顾恺之谓“四体妍媸本无关于妙处，传神写照”[②]。谢赫亦谓：“若拘以体物，则未见精粹；若取之象外，方厌膏腴，可谓微妙也。”[③] 唐代刘禹锡的“境生于象外”是最简明的“意境”理论，叶朗先生认为“境”是对于在时间与空间上有限性的“象”的突破，这个“境”也是“象”，但它在时空方面都趋向于无限的“象”，这也就是中国古代美学理论中常说的“象外之象”、“景外之景”。“境”是“象”和“象”之外想象延伸的虚空的统一。这种“象外之象”是“意境”的最高境界，是在“形神相亲”基础上的“阴阳不测”，是“无形无方”的“神”，约略相当于“忘言”、“忘象”之后所得到的“意”，也可以说是一种想象的空间，就是苏轼在《王维吴道子画》中所说的“吴生虽妙绝，犹以画工论，摩诘得之于象外，有如仙翮谢笼樊”。王维的画像他富于意境的诗一样，追求的是“象外之象”、“韵外之致”，是通过特定的意象组合，尽可能地突破时间与空间的限制，突破了“形”的局限，致力于时、空的超越，把人们的神思带向更加辽远的空间。其实，玄理中的“神”是指向无限的精神世界，这也是艺术的旨归，最能体现这一美学意境的是魏晋时期的山水艺术。徐复观先生认为：“艺术要求变化，要求能扩展作者的胸怀，这在人物画上都不容易尽量发挥的；则其所能涵融，作者的精神意境便受到限制，明薛冈下面的一段话，也正说明这一点，‘画中惟山水义理深远，而意趣无穷，故文人之笔，山水常多，若人物禽虫花草，多出画工，虽至精妙，一览易尽’。”并认为“魏晋时代所开始的对自然——山水在艺术上

---

① （晋）嵇康的《养生论》，后被人收入《嵇中散集》，见之于《汉魏六朝百三家集》。1924年，鲁迅辑校《嵇康集》，1938年收入《鲁迅全集》第九卷中。戴明扬校注的《嵇康集》，人民文学出版社1962年版，此书除校、注外，还收集了有关嵇康的事迹、评论材料，是目前研究嵇康比较好的版本。

② 见顾恺之《画论》，收录于唐代张彦远的《历代名画记》卷五。《历代名画记》，有今人肖剑华的注释本，江苏美术出版社2007年版。

③ 见（南齐）谢赫《古画品录》第一品。该书一卷，约成书于梁代。谢赫的《古画品录》是中国最早的关于绘画美学的系统化著作，其所提出的绘画“六法”则被视为中国绘画重要的理论依据之一。“六法”又被视为中国画六法，是中国绘画艺术的特征所在。“六法”：“一，气韵生动是也；二，骨法用笔是也；三，应物象形是也；四，随类赋彩是也；五，经营位置是也；六，传移摹写是也。”

的自觉，较之在人自身上所引起的艺术上的自觉，对庄子的艺术精神而言，实更为当行本色”。[①] 魏晋人以为，自然山水具有特殊的内涵，它可以寄托人与生俱来的那超越现实的理想，成为人们追寻美好意境的对象。故随着玄风日盛，山水渐为中国画创作之重要内容，寄情山水，追求玄远意境则为中国画一重要特色。

论魏晋六朝美学之“形”“神”，多限于画论、书论，于诗文之论涉及甚少，有人认为六朝诗文论偏重形似，即不重神贵虚，其实谬矣。由于文学自身特殊性所致，于魏晋六朝诗文之中，“形”“神”之论不如画论之显，张海明认为“就文学自身的特殊性而言，虚实之分较形神之分更能说明问题，相应地文学理论所讨论的，不是以形写神，而是以实显虚”[②]。笔者认为不尽其然，应是文学实践与理论渐始自觉，未及拓展于生命与精神的无限空间，只是刘勰之“风骨”、钟嵘之“滋味”有近于“神”者，所谓诗之滋味是指向审美感受的，钟嵘以为是“文已尽而意有余”，即诗是有一种难以言传的内涵，其意在于文字之外。后来司空图所谓的“诗家之景，如蓝田日暖，良玉生烟，可望而不可置之前也”（《与极浦书》），这也就是对“神”的一种追求，竭力把读者引向“象外之象”“韵外之致”的那种境界，也就是谢赫在《古画品录》中所说的“气韵”。徐复观说“‘气韵生动’四字，正是‘神’的观念的具体化、精密化”。“气韵生动”比顾恺之的“传神写照”又是一大进步，它是生命力的升华，是鲜灵活动的，是在人的心灵深处引起的一种共鸣。钱锺书于《管锥编》释谢赫“气韵”等说中指出：“曰气曰神，所以示别于形体，曰韵，所以示别于声响，‘神’寓体中，非同形体之显实，‘韵’袅声外，非同声响之亮澈，然而神必托体方见，韵必随声得聆，非一亦非异，不即而不离。”[③] “神”与“韵”是艺术的最高境界，最终也与玄学的有无之分、以无为本相关。论画之意境最具玄理色彩的是宗炳，他在《画山水序》中说：“圣人含道应物，贤者澄怀味象。……夫圣人以神发道，而贤者通。山水以形媚道，而仁者乐，不亦几乎。”[④] 这种“澄怀味象而通于道”，也就是一种高远、玄明的境地，亦为玄学之“宇宙的无限”。他追求的“神”——“道”，是只能意会难以言传的“大道”，这种“大道”是许多玄学家难以追求的终极目标，而在现实生活中是难以

① 徐复观：《中国艺术精神》，春风文艺出版社 1987 年版，第 195 页。
② 张海明：《玄学价值与诗学》，《北京师范大学学报》1997 年第 2 期。
③ 钱锺书：《管锥编》第三册，中华书局 1996 年版，第 1365 页。
④ 高峰、雷海燕等：《玄学十日谈》，上海书店出版社 1999 年版，第 2143 页。

得见的。所以，只有将自己追求的“无限”的“玄心”寄托于山水，求得与其“趣灵”的契合，才能使心有所寄，“心与神契”是把主体融入美的对象之中，心与自然合而为一，达到一种自己纯粹的“意境”，这也是庄子以来道家中人所渴求的玄远的“虚无”。由玄学把“形”“神”之论引入美学理论，渐次发展到王渔洋的“神韵”说（以“清远”为其审美特征），“意境”理论处在不断的完善之中，那种虚灵玄远的境界，在“心游”的无限之中达到“神遇而迹化”的理想审美境界。

三　玄理“情”论与“意境”之情

玄学思辨虽是中国古代理论理性发展的标志，梳理诠释，辩名析理，然亦涉及“情”之有无。“贵无派”的何晏受儒学遗风的影响，提倡圣人无喜怒哀乐，不能任“情”而发。在《论语集解·卫灵公》注中谓：“凡人任情，喜怒违理，颜回任道，怒不过分。”至于圣人以为“有性而无喜怒哀乐之情”[①]。到王弼则倡导“圣人有情而无累”。何劭《王弼传》中有一段基本概括了王弼的主张：“何晏以为圣人无喜怒哀乐，其论甚精，钟会等述之。弼与不同，以为圣人茂于人者神明也，同于人者五情也。神明茂，故能体冲和以同无；五情同，故不能无哀乐以应物。然则圣人之情，应物而无累于物者也。今以其无累，便谓不复应物，失之多矣。”[②] 王弼以为“情”乃人的自然之性，故圣人亦必有“情”。《三国志·魏书·钟会传》注引王弼语：“颜子之量，孔父之所预在。然遇之不能无乐，丧之不能无哀。”[③] 亦以史为证，强调“圣人无情”。在追求个性自由和个体解放的时代，倡导感情的自然流露就熏染了王弼，他理想中的圣人境界不是漠然无情、高高在上的，而是以“道”畅“情”从而与无限合一的一种玄妙境界：“圣人达自然之性，畅万物之情，故因而不为，顺而不施。除其所以迷，去其所以惑，故心不乱而物性自得之也。”[④] 到了“竹林七贤”的嵇康、阮籍等人超拔脱俗，率性自然，更是“尚情”一派，他们“使气任性”，不守俗规，以纵情任性来畅达情志，在本然的生命中体悟情感世界的魅力，他们放达而多情，故宗白华先生在《论世说新语和晋人的美》中云：“晋人艺术境界造诣的高，不仅是基于他们的

① 《论语集解·公冶长》。

② 高峰、雷海燕等：《玄学十日谈》，上海书店出版社1999年版，第78页。

③ 郑天挺主编，缪钺编注：《三国志选》，中华书局1962年版，第142页。

④ （魏）王弼著，楼宇烈校释：《王弼集校释》之《老子道德经注》上篇二十九章，中华书局1980年版，第77页。

意趣超越，深入玄境，尊重个性，生机活泼，更主要的还是他们的‘一往情深’。”[①] 魏晋名士不论是对人生命运的遗憾，还是对生命易逝的感喟，都显现出一种真切动人的感染力，从中可以窥见人类所具有的优美、崇高的情愫。“情”是一切文学艺术的生命。中国古代诗学围绕着情感所发生的情与性、情与志、情与理、情与欲、自然与人本、个体与群体以及理想与现实的论辩，贯穿着整个美学史，“情”是最为美好的，一切艺术都需要热情的浇灌。在“意境”中“情”是第一位的，宗白华先生说：“意境是情与景（意象）的结晶品。”[②] 他认为在意境中要有最深的情，“一层比一层更深的情”，使“景中全是情，情具象而为景”。[③] 魏晋名士最为真情，以至有人认为阮籍和嵇康是“从欲理论的代表”[④]，他们的狂放，“越名教而任自然”，是以自然为真性情，表现出人格的清纯与坦荡，体现为某种高尚的精神境界，这种深情使魏晋人在文学艺术上取得了不可企及的成就，绘画、书法与山水田园诗，都达到了极高的境界；他们的创作有个性和真性情。王国维在《人间词话》六中说：“喜怒哀乐，亦人心中之一境界，故能写真景物、真感情者，谓之有境界，否则谓之无境界。”[⑤] 从审美情感的发展历程来说，中国审美艺术情感本体经历了由集体主体到理性主体，再到感性主体的迁移，陆机《文赋》提出“诗缘情而绮靡”的口号，取代了先秦两汉时期的“言志”说，是中国美学的重大转折，表现了中国艺术精神的真正自觉。《文心雕龙》的《情采》篇和《物色》篇中“情以物迁，辞以情发”，明显地表现了以“情”代“志”的倾向。钟嵘《诗品序》不仅说诗是外物“摇荡性情”的结果，而且注重生活中的强烈情感。但是，严格地说，魏晋时期所说的“情”还是被理性化了的情感，更确切地说它表达的只是一种“意”。作为玄学情感理论的代表是嵇康的《声无哀乐论》，他认为音乐之美是没有情感内涵的，它只是“平和”，然而却可以使各具不同德性的音乐的听者得以增进各自的德性。在这篇谈音乐的文章中，嵇康批评利用音乐宣传“天人感应”的儒家迷信，但混淆了自然界的音响同人的歌哭和乐器弹奏之声的本质界限，后二者既有客观音响的一面，又包含着歌者与弹奏者的丰富的内心情感，这就不是一种纯粹的自然物了。被理性化了的情感，更具玄远之境，

① 宗白华：《美学散步》，上海人民出版社 1981 年版，第 181 页。
② 同上书，第 60 页。
③ 同上书，第 61 页。
④ 张节毕：《中国古代审美情感原论》，《天津社会科学》1998 年第 1 期。
⑤ 王国维：《蕙风词话人间词话》，人民文学出版社 1960 年版，第 192 页。

李泽厚在评价陶渊明的诗境时说："他把自《十九首》以来的人的觉醒提到一个远远超出他的时代的高度，提到了寻求一种更深沉的人生态度和精神境界的高度。"① 经过"玄理"疏导，晋人的自我意识和抽象精神，在王羲之的书法艺术中表现出疏淡超脱的"意境"，那"披云睹日，芙蓉出水"、"清风出袖，明月入怀"② 的境界，是书法艺术的极致。

四 玄理与"意境"的哲理性意蕴

以前，我们总把"意境"与感性联系在一起，就是多从审美感性这个角度去审视，但是有些文学艺术作品给人的是一种理性的境界。如"子在川上曰：逝者如斯夫，不舍昼夜"（《论语·子罕》），给人的是一种更哲理更超然、气象更为宏大的境界。我很赞同叶朗先生对"意境"的看法，认为"意境"有哲理性的意蕴，"就是超越具体的有限的物象、事件、物景，进入无限的时间和空间，即所谓'胸罗宇宙，思接千古'，从而对整个人生、历史、宇宙获得一种哲理性的感受和感悟"③。魏晋人对自然、人生、哲理的探求，以他们自由的精神、广阔的胸襟，多给我们创造的是一种玄学的境界，展示的是一种宇宙意识和生命情调。

魏晋人思想解放，思维活跃，新颖而深刻的思辨，使思想界犹如百家争鸣之战国时代，章太炎认为"魏晋之文"，"持论仿佛晚周"。④ 这是一个侧重理论思考的时期，不但儒学玄学化，连佛学也与玄学合流，"校练名理"的氛围使当时的名士宅心玄远，经虚涉旷，文采风流，逍遥超世。宋效永在《庄子与中国文学》一书中认为，逍遥之风形成文人的思想意识，从而形成一种逍遥心态，这也是魏晋名士风流的重要内容；宗白华先生谓之意趣超越，深入玄境。在理性化的时代里，人们追求无限的玄妙，这是一种无法言传的"大道"，在现实生活中难以得到，故将玄远之心托之山水。《文心雕龙·原道》所说的"文之为德也大矣，与天地并生。……原道心以敷章，研神理而设教"，《原道》所阐述的核

---

① 李泽厚：《美的历程》，中国社会科学出版社 1984 年版，

② 见（唐）李嗣真《书后品》。《书后品》一卷，《新旧唐志》、《崇文总目·小学类》、《书录解题·杂艺类》、《通志略》等均作《书后品》，而《说郛》本作《后书品》，误倒一字。《书后品》作于初唐，是继梁庾肩吾之后的又一部书法著录。全书评述了秦至初唐的 81 名书家，按 10 品分 10 个等级加以评述，依次为逸品、上上品、上中品、上下品、中上品、中中品、中下品、下上品、下中品、下下品，共 3 等 9 品。在品评中亦有理论阐述，条理中然。每品列书法家姓名，接着是叙录，论述书艺的源流、作家的特色以及优劣。而每等后有"评"和"赞"。

③ 叶朗：《说意境》，《文艺研究》1998 年第 1 期。

④ 章太炎：《国故论衡》，上海大共和日报馆 1912 年版。

心是道法自然、文章法道，文章是“道之文”，这就概括出了魏晋人把文学当成了体现自然之道的方式，也是他们追求的最高境界，只有这样的文章才可以与天地共存。王羲之的《兰亭诗》云：“仰视碧天际，俯瞰渌水滨。寥阒无涯视，寓目理自陈。大哉造化工，万殊莫不均。群籁虽参差，适我无非新。”这就代表了那个时代人们纯净的胸襟和深厚的感觉所启示的宇宙观，“寓目理自陈”，这个理不是机械陈腐之理，而是活泼的宇宙生机中所含的至深之理。田园诗人陶渊明深通玄理，他的诗超出了纯文学的意蕴，化玄理为玄境，甚至富有了终极寄托的意味。他的“饮酒”组诗，能于有限中见到无限，化玄辨为玄境，在新鲜平淡中透出一片盎然生机，体现了玄理所说的“大美”境界。在恬淡的田园生活中，诗人领悟到的是“此中有真意，欲辨已忘言”。这是一种人生真谛，是一种难以言状的美，这就是“意境”的人生感。然而西晋的文学是在玄理色彩下，给那种痛苦与无奈带上了一种感伤与虚无的情调，这以嵇康与阮籍为代表，他们的内心深处隐藏着对人生的深情挚爱与执着，李泽厚在《美的历程·魏晋风度》中说飘逸自得的魏晋风度，“有相当多的情况是，表面看来潇洒风流，骨子里却潜藏深埋着巨大的苦恼、恐惧和烦忧”。[①] 这就使这一时期的文学艺术多人生的感慨和精神的超拔。

2000 年 2 月

① 《美的历程》于 1981 年初版，多次再版重印。已有英文、德文、韩文等多种译本问世。2001 年作者在广西师范大学出版社版的基础上，对全书文字作了最新订正，由天津社会科学院出版社出版。全书插图作了调整，增加了 40 余幅重要插图，用以佐证其论述、丰富其内容。

论陶渊明的诗赋序文

人人皆知陶渊明以诗著称，然其文章亦有特色，而过去对他的辞赋、散文的研究相对薄弱。明朝张溥在《汉魏六朝百三名家集题辞》中说："《感士》类子长之倜傥，《闲情》等宋玉之《好色》，《告子》似康成之《诫书》，《自祭》若右军之《誓幕》，孝赞补经，传记近史，陶文雅兼众体，岂独以诗绝哉。"① 由此陶渊明的辞赋散文得到了公正的评价。而序文为散文之一体，灵活多样，长短不均，《桃花源记》则为陶渊明的上乘佳作，是散文之精品。对陶渊明诗赋前的序文进行研究，从不同角度来认识陶渊明及其作品，可使我们对其思想以及艺术风貌获得一个更为全面的把握。

一　从诗序到魏晋之序文

文前写序，以言所次，首为诗用，文后为之。万陆在《中国散文美学》中说："序，系写在一部书或一篇诗文前边的文字，《文章缘起》释：'序者，所以序作者之意，谓其言次第有序，故曰序也。'序又写作'叙'、'绪'，徐师曾说：'言其善叙事理，次第有序，若丝之绪也。'(《文体明辨》)……序起于汉代，如按作者分，则有自作与他人所作两种。自序的最早名篇是司马迁《太史公自序》。"② 吴纳在《文章辨体序说》云："序《尔雅》云：'序，绪也。'序之体，始之于《诗》之大序，首言六义，次言风雅之变，又次言二南王化之自。其言次第有序，故谓之序也。东莱云：'凡序文籍，当序作者之意；如赠送燕集等作，又当随事以序其实也。'大抵序事之文，以次第其语、善叙事理为上。近世应用，惟赠送为盛。当须取法昌黎、韩子诸作，庶为有得古人赠言之义，而无枉己徇人之失也。"③ 序文总的来说以《诗经》为最早。《诗经》每篇诗前

---

① (明) 张溥：《汉魏六朝百三家集题辞注 · 陶彭泽集》，人民文学出版社 1960 年版，第 160 页。

② 万陆：《中国散文美学》，中州古籍出版社 1989 年版，第 65 页。

③ 吴纳：《文章辨体序说 · 序》，人民文学出版社 1962 年版，1998 年再版，第 42 页。

都有后人追加的序文，以阐明诗之大旨，但都是牵强附会地解释诗的主题思想等。《诗大序》是在首篇《关雎》后面，有一篇总纲式的概论，较为系统地阐述了诗歌的作用、体裁、性能等，有人认为出自孔子的弟子子夏，有人认为出于东汉卫宏之手。若能考定其作者，则可知序文产生的时代，但序文产生于西汉是没有争论的事实。继司马迁《史记》的《太史公自序》之后，班固《汉书》有《叙传》，扬雄《法言》有《法言序》。另外，王充的《论衡》有《自纪篇》，虽未以序名，但实属序文性质。初期的序文有两个特点：一是序文皆置全书之后，与后世相反；二是书序的内容，除讲该书写作的缘由和经过外，还包括全书的目录和提要。司马迁的《太史公自序》就详细地叙述了他作《史记》的前因后果。写他为史官的家世和他的生平遭际，以及他发愤著书的经过，最后还一一说明了《史记》的目次和各篇要旨。这篇自序既有后世序文"序典籍之所以作"的内容，也起着目录、条例和提纲的作用。这类自序是后世研究作者生平、思想全书面貌的重要资料。稍后于司马迁的刘向，写有《战国策序》，它是一篇通过为《战国策》作序，来表述自己社会观点和历史观点的文章，与以记叙性质为主的自序文不同。而这两种性质的序文，都为后世所继承。序文"其为体有二，一曰议论，二曰叙事"（徐师曾《文体明辨》）。这两种类型的序文没有绝对的界限，只能说有的近似于议论文，有的近似于记叙文，而许多优秀的序文，又往往具有抒情的色彩，成为文学史的散文名篇。所以许多文体研究者把序归为散文一类。

至晋，文则多序。史学家作史书有序。如袁宏的《后汉纪序》、《三国名臣序赞》，皇甫谧的《高士传序》；学术著作前有序，如郭象的《庄子序》、葛洪的《抱朴子序》、张华的《博物志序》；吟诗作赋，有时前面也有小序，左思的《三都赋》，向秀的《思旧赋》，赋前都有序；石崇的《金谷诗序》、《琵琶引序》，傅咸的《答潘尼诗序》，均是诗前的短序。嵇康的孙子嵇喜，也善文辞，他留下的文章，大部分是序；王羲之不仅以"书圣"著称，而且长于诗文，他留下的最著名的文章，即是《兰亭集序》。

而陶渊明的诗前序文有十四篇，三篇著名的辞赋《闲情赋》、《感士不遇赋》、《归去来兮辞》，前面也都有序文。晋之序文，长短不均，长则数千字，少则数百字、几十个字，尤其以后者居多。石崇的《琵琶引序》只有六十个字，而陶渊明的《赠羊长史》序，只有十三个字，叙述友人使奉川，作诗与之；潘岳的《马汧督诔序》，以凄婉抒情的笔调，称赞马拜督其人其事，文情并茂，成为传世名作，而陶渊明的《桃花源诗》序，更是独领风骚，高情千古。

二 陶渊明诗文序的分类

陶渊明的序文在形式上分为诗序和辞赋序两大类，诗序除《桃花源记》外，其余都较短小，而辞赋之序则较长一些。

在诗序之中，《停云》、《时运》、《荣木》之序，格式与字数完全一样。“停云，思亲友也。罇湛新醪。园列初荣，愿言不从，叹息弥襟。”“时运，游暮春也。春服既成，景物斯和，偶景独游，欣慨交心。”“荣木，念将老也。日月推迁，已复九夏；总角闻道，白首无成。”况且诗之题目，皆以首句命名。王瑶先生在《陶渊明集》中认为当为同年所作，皆四言四章。《停云》所写之景为初春，《时运》为暮春，《荣木》则为夏季。从形式上看，三首有着外在的联系。《与殷晋安别》、《赠羊长史》、《赠长沙公》以及《答庞参军》两篇，此五篇序文为同一类型，即属赠序，是送别友人的临别赠言。赠序之风起始很早，但到唐代才兴盛，晋傅玄有《赠扶风马钧序》、潘尼有《赠二李郎诗序》。赠序均系有感而发，且有激发情怀的特定氛围。所以或叙或议，都有切实的内容，非一般书序可比。正是看到了这一差异，姚鼐才执着于改变“与序跋混同”的陈旧分法，于《古文辞类纂》中另置一类，实创散文分类之新。陶渊明的赠序都充满了对朋友的真挚深厚、眷恋不舍之情，有的虽笔墨不多，但托意深远，无一语不出自真情，发之肺腑。如《答庞参军》序：“三复来贶，欲罢不能，自尔邻曲，冬春再交，款然良对，忽成旧游。俗谚云‘数面成亲旧’，况情过此者乎？人事好乖，便当语离，杨公所叹，岂惟常悲。吾抱疾多年，不复为文，本既不丰，复老病继之；辄依《周礼》往复之义，且为别后相思之资。”这里没有丝毫的应酬之意，而皆出于腹心。另外一类是《形影神三首》、《九日闲居》、《饮酒二十首》、《游斜川》和《有会而作》的诗的前序，多可归之为议论散文一类。而《游斜川序》可视为一篇精美的山水记。总体来说，格调低沉，多带有理性之色彩，《形影神三首序》更甚，它是神辨自然，以释形影之苦，其诗更带有理性色彩。《桃花源记》是一篇特异的序文，是艺术性很强的散文珍品。最后一类是辞赋序，它们在篇幅上都比诗序要长，《闲情赋序》和《感士不遇赋序》都是“先述前人所作”的一种体裁，“后述已之感慨”，《归去来兮辞序》叙述了自已辞官归田一事的缘起。

陶渊明的序文在内容上可分为三类：一是概括诗文之意，二是叙述作诗为文之原委，三是于诗之外以感慨系之。第一类如《停云》序、《时运》序、《形影神三首》序、《荣木》序，在诗前序文中已概括出诗的要旨："停云，思亲友也"，"时运，游暮春也"，"荣木，念将老也"，作者以省净之笔，仅三个字就阐明了诗的大义。"停云"突出其"叹息弥襟"，不得与同道友人共饮以话情怀。"时运"是写暮春独游，作者看到了大自然的景色，因而感慨身世，突出其"欣慨交心"，"欣"与"慨"是作诗的关键。"荣木"是作者看到了"采采荣木"而联系到生存之意义，使己以自勉，依道立善，主要是叹其"白首无成"。"形影神三首"诗中主要是表明陶渊明不同于佛教哲学的见解，"贵贱贤愚，莫不营营以惜生，斯甚惑焉，故极陈形影之苦，言神辨自然以释之"。第二类是赠序，如《赠羊长史》序、《赠长沙公》序、《答庞参军》二首序、《与殷晋安别》序，这些序文写作诗的目的，述友人与作者的关系、友情，皆出于内心至诚之话语，无论序之长短，决无敷衍应付。灵活而不拘格套，信笔以道作者的真实情怀。第三类是写给自己的，由于诗性不能尽发，于序中系之以感慨，托之以情怀。如《九日闲居》序、《饮酒二十首》序、《游斜川》序、《桃花源记》、《有会而作》序、《感士不遇赋》序，这些序多以感慨系之，是诗人有感而发，所以序中多"寄怀于言"、"遂感而赋之"。

三　陶渊明序文的特点

序本来就属于散文，陶渊明诗辞赋的序文有着和他的诗歌大致相同的特点。

其一，情文并茂，妙趣横生。《游斜川》序可视为一篇精美的山水记来读，其文之美不亚于柳宗元的山水游记文、序文中写道："辛酉正月五日，天气澄和，风物闲美，与二三邻曲，同游斜川。临长流，望曾城，鲂鲤跃鳞于将夕，水鸥乘和以翻飞。彼南阜者，名实旧矣，不复乃为嗟叹；若夫曾城，傍无依接，独秀中皋；遥想灵山，有爱嘉名。欣对不足，率尔赋诗。悲日月之遂往，悼吾年之不留；各疏年纪乡里，以记其时日。"诗序首先点明出游之日，正值新岁伊始，节意正浓之时，天地间一片春色，风光明媚。是时约三五近邻好友，乘兴作斜川之美游。此篇序文，犹如一首优美的散文诗，一幅幽美的山水画，在写景中抒发自己内心的激情。作者热情地赞美曾城山，与他赞美苍松、芳菊的用意相仿，有着自我写照的深意。"傍无依接，独秀中皋"的曾城山的崇高形象，使人们联想到他傲视权贵、坚贞不屈的诗人的高大形象。

其二，真淳自然，语出于至情。《答庞参军》序，行文于自然之中，歌颂友谊之珍贵，丝毫没有矫揉造作之情，“三复来贶，欲罢不能，自尔邻曲，冬青再交，欸然良对，忽成旧游”。庞参军曾为陶渊明邻居，宋景平元年（423）初春，庞奉江州刺史王弘之命使江陵前夕，有诗给渊明赋别，渊明作此诗以答，并为其送行。日本近藤元粹在批订《陶渊明集》卷二云：“序文简净，自是小品佳境。”① 在这篇序文中表达了他对朋友真挚而深厚的友爱之情，行文如与友人相对而谈，语言平易近人，清新而朴素自然，这种不需要藻饰的文章，全都出内心之至情，是情动于衷，有不得已而后言的情况下挥笔成文的。加之作者又以诗人的气质为文，因而使其诗序无不感情充沛，感人至深。

其三，真实性。《归去来兮辞》序中写道：“余家贫，耕植不足以自给，幼稚盈室，缾无储粟，生生所资，未见其术。亲故多劝余为长吏，脱然有怀，求之靡途；会有四方之事，诸侯以惠爱为德，家叔以余贫苦，遂见用于小邑。于是风波未静，心惮远役，彭泽去家百里，公田之利，足以为酒，故便求之。及少日，眷然有归欤之情。何则？质性自然，非矫厉所得；饥冻虽切，违已交病。尝从人事，皆口腹自役；……当敛裳宵逝；寻，程氏妹丧于武昌，情在骏奔，自免去职。仲秋至冬，在官八十余日。因事顺心，命篇曰‘归去来兮’，乙巳岁十一月也。”序文中详细地叙述了就职彭泽和弃官归田的经过，真实地反映了自己的生活处境，因贫而仕，由于政局混乱，加之“质性自然”，又因奔程氏妹丧，故而归田。作者以精省的语言反映了生活的真实和思想的斗争，从这里可以看出陶渊明归田的真正原因。《有会而作》序，是有感于生活穷苦而作，“旧谷既没，新谷未登，颇为老农，而值年灾，日月尚悠，为患未已，登岁之功，既不可希，朝夕所资，烟火裁通，旬日以来，始念饥乏。岁云夕矣，慨然永怀。今我不述，后生何闻哉！”萧统在《陶渊明传》云：“江州刺史檀道济往候之，偃卧，瘠馁有日矣。”② 檀道济于宋元嘉三年丙寅（426）五月任江州刺史，知当时陶渊明生活最为困苦。这首诗及序作于此年，时渊明六十三岁。用序文记录这段艰难的生活不作任何加工，因为他是为了讲给自己子孙的，让他们了解自己晚年的景况，行文平淡之至。

晋代以来，文章多谈玄和佞佛、偶丽和繁缛，而陶渊明则别具一格，

① 北京师范大学中文系、北京大学中文系文学史教研室编：《陶渊明资料汇编》（下册），中华书局 1962 年版，2004 年第 4 次印刷，第 77 页。

② 北京师范大学中文系、北京大学中文系文学史教研室编：《陶渊明资料汇编》（上册），中华书局 1962 年版，第 7 页。

超然不群，他的文章一归于真淳和淡泊。元好问说陶诗是“豪华落尽见真淳”，诗固如此，序亦如之。总之，他的序文比诗文更加真实地反映了他的生活道路，是研究陶渊明社会政治理论、审美观念等方面不可缺少的重要环节。

四 序文中表现出的文学思想

东晋时期，佛学和玄学合流，士族清谈玄理之风日盛，对文学影响极大，“建安风骨”的传统没有得到继承和发扬，作品内容空虚，“世极迍邅而辞意夷泰”，严重脱离了现实，艺术上刻意于形式之美。正如刘勰在《文心雕龙·明诗》篇所说：“晋世群才，稍入轻绮，张潘左陆，比肩诗衢，采缛于正始，力柔于建安；或析文以为妙，或流靡以自妍：此其大略也。江左篇制，溺乎玄风；嗤笑徇务之志，崇盛忘机之谈。袁、孙已下，虽各有雕采，而辞趣一揆，莫与争雄。所以景纯《仙篇》，挺拔而为俊矣。宋初文咏，体有因革；庄、老告退，而山水方滋。俪采百字之偶，争价一句之奇；情必极貌以写物，辞必穷力而追新。此近世之所竞也。”[①] 而陶渊明在诗文方面却有着不同于时代的艺术追求，他虽然不是一个理论家，但我们能从序文中捕捉到一些对文学创作的认识和见解。

陶渊明的作品均系有感而发，故而内容充实又含深厚的情感，他在《有会而作》序中云：“岁月夕矣，慨然永怀。”而且题目“有会而作”本身也就说明作者所作之诗，是有所感而行之于文的。在《感士不遇赋》的序文亦云：“抚卷踌躇，遂感而赋之。”《九日闲居》序云：“寄怀于言。”由此可以看出，陶渊明认为文学是感情的产物，诗的生命在于感情，文章也是一样，没有作者强烈深沉的情感，读者就不能从中受到感染，自己不感动而要以文章去感动别人是不可能的，这样，词藻越华丽，越显造作之态。陶渊明的大部分作品看似平淡，其实是作者情感积淀后的再现，而有些作品则饱含深沉的笔锋，尤其是《祭从弟敬远文》、《祭程氏妹文》，表现的感情真挚而强烈。这和作者在序文中流露出的一些对文学的认识是分不开的；正因为行为之前心有所感，不得不吐以为快，故而会情凝之于笔端。

在《饮酒二十首》序中云：“既醉之后，辄题数句自娱；纸墨遂多，辞无诠次。聊命故人书之，以为欢笑尔。”《闲情赋》序云：“虽文妙不

① 周振甫：《文心雕龙注释》，人民文学出版社 1981 年版，第 49 页。

足，庶不谬作者之意。”① 在《游斜川》序中云：“欣对不足，率尔赋诗。”从这些断断续续的言语当中看出，陶渊明主张写诗作文应朴素自然，不求形式之华美，辞藻之艳丽，但求不谬作者之意。从为文以“自娱”，“率尔赋诗”、“文妙不足”等，不难看出陶渊明主张写诗作文不能有强烈的功利目的，正因他的诗赋文辞是写给自己的，而不是去迎于世俗，媚于达官贵人，故而才没有虚假的情感，笔锋所到之处自然而畅达，如行云流水，妙不可言，“率尔”为之，才会使文章无不淳朴而含真实之情，如泉水涌出之自然，这样，不刻意于辞藻，语言自会流畅自如，尽显本色之语言。由于陶渊明是本着这样的创作目的和宗旨，他的诗文才能做大，如水行地，一泻千里，不工而自工。

正因为陶渊明在文学上主张有感而发，率真而自然，不追求功利目的。所以，我们读他的诗文，可以说都是情之所至，不得不发之作，确实给人一种“如绛云在霄，舒卷自如”（敖器之《敖陶孙诗评》），极为自然的感觉。

五 一篇奇特的序文

《桃花源记》之“记”，《文心雕龙·书记》篇云：“记之言志，进已志也。”楮斌杰在《中国古代文体概论》第十章“古代文章的各种体类”第二节“杂记文”中说：“古人将以‘记’名篇的文章称为‘杂记体’。杂记的内容是很复杂的。广义地说，它包括了一切记事、记物之文，故刘勰《文心雕龙·书记》篇称‘书记广大，衣被事体，笔札杂名，古今多品’。结果他把所有形诸文字而难以归属的杂品文字，都置于‘书记’类。后人则将书另为立类，称为书牍类，其他杂项文字，如状、牒、令、疏等，也都分别归属它类，只留下以‘记’名篇的文字，称杂记文。但杂记文实际仍然很杂，所谓杂记文，也包括着有些文章不易归属，不得已

① “虽文妙不足，庶不谬作者之意。”清人吴觐文批校《陶渊明集·陶渊明集序》批语曰：“所谓作者之意，即上张、蔡两赋，所谓‘检逸辞而宗淡泊，始则荡以思虑，而终归闲正。将以抑流宕之邪心，谅有助于讽谏’云尔也。予细玩其赋，如‘愿在衣而为领’等语，何等流宕，而终结之曰：‘尤蔓草之为会，诵《邵南》之余歌；坦万虑以存诚，憩遥情于八遐。’则终归闲正矣。作者之意若曰：吾如是之荡以思虑，而终无益也，则不如‘坦万虑以存诚’而已，此岂非有助于讽谏乎！而昭明乃谓其卒无讽谏，其论亦已过矣。虽然，昭明之论《闲情赋》则为过当，而其言‘卒无讽谏，何必摇其笔端’二语，要自为作文之正论也。予观后世之学义山诗者，徒习其浮靡流宕之词，而失其旨，不能终归闲正。予尝谓孔子若作，则此等诗皆当入删诗之例，惟其谬于作者之意也，使得闻卒无讽谏二语，当亦废然返矣。然则昭明之论岂可以其过当而尽非之哉！”（见《陶渊明资料汇编》下册第325至326页）

而独成一类的意思。明代徐师曾《文章明辨》说："'记者，所以备不忘也。'这仍然是一个很泛的说法。从现存的'记'文来看，有的记人，有的记事，有的记物，有的记山水风景；有的尚叙述，有的尚议论，有的尚描写，是非常复杂的。近人也注意到这一问题，故主张从'记'文的内容出发，再做一下划分，以便说明特点，研讨其风格。"①《桃花源记》作为序文之"记"文，内容也是复杂的，这里面有叙述、有描写，如果把这篇序文独立出来的话，按褚斌杰的分法，可以细归之为山水游记文。

《桃花源记》是《桃花源诗》的序文，但它又是陶渊明散文最优秀的代表作。鲁迅认为这样的文章实际上可算小说，他在《六朝小说和唐代传奇有怎样的区别》一文中说："其实例和后来的唐代传奇之相近"。②《桃花源记》情节简单，却能引人入胜，以一渔人偶入桃花源见闻为线索，叙述变化曲折。鲁迅先生之所以将之视同小说者，大概主要是其中有明显的虚构成分，其中的人名、地名和事迹，都未必实有，但却写得相当逼真，使人读之，颇具实感。陈寅恪则认为《桃花源记》乃实为纪实之文，他在《桃花源记旁证》首云："陶渊明《桃花源记》寓意之文，亦纪实之文也。"经过事实考证，陈寅恪在文后总结道："甲、真实之桃花源在北方之弘农，或上洛，而不在南方之武陵。乙、真实之桃花源居人先世所避之秦乃苻秦，而非嬴秦。丙、《桃花源记》纪实之部分乃依据义熙十三年春夏间刘裕率师入关时戴延之等所闻见之材料而作成。丁、《桃花源记》寓意之部分乃牵连混合刘骥之入衡山采药故事，并点缀以'不知有汉，无论魏、晋'等语所作成。戊、渊明《拟古》诗之第二首可与《桃花源记》互相印证发明。"③无论是寓意之文还是纪实之文，皆为散文之一体，它是《桃花源诗》的序，是诗意展开的依据。李华在《陶渊明桃花记并诗略说》（《陶渊明新论》）一文中认为，《桃花源记》是记传闻的，因为它重于介绍人物故事，且以客观叙述之，从而认为是"桃花源本事"，是《桃花源诗》之所本。他还认为"我们如果只读《记》，那只是读渔人的见闻，相当读一篇游记；而要确知这桃源社会的本质情形，就非读《诗》不可"。《桃花源记》虽是一篇序文，但其意义非同一般，故人多重视，见解亦多分歧。

---

① 褚斌杰：《中国古代文体概论》，北京大学出版社 1984 年版，第 331 页。

② 见鲁迅杂文集《且介亭杂文二集》；又见长江文艺出版社 2008 年版的《中国小说史略》单行本之后的附录一。

③ 始见《清华学报》第 11 卷，1936 年第 1 期；又见《陶渊明资料汇编》（下册），第 338、347 页。

这篇序文在陶渊明一生创作中占有极为重要的地位，从寓意之文的角度来说，它是作者从幻想做一个类似无怀氏、葛天氏时代的化外之民，发展到晚年跳出个人小圈子，以一个成熟的思想家的面貌站在历史的前列，认真地探索人类美好的未来，关心社会民主，是思想上的巨大进步和转变。它以其思想与艺术的光辉成就，影响远超过正文《桃花源诗》，成为一件独立成篇、脍炙人口的艺术珍品。作者在这篇精美的序文中，以细腻的笔触，描绘出一片风光绮丽的清幽环境，继而又展现给读者一个神话般的新世界。联系作者所处的黑暗时代，他在这里寄托着自己的社会理想和热爱光明的美好思想感情。陶渊明在许多诗文中程度不同地表达了向往原始社会的心情。在《劝农》中说："舜既躬耕，禹亦稼穑。"强调了劳动对人生是天经地义的大事，人人应该劳动。在《戊申岁六月中遇火》中说："仰想东户时，余粮宿中田。鼓腹无所思，朝起暮归眠。既已不遇兹，且遂灌我园。"憧憬原始社会就是不满现实。《桃花源记》是现实与理想的结合，在反应农夫的某些思想、理想和生活愿望上，它体现了现实主义精神，亦含有浪漫主义的因素。

《桃花源记》由于写得精美，人们往往把它作为独立的散文乐章，但我们在研究陶渊明时切不可分而割之，《记》与《诗》是同时所作，但在反映出的思想方面则各有侧重。《记》是诗之序，作者由序而诗，诗又是序文的发挥和延伸，两者并重，方能得出较为公允的结论。

2008 年 11 月

杜诗中的天文星象

据清人仇兆鳌的《杜诗详注》（文中所引皆此注本）本子，在杜甫所有的诗歌中，涉及天文学方面的知识很多，如七政、北斗、二十八宿、四象、三垣、十二、分野、银河以及历法方面的日、月、年、节气等，内容极为丰富，从中可以看出作为诗人的杜甫，有着深厚的科学素养。顾炎武在《日知录》卷三十“天文”条云：“三代之上，人人皆知天文。七月流火，农夫之辞也；三星在天，妇人之语也；月离于毕，戍卒之作也；龙尾伏晨，儿童之谣也。后世文人学士有问之而茫然不知者矣，若历法则古人不及近代之密。”[①]《尚书正义·尧典》云：“及命羲和，钦若昊天，历象日月星辰，敬授人时，分命羲仲，宅嵎夷，曰旸谷。寅宾出日，平秩东作。日中，星鸟，以殷仲春。……日永，星火，以正仲夏。……宵中，星虚，以殷仲秋。……日短，星昴，以正仲冬。……期三百有六旬有六日，以闰月定四时成岁。”[②] 这里记载了尧执政时，对国事的安排，也可以看出远在四千多年前，我们的先民就有了比较全面的天文历法知识，并把它运用于国政和农业生产。这段文字记载了四仲中星，虽属后人追记，但现代天文学家已科学地推测，认为四千年前的某些天象，恰与《尚书》中所记载的某些天象相吻合，由此推测《尚书》中所记载的有关天象是当时的实际情况。我国的天文学，大约有文字以来，就开始有天文现象的记录。龙山文化的彩陶画文字中，就有太阳图形的文字，以后在甲骨卜辞、金文中，不仅有历法的记录，还有日、月食的记录。随着社会的发展，科学知识亦逐渐普及，天文历法的内容就大量地渗透到文学作品中来，《诗经》中的例子很多，屈原的《离骚》、《九歌》《远游》等篇章中，均含有大量的天文历法词语。经秦汉以迄唐，天文学的知识更为普及。

唐代是中国经济、文化发展的高峰，天文学成就也很多。如李淳风铸浑天黄道仪，撰《法象志》和制定麟德历；僧一行编制大衍历和对恒星

---

① （清）黄汝成：《日知录集释》（外七种），上海古籍出版社 1985 年版，第 2203 页。

② （清）阮元校刻：《十三经注疏》，中华书局 1980 年版，第 119 页。

位置进行重新侧定；南宫说等人进行的天文大地测量，是世界上第一次对子午线长度的实测。在敦煌卷子中，就有一幅唐代绘制的星图，图上有星1350颗，是世界上现存星图中星数最多而且是最古老的一个（现存英国伦敦博物馆），王希明的《丹元子步天歌》，用诗的形式对全天283宫的名称、星数和位置作了形象的描述。唐代的许多墓葬中都有示意的或科学的星图，这都反映了当时天文学的普及。作为诗人的杜甫，除了文学才华之外，他还有着丰富的天文历法方面的知识。

一

浩瀚壮美的星空，往往激发诗人以无穷的遐想，关于星象的描写，在杜甫的诗中比比皆是。“七政”在古人的生活中十分重要，《尚书·舜典》云：“正月上日，受终于文祖。在璇玑玉衡，以齐七政，肆类于上帝，禋于六宗，望于山川，遍于群神。辑五瑞，既月，乃日觐四岳群牧，班瑞于群后。”[①] 由此可知，舜初摄政，先察“七政”之动，以正历法而授民以时，其他政事依次安排，足见“七政”的重要。“七政”即“七曜”，是日、月和金、木、水、火、土这五颗星。“七政”之意，清·雍正《钦定书经传说汇纂·集传》说：“七政，日、月五星也，七者运行于天，有迟有速，有顺有逆，犹人君之有政事也”。[②] “七政”中的五星，在《杜诗详注》（卷二十二）《晓发公安》中就提到“明星”，其诗云：“北城击柝复欲罢，东方明星亦不迟。”早在《诗经·小雅·谷风之什》中的《大东篇》就有“东有启明，西有长庚”[③]。古人把这金星又叫太白金星或明星，由于它是靠近太阳的第二星，轨道在地球与辰星之间，故自地球上观之，太白金星亮度极强，又因它在黎明前见于东方，又名启明；黄昏见于西方，又名长庚。《史记·天官书》曰：“太白伏也，以出兵，兵有殃。……太白出其南，南国败；出其北，北国败。行疾，武；不行，文。”[④]《索隐》中云：“《天官占》云：太白者，西方金之精，白帝之子，上公、大将军之象也。”[⑤]《汉书·天文志》亦曰：“太白，兵象也。……太白者，犹军也。”[⑥] 古代的天文学家常以所划星空区，来观测五星的行动以测祸福，《史记·天官书》说：“西宫咸池，曰天五潢。五潢，五帝

① （清）阮元校刻：《十三经注疏》，中华书局1980年版，第126页。

② （清）仇兆鳌：《杜诗详注》，中华书局1979年版，第104页。

③ 《诗经》，辽宁教育出版社1997年版，第58页。

④ （西汉）司马迁：《史记》，中华书局1972年版，第1326—1327页。

⑤ 同上书，第1323页。

⑥ （东汉）班固：《汉书》，中华书局1965年版，第1283页。

车舍，火入，旱；金，兵；水，水。"[①] 不提土、木二星，因为木、土德星，不为害也。而火、金、水各主不同的灾祸。由于"七政"紧密关系着国家政事和人们的生活，所以杜诗中也必然提到。

在有关星象的诗句中，写到"北斗"的最多。《上韦左相二十韵》（卷三）中有一首是："北斗司喉舌，东方领搢绅。持衡留藻鉴，听履上星辰。独步才超古，余波德照邻。"韦为尚书，故云北斗，又兼兵部，故云东方。《后汉书》卷六十三《李杜列传》第五十三曰："今陛下之有尚书，犹天之有北斗也。斗为天喉舌，尚书亦为陛下喉舌。斗斟酌元气，运平四时。"[②]《秋兴八首·其二》（卷十七）中有："夔府孤城落日斜，每依北斗望京华。"《杜诗详注》云："赵蔡西注俱云，秦城上直北斗，长安在夔州之北，故依北斗而望之。或引长安城北为北斗形者，非是。陈泽州注：唐人多用北斗，如平临北斗之类，公诗多用北斗，如秦城北斗望之类。"《月三首·其一》（卷十八）中最后两句是："故园当北斗，直想照西秦。"这里是说的北斗星正是秦卅，是杜甫自己的故居之所在。还有《送李八秘赴杜相公幕》（卷十九）的最后两句："南极一星朝北斗，五云多处是三台。"《杜诗详注》云："董仲舒曰：太平之时，云则五彩而为庆。五云，谓京城瑞气，或指长安宫阙者，非。《天官书》：斗魁六星，两相比者为三台，三公之象。邵注：上台司命太尉，中台司中司徒，下台司禄司空。南北三五，句中自对，一星多处，两句互对，见诗法变化。"[③]《太岁日》（卷二十一）中有："西江元下蜀，北斗故临秦。"《春夜峡卅田侍御长史津亭留宴》（卷二十一）开头即是："北斗三更席，西江万里船。"《夏日杨长宁宅送崔侍御常正字入京》（卷二十一）中有："天地西江远，星辰北斗深。"古人重视"北斗"，是因它可以用来辨别方向、定季节，又是因为它距北极星特别近的缘故。关于"北斗"，《史记·天官书》有载："北斗七星，所谓旋、玑、玉衡以齐七政。杓携龙角，衡殷北斗，魁枕参首。用昏建者杓；杓，自华以西南。夜半建者衡；衡，殷中州河、济之间。平旦建者魁；魁，海岱以东北也。斗为帝车，运于中央，临制四乡，分阴阳，建四时，均五行，移节度，定诸纪，皆系于斗。"[④] 这里不但讲了斗星的位置，而且讲了它的重要作用。《晋书·天文志》对此有进一步的解释："北斗七星在太微北，七政之枢

① （西汉）司马迁：《史记》，中华书局 1972 年版，第 1304 页。

② （南朝宋）范晔：《后汉书》，中华书局 1998 年版，第 824 页。

③ （清）仇兆鳌：《杜诗详注》，中华书局 1979 年版，第 1682 页。

④ （西汉）司马迁：《史记》，中华书局 1972 年版，第 1291 页。

机，阴阳之元本也。故运乎天中，而临制四方，以建四时，而均五行也。魁四星为璇玑，杓三星为玉衡。又曰：斗为人君之象也，号令之主也。又为帝车，取乎运动之义也。又魁第一星曰天枢，二曰璇，三曰玑，四曰权，五曰玉衡，六曰开阳，七曰摇光；一至四为魁，五至七为杓。枢为天，璇为地，玑为人，权为时，玉衡为音，开阳为律，摇光为星。石氏云：第一曰正星，主阳德，天子之象也。二曰法星，主阴刑，女主之位也。三曰令星，主中祸。四曰伐星，主天理，伐无道。五曰杀星，主中央，助四旁，杀有罪。六曰危星，主天仓五谷。七曰部星，亦曰应星，主兵。又云：一主天，二主地，三主火，四主水，五主土，六主木，七主金。又曰：一主秦，二主楚，三主梁，四主吴，五主燕，六主赵，七主齐。"① 古人以想象的线把七颗星联成整体，设想为舀酒的斗，因其在北方的天空，故名"北斗"。古人不仅用人事附会七星，而且与九州的地域对应，杜诗中的"故园当北斗，直想照西秦"（卷十八）即是。古人还根据昏时斗柄所指的方向来决定季节：斗柄指东，天下皆春；斗柄指南，天下皆夏；斗柄指西，天下皆秋；斗柄指北，天下皆冬（这里的天下指中原）。在《赠王二十四侍御契四十首》中有"一别星桥夜，三移斗柄春"（卷十三）。《详注》本曰："《汉书》：秦李冰造七星桥，上应七星，光武谓吴汉曰：安车宜在七星桥。"又注："《公羊传注》：斗指东曰春。"屈原的《远游》中亦有"揽彗星以为旍兮，举斗柄以为麾"。

另外，杜甫在诗中还写到北斗宫内的文昌星，在《衡卅送李大夫七丈赴广州》（卷二十二）中有："北风随爽气，南斗避文星。"仇兆鳌注本说：李勉"好古尚奇，故曰文星，今按：文昌本在北斗宫，李自北至南，故南斗应避之"。《史记·天官书》曰："斗魁戴匡六星，曰文昌宫。"《索隐》解道："《文耀钩》曰：文昌宫为天府。《孝经援神契》云：文者精所聚，昌者扬天纪。辅拂并居，以成天象，故曰文昌。"②《晋书·天文志》亦云："文昌六星，在北斗魁前，天之六府也，主集计天道。"③ 在"南斗避文昌"中，既提及文昌星，又讲到"南斗"。在《将适吴楚留别章使君留后兼幕府诸公》中有："随云拜东皇，挂席上南斗。"仇注曰："《春秋说题辞》：南斗吴地。"《史记·天官书》云："南斗为庙，其北建星"。《正义》曰："南斗六星，在南也。"④ 我们说"北斗"，是靠近北极

---

① （唐）房玄龄等撰：《晋书》，中华书局1974年版，第290—291页。

② （西汉）司马迁：《史记》，中华书局1972年版，第1293—1294页。

③ （唐）房玄龄等撰：《晋书》，中华书局1974年版，第291页。

④ （西汉）司马迁：《史记》，中华书局1972年版，第1310页。

星的北斗七星，而“箕斗”即“南斗”。在二十八宿中，斗宿在北，箕宿中南，也就是箕宿在斗宿的下方，相对来看也是在斗宿的南边。因此，一般把箕、斗两宿称为“南箕北斗”。《红楼梦》中黛玉和湘云联句有：“撒天箕斗灿，匝地管弦繁。”其中的“斗”，不是北斗七星，而且二十八宿中的斗宿，“箕”是指东方七宿中的箕宿，这两宿相对而言，一个在南，一个在北。斗宿由于和箕宿南北对峙时被称为“北斗”，又因为它属北方七宿之第一宿，而被称为“北斗，”但斗宿又常被人称之为“南斗”。如《晋书·天文志》：“北方南斗六星，天庙也。丞相太宰之位，主褒贤进士，禀授爵禄”。[①] 斗宿既称北斗，又称南斗，在文献中很常见。

二

对于北极星，古曰北辰，杜甫的诗中涉及的不多，但在《中夜》（卷十七）中开头有“中夜江山静，危楼望北辰”。注者曰：“望北辰，思长安也。”北辰即北极星。《史记·天官书》一开始就说：“中宫，天极星，其一明者，太一常居也。”《索隐》云：“《文耀钩》曰：中宫大帝，其精北极星。含元出气，流精生一也。”又言：“《尔雅》：北极谓之北辰。又《春秋合诚图》云：北辰，其星五，在紫微中。杨泉《物理论》云：北极，天之中，阳气之北极也。极南为太阳，极北为太阴。”[②] 在《别苏傒》（卷十八）中亦有“北辰当宇宙，南岳据江湖”。在《暮春江陵送马大卿公恩命追赴阙下》（卷二十一）中有：“北辰徵事业，南纪赴恩私。卿月升金掌，王春度玉墀。”古人认为北极星是天的中心，所以杜甫说“北辰当宇宙”。因为我们的祖先多在黄河流域，有更多的机会见到北天上空，容易把北极星当作天的中心，另一方面，北极星正好位于天球的北极点上，天球的旋转轴正好穿过它，所以看起来北极星就好像是不动的，而且像在天球的中心。古人特别重视北极星，称它为“中宫”。其实，北极星是移动的，古今极星是不同的。如周秦时代，以天帝星为极星；隋唐迄宋，以天枢星为极星。由于极星移动缓慢，古人就错觉极星是不动的，如《论语·为政》：“子曰：为政以德，譬如北辰，居其所而众星共之。”[③] 孔子这一段话就是这种错误的看法。由于古人认为北极星是不动的，所以用它来辨别方向和远近。

在美丽的星空中，我们对银河并不陌生，织女牛郎的神话故事流传千

① （唐）房玄龄等撰：《晋书》，中华书局1974年版，第301页。

② （西汉）司马迁：《史记》，中华书局1972年版，第1289页。

③ 杨伯峻：《论语译注》，中华书局1980年版，第11页。

古，最美的是《古诗十九首·河汉》：“迢迢牵牛星，皎皎河汉女。纤纤擢素手，札札弄机杼。终日不成章，泣涕零如雨。河汉清且浅，相去复几许。盈盈一水间，脉脉不得语。”[①] 早在《诗经》时代就有银河的记载，如《小雅·大东》“维天有汉，监亦有光”[②]，《大雅·云汉》有“倬彼云汉，昭回于天”[③] 等。在杜诗中，出现银河的词语非常多。《同诸公登慈恩寺塔》（卷二）中有：“七星在北户，河汉声西流。”写同诗友高适、岑参、储光羲、薛据登塔时的感叹。“河汉”就是银河，以前有许多名称，《广雅疏证》云：“‘天河谓之天汉。’《夏小正传》云：‘汉也者，天汉也。’《小雅·大东传》云：‘汉，天河也。’”[④] 我们可以看到，在其他文献中“天汉”的名称很多，有：星汉、河汉、银汉、银河、绛河、天津、汉津，皆天河名也。《史记》则把银河与自然界的雨水多少联系起来，《天官书》曰：“汉者，亦金之散气，其本曰水。汉，星多，多水，少则旱，其大经也。”[⑤] 汉即河汉。在杜诗中，写到银河时也有不同的名称。在《魏将军歌》（卷四）中，“星缠宝校金盘陀，夜骑天驷超天河”。《史记·天官书》曰：“汉中四星，曰天驷，旁一星，曰王良，王良策马，车骑满野。旁有八星，绝汉，曰天潢。”[⑥]《夜》（卷十七）中有：“步蟾倚仗看牛斗，银汉遥应接凤城。”银汉即银河，牛斗二星在其旁，故言“倚仗看”。在《江月》（卷十七）一诗中就有：“玉露鰒溥清影，银河没半轮。”《月三首·其一》（卷十八）开头两句：“断续巫山雨，天河此夜新。”《其二》最后两句：“不违银汉落，亦伴玉绳横。”在《江边星月二首》中有：“天河元自白，江浦向来澄。”在《苦雨奉寄陇西公兼呈王徵士》（卷三）中有：“悄悄素浐路，迢迢天汉东。”这里的“天汉”指中渭桥。《三辅黄图》曰：“渭水贯都，以象天汉；横桥南渡，以法牵牛。”[⑦]《洗兵行》（卷六）中有：“安得壮士挽天河，净洗甲兵长不用。”还有一首诗，题为咏《天河》（卷七）：“常时任显晦，秋至转分明。纵被微云掩，终能永夜清。含星动双阙，伴月落边城。牛女年年渡，何曾风浪生。”这首诗是杜甫客居秦州（今甘肃天水）时咏银河之作，仇兆鳌注本中说：“此直咏天河，而寓意在言外。篇中微云掩，风浪生，似为小人谗

① 逯钦立：《先秦汉魏晋南北朝诗》，中华书局1983年版，第331页。

② （南宋）朱熹：《诗集传》，凤凰出版社2007年版，第172页。

③ 同上书，第245页。

④ 《尔雅·广雅·方言·释名》（清疏四种合刊），上海古籍出版社1989年版，第621页。

⑤ （西汉）司马迁：《史记》，中华书局1972年版，第1335页。

⑥ 同上书，第1309页。

⑦ 陈直：《三辅黄图校证》，陕西人民出版社1980年版，第6页。

妒而发。双阙，指京师。边城，指秦卅。”在《详注》本中，对银河有一个解释，即“天河，从北极分为两头，至于南极，随天而转入地下过，水之气也”。《晋书·天文志》的解释更为详尽，其文曰：“天汉，起东方，经尾箕之间，谓之汉津。乃分为二道，其南经傅说、鱼、天籥、天弁、河鼓，其北经龟，贯箕下，次络南斗魁、左旗，至天津下而合南道。乃西南行，又分夹匏瓜、络人星、杵、造父、腾蛇、王良、傅路、阁道北端、太陵、天船、卷舌而南行，络五车，经北河之南，入东井水位而东南行，络南河、阙丘、天狗、天纪、天稷，在七星南而没。”[①] 说到“银河”一词的诗还有《初月》（卷七）“河汉不改色，关山空自寒”。《送严侍郎到绵卅同登杜史君江楼宴》（卷十一）：“不劳朱户闭，自待白河沉。”《阁夜》（卷十八）中有“五更鼓角声悲壮，三峡星河影动摇”。《十六夜玩月》（卷二十）：“关山随地阔，河汉近人流。”还有一些写到银河的诗句，不一一列举。诗人在诗中运用银河及各种别称，不仅增加了诗句之美，更重要的是丰富了诗词的内容。有时是为了创造一种虚无缥缈的意境，有时是想把读者带入月夜、银河组合成的美妙无比的夜景之中。对于杜甫诗中写银河的用途和所要表达效果，我们应加以具体分析。

三

在杜甫的诗中，还有一些写的是“杂星”之气。《晋书·天文志》曰：“其杂星之体，有瑞星，有妖星，有客星，有流星，有瑞气，有妖气，有日月傍气。”[②] 在杜诗里写到妖星的有《奉送郭中承兼太僕卿充陇右节度使三十韵》（卷四）：“宸极妖星动，园陵杀气平。”这里写出妖星带来的杀气。《汉书·天文志》说：“蓬星出，必有乱臣。……蓬星出六十日，不出三年，下有乱臣戮死于市。”[③] “太白，兵象也。”“太白者，犹军也。”“辰星，杀伐之气，战斗之象也。”[④]《晋书·天文志》列出了慧星、孛星、天枪、长庚等二十一个妖星[⑤]，但杜甫在这首诗里写的妖星不知具体是哪一个。《收京三首·其一》（卷五）：“仙仗离丹极，妖星带玉除。”这里的妖星亦不知具体所指，乃统而言之。唐代姚汝能撰的《安

---

① （唐）房玄龄等撰：《晋书》，中华书局 1974 年版，第 307 页。

② 同上书，第 322 页。

③ （东汉）班固：《汉书》，中华书局 1965 年版，第 1305—1306 页。

④ 同上书，第 1283 页。

⑤ （唐）房玄龄等撰：《晋书》，中华书局 1974 年版，第 323—326 页。

禄山事迹》言：安禄山生时“是赤光傍照，群兽四鸣，望气者见妖星芒炽，落其穹庐。怪兆奇异不可悉数，其母以为神，遂命名轧荦山”[①]。这就是说妖星出现，必有妖气。《晋书·天文志》说：“妖气，一曰虹蜺，日旁气也，斗之乱精。主惑心，主内淫，主臣谋君，天子诎，后妃颛，妻不一。二曰牂云，如狗，赤色，长尾，为乱君，为兵丧。”[②] 安禄山出生之夜的妖气就是赤光，兽鸣，这都是人们的附会。在《秋日荆南送石首薛明府辞满告别奉寄薛尚书颂德叙怀斐然之作三十韵》（卷二十一）中，开头两句是“往者胡星孛，恭惟汉纲疏”。这里杜甫才写出了具体的妖星——孛星。《晋书·天文志》说：“孛星，彗之属也。偏指曰彗，芒气四出曰孛。孛者，孛孛然非常，恶气之所生也。内不有大乱，则外有大兵，天下合谋，闇蔽不明，有所伤害。晏子曰：君若不改，孛星将出，彗星何惧乎？由是言之，灾甚于彗。”[③] 杜甫这里是写安禄山陷京之事，与《志》所言相合。《赠李八秘书别三十韵》（卷十七）中：“往时中补右，扈跸上元初。反气凌行在，妖星下直庐。”此“妖星”亦属总写，不言其类。《题衡山县文宣王庙新学堂呈陆宰》（卷二十三）：“旄头慧紫微，无复俎豆事。”其中的“旄头”就是妖星，即昴七星；紫微，是帝宫。《江陵望幸》（卷十二）：“地利西通蜀，天文北照春。”“天文”是天星，其在南而被照秦野。天星亦为妖星，见汉京房著的《风角书·集星章》。[④]

杜诗中还有对流星的描写，在《秦州杂诗二十首·其九》（卷七）中有：“稠叠多幽事，喧呼阅使星”。“阅使星”就是流星。《晋书·天文志》云：“流星，天使也。自上而降曰流，自下而升曰飞。”[⑤] 《中宵》（卷十七）中也有对流星的描写，其诗云：“飞星过水白，落日动沙虚。”这里的“飞星”是自下而上的，《晋书·天文志》对“飞星”有详尽的描述，可参阅。对流星雨，杜诗中亦有记载，《酬郭十五判官》（卷二十二）云：“只同燕石能星陨，自得隋珠觉夜明。”早在《春秋左传·庄公七年》中就有对流星雨的记载：“传七年，春，文姜会齐侯于防，齐志也。夏，恒星不见，夜明也，星陨如雨，与雨偕也。”[⑥] 流星坠地便成陨石，《左传》中就认为这是“陨星也”。到《史记·天官书》则更明白地

---

① （唐）姚汝能：《安禄山事迹》，上海古籍出版社 1983 年版，第 42 页。

② （唐）房玄龄等撰：《晋书》，中华书局 1974 年版，第 330 页。

③ 同上书，第 323 页。

④ 同上书，第 326—327 页。

⑤ 同上书，第 328 页。

⑥ （清）阮元校刻：《十三经注疏》，中华书局 1980 年版，第 1765 页。

说："星坠至地，则石也"。[①]《开元占经》、《梦溪笔谈》、《元史·五行志》等，都对陨星有详细的描述，并注意到了陨石的成分。

关于"四象"问题，杜诗中亦有涉猎，《魏将军歌》（卷四）中有："酒阑插剑肝胆露，钩陈苍苍玄武暮。"钩陈六星，在紫宫中。四象是对星空的划分，分东、北、西、南，以四种禽兽的形象名之，即东方苍龙，北方玄武、西方白虎、南方朱雀。北宫玄武，其南众星曰羽林天军。诗中说"钩陈玄武"是因为天上有羽林星，故天子殿前亦有钩陈。在同一首诗中有："君门羽林万猛士，恶若哮虎子所监。"此即玄武之南的羽林星，或言羽林天军，因汉有羽林军，故以此名之。《赠李八秘书别三十韵》（卷十七）中有："玄朔迴天步，神都忆帝车。"其中的"玄朔"是指朔方玄武之位。《秋日荆南送石首薛明府辞满告别奉寄薛尚书颂德叙怀斐然之作三十韵》（卷二十一）有："紫微临大角，皇极正乘舆。""大角"属东方苍龙中的星宿之一。写到四象中星宿的诗句有很多，如《送高三十五书记十五韵》（卷二）中有："又如参与商，惨惨中肠悲。""参"就是西方白虎的星宿之一，其位置在虎脖子。《赠卫八处士》："人生不相见，动如参与商。"《送严侍郎到绵卅同登杜使君江楼宴》："城拥朝来客，天横醉后参。"这里的"参"都是白虎象中参星星宿。由于四方星象可以定四时方位，并观测四时星象情况，所以，人们一直都很重视。

杜甫早年读书很多，接受过较广泛的文化教养，从他的诗集中可以看出，这位"诗圣"除了诗歌方面的艺术成就，还有着极为丰富的天文星象方面的科学知识，杜甫虽是诗人，但作为文化知识的传承者，其功亦不可没。

2004 年 6 月

① （西汉）司马迁：《史记》，中华书局 1972 年版，第 1336 页。

从白居易的《时世妆》看唐代女性的妆饰

唐代是一个开放的时代，文化生活的各个方面都受到异域风情的影响，从女性所流行的日常妆饰可以看出，她们都在极力渲染自己，白居易以诗歌的形式从一个侧面给人们展示了唐代妇女独特的审美观。

人皆爱美，女子尤甚。梁简文帝萧纲《美人晨妆》诗云："娇羞不肯出，犹言妆未成。"非常贴切地道出了女子爱美之天性。但不同时代，人们审美观不同。宋代诗人陈与义《初识茶花》："伊轧篮舆不受催，湖南秋色更佳哉。青裙白面初相识，十月茶花满路开。"[①] 诗中写到的"白面"，即不化妆，素面朝天。可以看出诗人对与"白面"女子邂逅的时光充满回忆。不得不承认素面朝天是一种美，加上"青裙"映衬，的确展现一种清水芙蓉的特质。接下来的"十月茶花满路开"则更把这女子衬托成一道唯美的风景。于是，人们不化妆，完全自然的美学观点成立。殊不知，诗中所用"青裙"、"茶花满路开"为这位"白面"女子化了最美、最经典的妆，即以自然之色、自然之景搭配出最美最和谐的妆饰。不管当时诗人是在怎样的环境下邂逅了这位女子，还是对环境作了夸大的渲染，从这两句诗的意境和感染力看，合适宜人的化妆对女性的美起着极为重要的修饰作用。白居易在他的《时世妆》里，给我们展示了当时女性对美的一种理解和追求，从中可见唐代女性普遍的审美观。

一

唐代与西域文化交流很多，这就对唐的城市生活产生了重大影响。向达先生在《唐代长安与西域文明》中说："兹谨综合所知，分国叙述如次：先及葱岭以东于阗、龟兹、疏勒诸国，然后推及中亚、西亚，如昭武九姓以及波斯诸国。观于此辈，而后西域文明流行长安，其性质之复杂，

---

① 陈与义：《初识茶花》诗后两句云："青裙白面初相识，十月茶花满路开。"盖用白乐天《江岸梨花》诗意："梨花有思缘和叶，一树江头恼杀君。最似孀闺少年妇，白妆素面碧纱裙。"

亦可概见矣。”[①] 以此看来，西域文明在唐代胡风中占了主要的成分。唐代的服饰受到胡服很大的影响，《新唐书·五行志》说：“天宝初，贵族及士民好为胡服、胡帽，妇人则簪步摇钗，衿袖窄小。杨贵妃常以假鬓为首饰，而好服黄裙。近服妖也。时人为之语曰：‘义髻抛河里，黄裙逐水流。’”唐代妇女的发型种类也很多，据史书记载，当时的发型有回鹘髻、百合髻、云堆髻、乌蛮髻、乐游髻、长乐髻、云髻、花髻等20多种。《新唐书·五行志》载：“元和末，妇人为圆鬟椎髻，不设鬓饰，不施朱粉，惟以乌膏注脣，状似悲啼者。圆鬟者，上不自树也；悲啼者，忧恤象也。……僖宗时，内人束发极急，及在成都，蜀妇人效之，时谓为‘囚髻’。唐末，京都妇人梳发，以两鬓抱面，状如椎髻，时谓之‘抛家髻’。又世俗尚以琉璃为钗钏。近服妖也。抛家、流离，皆播迁之兆云。”[②] 唐代妇女发型式样多受西域人影响，向达在《唐代长安与西域文明》中亦指出：“堆髻在敦煌壁画及西域亦常见之。此种时妆亦经由西域以至长安也。”[③] 一些异域风情的妆饰流行京城长安，反映出当时女性与时代同步的一种开放心态。

白居易的《时世妆》就反映了中晚唐妇女尤其是当时的贵族妇女所喜尚的妆梳。其诗云：“时世妆，时世妆，出自城中传四方。时世流行无远近，腮不施朱面无粉。乌膏注唇唇似泥，双眉化作八字低。妍蚩黑白失本态，妆成尽似含悲啼，圆鬟无鬓椎髻样，斜红不晕赭面状。昔闻披发伊川中，辛有见之知有戎。元和妆梳君记取，髻堆面赭非华风。”[④] 作者在这首诗中向我们展现了元和时期妇女流行的妆饰以及他对这种时妆的感叹。“时世妆”是入时或时髦的装饰打扮，相当于今日之“流行时尚”。是当时人们极为时兴的一种普遍妆饰，也反映出华丽高贵的唐妆向世俗的民间生活靠近了。然而白居易对此习尚却是忧心忡忡，他说：“元和妆梳君记取，髻堆面赭非华风”，长安城内的崇尚异域之风遍及朝野，作为深受儒学熏染的正统文人，不无感慨，于是写诗以讽喻。但李唐王朝本与鲜卑族有着密切的联系，这就使得唐统治者对于胡族的生活习俗并不排斥，更以开阔的胸襟广交宾朋，睦邻友邦，对外来文化兼收并蓄，成就气象万千、辉煌夺目的大唐文明。在这样历史背景下，唐代妇女们不管是贵妇还是民间女子，生活千姿百态，不拘一格，特别是京城长安的妇女们，能最

① 向达：《唐代长安与西域文明》，生活·读书·新知三联书店1957年版，第6页。

② （宋）欧阳修、宋祁撰：《新唐书》，中华书局1975年版，第879页。

③ 向达：《唐代长安与西域文明》，生活·读书·新知三联书店1957年版，第47页。

④ 龚克昌：《白居易诗文选注》，上海古籍出版社1984年版，第63页。

先接触外国文化，占据种种优势，每每引领女性生活的时尚先河。她们生活中不可或缺的装扮也成为社会生活的重要内容。特别是唐中期——元和年间，妇女们的妆饰就与当时无孔不入的异域风情合拍，其怪异妆饰在突出妇女们大胆前卫和时尚性外，更成为长安城中的时髦，白居易就把当时妇女们的妆饰以诗的形式为我们保存至今。今天我们可以通过它看到那个时代女性的精神风貌和审美习尚。通过白居易的描述，我们可以看到当时女性这样装扮：两腮不施红粉，只以黑色的膏涂在唇上，两眉画作“八字形”，头梳圆环椎髻，有悲啼之状。黑色的嘴唇，有类似于现在酷男靓女们玩的哥特式装容。这种妆梳尤为当时的贵族妇女所喜尚，直至五代。这样的装扮竟“出自城中传四方”，居然能从长安城，流传至全国各地，风行一时，成为那个年代的流行时尚，亦即时世妆。

梳妆打扮是历代女子都会有的一种审美行为，不只是发式翻新，面部化妆也非常重要，它能使肌肤光泽，容颜增添出如花似玉般的光彩和艳媚，以引起男子的注目，早在远古的半坡人已经有了石头项链，非洲原始部落的人面部也曾涂上各种色彩，她们企图以这种妆饰来引起人们的注意。唐代妇女多喜欢化妆，淡妆浓抹，姿态各异。白居易的《霓上羽衣舞歌》：“案前舞者颜如玉，不着人家俗衣裳”。就是写唐代审美常态，向我们展示出一种充满生机与活力的装扮。而“腮不施朱面无粉”却是一个时代的变化。元和以前的妇女多喜爱化妆，化妆品多用铅粉、胭脂、黛墨之类。隋唐帝王也常用这些化妆品赏赐妃嫔、侍臣等人，《刘梦得集》中有《谢赐面脂、口脂、红雪、紫雪表》，其中红雪、紫雪也是化妆品的美名。杜甫《腊日》曰：“口脂面药随恩泽，翠管银罂下九霄。”此诗即咏腊日皇帝赐口脂、面药。这些涂抹在脸部的化妆品多是红色，唐人也有把浅红色的胭脂称为“檀”，俗称“桃花粉”。罗虬诗云：“脸檀眉黛一时新”，《花间集》中有：“翠佃檀注助容光”、“香檀细画侵桃脸”。这些诗句都是形容女子面如桃花。而且使用化妆品之前是先要在脸上轻施薄粉，然后才将胭脂涂抹于面颊，这叫“红妆”。徐连达在《唐朝文化》中说：“浓妆称‘酒晕妆’，浅妆称‘桃花妆’。晚妆时若薄施朱红以粉罩之则称为‘飞霞妆’，亦称’晚霞妆’、‘慵来妆’。唐末有胭脂晕品，用以点口唇，有石榴娇、小红春、大红春、嫩吴香、半边娇、万金红、圣擅心、露珠儿、内家圆、天官巧、洛儿殷、淡红心、猩猩晕、小珠龙、媚花奴等美丽动听的品名。”[①] 从这些化妆名称来看，应该是一种比较美的且偏艳丽的妆饰。我国自古是一个爱红

① 徐连达：《唐朝文化》，复旦大学出版社 2003 年版，第 74—75 页。

色、特别是大红色的国度，这可以从民间喜庆事中看出。但元和以来，女子“不施朱”却以“赭面状”示人，可见时尚的转变。“面无粉”似乎可以理解，但“斜红不晕”却告诉人们：在腮之外的脸上化成赭色，这样的“赭面”何等阴郁，何等悲怆！当一个国家妇女都以“赭面”示人，这是怎样的景象，人们的生活充满了暗的色调。更恐怖的是用“乌膏”画唇，“八字”描眉。难怪白居易有“妍蚩黑白失本态”的感叹。那时的人们陷入美丑不分、黑白不辨的状态，自我民俗风情被抛弃，男人们失去了审美的能力，女人们摒弃真美——“华风”。黄新亚在《消逝的太阳》中说：“唐代城市中还曾流行过吐蕃的赭面胡妆，这是在脸上增加反差，尤其将唇脂增加黑色染料，形成暗红色，称‘乌膏’。有乌膏点口红，画斜红，都可以增强面部的图画效果，再配上浓厚的铅粉，很有喜剧效果，或者是为让人远望。”① 整个社会陷入以效外人为高贵的群体认识中，就像元稹《法曲》所言，“胡音、胡骑与胡妆，五十年来竞纷泊”，从民俗变异性和时尚性来看明显是反常的。唐统治者因其自身原因，使华夏的历史长河至此掀起一段尚异的浪潮，在对异域文化的吸收上，我国文化的确因此更加丰富多彩，五彩斑斓，盛唐气象也由此而来。而尚胡被作为时髦而流行不已，且在当时成为人们的一种生活习惯，在五十年里无更多发展，反倒是最令人欣赏赞叹的胡妆却走向了“含悲啼”，这不得不令人深思。

白居易《时世妆》中只以妇女们的脸部化妆和发型来表述自己的观点，看似微不足道，但看唐这一时期历史，我们不难发现，白居易时代的唐朝已无盛唐之实。从安史乱平后的边境外族侵扰，王公贵族奢侈之风非但不减却呈疯长之势，中央政府派系倾轧开始，藩镇蛮横行为、火并事件似家常便饭，国家已成为疲惫至极的巨人。面对盛景难在的局面，妇女们的这种妆饰及其被认同是什么民俗心态的表现？白居易在诗后痛苦呐喊：“元和妆梳君记取，髻堆面赭非华风”。是提醒世人，还是在警示世人？当时的民风民俗真的置“华风”于脑后了吗？“昔闻被发伊川中，辛有见之知有戎”，从历史来看，这种由民俗现象而生发的忧患意识不无道理。不管白居易是感叹甚或是呐喊，民风习俗的表现依然是“胡化之风”不改。其实，当大唐王朝的盛景成为明日黄花，当前甚至是“夕阳无限好，只是近黄昏”的状态，整个社会民风又怎能是健康向上的呢？所以“时世流行无远近，妆成尽似含悲啼”就不难理解了。

---

① 黄新亚：《消失的太阳》，湖南人民出版社2006年版，第26页。

二

人们常说“三分人才，七分打扮。”对一个女子来说，修饰打扮显得尤为重要。李渔在《闲情偶寄》声容部第二“修容”云：“妇人惟仙姿国色，无俟修容；稍去天工者，即不能免于人力矣。然予所谓‘修饰’二字，无论妍媸美恶，均不可少。俗云：‘三分人材，七分妆饰。’此为中人以下者言之也。然则有七分人材者，可少三分妆饰乎？即有十分人材者，岂一分妆饰皆可不用乎？曰：不能也。若是，则修容之道不可不急讲矣。”[①] 看唐妇女们对修饰的重视越觉此说有理。唐代妇女妆饰的程序分为：一敷铅粉，二抹胭脂，三画黛眉，四染额黄（或贴花钿），五点面靥，六描斜红，七涂唇脂，八戴发式。而更为讲究的贵族妇女们“掠鬓用郁金油，傅面用龙消粉，染衣以沉香水”（唐冯贽《云仙杂记·金凤凰》）。其豪华程度是令人咋舌的。而胭脂、铅粉和黛眉是中国女性化妆习俗最关键也是最稳定的部分，它们至唐又到另一高峰。对胭脂和铅粉的使用，我们从元和年间诗人王建的诗中可见一斑，《宫词》云：“舞来汗湿罗衣彻，楼上人扶下玉梯。归到院中重洗面，金盆水里泼红泥。”（《全唐诗》卷三十）诗虽有些夸张，但也能看出当时女子对胭脂和铅粉依赖之深、使用之甚。

至于“双眉”，在先秦就有这方面的审美记录，《孔丛子·居卫第七》云：“子思适齐，齐君之嬖臣，美须眉，立乎侧，齐君指之而笑，且言曰假貌可相易。寡人不惜此之须眉于先生也。子思曰非所愿也。所愿者唯君修礼义富百姓。而伋得寄帑于君之境内。从襁负之列。其荣多矣。若无此须鬣。非伋所病也。昔尧身修十尺，眉分八彩。实圣。舜身修八尺有奇，面颔无毛。亦圣。禹汤文武及周公勤思劳体。或拆臂望视或秃骭背偻，亦圣，不以须眉美鬣为称也。人之贤圣在德，岂在貌乎。且吾性无须眉，而天下王侯不以此损其敬。由是言之，伋徒患德之不邵美也，不病毛之不茂也。”[②] 虽是男人们讨论眉毛长相，但也从侧面反映眉毛的美一定程度上影响了人们生活、甚至外交活动。所以对于自古化妆的妇女来说，描眉画目显得更为重要。唐代妇女们当然也不例外，据载，唐玄宗幸蜀时，曾命画工绘“十眉图”[③]，

---

① （清）李渔：《闲情偶寄》，三秦出版社 1998 年版，第 13 页。

② 王钧林、周海生译注：《孔丛子》，中华书局 2009 年版，第 87 页。

③ 十眉图：即十种不同的美女眉形画图。唐玄宗命画工绘制。唐张泌《妆楼记·十眉图》：“明皇幸蜀，令画工作十眉图，横云、斜月，皆其名。”明杨慎《丹铅续录·十眉图》：“唐明皇令画工画十眉图。一曰鸳鸯眉，又名八字眉；二曰小山眉，又名远山眉；三曰五岳眉；四曰三峯眉；五曰垂珠眉；六曰月稜眉，又名却月眉；七曰分梢眉；八曰逐烟眉；九曰拂云眉，又名横烟眉；十曰倒晕眉。”

这是宫廷画眉的典型样本，可见唐代妇女眉妆特色。唐代眉妆在杜甫《北征》中有“学母无不为……狼藉画眉阔”的句子，哪怕战乱如此，妇女们仍也用有限的化妆品打扮自己，甚至连小女孩都知画眉重要只“画眉阔”。唐代流行细而淡的长眉，当时称为“时世妆”，亦称“蛾眉妆”。杜甫咏虢国夫人诗有“淡扫蛾眉朝至尊”的形容。白居易描写上阳白宫人诗有“青黛点眉眉细长，天宝末年时世妆”，就是这种细淡长眉的写真。细长的蝉眉也称柳眉、小山眉、远山黛。温庭筠《菩萨蛮词》有：“小山重叠金明灭，鬓云欲度香腮雪，懒起画蛾眉，浓妆梳洗迟。”五代人陶谷《清异录·装饰门》云：“范阳凤池院尼童子，年未二十，秾艳明俊，颇通宾游，创作新眉，轻纤不类时俗。人以其佛弟子，谓之浅文殊眉。”[①] 连禅院清修的女尼也要用淡眉来装扮，可见画眉为时风流俗所重视。

还有额黄、花钿、棉靥、斜红、唇脂和发式等。额黄又称“鹅黄”、“鸦黄”，因以黄色颜料染在额间，故名。卢照邻《长安古意》有：“片片行云着蝉鬓，纤纤初月上鸦黄。”李商隐《酬崔八早梅有赠兼示之作》有：“何处拂胸资粉蝶，几时额黄藉蜂黄。”在额间点染鹅黄，唐代多流行于宫廷中，后世辽国亦仿用。花钿也叫花子，颜色丰富，用金箔片，黑光纸，鱼鳃骨，螺壳及云母片等材料制成，剪成各种花朵之状，贴在两眉当额处，妆饰额头。贴花子起源很早，马缟《中华古今注》说起源于秦始皇时期。古乐府《木兰辞》：“当窗理云鬓，对镜贴花黄。”花黄就是女子面饰的花子。段成式《酉阳杂俎》卷八：“今妇人面饰用花子，起自昭容上官氏所制，以掩黥迹。大历以前，士大夫妻多妒悍者，婢妾小不如意，辄印面，故有月黥、钱黥。”[②] 王建诗《题花子赠渭州陈判官》：“腻如云母轻如粉，艳胜香黄薄胜蝉。点绿斜蒿新叶嫩，添红石竹晚花鲜。鸳鸯比翼人初帖，蛱蝶重飞样未传。况复萧郎有情思，可怜春日镜台前。”[③] 这首诗所用的是女子在妆台上贴花子的情景。白居易《长恨歌》说杨贵妃死时“花钿委地无人收”，就是指这些花形的薄片散落在地上。面靥是施于面颊酒窝处的一种妆饰，也叫妆靥，主用于胭脂点染，翠羽等物粘贴，白居易时代不限于酒窝处，面积有所扩大，也叫“杏靥”、“花靥”等。唐人咏靥的诗很多。如元稹诗：“醉圆双眉靥”，吴融诗：“杏小圆双靥”，温庭筠诗：“秀衣遮笑靥”，《花间集》：“浅笑含双靥”、“浓蛾淡靥

① （北宋）陶谷：《清异录》，三秦出版社1998年版，第13页。

② 尹占华：《王建诗集校注》，巴蜀书社2006年版，第246页。

③ 同上。

不胜情”、“宝幌有人红双靥”，等艳诗都是赞咏靥之美媚动人。斜红，据说是三国时魏文帝曹丕宫中的宫女薛夜来头撞水晶制屏风上，在眼眉尾处留血痕，得到了魏文帝的怜爱。宫女们为得宠，竞相仿效，在眉目尾处，画上血痕，称“斜红”。唇脂也是我国妇女很早就用的化妆方法，据辽西牛河梁神女庙遗址出土的泥塑像“唇部涂朱”，说明我国先民涂唇至少有五千年的历史。到唐代时，不仅妇女们使用，男子也因其防唇裂效果而在使用。但妇女们主用其妆饰效果，即以较强的覆盖能力的唇脂颜色来改变嘴形。最后把头发挽成各种形状，与面部妆搭配，唐代有惊鹄髻、峨髻、云髻等，白居易时代就流行峨髻，特点是朝上高耸似陡峭山峰。

至此整个化妆程序才告结束，经历如此精致装扮的唐代妇女们不能不说美，而这只是唐妇女们化妆的大体程序。遇到各段时世妆兴起，不知又会有哪些化妆方法、化妆材料。如唇脂、眉黛等化妆品是随胡风而来的各种材料。于是唐代女子更加倾慕于穿过阳关那条神奇的道路，对胡妆钟情不已，徜徉于胡风中不能自拔。

三

白居易的许多诗篇都涉及唐代女性的时世妆，从他的《和梦游春诗一百韵》中的“风流薄梳洗，时世宽装束”来看，这一时期人们广袖宽衣，蔚为时尚。民风从“短窄胡服”的认同转向对丰润飘逸的汉服回归。这时衣服宽肥，裙裾弋地，帔帛飞扬，这种大众审美心理的变迁，从白居易作于元和年间的《上阳白发人》中也可看出：“小头鞋履窄衣裳，青黛点眉眉细长。外人不见见应笑，天宝末年时世妆”。不但反映元和年间衣服已新变，还与我们探究的《时世妆》中的妇女们形象，如宽阔的“八字眉”作了对比。也渐对当时妇女们的装扮有大体认识。从《时世妆》中表现的时事气氛，加之白居易这段时间的仕途意气，能推测《时世妆》作于806年至816年间。把三首诗综合来看，我们能得出这一时期妇女装扮是以阴郁的面部装、沉重的椎头髻、艳丽的唐裙装为主的，而这样的搭配方式怎么可能成为一道美丽的风景？飞扬的衣裙承载不了压抑的悲怆。对这种搭配方式，李渔有“妇人之衣，不贵精而贵洁，不贵丽而贵雅，不贵与家相称，而贵与貌相宜。绮罗文绣之服，被垢蒙尘，反不若布服之鲜美，所谓贵洁不贵精也。红紫深艳之色，违时失尚，反不若浅淡之合宜，所谓贵雅不贵丽也。贵人之妇，宜披文采，寒俭之家，当衣缟素，所谓与人相称也。然人有生成之面，面有相配之衣，衣有相配之色，皆一定而不可移者。今试取鲜衣一袭，令少妇数人先后服之，定有一二中看，一二不中看者，以其面色与衣色有相称、不相称之别，非衣有公私向背于其间也。使贵人之妇之面色，不宜文采而宜缟素，必欲去缟素而就文采，不几与面为仇乎？故曰不贵与家相称，而贵与貌相宜”①。由此，当一种装扮不合时宜却被人们追捧成为风尚，个人的清醒就变成了被压抑，白居易虽不满于时尚，却也无奈何，面对开放时代人们的审美习俗，只有以开阔的心胸去包容它。

在唐代，不管唐代妆饰是“华风”固有的部分，还是因时代风尚而流行的时世妆所出现的新特色，都已成为人们生活的一部分。妆饰不但有养颜、保颜等作用而深受人们喜爱，更是承载了人们对美的执着，这一点连人间最高统治者也难以免俗。《晋书·輿服志》就记载了统治者祭祀妆：“皇后谒庙，其服皁上皁下，亲蚕则青上缥下，皆深衣制，隐领，袖缘以绦。首饰则假髻，步摇②，俗谓之珠松是也，簪珥。步摇以黄金为山题，贯白珠为支相缪。八爵九华，熊、兽、赤罴、天鹿、辟邪、南山丰大特六兽，诸爵兽皆以翡翠为毛羽，金题白珠珰，绕以翡翠为华。元康六年，诏曰：魏以来皇后蚕服皆以文绣，非古义也。今宜纯服青，以为永制。”③ 虽未具体谈化妆，但其排场却告诉我们，妆一定精而又精，否则怎能在祭祀这样的场合涉及妆饰呢？人们甚至对男人们用妆修饰自己持赞美态度。人们给当时佛像描妆时，也以当时流行的妆饰为主。如莫高窟满天飞舞的半裸的飞天与唐女子“粉胸半掩疑暗雪”、“长留白雪在胸前”的审美效果、审美观念吻合，在表现唐代极为开放的氛围中，我们也看到外来文化对唐妇女们妆饰的影响。男子化妆，古已有之，汉惠帝时，“郎侍中皆冠鵔鸃、贝带、傅脂粉。”④ 唐代的男子在化妆材料、化妆方式上，也用面脂、口脂等化妆粉饰头面。杜甫《腊日》诗：“腊日常年暖尚遥，今年腊日冻全消……口脂面药随恩泽，翠管银罂下九霄”。描写了腊日里皇家向百官赐口脂面脂，说明男子化妆连皇家都首肯了。当然也包括防冻、防裂的一些医疗作用。而一些专以姿容事人的男子，更是油头粉面，极尽装束。如张易之、张昌宗兄弟就“傅粉施朱，衣锦绣服”。在这样的环境认同下，善于修饰的男子也同女子一样，因其修饰能引起人们的瞩

① （清）李渔：《闲情偶寄》，三秦出版社 1998 年版，第 29 页。

② 步摇：古代妇女的一种首饰。《释名·释首饰》：“步摇，上有垂珠，步则动摇也。”《后汉书·舆服志下》：“步摇以黄金为山题，贯白珠为桂枝相缪，一爵（雀）九华（花）。”王先谦集解引陈祥道曰：“汉之步摇，以金为凤，下有邸，前有笄，缀五采玉以垂下，行则动摇。”白居易《长恨歌》：“云鬓花颜金步摇。”

③ （唐）房玄龄：《晋书》，中华书局 1974 年版，第 774 页。

④ （西汉）司马迁：《史记》，中华书局 1963 年版，第 3191 页。

目，对甚至是全民化妆这种风俗趋向产生很大影响。如成都人路岩风貌神骏，善修饰，是风流人物竞相模仿的对象。“路侍中岩，风貌之美，为世所闻。镇成都日，委执政于孔目吏边咸，日以妓乐自随。宴于江津，都人士女怀掷果之羡，虽卫玠、潘岳不足为比。善巾裹，蜀人见必效之。后乃翦纱巾之角，以异于众也。闾巷有丫服修容者，人必讥之曰：尔非路侍中耶?”（《唐语林》卷四）路岩石美男子，他的姿容被人们议论，亦在情理之中。在唐代，妆饰之风流于闾巷，男子也有自己的时世妆，当时社会化妆之风盛行的程度就可想而知。

但对于这种总体倾向浓艳和开放的唐化妆风俗来说，不同背景和阶层的人们对化妆方式、化妆态度还是有较大差异的。如唐朝名将李晟之女嫁崔枢，“妇德克备，治家整肃，贵贱皆不许时世妆梳”（唐赵璘《因话录》卷三·商部下）。还有白居易《时世妆》表现的对“乌膏注唇”的装扮嗤之以鼻，而推崇中原传统的“华风”妆饰；甚至当时女道士们也盛服浓妆，这虽已是唐宣宗时代，并因此遭到宣宗的驱逐，但可看出妆在当时的繁盛，也听到针对“时世妆”的另类声音。但这些议论、小的管理条例，未对妆的被喜爱程度造成多大伤害，人们仍以今日之“我型我秀”的态度精心装扮，特别是妇女们对此更加如痴如醉，甚至因妆饰而迷失了审美方向。但总体来说，妆饰为唐代社会的各个领域添姿增彩，为唐民俗的形成和发展增加许多新鲜的内容。白居易在《时世妆》中就从民俗现象里感受出国家命运，特别对当时北部少数民族骚乱的状况表示担忧，这种从民俗现象预测时政的说法近人曾纪泽也有：“窃谓国家盛衰，系乎风俗、人才”。[①] 新的社会变动一定会产生许多新的或变新的风俗，这在城市中特别是唐代长安城表现得最为明显。元和年间各地叛乱，朝廷失势，动乱平后也算新的开始。当人们惊异于国家的不宁和从巅峰到低谷的种种后，势必在价值观方面产生变化，妇女们的妆饰成了表现这一切的一个方面，所以尽管有不许化妆，责备化妆，甚至因妆饰遭驱逐的，但美容化妆仍有自己的发展空间，人们总以不同的方式展现着自己对美的理解与追求。

2010年6月

---

① 吴玉贵：《中国风俗通史》，上海文艺出版社2001年版，第158页。

后　记

本书所收的文章，是我读硕士、博士一直到现在的部分作品。这些年来主要在经学、子学和文学的领域里读书研究着。我读书的三个阶段，各在不同的学校：本科在陕西师范大学，硕士在广西师范大学，博士在西北师范大学，不同的求学环境和学术氛围对我影响很大，使我在不同的先生那里学到了不同的研究方法，这使我感到十分欣慰。

在广西师范大学读硕士时，印象最深刻的是，一入学，导师周满江先生就给我们开设了“文献学”课程，他学问虽大但讲得不多，一节理论课一节实践课，主要是在实际中教。他经常带我们在中文系的五个大资料室翻书，教我们怎么找自己所需要的书，现场授课。我们系的藏书很多，一楼有一工具书库，二楼有四个大教室全是书，先生教我们具体查找文献的方法，让我们读《四库全书总目》，这门课结束时就以《总目》为题写了一篇读书体会，这就是我的入门之学。周先生是位学养深厚的儒雅长者，待人亲切和蔼，我们几个研究生都喜欢去王城那边叠彩山下的老师家里，每次师母都给我们做好吃的。还有李复波先生教我们“考据学”这门课程，他以前在中华书局做过编辑，因不适应北方的气候而回到桂林的，所以他的讲解有许多实例，对我后来的学习和研究有很大的启发和帮助。

再加上后来在西北师范大学读博士时，整个学风也是走重视文献的路子，导师赵逵夫先生给我们开设了“《诗》、《骚》研究”课程，记得当时开列的阅读书目，亦为研究《诗经》与《楚辞》的基本而重要的文献，尤其是他严谨治学态度对我产生了很大的影响。还有尹占华先生的文献整理业绩对我的感染。离开学校以后，我还经常在电话中向赵先生请教一些问题，他对我的指导具体而不厌其烦，令我感动的是仅就本书目录的排列，先生就给我打过四次电话，反复叮嘱，殷殷之情，自当铭怀。这种扎实严谨的治学风气都是西北师范大学给予我的一笔宝贵财富。

当然，本科阶段在陕西师范大学读书时，学校那种大气而朴实的学风，也给我以后的研究打下了坚实的基础：语言学家高元白先生的课程，著名学者霍松林先生的唐代文学研究生课程（我们是旁听者），才子型学者梁道礼先生的古代文论、叶舒宪先生的东方文学和尤西林先生的美学，能聆听到这么多位先生的教诲，深感荣幸之至。在我为学的起始阶段，受到诸位方家的熏陶和濡染，都使我以后的学习和研究受益匪浅。

还有这两年和我们学校的特聘教授魏耕原先生常常切磋，亦师亦友，颇受其益。

转益多师，受惠各方，余也不敏，亦有所获，吾爱吾师，铭而不忘。

再次感谢赵逵夫师赐序，亦向中国社会科学出版社编辑郭晓鸿先生的辛勤工作表示敬意。

李小成

2014年3月28日于西安市太白南路212号寓所